U0063453

軍艦島

HASHIMA ISLAND

군함도

韓水山——著

馬毓玲——譯

上部

1

「那裡就是朝鮮了。」

夕陽西下，原本染紅的大海逐漸暗沉下來，在環繞島嶼四周的防波堤上，佇著兩個黑豆般大小之人影，凝望著前方這片大海許久。朝鮮應該就在遠方某處應該就是朝鮮了吧？「朝鮮。」明國微微地晃了下頭，並輕輕叫喚著。可大海的那一邊，已經沒有朝鮮——那個我們失去的國家。

暗夜隨風襲來，並沒入襤褸的衣角裡。

「所以，最後還是要走的吧？」

「我們早該下定決心的。」

說是我們，那就不是指一個人了。泰福的話還真簡單明瞭。

「慶學他說要走，三植也是，加上你，就四個人了。」

沿著海平線殘留在西海岸邊的一絲餘暉已然消失，只剩拍打著防波堤的海浪聲持續不斷，彷彿像是要畫破這片黑暗似的。幾個日本礦夫縮著肩，從燈台底下經過，眼前這片大海還比開始閃耀星光的夜空黑暗。

「要走，真要走，那麼要去哪裡呢？有去處嗎？」

「只要能抵達另一片土地……難道還不能安頓下來嗎？都已經走到這一步，死活都得一拼。」

「小聲點。」

「我說你，要是下不了決心，不走也沒關係，但是不要攔我。」

只要有逃離這座島後就能生存下來的保證，誰會不想走呢？可是有誰曾活著離開這座島？只有那些葬身海裡，然後被波浪捲回來的朝鮮人屍體，讓人給丟棄在船舶場，用來警告大家逃亡者的下場以後，最終就被送到火葬島燒掉而已，對，就是這樣而已。

明國最後還是忍住這番話沒說出口。「所以，要把這條性命葬送在日本人的土地上，然後像隻海鷗邊啼叫邊飛向大海去嗎？我總是在想，那一隻隻盤旋在天空啼叫著的海鷗，全都是朝鮮人的靈魂。亡國奴的冤魂，既無法回到自己的故土，又像是被人用繩索綑綁，桎梏在這裡無法逃脫，所以才會在盤旋在天空中啼叫。可是，要是現在連你都變成了一具屍體，那麼我真的無法繼續活下去。泰福，我的朋友，張泰福啊！我不想要嘆息著又多了一隻海鷗，那樣我會活不下去的。」

「明國啊，難道你還不懂我的心嗎？我就算死，也要死在自己的國家裡，就算死，我也要埋在自己的故土。」泰福激動了起來，聲音簡直就像要裂開。

不只他們，全部的人都是一樣，每天生活在恐懼中，不知什麼時候會死在這裡，對大夥兒來說，只有認命留在這裡，或是賭上性命逃亡這兩條路而已。不過，其實還有另一條路，就是想辦法截斷自己的手臂，或是把雙腿打斷，把自己弄成半死不活的樣子，就會被送離這座島。

明國瞪著大眼，望向黑暗裡，他知泰福如今已是箭在弦上，蓄勢待發，不管用什麼方法，都得阻止他們貿然逃亡。泰福身後的那片海洋是暗濤洶湧，只要越過那片大海，就能回到故鄉，「可是你這傢伙呀！那片大海上沒有生路，要是真有生路，大家早就走了吧？可是就算那裡有路，我們也無法前往啊！」

兩人慢慢地別過身子。島的一頭是朝鮮人宿舍，明國走向宿舍的途中，突然停下腳步，並望向身後那片大海，此時防波堤上的警示燈閃著冰冷的光線，一如雄偉瞭望台的櫓頂端，則是閃耀著微微燈光。鐵製瞭望台裡，有一個用鐵鍊懸吊著的鐵製升降桶，用來將煤礦與礦夫運送到海底，那就是所謂的櫓。「原來如此，再過不了多久，不管是死是活，泰福的眼裡已沒有那片大海，剩我孤零零地孑然一身。」

海底煤礦，打入海底七百公尺深的地下坑道。每當海水退潮，大夥兒踏過黎明暗夜，深入礦坑裡工作，直到完成一天工作，再度回到地面上時，夕陽已落在防波堤下，巨大火球般的紅光滲入海裡，此時的夕陽猶如深鎖在大海之中。每當拖著疲累身子離開坑道，走回宿舍的途中，明國總會習慣性地望著大海，並喃喃自語：「那裡就是朝鮮，朝鮮就在那裡。」

返回宿舍的明國一直輾轉難眠。那一夜，是去者擔心留者、留者擔心去者的夜晚。

明國把宿舍窗戶打開，然而望出去的景色卻是像高牆般阻擋在前的防波堤。宿舍和防波堤之間長滿雜草，每當風一吹，孤單的心情就會變得更加淒涼，而疲累的身軀躺在滿是海浪聲的塌塌米房間裡時，更叫人感到絕望，彷彿自己就要快被孤獨感啃噬個精光。明國翻來覆去，外頭的海浪聲正在枕邊不斷拍打著。「真是的，我快瘋了，要是不聽那傢伙說的話……」明國的心裡鬧騰著。

不知道是不是夢到了什麼，睡在旁邊的成植正在說夢話：「快點、你快點做呀！」

媽的，怎麼連作夢都在講日本鬼話！這傢伙來到這裡不過才三、四個月，耳朵利得很，不知什麼時候開始，居然連作夢都講起日本話來了。這傢伙也才十五歲，是這裡雇傭工人中最年輕的其中一人。

明國閉著眼，趴在飄散著雜草味的塌塌米上頭。泰福計畫著游過大海，抵達對面的長崎之後，就要另尋途徑返回朝鮮，他說得在沒有月光的晦日才好出逃，不過確切計畫還是得先觀察個一、兩天狀況而定。但若照三植所言，下雨天反而才是逃亡的最佳時機，如此一來，他們也許會在晦日前進行逃亡。

雖然自己已經對三植表示過要留在這裡，但若果真獨自一人留在此處，什麼時候喪命卻也說不得準，既然橫豎都是一死，趕在來不及後悔之前，跟隨著那群傢伙們縱身入海，會不會好一點呢？

日本的港都長崎，是建立於軍需產業三菱商社資本之下的港口城市，在距離長崎約十八點五公里處的高島上頭，擁有一座以日本最大海底煤礦而聞名的三菱高島礦坑。而離高島五公里遠處，另有一座小島叫作端島，端島這座無人島上寸草不生，只有採礦設施與礦工宿舍遍布在三菱礦業端島礦坑周圍。端島的最高處有一座神社，以該神社為中心，四周都被防波堤給包圍起來，使得端島的模樣看起來就像是航行在大海上的軍艦，所以端島又被人稱為軍艦島。

由於礦工人力不足，日本人很快就瞄準了人力市場價廉的朝鮮。來自日本的礦業公司外派人員奔走朝鮮，以「招募」之名募集了不少人力，對於日治時代被搶走農地的朝鮮農夫們來說，這可是能夠賺錢養家餬口的好機會。之後，總督府強力介入，命各地方政府從轄內居民中挑選出具有勞動力者，並強行徵召前往採礦，同時把這樣的行為以「官斡旋」之名就地合法。當時日本因發動太平洋戰爭，陷入資源窮苦之境，為盡快開採資源，就連朝鮮的年幼少年也不放過，橫暴地全部都送去採礦，大舉進行無差別強制徵召。

被帶到端島海底煤礦的朝鮮勞工，打從一踏上端島的那一瞬間起，就完全與世隔離，過著和被強制監禁沒兩樣的生活。環繞端島的東中國海氣流強大，常使得航行在海上的船隻搖晃不定，彷彿隨時都會翻覆，因此別說此島難以接近，想要逃離也是困難重重。

能夠出入端島的船隻，只有一艘能行走自如在狂風駭浪中的蒸氣鐵船，這艘鐵船不僅供給島上人員所需的生活用品，甚至還會把島上人員的排泄物載運走，作為肥料使用。在這座沒有任何可種植蔬菜的荒島上，有的只是採礦設施與林立四周的鋼筋混凝土礦工宿舍，還有幾座木造建築而已。遍布在端島上的建築物，大致上可分成四種：包括升降用的櫓，以及輸送帶在內的採礦設施、公共澡堂等公共附屬建設、礦工與其家人所居住的公寓及商店，最後則是人潮聚集處必有的學校、寺院、酒店等娛樂設施，當然也有不可或缺的遊廓和日本神社。

五層樓高、十層樓高的公寓沿著巷弄櫛次鱗比，使得端島猶如一座建物之森，而海岸邊在颳起巨浪時，打在防波堤上的浪花碎裂激高，則阻擋前方景色。每遇颱風侵襲，海浪更可捲製相當於公寓四層樓高的高度。

矗立在島中央的公寓高樓層雖擁有良好的風景展望，也能沐浴到陽光照耀，然而厚實的公寓低樓層卻無法獲得日光照射，而且潮濕悶閉，居住問題之多，可不是只有一、兩項而已。因此，高樓層皆分配給礦業公司職員，而中間樓層則是直屬礦業公司的礦工所居住，樓層越低則是其他雇傭礦工所居住，像是那些老早就謀工而至日本的承包商底下所屬礦工，就只能和家屬居住在又窄又濕的低樓層。至於礦業所所長及幹部們，則是另外住在位於閑靜之處的木造住宅裡。

在距離公寓稍遠且與北邊防波堤及學校相連的三角地帶僻地，有兩棟建築物。這兩棟建築物位處端島最為偏僻的地方，是被強迫徵召到島上採礦的礦工宿舍與食堂，徹底地與日本礦工們隔離開來，其中一棟建築為四層樓高，是宿舍與食堂並用建築，另一棟則是二層樓高，純為宿舍所用，說來根本與監禁犯人的收容所沒有兩樣。另外，在馬路對面的公寓地下樓層，則越來越多收容雇傭礦工的大通鋪。

此外，日本人從中日戰爭裡俘虜來的二百多名中國戰俘，也被帶到端島強制奴役，為了防止他們和朝鮮人起衝突，就把他們分配到位在端島對角線的西南方公寓尾棟，那濕氣沉重難散的地下樓層。

來到日本謀求工作以後，明國和泰福分別輾轉各地，最後才在去年找到端島礦坑的工作。他們誤信承包商的謊言，並收取了預付金，然而這卻是讓自己陷入悲慘境地的禍首。所幸他們早已習慣重勞動的工作，得以按照公司的勞務管理方針，被選為指導剛來到島上之朝鮮人的熟手，並與這些雇傭礦工們一起生活。說是被挑選為熟手也只不過是把話說得好聽，其實所獲得的待遇和其他雇傭礦工們都一樣，充其量只是薪資稍微高點，工作內容同樣是採礦，而食宿也是和他們在一起。

那晚，因罹患矽肺症而咳個不停的雇傭礦工們，像條蠶般蠕動入眠，地獄島的暗夜依舊被深鎖在惡浪之中。

外頭的海浪將端島牢牢圍起，並發出咆哮，不知不覺間，夏日已經結束，終日陰暗的天氣在今日更顯淒清。挾帶著大量濕氣的狂風將礦場上的碳粉吹起，日本礦工們居住的公寓胡同狹窄階梯上，可看到幾個穿著便褲的女子踩著小碎步快速爬上爬下。

晚餐之後，輪到三班制的大夜班礦工們下海底礦坑，此時整座島嶼陷入一陣死寂。背對著警示燈燈光，站在防波堤上的三植低聲說道：「大哥，你還是要留在這裡嗎？」

明國點了頭。

「我就直說了，我以為大哥你一定會和我們一起走的。」

「人越少越好行動。」

「只有我們三個能成什麼事？少了大哥你，我們就少了個支柱。長崎那裡一片漆黑，我們哪知道路？」

明國如此答道：「不是有泰福在嗎？泰福和我都去過長崎，他也知道路。」

「這……我可是相信大哥你會一起走才下定決心的。」

明國拍了拍三植的肩膀，安慰他並非不知道他的失落心情。

「你要相信誰？當然要相信你自己呀！」

「可惡，好不容易都跟大哥你有感情了。我都要哭出來了。」

「你這傢伙，膽子放大些吧！」

三植擔心地喃喃自語。

「話說回來，希望大哥你以後不要因為我們的關係，發生什麼不好的事情。」

他們一直是很親近往來的朋友，三植知道要是逃亡時，首先要帶走的人就是明國。海浪聲越來越大，明國伸出手來，在這黑暗夜裡緊緊握住三植的手，但他不敢開口，深怕一旦開口就是熱淚盈眶，只好用力緊閉著雙唇。他在心裡吶喊：「你這傢伙，絕對要活下來，千萬別再回到這裡了。」

午夜時分剛過，天空突然飄起雨來。朝鮮人宿舍的大門開起，三個人影從宿舍裡頭爬了出來，蜷縮在夜色籠罩下的人影看起來就像是包袱的樣子。再過一會兒，宿舍大門再度打開，明國走了出來，窸窸窣窣地走向宿舍左邊的茅房。在警示燈照射之下，明國的影子變得細長，三人趁著明國的身影轉到牆壁另一邊時，趕快走到防波堤旁並把身體緊貼在防波堤上。

當明國走出茅房時，三人早已匍匐前進到防波堤上頭，並朝向端島東方與陸地最近的海邊。

原本慢步走回宿舍的明國，轉向走往防波堤，此時除了毛毛細雨，眼前什麼也沒有。他慢慢地爬上樓梯，往警備哨所的方向望去，只見細雨飄落在哨所前方的燈光照射處，而沿著防波堤排成一排的警示燈也不停轉動照射到遠方，島上仍是一片孤寂。明國用手掌捋了捋滴落雨水的臉龐，隨即走回宿舍。他躺在床上，緊閉雙眼，心裡想著：「去吧！沒出息的傢伙才會留下這裡，你們還是快點離開這裡，雖然不知未來是否會有再見之日，但你們一定要活下去。」想著想著，明國忍不住還是濕了眼眶，簌簌流下的淚水也滲透枕邊。

翌日，明國一邊淋著雨，一邊鑽入地下礦坑。

泰福啊，三植啊，慶學啊，每當明國抬起碳粉與汗水斑駁交融的臉龐時，心裡總是邊默默念著這三個傢伙的名字，邊完成當天的工作。但走出礦坑以後，想到他們不知現在是死是活，明國的腳步由不得躊躇不前。有關這三人逃亡的傳言，就像礦坑中從隙縫裡竄出的煙霧一樣，很快地就傳了開來，憂心的明國有一口沒一口地勉強吃過晚餐，隨即返回宿舍倒頭就臥。夜漸深，雨聲也越來越大，明國趴著身子，反覆叨念著乾脆來一股強風把這座島吹走，讓三植或慶學他們想回島上也回不來最好。

此時，明國身旁冷不防突然冒出一句話來。

「啊！媽的！那是我的東西啦！」

明國嚇得趕緊起身，不由自主地問道：「什、什麼？」

然而那個人卻沒有回應，看來應該是說了夢話。明國再次躺回床上，沒想道旁邊那個人卻忽然站起身來：

「啊，你是都不睡的嗎？再不睡，我就殺了你……一整晚在旁邊悉悉窣窣的，叫人怎麼睡！」

明國趴起身來，念了幾句。

「睡得可真香，連夢話都來了。」

「你這傢伙！到底誰睡著了！」

2

三植已乾掉的屍體，被放入布袋並綁在船舷上頭，浪花不時濺在布袋上。當初出逃的三人之中，有一死一活搭乘上了返回端島的船隻，再加上因為和他們走的近，就被搜索隊強行帶走的明國，這艘船上一共有三個朝鮮人。

明國張開雙臂，緊緊抱著動彈不得的泰福，呆呆望著越來越近的端島。逃亡四天以後，三人好不容易抵達海的另一邊，卻被人抓個正著，而泰福在上船以前，更是挨了不少打，臉上盡是紅紫瘀血，完全不成人樣，還有一條腿幾乎都要廢掉。

浮橋後方看起來就像是張開地獄之門的洞窟，這幾個傢伙最後還是回到這地獄之門來了，十幾隻海鷗則在他們頭頂上盤旋不去。

被帶到搜索隊加入搜尋的明國，最早發現的就是被沖到對面海岸邊的三植屍體。當三植的屍體被發現時，身體部分已經被海水泡腫，臉也扭曲得歪七扭八，根本難以辨識，至於泰福則是一息尚存，倒臥在一旁。

三人之中，只有慶學不知下落，任誰都尋找不到其蹤跡。為了躲避搜尋，慶學必是晝伏夜出，既然已經過了這麼多天，想來慶學應該已經走遠，如今只有堅信慶學成功活了下來，才能稍微撫慰明國的心。

明國把泰福不停往下掉的頭扶起，並輕輕放在自己的肩膀上，然後環抱著他的額頭，心中無比疼惜：「你這沒用的傢伙，好不容易游到海的那一頭了，難道就連個藏身之處也找不到嗎？」

船隻與浮橋連結起來以後，首先就把三植的屍體搬運到島上。接下來的幾天，三植的屍體就會被丟置在這裡，以作為警告島上礦工的展示品，告訴他們逃亡者的下場有多悽慘。隨後，明國與泰福被帶到勞工建築後面的半地下調查室。

「慶學那傢伙，就是那個個子高高的朝鮮笨蛋！你們兩個一定知道他跑到哪裡去了，對吧！」他們是這麼叫慶學的。

地下調查室的天花板上，雖然有一道狹長的窗子，但房間仍舊陰暗無比。在這個徒然四壁、沒有什麼東西的房間裡，卻有繩索、水桶、皮鞭、長竹條，以及看起來像是擣衣石的長型石塊掛在牆上，不只如此，房間一角還有一個巨大木桶，裡面裝有各式各樣的拷問工具，不過明國與泰福卻不知情。叫作木村的日本人讓泰福坐在椅子上，並把他的雙臂綁在椅背，胸部也緊緊束縛在椅背上頭，至於小腿則綁在椅腳。

日方找來一位通譯人員，便開始進行與昨日無異的調查，不斷拷問著越過大海之後，究竟和慶學約在哪裡碰頭。負責拷問的人是木村，至於調查係長佐藤，則是雙眼緊盯著泰福的臉，並慢慢地繞著泰福打轉。

「我要是知道就說了，怎麼會不講呢？我是真的不知道、不知道！要是知道還會憋著不講嗎？」

「是嗎？」

佐藤慢慢走到泰福眼前，把他正在抽的香菸狠狠地往泰福手背上擰，冷不防被菸頭燙著的泰福忍不住發出悲鳴。儘管如此，泰福神色仍舊未變，並朝木村搖了搖頭。此時，泰福背後傳來鐵門開啟的聲音，只見木村拎著水桶與毛巾站在泰福身旁，一旁的書桌上頭則擺了一個水壺。

水刑就這麼開始了。木村用濕毛巾把泰福的整張臉都包起來，並用力的擰起毛巾，彷彿要將泰福的臉都擰乾似的，無法呼吸的泰福，痛苦地扭動起身子來。被緊緊束縛住的泰福，不斷地蠕動著，就在整個人和椅子幾乎都要彈起來的那一瞬間，木村把泰福臉上的毛巾取下，泰福得以喘息並大口呼吸。

就在那時，正當泰福急著呼吸時，佐藤抓起泰福的後腦勺，並將水壺裡的水往泰福的鼻子裡猛灌。在佐藤往泰福鼻子裡灌水灌到第五次時，承受不住的泰福連人帶椅翻覆在地上，佐藤見狀便上前往他肋骨一踹：「你這傢伙，我都還沒正式開始呢！」

佐藤接著又把連人帶椅翻覆在地上的泰福抓起，然後在泰福的雙臉施以老拳，把泰福的頸骨都給打斷，使得泰福的頭往旁呈現出歪斜扭曲的模樣。

「你們分明就是集體逃亡，這可跟賭博輸錢逃走不一樣！你們三個人一起出逃，現在卻跟老子我說你什麼都不知道，這像話嗎？」

語畢，水刑拷問重新再開。這次他們在泰福的雙腿間夾了塊木板，然後由木村持續在泰福的大腿上狂踢猛踹，把泰福的大腿踢的皮開肉綻。至於接下來的拷問，則是讓泰福屈膝跪坐在倒扣著瓦片上。

一個上午就這麼過去了。午餐時間一到，佐藤步離調查室，並丟下狠話：「我就看你能堅持到什麼時候！下午的拷問會更加有趣唷！」

隸屬勞務係底下的石川是個又瘦又高的青年，接替佐藤來進行調查。看起來相當疲累的他，坐在書桌的那頭看著泰福，並低聲說道：「不知道？好吧……我就當你不知道慶學跑到哪裡去好了。可是你們是三個人一起逃走的，要是不知道逃亡計畫也不知道目的地為何，那麼你不就是被騙了？」

站在石川旁的千氏，把這話翻譯給泰福聽。

「你別再說謊了，快從實招來！」

泰福呆滯地抬起頭來望著千氏。

「那個，千先生，剛剛礦業公司的人講了那麼一大串，怎麼你翻譯出來的話就怎麼短短一句？那個人到底說了什麼？」

「他剛說的就是我剛告訴你的話，他要你不要說謊，快點老實回答。媽的，你管我翻譯得對不對？」

「千先生，你還真的很會亂吹耶！」

「你管我？你這傢伙！」

千氏邊吼邊撲到泰福身上，石川見狀趕忙揮手阻止，千氏這才氣呼呼地說：「你以為這事只要說聲對不起就好了嗎？我管你要說真話還是假話，快講點幾句像樣的話。吼！我實在是快被你氣死了！」

千氏搖了搖頭，並轉動一下脖子，頸骨因而發出咯咯聲響。這位千氏與他從朝鮮接來的妻子住在一起，是住在六層樓公寓中低樓層的礦工。他瞪大眼睛怒言：「你這樣只是死路一條，笨蛋！你以為就算是日本礦工也會有比較好一點的待遇嗎？他們一樣會搭船去追捕那些欠債逃亡的日本人，然後在海上就把他們給打死！」

「我們三植也是這樣走的。被他們打死的。」

泰福喃喃自語起來，並抬起頭望著千氏。千氏皺起臉，並咋了咋嘴。

「你要知道，今天還好是石川負責調查。」

石川坐在書桌前，用手指輕輕彈了紙張並說道：「你的妻小都在朝鮮吧？」

千氏開始翻譯。

「他問你老婆跟孩子是不是都在朝鮮？」

泰福並未予以回應，於是石川慢慢問下去。

「身為一個男子漢，難道你一點責任感都沒有嗎？」

千氏繼續翻譯。

「他說難道你不該好好養家糊口，餵飽你的孩子嗎？」

泰福臉上閃過一絲淡笑。

「仔牛都要笑出來了。」

「什、什麼？仔牛？那是什麼？」

仔牛是全羅道方言，指的是剛套上鼻環的小牛，千氏並不懂全羅道方言。

「裝什麼爹呀，這話聽了豈不是連仔牛都會笑出來嗎？」

「裝爹？那又是什麼？」

「我說，又不是我孩子的爹，居然擔心我孩子起來，這話聽了豈不是連仔牛都會笑出來嗎？」

千氏聽了後，勃然大怒。

「你這個人還真是不像話！性格臭成這樣，不嘗點顏色不行，連我都想把你打死了！」

「喂，千氏，我也經歷了不少，在朝鮮人被人欺負的地方，朝鮮人一定會捲起袖子站出來的。」

「我看你純粹就是個壞傢伙吧！你在朝鮮是幹什麼的？」

千氏怒瞪著雙眼。

「張泰福你也不想想自己是什麼立場？逃走又被人抓回來，沒用的傢伙。就是有你們這種傢伙的存在，朝鮮人才會被人辱罵，王八蛋！你要是繼續這樣頑固下去，我也沒有什麼方法可以幫你了。所以人家才會說朝鮮人就該挨打才行。」

千氏講得口沫橫飛，泰福不禁頂了幾句。

「喂，我是哪裡頑固了？我不就說我逃走了嗎？」

「沒有去處、什麼都沒想就逃走？你這話說得通嗎？」

大雨停歇前的這四天，三植的屍體就被丟棄在地獄之門旁的空地上，等到太陽一現身，屍體立刻就被送到火葬場所在的中之島。大雨過後的晨光總是特別閃耀，就像突然來臨的好消息般，那天早上照射在勞工建築玻璃窗上的晨光格外耀眼。

不曉得是不是因為被丟棄在大雨裡的三植屍體已開始腐敗之故，拿著老舊塌塌米表皮把屍體包起來的清潔工都拿東西遮住口鼻，而且把屍體運送到船上以後，每個人也都別過頭去，無法正對著三植的屍體。

「船舶場上的那具朝鮮人屍體今天就要火化了吧！」

剛結束夜班工作，正打算返回宿舍睡覺的明國，剛好聽到別人在討論三植的屍體，氣急敗壞地趕緊衝出宿舍房間。「三植要走了，連個哭聲都聽不到……這樣死也太淒涼了！」明國亂步衝出宿舍，往公寓間的坡道飛奔而去。

「是那艘船嗎？」有一艘小船正航向長崎。

雙腿不停顫抖的明國，仔細眺望著破浪前進的那艘小船，止不住的淚水沿著鬍子稀疏的下巴掉了下來，等到小船開到島嶼後頭再也看不到的地方，他才握拳拭去淚水，並從原路往回走。他現在總算明白了，朝鮮人，一旦失去了國家就連人都不如。

明國慢慢地走到防波堤，晨光籠罩在他的身上。他回想起三植，這傢伙是個兇悍又沒耐性的血性漢子，每當他額冒青筋，一股腦地發起火來時，大家都不敢與他四目相對。

「就憑你那副性格是能成什麼事？難道你覺得心裡不爽快，身體裡頭就會刮起冷風來嗎？凡事有各種可能，你可不要太亂來。人家不都說槍打出頭鳥嗎？」

「大哥，我什麼時候亂講話了？一字加上一橫槓就是二，王字加上一點就是玉，這不是同一道理嗎？鶴嘴鋤的用法就算說到人耳朵長繭，使用起來不也就那樣？」

「就算是那樣，難道每個人都亂發脾氣嗎？」

「唉，不然呢？大哥你也想一想，現在大家都是五人或十人一組進去挖礦，要是有個傢伙做不了份內的工作，把事情搞得亂七八糟，這樣也要默默當沒事嗎？」

三植每次講到亂七八糟的時候，一定會用日語講。他這個人性格就是這樣，不是一就是二，動不動就會冒出用日語講得亂七八糟。「我說他才是呢！用語一致點不是很好嗎？偏要講得這麼亂七八糟！」

三植這傢伙，老是和坑道內工作的同組組員意見不合，臉上總是青一陣紅一陣的啊！呆坐在防波堤上的明國，雙手掩面並失落地低頭埋入雙膝之中，心中一陣難過：「唉！我不知道，三植啊，我現在真的不知道活下去究竟有什麼意義了。你這傢伙都要被送去火化了，而我為何卻如此無言？」

這時明國回想起三植在世時最愛唱的歌——別瞧不起他關客里的寂寞之人、阿里郎，阿里郎，阿啦里喲，我正越過阿里郎關口。「以後，不管是傍晚時分進入海底礦坑時，還是遙望遠在煙霧繚繞的大海那一側、火葬場所在的中之島時，大概都會想起很會唱歌的三植吧？只要想起你這個又執拗又無法置別人不管，擁有善良心性與悅耳歌聲的傢伙，就叫人心痛不已，這叫我以後想起你時，要怎麼面對那一片大海？看到上空中啼叫盤旋的海鷗經過時，我的心就會像被撕裂般的痛呀！」

那天，得到石川的許可以後，明國熬了些粥帶到勞務係地下室去探望泰福，在經過連日來的拷問以後，泰福根本無法自行張嘴就食。看著泰福本來好好的模樣，被摧殘成半死不活，就連喝個粥都難以張開嘴巴的樣子，明國心裡不禁嘆息了起來，同時也覺得泰福這傢伙果然夠狠。

「堅強一點！就算被這些惡狼抓走了，也不要昏迷失神，撐過幾天就能活下去的。」

除了這話以外，也沒什麼能說出口了。明國只得無奈地長嘆一聲。

「要是你覺得難過，要不就想想你在脫姑娘的衣服吧。」

泰福默默無語。

「啊，那又怎樣？我聽人家說，辛苦的時候，只要幻想一下自己去找小姐開房間，就可以撐過去了。」

泰福緩緩地開了口。

「去漢城（譯註：漢城於西元二〇〇五年後才更名為「首爾」，本故事時代背景中，仍稱為漢城）的話，那裡有個地方叫麻浦。」

不管是漢城還是京城，明國都沒去過。

「麻浦那裡有個大福商會，只要去找那裡的老板，就能問到我家人的消息。」

「你沒頭沒腦地說這些是什麼話？你現在是在說漢城的事情嗎？」

泰福點了點頭。他現在正處在精神恍惚的狀態中。

明國凝視著泰福，絲毫不知道他在說什麼。

「請你幫我找找吧。我有個孩子，當你找到他時，請告訴他你是他爸爸在世時的朋友。」

泰福說的話含糊不清，然而明國再也不忍面對他的樣子，難過地別過頭望向窗外。由於調查室位處半地下之故，窗外風景不過是一片枯萎的雜草罷了。

「你這傢伙，像我們這種窩囊廢也沒多少時間可以享受人生，你現在可別再說這種喪氣的話了。」

「不是的。這樣下去，就算他們放了我又如何？就算身體好轉了，又有誰能收留我？那裡可以讓我倚靠？」

「你講得太直白了。」

「所以我才要拜託你呀……拜託你一定要去找我的孩子，他叫做吉男，你一定要記住喔！我孩子的名字是吉男，然後要去大福商會打探他們的消息。」

「你這傢伙到底在想什麼？我自己也都自身難保了，居然還要我傳話給你的孩子？我們要是死了，一切就都結束了，哪會知道是哪座山裡有杜鵑在叫？哪會知道刺木芽長了，就是春天來了？」話說著說著，明國難過地搐騰著鼻子，並轉換話題：「可是……你的孩子要是已經那麼大，你到底是幾歲生小孩的呀！」

「我十五歲就娶老婆啦，我老婆大我兩歲呢！」

「怎麼被你講得好像在講別人的故事似的！」

明國噗哧一笑，繼續問道：「嗯，那麼……漂亮嗎？」

「肯嫁來我們這種做工人家，光是這點就很感激不盡了。」

「話說得還真好聽！不過感情再怎麼平淡，不也是把孩子給生了嗎？」

「這兩件事又不一樣！」

「也是啦，要是真讓你遇到閃亮明珠，你也不會過這種日子。」

泰福繼續喃喃說道：「長大懂事之後，才曉得她嫁進來我這一貧如洗的家門，大小家事卻從未讓我操煩過。他們家可能有人當過東學軍（譯註：東學軍，意指東學黨組織的農民軍）吧……離開家鄉並輾轉移居各地之後，最後才把女兒嫁來我們這裡。」

喃喃述說自己故事的泰福在筋疲力盡之下，沉沉地睡去。一想到泰福明天不知道又要面臨什麼樣的苦楚，不禁一陣心酸的明國離開勞務室，嘴裡不斷反覆念著泰福兒子的名字，吉男，只是明國自己也清楚，不知何年何月才有機會去找尋泰福兒子的下落。

拿著空碗走出勞務室的明國並不知道泰福偷偷把筷子藏在自己的懷裡，而看守勞務室的佐藤也沒有去查看明國手上的餐具。佐藤只是把香菸滅了，咆哮地問明國：「他吃光了嗎？可以了，吃光就好。」

吃過午餐後，佐藤再度回到地下室來，一看到千氏和木村便如此說道：「把他解開吧，再綁下去可不行。」木村才剛把綁在泰福腳上的繩子給解開，佐藤便立刻上前抓扯泰福的頭髮，並用力往後一拉，大聲問道：「你還是不講嗎？」

千氏磨蹭了一下才開始翻譯：「他要你快點老實招來。」

泰福搖了搖頭，於是佐藤轉過頭告訴站在後面的木村：「沒辦法了，把他吊起來吧！我現在終於知道這傢伙有多硬頸。」

「把他吊起來嗎？」

木村好似覺得這樣的處置太嚴重，於是反問佐藤。不過就是個逃走的傢伙，現在這樣的拷問明明已經很夠了，可佐藤反而怒瞪雙眼，並把嘴裡的香菸吐到地上，用腳熄了菸火。那時正好是大舉引進朝鮮雇傭礦工的時候，在這些朝鮮人來以前，勞務管理本來就已吃力，現在偏偏又發生了逃亡事件，時機非常不好。

佐藤把身體蜷曲的泰福拖到牆邊，揮了揮手召喚木村，要木村把泰福的雙手張開，然後把他綁在裝有鉤子的木頭上，並吊在天花板。當木村轉過身要取繩索來綁泰福手腳時，突然從背後傳來佐藤的悲鳴聲，木村回過頭一看，只見站起身的泰福把佐藤的脖子從背後用力拉扯下來。

「我要殺了你……」那不是悲鳴聲。泰福的嘴裡傳出猶如猛獸般的吼叫聲，傳遍了整個地下室，木村眼見佐藤的前胸一片血紅，已經嚇得失魂。原來泰福拿筷子刺入佐藤的脖子。此時佐藤已趴倒血泊之中。

結束一天工作的明國，出了升降機後，緩步在漆黑的隧道裡。這天明國只想趕走腦子裡的胡思亂想，一整天只是無語地不停挖礦。

走出隧道後，明國才發現自己並未交還頭燈，而頭燈依舊掛在額頭上。掛在額頭上，用來照亮前方的安全燈就是頭燈。明國心想自己大概是暈頭了，在這裡，不交還頭燈會被視為從工作中逃亡，不僅勞務係員們會跑來宿舍天翻地覆並進行人員點檢，沒交還頭燈者還會被帶到辦公室受人辱罵。已經走出隧道的明國，為了交還頭燈，正打算趕快跑回隧道時，聽到了幾個朝鮮礦工的交談聲。

「聽說佐藤被船載走了？我聽人家說他流了很多血，也不知道還能不能活下去。」

「這可是大事件吶！到底為什麼會發生這種事呀？聽說是那個逃走又被抓回來的張泰福幹的？」

「泰福也被人帶走了啊，被綁好帶走的。」

那晚，夜色如鉛一樣深沉。和平常不同，很多人早早就已上床入眠，至於那些睡不著的人，則是小小聲地討論泰福的事情。

「那傢伙膽子可真大耶！先是逃走被人抓回來，接著是刺殺人家，看來他肯定會被關很久了，不是嗎？」

「關什麼關呀！我看應該會直接判他死刑吧，畢竟是朝鮮人刺殺日本人耶！」

面向牆壁躺臥著的明國，慢慢爬起身來，並走出宿舍，不同在公寓前的路口來回踱步，不知怎地，今晚日本人宿舍照射出來的燈光特別溫暖。明國抖著被海風吹冷的身體，避開警備哨所的燈光後，爬到防波堤上。

「三植已經死了，泰福被人上繩帶走了，現在只剩沒用的明國還留在這裡，泰北啊，如果你是尋死，那麼為什麼不決心好好活下來呢？你這笨蛋。你要我去麻浦幫你打聽孩子的下落，你以為我知道麻浦在哪裡嗎？明國啊，你這傢伙也真夠冥頑不靈的，獨自存活下來，結果只能流淚哽咽，想想你也真是可憐。」

「媽媽。」

明國顫抖的嘴巴裡，吐出來媽媽這兩個字。「我好想跳海求個一了百了，雖然我一直告訴自己要忍耐，可是媽媽，我覺得我再也撐不下去了，他們就像是我的兄弟手足，你要我怎麼能獨自一人活下去？慶學也是，不知道他現在究竟在哪裡，也不知道他是不是還活著，我想他大概也是死了吧。」

「媽媽。」

明國在黑暗中大聲呼喊，海浪吞噬了他的悲鳴聲，並狠狠地往防波堤下打碎。

「你是在哭什麼！」

黑暗之中，突然傳來聲音。是女子的聲音。

「我看你還真是白活了。一直叫媽媽，接下來是不是要玩搖頭拍手的遊戲啊？沒用的傢伙！」

明國嚇了一跳，轉頭往聲音來源處看去，卻只看到一個黑影。此時，女子的聲音再度傳來。

「看你一直媽媽、媽媽的叫，我看你是朝鮮人吧？」

「你是誰？」

「跟你說你就知道嗎？」

「你到底是做什麼的？怎麼會跑來這裡……」

也不知道這女子是不是喝醉了，他的回答突然自暴自棄了起來。

「我？賣東西囉！賣酒、賣唱，你以為只賣這些嗎？我沒什麼東西不能賣的，是個爛女人。」

現在這又是在演哪齣戲？真是受不了。怎麼會有個朝鮮女子跑來這裡亂發脾氣，還用半語（譯註：半語，用在比自己年紀小或同輩者，其他情況以敬語為主）跟我說話！聽他說話的口氣，不像是個家庭主婦，雖然有聽說島上三座遊廓裡有朝鮮女人的存在，這還是我第一次遇見。

明國一邊碎念著遇到怪女子，一邊朝大海吐了口口水。這時女子踩著木屐，啪搭啪搭地朝明國走了過來。

「聽說朝鮮人殺了一個勞務係員啊？這消息已經傳的滿城風雨囉。」

沒想到這女子也聽到風聲了。明國這時打算越過女子，趕快回到宿舍，然而女子卻擋住他的去路。

「喂！既然要殺，不就該一個一個地殺掉嗎？難道要用馬吃馬、用卒吃卒嗎？這又不是在下象棋，不是嗎？光算人頭都知道日本人比較多呀！」

因為夜色昏暗之故，女子的樣貌看起來十分模糊，不過憑藉著後方宿舍照出來的光線，可以看到女子穿著日本罩衣，又留著一頭長髮。明國嘟囔了起來。

「本來沒什麼地方可去，來了這裡卻又遇到……」

「沒地方可去？不然大叔你是做什麼的？別人連人家的脖子都刺穿了，那你又是做什麼的？」

「真是的，我現在這是躲了叫化子，卻遇到癩子了是吧……」

「沒錯，我是癩子，那大叔你咧？你又是做什麼的？大叔你也去刺人家脖子啊，去刺啊！」

明國氣得聲音都抖了起來。

「那個人，不是你可以隨便亂講的，你還不快給我閉嘴！」

「唉呀，是這樣啊！朝鮮大爺。好吧，那不然你今天挖了很多礦嗎？」

「讓開！」

明國推開女子的肩膀，並從防波堤上頭走了下來。此時，那個女子的哭聲從後頭傳來。

「大叔，你以為就只有你想呼喊媽媽嗎？所有人都一樣，我也是！我也想盡情地呼喊我的媽媽才跑出來的呀！」

明國顫悠悠地走著，突然心中一股激動，感覺好像有什麼就要爆發出來似的。我的老天！早知道就該好好敬拜天地了。

「媽媽。」

那名女子正在後頭抽泣了起來，他哽咽的聲音乘著波浪聲陣陣傳來，明國只得往回走了幾步。

「喂！雖然我不知道你是發生了什麼事，不過你不要這樣……這裡風很大，你快點回去吧。你也知道這樣不會讓你心裡變得舒服一點啊。」

「喂！你該不會是想要跳海尋死吧？」

「我要是在這裡變成魚餌，還是被海鷗叼去吃了，都不關大叔你的事！」

「你管我！」

「如果是別人，那也就算了。看在你是同胞的份上，我才會跟你說這些的。」

女子靜默無語。明國心中雖又覺得自己多管閒事，不過還是忍不住先開口了。

「雖然我不知道你是在哪裡做什麼的，可是人在異鄉，又有誰不委屈了？既然你喝了酒，還是早點回去好。」

語畢，明國轉身欲離去，那名女子則叫住明國。

「喂！大叔！」

那名女子仍坐在漆黑的防波堤上。

「那大叔你呢？嘴巴這麼行，怎麼不去當律師，跑來這裡做什麼？」

「你，到最後還是不聽話嗎？」

女子的臉龐與遠方警備哨所的燈光剛好呈現逆光的狀態，看起來像是一團黑影，他呆坐在防波堤上，還彎著身子，努力噘嘴並忍住不哭。「大叔你問我是誰嗎？我叫花子。為什麼？因為我本名叫錦禾。就是根爛命賤，才會跑來這裡，你問我為什麼要跑來這裡？因為我昨天被監督打了，背上痠痛得要死，媽的！那個王八蛋！要不是我脾氣改了，不然你老早就死在我手上了！」

錦禾的聲音越來越小，隨即又抽泣了起來。

「媽媽，媽媽！」

警備員邊跑過來，邊大聲吼叫。

「是誰在那裡？」

3

下了船後，瑞螢站在河岸邊，默默看著母親走回家的背影，直到看不見為止。當母親的身影從視線中消失以後，遠處的五峰山降下山霧，一路浸染到河岸邊。當夜霧籠罩在昭陽江時，就代表了秋天的到來，瑞螢佇立水霧之中，想著春川秋意漸濃。

瑞螢放棄通往下方泉田的大馬路，並越過村頭船隻，緩步走在五峰山霧繚繞的清幽小徑上。由於平時只有少數背著背架或牽著牛隻的農夫會行經於此，這條小路一直都很幽靜，所以母親也很了解女兒想要漫步於此的心情。暫時從家裡出門來的洪氏，一邊望著牛頭平原，一邊輕聲說道：「好好保重身體吧。你也已經不是要人照顧的小孩子了……」

「我會慢慢走的啦，回去也不用做晚飯。」

「公婆們都在家，你還是不要太晚回家，畢竟家裡都是長者，總是得讓人家放心才行。從現在開始，你可不要抬重物，也不要去工作了。」

話雖這麼說，但瑞螢手上提的也不過是一只包袱，而做母親的也沒有聽到女兒講婆家的事情。

「等秋收結束以後，我會叫漢東送一袋過去給你。」

瑞螢的夫家經營知名碾米廠與金礦產業，家裡什麼都不缺，所以瑞螢娘家那裡送來東西時，也不會因此而感到開心。瑞螢笑著和母親說：「這樣老公他可要開心了。」

每當母親送東西過來時，夫家這裡就只有老公會笑不攏嘴地感激丈母娘。瑞螢在心裡默默自語：你並不知道我有個好消息。

「漢東最近沒說要去滿州找哥哥嗎？」

「你是什麼時候聽說的？」

傳言瑞螢的哥哥去了滿州，但卻沒人知道他的所在，可說是居無定所。從小漢東最愛跟著哥哥，哥哥離開以後，漢東彷彿瀕死的落鳥般無精打采，常常說自己當初也該跟著哥哥去滿州，不然就不會像現在一樣苦苦等候哥哥的歸來。

「你知道那傢伙到底在想什麼，還有催他快結婚成家時，他會回你什麼話嗎？他會說他寧願去死。」

瑞螢就這樣和母親邊聊邊走，一路走到了東口。

「到底為什麼想要回娘家幾天的要求是如此難以開口呢？」為了告訴母親這個月未落紅，瑞螢得小心翼翼不讓夫家察覺，好不容易才得到許可回娘家幾天。回到娘家的隔天，母親說這得趕快進行調養，便急忙帶著瑞螢去找牛頭泉田的針灸大夫，大夫見到他們的到來，露出一臉早就得知的得意表情。

大夫為瑞螢診完脈後，告訴瑞螢：「有喜啦，恭喜你了。」

當初把女兒嫁出去時，正好是醃泡菜時節前、鹽船駛近昭陽江的秋天，結婚後的這兩年來，女兒的肚皮卻一直都沒有傳出好消息。對此常感到憂心的母親，此時忍不住用手按壓著激動的胸口，緊張地吞了口口水。

「那麼……」

「這一看就知，很明顯地已經懷有身孕。你說我這個人是誰？難道我會亂說話嗎？現在只要好好調養身子就可以了，您可以回去告訴老爺這件喜事了。」

針灸大夫說的話，聽在瑞螢耳裡，就像是遠方傳來的風聲，她轉過頭看了一下四周，發現牆壁到天花板掛滿大大小小的藥袋。

瑞螢慢慢地走著，就像是要計數腳步似的。在砂地不遠處的岸邊丘陵上，黃澄澄的月見草雖盛開著，但看起來卻略顯淒涼。是啊，又有誰能阻擋歲月的侵襲？每個人都各有自己的巔峰時期。月見草只在晚上盛開，一到早上就會謝掉，然而不知何故，月見草周圍必定開有白色一年蓬，月光下的一年蓬與月見草，看起來芬芳又高雅。「我們有時會把月見草稱為夜來香，還記得那是小時候跟著哥哥去夜釣時，哥哥告訴我們的。」

「現在我就像是被陌生的命運圍繞著，然而這種什麼也抓不到，彷彿沙粒從手掌上流失般的感覺又是什麼？此刻我有了身孕，即將成為人母，但我仍未有任何實感。不過，我強烈感覺到有什麼已經開始，而且這個感覺猶如磐石般堅定不搖。」

為什麼要回娘家？「大概是因為我有了身孕吧。」結果瑞螢也只能吐出這句話來，他不由得自己無聲地笑了一下自己。明明這又不是什麼丟臉的事情，可是就老覺得不好意思，而且這也不是必須隱瞞的事情，但不隱瞞又不行，只希望老公他眼光利一點，能夠察覺。不過，也不是只有這樣而已，想到哪天早上醒來以後，自己的孩子就躺在身邊，那畫面有多美好……想著想著，瑞螢自語：怎麼我這人想法也就這麼短淺呢？

秋意漸濃，綠草也逐漸乾枯，當天空降下瑞雪，時序便轉入冬季，「到了明年春天，孩子就要出世了，原來這就是人生嗎？」瑞螢不禁思考了起來。「好想老公啊！該怎麼告訴他好呢？老公，我懷孕了噢。」瑞螢雙手像是在抓石頭般地攥來攥去，並不斷反覆練習該如何告訴老公這個好消息。

路邊的狗尾草也枯萎了。這條路是來往娘家必經之道，每當瑞螢越過昭陽江，沿著這條路返回夫家時，她總是會輕輕地對著路邊狗尾草說：「狗尾草啊，就算你一直被人踐踏，但你也是很努力地過活呢！父親曾說過，哪怕孤挺於強勁江風中，之後不敵而倒下，那就是生命的尊嚴。父親曾說過，就算失去了國家，也不能失去尊嚴，以後我也會把父親的教誨傳承給我的孩子。」

陷入回想的瑞螢突然驚覺，原來過去自己就只長了個子而已，然而如今卻不同，體內深處好似有深根成長。「沒錯，這就是所謂的懷孕吧？現在我真的要為人母了。」此刻瑞螢的心情就像在下過春雨的院子裡發現新芽般的心情，體會到自己的體內也正萌發新芽。

「是呀，我們人呀，就算每個失去國家的百姓都是衣衫襤褸，但沿著大龍山腳行至鳳儀山下這片陽光照耀的秋光明媚，卻不可能變得淒涼殘缺。」站在日本人入侵後所建蓋的昭陽橋上遠眺三嶽山之群峰峻嶺，只見群山巍巍，瑞螢在此停下腳步，欣賞夕陽餘暉染紅河水殘波，重新感受到世界的美好。

瑞螢一直認為春川是受到群山名水環繞而孕育成的都市，他在與華川江與昭陽江交會而成的新延江中段稍作停留，然後嘆息地揮起手道別：「再會了，春川……」唯有春川，才知曉揮別昭陽江的背影是什麼感覺啊。要忍耐，越是辛苦就越要忍耐，春川的歷史不就像河口的堆積物一樣，經過年深歲改，而累積了歷史的厚度嗎？曾經，春川不也是如今早已不復存在的貊國首都嗎？正是因為如此，行至德斗院平地的昭陽江水，在穿越三嶽山腳之後，經由衣巖而去的背影更有一股朦朧美。

美麗的鳳儀山景，總是能夠溫柔安撫春川人們的每一天，以及他們日常生活的街道。當或前或後的杜鵑花與山躑躅將三嶽山染成一片通紅之後，時序隨即進入夏季，只見藤蔓開始從大龍山腰盤節環繞，好不壯觀。等到山葡萄與獼猴桃散發出成熟的香氣，橡子從樹上掉落下來，松鼠開始忙著穿梭撿拾橡子的時候，季節已流轉到深秋時分。但若你看到沙獾出沒在岩石底下，那就表示牠們正在準備過冬，而山雉也會在整個冬天裡忙著在春川群山的山腳邊上上下下活動筋骨。

瑞螢背對河岸走入昭陽洞，街上盡是已經關門的商店。他一邊看著那些依序被標示為一二三或甲乙丙的商店門板，一邊走著。

當瑞螢走到通往家裡的巷口時，河堤與馬路之間的廣闊河灘不知不覺已是夜色低沉。昭陽江渡船頭所在的這個村子，雖然早在幾年前就被改為永樂町這個日本名稱，但這個名稱始終是個陌生名號，所以沒什麼人這樣稱呼。

對於在這裡落地生根的居民來說，他們仍習慣叫這裡為前坪。由於這裡是小鎮前方的田野地區，因此得名前坪，至於鳳儀山後頭的村落則是後坪。因此，這兩個地方分別被叫作前坪里與後坪里，兩地居民長久以來也一直和睦相處。

瑞螢加快腳步，她一邊想著人在商店還沒回家的老公，快速地走進家門，然而此時他卻一臉錯愕，不由得停下腳步。此刻是準備晚餐的時間，家裡應該正鬧雜著，可是現在卻是一片靜寂。公婆不在家，就連嫂嫂明淑也不見蹤影，不只如此，姪子們彷彿也被嫂嫂帶走，一樣不見人影。瑞螢問廚工華川人都去了哪裡，他卻只是搖搖頭，什麼都不知道。

「我也不知道發生了什麼事，只看他們就走了……我沒多問，他們也沒告訴我要去哪裡。」

華川平常就愛和人聊八卦，「難道話講多了就會成真嗎」這句話，是他平常掛在嘴上的口頭禪。

不過僅僅五天，剛從娘家回來就發現家裡散發出不對勁的陰冷氣息。「究竟發生了什麼事？」瑞螢心煩意亂地環顧家裡一周，此時空盪盪的家裡已開始滲入暗黑夜色。

離開娘家後，渡江返回時的激動心情，還有想著該怎麼告訴老公懷孕這好消息的喜悅，在這一瞬間已煙消雲滅，換來的是心中落入沉甸甸的重石壓迫。屋內漆黑一片，瑞螢踩著沉重的腳步走入大廳並點亮燈火，只見院子裡的白色雪花寒光閃閃，家裡養的黃狗正俯臥一旁。

一直到了深夜，門外才傳來聲音。

「媽，是你嗎？」

瑞螢站起身來。伴隨著地板上的腳步聲，房門慢慢被打開，志翔走了進來。

「啊，你來啦。」

志翔滴咕了幾句後，便隨意在地板上坐了下來。他的表情看起來就像是在跟陌生人說話般，與瑞螢相隔幾日未見，表情竟不見任何欣喜。瑞螢小心翼翼地詢問：「這幾天過得好嗎？」

志翔只是點點頭，並未開口回應。

「這幾天沒什麼事吧？」

志翔一語不發，眼睛只是直愣愣地瞧著地板，彷彿要把地板給看穿似的。為了打破這緊綳的氣息，瑞螢再度開口：「我做錯了什麼嗎？為什麼你一句話都不說？」

「你在胡說些什麼。」

志翔嘆了口氣，才緩緩說道：「看來我得出去一趟。」

瑞螢驚訝地急問：「大半夜的……你要去哪裡？」

「媽媽他現在正過去長野家。」

志翔突地起身。長野先生，是掌管這裡治安的警備負責人，婆婆跟他們那一家的女眷關係並不好。打從一開始，瑞螢就覺得事情不對勁，所以他也站起身來：「我也要去。」

「你也要去？」

志翔慢慢地轉過頭來看著瑞螢，彷彿下了重大決定似的，用力點了點頭：「好吧，那你快點出來。」

走出家門的兩人，默默地走在已經打烊的商店街上，朝日本人居住的瓦片屋前進，這時志翔不停地加快腳步，而瑞螢只是透過路邊商店流瀉出來的燈光，靜靜地看著志翔並緊跟在後。瑞螢並不知道這時該說些什麼，但他更擔心志翔會說出什麼嚇人的話來。

「是店裡發生什麼事情了嗎？要不然婆婆怎麼會在長野家待到這麼晚還沒回家呢？」由於夫家這邊並不只經營碾米廠，事業之多就連大伯的妻家那裡，也會努力與親日團體打交道，所以一直和日本人那邊維持良好的關係。公公斗英總是穿著西服，並梳著一頭中分油頭，自從瑞螢嫁來以後，他從未曾看過公公穿著韓服。

不知哪裡傳來惡犬咆哮聲，原本低頭快步的志翔停了下來，並轉身看著瑞螢。

雖然志翔一臉僵硬，但由於背著光線的關係，瑞螢並無法看見他的表情。最後，瑞螢終於忍不住開口問道：「到底發生了什麼事？你總得讓我知道發生了什麼事才行呀！我也是這家裡的一份子！」

「我們家裡可能接到雇傭徵召令了。」

「這又是什麼事？什麼雇傭徵召？一直以來，家裡不都能避開徵召嗎？」此時瑞螢只覺一片眼花，隨即又立刻感到憤怒。「什麼！竟敢對我們家發出徵召？連當初都不敢對我們家發出學生軍和雇傭兵的徵召了，現在竟對我們發出雇傭徵召？」

不管是到哪一個村鎮，或是釀造廠及碾米廠，不用報上名號，人人也都知道瑞螢夫家的家族，這也是一種財富的象徵。為了維護家中的資產，瑞螢夫家對日本人向來是言聽計從，才得以打入他們的圈子。

隨著落腳春川的日本人越來越多，通往車站的金剛路變成更加寬廣，同時也更為暢通的一條大馬路，於是物流中心也越過昭陽江，移轉到春川的城鎮裡，瑞螢的公公——金斗英，很快就嗅到商機，早早就在前坪設立了碾米廠。不只如此，當初市場進駐的跡象開始顯現時，瑞螢夫家認為吃飯皇帝大，是人就要好顧好肚子，所以也很快就在米店開始販售各種乾貨，為家業打下深厚的基礎，最後甚至跨足金礦開採業界來。

瑞螢是抱著死為金家人的決心嫁過來的，因此身態一直放得很軟，就算被人指指點點為親日派人家的媳婦，他也認命地接受與面對，他並不把這視為生活的艱辛，而是了解身為媳婦的承擔莫過於此。可是，事到如今居然要被徵召為奴工，瑞螢心裡百般無法接受。

被人說是親日派的感覺如何？不就是被人指指點點，還要被人斜眼以對，這瑞螢哪裡會不知道呢？可是說穿了，那也就是招嫉罷了，咬著牙忍耐就好。「只不過既然已經如此忍耐，為什麼還要徵召我們家的人去當工人呢？」

瑞螢的聲音逐漸平靜下來。

「爸他多配合日本人！還有，大伯也不該被徵召去當傭工啊！」

瑞螢的大伯是個讀書人，曾留學日本，雖然當初並沒有把大學念完，但再怎麼說，也是系出日本名校早稻田大學。

「怪不得，婆婆就是因為如此才會跑去長野家。」在這個吃甜就吞、嘗苦就吐，只有懂得阿諛奉承，才能生存的無情世道裡，要怪也只能怪就算一根稻草都得緊緊抓著不放，無力反抗疾苦的我們了。瑞螢想起每當公公去見郡守老爺時，自己站在墊腳石下，拿著幫公公準備的帽子與拐杖，那就跟古代的馬牌一樣，象徵著財富與力量。

慢慢移步的志翔，一邊環視著漆黑的巷口，一邊壓低聲音告訴瑞螢：「我想了想……倒不如讓哥哥去滿州，只要能讓我們過得了眼前這關就好了，不過爸爸他大概不會答應。」

叫大伯接受徵召？這可真是晴天霹靂。瑞螢內心正喃喃自語，志翔又繼續說道：「大哥老婆家那裡要是有什麼消息就好了。女婿要是被徵召，他們人脈廣，不可能坐視不理，眼睜睜讓女婿被徵召走才對。聽說大哥那個有本事的表舅子人就去了圖滿江那裡，一個叫做會寧的邊境城市……」

啊哈！難怪大伯的連襟不在家。瑞螢點點頭，並想起嫂子明淑，他們家也是城裡都認識的有錢人家。會寧，聽說是進攻滿州的後勤基地。志翔努力壓抑著憂鬱的心情，只是默默地走著。他心裡想著：「能夠進出內地滿州，也得要有本事才行，但是去那裡能作什麼？當朝鮮人的密探嗎？不然就只能在日本人底下出賣國家，換取榮華富貴了。這麼說來，大哥老婆家本就不是權貴世家，那個表舅子大概也只是個賣國奴罷了。」

一直沉默無語的志翔突然轉過身來，換了個表情問瑞螢：「唉，你瞧我這精神！都還沒問你岳父是否安好呢？大家都過得好嗎？」

強風吹襲之下，錦禾的衣角剎那間纏繞在一起。「那人是剛從市場回來嗎？」只見雙手抱著物品的日本女子，正蜷縮著身子在逆風中快步通過錦禾身旁。「他們也真是可憐，到底是犯了什麼罪過，才會生在這戰爭亂世中？」錦禾撩了撩垂下的髮絲。「不對，說不定不是這樣。你們這些人不都一樣嗎？就是你們整個日本一起作亂的，總有一天，你們也要付出代價，得到報應！」

錦禾走在公寓巷子內，此刻燈火通明的日本人宿舍裡傳來陣陣烤魚的香氣，還有孩子們的嬉鬧聲，錦禾感嘆：「活著就應該是那樣吧。」

「你這娘們！客人都上門了，你到底又去哪裡鬼混到現在才回來？你瘋了嗎？」

才一走入遊廓本田屋，加藤就對著錦禾大罵髒話。

「臭娘們，你動不動就到處亂跑！」

「我不過是去吹了個風。」

「哼！你這娘們，這裡的屋頂都快要被風吹了，還出去吹什麼風？」

錦禾沒有回嘴，只是淡淡地問：「是誰來了？」

亮著燈的客人房間傳來「啊啊」的叫聲與拍掌的聲音。

「是勞務係長帶來的客人，曾去過朝鮮。你好好地侍奉他吧！」

加藤看著錦禾走入自己房間的背影，一邊掏出香菸，一邊念著：「那娘們真的是讓人搞不懂，一下聽話、一下發神經的，實在沒看過這種人。」

錦禾換好衣服並梳好頭髮後，走進了客人的房間。

把毛巾綁在額頭上，一邊「啊啊」歡叫，一邊跳舞作樂的男子，與錦禾對上了眼。他以雙手雙腳張開的姿勢，朝著錦禾吐舌：「哦！花子！快點過來。」

係長熟悉地叫喚錦禾，並讓錦禾坐在客人旁邊。

「你可得好好招待今天的貴客啊！阪本先生，這姑娘是朝鮮人。」

錦禾向客人打了個招呼，看來這位客人就是那位去過朝鮮的人。這位客人的眼神看來並不尋常，錦禾先舉杯向他勸了一杯酒。仔細一看，平常並不會出現在這裡的石川也出席了勞務係長主辦的這個場子。本來幾個正在跳舞作樂的男人們，這時也回到座位，眾人不停用日語高喊乾杯，很快地就喝完一巡酒。

「聽說您去過朝鮮，是嗎？」

錦禾問了問阪本，結果係長倒是搶先笑著接話：「唉呀，阪本先生，沒想到關於您的消息連花子都已經有所耳聞了，真是厲害。」

錦禾再次開口。

「那裡好玩嗎？」

阪本睥睨了一下錦禾。

「朝鮮哪裡好玩了？我是去工作的，我可不知道朝鮮哪裡好玩。」

「不喜歡，那就別講了。」錦禾趕緊轉移話題。

「我想您可能沒在那邊認識好女孩吧。」

「我問你一個問題，朝鮮人老是愛講『沒事斯密達』，那是在講什麼？」

原來他是在講『沒關係』，錦禾笑了出來。

「您是說『沒關係』嗎？用日本話講，就是『大丈夫』。」

「是或不是，也得把話講清楚，這樣人家才聽得懂啊。朝鮮人不管喜歡還是討厭，就只是一直講『沒事斯密達』，真是糟糕。」

「那麼您還知道其他朝鮮話嗎？」

「當然知道啊！像是狗娘養的、他媽的、吃屎吧、放狗屁，還要繼續講嗎？」

錦禾不禁皺起眉頭。這傢伙到底是怎麼一回事，怎麼盡是狗娘養的、他媽的、吃屎吧這種話？連「吃屎吧」這種髒話他都懂？

笑出聲的阪本一邊向係長勸酒，一邊這麼說：「新遷的大橋朝鮮所需要不少人力，所以這次只能分配給你們一些人。」

「我們這裡也是苦苦需要人力，上頭說要增加煤礦產量，可是我們人力根本不足。總之，感謝您的幫忙。朝鮮那裡也跟以前不一樣了吧？」

聽他們的對話，看來阪本是帶著一批雇傭礦工來的官員，為了多引進雇傭礦工，礦業所這裡不得不盛大款待阪本。客人交談時，不能隨便插話是遊廓的行規，尤其在客人講到業務事項時，更得嚴守這項規定，甚至要主動離開席位才行，因此錦禾不再開口，默默地拿起眼前的酒杯，啜飲了一小口。

「現在就算去了朝鮮，也不好徵召到人力。上至總督府，下至駐在所巡查，每個人講到徵召人力都愁眉苦臉的，不知曾幾何時，每個村莊都不見壯丁。以前還有面長（譯註：行政區域「面」的首長）要我們能多帶走一個人就多帶，現在卻是門兒都沒有。」

阪本笑著說他為了搞定徵召這件事，還得從日本帶禮物去拜託那些巡查和面長，也要在沒有旅館的鄉下，和各面的行政關係人員一起辦事，到了晚上，還得設宴款待他們，看著那些肥胖的朝鮮陪酒女都看得他眼睛發疼。

他還說朝鮮人白天都躲在山裡，等晚上才會跑回家，所以他也曾在晚上破門而入去抓人。他說他和當地巡查與面書記在大半夜裡連鞋子都沒脫，就直接衝進民宅，要是看見男丁，睡著的一律拖走，試圖逃亡的則用木刀使勁地打。把人都放進載運卡車以後，就會有一堆老弱婦孺痛哭失聲地跟在後頭……等到這些壯丁都帶到面辦公室，並吩咐巡查看守之後，大夥兒就會在面長室裡喝著他從日本帶來的酒來慶祝。他也感嘆現在不像以前那樣，只要說是煤礦場需要人力，拿出名單就能輕易辦好事情。

「現在是跟他們說『你的徵召令來了，走吧。』，他們就會拒絕，所以不帶著巡查去抓人可不行。」

剛在跳舞作樂的男子插嘴進來。

「聽說這叫作獵兔？」

「說是兔子，還是隻大兔子呢。可是這些朝鮮人，真的很會用額頭衝撞人！你看，像這樣正臉衝撞鼻梁，我們根本動彈不得，就有人衝撞了一個面職員而成功逃走，最後沒有辦法把他抓回來。好不容易才抓滿預定的人數，結果在釜山過個一晚，把人帶上船時，發現又少了十二個人，這也就算了，到了下關，把他們解開並移送到貨車裡，一路來到長崎之後，又少了七個人。這次的徵召，真的相當不順利。」

聽他們說，在把人運送到釜山的路途中，他們曾把人關在旅館裡，並嚴加看管，到了釜山以後，在上船之前，還會有一次最終審查。這個審查會確認該名壯丁的身分是否與戶口名簿相符，在並非直接被他們運送過來的人中，常有混入其他假冒者的狀況，此時會有許多人趁機逃走。從旅館二樓縱身躍下而逃亡的狀況已多有所聞。

根據北海道礦業那邊來的人所言，在駐點於朝鮮的總督府協助之下，好不容易才獲得一百多名人力，但最後卻損失二十名左右。由於搭車前往北海道的路程遙遠，加上北海道地勢險峻，車速無法開的很快，而且坡道路段也多，經常有人會打開車窗，並抓住車窗外的樹枝跳車逃亡。

「唉呀，真是辛苦您了！來，再喝一杯吧。」

坐在係長前的男子，替阪本倒了一杯酒後，便高喊乾杯。

「聽說到了大阪，他們就會吵著要去外頭走走看看？」

「沒錯，有個笨蛋說要和人家炫耀他來過日本，所以我們才帶他四處走走，沒想到到處都有人逃亡，那個笨蛋也丟了魂似的跑了。最近那些地方都特別作夜間通行處理，但朝鮮人一樣會在夜行火車上跳車逃亡。」

他說等到徵召作業結束後，他就會邀請那些幫助過他的朝鮮人巡查到料亭吃個簡餐，有時也會特別任命他們為煤礦所的勞務係職員。這些成為勞務係職員的巡查們，會被委任為「半島人青年特別所」的教師，至於發給他們的委任狀則是以親日團體協和會的名義發出。有時也會發給他們「勞務輔導員證」。

「這次為了湊滿人數，連他們也一起帶過來了。」

「把人都給全掃過來了嘛！」

「因為沒人啊！所以我就請面負責人喝了點酒，叫幾個小姐給他，費了我好一番工夫。」

話雖這麼說，但阪本不停誇耀說他的業績算是很好的。坐在阪本對面的康子不停微笑著聆聽他們的對話，但錦禾心裡卻是越聽越難過，淚別兒子離去的老母親悲泣畫面，彷彿就在他眼前上演著。

「喂！花子，你在幹嘛？唱首歌來聽吧！」

係長對花子吼了一聲，並告訴阪本：「不管是日本歌還是朝鮮歌，這姑娘都會唱，他還懂得跳舞。」

阪本晃了晃酒杯。

「係長，不是唱歌吧？那個呀，特別點的，Special。不是說有技巧好的姑娘嗎？」

聽到阪本的冷冰冰地這麼講以後，係長環視了房間一圈並拍拍手示意：「唉唷，心情已經不好了，還不快點換個氣氛！那個宮子呢？去哪兒了？快叫宮子過來！」

於是坐在係長旁的康子趕緊起身離開房間。「已經要輪到宮子出場了啊？」錦禾靠在阪本的身上，眼睛環視著房間的客人們。這時眾人們都已經爛醉，康子則在房外告知宮子正在準備表演絕活，那可是本田屋才有的特別服務。

本田屋有個叫做宮子的女子，身材相當清瘦，她並不常出席客人的場子，也甚少和客人過夜。正在眾人等候宮子出場時，錦禾心裡起了疑問：「絕活？除了賣身、賣笑、賣酒，還能有什麼絕活？」後來才知道，宮子什麼十八招都會，能用她自己的身體做任何事，在她身上插著毛筆寫字也行。

不久之後，一位穿著日本和服的女子跟在拿著蝦味先的康子走進房內，他就是宮子。宮子身著華服，向客人們行禮之後，就拿起康子手上的蝦味先翩翩起舞，其他女孩們則是跪坐在工子旁，為他營造出特別的舞台。

一曲舞畢，宮子開始搖晃著身體，並一件一件褪去身上的內衣。係長將身體探向桌子上頭，並跟阪本講起悄悄話，阪本聽了以後，便笑了出來。

「那可真有趣。」

「喂！宮子，寫個阪本先生的名字來看看。」

房間裡一陣爆笑。

「名字是嗎？那可得裱起來，以後當成傳家之寶了。」

這時，在旁準備的女孩將毛筆與白紙攤開，並開始磨起墨來。係長一邊抱著坐在他身旁的女孩，一邊說：

「好了，給我們看看你寫字的才能吧！」

錦禾站起身來。

「只要她開始那項絕活，我就會想去上廁所。」

走出房外的錦禾，緊抓著胸口並俯視著外頭的大海。風逐漸平靜下來，防波堤上只有稀稀落落的幾道燈光，海上仍是一片漆黑。「流逝的往日承載著你，那艘離去的船隻，究竟航向何處？想念的你，想念的你。」錦禾在心裡哼起〈淚濕的圖滿江〉這首歌，無聲地呢喃了起來：「不行了，今天得喝個痛快。」

此時錦禾背後傳來一陣腳步聲，石川正走近錦禾身旁。他點起香菸，並說道：「阪本先生本來就喜歡吹噓自己，怎麼？心裡難過了嗎？」

「不是的。」

「花子你還太嫩了，只要講到強徵朝鮮人的事情，你的臉色就變得不好看，我都看到了。」

錦禾默默不語。

「最近大家都瘋了。不斷地爆出事故來，軍隊那裡又正式開戰，上頭一直吵著要增加礦產……礦工人手不夠，這也是沒辦法的事情。」

錦禾轉移話題。

「還是進去喝酒作樂吧，你不喜歡宮子的絕活嗎？」

石川笑了出來。

「我又不是變態。」

房間裡傳來亂哄哄的嬉鬧聲與掌聲，乘著海風被刮向遠處。暗夜猶如滲入海風之中，只聞海鷗鳴啼，疲累的錦禾不禁把臉埋在雙手之中。

4

「這天氣……唉，也太陰暗了，就跟大老婆看到小妾的表情一樣陰沉。今天是這麼重要的日子，至少露出個陽光，這樣誰也不會多說些什麼啊！」吉男望著窗外，喃喃自語。

「什麼鬼天氣！這麼陰暗！怎不乾脆下場大雨呢！」

「唉唷，你就要走了，要是下雨怎行呢？」

以為會下雨的母親抬起圓潤的臉龐，並看著吉男的背影。

吉男打開門，走了出來。人力車快速地奔馳在這條兩旁電線桿林立的漆黑道路上，他凝望著這片陰沉天空，期望著等等天空就會放亮。從鷺梁津這裡搭火車到了釜山以後，接著還要換搭船隻到下關，這裡就是往後未知日子的起點。

早起忙著作飯，把碗盤震的半天響的吉男，默默在心裡下了決心：「我才不要過這樣的日子。總有一天，我要賺大錢，只要有錢就能使鬼推磨，只要有錢，還怕沒有姑娘喜歡嗎？」

吉男端著早餐進來房間以後，母親開口說道：「還吃得下飯嗎？又不是牛肉……」

聽到母親哽咽的聲音，吉男轉過頭去，大聲地說：「我烤了一條鹹魚。」

「你是從哪裡買到魚的？」

「村田太太給我的。看他長得不錯，就連心地也很善良。」

「他們家雖是日本人，為人倒是不錯。好吧，快點把飯吃一吃，等等跟大家打完招呼再走，麻浦大福商會那邊也不要忘了。你爸爸以前也說過，我們欠他們不少人情，人家對我們有恩，我們可不能忘記，要好好報答人家才行。」

吉男走過來坐在餐桌前，並把碗筷遞給母親。

「媽媽。」

「怎麼了？」

「村田先生說等我走了，他會幫我好好照顧你，而且他還欠我一點錢。還有……」

話說到一半，吉男忍了下來。昨天他在作最後整理時，電裡的村田先生流著眼淚這麼跟他說：「福田君你就要走了，這叫我怎麼辦才好，我一個人要怎麼經營這家店呢？」

光是這番話，就讓吉男感激在心了。不只如此，村田太太也很惋惜吉男就要離開這裡。

「日後有緣再相見吧。」

可是，吉男卻不這麼想。「我福田吉夫難道要一直在別人底下做事嗎？既然要賺大錢，就得冒險才行。」

「我再問你一次……吉男啊，你真的不走不行嗎？」

「我得離開才行，請您不用再說了。我下這決定也不是一天兩天的事，事到如今再說這些也沒有用。」

「現在我年紀也到了，再這樣下去，也不知道什麼時候會收到徵召令。既然都得去不可，倒不如我自己主動過去，在那裡謀得工作。」吉男心想。

「你不用擔心媽媽，我還有力氣。」

「可是，媽，爸爸真的人在日本嗎？是在什麼長、什麼崎的地方嗎？我覺得他是去了那裡。」

「我不是說了他在軍工廠嗎？之前他來信說是在做砲彈。」

這都不知道是多久以前的事情了。吉男看著門外，並把頭髮撩了上去，他心想梳著油頭要帥的好日子已經不遠了。

「別忘了要去跟村田家收錢。」

「你已經講了好幾遍啦。」

吉男的第一份工作是在日本人開的商店裡擔任店員，他的父親一直很不滿意他的這份工作。吉男的父親認為幫人做事不會有前途，一定要到更寬廣的世界學習，而且親身學習到的經驗，這輩子都不可能忘記，哪怕在底層打滾，也得在更大的地方才行，所以他結束了在鄉下的農活，舉家遷到京城來，從米店到配送的工作全都做過，才好不容易求得溫飽，因此他常講：「越是年輕就越該去更寬廣的世界闖闖。」

父親前往日本時，吉男不過十五歲。他和吉男約好，等到一切都安頓好，就要來接家人們。

第一次接到父親要吉男別待在朝鮮，想辦法來日本的連絡是在去年的時候。父親在信中表示認識親日團體協和會的成員，可以想辦法取得好找工作的協會證，只不過在那之後，父親便已音信全無。要不是因為母親久病纏身，否則吉男也早就想動身前往日本，沒想到人還在朝鮮，就和父親失去聯絡。

和母親用完早餐，在喝著鍋巴水時，吉男下定決心開口說道：「等我見到父親，我會立刻聯絡您，請您一定要保重。」

「既然已經失去聯絡，要找可不是件簡單的事情，我想他一定在很遠的地方。沒消沒息會讓我心裡不安，你可一定要好好保重身體。」

「怎麼可能會找不到呢？只要去之前他發信來的地址去找找，一定就會有消息的。」

是夜，吉男就要在鷺梁津搭火車啟程。「男兒四海為家，不管我去哪裡，還怕找不到棲身之地嗎？」吉男的心情十分輕鬆。「太好了，趁著現在趕快去闖闖，趕緊賺錢打下基礎。父親也說人一定要到城市打拼。」

吃完早餐以後，吉男先搭電車來到鐘路，先向兩戶人家催收了債款以後，便依照母親的囑咐，前往位於麻浦的大福商會。吉男走進店裡，一邊告訴老板自己今日就要前往日本，一邊坐下來時，正好看到玻璃門外有輛人力車經過，坐在車上的女子戴著漂亮的絨帽，吉男心想自己總有一天也能戴上好看帽子，打扮體面。吉男告別老板以後，踩著輕快的步伐，從麻浦返家。

到了晚上，雨要下不下的，飄起了毛毛細雨。吉男的全部行囊，僅是手中的一個袋子，他在告別母親安氏的時候，視線不禁停留在母親的臉上好一會兒。「原來媽媽也已經這麼老了，今天媽媽臉上的皺紋格外明顯。」吉男咬著下唇：「媽，您進屋子裡去吧，別淋著雨了。」

「不管怎麼說，日本都是遙遠的異鄉，你一定要保重身體，別讓為娘的我擔心。」

「您別擔心，我一定會賺大錢、出人頭地的。我一定會成功的。」

「你沒有錯，生在窮人家不是你的錯。」安氏喃喃自語了起來，吉男趕緊握住他的手。

「那麼我走了。」

「去吧，去那個島國……要小心那邊的水，別忘了媽媽的話。」

吉男轉過身子，開始自言自語：「媽媽也真是的，就算是去島國，怎麼就一直叫我要小心那邊的水。」

安氏看著兒子從巷口離開的身影，安氏難過地蹲坐在大門旁。人家都說孩子長大以後要照顧父母親，可是現在孩子卻要遠走他鄉，安氏不停地流著淚水，失神地坐在地上，不能自已。

吉男朝向蹲坐在門邊的母親揮手，一直示意要她快點進去屋內的樣子，在安氏的眼裡越來越模糊。她心想一定要活著再見孩子一面，於是用手背擦乾眼淚，只是這時吉男早已走遠，其身影就像煙霧般消失不見。

那晚，吉男準時地在鷺梁津搭上夜班火車，原本以為就要停歇的細雨，突然變大了起來。吉男找到位置坐下以後，不經意地望著窗外的大雨與發亮的鐵軌，他突然想起了村田商會裡面快要拿出來秤售的棉花。當冬天來臨，天氣就會變得寒冷，許多客人會前來購買棉花，而做生意的商人總是會提前備貨，只要抓對時機，就能賺進大筆鈔票。然而，成功的生意並非來自天賜良機，而是靠著比誰都還精準的眼光，以及提前備貨的計算，這道理天下盡知。

對面鐵軌上一團黑影，原來正駛入一輛火車。

「到底是怎麼一回事，老公？」
瑞螢顫抖著雙唇走向老公。
「什麼？什麼事？」
瑞螢眼眶裡噙著眼淚。
「德吉他已經從媽那裡聽說了。」
「聽說什麼？」
「聽說要讓你代替大伯被徵召，是你要被徵召。」
志翔皺起臉來，不敢與強忍淚水的瑞螢四目相對。
「進去吧，在外頭別這樣。我們進去再說。」
「果然如此，果然是你要被徵召。」
志翔抓住太太的手臂，此刻瑞螢的淚水已流遍他的臉龐。
「你是想要看我死嗎？我到底算什麼？為什麼我得從別人口中聽到這些事情？」
「別人會看到，你別這樣了。」
瑞螢無力地癱坐在院子裡，嘴裡念念有詞。
「你不要去。」
「這事不是我說了算的。」
瑞螢依舊自顧自地說：「你不要去，若你非去不可，那我也要跟著你去。」
「去是要去哪裡？」
瑞螢低頭看著地上，低沉地說：「我也要去，你去哪兒，那我就去哪兒。就算你住在草棚裡，那我也要跟你同在，不管你是要去北海道還是南方，我都要跟著你，我不能讓你自己一個人去。」

其實是志翔自己說要代替大哥接受徵召的。

「讓我去吧，不要讓大哥去，爸爸他心裡一定也是這麼想的。大哥可是家裡的長子，怎麼能讓長子被徵召走。」

為了家裡，志翔知道唯有自己代替大哥接受徵召這條路可走，所以他很快地就下定決心，而且和父親提及此事時，金斗英也只是低著頭看著坐在椅子上的志翔頭頂，一句話也沒有說。打破父子兩人之間沉重氣息的，是門外發情的公貓叫聲。貓叫聲有如不吉的徵兆，聽得父子兩人心煩意亂。

斗英避開兒子的眼神，問道：「你告訴你老婆了嗎？」

「這是我自己的決定，我暫時還不打算告訴他這件事。」

志翔還沒告訴瑞螢這件事，他心想父母心裡一定也是這樣想，之後也應該由自己開口告訴瑞螢才行。志翔帶著這個苦惱，坐在碾米廠裡度過了漫長的一天，而斗英則是對這樣的志翔說道：「正所謂刀利難削柄，沒想到這句話竟是在說我自己。我知道了，你可以回去了。」

「那麼我知道了，店裡接下來也需要進行交接，我會快點做好準備的。」

當兒子的腳步聲逐漸走遠，貓叫聲彷彿在接龍似的，又繼續從外頭傳來。在這個講究族譜的朝鮮，要是長子收到徵召令，理當由次子代替長子接受徵召，無論是徵兵或是學生軍都是如此。斗英慢慢掏出香菸抽起，關於兒子的徵召問題，他想起幾天前去找郡守佐佐木先生的事情。為了不讓兒子被送去鋪設機場或礦坑，他得想盡辦法才行，目前雖已決定讓次子代替長子接受徵召，但現在還得去拜託人家，不要把志翔送去勞役場，讓他擔任事務工作。

那天斗英坐在佐佐木面前，並打開他帶來的包裹：裝有黃澄澄金牛的梧桐木盒。

「這是我們公司自產的黃金。」

斗英話說到這裡就暫時打住。

「這可是為了郡守大人而特別打造的。」

「感謝您送我這麼貴重的禮物，我會把它當作家寶好好珍惜的。」

佐佐木摸著斗英贈送的黃澄澄金牛，開心微笑著。「您也知道現在銀行那裡跟以前不一樣了，都是多虧郡守大人您的幫忙，資金的問題才能獲得解決，礦場那裡也得以安心運作，小的當然要報答您這份大恩大德。」

斗英海誇了郡守一番之後，接著彎下腰來，小心翼翼地提起兒子被徵召的事情。

「我的兒子接到徵召令了。」

「啊，這我知道。」

原來郡守早就知道這件事情了，他們那邊下的徵召令，然而他卻完全也不給點暗示。斗英心想：「可惡，他根本就是瞄準這點要來跟我敲詐。」

「金田先生，您也知道每個郡廳都得派幾個人出去……我們這邊會想辦法好好處理，不過道廳那裡也還有一點壓力就是了。因為是金田先生的關係，我才特別跟您講一聲，這次並非一定要徵召走才行，要是有任何不得不的因素，把他放入後備名單裡延後徵召也不是難事。您說，難道這點我還辦不了嗎？」

佐佐木笑出聲來。「你知道我是抱著什麼心情而來的嗎？你這傢伙，還敢笑出來？你竟敢對我金斗英如此？」斗英看著佐佐木的樣子，氣得自己臉上都發紅了起來。

佐佐木一邊撫摸著自己的翹鬍，一邊說道：「不過，這次你可得幫我一個忙。我希望你可以成為內鮮融化（譯註：內鮮融化，意指日本與朝鮮的融合）的模範，畢竟現在時局越來越艱難了。」

佐佐木早就預想到斗英會提及自己兒子被徵召的事情，所以現在他毫不在乎地開口要求。

「話說雖這麼說，不過現在得先讓您的兒子避掉幾個危險的地方，或是減少他的勞務才行。事關重大，請您可別忘了。」

「那是當然的，不過我有一個請求。」

「什麼請求？如果是金田先生您開口，我可沒辦法拒絕啊。」

金斗英向笑著撫鬚的佐佐木彎下腰來，拜託佐佐木把徵召令上的名字改成志翔。

「我們家老大本來身體就不好，又是個讀書人……我打算讓次子代替他。」

「次子嗎？」

佐佐木閉上眼睛好一會兒，然後猛地抓住斗英的雙手，並低聲說道：「這想法很好，果然是金田先生才會做的明智決斷。」

沒想到郡守的反應如此，斗英張著嘴，呆呆地看著郡守。

「這是明智的抉擇。次男就是以前常綠會事件時那個孩子吧？看來您是想趁這個機會把他送到遠方磨練磨練，這可說是正確的決定。有道是打鐵才能成鋼，青年就該多磨練。」

常綠會，那已經是五年前的事情了。那是春川高等普通學校的學生所組成之秘密結社，私下進行思想運動，而志翔也被牽扯在那次的讀書會事件裡，沒想到郡守居然還記得此事。「看來這傢伙老早就想拿這件事情來當我的鎖喉繩。」斗英的臉脹紅了起來。「也對，這事他怎麼可能會輕易忘記呢？當初不只在學生，連同畢業生共有一百三十七人被檢舉，最後以違反治安維持法為由，對當中的十四人判處徒刑。當初這件事情在春川可是鬧得沸沸揚揚。」

「但是當初那件事情到底為什麼會鬧得這麼大呢？孩子們不過是傳閱書本，據說當中有不少是李光洙的著作倒是。後來隨著正式搜查的開始，為了把被牽扯其中的志翔給保出來，害我一直跑警察局。」斗英想著想著，臉色越來越難看，雙手緊緊握著並彎下腰來，佐佐木見狀笑得更加大聲。

「您想得很對，金田先生。我難道不知道疼惜孩子的心情嗎？這可不是件簡單的事情啊。」

斗英點了點頭。

「您不用擔心，我會去跟局長講講，讓他把徵召令上的名字改成次男的名字。當然，既然是金田先生您的孩子，我也會拜託上頭讓他到輕鬆一點的地方。雖然是被徵召過去，但也有不少可以讓半島人做的事務職。金田先生特別走這一趟，我怎麼可能不懂您的心情呢？」

「這傢伙居然能猜透我的心思，所有招數都快我一步！這傢伙到底是怎樣的人？」在數度彎腰拜託對方讓自己的孩子被分配到輕鬆一點的單位之後，斗英才離開郡守辦公室，然而家人們卻不知此事。雖然斗英獲得了郡守的保證，會將長子的徵召令改成次子，但他同時也低頭拜託郡守幫忙協助怎樣也不夠用的金礦貸款。

至於志翔前來表示願意代哥哥接受徵召這事，則是在斗英與佐佐木會面不久後的事情。

有句話叫做報國臣民，意思是為了國家，百姓需聽從國家的指示。既然日本與朝鮮已經合而為一，那麼在同個國家裡，絕不可能有兩批不同的老百姓，這也是父親的信念。

「日本提出將亞洲各國團結起來，組成所謂的大東亞共榮圈，以對抗鬼畜美英，並掙脫西方列國侵略的政治構想，因此目前日本正以大日本帝國天皇軍為名展開聖戰。為了達成這個重大的任務，所有人對於天皇的召喚都必須心懷感激，無論天皇命令前往何處，一定要勇敢前往。」在歡送士兵出征的送別會裡，父親於講台上大聲疾呼。

所謂的親日為何？就是要徹頭徹尾的成為日本人，而那也是父親選擇的道路。不只如此，就算同樣身為朝鮮人，也要認為自己和那些無知的農民不同，就是父親的信念。親日是成為眾人稱羨的行為，而絕非讓人在背後指指點點，對父親來說，這就是為了生存的必要方法，也是為了守護一切的不得已選擇。

為了進行身為大日本帝國臣民之義務，總是走在眾人前頭的父親，同時也是為了不讓孩子被送到戰場上而四處奔走的父親。可現在那群日本人卻告訴這樣的父親，「為了你所盡忠的日本、為了天皇陛下，現在我們給你表現的機會，請你快把你的孩子交出來，你得帶頭做眾人的表率。」在這種狀況之下，要他怎麼請求對方不要把自己的孩子交出去？

徹夜輾轉難眠的志翔，擔心吵到老婆，於是躡手躡腳地走出屋外。清晨的天空中，滿布著閃亮的星星。

志翔把手伸入口袋，慢慢地走到圍牆邊，這時小狗不知道是不是被他吵醒，從梁下跑到他的身邊，開心地把舌頭伸得老長。

志翔輕聲地說：「進去吧，你這傢伙。」

狗狗不知是否聽懂志翔的話，就這麼慢慢溜達回去梁下。志翔望著星空，長長地嘆了口氣，如今光是聽到身旁老婆的微酣聲，也會讓他痛徹心扉。「雖然雙親都在，但要我怎麼放下還這麼年輕的她，就這樣離開呢？」

志翔雙眼緊盯著一片漆黑的醬缸台。

「會是這樣的吧？醬缸台旁邊開有杜鵑花和雞冠花，等中秋節一到，老婆就會採花來作松餅吧？他大概會站在那裡，一邊抽著鼻子，一邊拎起衣帶，並擦擦眼睛。」

志翔心想，既然都要走，倒不如早點離開比較好。「原來這就是所謂的生死離別，而分開竟讓人如此痛苦萬分。」志翔在心裡不斷地嘲笑自己。他現在也終於知道，親日派的孩子一樣會被人徵召去做奴工，身為親日派的父親所丟出去的石頭，最後是砸在自己孩子的額頭上。

黑暗之中，昭陽江水聲經過身旁。瑞螢不認為江水流過，而是「經過」。

「究竟我是怎麼來到這裡的？」瑞螢停下腳步。四周一片黑暗，萬物靜寂，江水聲潺潺的對岸，隱隱約約有一座黑影矗立在前，橡樹林圍繞的鳳儀山腳正綿延在瑞螢旁。

已經別無他法，只要能代替大哥接受徵召，身為弟弟理當挺身而出，而且所有人的想法與做法皆然，這是因為長子必須留下來繼承家業。只是，前途渺茫，不知道這麼一去，是否還有機會再回來。君不見那些被徵召出兵或成為奴工者的父母，在接到孩子客死異鄉的消息之後，都哭喊著要去日本把孩子的屍骨帶回朝鮮？

水聲越來越近，江風則把瑞螢的衣角高高吹起。黑暗之中的昭陽江，就這麼在沒有月光的夜晚裡一邊低鳴，一邊潺流著。撥開樹叢前進的瑞螢，蜷坐在江邊的砂礫地上，強勁的江風吹冷了他的身體，令她顫抖了起來。此處絲毫不見任何燈光，懸掛在天上的月亮也只露出如同指甲般的細小身影。

「要去嗎？

一定要去，

現在也只能跟著去了！」

瑞螢自問自答了起來。去年夏天，每到夜晚時刻，瑞螢就會和丈夫一起來江邊沐浴，他總是把水往丈夫的背上潑，一邊笑著並一邊搔他的胳肢窩，受不了癢的他則躲到水裡去，這一切的回憶彷如昨日般鮮明，然而兩人如今卻得面對生離死別的悲慘命運。

「要是他走了，這要我怎麼活下去？歲月就像是灑在嘴裡的鹽，它能變淡，卻無法變甜。」

「一定會是這樣的吧？丈夫被徵召走以後，我和這條江水就會像今天一樣，流瀉出心中的悲鳴，等到滿月漸近，月亮也還是一樣會再度變圓吧？」瑞螢對自己這麼說著。「對，就是那樣，我的丈夫只是離開了，但這世上不會有任何變化，對我來說是有如天崩地裂的大事，到頭來不過就和投石入江一樣微不足道。」瑞螢拍了拍自己的臉，飛揚起的髮絲掉落在他的額頭上。

瑞螢心中一直感嘆著，丈夫的命運之所以開始變得不如意，都是因為出生於親日派家庭裡的關係。

瑞螢以前曾聽說哥哥說過，志翔和哥哥不一樣，必須放棄留學日本與對未來的夢想，早早就得蜷坐在昏暗的店裡，終日面對算盤和帳簿，都是因為當初春川高等普通學校的讀書會事件之故。

「他既聰明又善良，人品也好，可是家裡背景如此，自然會遭受懷疑。當初在常綠會的聚會中，也有許多人曾質疑過他是否擁有入會的資格，甚至還有人喝斥到底是誰把親日派之子的他帶入會來。那時洪基大哥曾說過，難道親日派人士的孩子就一定是親日派嗎？那這樣糖販的孩子，難道也都是糖販嗎？志翔也都知道這些，所以自然也就只能看人眼色，瞧他和眾人相處不來的樣子也挺可憐的。不過，之後讀書會開始遭受檢舉，志翔別說是被抓走了，就連被叫去詢問都沒有，想當然爾，這是他父親在背後施力的結果。你想想，那可是什麼時候？從司法警察官到道警部，哪個單位不是瘋狂搜查？那時簡直都要翻遍整個滿州了，就連畢業生也都一個一個被抓走。洪基大哥當時在吉林當老師當得好好的，不也因為這件事而被抓走嗎？」

身為親日派人士之子的志翔，被人一口認定為告密者，別說去上學了，就連經過學生聚集的地方，也會被人丟石頭。聽說志翔還曾經被躲在巷口的學生圍毆，好一陣子都只能躺在病床上休養。

變成邊緣人以後，志翔只能一直徘徊角落，這時鼓勵他並主動搭肩關懷他的就是瑞螢的哥哥，泰衡。志翔作為跟隨泰衡的後輩，經常出入泰衡在泉田的家裡，久而久之和瑞螢也就越走越近。瑞螢起初只覺得志翔不要臉，一點都不知羞恥，後來認識久了，才發現他是個端正的好青年並慢慢傾心，最後終於嫁給志翔當媳婦。當初有誰能預想到這一切呢？

當男方請媒人來正式提親時，那時母親曾這麼問瑞螢：「我是相信你才問你……你該不會是和那個人發生了什麼事吧？」

「媽，他是來見哥哥的，又不是特別跑來見我的。」

媽媽自顧自地說：「看人家都對他指指點點的，不過他們家裡還滿懂禮數的。」

不過瑞螢的想法可不同，她甚至懷疑那是不是哥哥有意安排的。「志翔啊，我知道你喜歡我妹妹，瑞螢也是，只要你一來，她就會羞紅了臉，所以你不要再拖了，快點找人來正式提親吧！」這婚事可說是哥哥一手促成的。

瑞螢到現在仍無法忘記自己就像一個不小心失足般，突然喜歡上志翔的那天。記得那時天色開始才剛暗了下來，志翔看著泉田前方、昭陽江邊的白色沙地，開口說道：「我想要過個美好人生，我以後一定會要過美好的人生。」

「那是什麼樣的人生？」

「像鳥、像樹、像草般的活著，像那條江水般的活著，我想要沒有人會因為我而受苦的生活，我想要就像鳥或樹那樣，只需要為了自己活著，而且不會造成別人的困擾。」

「像鳥、像樹、像草……像那條江水。」瑞螢不斷反覆念著志翔說過的話。

「雖然我不知道像樹或像草那樣的生活是怎樣，但像鳥的生活應該不是美好的人生。你沒看站在那裡的稻草人嗎？不就是為了趕走破壞農作物的鳥類才站在那邊的嗎？」

「那、那個……」

「江水不也是一樣嗎？洪水來的時候多可怕啊！房子都會被捲走呢！」

那時，也不知道志翔是否曉得眼前這女孩子對自己產生傾心之情，志翔只是朝著天空這麼說：「唉呀！我還真不知道泰衡學長的妹妹居然是個這麼像砂礫地、個性有稜有角的女孩子呢！」

與丈夫分離並未讓瑞螢感到心情沉重或恐懼，瑞螢現在之所以會難過，是因為不曉得丈夫能否活著回來。對瑞螢來說，不管丈夫要多久才能回來，她都能等，只要他能活著回來，就沒有什麼好怕的，可是現在丈夫卻無法與她約定。

瑞螢慢慢起身，他對著眼前的高山高喊，然後默默地凝望涓流的江水。

「既然有要啟程離開的人，當然也有送行的人。」對瑞螢來說，雖然生活在這大家庭裡，做什麼都要顧慮到婆婆與妯娌，每一天都得緊張度日，但志翔總會穿過廳堂來廚房看他，並守護著他。志翔人既多情，又總是給予瑞螢無限的關懷，人家都說做人媳婦很辛苦，但多虧了志翔的扶持，瑞螢從未感受到辛苦。不過也因為志翔經常跟在自己身邊的關係，村裡的人不免嘲弄：「志翔，你這樣可不行。身為男子漢，一整天跟在老婆身邊，你這樣子不就是個妻奴嗎？」

瑞螢轉身離開江邊，返回的夜路變得更暗了，剛踉蹌跑出家門時，瑞螢的每一個腳步都帶著憤怒，然而最先湧上心頭的卻是悲傷。此時，漆黑的村裡開始傳來狗叫聲，隔壁人家的狗狗一叫，村裡的其他小狗也跟著叫了起來，瑞螢不由得臉上垂下兩行清淚。

瑞螢仍不想回到家中，於是走到草堆中的幢竿旁。那是矗立於江邊的兩根石柱，又稱幢竿支柱。瑞螢與石柱並立，擦乾眼淚之後，凝望著黑暗中的昭陽江。

就在那時，她好像看見了什麼。結果前方傳來了志翔的聲音：「是你嗎？」

瑞螢轉過身，心想志翔醒來後看不到自己的身影，肯定嚇著了。瑞螢哽咽著：「你怎麼跑出來了？」

志翔就站在原地，開口說道：「如果你要出去，也該說一聲啊，醒來怎知看不到你。」

瑞螢踉蹌地走到志翔身旁。

「我……如果你走了，那我要怎麼活下去……」

「我人就在你前面，你真是什麼話都敢說。」

「前途渺茫，所以……」

四周一片漆黑，此時只聽得陣陣狗吠聲。

「你問我怎麼知道你在這裡？我的女人就只有這裡可去，這點除了我，還有別人知道嗎？」

這時，瑞螢突然倒在志翔的懷裡。志翔摟著瑞螢的肩膀，從他嘴裡聽到微弱的一句話：「我……有孩子了。」

「你說什麼？」

志翔的聲音微微發顫。

「你現在說什麼？」

「孩子。」

志翔用他的大手捧起瑞螢的臉龐。

「我們有孩子了嗎？」

瑞螢點點頭，志翔則是緊緊地簍著瑞螢的肩膀。

「謝謝你，謝謝你！謝謝你！」

志翔摟著瑞螢的肩膀，兩人一起走著，他們經過打烊的商店，背後傳來陣陣狗吠聲。回到家中之後，兩人一起走入房間，瑞螢枕著志翔的雙膝而臥。

「雇傭徵召……會派去哪裡？」

「我也不知道。」

志翔撫摸著妻子的頭髮。

「辛苦你了。」

「不就是做事？大家都做的事。」

志翔的撫摸著頭髮的那隻手，停了下來。

「我比較擔心的是你。我走了以後，你一個人會很辛苦的，請你一定要撐住。」

「我會加油的，別忘了我是誰的女人。」瑞螢的聲音平靜。

「這我當然知道，那會成為支撐我的力量。」

志翔低頭看著瑞螢，輕聲說道：「我相信你。」

志翔把手放低，並撫摸瑞螢的肩膀。兩人不經意地聽到老鼠啃咬天花板的聲音，於是志翔說道：「看來就算我不在，老鼠也會經常跑來這裡。」

「你這是在逗誰笑呢？」瑞螢抓住志翔正在摸著鬢角的手。

「有句話，我想對你說。可以嗎？」

「什麼話？」

「我愛你。」志翔笑看著瑞螢。

「你還真的沒什麼不敢講呢！」

「那我也可以把我心裡的話講出來嗎？」

「講吧。」

天色漸漸變亮，然而時間卻像被套著頸圈的蛇一樣動彈不得，彷彿靜止了下來。此時，不知何處傳來了雞啼聲。

「早上了。可是你完全都沒睡，這可怎麼辦？」

「因為和了不起的男人一起生活才這樣啊。」

志翔瞪大了雙眼，心想著瑞螢怎麼了，以前他從未見過妻子這副模樣。以前瑞螢總愛穿著修改過的裙子出門去，如今卻是蜷縮坐在房門前，整個人像是快無力倒下般，肩膀也開始抽泣顫抖。

「怎麼了？長輩們會聽到的。」

「我覺得無路可走，無路可走啊。」

「我知道，你這麼辛苦忍耐，我怎麼會不知道？我都了解。你真以為我是鐵石心腸嗎？你這樣要我怎麼辦才好？」

瑞螢的淚水撲簌簌地滑落在衣襟上，而瑞螢噘起的嘴巴旁眼淚，更是淚濕了捧起瑞螢臉龐的志翔雙手手背。

背著背架行走中的吉平停下腳步，他看著身旁的德秀說：「走在那裡的那個人，他不是老師家的女婿嗎？田坪里碾米廠家的兒子。旁邊那個梳西裝頭的人是他的哥哥吧？」

「原來如此。可是他們來這裡幹嘛？」

「啊！我知道了，應該是因為快要走了，所以去拜個祖墳吧？前年他們不是才把五峰山下的祖墳都給整理過嗎？」

德秀看著點點頭的吉平問道：「不過，他要走了？這又是什麼事情？」

「你沒聽說嗎？看看你這個無知的人。那一家的兒子當初被雇傭徵召走，結果在半死不活的樣子被送回來。」

「猴子也會從樹上掉下來，哈哈。平常抱日本人大腿抱得那麼緊，結果那傢伙的孩子也被徵召走，這真是大快人心。」

緊閉著嘴的吉平並未開口。這時，德秀的香菸菸氣從鼻孔冒出，他開口說道：「雖然我們不該對別人的難過事拍手叫好，可是金斗英看來應該是也頂不住了。」

「頂什麼頂？一直當走狗抓別人的孩子走，這種人就活該得到報應！」

「這倒是。那個人向來就愛挑人家的把柄，去跟日本人告狀。」

一個勁的吸著香菸的德秀，傻傻地笑著說：「可是啊，那些日本人為什麼要捧著碗吃飯？」

吉平生氣似的回應他：「你還真的是什麼亂七八糟的都要問，你乾脆直接去問日本人算了。」

「唉，如果他們吃飯時，乖乖地把飯碗放在桌上，人家會說什麼嗎？你看他們這麼沒規矩地捧著碗就口吃飯，骨子裡就是個乞丐吧！」

「什麼乞丐？賤骨頭就是賤骨頭啦！你看他們穿著個兜襠布就敢到處亂走動了，看起來有夠噁心的，要是股間開叉再開一點，裡面的生殖器都要露出來了。」

後山傳來山雉的雄鳴聲。「你這得意的傢伙，你就給我使勁地吃，吃多點、吃胖點，等到下雪天時，我就把你抓來做成我母親最愛的山雉湯。」德秀抬頭仰望秋夜星辰。群峰包圍下的鳳儀山一枝獨秀，高聳入雲，昭陽江則輕輕潺流在山與山之間。

「俗話說春雉一旦鳴叫，就是自尋死路啊！你這傢伙。人家春雉是為了求偶而忙著鳴叫，好告知自己所在之處，但你這傢伙怎麼在秋天就叫了呢？」德秀將菸斗放入菸袋裡，並凝望著日落的原野。「還記得今年夏天，某日在牽牛的時候，突然天空中畫過一道閃電，轉瞬間雷雨交加，眼看歪斜的草擔就快要掉落，偏偏走在前頭的牛隻跑了起來，後頭的牛隻卻是怎麼拉也不動，不巧的是，那時濕透的褲頭還快要掉下去，而且傾盆大雨之中又突然內急了起來，真是讓人手忙腳亂。」

兩人背了十來根柴火，還帶了一隻要醃燻來吃的黃狗來到江邊，在一番折騰之下，兩人的腰板簡直都快斷了，不過這個時候，身上的酷熱也已一掃而空。就在把蘆葦葉和藤蔓和入推肥燃燒、熱氣和臭氣即將冒出之際，他們移身到一旁堆疊山蔘。只留下雪白根莖部分的山蔘，看起來就像是冬天女子的大腿，一根根地被推放在籮筐裡。

吉平把背架長竿插在背後，並開口說道：「說起來，那個弟弟也真友愛大哥，自己結婚還沒多久，放著這麼年輕的老婆在家，代替哥哥被徵召去。」

德秀淡淡地回答他：「當然啦，所有人家不都這麼做嗎？多說只是嘴疼。」

「可這畢竟不是件容易的事啊。」

「你怎麼會這麼說呢？家裡還有一個次子，長子瘋了才會接受徵召！」

「你沒頭沒尾的發什麼脾氣？」

「這世上本來就這麼亂七八糟啊。」

「你這又是在鬧什麼彆扭？」

「秋天如果要來就會來，要走就會走，這世界就是這樣呀。」

吉平噗哧一笑。

「你是起秋風了嗎？什麼要來就會來、要走就會走的。」

「說什麼秋風咧！對呀，你看看我這個樣子。還有，不是有一句話說春穴秋屌嗎？那也是啊！春天的時候，女人的嫩穴就會一直蠕動，然後秋風寒冷，男人的屌就鑽進去了，不就是在說外遇嗎？別說去跟人家亂搞了，我一身餿味，連討老婆都討不到，只能在這種天高馬肥的季節孤單一個人。」德秀咋了下嘴。「所以這世界都一樣，亂七八糟啦！」

德秀感嘆地吐出這些話：「總之，那一家的兒子還比老子好，懂得做人的道理。」

吉平背起了背架，卻還不想起身，只是靜靜望著遙遠的天空。

不知不覺，時間好像到了。此刻燕子尚未歸巢，但空中卻有一群紅蜻蜓正在飛舞。

房間裡傳來一陣清脆的鳥叫聲。「露水在花草上滾動的聲音，大概就像那樣吧？」瑞螢閉上雙眼，專心聆聽那鳥叫聲。「沒想到竟有徹夜不睡而啼叫的小鳥！」

志翔輕輕解開瑞螢的內衣，在月色之中，她的雙乳顯得格外雪白。隨著衣服一件一件地被褪去，杜鵑夜啼聲也逐漸消停，直到下半身上最後一件內衣滑落到她的腳邊。志翔抬起上身並低頭凝視著瑞螢，她的身體在皎白月光的照耀之下，看起來有如白柱。

他的雙手像是在汲水似的把瑞螢的烏黑長髮捧起，然後輕輕地拔掉頭簪，瑞螢一頭烏黑的飄逸長髮就這麼散落在枕頭上。

穿入房內的銀白月光，灑落在瑞螢的胴體，她赤裸的嬌軀宛如娘家旁的白沙般潔淨耀眼，而那一頭散落的長髮，則像是沙地前方的樹林般漆黑。志翔的雙唇一路往下游移，最後停在她的雙乳。

「親愛的，你的唇好火熱。」

那是她開口說出的最後一句話。這時他的雙唇越過雙乳，不停地往下探索，瑞螢緊閉著雙眼，盡情地感受這一切。她伸出雙手，環住志翔的頸子，使勁地搓揉他的後背，此時瑞螢的身體一陣溫熱酥麻，只想像條海草般與他交纏在一起。

雖然無語，但她卻在心中嬌喘著：「我要把所有的一切都給他。不管是什麼，我都願意奉獻給他。」兩人此刻緊緊交合在一起，像是以後無法再相見般那樣地不願分離。

過了良久，瑞螢躺臥下來，看著懷中的志翔，並靜靜地感受他的呼吸聲由急而緩。越過窗櫺而入的月光，正打在兩人赤裸的身體上，瑞螢心中滿是哀切，只希望明日、後日永遠不要到來，讓時間靜止在丈夫睡在身邊的這一刻，這樣該有多好？

「要離開的他，還有……要送走他的我。」瑞螢看著趴臥在自己赤裸身軀上的丈夫，不斷地撫摸著他的頭髮。此刻瑞螢心想，「這麼好的人，我的丈夫是這麼好的人，我絕不能讓他擔心。我得做個配得上他的好女人，我要深埋起這顆難過的心。」

瑞螢的眼裡不禁湧上來一股淚水，無聲地從眼角滑落，並淚濕了枕頭。猶見枕頭上的枕飾，是當初她嫁過來時，親自縫製並帶過來的枕飾，上頭還繡了兩隻象徵長壽的白鶴。

志翔枕在瑞螢胸前，兩人並臥著。他默默地伸出手來，拭去瑞螢眼角邊的淚水。

「哭吧。」

月夜裡，只聞兩人忘情的哭泣聲。

那天晚上，志翔遞出一塊只有瑞螢手掌大小的藍色絲綢。那是一條手帕。瑞螢收下了手帕，志翔則是看著繡在手帕上的鶴，如今瑞螢手裡也有一條相同繡著一隻鶴的藍色手帕。

「你把它帶在身邊，我也會一直把手帕帶著的。」

「怎麼？擔心以後互相認不出來時，要用這條手帕作為相認的信物嗎？」

「以防萬一。」

志翔把藍色絲綢手帕放入口袋裡。

「要是你想我，就看著這條手帕吧。」

瑞螢坐在志翔身邊，輕聲地說：「你就算不想我時，也要隨時看這條手帕喔。」

夜深以後，瑞螢獨自跑到後院來。「今年的醬缸台上一定也會覆滿白雪，我想，等到熟成的醬油缸上白雪融化之後，一定又會再有白雪堆積上來，就這樣一年又一年吧？」瑞螢帶著平靜的心，環視了後院一周。瑞螢又端來一張小漆桌，然後抬起頭凝望著天空，打算等天一亮，就要打碗水來進行祈禱。只見夜空繁星點點，「日本再怎麼險惡，只要夜晚一到，仍然可以看到星空吧？沒錯，我們看的是同一片星空，你在那裡看到的星星，和我在後院這裡看到的星星，一定是同一顆星星。」瑞螢這麼相信著。

瑞螢走到醬缸台邊，這時候院滿是蟲叫聲，就好像春天蛙叫般吵雜。這時瑞螢突然想起朝鮮的女兒這句話來，「沒錯，爸爸曾經這樣教過我，她說朝鮮的女兒，就該作為朝鮮女人活下去，所以要等待、要忍耐，半島是大陸的結尾，但也是島嶼的起頭，所以生活在半島的女人絕對和生活在島嶼的女人不同，我們朝鮮女人是懂得等待，也懂得忍耐，更懂得再起的女孩子。」

瑞螢用手掌擦了擦眼角，「只要等待下去就行了，不是有句話說歲月是良方嗎？只要等到時機到來就好了，不管他要前往哪裡，最後一定會回來的！」

5

「到底是怎麼一回事?甲子年生的二十歲青年都被帶來了，這樣下去，春川該不會就沒有甲子年生、屬鼠的青年了吧?」

在這群聚集在鳳儀山神社底下，個個帶著陰鬱神情的青年中，突然有人如此說道。這麼一說，果然周圍出現了不少熟悉的臉龐，放眼望去都看不到長期務農的老人家，盡是血氣方剛的年輕人。

「大家把雨傘收起來，放到講壇前面來!雨衣也脫掉!」

神社參拜就此開始。眾人在毛毛細雨中列隊站好，並爬上鳥居前的階梯。

鳥居是一種兩根柱子中間架著一根橫竿，並漆成紅色的門，看起來就像朝鮮的紅門，據說是隔絕俗世與神域的結界。

就在這群青年穿過鳥居，並依照口令列隊走上階梯時，領隊者穿梭在這群雇傭徵兵之間，並以微小的聲音急促呼喊:「大家都站得太直挺挺了，大家快彎腰。」

接著那位領隊者便彎腰九十度，鞠躬行禮兩次，然後拍兩次手，最後再彎腰行一次禮。參拜神社是行二拜二拍手之禮，對這群平常所知行禮是跪下來行大禮的年輕人來說，神社參拜儀式是非常陌生的行為，每個人都是瞄著旁邊的人，看對方怎麼做，自己就跟著做，所以大家的動作各有不同，就連拍手聲音都不合拍。

接下來是祈禱皇軍士兵們武運昌隆，然後再說明天皇之子正於戰線前方盡忠作戰，此時神社的神主穿著白衣，搖晃起手中那著看起來像是雞毛撣子的紙棒。當所有儀式結束以後，這群青年還必須站在神社旁，大聲高喊「皇國臣民誓詞」。

「一，我們是皇國臣民，要以忠誠心回報祖國。」

「二，我們皇國臣民必須相愛且互助，以堅定團結。」

「三，我們皇國臣民必須要刻苦鍛鍊，培養力氣並宣揚王道。」

這群青年們走出神社，並走下鳳儀山坡道，然後繼續冒雨穿過小鎮，朝著車站前進。秋雨濕漉的街道上沒有什麼人，只有幾個沒事幹的孩子跟著淋雨走在他們後頭，被帶刀的巡查怒眼一瞪，就笑著跑回巷弄裡了。

就在青年們走在一路綿延到車站的金剛路上，並經過春川高等普通高校時，志翔咬著牙望向學校建築，「還記得鋪有木頭地板的走廊、走廊盡頭響起的教室大門輪軌聲，那學校裡的日常風景。那時真的有好多回憶啊！我也曾滿懷希望與夢想，就在今天卻要被徵召去當傭工。」

雨中的春川站前，不只閒散，根本淒涼冷清。之前，車站前總是旗幟飄揚，不只到處可看到標有「精忠報國、武運昌隆」的旗子，還可以看到綁著臂章與綁腿的士兵來來往往。接到徵召而離開的人也有不同，他們會戴上寫有「內鮮一體、滅我報國」的背袋，額頭上並綁好日章旗圖案的頭帶後離開。至於車站前則是雲集了滿臉擔憂的家屬，他們縮著脖子站在風中，手上還拿著郡廳職員要他們舉著的旗幟，上頭寫著「天皇陛下萬歲」，此外，也有人會坐在講台正前方地板上。

「原來被徵召出兵的人和我們這些徵召為傭工的人所受待遇如此不同，並沒有人為我們舉行任何歡送活動。」被雇傭徵召者的人數遠多於為被徵兵者所舉辦的歡送會次數，送走被雇傭徵召者時的場面，可說是冷冷清清。

停在車站前的卡車上，已經載有從其他地方來的青年，他們就像被關在柵欄裡的牲畜們，茫然地看著車窗外，呆呆地看著那些和自己同病相憐的人們。

車站屋頂上有隻站在雨中的烏鴉叫了起來，此時志翔身後有人吐了一口口水。

「叫什麼叫？這世上骯髒事已經夠多煩了，你這隻烏鴉叫什麼鬼！」

雇傭徵召者們排好隊後，隨即就領到一套用囚服改造而成的工作服。接著這些青年們拎著用薄巾包著的飯糰，依序慢慢走入車站裡，後頭還有一個巡查不停催促他們的腳步。

列隊等候著的館內維持者開始與各雇傭徵召者握手。在那時候，郡廳職員透過紙製喇叭高喊，要大家在離開春川之後，先從城東站下車，然後轉往京城站換乘前往釜山的火車。青年們走出車站大廳，越過鐵軌之後，先與那些已先從洪川與華川過來的人會合，之後則要繼續與遠方麟蹄那邊的雇傭徵召者會合。這時火車裡已是水洩不通。

火車伴著夕暮照耀的昭陽江，慢慢駛離雨中的春川。離家鄉越遠，村子與街道也彷彿從心中逐漸消失，志翔將身體伸出車窗外並回頭凝望，已經無法再看見家鄉前坪。

「就不能讓我到車站看你最後一眼嗎？你就要離開了……」

雖然瑞螢話都還沒來得及說完，便難過地低下頭來，但志翔還是要瑞螢不要到車站來送他，他並不希望瑞螢看到自己離去的身影。

「那就望著天空吧，你在這裡看到的天空和我在那裡看到的天空都是同一片天空呀，不是嗎？每次當你看著天空的時候，就想著我們正看著同一顆星星和同一片白雲吧。」這是志翔最後對妻子所說的話。

「靜靜流著的孔之川啊，還有那遙遠的大龍山啊，再見了。」志翔一邊在心中回想故鄉春川的美好，一邊望著車窗外，只想把眼前的景色全都收入眼裡。

「圍繞於眾江之中的春川，只要春秋兩季一到，就會產生水霧繚繞，到了清晨之際，所有的花草樹木都會被夜霧濡濕，就連巷子尾的燈火，看起來也那麼隱密而模糊。別了，我的故鄉啊，現在都已經是秋天了，總是被路人踐踏的車前草已經枯萎，那麼挺拔而立的狗尾草也已凋謝，到了夜晚之後，你們也會凝著秋霜吧？」

「新延江的渡口啊，環繞著德斗院的三岳山啊，再見了。」熟悉的江邊、松林伏臥的小山已越來越遠。

志翔一直看著窗外風景，回想起小學時有一位叫做中村悅子的女老師，是位穿著漿燙過的白色襯衫與黑色裙子，彈著風琴的中村老師。她總是稱讚自己很會算算盤，所以只要有需要進行計算的事情時，中村老師總會留他在教室幫忙，等到事情都結束後，還會給志翔兩塊糖果。

志翔望著車窗外的河岸邊，心中不停叫喚著瑞螢。他回想起第一次看到妻子的時候，不知為何，總覺得她和那位中村老師很像，雖然兩人的長相一點也不像：妻子的臉型偏圓，而中村老師的臉型卻偏長。

志翔還記得陽光從玻璃窗外照進來的時候，中村老師正坐在教室裡頭，一邊用日語數數兒，一邊撥著算盤，那段時光裡，陽光也彷彿照耀了志翔的內心。午後的校園空蕩蕩的，時而傳來還留在學校運動場玩耍的孩子們的聲音，那時，擅長運動的朝鮮人老師嚴老師，就會出來對著孩子們大吼：「同學，你們不快點回家幫忙幹活，待在這裡幹什麼？快點回家幫忙牽牛或餵牛啊！」

「如今，那麼令人懷念的故鄉卻越來越遠。俗話說一如嫩骨變粗般地熟悉，何只呢？那山腰、那山溝，每一寸土地就像微風吹入我的骨肉裡，與我如此的親近。」

當志翔經過自己曾就讀過的學校時，他一直反覆想起「人力供應」這句話。「日本。」志翔彎著身子，不斷地反問自己，究竟日本對於自己是什麼？

引發中日戰爭的日本為了確保戰爭物資與糧食，曾下了農作物搜刮政策，以供應戰場所需，農民不只要交出白米與雜穀，連蕨菜等山蔬也被強制買走，甚至棉花與粗布等衣料在內，也一概都被搜刮而空，農民也因此掉入窮苦的淒慘困境中。這樣的供應並未停息，哪怕是祭祀用的碗筷，還有寺院裡的大鐘，只要是鐵製物品也全部被他們奪走。不過那些剝奪卻和志翔小時候可說摸不著邊。雖然志翔家不是大地主，但由於協助日治之故，他們家得免以剝奪之苦，也因此志翔從小就沒過過窮苦日子。

推動皇民教育的總督府，強制規定朝鮮人為「居住在半島的日本國民」，將朝鮮人稱為半島人。此外，他們還稱海外殖民地為外地，並稱呼日本本土為內地。他們教育朝鮮人日本是內地，而自己是住在外面的半島人。當半島物資漸罄，這項供應政策也擴大範圍，連人力都要強行徵收。「而我這個半島人，就像那些米麥種子、寺院內的大鐘、祭祀用的器皿，終於也變成了一種物資，被他們強行徵收走。我和那些米穀或大鐵都相同，我的手腳就是一種能工作的資源。我是做為一種原動力被徵收走，而不是作為一個人被徵召走的。」

最初聽到雇傭徵召時，讓志翔整個心煩意亂。

中村悅子。志翔想起那個曾把中村老師當作是日本的自己。對志翔來說，黑色裙子與白襯衫、往後紮起的長髮，那個幼年時期所看到一切關於中村老師的東西，就是日本，中村老師的國家，日本。志翔想像中的日本並不是總督府，而是像彈得一手好風琴的中村老師，是那麼的溫柔又親切的寧靜國家。然而那個像是中村老師般的日本，現在卻變成了會強行奪走家中碗筷的總督府日本，像中村老師般的日本與總督府日本也在志翔的意識中糾結，志翔至今仍記得那份混亂。「現在我就要以雇傭徵召為名，進入日本那塊土地，遇到半島人的那塊內地日本，又會是什麼模樣呢？」

就在那個時候，亂哄哄的火車內安靜了下來，不知是誰突然唱出歌來——

春川啊，鳳儀山啊，再見了。
告別新延江的船頭。

舊韓末時期，毅然決然地挺身攻入漢城的義勇軍戰敗，怪罪義勇軍隊長成益炫的傷心故事，在日後被人編成了歌曲，也就是〈春川啊，鳳儀山啊，再見了〉這首歌。

坐起身來的志翔，看著那位唱歌的青年，越看越是面熟。「到底是誰？啊，對啦！原來是你！」志翔回想了起來。

那是在舉辦被徵兵者的歡送會時，發聲在車站前的事情。那時車站前刮起一陣沙塵風，把紙張吹得滿天飛舞，講台前正播放著沒人跟著哼唱的日本國歌君之代，並有人吟誦著「皇國臣民誓詞」。

站在講台上吟誦誓詞的那個人，鼻子下方留著一把小鬍子，全身西裝畢挺，還穿上西服背心。那個人梳了一頂油頭，在他用手掌摸了頭髮幾下以後，他便向在場所有人鞠躬招呼。

「報國臣民會的山村老師有些話想激勵大家，請各位往前集中。」

只有郡廳職員獨自拍手鼓掌，後頭的學生們則是大膽地嬉鬧了起來。

「やまむら?やま是山，むら是村，這個姓氏的來源，該不會是住在山裡的不識字鄉巴佬吧？」

學生們噗哧地笑了出來。志翔環顧了四周，看到了一張面熟的臉孔。「是誰呢？究竟是誰？」他補上一句。

「那是釀造廠的老板，現在應該已經改做酒庫了吧?酒藏！」

「沒錯，就是他。」那個坐得直挺挺的，一邊看著窗外，一邊唱歌的青年，是志翔以前在常綠會的讀書會裡見過的學生。由於對他的第一眼印象很深刻，志翔曾想過日後必定會再相遇，沒想到那卻是最後一次看到他。也許是因為常綠會的綱領中，明訂禁止成員們橫向間的連結，所以志翔曾懷疑那就是一直無法再遇見他的原因。

「原來你也被徵召了。」志翔想起在神社前聽到的甲子年生、屬鼠的青年都被強行徵召，現在春川裡頭恐怕就要沒有甲子年生屬鼠青年的那段話。果然，大家都被強行徵召走了。

江風吹襲，細雨紛飛，把瑞螢的裙襬都給弄濕了，就連黑得發亮的幢竿支柱也被雨水淋得濕漉漉。「怎麼還沒聽到汽笛聲？」瑞螢使勁地撐著雨傘，雙眼直往春川車站的方向望去。

「你一路要小心，我會等你的。你什麼時候回來，我就等到什麼時候。請你一定要平安歸來。」

聽說用鐵做的馬會奔跑，而且那鐵馬奔跑時會吐出白煙，並發出震耳聲響，不過那鐵馬並不是一匹馬，而是成群的馬匹集合在一起後，發出聲音並奔跑的樣子。火車開始來往漢城與春川之間以後，到現在不知不覺也已經過了五年。對瑞螢而言，火車就是恐懼中所見到的大鐵塊，她的丈夫在雨中搭上火車，而火車則在雨中把丈夫載走。「我唯一能說的就只有這句一路小心，請平安歸來。」

送走丈夫的那天清晨，本已下定決心絕對不哭的瑞螢，還是不由得流出了眼淚。看著丈夫的背影消失在巷子的盡頭，瑞螢淚眼模糊，彷彿一開口就會有什麼從心頭中湧出。

返回家裡之後，瑞螢先是將丈夫離開過後的房間打掃一遍，而後當她佇立在雨聲透入的窗前時，不經意地瞥見自己的雙手，想起往後將獨守空閨……止不住的淚水再度奪眶而出，她就這麼哭坐在房裡好長一段時間。

或許，能夠哭出來反而是好事一樁。

當火車啟程時間漸近，瑞螢提起雨傘，踉蹌地走出家門，此時她淚濕的胸口就像是任憑冷風穿透般的空虛。瑞螢來到幢竿支柱旁，遙望遠方，隱約只能看見春川站的屋頂。風雨吹過她的裙襬，瑞螢手上的雨傘不禁晃動了起來。就在那時，車站那邊傳來汽笛聲，長聲一聲、短聲兩聲，瑞螢心頭一震，手上的雨傘滾落於地，她只能抓著幢竿支柱，好支撐起搖搖欲墜的身體。

此時秋雨繚繞，無法看清河堤下方的昭陽江。

這些人，光是聽到客在他鄉這句話就傷心不已的這些人。失去的祖國、失去國家的百姓傷悲，幻化成冰霜刺入這些青年們的心中。火車轟隆隆地前進，每當經過隧道時，青年們就會被湧入車廂內的煙霧嗆到打起噴嚏來。這個時候，雨仍舊不停地下，車窗外的天色也越來越暗，再也看不見即將完成秋收的原野與山嶺。

此時，後頭終於有人打破沉默，交談了起來。

「聽說是搭不錯的船到釜山……至於運氣不好，被帶去北海道的人就滿辛苦的了。」

「聽說去挖煤礦，既危險又辛苦。」

「說危險是能危險到哪裡去？俗話說，如果會煮麵，難道無法煮麵疙瘩嗎？要是真碰到了，做著做著就會了啦。」

年紀大的男子嘟囔著。

「話說回來，那些日本鬼子為什麼成天就跑來我們土地上搶奪呢？難道他們土地上沒地方蓋房子，也沒地方種東西吃嗎？難道是不會下海去抓魚吃嗎！」

他正一股腦地把忍在心頭已久的話都給發洩出來，年輕人則趕緊站起來對他搖手。

「小聲點，你沒看到那邊的巡查嗎？你這人膽子可真大耶！」

來到漢城的他們，立刻前往京城站，一直到過了午夜，才搭上前往釜山的火車。這群青年就像四處散落的貨物般倒臥在車廂裡呼呼大睡，等到抵達換乘站大田站之後，他們也只能蹲坐在車站大廳裡，用飯糰簡單解決掉一餐，直到隔天晚上才到達釜山。他們被帶到一個看起來不曉得用什麼圍起來的破舊木屋裡，在那裡反覆做了人員檢查之後，便暫時前往收容所。

森嚴的監視就是從這個開始的。正當大夥兒開始納悶領隊是否變多時，突然來了許多佩戴臂章的監視員擋住出入口，而且房屋前後也有許多配槍的巡查站哨看守。隔天早上，監視員們打開房門大喊：「這些傢伙們又逃走了！」

「全部都給我出來！快點，快！」

每個從隊伍裡被叫出來的人，都被他們用腳亂踹，連雙肩和腰部也一直遭受毆打，最後全都當街趴在地上動彈不得。這場警告雇傭徵召者的訓示，進行了很長一段時間，日本人巡查透過翻譯進行警告時，也是從髒話開始罵起。

「混蛋！你們給我搞清楚了，逃走的傢伙只要一被我們抓到，就會直接關到監獄裡。雖然現在還不知道你們要被分配到哪裡，但你們要去的地方就是戰場！你們難道沒聽過槍後這句話嗎？我們是站在槍桿子後頭戰鬥的人，為了製造戰爭所需物料而前去奮鬥！」

那天晚上，早早就關燈入睡，大家也被禁止去上廁所，警備員則是時不時地來敲房門，辱罵那些睡不著在聊天的人們。

「跌倒過，才會成長！」

志翔用手枕著腦袋，躺在漆黑的房間裡，心中想念起瑞螢，此刻他只想躺在瑞螢懷裡。「她都懷孕了……」

志翔想著想著，搖著頭躺向另一邊。「從現在開始，我會有多麼想妻子的臉呢？我好想摸摸她的臉，一直摸到我的手都給磨平為止，要是我不去想她，哪有力量去對抗這歲月的折磨呢？」

隔天早上，大夥兒還沒吃早餐，就被下令去空地上跑步，之後並排隊依序領到一塊寫有自己名字的布條。眾人把這張名條別在胸口後，便魚貫搭上卡車，往上下而去，沒有人知道自己將會被前往何方。下了卡車，首先有兩樣東西映入志翔眼簾，分別是遠遠看過去的大海與漆成紅色的鳥居。大夥兒還來不及感嘆眼前的這片大海，便被催促去進行神社參拜。

那天晚上，當警備員的腳步聲越來越稀疏，時間也越來越晚時，躺在對面幾個人旁邊的青年正小心翼翼地起身，並往志翔這裡探過來，看起來好像是在確認志翔是否熟睡。

志翔嚇得轉過頭來，只見近在眼前的那張臉往後退了幾步，那人乾咳了幾聲之後，彎下腰來問志翔：「請問你是不是昭陽江對岸前坪里碾米廠家的兒子？」

志翔感到相當驚訝，並簡短地回答了一聲：「是。」

「我還想著你是不是那個人，你果然是騙不了我這雙眼睛。」

「什麼意思？」

「什麼意思？你好意思問我是什麼意思？」

雖然對方放低音量，但他的聲音聽起來就像滾動的石塊。

「哼，我這還真是活久，什麼怪事都看到了。你這傢伙也被徵召了？」

「你到底是誰？為什麼要這麼說？」

「你不需要知道我是誰。我光是想到你老頭就覺得火大！不管是他的兒子還是誰，我只想把他的肚皮當草蓆坐，還要把他的脖子壓扁！」

他窸窸窣窣地回到自己的位置。

「這仇又不能找他兒子報，看在大家都在異鄉的分上，我就忍了。嗯哼，這傢伙的兒子也被帶到這裡來了！看來這可惡的親日派，現在運氣也都用完了！」

奇怪的是，每次的行程移動都在夜晚，就連在釜山搭船時，也是在晚上搭的船。這些被大聲罵人的巡查與警備員，還有領隊給圍起並互相交雜而坐的青年們，就坐在堆滿行裡的貨櫃一角，由於眾人先是被分成兩組後散坐在各處，然後又各自再分成小組散開，所以現在視線範圍裡看不到幾個同鄉青年。

就在眼睛已經習慣了黑暗，睜開眼睛往周圍一看，可看到貨櫃裡裝滿了堆積如山高、要送往日本的白米。這時，在開來釜山的火車上，與志翔變得熟稔的鄭氏跑來志翔跟前，並問他：「他們到底要把我們送到哪裡？這點實在讓人很悶耶……」

旁邊那個老早就把包袱當枕頭躺的青年，聽到這番話後，起身說道：「你這跟跑去寡婦家找男主人有什麼兩樣？這邊誰能回答你的問題啊！」

「沒想到能乘著鐵船航行大海，早知道就去日本賺錢了。」

這時船上開始有人暈船嘔吐，一個一個倒了下來，就連坐著的人也不若最初彼此交談朝鮮是情時的樣子，開始感到暈眩無力。原本在火車上的時候，眾人都還很有活力，不知何時起，大家的臉上已經開始長出鬍渣，持續襲來的不安感更讓人喘不過氣來，大家的眼睛也變得越來越無神。

不知不覺間，已經到了早晨，也不知道這時船是否還持續前行，或是已經停泊入港。船艙裡有人枕著包袱躺臥，也有人正用紙捲香菸，從釜山來到這裡的數日間，彷彿已是很久之前的事情。

志翔被不停咚咚叫的引擎聲給吵醒，雖然他感到暈眩無力，但他只想到甲板或其他地方看看，還是努力走了出來，結果巡查從一旁冒出，直問他：「你幹嘛？要跑去哪裡？」巡查手上拿著劍道場裡常見的竹劍。

「只是想出來透氣一下，我覺得快吐出來了。」

「混帳！」

巡查大聲怒喝的同時，竹劍快速打在志翔的肩膀上，志翔忍不住「啊」地叫了出來。就在志翔忍住痛並回過頭的同時，巡查又拿著竹劍刺向志翔的肚子。

「給我進去！」

志翔抓住竹劍的尾端。

「你這傢伙！還不快點放手！」

志翔這才放手。不過巡查的手往空中一畫，竹劍又準確地揮砍中志翔的肋下。

「給我進去！我叫你進去！」

竹劍又再度往上舉起，志翔趕緊拉開背後的鐵門，像隻小狗般的鑽進門內，以避開竹劍的再次攻擊。志翔扶著地板，好不容易才站起身來，卻看到其他人眼窩深陷，盯著他看卻沒有任何表情，好像被幽靈包圍似的失魂神情。「這不對勁，這太不對勁了！」猶如掉落地獄般的絕望與無力感，向志翔撲來。

「你不會去機場或礦坑的，我已經都拜託好人家了，不要太擔心。小心一點，平安歸來。」在他上路時，父親曾這麼告訴過他，此時這番話正在他的耳裡嗡嗡作響。志翔用力地咬著下唇，努力忍著不哭。

「下關到了，你們動作快點！」

巡查來來回回地走著，並大聲吆喝。

「行李放在原地就好，現在並沒有要馬上下船，等火車來以前，你們都要待在船上。」

大夥兒嘟嚷了起來。

「又是火車？這些日本人果然本性就是如此，一定要這麼折磨人嗎？」

「聽說到了下關以後，大家就要被分成好幾批，不會全部都前往同一個地方。」

別說下船了，大夥兒最後還是被關在貨櫃裡一整天，等到隔天早上才被敲門聲給驚醒。甲板上傳來此起彼落的哨聲，眾人依照哨聲的指示依序走出船艙，那景象看來就像趕豬一樣。

黑暗之中下起傾盆大雨，大夥兒站在雨中，轉瞬間就已濕透了全身，隨後在巡查和領隊的喊聲與哨聲指示下，才慢慢地移動起腳步。如今即將下船，他們上上下下地行走在甲板與船艙間的階梯，腳步十分緩慢，綿延而進的隊伍就像一條蛇正竄動著。雨還在下著，這時不知從哪裡傳來一陣砰砰聲，聽起來就像挖地的聲音。

不管怎樣都避不開也拒絕不了的巨大命運虎口，此刻正用力掐著自己。在一片黑暗之中，志翔隨著竄動的人龍往前行進，時不時地與走在前方的人碰撞在一起，每一步都讓他覺得即將墜入地獄。為了不讓心裡繼續胡思亂想，他開始想起自己的家鄉，還有父母與妻子……還有哥哥，那個讓自己自願代替前來這港口的哥哥。「算了，不要怕了，就當作是我來到哥哥已經來過的港口吧。」

志翔心中曾一直認為玄海灘、礦工渡輪與下關，是開啟求職或求學者希望的偉大航道，所以他曾和父親提過自己應該也要像大哥一樣留學日本，當時父親是這麼告訴他的：「人家都是大包小包地從市場回來，你卻是要帶著東西去市場？」

曾經那麼想來的都市，如今終於在一片黑暗與傾盆大雨中相會。下關，那個曾經想要親眼一見的都市，大家不都說那些前往日本的年輕人，踏上日本的第一片土地就是下關嗎？

大哥曾這麼說過越過玄海灘就是下關，而大哥的留學生涯就是始於下關。志翔努力地讓自己的心情平靜下來，他用手擦了擦打在臉上的雨水，要是此刻能夠讓他寫封信，他一定會在信中這麼告訴妻子：「瑞螢啊，這大概就是日本的樣子吧？大哥揚起斗篷走過的日本，究竟在哪兒呢？我被帶來的日本只有傾盆大雨和吆喝聲，還有讓人想要嘔吐的噁心氣味而已。接下來，我又要繼續搭上火車前往未知的地方。這，就是我來到的日本。」

不過幾天光景，離開家鄉的志翔，正一路走向未知的某處，他恍然自失，只覺著站在這裡的自己並不是自己。

走下船後，他們列隊離開了碼頭。

雨終於停了，大夥兒在港口邊的空地上完成點名後，便被帶往一個荒涼的空倉庫裡，這時一路帶領他們來到這裡的領隊退下，另有一批人上前，他們是前來受領雇傭礦工的公司勞務係員，以及該地區的管理者。

這個時候，勞務係員們揮動著棍子並大聲高喊：「排隊排隊！站成四列！」

這時一名勞務係員把一位大個子拉出來，並用紅色粉筆在他背後畫了個圓圈。

「以這個人為首，排成四排，每排五十人，知道了嗎！」

剛大聲吆喝的勞務係員又再度拉了一個高個子出來，一樣在他背後畫上圓圈，然後又重複說了同樣的話：

「這邊以這個人為首，每排五十人，快點！」

志翔走到第二個人的後方隊伍之後，便縮著身體蹲了下來。

手上拿著厚厚一疊文件的日本人開始一個一個點名，花了不少時間。正當大家正納悶著怎麼還不發個飯糰，志翔卻一點也不覺得餓。

在那裡又經過好長一段時間以後，離開倉庫者又再度淋著雨走向車站。

一走入車站，就看到舉著旗幟的女子。這些女子來自愛國婦人會，為了迎接雇傭徵召者的到來，舉著日章旗等候在此。大夥兒的視線往那群女子看去，只見那群穿著便褲的女子卻用手遮住臉孔，口中念念有詞。

走入月台的時候，風雨更加強勁地打在他們的身上，等到搭上火車，已經是晚上的事情。

搭上火車之後，大夥兒忙著把身上的雨水擰乾。只見眾人濕淋淋的身體上緊貼著濕透的衣服，還有發青的嘴唇與爬滿鬍渣的臉龐，大家的模樣簡直狼狽不堪。大家回想起下船後到搭上火車為止，那段在黑暗與大雨中度過的時間，猶如可怕的惡夢一場，紛紛變得無語。此時，前方傳來嘟囔聲。

「你把衣服擰乾後再穿啦！」

「你別管了，這根本已經不是衣服，是抹布啊！」

「就算是抹布好了，你這樣穿著不難過嗎？」

「我高興就好！反正不管怎樣，最後衣服還不是會濕掉，你管我那麼多幹嘛？又不是我老婆，一直嘮叨些什麼！」

「你這樣子我看了就倒胃口，為什麼要說我像娘們嘮叨？你這個人也真是固執，搞什麼嘛！」

「就說我高興就好！」

志翔參雜在這群光著身子，忙著把濕衣服換掉的人群中，茫然地找位置坐下，並舉起雙手掩面。被雨淋濕而發冷的手掌上，彷彿能吹出水氣來，他甚至想不起在一片鬧哄哄之中，自己究竟是如何搭上火車的，心裡忖度著原來失魂落魄大概就是這副模樣。

不知不覺間，長長的指甲裡頭，已堆積了不少指甲垢。

6

志翔醒來的時候，已經是早上。火車依舊匡噹匡噹地奔馳著，車窗外照入滿滿的陽光，志翔的後頭正有人邊看著窗外邊說道：「陽光是從那邊照來的，那麼我們現在應該正在往南方走才對。」

忘了是誰曾講過關於北海道礦坑的事情，還說只要別往北邊走就好，原本正看著窗外的志翔，慶幸著自己並不是被分配到北方去，同時也轉過頭去，只見一個緊閉雙唇的人正從外面往志翔的肩膀後方看去。志翔的臉上浮現出笑容，原來是之前那個說山村就是住山裡的鄉巴佬那學生，他就站在那裡！他也是在火車離開車站後，一路延著昭陽江開往江村站時，唱著〈春川啊，鳳儀山啊，再見了〉的那位青年。

由於釜山站搭車的人多，那時起就沒看到他，志翔還以為他被分配到了別處。兩人對到了眼，志翔問他：

「那麼這裡大概是哪裡呢？」

那個男子伸出自己的手掌，邊指邊道：「日本國土的形狀是這個樣子，而我們抵達的地方是這裡。太陽在日本一樣是由東邊升起，所以我們現在應該是朝這裡前進中。」

他點了一下自己的拇指旁邊，接著說道：「南方的話，這邊是九州，聽說那裡也有許多軍工廠。」

就在那個時候，站在車廂前方的警備員朝著志翔的方向大喊：「在那邊走來走去的傢伙，你在幹嘛？」

後頭站著的那個男人，這時迅速地挨坐到志翔的旁邊。車廂前後兩邊都有配戴紅色臂章的警備員在監視這群雇傭徵召者。不曉得是否因為三人坐在一起太擁擠，原本坐在志翔旁邊呼呼大睡的青年揉了一下臉，清醒了起來。他沿著通道走到警備員旁邊，結結巴巴地告訴警備員：「我想到後面車廂。」

「你這傢伙，不會講日本話嗎？」

他指著自己的下半身，比手畫腳地告訴警備員自己想去上廁所，警備員聽了以後，用手上拿著的棍子捅了一下青年的肚子。

「你這傢伙怎麼那麼多尿？給我回去忍著！」

警備員看著青年低著頭走回旁邊的座位就座後，警備員大聲說道：「說要去上廁所的人，一概視為逃亡者，知道了嗎？」

警備員如此盛氣凌人，坐在志翔旁的男子這時則向志翔說道：「最好不要把我們分配到工廠，聽說最糟的地方是煤礦礦坑，接著則是挖地的地下工地。」

語畢，他伸出手來。

「互相認識一下吧，我叫做崔禹錫。」

男子的手既大又厚實，看起來和他端正細緻的雙唇有很大的落差。

「我叫金志翔。」

兩人互相握了個手，禹錫笑著說：「姓金，那麼你應該是被改成金田這個姓氏囉？」

志翔微笑地點點頭，禹錫又繼續問道：「你的故鄉是漢城嗎？」

「春川。」

禹錫一臉驚訝，並皺起眉頭。志翔開口說道：「我有看過你，你以前是上春川高等普通學校，對吧？」

「這是怎麼一回事？你知道我嗎？我不記得你耶。總之，很開心認識你。」

「雖然我們沒有說過話，可是我認得你的臉。讀書會時看過你，常綠會。」

禹錫的臉色瞬間一沉，皺著眉頭說：「別說那件事了，光想起都覺得討厭。那麼……你也是上春川高等普通學校？」

志翔點點頭。

「那麼你畢業後在做什麼？」

「我沒有畢業。」

禹錫話停了下來。正開心談論著春川與春川高等普通學校的兩人，因常綠會這句話而瞬間僵了臉孔。

「是嗎？」

「話說回來，我們的緣分也太坎坷了，居然一起被徵召了。」

兩人默默地望著車窗外，志翔心裡總覺得禹錫看著自己的眼神既奇怪又冷淡。這時禹錫開了口：「我看你好像沒吃過苦的樣子，接下來可要難過了。你是第一次離開家鄉吧？」

「雖然是這樣沒錯，但受的苦頭也沒少過。」

「我們就講半語吧，看你和我年紀差不多大，我們就別彆扭地講敬語了。」

「好的。」

「唉，你看看你，不是說好講半語的嗎？你這哪算朋友有信呀？」

朋友有信這句話實在太好笑，志翔忍不住打了一下禹錫的手臂。

「你怎麼會講那種現在都不用的話呀？」

禹錫則是彎著腰對志翔說：「我有話要對金兄你說，上車以後，我看你因為日本話講得好，幫好幾個人做翻譯，那可不是什麼好事。」

「不然做什麼才好？你想對我說什麼？」

「我是要你別沒事找事做。人家要你坐著，你就坐著，要你站好，你就站好，要你吃飯時再次，要你別吃時就餓著肚子，跟別人一樣。」

「那如果他們要我去死呢？難道真的要去死？」

「裝死就好了。」

就在那時，車窗外的原野突然消失了，眼前波濤洶湧。是大海。大海時而被小山遮住，時而又露出臉來，綿延了好一陣子的原野又再度化成海浪滔滔，此時已是海天一色。

對於成長在春川的志翔而言，山與山之間的海洋是一幅陌生的景象。「這就是所謂的茫茫大海吧？」志翔一邊看著大海，一邊如此想著。「大海也是一片天空呢，是一片什麼都沒有、就只有水的天空。」

眾人鬧哄哄了起來。

「那就是大海嗎？這還是我生平第一次看見大海呢！」

「我也是，我看過的鹽巴就只有鯖魚上頭的鹽巴，不曉得海水這麼鹹哪！」

禹錫一邊伸手要志翔往後面走，一邊站起身來。此時警備員正不在位置上，當他們走到升降口通道時，禹錫這麼說道：「你聽說了嗎？在下關時的事情。」

「什麼事情？」

禹錫張望一下四周，確認沒有人以後，繼續說了下去：「聽說有五個人逃走，有人說他們都逃亡成功了。」

看著窗外的志翔不知為何地點點頭，「我不知道的事情竟有這麼多。作夢都沒想過要逃走的我，反而還因為匆匆經過夢想中的下關港口而感到遺憾。」

禹錫的話在志翔的耳裡嗡嗡作響。

「那些人可能是和日本有些什麼關聯的人。要逃走，也得有地方可去才行，不然也要有人可以投靠。」

後面突然走來一個帶刀巡查。

「進去！誰准你們隨便跑出來了？」

跟在巡查後方的是手臂上配戴寫有紅字的白色臂章，雙腿也有綁腿的幾個男子，他們大聲吆喝志翔與禹錫快點進入車廂內。

「全都給我回去你們的位置坐好！」

不知不覺間，大家已經變得如此聽話。雇傭徵召者們都一臉害怕地蜷縮在座位上，乖乖聽從指示。

「全部都給我安靜待在車廂裡！現在還是團體行動中，絕對禁止有人脫隊。」

火車駛入月台，志翔讀著窗外鐵柱上寫著的站名：長崎。

火車反覆幾次停止、啟動之後，終於完全停止。這時志翔一邊聽著刺耳的哨聲，一邊看著月台上魚貫穿梭的乘客，努力壓抑心中那些被帶來異鄉的絕望感，以及覺得自己就像被關在籠子裡的牲畜那股羞愧之心。

當下車的乘客身影消失以後，列車裡頭只剩下雇傭徵召者，禹錫看著空蕩蕩的月台說：「牲畜們也有掉毛和長毛的時候，那麼我們被帶來以後，也有回去的時候吧？不是嗎？」

「現在你還能說出這話來嗎？」志翔低聲說道，像是要把壓抑心情的抑鬱感都給排放掉似的。

「你該不會是在寺廟裡修道過吧？」

「修道是沒有，倒是很會看臉色。」

不知道又過了多久，在拿著槍的警備員看守之中，終於走下列車的他們才排成兩列越過鐵軌。大夥兒頂著一臉枯槁的臉色，抖動著不安的眼神，露出不知命運將把自己帶往何方的茫然神情。

他們被帶到車站旁的空地，當大夥蹲坐下來以後，走向前的是戴著警備臂章，一路引領他們來到此地的朝鮮人之一。

「大家聽好，先在這裡等候指示，等到各位的去處決定好後，馬上就要動身了。喂！那邊幾個，你們話怎麼那麼多！在那之前，你們絕對不可以散開，我可不負責你們接下來的狀況。嗯，還有，再等一下就放飯了。」

眾人你一言我一語的，癱坐在地上。這時禹錫低聲說道：「朝鮮八道的人都來了嘛。」

「看來的確如此。那邊幾個人說的應該是平安道的方言，好多從北部人都被徵召來了。」

大夥兒坐在空地上，吃著不是早餐也不是午餐的飯糰，志翔看著那些吃到連手指上沾著的飯粒也不放過的人，突然一陣哽咽：「這種處境還吃得下飯嗎？」過了好幾天，每個人的眼神已不若來時，究竟這些人們是誰，他們在故鄉的生活又如何呢？

那時，似乎有人正看著志翔，志翔轉過頭去，只見前面一個正在大口咬著飯糰，差點都要把手指給啃掉的人望著自己。志翔問他：「你還要吃嗎？不介意的話，我的份給你。」

他反覆看著志翔與飯糰，沒有道謝，只是點頭示個意後，像是搶走似的快速把志翔手上的飯糰拿走了。此時，後頭有人叫著正在把手上飯粒給抖開的志翔。

「連飯糰都看不上眼的大少爺也被徵召來了，媽的！」

志翔回頭一看，一個厚唇黝黑的男子正緊盯著志翔瞧，志翔回他：「這不是你可以干涉的事情吧！」

「就是看你不爽啦，怎樣！領了飯糰就給我吞下去啊！」

在那名男子突如其來的半語挑釁之下，志翔挑起了眉毛，男子則邊抖腿邊繼續挑釁。

「老子我看你就是不順眼！因為你，連幾塊小米包著豆子的飯糰也狼吞虎嚥的我們，這下成什麼樣了？你現在是在擺親日派少爺的架子給我們看嗎？」

志翔的臉變得慘白：「這個人知道我是誰」。

就在此時。

「跳蚤的眼睛裡，看得到人有幾根手指頭嗎？」

說這話的人，正是禹錫。他抓著那名男子的衣領，把對方拉到自己眼前，並咬著牙說：「你好像就只有看到他一個人，對吧？你要是敢再挑釁一次，你就完蛋了！」

周圍人們在猶疑之下，紛紛往後退開來。抓住那名男子衣領的禹錫，不知什麼時候居然用左手抓住對方的胯下，狠狠地擰了一把。

「你這傢伙，敢說我叔叔是親日派？你再亂吠，小心我把你那兩顆鳥蛋丟到清溪川去。」

下體被抓住的男子，痛得嘴巴就像隻小雞般一開一合，這時禹錫再次搖動他的下體並用力踹他一腳，然後把志翔拉到他的身後。

「叔叔，這麼難看的景象，您就別看了，先到一旁休息吧。」

禹錫環住志翔的腰部，從圍觀人群中離去。禹錫小小聲地說：「別往後看。」

他們移到人群之中，隨意找了個位置坐下後，禹錫很快地告訴志翔：「我不是叫你別多管閒事了嗎？別人在吃飯糰的時候，你也吃！」

方才那個挑起爭端的男子，從眾人身旁慢慢遛達離去。禹錫往地上吐了口口水。

「從現在起，你得用點腦袋活下去才行。難道現在是你可以擺出大少爺姿態的時候嗎？就算你不想吃，也別想把你的份分給別人。」

志翔抬起頭來。

「還是不了，那樣我活不下去。」

禹錫用手指了指一旁。

「現在起，我們身旁每一步都是死路。我們得想辦法在這種險境中生存，那就是我們往後的日子。」

「日子？來到這兒，居然有人開口跟我講日子。」志翔看著禹錫露出寒光的冰冷眼神。

「你原本是做什麼的？」

「無父無母，無妻無子，怎樣？」

「認識你……我很高興。」

「少爺，你以後別再說那些話了，請你盡量低調，不要引人注目。你要是敢再讓我叫你一聲叔叔，你就試試看！」

到了下午，天空又開始下起雨來。大家依照領隊的指示，走進車站旁的建築物裡避雨，這棟建築物並沒有牆壁，只有一方屋頂。長崎站那邊隱隱約約露出模樣的陡峭山嶺，看起來就像是山腳下綿延的屋頂，陰暗的天空像是打包似的，環繞在街道四周。

不曉得又過了多久，周圍突然冒出警察來。

「整隊！動作快點！」

「喂！那邊那幾個，你們在幹嘛！快左右排開成一列。」

帶領他們的朝鮮人管理員一走進來以後，便開始整隊並粗略地加以編號，並且把每十個人分為一組。整隊完畢以後，一名穿著西服的男子，帶領兩個手上握有厚厚文件的下屬走上前來，從旁邊一眼望去，可以看出他們的體格十分健壯。

「各位從朝鮮遠道而來，真是辛苦了。我們身為天皇陛下的臣民，十分感佩各位的憂國衷情，並且十分歡迎各位的到來。」

接著，他稍微提高了點音量。

「我們會按照行政地來進行分配，並盡快讓大家投入工作現場，具體的方式將會在分組之後，按照組別進行指示。現在請被叫到名字的人往右邊去，接著並依照領隊的指示前往現場即可。脫隊者，將於原地斬立決。」

「處決？這又是怎麼一回事？」在翻譯還在持續的途中，志翔轉過頭去看著隊伍尾端。「到底還要多少人？」眼看著隊伍增加到十列，必且不停地往後蜿蜒，這時聽到上頭說要把這些人分成幾小隊。

穿著西服的男子退下後，拿著文見的那兩人開始唱起名來。當志翔的名字被叫到時，志翔往旁邊站去，並回過頭來看著禹錫。「看來跟那個朋友的相遇就要在此結束了。」兩人這時四目相會，志翔以惋惜的眼神向他道別，並表達感謝，禹錫則是一番苦笑。

這時被點到名的人，一下忙著列隊，一下忙著收拾行李，現場變得亂七八糟。

「我們好像被分配到同一個地方了，這到底是什麼樣的緣分呀？」

右肩上背著一個小包包的禹錫，不知什麼時候站到志翔身旁，只見他雙唇緊閉著。志翔拍打了一下他的手臂。

「這是怎麼一回事？」

「我也不知道。想來是我命運坎坷，也不知道是哪裡出了錯，剛把我叫過去，結果那邊的名單卻沒有我，所以我又被叫來這裡了。」

「太好了。」

「現在你笑得出來嗎？你可得好好愛護我呀，人家都說逢凶年時，就算冷水都是補藥，有我這朋友你該慶幸囉！」

禹錫的嘴角閃過一絲微笑。

「早知道會跟你分配到同一個地方，那我就不跟你當朋友了，我會把你奉為大哥！唉呀，這都是我的錯。」

「在這狀況下，你還說得出玩笑話呀！」

禹錫走過來的時候，一個看起來很面熟，身上又背著一個布包的男子走了過來。

「原來兩位是分配到同一個地方。我是被分配那裡去的，那麼請你們小心保重，以後有緣再相見。」

那個人轉身跑回去他的位置。接著，日方開始一一點名被分為五批的這些雇傭徵召者，並下達指示事項與介紹領隊，整個建物裡非常嘈雜，巡查們在退下之後，由配戴紅色腰帶的一般平民來進行引導。

當載運雇傭徵召者的卡車已經做好上路準備後，便一一駛離此處。還留著這裡沒走的人，在環顧一周以後，突然有人難過地說：「祖上要是有積德，一定要讓我們再相見。千萬不要羨慕那些先上路的人，因為他們現在是要去送死，聽說他們都是被分配到礦坑。不過話說回來，我們到底會去哪兒？」

一起被載來這裡的人先離開了，建築物裡慢慢變得冷清。志翔和禹錫是第四批搭上火車的雇傭徵召者。他們淋著毛毛細雨，搭上有帳蓬的卡車，一身濕轆轆地坐在地板上。

卡車在風雨中慢慢開往長崎車站，志翔透過隨風飄動的帳篷往外看去，路旁的建築多為木造兩層建物，路上還有一些彎腰駝背的撐傘老人經過，往左邊看去，則是沿著山坡地建造的房子。視線一轉，看到遠方山坡上的房子頂端架有十字架，想來日本有許多人信奉耶穌。志翔才正覺得這裡看到的教堂很大間，離開車站前的卡車突然停靠在路邊，他拉開帳篷想看著究竟，只見負責翻譯的朝鮮人把頭探進來說道：「在出發以前，你們給我安靜地坐好，不要吵鬧。要是你們一吵，我們就要進去了。」

帳篷隨即被關起來。坐在一旁，一直露出害怕表情的矮小男子，不斷低聲喃喃自語。

「這次是搭卡車。俗話說，就算被老虎抓走，也要打起精神來，可是現在我卻搞不清楚該怎麼辦好。」

志翔透過帳棚的縫隙，看著經過的電車，這還是他第一次看到電車。

「那是什麼？」

「噹啷噹啷的，那是電車。你去過漢城嗎？」

志翔搖搖頭。

「你把它想成單一節的火車車廂即可。」

語畢，禹錫閉上雙眼。

大雨絲毫未見停歇，直到夜幕低垂。誰也不知道還有沒有機會回到這裡，志翔看著深鎖在黑暗之中的街道，心裡想著若有機會再回到這裡，他要到那山坡上的教堂裡看看，還要在居民生活的地方走走，而不是曾經像隻牲畜般走過、待過的車站與街道。

禹錫則是抬起頭，彷彿在看著天空一樣，並喃喃自語了起來：「真難過，朝鮮的子民們啊。可是我們不能被打倒，就算得暫時彎下腰桿，也絕不能就此被擊倒。大夥兒都要活下去。」

「你說什麼？」

禹錫默默不語，只是搖了搖頭。

此時，坐在志翔旁邊的人，突然把臉埋到雙膝之中，哭哭啼啼了起來。志翔嚇了一跳，趕緊彎下腰來安撫他。禹錫把手擱在這個看起來年紀比自己小很多的男子背上，並告訴他：

「你別這樣，大家的心情都一樣。」

男子哭著說：「我上有年邁雙親，下有年幼子嗣，我的老婆還久病在床，現在把我強行帶到這裡來，要我的家人們怎麼辦才好？這能叫我不痛哭失聲嗎？」

轉瞬之間，四周也都開始哭了起來，不少人揉著眼底，並發出嗚嗚聲，努力讓淚水不流出來。志翔見狀也忍不住把自己的臉埋到雙膝裡。

「原來就是這個樣子，失去國家就是這個樣子。」志翔的腦裡首次浮現出國家這個字眼。他們要我們交出來的，何止是穀食而已？就連祭祀用的碗盤也全部都得交出來給他們才行。不只如此，他們還把我們強行帶來這裡，要我們站好，我們就得站好、他們要打我們，我們就得聽話挨打，究竟為什麼我們得這樣活著？我們不是任何人的主人，現在我們總算知道，沒有國家是什麼樣子。

卡車再次啟動時，外面已是一片黑暗，然而卡車跑到一半，卻要跑不跑地停了下來。原本都以為自己就像個行李箱，要被卡車載運到遠處的他們，並不知道為什麼車子突然停了下來。這時，外面的雨停了，帳篷外忽然燈火幢幢。

透過帳篷縫隙往外窺視狀況的禹錫，很快地說了一聲：「好像有什麼不太對勁。」

「怎麼了？你看到什麼了？」

「外面什麼也看不到，不是工廠，只是片荒野。」

然而這裡並不是荒野。當帳篷被掀起，外頭燈光照射了進來。一名男子背對著燈光，一邊用手中的手電筒胡亂地照向雇傭徵召者，一邊開口說道：「下車，全部都給我下車！」

正當大夥兒不知要怎麼辦，彼此面面相覷的時候，忽然冒出一句「混蛋傢伙，快給我下車！」的朝鮮話來，坐在卡車車門邊的人也同時被用力拉扯，並掉到地上。

「下車！快給我下車！」

坐在後面的人開始跳下車來，志翔也跟在禹錫後面跳下卡車。周圍的燈火把大夥兒團團包圍住，除了燈光閃耀的手電筒，也有人拿著淋上油的火把。

「全員站成五排，動作快！」

大夥兒在撩亂的燈火中快速排好隊伍，這時志翔聽到不知從哪兒傳來的水聲。

「這不是水聲嗎？」

「是波浪聲。這裡是港口，你沒看到那邊的船嗎？」

「我們來到海邊了嗎？不是工廠，也不是礦坑，是海邊？」志翔歪七扭八地走在燈火照耀的黑暗之中，並站在禹錫身後。當朝鮮雇傭徵召者站好列隊之後，馬上就開始進行人員檢查。檢查結果是六十二人，和剛上車時並不一樣。

拿著手電筒站在前方的男子，一邊打亮周圍，一邊說道：「你們要搭的船就在前方，現在開始以每二十個人為一組進行搭乘，其他人在旁邊安靜等候叫號。」

又要搭船了。大夥兒吵了起來，爭說要是徵兵，就會搭船直到南方，但現在這又算是怎樣？翻譯人員一翻譯完後，站在前方的人不禁一問：「到底是要搭船去哪裡？什麼地方也不講，真是悶死人了！」

那個人話都還沒說完，啪的一聲傳來，只見那個人已經倒在地上抖動。拿著燈火的那名男子再次踹了倒地者一腳，並叫了一聲：「這傢伙！我不是叫你們安靜了嗎？」

那名男子說出的日本話充滿殺氣，一下就在這片黑暗中散播開來，志翔聽了只覺得背脊發涼，全身起雞皮疙瘩，另外還有人被後頭吆喝聲混著棒子不停揮舞的聲音給嚇到摔了一跤。拿著燈火站在前方的那名男子，一邊用燈火照亮黑暗，一邊大聲地吼：「這些傢伙討打嘛！還不給我站好！」

在這一瞬間，一切都變了，恐怖與黑暗已將他們團團包圍起來。「包括前往釜山的那一段路、暈船暈得厲害的那片大海和雨中的碼頭、下了火車後，那一片在耀眼陽光照射下的日本田野，難道全都只是一場夢嗎？那幾天經歷過的陌生時光，轉瞬間消失得無影無蹤，就像是碎裂的玻璃碎片插入他們的身體裡。」志翔不禁如此想著。

前面有二十個人走入黑暗裡，看著他們的背影，志翔心中的不安感就像鉛球般沉重。環繞在那二十人身邊的幢幢燈火，照出了那艘巨船的輪廓，志翔從燈火中看到了巨船上寫著「夕顏丸」三個大字。

志翔默默地站在一旁等候叫號，耳邊的海浪聲變得越來越大聲。等候叫號的途中，前後不時傳來啪啪的毆打聲，也有人因此不支倒地。

「給我站好！站好！現在這也是在戰場上！」

也不知道禹錫是否已經上船走了，志翔並沒有看到禹錫。隨後志翔也搭上了船，幾個站在船上、負責護送他們的人員，讓他們一個一個坐在船板上。

就這樣，這艘巨船在震耳欲聾的引擎聲中，航向黑暗而去。這時候並沒有人發出聲音，也沒有想在這種狀況下多講兩句。明明大夥兒本來是在被大雨淋成落湯雞時，也一定會叨念個兩句的人，現在卻突然變成無口之人似的，只是低頭看著屁股底下的塌塌米墊。

志翔這時想起長崎，也想起禹錫那時候說過的話：「真難過，朝鮮的子民們啊。可是我們不能被打倒，就算得暫時彎下腰桿，也絕不能就此被擊倒。大夥兒都要活下去。」想來禹錫大概已預想到這種狀況了吧？也不曉得禹錫是否坐在哪個角落，志翔環是了一周都看不到禹錫。

離開港口之後，不曉得又過了多久，黑暗中航行的巨船開始晃動起來，引擎聲也變得更加凌亂，而且時間越久，船也晃動得越厲害。這時越來越多人因為抵擋不住暈眩感而倒在塌塌米上，也有人為了抵抗船隻的晃動，在地板上爬來爬去找把手。很快的，就有人吐了出來，但狀況卻不容許他們走到船艙外頭。後來，四周的嘔吐聲更是此起彼落，隨著嘔吐者越來越多，大家開始分傳用木頭做成的瓢子，以承接嘔吐物。只是船隻搖晃得實在太過厲害，眾人都倒得歪七扭八，嘔吐者也一直吐個不停。刺耳的引擎聲響遍船艙，裡頭盡是因為連日大雨而反覆過了好幾天乾了又濕、濕了又乾的日子，以及無止盡呆坐著等候，還要被人踢、被人打，不知道自己會前往何處的難過與絕望，而感到疲憊的青年們，此時虛弱的身軀變得更家痛苦難耐。

並不是因為這艘船太小或不堅固，才讓大夥兒這麼難受。雖然黑暗之中難以估量到正確的航路，讓乘船者感受到恐懼，但其實他們所搭上的這艘夕顏丸，是由長崎造船所建造的第一艘鐵製汽船，規模也是當時日本載客數最高。

真正讓巨船一下平穩、一下晃動不已的原因是險惡的海流。環繞在長崎外港端島的海流十分洶湧，早就讓無數與日本通商的中國貿易商船觸礁過，是中國船員們十分害怕的一條險惡航道。

當巨船平靜下來以後，過了好長一段時間，大夥兒才在刺耳的哨聲語喊聲中蹣跚地走下船來。在經過好像快把人給搖晃到海裡去的浮橋時，志翔最先看到的是燈火，那是防波堤上的警備燈，看起來就像一條長龍圍繞著端島。大雨過後的海上雲霧繚繞，圍繞著端島的燈光就沿著防波堤，在島周圍環繞出一條白龍。

此時，他們之中並沒有人知道自己來到了位於端島的海底煤礦坑。

7

「這裡是三菱礦業所高島煤礦端島分院。我是船越康夫，歡迎各位入所來。從朝鮮遠方徵召並帶領這些雇傭礦工來到這裡的各位管理員，辛苦你們了，在此向你們致上最高的謝意。」

雇傭礦工們的歡迎儀式就在煤礦事務所旁的建築裡進行。等到眾人向日章旗行完敬拜禮並唱完〈君之代〉（譯註：日本國歌）以後，勞務係職員便大聲誦念「皇國臣民誓詞」，而雇傭礦工們則是跟著嘟囔背誦。當全部的雇傭工一個一個完成點名以後，煤礦事務所長的歡迎致詞才正式開始。

「我們三菱礦業很早就著手進行端島煤礦的開發，並致力於開發設備的現代化，才能有如此耀眼的發展。」

留著小鬍子的煤礦所長，個子相當矮小，他以一個看起來就像上來領獎狀的孩子般雙腳併攏，且站的直挺挺的姿勢進行他的致詞。

「現在開始，各位作為天皇陛下的臣民，將會進行打倒鬼畜米英的戰爭。我們這裡也是戰線，端島礦坑這裡就是站在槍口後方撐起這神聖戰爭的光榮之地。端島礦坑在昭和十六年時，將產量提升到驚人的四十一萬噸，並在福岡監督局的出礦競爭中獲得第一名的紀錄，同時也是出勤率高達百分之九二的最佳礦坑。現在各位將能得到在此礦坑工作的榮耀。」

聽不懂日本話的青年們，悄悄地問旁邊一位看起來上了年紀的人：「他在說什麼？」

「叫你好好吃飯、好好拉屎。」

「你這大叔也真是荒唐耶！」

「我不是荒唐，我什麼時候跟你說過我懂日本話了？你幹嘛問我他講啥呢！」

「我現在終於知道為什麼大叔你這年紀也被徵召過來了。」

「怎樣？你這乳臭未乾的小子！」

在那瞬間，這兩個正在鬥嘴的男子就像是被人一把抓住的斷頸小雞一樣，頭垂了下來。原來勞務係職員不知何時跑到他們後頭，在他們後頸打了一棍。

「各位所生產的煤礦並不是單純的煤礦，而是黑色的鑽石。每一塊媒礦都是一顆子彈或魚雷，也就是說，請各位一定要銘記在心，各位作為天皇陛下的子民，為了皇國的榮耀，一定要認真工作，才不愧產業戰士之名。」

「子民，天皇陛下的孩子。難道我們都是天皇的孩子嗎？」志翔低下頭來，閉上眼睛，在心中將所長的話翻成朝鮮話後，反覆地琢磨其意味。「翻譯怎會翻成這樣？」所長所講的並非是「各位（皆さま）」，而是「你們（お前たち）」。「各位」與「你們」這兩句話差異甚大，這裡所說的「你們」就和「你們這些傢伙」無異，而所長現在分明就是對著大家說「你們這些傢伙們，是以天皇陛下之子民的身分，為了皇國的榮耀而工作」。志翔緊咬著下唇，感到自己已掉入越來越深的泥淖中。

「端島煤礦擁有很長的採礦歷史。各位可以把我們端島煤礦想成是旁邊那座島上高島煤礦的子公司，但是我們的出礦量卻是高於母公司高島煤礦。」

在所長的歡迎致詞結束以後，緊接著走上講台的勞務係石川慢慢開口說道：「各位首先要先知到幾點。第一，我們所開採的煤礦並非暖爐所使用的煤礦，我們開採的煤礦是製鐵用的最高品質原料煤炭。第二，各位所來到的這座島，又名軍艦島，這裡具備了所有生活所需，除了火葬場與墓地之外，一切應有盡有。」

接著他又繼續講述了端島礦坑的歷史，以及各種礦工的使用設備說明。

「端島發現煤礦的時候是在文化七年，也就是西元一八一〇年時。當時把這座無人島的泥土給搬開以後，就發現了露天煤礦，經過六十年以後，才終於開通海底坑道並開始進行開採。後來我們三菱商社買下了這座島嶼，大家知道收購價格是多少嗎？是十萬円（譯註：円，意指日圓）。這在當時是天價。」

「十萬円……」雇傭礦工們想都沒想過世上竟有這麼大一筆錢。他們面無表情地看著煤礦，對他們來說，沒看過也沒聽過的這麼一大筆數目根本不是錢。聽到如此天價，雇傭工們別說感到驚訝，甚至就連頭也點過一次，石川對此露出失望的表情：「也對，他們對十萬円哪會有實感？」

不過石川並不知道，他一直說著「我們三菱商社」，但什麼是「我們的三菱商社」？從殖民朝鮮來的雇傭工，哪裡會知道政治與經濟掛勾的軍部和企業，造就出了這個財閥的存在。

「我們三菱取得了二十五萬一千坪的海底礦坑，在連結高島、長野島、雙子島與端島的底部，也就是海底下的深層地段進行煤礦開採。在三菱歷史中，端島這裡又是保有日本最大開採量的海底煤礦。當初開通長達一百九十九公尺的第二坑道之後，使端島礦坑成功提高開採量，之後我們又將坑道一路增加到長達三百五十四公尺的第四坑道，因而造就了今日的榮景。」石川高舉著手並用力握拳。

「我們在端島所生產的煤礦並非散礦加壓凝結而成，而是需要打散成碎媒的良質礦產。而這些品質精良的煤礦，都會被送到鋼鐵生產量佔全日本一半的八幡製鐵所，以用來製鐵。」

這既冗長又無聊，而且誰也聽不懂的演說還在持續中，但雇傭工們卻已越來越站不住，這時圍繞在周圍的勞務係職員們，紛紛拿出棍子往雇傭工們的肩膀上揮打。

「接下來，我將簡單說明這個無人島是如何變成樂園，以及各位往後的生活設施。」

石川走到巨大紙張製成的掛圖旁，開始進行說明，途中數度口渴，喝了不少開水。

「端島以前是座無人島，島上並沒有水。我們三菱把蒸餾水設備引進島內，同時也配備消除海水鹽分的除鹽設備，並將自來水管鋪設在全部宿舍裡。」石川的聲音越來越匆促。

「接下來是關於電力設施的部分。開採煤礦必須要有電力，在此請各位不要感到太驚訝，端島這裡早在各位料想不到的時候，就已導入電力設施，而且還是在三菱各礦場之中最快導入的時期，也就是明治三十五（西元一九〇二）年。」

這些出身鄉下、一輩子就只看過煤油燈的雇傭工們，在進入島內以後，就對燈火通明的電燈感到驚訝不已。然而這些設施早在四十年前就已經導入島內的事實，讓雇傭工們聽得瞠目結舌，簡直無法置信，看到雇傭工們張著大嘴猛點頭的樣子，石川的臉上浮出一抹笑容。

「不只如此。這裡是礦場，每當一天工作結束之後，都需要好好清洗身體，但由於碳粉細微，甚至會附著到下體毛髮裡，可我們又不能用鹹鹹的海水洗澡，對吧？不過各位不用擔心，公司為各位提供了消除海水鹽分的海水沐浴澡堂。只是有一點要請各位注意，這個澡堂的名稱叫做章魚墨汁澡堂，由於各位會帶著滿是碳粉黏著的身體進入泡澡，所以澡堂的水從未乾淨過。這裡甚至還被叫做味噌湯澡堂，這是因為碳粉會讓水變得黏稠之故。」

雇傭工們呵呵地笑了出來，不過這些人中，有大部分都是不知道澡堂為何物的鄉巴佬。在朝鮮人的家裡，哪有什麼澡堂？夏天去溪邊洗澡，冬天則是用鐵鍋燒水，再把熱水放到大木盆裡，簡單地把汙垢搓洗乾淨就是朝鮮人的洗浴方式。

「最後！」

石川稍微提高音量，以結束這冗長的談話。

「工作場也就是礦坑，裡頭嚴禁火氣，像是香菸與火柴，都是絕對不准帶入的東西。要是被我們發現工作場內持有這些東西，就會受到嚴懲，請各位切記！我再說一次，坑道內嚴禁火氣！」

可是，石川並未告訴這些雇傭工們最該感到恐懼害怕的歷史。

有一個很早就以長崎為活動據點的英國人，湯瑪斯·克羅伯，是普契尼的歌劇《蝴蝶夫人》中男主角的原型。西元一八六八年，他參與了高島媒礦的共同營運，並引入了日本最初的採礦設備、排水幫浦，以及安裝運載煤礦之捲上機的基礎設備等。不過，西元一八七三年時，隨著政府禁止企業與外國合併，高島礦坑即轉為官營，而端島海底礦坑的悲劇性歷史也就是萌芽於此。轉為官營的高島礦坑，徵用長崎刑務所的囚犯作為勞工，以監獄勞動為名，透過這些綁著腳鍊的囚犯打造出繁盛榮景，然而這樣的高島礦坑也變得暴力橫行。三菱在高島礦坑之後，接著於西元一八九〇年的十一月買入端島礦坑，也因此高島礦坑的暴戾之氣，一路擴伸到端島來。這段黑暗的歷史隨著歲月的累積，已變成端島礦坑的傳統，也使這裡成為人權的死角地帶，而這也是最大坑道出入口之所以被礦夫稱為地獄之門的由來。

入所歡迎式結束當晚，隨即就為新進雇傭工們安排宿舍，眾人被分配到的房間是鋪有塌塌米的二十人房，同時也是個躺下後就沒有空間的狹小房間，伸手才碰得到的木窗，則裝上了直直的窗格。每個人只被配發到一條毛毯，而睡覺時要用的木枕則是堆放在房間一角。志翔和禹錫兩人被分配到了不同房間。

在每個人的房間都分配完畢以後，接著大夥兒則拿到一件由遠赴中國帶回白米的唐米部隊所製作的黃色工作服，這也等於是在離開故鄉時所領取的工作服之外，多了一件可換穿的衣服。之後他們回到自己的房間，彼此並沒有多說幾句話，馬上就找好位置就寢入眠。

志翔像是即將氣絕般地倒在自己的位置上，也不知自己究竟是怎麼睡著的，只知道眼睛一睜開時，耀眼的陽光正從外頭照射到屋內，原來已經是早上了。志翔往外一看，只見建物入口或前方可供散步走走的巷口都有警備員在看守著。

大夥兒已度過一晚的宿舍是鋼筋水泥建築，和外頭看起來樣子不同，內在其實相當老舊。宿舍附近有一座十公尺高的監視塔，而遠方防波堤那裡還有一間小小的木造建築，那是警備哨所。志翔這時突然想起，前一天晚上曾被警告除了被許可的區域之外，不可出入其他地方，而且這裡二十四小時都有監視員在負責警備，據說警備員是被派遣到勞動報國隊的刑務所職員。

志翔走出建築物外時，被眼前的光景嚇了一跳。他遠眺著小丘，整個人只是呆站著，無法做出任何反應，這時才知原來前一夜看到的燈火居然來自這群像座山一樣矗立在丘陵上的屋舍。眼前的這些房屋高聳雄偉，彷佛直如天際，志翔不由得伸出手指頭來清數房子的樓層。這些房子的高度為六層樓高到九層樓高不等，但由於還沒完全天亮，再加上四周白色雲霧繚繞之故，使得這些房子看起來更加高聳。

「那裡會是哪裡呢？」所長那時曾驕傲的說，供奉山神的神社就在山的最頂端，遠遠望去就像是插在軍艦上的旗幟。志翔像是確認般地點了點頭並轉過身去，腳步再次像是被凍結似的無法動彈。「那是什麼？」一座巨大的瞭望台出現在眼前。這座瞭望台看起來像是由階梯層層環繞而巍然屹立，建築本身越往頂端則越峽窄，高度甚至超越本島的最高處。「到底那座怪異的瞭望台是什麼？我到底是來到什麼地方了？」志翔開始對這座奇異島嶼感到恐懼。

為了運送出入海底挖礦的礦工與他們所開挖出來的煤礦，海底礦場需要筆直往下開挖出來的洞窟與通道，該洞窟是提供礦工們換氣之所在。至於用來裝載礦工與煤礦的巨大鐵桶，則是透過一個看起來像瞭望台的高大巨櫓來進行運送，這個像是綑綁住梯子的巨櫓裡頭，裝有滑車，是一種運用滑軌和鋼絲來分散力量，並提高牽引力的裝置，同時也是一種依照工學原理製造，能夠使拖曳重量，也就是負荷之力量與鋼絲數目成正比的巨大裝置。

志翔看得快暈頭的這個瞭望台，是一種叫做豎坑櫓的升降裝置，能夠直達海底七百公尺處。這麼高大的人造工具，是志翔生平第一次見到的東西，在此之前，他從未想像過世上竟有這種工具的存在。

就在他正感嘆於這座島上眾多東西的奇異時，著有綁腿且腰上佩有棍棒的勞務係職員們跑了起來，他們經過志翔的身旁，往雇傭工們的宿舍跑了過去。這些職員們用棍棒敲打每間房間的牆壁，並大聲高吼：「全部起床！」

「全員集合！」

在雇傭工們排隊的同時，勞務係職員們把竹槍堆放在他們後頭。他們把新進雇傭工叫到宿舍前方排隊後，一位穿著制服的憲兵出來大聲喊著：「大家各自去後面拿一把竹槍，然後站成二列。站在那邊摸半天的傢伙在幹嘛？我看你們身體大概很虛，要好好操一下才行！現在給我列隊跑到端島中學運動場為止。」

於是這些肩膀上背著竹槍的雇傭工們就跟著助教，開始往宿舍後方跑起來。其實端島中學的運動場就在他們宿舍的後方，只不過被圍牆遮住看不見而已。

「時值非常時刻，任何人都可以是戰士，任何地方也可以是戰場。從今天開始，往後四天內都要進行軍事訓練。全員立正站好！」

大夥兒如火如荼地繞著三層樓高黑色建築所在之運動場三圈之後，提著竹槍繼續進行訓練。「往前！往後！趴下！刺！」在充當助教的軍人口令之下，訓練持續進行，不一會兒，大夥兒已是滿身泥濘。

「右向右！」

「左向左！」

聽不懂日本話的雇傭工們左右不分，大家撞得亂七八糟。

「怎麼會把這麼蠢的傢伙帶來這裡！朝鮮人連左右兩邊都不知道嗎？」

就在大家撞得亂七八糟的時候，教官們紛紛跑過來用棍棒狠狠敲打雇傭工們的肩膀和腰部。

「往前刺！」

「往後刺！」

「你這傢伙！這叫刺槍嗎？是這樣刺，這樣！」

助教把手上的竹槍往雇傭工的肚子上狠狠刺了下去，好幾個人因此倒地。

「現在給我跑起來！大家跑步的腳步要一致，竹槍則是背在肩膀上。預備，開始！」

大家無法維持一致的腳步，不是蹣跚踉蹌，就是絆到旁邊人的腳而跌倒，於是教官們又穿梭隊伍之中，用竹槍抽打他們的小腿。

「跟上腳步！一、二、一、二，那邊腳步跟錯的傢伙！給我出來！」

有些雇傭工被教官踹倒在地，也有些人不知要怎麼對上步伐，抱著膝蓋蹦蹦跳跳的。

一整天就在這些訓練中結束了。這些訓練，一直到隔天都還持續進行著。早上五點時，這些被棍棒擊打牆壁之聲音給吵醒的雇傭工們，得各自拿著竹槍到學校運動場跑步，這是因為他們的體態被認為還無法進入礦坑內工作。訓練途中一直有人挨打，不停被勞務係職員打臉，甚至還被狠踹胸口，好像這些訓練就是為了毆打雇傭工們而存在似的。

不過，不只有訓練時才會被毆打，這些雇傭工們一整天都挨打。「我不滿意你吃飯的樣子！不要吃得像條狗一樣！」、「你這傢伙！現在是什麼時候，你居然還給我吃胖了！」、「看你跑不動的樣子，根本就像條豬嘛！」、「你這傢伙！給我搞清楚這裡是哪裡！這裡是戰場前線，最前線！」雇傭工們整天就被他們辱罵著。

就在午後訓練即將結束之際，某個因為整天在地上翻滾，不知不覺間磨破褲子膝蓋部分的雇傭工喃喃自語：「可惡，怎麼不小心把褲子弄破了？我說，來了礦場不就是要去挖礦嗎？做什麼訓練啊？」

「你也真是心急，時間到了，自然就會使喚我們了。」

「邢兄，你怎麼這麼了解人啊？我這個人本來就急性子，根本就沒辦法排隊，就是人家說的那種洗完屁股又馬上急著拉屎的人啦！」

勞務係走到這幾個哈哈大笑的人背後，嚴厲斥責：「這幾個傢伙居然敢用朝鮮話嬉鬧！全部給我集合！動作快！」

訓練結束後，雇傭工們之間流傳著不准走三七步的傳言。

「那個人帶著翻譯人員，分明是警備員中地位較高的人。」

傳說有個悠哉走著三七步的人，被那個地位較高的警備員打得鼻青臉腫。

「喂，那邊那個走著的傢伙，給我過來！你走路怎麼是這副樣子？」

據說警備員把那個姓劉的給叫了過去。

「你走路就不能端正一點嗎？你下面難道是長了什麼東西嗎？」

警備員拿著木刀，不由分說地就往他的大腿打了下去。

「我走路的樣子又怎麼了嗎？難道你沒有聽過兩班貴族走方步嗎？」

「兩班？朝鮮有錢人就叫兩班是吧？你很有錢嗎？有錢人幹嘛來這裡賺錢？」

「你以為我是來這裡賺錢的嗎？我是被你們強行帶過來的好嗎！」

就是這句話惹禍上身。就是強行帶來這句話惹火那個警備員。

「你這兩班傢伙，看來不受點教訓不行！」

負責嚮導的河村提高音量。

「現在，各位將要先參觀採礦現場。我們端島礦坑最引以為傲的煤礦，也就是黑鑽石，就是在那個地方進行開採的。今天只有參觀，也請各位不要忘了你們從遙遠的朝鮮來到這裡的目地，就是為了採礦。」

這個氣氛十分嚴肅，河村的語氣也與直至昨日訓練時為止完全不同。

「現在各位所處的這個偉大紅磚建築叫做まきざ（捲座）。這個捲座建造於大正十四年（西元一九五二）年。大家一起念一聲，まきざ！」

雇傭工們張嘴念著。

「まきざ。」

話一說完，後面有人笑著說：「捲什麼捲。」

河村用手指著那個人。

「說話的那個人，請出來前面這裡。」

「不記得我這個長得又高，又相貌不凡的人嗎？我是漢城人，鏡中美人。」開著玩笑的趙東進，一邊搖晃著他那過人的高個子，一邊走了出來。沒想到河村瞬間變了個聲音。

「你給我跪下。」

東進跪下了。要是平常，他老早就會被踹或被打了，可是河村卻只是冷眼看著東進，什麼話也沒有說。雇傭工們間的氣氛變得很僵，但抬起頭的河村只是繼續講下去：「現在各位將要參觀的是連結地上與地下坑道的核心設施，たてこう（立坑）。來，大家一起念一遍，たてこう！」

「たてこう！」

這時，跪著的東進被留在原地，而其他人則是被帶往裡頭。志翔環視著紅磚建築的同時，心裡一陣驚訝。大正十四年剛好是大正天皇逝世前一年，日本剛開始大正時代的西元一九一二年正好是中國辛亥革命結束後，中華民國成立的那一年，因此在學校裡學到的大正元年就是民國元年，這麼一來，也就是說這棟紅磚建築已經有二十年之久。二十年前竟然已建造得出這樣的建築物來，表示河村剛說的「偉大建築」並不是虛妄之言。

大夥兒進入建築裡頭以後，又是一陣驚訝。包圍住眾人的大型鐵板、杵在前方的鐵柱，交錯成一個筒狀的通道，這景象讓大家看得都說不出話來。原本大家都以為進入海底礦坑一定是走入坑道後，再爬著梯子到底下採礦，而且一定像挖洞一樣，裡頭肯定漆黑一片，反正就是挖洞，大家都挖過。

河村這時開口了。

「請你們以十七個人為一組排隊站好，剩下的人只要集合成一隊即可。」

跟在他們後方的勞務係指導員，很快地就把雇傭工們分成四組。

禹錫抓著志翔的手臂，把他拉到自己的身邊，同時一邊看著貼在鐵柱上的告示板，上頭寫著的「定員二十名。警鈴。」非常醒目。

河村指著看起來用鐵鍊綑成「用」字窗格般的大型鐵桶說：「這就是大家要搭的升降機。以後大家好好和它相處吧，它叫做けいじ。」

叫他鐵桶不就得了，けいじ這名字又是怎麼一回事？大夥兒丈二金剛摸不著頭腦，彼此面面相覷。其實河村說的不是けいじ，而是英文 cage。

河村笑著指導雇傭工們：「我們有第一組、第二組、第三組，還有剩下的人所組成的第四組。現在將會依序由第一組開始搭乘，接著則是第二組與第三組，至於第四組則是和所有人員一起搭乘。由於有發生事故的風險，請各位現在開始依照指導員們的指示進行搭乘！」

志翔緊跟著前面的人走入鐵桶內。兩位戴著頭燈的指導員跟在大家後頭走入鐵桶後，便要大家緊抓著鐵柱，不久之後，緊抓著鐵柱立定站好的志翔就被機械發出的巨大聲響嚇得不知所措。此時這個叫做 cage 的鐵桶開始搖晃起來，接著就像是猛力一插般地往下掉，志翔立刻蜷起身體來。身處在這個在黑暗中往下掉的鐵桶裡，志翔不禁陷入嚴重的暈眩之中，雖然緊抓著鐵桶，最後還是癱坐在地板上。這時他只覺得喉嚨湧上一股噁心感，忍不住在黑暗中開始嘔吐。後來他才知道，原來 cage 是以秒速八公尺的速度下降到海底。

設置在端島礦坑的滑車直徑為三公尺，重量則超過二十噸。這個使用粗鋼索來讓裝載礦工及煤炭上下移動的滑車，還有可穿越漆黑洞穴、有如電梯的鐵桶，下降到七百公尺深的海底深處只需要約九十秒的時間。在那快如閃電般的速度之下，無止盡的黑暗加上指導員額頭上的頭燈，看起來就像幽靈鬼火在眼前飄移，讓蜷縮在地板上吐了又吐的志翔，不由得尿濕了褲子。

砰咚一聲，cage 停了下來。

「現在一個一個出來。」

率先走出來的指導員聲音好像從遠方傳來似的，坐在地板上的志翔，這才睜開緊閉的雙眼。此時映入眼簾的是一片空地，周圍閃著微弱燈光，方才一邊嘔吐又一邊流出的淚水，在燈光照耀下，於志翔臉上閃閃發光。

好不容易重新打起精神的雇傭工們，摸了半天才走出來。

「倒在那邊還不走出來的傢伙在幹嘛？」

「他大概是暈倒了。」

有人在黑暗中暈倒了。

志翔還以為指導員們大概會狂飆幾句「什麼，暈倒？你們半島人怎麼全部都這副樣！」之類的怒言，然後過去踹個兩腳，沒想到他們卻只是笑著說：「他一定是嚇到不行了。好吧，這我們了解，第一次搭升降機的人幾乎都會這樣。」

一名指導員把腰上繫著的水壺拿了下來，他含了幾口水以後，把水噴在那個暈倒的雇傭工臉上，其他指導員則把那個雇傭工扶起來，並對其他雇傭工們說：「你們來幾個人把他扶到那邊去，讓他靠著牆坐好。還有，把他的腰帶解開，讓他舒緩一點。」

這裡的黏膩濕氣爬上大夥兒的身體，讓人胸口發悶發緊，很不舒服。這時指導員把掃把與鐵鍬丟了過來。

「剛嘔吐的傢伙，進去把自己的嘔吐物清理乾淨。」

一個有五個人嘔吐。大夥兒把暈倒的人拉了出來以後，頭還有點暈眩的志翔則拿著掃把進入鐵桶裡。志翔拿著掃把的手酸軟無力，身體又因為恐懼而僵硬不已。這是志翔生平第一次感受到的恐懼，雖然這時他只覺得一陣噁心，倒是沒有因此嘔吐出來。

在 cage 來來回回幾次之後，人員終於全部到齊，暈倒的人有五個，嘔吐的人則幾乎達到半數，還有一些人甚至沒有彎腰，就這麼直接吐在旁邊人的背上與膝蓋上。禹錫彷彿也嘔吐了，他是最後一個走出鐵桶來的人。搖搖晃晃地走出鐵桶的禹錫，往暈倒者集合處走去，志翔看著他坐了下來，把頭埋在雙膝之中。

直到身體恢復且現場整理完畢之前，雇傭工們就倒在 cage 旁一個荒涼的空地上。大夥兒並沒多說什麼，就連指導員也沒催他們快點站起來或趕快排好隊。

這裡美其名是客地，其實說穿了就是遙遠的異鄉，大夥兒離開故鄉的父母與兄弟，獨自來到異地，心中縱有無盡鬱悶，此刻卻像海水退潮，心中只有冷風吹過，空虛不已。他們無奈地搖著頭，壓根沒想過自己還如此年輕，竟只能暈倒在漆黑坑道裡，此刻人生已了然無望的想法油然爬上他們的心頭，身體彷彿痛苦地抽動著。

這時幾個雇傭工們一下起身，一下又倏地坐下，還有人坐起身來，大家你一言我一語地騷動了起來。

「唉呀，我們這不是到鬼門關前走一遭了嗎？你還好好的嘛，剛剛真是嚇死人了！」

「活到現在，真的什麼有的沒的都搭過一輪了。我媽生下我的時候，大概也沒想過我會搭上這種玩意兒吧。」

「這東西真的好快，這裡到底是什麼地方？」

「有的沒的怪玩意兒一堆！到底是誰做出這種鬼東西的？那個人真該被教訓一下。」

不過最說中大家心聲的，是某人大聲叫出來的短短一句：「我不挖礦了，我要回家。」

志翔一扭一歪地爬到禹錫身邊，扶著他的肩膀問：「你沒事吧？」

「什麼沒事？嚇得我都快拉出屎來了。你有水嗎？我的嘴裡好苦，好難受。」

「看你們一點元氣都沒有的樣子，現在開始你們可有得受了！」

指導員們看著雇傭工們努力振作起身體的樣子，不禁咯咯地笑了起來。

「不是只有你們才這樣，別害怕。其他人第一次搭的時候，也是會嘔吐或暈倒。」

幾個水瓶傳了下去，讓那些嘔吐者能夠稍微漱個口。不久之後，指導員再次把大家集合在一起，河村則繼續他的說明。

「現在大家的身體恢復一點了嗎？這應該是一個讓你們辛苦的經驗，不過以後你們就會習慣了，不用太擔心。」

他們排好隊後，便往前移動。河村把指導員叫來排成一列，接著舉起手說：「各位，請注意這裡。現在各位看到的就是じんしゃ（人車）。」

在黑暗之中，依稀可以看到有個東西連結鐵桶。「人車？現在又要搭那個鐵桶走了嗎？」志翔別無他想地看著那一排排交錯的鐵桶。

「各位接下來將搭著人車到作業現場的最後一個場所，也是直接開挖煤礦的現場。請各位小心腳底下，並一個一個搭上人車。指導員們將會在旁邊協助大家。」

雇傭工們心驚膽跳地搭上運送礦工們的搬運車。不知道是不是因為剛剛搭過 cage 被嚇到之故，這次大家都很小心翼翼。

當人車慢慢在洞窟內的平坦道路上移動時，志翔感到暈眩並緊抓住貫穿著兩旁的鐵杆，然後開始嘔吐。在搭上人車後，志翔又再度作嘔，不過這次只有發出咳咳的聲音，並湧上苦澀的胃液而已，志翔一邊顫抖著身體，一邊把胃液吐掉。

不斷襲來的熱氣，還有讓人無法透氣的厚重濕氣，在不知不覺間，讓雇傭工們滿身大汗沿著背脊骨直流。因為不斷作嘔而筋疲力盡的志翔，用手擦了擦額頭上的冷汗，此時他只覺得突然間體內像是發出聲音，並持續噴出汗水來，身上那件黃色工作服已汗濕一大片。

端島的出入口，進出這座島時須通過的橋梁，就是浮在船舶場的那座浮橋，又被稱為棧橋，在棧橋的前方有一扇通往地下隧道的大門。在大夥兒進入這座島的那晚，那個猛力晃動、好像要把人給甩出去的連岸設施就是棧橋，其前方有一座黝黑的大門，每個早晨，走出宿舍的雇傭工們就要排隊通過那道大門，開始一天的工作，礦工們都把這座大門稱為地獄之門。

經過起始於此的地下隧道，抵達立坑之後，順著階梯爬上去，就能進入 cage 所在之捲座，而這邊的階梯則是被端島礦工們稱為「生命階梯」，這是因為礦工們需要賭上性命來攀爬這座階梯而得名之。當礦工登上生命階梯，並從設備係的人員那裡領取到採礦裝備以後，接著就要搭上恐怖的鐵桶 cage，並以自由落體般的速度急降到七百公尺深的地方，那裡就是海底坑道的起點。在這大海底下的方圓二公里內，有許多條海底坑道貫穿前後左右。

坑道裡的作業分為挖地並打通坑道的掘進、開採地底下煤礦的採礦，以及把開採出來的煤礦往上運送的搬運等三種作業。隨著當日被分配到掘進或採礦、搬運之不同，每個人要前往的工作現場也不一樣，而雇傭工們全員都被指示投入採礦作業中。人車在較平坦的坑道上移動一段距離後，再度進入傾斜路段，每個人隨著自己被分配到的組別前往要採礦的工作現場，那裡同時也是坑道的尾端，被稱為切羽。這個最前端採礦現場，就是他們流著血汗的工作場。

舉行現場參觀的第一天，他們沿路上都在喊著「まきざ（捲座）」、「たてこう（立坑）」，而這條路往後也將變成他們每天都要爬上爬下的必經之路。這條路十分漫長，大夥兒行走在上頭時，簡直驚訝得說不出話來，坑道的規模與奇異又陌生的設施在在震懾了他們，使他們不由得發出驚嘆聲……不過，驚訝的時刻只是短暫的瞬間，他們很快就發現這裡讓人陷入絕望，是那種不管手腳再怎麼掙扎爬動，就是無法脫離的絕望。那是個沼澤，深不見底又長不見彼岸，可說是個絕望的沼澤。

「這裡根本就不是人待的地方！」短短一句呻吟聲，沉重地壓迫著被黑暗與恐懼包圍的他們。

那天未能搭到 cage，並跪了一天的東進則成為第一位被帶到勞務係辦公室的人。返回宿舍的雇傭工們都看到東進一瘸一拐走路的樣子，心裡很清楚這就是殺雞儆猴，目的是要告訴大家，若不好好順從，就會變成這個下場。日本人之所以集中毆打東進的雙腿，讓他變成一瘸一拐的樣子，都是為了讓雇傭工掉入恐懼的精密計算。

這個招數也確實收到效果了，東進的背影比任何威脅話語都還讓人感到懼怕。大家想到以後只要哪裡讓日本人感覺不順眼，肯定會被打得半死，就不禁打了個冷顫。

8

「是誰？」

一個又胖又壯的男子，用聲如其人的粗糙聲音問著。那是一張不怎麼好看的臉，眼角邊有幾條應該是淚溝的粗紋，上眼皮更是凸出隆起，吉男看著對方，怯懦地用日文回答。

「我是從朝鮮來的，名叫張吉男。」

吉男彎腰鞠躬並仰視著對方。

「我來找我的父親……我先去了神城，後來聽說來這裡就可以知道父親的所在，所以才趕來這裡。」

「你父親的名字是？」

那個叫做福田的胖男，冷不防地冒出朝鮮話，眉間也皺了起來。

「我叫福田，這人也叫福田。我的名字是店主村田先生希望我能有多一點福氣而幫我取的，這個人的臉跟一片水田沒兩樣，居然也叫福田。」吉男心想。

「我父親的全名是張、泰、福。」

吉男一個字一個字慢慢地說。

「呵呵呵。」

福田笑得身體都晃了起來。

「小子，講個名字也囉哩八梭的，是怕人家笑話你鄉下來的嗎？」

吉男臉都紅了起來。

「泰福，泰福的話我很熟呀。所以你說你是泰福的孩子？」

「是的。」

「是誰叫你來找我的？」

「是神城的鄭成旭先生……」

「原來是那個無聊的傢伙。佐世保的吉村或長崎的六指兒也都認識他，去那裡就好了，幹嘛讓你跑來這裡。」

福田咳地一聲，清了清口裡的痰。此刻不安與失望正向吉男襲來，並壓迫著他，不曉得父親來日本以後，究竟做了什麼事，更不知道父親為什麼又和這些人牽扯在一起。

福田把嘴巴裡的痰吐的老遠，回頭看了看吉男的窮酸樣。

「我會把長崎那邊的地址寫給你。六指兒這個人多了一根小指，所以大家都叫他六指兒，是他做的仲介，泰福才去長崎那裡的，啊啊，不對，是張——泰——福老爺。你去找六指兒，見到他以後，應該就能知道消息了。不過，我看你好像是第一次來日本，你膽子還真大，敢找到這裡來。」

「長崎？那裡又是哪裡？」

吉男一掃憂心，又問了福田。

「去那裡以後，就能見到我父親嗎？」

「你這小子，會跑的人難道會停在原地不動嗎？是活人，還怕找不到嗎？對了，你在朝鮮是幹嘛的？」

「我在商店當店員。」

「泰福這傢伙原來這麼早就有小孩了。我以前年輕的時候，也跟著酒商賺過一點錢，可惜後來迷上賭博，全都輸光了。」

福田轉動著他那突起的眼珠，把什麼該講什麼不該講的話一股腦兒地都講了出來，然後又突然拍了一下吉男的肩膀。

「如果你是搭火車來的，我想你應該也肚子餓了吧？進來吧，既然是朝鮮人來到這裡，怎麼能餓到肚子！」

有道是不能用外表判斷人，這個福田雖然長的兇惡，可是講起話來卻完全不是這麼一回事。吉男心中這麼想著，然後就在半推半就下走進屋內。

屋內有個穿著圍裙的日本女子，一邊擦乾手上的水，一邊歡迎吉男。那是福田的太太。當吉男在福田家用完午餐以後，太陽已經西下，於是福田告訴他反正現在也沒火車可搭，自己明天會幫他打聽車班，要他乾脆睡在這裡，話說完後，人就不見了。

隔天吉男將福田寫給他的六指兒地址收在口袋裡，整裝往火車站出發。他在等車時，不停的摸著那張寫有地址的紙條。福田歪七扭八的字體彷彿在說自己有多無知。

有句話叫「身言書判」，是吉男以前在書堂學過的一句古話。這句話的意思是，給人的第一眼印象要有風采，說話也要有條理，並了解這世間的道理，凡事都要有判斷力，當然寫字也不能疏忽。「人家都說字體能看得出一個人的人品，我也得好好學寫字才行，做好萬全準備，才能應對各種狀況。」這時汽笛聲響起，火車正從遠方駛來。

這時下起雨來，滴滴答答的雨聲伴著塌塌米的味道滲入屋內，塌塌米的味道在下雨天更顯刺鼻。來到日本以後，每當躺在塌塌米上，吉男總是拿枕頭遮住鼻子，想要躲避塌塌米的味道。

「你跟在峰，聽說一起去遊廓啦？」

「你明知故問。」

「遊廓啊，光聽這句話，下面都要硬起來了。」

「你的老二還真忙啊！」

「那麼，你們那個也做了吧？感覺怎樣？」

吉男偷偷地聽著他們聊天的內容。

從福田那裡拿到地址，在長崎徘徊了四天之後，吉男終於住進六指兒開的飯場。六指兒是個身軀瘦小，又戴著高度數眼鏡的崔姓男子，他並不記得張泰福這個名字。吉男得跟他說明自己歷盡曲折才來到這裡的原由，他才慢慢想起似的結巴說著。

「嗯，我想你父親可能去端島挖礦者其中之一……不過我也不是很肯定。」

六指兒崔氏看一心想著終於來到最後一步的吉男似乎沒地方可去，於是讓他和一群工人留在飯場住一晚。

「怎麼？就不好意思講嗎？日本女人的嫩穴如何呀？」

「什麼嫩穴，你還真敢講。沒錯，遊廓我是去了，但我可沒幹那檔子事，就喝了幾杯酒而已……飲酒作樂，就那樣罷了。」

「也沒打一砲就回來了？」

「三流酒店哪有日本雞啊？全部都是朝鮮雞，而且年紀小的朝鮮雞還不只一、兩個。」

「朝鮮雞？雞是什麼？」

「瞧你，連雞都不知道還一直問。那邊都稱賣身女子為雞，看到那些女孩子的臉，就一直想到故鄉的景色，想起某個人……所以我就回來了。」

「真的？」

「就跟你說是真的啊！」

「那想起某個人又是怎麼了？」

「突然想起我阿姨了。我阿姨她長得又漂亮，人又好，手藝也很巧，很會刺繡，走起路來是這個樣子。」

吉男轉過頭一看，那名男子正用兩隻手指頭在模擬走路的樣子，是很端正的步伐。

「可是被精神隊（譯註：精神隊，意指慰安婦）帶走了。聽說在大阪某處的工廠裡。」

「精神隊會去工廠？」

「對，工廠。有寫信說是在做什麼魚雷的工廠，工作很辛苦這樣的。我看那些朝鮮雞的年紀就和我阿姨的年紀差不多，你說我怎能不想起她呢？後來覺得『自己究竟在幹什麼』，胃口一倒，就恢復理性了。」

「真的嗎？你說的都是真的嗎？」

「當然都是真的呀，我可沒加油添醋。倒是在峰他就去了有日本雞的一流酒店……」

後面原本正嘻嘻笑地聽著的人，突然氣得叫了出來。

「在峰這傢伙，靠著賭博搜刮朝鮮人的錢，卻都花在那些日本雞上！」

「話說得可真難聽。那麼？把靠賭博賺來的錢捐去當獨立軍資金，這樣你就高興了嗎？很會講這些有的沒的嘛，你！」

不管去哪裡，總是會遇到形形色色的人。吉男雖然正仔細聽著他們聊天的內容，但眼角卻一直在注意旁邊的人，那個人正拿著針線在縫剛洗好的衣服。

「大叔。」

吉男低聲叫呼叫那名男子。

「您知道端島在哪裡嗎？聽說礦坑就在那裡。」

「端島礦坑……你是說軍艦島嗎？」

他像是自言自語般地滴咕了一會兒，剪掉手上的線頭，便轉頭問其他人。

「金先生，端島就是那個軍艦島吧？」

「對呀，從長崎車站出發去那裡，也要好一陣子呢。既然是端島，應該有開往那裡的蒸氣鐵船吧。」

縫著衣服的男子看著吉男，隨口問他：「為什麼問起那裡？」

「想要去那裡看看。」

「軍艦島啊。比起端島這個名字，人們更熟悉軍艦島這個名字，可是……誤入那裡可就糟了，傳說那裡是個骯髒之地，又被人叫地獄島。」

六指兒也開口了。「你要去軍艦島？我不是說了，那裡不是你該去的地方。還有，那裡也不是你想去就可以去的地方，何況我可不保證你父親就在那裡。」

吉男走了出來，他只是靜靜站著，凝望雨聲霎霎的院子，心裡不斷想著：端島是什麼，軍艦島又是什麼？而且就連地獄島這稱呼聽起來都不妙。不只如此，一講到軍艦島，大家都猛搖頭，一直說那裡不是誰都能去的地方，去了也出不來，究竟父親為什麼去了那裡？

翌日，吉男一早就起床了。雨下了一整夜，山腳下雲霧繚繞，吉男走到洗臉台洗了把臉後，一直望著籠罩山頭的雲霧，好奇起六指兒怎麼會在這裡開餐廳。雖然這裡離大馬路不遠，但餐廳建築旁樹林茂密，後面的山路又陡急，工人們的宿舍和六指兒的住所彷彿就像是人跡渺茫的山裡，與村鎮隔離開來。

一隻烏鴉正嘎嘎地叫。「樹林裡怎麼會有烏鴉？」吉男吐了口口水，並回想起來到這裡以後，看到過太多烏鴉。此刻他正走在往六指兒家的坡道上。

六指兒一邊抽著象牙菸管，一邊聽著吉男說話。當吉男話說完後，他翻著白眼，無語看著吉男。

「可以工作的地方有很多，開挖地下工廠那種地方，我當然有辦法把你介紹過去。那裡是三菱的工地，你可以在那裡做點簡單的工作。」

「哪裡都好，總之先找到的話。」

「什麼總之？你這不靈活的傢伙，就只有嘴巴上抹油好使。」

六指兒眼睛滴溜溜地轉，香菸菸霧不停從他鼻孔噴出。

「你以為長崎是讓你來遠足的地方嗎？就算你在這邊拼死拼活地工作也是不夠的，還總之咧！」

吉男臉脹紅著臉，低下頭來。六指兒看著他的後頸，咋了個嘴。

「你這乳臭未乾的小子，倒是很會吹大話。你在朝鮮是做什麼的？」

「我在商會做事，是間布店。」

「你日本話講得還挺好的嘛！」

「客人也都這麼說。」

「你讀過小學嗎？」

「有上沒上的。不過我會讀會寫國語（譯註：此處指日語），以前在書堂也學過漢文和書法。」

「國語？你是說日本話嗎？瞧你耍什麼嘴皮子！你這小子，是就是，不是就不是，話講明白點！你上過小學嗎？」

「上過。」

「那你剛說有上沒上的又是怎麼一回事？」

六指兒推了一下眼鏡，慢慢地看著吉男。「這傢伙會聽說讀寫朝鮮話和日本話，連漢文都學過了，一定有哪裡可以用到這個傢伙。這裡會寫字的朝鮮人可沒幾個。」六指兒隱藏著心中想法，同時更堅定地盯著吉男看。

「你先下去吃個早餐，等傍晚時再過來吧。我得先找找有沒有什麼工作可以讓你去做，不過這裡缺人比缺工嚴重，找一下應該會有不少地方可去的，就算不是什麼危險工作，一定也……咳咳。」

「謝、謝謝。我絕對不會忘了您的大恩大德。」

六指兒叫住打完招呼便欲轉身離開的吉男。

「你來到這裡以後，應該看到不少烏鴉吧？」

對六指兒所言毫無頭緒的吉男，雙手放在跟前，眼睛只是一直看著六指兒。

「不管是人還是烏鴉都一樣，自古以來，只要是頭上長的黑毛的禽獸，都不懂得別人的恩惠。不會忘記這份恩惠是吧？你還真會說話。」

9

早餐是摻著黃豆粉泡開的硬麥子，至於晚餐則是黃蘿蔔幾片，以及與蘿蔔和醬油一起燉煮的醬燒沙丁魚。筷子一碰到沙丁魚，魚肉馬上就散掉，蘿蔔也不知道究竟是怎麼煮的，十分軟爛，就連嚼都不知道從何嚼起。

幾天以後，又來了幾名新進人員，這些新進人員加入早就已經來報到者之中，重新組好小隊以後，又再次進行了房間分配。志翔要吃不吃的，最後放下筷子並咬了幾口黃蘿蔔之後，就喝了杯開水，結束用餐，然後只是靜靜坐著。這時有個人伸出厚掌，一把抓住他的脖子。

「為什麼不吃？」

志翔回頭一看，是勞務係的木村。

「我吃飽了。」

「你這傢伙！說謊也不打草稿？碗裡不是還有飯嗎？給我吃完！」

「我不想吃。我沒食慾，也沒心情吃，放著吧。」

坐在前面的人皺著臉，還搖著手，要志翔別回話。木村臉色都變了。

「你日本話很會說嘛！沒心情吃？你是靠心情吃飯的嗎？」

這時木村不由分說地揮拳過來，打在志翔的鼻子上。

「你這傢伙還真奢侈！你難道不知道嗎？戰爭時，全國民有多辛苦？你卻說你沒心情吃飯？」

志翔低下頭，摸摸自己的鼻頭，結果手掌上滿滿都是血。木村怒吼：「你這傢伙！我叫你吃就吃！」

志翔倏地站起來。

「我不吃。」

木村又再次揮拳過來，這次則是打在志翔的脖子上，志翔「啊」地叫了一聲，整個人倒在桌子上。志翔撐起身體，眼裡充滿怒火。

「給我吃！」

「我不是說我不吃嗎！」

「我再說一次，給我吃！」

「我說我不吃，要吃你就自己吃！」

滿臉鮮血的志翔飆出朝鮮話來。

「你說什麼？你這傢伙！」

「你以為我是牛還是豬嗎？你這王八蛋！在你眼裡，到底把我看成什麼了？」

「可惡，你這混帳！」

木村的大手一巴掌打在志翔的臉頰上，接著他又抖動著另一隻手取出夾在身體旁的棍棒。

「您就饒了這傢伙吧，木村先生。」

後頭突然冒出一個人快速衝到木村前面，那是萬重。

「一開始不都這樣嗎？誰吃得下飯嘛？都還沒適應這裡呢。」

「姜萬重說得對。」

另一個男子把手搭在萬重的肩膀上，並幫忙阻擋了木村。那名男子是千信哲。信哲擒住志翔的身體，並擋住木村前頭，其他人則紛紛上前站在萬重身旁，把木村包圍了起來。這時信哲一邊念念有詞，一邊讓志翔坐下來。

「你應該是新來的吧？請你改改這脾氣，往後還有很長的日子呢。不是有一句話說『丟掉香瓜吃南瓜』嗎？別看飯菜如此，對你這種新來的人，已經算是特餐了。」

萬重跨坐在志翔之前坐著的位置，並轉過頭去看木村。

「木村先生，不用一直要他吃，這等等我來吃。」

木村氣得大吼了一聲，然而朝鮮人勢眾，他只好掉頭就走。

「這傢伙，走著瞧！」

信哲笑嘻嘻地看著志翔。

「那個人動不動就說要走著瞧，他也這樣吼過我十幾次啦！不要理他。」

志翔聽了他的話以後，先是把鼻血擦一擦，然後無奈地苦笑出來。這時信哲向志翔伸出手來。

「別擔心，花花公子就算睡不到妓生膝上，要死也要死在妓生家圍籬底下。你也別改這性子了，我們好好相處吧。」

是日傍晚。

進入志翔所在八號室的禹錫，緊張地在房內東張西望。他走向坐在角落的志翔並疊腿而坐，然後笑著說：

「聽說你又在吃飯時鬧事了？因為飯菜被打了？」

志翔摸摸自己鼻青臉腫的臉龐。

「你又在哪裡聽說這件事了？我不想講這件事。」

閉著眼睛並倚牆而坐的明國，此時睜開雙眼並靜靜地看著他們兩個。由於新進雇傭工到來，房間重新被安排過，志翔和明國因此被分配到同一間房間，其他房間都搞了新人入門儀式，要那些新進者唱歌或表演講笑話來取悅前輩，但志翔的房間卻沒有這麼做，這都是因為明國皺著臉，不滿地吼了一句「搞這幹什麼！無聊！」，然後就離開房間的關係。

明國把志翔叫了過去。

「早上我看到了，我可沒說什麼。」

「對不起。」

「不是要罵你，剛來會這樣是正常的。」

禹錫向明國打了招呼，聽到志翔介紹禹錫是同鄉，明國吃驚地問：「這麼巧？從同一個村鎮來的？老家哪裡呢？」

「江原道春川。也不知道緣分怎麼會這麼巧。」

「這不是挺讓人開心的嗎？兩個可以互相幫忙照顧。」

明國看了一下周圍的人，然後放低音量。

「既然你們是同鄉……你們可得先搞清楚一點，這裡朝鮮八道的人都有，所以每個人都有自己的一個圈子。同鄉的話，相處在一起當然是很好，可是偏偏這樣會產生一些問題，有些人就會互相排擠，像是：我們是咸鏡道人，你們是平安道的。兩邊就這樣打起來的狀況多有所見。」

禹錫點了點頭後露出微笑。

「我們江原道的人，不懂得算計人家，既不會搞小圈子，也不會排擠人家。江原道人不會仗勢欺人，就連自己的飯都分人家吃呢。」

「所以才被人家說是巖下老佛啊！」三個人都笑了出來。

「總之，這樣就好，你們就互相多幫忙一點，不過一定要小心各種拉幫結伙搞圈子的情形。」

「好的，很謝謝您告訴我們這麼多訊息。」志翔和禹錫點頭致謝。

「志翔你現在開始要小心，雖說日本人都要先挫挫新進者的銳氣，但是你現在已經被他盯上了，以後他絕對會找你麻煩。你不要把他們當作正常人，就把他們當作河蟹吧。反正無論如何，忍住就對了。」

明國把手放在木枕上，接著繼續說下去：「有一群叫做監視員的人，你們最好要經常出現在他們的視線範圍裡，作業場的配置都是經過他們安排的。」

要把誰分在同一組並把他們送到哪個坑道、作業場要安排幾名礦工等，這些都是由監視員來負責。另外，他們也負責幫助新來的礦工適應環境。

「監視員，第一次聽到的字眼。看來得先記住這個字才行。」禹錫念念有詞，在他後面的成植笑了出來。

「你很快就會記住的。像我這個腦袋不好使的，也都記得了。你要是有什麼不知道的，再問我吧！」

明國看成植年紀小，一直覺得很可憐，所以想辦法讓他跟自己同一組，帶著他一起上下礦坑工作。成植原本只是在地瓜田裡撿些小塊地瓜，結果遇到招工負責人，就被帶來這裡了，聽說他原本住在一個有很多曬明太魚架子的村莊裡。

「你說你奶奶還在，是嗎？」

「那是我最擔心的了，我怕他會一直坐在橋下等。」

成植表示自己的父親前往龍井工作時，曾說過一個多月內就會回來接家人一起過去，結果不曉得發生了什麼事故，就此沒了消息，母親為此難過得久病不癒，最後在一場瘟疫中也走了。因為自己是長子，所以他毅然挑起一家擔子，奉養奶奶和其他弟妹們。可是有一天，當他去幫人換工挖地瓜，也就是挖些小塊的地瓜後，準備拿回家之前，不過在太陽底下稍坐一會兒，就遇到駐在所的巡查和同行的日本人。他們告訴成植有一個月可賺五十円的工作，成植眼睛為之一亮，於是拍了拍褲子上的塵土，就搭上了停在大馬路邊的卡車……沒想到結果一路經過釜山並來到日本，不知怎麼搞的，沒去下關卻到了博多港。

「因為睡得夠久，心裡還滿輕鬆的。那時我人被帶到郡廳，正在值班室裡睡覺時，奶奶人來到了值班室門外，抓著巡查哭喊著說『我和我孫子就算餓肚子也一起餓肚子、要死也一起死。你想跑到哪裡去？還不快把我孫子交出來！』想到我奶奶那個樣子，眼淚都會流出來。」聽著成植滔滔不絕地講著自己的故事，千信哲已經忍不住頻頻用手掌拭淚，而倚牆而坐的姜萬重也是酸了鼻子。至於愛流淚的南在德，則是衝到門外不停咒罵。

「媽的！就算剁掉他們心肝，也不夠出氣！」

「礦業所那邊說送了一袋米和一些錢到我家裡，要我不要太擔心。不過，我也不知道奶奶他到底有沒有收到。」

其實大家心裡都有數，說是會給健康保險金、退休金，甚至還有國民儲蓄與國債，但是有誰看過那幾筆錢？還有白米，他們的處境哪是可以送出白米的狀態？不過大家都不忍心告訴年幼的成植。

「唉，你這笨蛋，既然這麼小一隻，哪怕是日本巡查兩腿間的空隙，也要想辦法鑽過去，趕快逃走呀！別看他們長那樣，其實他們可是笨得要死啊！」

往外頭看過去，就可以看到猶如衝向天際般高的黑色巨櫓，還有在升降 cage 在黑暗之中上上下下、有如地獄的洞窟，這兩者對志翔來說，就是兩個絕望的象徵。每當他看到那兩樣東西時，就不禁自問自己究竟從何而來、遭受了什麼待遇。

不過在那絕望的夾縫之中，志翔也被自己的表現給嚇到了，他問過自己無數次，究竟為什麼能如此輕易適應這裡。以前看待不得的東西，還有那些無論經過多久也無法習慣的事情，如今隨著日子一天天的過去，已經變得毫不在意。對於這樣的自己，他只能不斷地反問自己：是自己體內藏有未知的潛能嗎？又或者自己只是無動於衷罷了。

吃完晚餐的志翔，慢慢走到食堂前的防波堤。最近志翔被安排到的班表是早上下礦坑工作，晚上再出來的日班。他站在蟲子飛舞的燈下，掏出口袋裡那條繡著一隻鶴的手帕，並拿出包在裡頭的瑞螢手書。他不知道已經讀過這封信多少次，耳角都快被磨破了。

志翔是在前往日本的船上，才發現妻子把信件放到他的行李裡。那時，他見到衣服中夾著一片白色的東西，取出一看，才知道是妻子寫給自己的信。他站在海風狂吹的船舷上讀著這封信，心裡獲得短暫的慰藉，就好像獨自一人得到珍貴寶石那般的幸福。他告訴自己，在兩人重逢之前，要好好珍惜這封信、在傷心難過的時候，就讀這封信，這樣就能感覺到妻子在身邊。「不管怎樣，都要忍耐並克服，我一定會活著回去。」他心裡如此想著。

在電燈的照耀之下，他反覆讀著這封信——

「現在您到了哪裡呢？在您讀著這封信時，您已經不在朝鮮了。我在您的行李裡放進了這封信，只希望隻字片語也能跟隨著您，無論您在天涯海角，我心常伴。

現在，除了向上天祈求您的平安，我還能做些什麼呢？我努力平復自己的心情，在此向您約定。我絕對不會哭。雖然我不知道這樣子的約定是否太過狂妄，但我不再是那個總在您面前像個小孩子的我，現在開始，我要變得更加成熟，並靜候您的歸來。在您回來之前，我絕對不會流下一滴眼淚。

我還要成為一個好母親，我要好好撫養我們的孩子長大成人。不管您在哪裡，請不要把我想成是獨自一人，就像您說過的，我相信只要用心等待，心中所望必能實現，哪怕歲月再長，我都能忍受痛苦，並全心等候著您。

這次的分離來得太突然，我們還有好多話都不能盡情傾訴，只希望這麼短短的幾句，也能盡表我的心意。我下了很多決心。作為一個家庭主婦，我要成為一個不丟人現眼、懂得為人處世的好太太，絕對不能打壞孩子他爹的名聲。這些話，一直累積在我心裡，未能開口告訴過您，希望能夠透過文字讓您明白。您無論何時都溫暖地包容著我，我一直感謝在心，在一起的時光裡，不管發生什麼事，我也從未感到孤單與寂寞，此生能與您在一起，除了滿心感謝，我也覺得已叫我死而無憾。

寫這封信的這個時候，我走出院子看了一下，已經是清晨，公婆也都醒來了。我想到過去我們不懂事鬧分手的那時候，婆婆曾為我們擔心地睡不著覺，我在門外聽到她煩惱地說著該怎麼辦才好，讓我感到十分羞愧。所以我要跟您保證，往後我會變得更成熟，不讓人擔心。」

防波堤的下方傳來海浪聲，志翔重新將手帕折好並收進口袋裡，默默地站在原處。「瑞螢啊，你我都是在山裡長大的孩子，根本就沒看過大海，你知道海平線就好像老天爺拿毛筆在天空與大海之間畫下一筆的樣子嗎？不知道我什麼時候可以再看到你，跟你說說我第一次看到大海時的事情呢？就算你不說，我也會一直想著你，你就像美麗的花朵、像搖曳的柳樹，沒有任何綢緞比你溫柔，也沒有哪片天空比你還清澈。那麼想你又焦急的我，只能不停地想著你，我對這樣的自己感到擔憂。」

「那裡！站在那裡的人是誰？」

志翔轉頭朝聲音所在處看去，只見警備員正站在防波堤上往下看，志翔二話不說，立刻轉身慢慢走開。

「你這傢伙！給我站住！你要去哪裡？給我站住！」

回到宿舍以後，志翔環視了一下四周，只聽到警備員的叫囂聲，但他們卻沒有跟過來，只站在哨所外的燈火下看著他。

挖了一整夜礦，等到早上再回到地面上的那一天，志翔的雙腿就像綁了石頭一樣沉重，然而卻怎樣也睡不著。他心想不如先到外頭走走，回來後再想辦法入眠，於是走了出去，結果卻聽到孩子們的歌唱聲。歌唱聲是從他們剛入島內，接受軍事訓練又被打個半死的那個學校裡傳來，孩子們眾聲齊唱的歌曲彷彿是校歌——

矗立在端島惡海高處
在得名無法行進之船的
神奇端島上，我們的學習園地昂然屹立著

由於無法長久待在某處的礦工流浪特性，迫使一直苦於礦工供給問題的三菱商社，想盡辦法找出可以讓擁有家室之礦工定著下來的妙策。其中，端島礦場這邊很早就著眼於礦工子女的教育問題，於是公司在島的東北方填海建校，之後於西元一八九三年成立了私立端島尋常小學，校舍為二層樓高的木造建築。

孩子們行經公寓底下上下學，他們所唱的童謠則伴隨端島與大海對面那座野母半島之間的暖流，遠遠傳了開來。這座端島尋常小學正式運營以後，為苦於居住問題及孩子教育問題的礦工帶來解決之道，也成了招募礦工的一大功臣。

「孩子們的歌聲真好聽。」志翔挺胸而立，靜靜地聽著孩子們的歌聲。孩子們唱的歌曲，並非志翔初次所聞，那是以前中村老師教過他的日本童謠〈紅蜻蜓〉——

傍晚天空中飛舞的紅蜻蜓
是什麼時候趴在背上看到的呢

志翔聽著孩子們的歌唱聲，短暫地想起自己的少年時光。那條木筏上下來回的昭陽江，還有奔跑在江邊沙地的童年時節，驟然爬到他的心頭，不只如此，每到夏天就會因為耳病而頭痛好幾天的臥床回憶，此時也浮現在他的腦海裡。喜歡張著眼睛在江水裡游泳的志翔，因為江水跑入耳朵裡的關係，每年總要得到耳疾，只要到了那個時候，母親就會把蚯蚓抓來並放在瓷盤裡，經過一天以後就會出水，那時母親會把這水倒入志翔的耳裡。想到每年因為耳朵進水而罹患的耳疾、母親倒入患有耳病裡頭的蚯蚓水，志翔不禁自嘲自己根本是隻青蛙。帶著苦澀的回憶，志翔原欲轉身離去，不過這時他又聽到不同的歌曲，於是停下腳步——

一旦走入海裡，就會變成濕漉漉的屍體
一旦走入山裡，就會變成被荒草掩沒的屍體

只要能在天皇身邊死去
又有什麼好惋惜

志翔吃了一驚，不知學校裡竟教導孩子這種歌曲。那是一首名為〈一旦走入海裡〉的歌曲，只要日本在告知國民打勝戰的消息時，就會經由廣播播放這首歌詞內容既黑暗又沉重的歌曲。不同於沉重的歌詞內容，孩子們合唱這首歌的聲音是如此清亮，讓志翔心裡哀傷地轉過頭去。「難道非得教孩子們唱這種歌曲嗎？」志翔心裡想著，孩子們不就該在晚上一邊讓母親輕拍胸口，一邊聽著搖籃曲入睡嗎？等到年紀漸長，不就該到處跑跑跳跳或是學習算術嗎？怎麼會在這種沒辦法教導孩子們孝順父母與敦親睦鄰道理的狀況下，教導他們唱這種走入大海而死、走入山裡而死，而且為了天皇而死是死不足惜的歌曲？這個國家真是太奇怪了！雖然早就聽說日本描寫花謝的歌曲遠比描寫花開的歌曲多，但是沒想到他們竟會教孩子這種講述死亡的歌曲，這國家到底是怎麼一回事？

「再怎樣倒楣也不能這麼過分呀！為什麼偏偏要我們去輪十二小時的班！」

禹錫一點也不像他平常的樣子，氣呼呼的。什麼都不知情的志翔只能問個究竟。

「怎麼了？」

「你不知道嗎？到去年為止還是三班制，八個小時輪一班。」

「然後呢？」

「然後不知道怎麼搞的，我們來了以後，作業時間就變成十二小時了。人家不是說，沒男人福氣的女人，就算躺著都會躺到太監旁？」

這傢伙的火氣可真不小，志翔也只能無奈地苦笑。

「看來我們兩個就是這麼沒福氣囉。」

直到目前為止，日本政府一直限制挖礦時間不能超過八小時，這也是一種保護礦工不受過度勞動與惡劣作業環境之傷害的措施。可是繼中日戰爭之後，日本又發動了珍珠灣偷襲，已與美國進入戰爭之中，為了生產更多的軍備用品，就必須提升可使工廠運轉的良質煤礦。為了翻轉每況愈下的戰況，陸海軍本部就像骨牌般接連要求軍工廠提升產量，而軍工廠那邊也會再次和礦場這邊施壓。

採礦時間是由早上六點下坑道開始，最晚也要在七點抵達作業現場的切羽前，然後再和徹夜挖礦的小組輪班，而這樣的工作就算在晚上六點下一班人員抵達以前就結束，也無法離開工作現場，再加上每個礦工都有被規定開採量，要是未達規定的量，也無法離開現場。因此，所謂的十二小時輪班，其實也只是說得好聽罷了，實際上每個礦工的工作時間可達十五小時。

早上六點時，志翔在快速吃完混和黃豆的豆渣與醬燒沙丁魚的早餐以後，就快速前往宿舍前集合，並跟著隊伍前往裝備室。他們首先完成人員檢查，然後再領取自己的單子，接著則移動到安全燈室領取沉重的頭燈與綁在腰間的電池，這些頭燈與電池的重量十分沉重，負擔非同小可。最後要領取的則是採礦工具，つる（鶴）與ほさき（穗先）（譯註：穗先，意指鑽嘴）。

開採煤炭用的鶴，就是鶴嘴鋤，根據現場係的河村所做之說明，該工具得名自看似鶴嘴的模樣，所以被稱為鶴嘴鋤。

「有人說就是抓著鶴嘴，並用鶴頭來挖礦。」

「總比抓著蛇頭好吧！」

「照你這樣說，是抓著鶴頭用鶴嘴來挖礦啦。」

「所以這意思是說，鶴嘴鋤就像鶴一樣珍貴囉？」

「說的比唱的還好聽。」

針對看起來就像彎曲鶴嘴的鶴嘴鋤，禹錫倒是有別的意見。

「抱著鶴這隻千年靈獸的頭，然後拿牠的嘴巴去挖礦？哼，我們現在是在玩什麼神仙遊戲嗎？」

當這把鶴使用過度而變鈍時，可以把尖端換掉，變成組裝式的鶴嘴鋤，至於組裝式鶴嘴鋤的尖端就是穗先，也就是鑽頭的意思。據說初期每個礦工都是拿好幾把鶴嘴鋤進入坑道工作的，然而最近都是改成一把鶴嘴鋤柄搭配數個穗先。領到穗先之後，只要掛在肋下就能完成上工的準備。志翔就像是背著牛軛出發的水牛一樣，默默地進行各種準備。在領取完裝備以後，等待他的就是那個地獄——那個要在高聳矗立的瞭望台巨櫓底下，搭乘他最討厭的 cage，以前往地下礦場的捲座。通往七百公尺深海底的 cage，不只是個讓人絕望的鐵桶，也是讓自己掉入無法逃脫之泥淖的絕望吊桶。零零星星掛在黑牆上的安全燈，看起來則像是棲息在絕望洞窟中的絕望蝙蝠。

名為碎岩機的碎石鑽孔機在發出聲響後開始運轉，煤炭粉塵漫天飛舞，熱氣與濕氣更是讓人直喘不過氣來，志翔脫了上衣並奮力揮舞鶴嘴鋤，此時他所感受到的並不是被強行帶來這裡時的絕望。在此前為止，那些等候明日的希望、相信自己可以撐過去的信念、不管怎樣都要活下來的渴望，以及相信總有一天會結束的心中每一分遲疑，還依稀殘存在絕望的夾縫中，可是此刻的感受卻不同，「我的人生就要在此結束了嗎？再沒有地方可逃離了！」恐怖的絕望感就像一道岩壁，擋住了志翔的去路。那不是對於工作的恐懼感，而是不知能否返回故鄉的恐懼。

不只如此，眾人還有一個壓力叫作「定額（ノルマ）」，也就是每個人各自被規定的煤礦開採量。礦工們所開採出來的礦物會裝在一個巨大桶子裡，那個桶子的俄語就叫做（hopma），三桶的分量相當於採礦車一車的分量。每天上工前得到的定額指示，指的就是當天須開採的分量。

煤炭在從桶子裡移裝到採礦車以後，就會沿著坑道上鋪設的線路被運送到 cage 裡。原本以人工運送的煤礦，之後慢慢轉變成以馬車進行運送的時期就起始於大正六（西元一九一七）年，當時就連女孩子們也一樣脫掉上衣，和男人們一起在礦坑內奮力挖礦。後來在一九三二年之際，隨著名為「無限（endless）運送」的機器設備投入使用，讓連結採礦車的繩索就像條履帶般，邊迴轉邊搬運，使得運送礦物的方式變成現代化的運送方式。

但是當礦工們達成每日定額，並將自己所開採的煤礦裝到採礦車以後，就得在現場等候，直到下一組前來換班，才能離開工作現場。據說這是為了作業的連貫性而訂定的工作規則。十二小時以內需完成定額量的苛酷勞動，只會讓疲累的身軀更感絕望。

除此之外，每個月還會有幾次的二十四小時特別作業日，那幾天總是把礦工們累得半死。

就在大夥兒拿著鶴嘴鋤在開鶴嘴與蛇頭玩笑的那個時候，彷如遙遠昔日的每一日隨之消逝而去，至於現在，志翔已不再有任何感覺。每當晚上結束坑道內的作業，並返回宿舍之後，志翔總是輾轉難眠。

雖然此刻的身體就像沾了水的抹布那樣沉重疲軟，但意識卻十分清醒，一開始那種感覺既像光著身子站著不動，也像過長的毛髮把全身都覆蓋住那樣沉重，然而就在秋去冬來時，志翔卻掉入錯覺，覺得自己越來越像是蟲子，在他的眼裡，彷彿能看到自己就像條蟲子爬啊爬的。「像個人好好活著的想法究竟消失到哪裡了？如今就連這種想法都消失的話，那麼我又會變成什麼模樣呢？」

這樣的生活日復一日，但就在某日深夜裡，大夥兒都在熟睡時，一個原本躺平的雇傭工，突然間爬了起來，並開始大聲騷亂。

「喂，你這傢伙給我出來！我要殺了你，給我出來！」

那個人開始大吼起來，並來回往來每一個房間。志翔並未花太久時間，就了解那個人的精神狀態為何變得如此。那個人的眼神異常，並且嘴吐白沫，大夥兒努力把他抓住，並試圖讓他坐下，但也不知那人哪來的力量，根本沒人可以抓牢他。

在那個人拿起木枕到處亂丟，並開始蹦蹦跳跳之後，勞務係職員也趕到現場。勞務係職員們手上拿著棍棒，熟練地開始擊打那個雇傭工。不，準確地說，那不是擊打，是虐打。職員們不只瘋狂揮打那個人的腰部和肩膀，還暴打了他的後背與臀部，他們就像瘋了似的往死裡打。志翔注意到一點，他們拿棍棒暴打那個人的時候，必定會避開他的臉部與手腳，只集中打擊他的身軀。

當那個人的悲鳴聲音漸消，他的身體也已被打得動彈不得，這時勞務係職員們把他的手腳抬起，並拿了工具把他綁起來丟回房裡，過程看起來就像是為了拔豬毛，把豬隻的四肢綁起後，丟到爐裡燙熱水的樣子。騷亂也在那時得以告一段落。

翌日，勞務係的木村一早就來宿舍查看狀況。不久之後，某個陰天裡，當大夥兒正在集合，並準備下坑道工作之前，突然看到那個人憔悴地加入集合隊伍之中。正當志翔納悶那個人究竟發生什麼事時，只見他雙眼無神並踩著佝僂的腳步，跟著自己所屬隊伍下了坑道。

「那個人的樣子不像是沒事啊……這樣下去，要是發生意外怎麼辦？」

「再怎樣下令工作，也不能像這樣一直苛使啊！真是太過分了！」

一個男子怒火難消，氣得朝天空吐了口口水。

「這口水吐得到海鷗身上嗎？哼，看來我得吐更遠一點！」

10

錦禾爬上防波堤，強勁的海風把他的衣服下擺都吹了起來。此刻，正是夕陽西下的時候。

「今天這種日子，就算是正常的女人也會起春心吧？這該不會是躺進別人胸口裡的職業病犯了吧？要不是我喝點了酒，不然不知道會發生什麼事。」那個走在自己跟前的男子停下腳步，轉過頭望向大海的樣子，錦禾都看在眼裡。

上個月起，不知道是不是工程完畢後所剩，突然累積起一堆木材來。男子就縮著肩膀跨坐在這堆木材上頭，一動也不動地凝望大海。「他也真是的，非要坐成這副模樣。」錦禾心想。

木材堆的旁邊是塊小小的空地。由於這座島整體是由石頭與水泥牆所堆砌而成，因此也只有防波堤旁才有巨石構成的小山，並遍布翠綠青草。

這時有一群海鷗飛過，並掉落了一坨屎在錦禾的腳旁，錦禾抬起頭來哭吼：「你們這些可惡的傢伙！就算我活得再低賤，你們也不該朝著我拉屎啊！可惡，我今天除了喝了點酒以外，可沒做錯什麼事，還有……我說你們，天色那麼陰暗，人家又正在難過，不讓我喝點酒，是要我怎麼活啊！」

錦禾乘著醉意，踉踉蹌蹌地邊走邊喃喃自語。「你是誰？我是花啊，可我是路邊的小花，人人踐踏人人摘。」

錦禾原本想要從男子身邊走過，但最後她停下腳步，用日本話唧唧呱呱地講了幾句：「喂，那邊那個山人。」

所謂的山人，是日本從很久以前就用來稱呼礦工的說法，這是因為遊走各處進行粗重工作的礦工們，經常逞兇鬥狠的關係，所以被揶揄為山中野人之意。而他們在酒店喝酒時，要是旁邊過於吵雜，只要他們自亮山人的名號，周圍的人就會識相地走避。這就是當時的礦工風貌。

那名男子聽到錦禾講的日本話後，轉過頭來。那名男子的身軀精瘦，眼神冷酷。

「你為什麼要坐在那個位置？那是我的位置耶！」

男子二話不說，立刻站起身來。往前走了幾步以後，他停下腳步，凝望夕陽西沉大海。

「喂！人家叫你，你不就該回應一下嗎？」

男子慢慢回過身來，冷不防地冒出朝鮮話來。

「我是朝鮮人。」

聽見男子的語氣與回答後，錦禾一下子就酒醒了。剛剛猛說著日本話的錦禾，難為情地呵呵笑了出來。

「我也是朝鮮人耶！」

男子不改冷淡的眼神看著錦禾。

「可是你說這是你的位置？這是什麼意思？」

「我每次都是坐在那裡的。所以我要你讓開，要是有人坐了那個位置，我就要他讓開。」

錦禾很清楚，坐在這個位置就能看到中之島火葬場的夕陽變化，還能看到冬柏花開與花落的時候。黃昏從何而起、那時的海鷗又是如何盤旋天空等，錦禾都能在眼前描繪出那種種風景。此時，浮雲遮日，鮮紅色的天光正逐漸變淡。

錦禾帶著醉意逗鬧著男子。

「你是朝鮮人啊？那你為什麼來這裡？你叫什麼名字呀？」

「問名字幹嘛？」

錦禾也不知為何脫口而出這句話。那時，錦禾講了一句日後她無論如何也想不通為什麼會講出來的話。

「我就只是想要知道個男人的名字，一個朝鮮男人的名字，我要把它記在心裡。」

男子無奈地苦笑，然後丟出話來。

「我姓崔，叫禹錫。可是不是什麼值得記住的名字，你聽了以後把它忘掉吧。」

錦禾咯咯地笑著。

「俗話說，一個崔氏死人就能擋掉三個金氏活人。你叫崔禹錫是嗎？名字不錯嘛，看你大概是有錢人家的孩子。可是哪有男人像你一樣一直呆呆地看夕陽？」

走到身旁的錦禾身上都是酒味，禹錫因此稍微側了個身，錦禾則是跨坐在剛剛禹錫坐著的木材堆上，並撩了一下頭髮。「這女子的脖子真細長。」禹錫一邊看著她又白皙又細長的脖子，一邊如此想著。

「坐下。」錦禾看著站在他旁邊的禹錫，要他也坐下來。

「我活到現在才知道，天空是不會掉下來的。你坐著啊，別站了。」

禹錫並未坐下，他只是站在一旁，把手放在破褲子的口袋裡，並眺望著大海。逐漸西下的夕日已然落入海底，淺灰色的浮雲正降臨在海平線上。錦禾靜靜看著黑暗籠罩住紅色天光，自顧自地說：「我今天喝酒了，從大白天起就喝了。」

「真好，這麼好命，白天就可以喝酒了。」

「你看看你說這是什麼話，哪個女人會在大白天就喝酒啊！」

酒氣都上來的錦禾，像是挑釁似的吐了吐舌頭。禹錫看著她，微微笑了笑。

「你一直都這樣喝酒嗎？」

「有時候跟人家念個幾句『你有買過酒給我嗎？』，就有酒能喝了，可是叫人家買酒給我，人家就肯定聽我的嗎？我啊，酒勁一來，誰也攔不住我。還有呀，我是命中注定要喝酒的，可是那是我的心在喝，不是我的身體在喝，是心在喝！這你懂嗎？」

「你那條命，總比我這個一邊挨打，還要一邊像條田鼠一樣鑽到地底挖礦的爛命好吧。」

「挖礦不就是你自己一個人挖，不高興就不挖這樣而已嗎？這邊的人都是這樣過活的，沒有誰比誰過得好。」

也不知禹錫有沒有聽到那句話，他走到錦禾身旁坐了下來。

「想喝的人說要喝，那麼別說大白天了，就算從一清早就開始喝，又有誰能說什麼？可是話說回來，你喝的這麼醉還到處跑，要是發生意外怎麼辦？」

「我不是說了？我的酒勁沒人擋得住。」

「你說沒有什麼可以拿出來見人的？那你現在不是正在誇耀自己會喝酒嗎？」

平常錦禾聽到這種話可不會善罷干休，但今天不知怎麼了，她聽了以後，只是低下頭而已。禹錫看見低著頭的錦禾正噘著嘴，嘴唇抖顫著，這時錦禾用雙手撥了撥頭髮，並抬起頭來。

「我可以拜託你一件事嗎？」

雖然錦禾一臉醉意，但眼神卻很真摯。

「什麼事？不是要我買酒給你喝吧？」

「你看到那下面了嗎？冬柏花。我從剛剛開始，就一直很想要一朵冬柏花，你可以摘一朵給我嗎？」

禹錫剛剛也在看著那花。

「那就是冬柏花嗎？那看起來好像是開在海邊的花，不過我以前沒有看過。」

禹錫只聽過椿姬、冬柏小姐。他聽說有那些花的存在，也聽說有描寫悲傷愛情的作品。

錦禾告訴禹錫：「那就是冬柏花。我說它是冬柏花，它就是冬柏花！我說它是，它就是！」

這不是常有的事。端島這裡因為海風強勁，還有隨時要越過防波堤的惡浪，向來花草難生，只有能夠蒙受海水灌溉，還有爬滿四周紮根的灌木，才有辦法在這麼惡劣的環境中生長。沒想到，在這裡的岩石縫隙中，居然開有小小棵的花草！

禹錫二話不說，他跑下防波堤前的岩石上，並摘下兩朵冬柏花。雖然他不認為這是冬柏花，但既然這女子說它是，那便是吧！他把花朵咬在嘴裡，再一路從岩石上面攀爬回來，然後默默地把花朵交給錦禾。錦禾伸出白皙的雙手並接下花朵，禹錫看著接下暗紅花朵的錦禾手指，心中想著錦禾的手指真是修長。

「現在回去吧，趁著天色還有亮。還有，一個女孩子家，以後別在大白天喝酒遊晃了……那個樣子不好看。」

禹錫把手輕輕地搭在她的肩膀上。

「好了，快起來吧！」

錦禾動作輕柔地就像流瀉下來般地走下木材堆，低著頭並轉身離去。走了幾步以後，錦禾突然又轉過頭來：「謝謝你，冬柏花。」

繼續往前走的錦禾，喃喃自語了起來。

「謝謝，謝謝。謝謝你告訴我你的名字。不過你不知道，今天是我的生日，所以我才會那麼難過，這你並不知道。」

數日後。回到本田屋的錦禾，瞥見一位蹲坐在防波堤的男子，她露出了開心的表情。

「瞧瞧這是誰？冬柏花！沒錯，是冬柏花。你還記得我嗎？」

禹錫抬起頭來，看見滿臉醉紅的錦禾，於是站起身來。

「您好嗎？」

「你這人怎麼這麼冷淡……不過，你怎麼又來這裡啦？」

「我直到昨天為止，都是輪夜班，明天開始，一早就要下去挖礦了，現在好不容易才有點空閒可以來這裡。」

錦禾走到他身旁坐下。

「那麼等等就要回去睡覺囉？」

「這男子的名字是啥？」錦禾正努力回想。不過他的表情和上次憂鬱的神情不同，今天明朗許多。禹錫這時候開口：「我也可以問您一件事嗎？」

「自己的嘴巴愛講什麼，朝鮮總督府管得著嗎？礦業所長管得著嗎？」

雖然有點沒頭沒腦的，禹錫還是開口問了：「您昨天喝的酒還沒醒嗎？」

「對啦，對啦！我喝一次酒要三、四天才會醒啦！你這個人就只會這樣說話嗎？」

禹錫笑了。

「什麼『酒還沒醒嗎？』，這像話嗎？怎麼，怎不乾脆問我『您府上一切都安好嗎？』算了？倒是你怎麼一直在說敬語？」

「我不知道要怎麼跟女孩子講半語。」

「不知道要怎麼講半語？等等，你幫我提一下這個燈。」

錦禾握拳朝禹錫的大腿打了下去。

「裝乖啊你！」

錦禾大方地朝禹錫身邊靠過去，並問他：「不過……你是被徵召過來的嗎？」

禹錫點了點頭，錦禾很快地繼續說道：「那就死定了。」

她率直地說。

「朝鮮人大概就要絕後了吧？這樣下去，我們善良的朝鮮人都要死光了。」

晚風把頭髮吹起，女子看著自己的神情似乎有些哀切。錦禾轉過頭去，禹錫靜靜地看著她的脖子，想起兩人初次見面那個時候，女子那看起來格外修長的頸背。

錦禾隨口問道：「所以，你到底又為什麼來這裡了？」

「因為太悶了。」

錦禾像是要笑不笑的，嘴角抖了一下。

「怎麼我們朝鮮人全都這麼煩悶。」

不知道要怎麼叫喚她好，禹錫沉默了一會兒之後，又再次問她：「那您又是在煩什麼才會跑到這裡來？」

「你對我說『您』嗎？」

禹錫抓著頭，並把頭歪向左邊去。

「居然對我稱呼『您』？不過聽了倒是不討厭。」

一隻海鷗邊叫著邊飛過去。「討厭的傢伙，你算老幾啊！吵死了！」錦禾站起來，怒瞪著那隻剛飛過去的海鷗。

「人家說女人和盤子都一樣，一旦被踐踏就會碎裂。我現在就是那樣，已經被踐踏到體無完膚、粉身碎骨了。知道我在說什麼吧？」

禹錫問：「你在這裡是做什麼的？」

禹錫總覺得她不是一般普通女子，特別是穿著打扮都和一般女子不同。

「還能做什麼呢？俗話說，女孩子再怎麼命苦，只要有男人和鞋子就行。我呢，是有男人，也有鞋子，還有酒喝呢！就這樣活著唄。」

禹錫心想：「那話我也知道。女人命再苦，只要有鞋子和男人就可以，所謂的男人就是指房子吧！男人則是再窮，只要有女人和湯飯就行。」禹錫轉過身去，此刻夜色低垂，他抬起頭望向逐漸有燈火亮起的公寓叢林。那裡是日本人居住的區塊，也是有家室者居住的區塊，那裡每到傍晚，就會飄散出食物的香氣，偶爾能夠聽見孩子們的哭鬧聲，還會有穿著圍裙的女子忙進忙出。禹錫低頭頷首，心裡忖度著那些女子不知是釣了個昏頭的日本男人，才來到這裡，又或者是昏了頭跟著日本男人輾轉來到此地。不過，知道了又怎樣，不知道又怎樣，世間萬物本來就不是窮盡自己腦袋都能知曉的，只要顧得了自己的肚子就很萬幸。據說在那座公寓叢林裡，就住著不少朝鮮人。

這時，錦禾冷不防地冒出話來。

「你想知道嗎？酒啊，女人，還有花牌。」

錦禾的態度坦然，反倒讓禹錫嚇了一跳。他曾聽過，這裡往右那裡直走，有一個平時也會作為公會堂使用的劇場，劇場後方有一個遊廓，明國也曾這麼講過。看來這個女子就是在遊廓工作的女子了。

「有句話說，想要有一天的好氣色，那麼不要喝酒就行，但若想要一輩子都有好氣色，那就別帶兩個女人入門。你知道這句話嗎？我是個每天都在大白天喝酒，抓著頭髮發酒瘋的女人，現在就是跑出來醒酒的。」

轉過身來的錦禾兇巴巴地看著禹錫。

「喂，你不像是命苦的人，快點回心轉意！」

「你在說什麼？」

「看你的眼神，我就已經知道了。我跟你說，你別在這裡悠晃了，快點改變心意，雖然我不知道你有什麼苦衷，但既然有勇氣求死，那麼咬著牙關也能撐下去啊！」

禹錫笑出聲來。

「這不是什麼好笑的事情耶！」

「你看我像是要跳海自盡的人嗎？」

「不是嗎？常來這邊的人，也不知道是不是被水鬼抓交替，幾乎都很快就溺死在海裡了。要是真的討厭這世界，所以要離開這世界，誰會去攔阻啊……可是我看過太多人說是因為工作辛苦而死、因為被關在這座島上，得了思鄉病還是什麼的而死，還有一些日本人也跳海死了。我的意思是說，真的死掉的是那些受盡痛苦折磨的人，還有一些人生希望的人，就繼續努力活著。」

「你話就不能講得溫和一點嗎？」

「溫和一點？怎麼，我們現在有交情了嗎？」

錦禾嘴巴雖利了點，倒是一直笑著。兩人走下防波堤後，接著走上通往絕壁般矗立在前的上坡路。「現在她差不多要離開了吧？」禹錫一邊想著，一邊結結巴巴地說：「嗯，以後我們想著未來，活久一點吧。你也不要再喝酒了。」

「你現在這又是啥鬼話？」

「我們來到這麼險惡的地方，得保重身體，日後才能再相約呀。」

「我可沒什麼往後。」

「我們不都一樣，怨恨也多、傷心事也多？那些傷心痛苦事要是累積成山，那以後該怎辦？」

「我沒有什麼恨啊、傷心事的。」

禹錫終於不說敬語了。

「那麼，活下去要幹嘛？不過是像脫鞋、穿裙那樣簡單的事情而已，要是這都做不到，不就只能這樣等死？」

「難道軍艦島前的這片海是什麼印塘水（譯註：出自《沈清傳》，女主角沈清投海祭神的那片海）嗎？」錦禾一邊說著，一邊停下腳步，她仔細看著禹錫高挺的鼻樑與那讓人印象深刻的眼睛，突然間胸口感覺一陣酥麻。「這男人，人模人樣的嘛。」錦禾從未看過這樣的眼神。

兩人四目相會。禹錫發現錦禾那烏溜溜的雙眼正看著自己，緊張地說道：「我往這邊走，那麼您回去小心。」

錦禾沒有回應，繼續走了下去。「怎麼會有人說再見都像是拜年那樣僵硬嘛！」錦禾回過頭來叫住禹錫。

「喂。」

禹錫轉過身來。

「你剛說的話，跟誰也都那樣講嗎？什麼傷心的事啦、難過的事啦……那些話，你跟任何人都這麼講嗎？」

禹錫搖頭。

「剛跟您講的時候是第一次。」

「謝謝你。」

禹錫返回宿舍的腳步直打晃，於是他只好停下腳步，自己笑了自己一番。「有道是一條壞魚臭了一鍋湯，你這傢伙在發什麼癲？那女子說得對，在這裡不會有什麼交情，又何必為了那女子而動搖？」禹錫心想。

禹錫慢慢地走著。想想也不知何時才能再回到故鄉，更不知道什麼時候才能穿上白衣祭祖，現在活著根本不是真的活著，只是行屍走肉。

禹錫用手掌摸摸自己的臉，然後長長地嘆了一口氣，想到現在自己年紀漸長，才會不由得嘆起氣來。回到宿舍以後，禹錫本想早點躺著歇息，卻想起志翔來：「那傢伙也真可憐，在相對平和的日治時期長大，過著吃好睡飽的日子，結果就算家裡有個親日派老爹，一樣被抓到這裡來受苦。不過大家怪罪的是這世界，而不是自己的命運。」

「可是，那名女子的脖子為什麼這麼吸引我的目光？那脖子看起來既白皙又細長，後頸看起來又是那麼哀切。還有她的眼睛，為什麼會那麼烏黑又深邃呢？這一切都好像是在作夢……沒錯，是夢，就是一場夢而已。像我這種人，哪有什麼福分和女孩子來往呢？」

又死人了。又一個朝鮮人死了。志翔癱軟在煤礦搬運車前。

「上がるぞ（要上去囉！）！」

日本人運媒係員，林大聲喊著。朝鮮人們則跟著林的聲音一同大喊：「上がるぞ！」

志翔一聽到這句話就流下淚水。「上がるぞ、上がるぞ」是「要上去囉」的意思，「要上去囉、要上去囉」響遍整個坑道裡，採礦車則載著屍體慢慢前行。

禹錫抓住癱軟在地的志翔的脖子，把他拉起身來。

「走，我們出去吧！」

志翔跟著走在採礦車旁邊，也跟著喊：「上がるぞ！上がるぞ！」

志翔的聲音裡混合著憂傷。禹錫則是喊著：「朝鮮人走了！所以我們現在用朝鮮話送他走吧！」

明國聽了以後，用手扶著載著屍體的採礦車，並接話：「沒錯，你說得對！我們用朝鮮話送他最後這程吧！你起個頭！」

禹錫跟旁邊的指導員林拜託：「等等我們要用朝鮮話送他最後這條路，現在先跟您講一聲。」

周圍的朝鮮人們盡是殺氣騰騰的表情，雙眼彷彿就要噴出毒氣一般，林看到他們這樣的神情以後，只能害怕地點頭同意。

禹錫用朝鮮話喊著：「要上去囉！」

其他站在採礦車旁的組員們也一同用朝鮮話喊著：「要上去囉！昌秀啊，要上去囉！」

「要上去囉！昌秀啊，要上去囉！」

這座日本的礦坑，而且只是九州地方管轄中的其中之一而已。據說在地下礦坑工作卒歿者的屍體就算被運送到礦坑以外，其靈魂也會徘徊在坑道裡無法離去，所以每當要把死者屍體運送出去時，一起工作的夥伴們就必須要呼喚其名，並為他開道呼喊「要上去囉」，這是為了呼叫死於黑暗地下的死者靈魂，並帶他離開的意思。

禹錫喊著：「昌秀啊，昌秀，你現在在哪裡？」

他環視坑道的每一個角落，同組成員則一同回應：「在這裡。」

禹錫的聲音哽咽著。「要上去囉！昌秀啊，要上去囉！」

「要上去囉！」

志翔流下淚水，滿是碳粉的臉上留下兩串黑色淚痕，淚眼模糊的他，只能用碳粉滿布的雙手不停拭淚。在這裡，人命之脆弱，還比不上蒼蠅的性命，哪怕一點風吹來，這條小命馬上就會煙飛雲散，也因此志翔怎樣也無法承受昌秀之死。

這個意外沒有人預想的到。這個每天都要經過的坑道分叉口是由坑木支撐牆面，不知怎地，這些坑木卻突然趴噠趴噠地崩落，使得昌秀被活埋致死。而這個意外發生當時，正是午後大夥兒快結束工作的時候，那時剛好昌秀使用中的穗先已經折斷，就在他走去拿替換品時，崩落下來的坑木擊中他的頭部，大夥兒也無法即刻救援，等到把他從煤礦堆中挖出來的時候，他已經早就斷氣。這一切來得甚急，意外發生的開始到結束，只在轉瞬之間。

大夥兒打開升降 cage 前的鐵網門，然後把他的屍體放了上去。在一片漆黑之中，cage 發出的尖銳金屬聲就像悲鳴聲一樣，往上衝刺而去。大夥兒呼喚昌秀靈魂的悲傷聲音，則持續地在黑暗中響著：「昌秀啊，要上去囉！」

「昌秀啊，要上去囉！」

等到被鐵網包圍住的鐵桶停好以後，同伴們卸下昌秀的屍體。現在正是必須離開坑道的時候，林卻阻止大家把昌秀的屍體放下。

「大家先停手。」

經驗豐富的明國站了出來。

「現在開始，誰也不要講話。接下來要先跟山神報告有一條魂魄要離開這裡，然後才能離開這裡。這件事就交給林先生來做。」

大家聽了以後，馬上靜默下來，此時眾人滿是黑色碳粉的臉龐上，斗大的淚珠閃閃亮著。明國接著小小聲地說著：「還有，原本離開坑道的時候，大家都要喊聲『上がったぞ（上來了）』的，不過現在大家知道吧？我們是一路喊著朝鮮話上來的，等等當然也要用朝鮮話喊『上來了』。」

就在林先生他念念有詞地進行向山神報告的儀式時，禹錫抓住志翔的手，他知道此時志翔格外的難過，因為幾天前，當志翔人身體不舒服時，是昌秀拿著濕毛巾敷在志翔滾燙的額頭上，並徹夜照料著他。志翔不停擦拭著淚水，他的臉上看起來就像被煤煙漆過般又髒又黑。

林先生拍掌兩次以後，結束向山神報告的儀式。這時明國和其他雇傭工們把昌秀的屍體搬到擔架上，擔架兩邊各有三人扶靈，經過裝備係員並走出坑道。

「昌秀啊，上來了！」

其他組員們也一同高喊。

「上來了！上來了！」

浮橋漂浮在海上，遠處野母半島濱海漁村清晰可見的東邊大海則是一片混濁。夕陽落下的大海上面響遍大夥兒的悲切聲音：昌秀啊，上來了。

放著屍體的擔架再次經過雇傭工們的手裡之後，就被送到醫院去，等到頭部被打碎的昌秀屍體整理過後，就會在公會堂為他舉行葬禮。雇傭工們默默地走著，志翔則是在最前頭用力地抬著擔架，難過地低頭而行，這時他只是搖晃著頭，並未伸手擦拭淚水。明國和禹錫把屍體交給醫院後走了出來，這時志翔站在醫院階梯前，一臉陰鬱地凝望著大海，禹錫過去抱著他的肩膀。

志翔平靜地說：「我不知道。這樣真的可以嗎？我不知道。」

一直默默無語的禹錫，更加用力地抱著志翔的肩膀。

「朝鮮人們……真令人傷心。你和我都一樣令人傷心，為什麼我們這麼沒用？」

明國走過來站在兩人前面。

「走吧。這難以忍受的傷痛，大夥兒都是一樣難過的。可是這又有什麼辦法呢？」

志翔喃喃自語。

「我的腳走不動。」

他們慢慢地走著，疲軟的步伐每走動一步，天色就越來越暗，這時海鷗無心地在烏雲籠罩的天空中盤旋著。

「聽說又有朝鮮人發生事故了？」

錦禾問道。「這女子怎麼知道坍塌事故，又怎知道是當事者是朝鮮男子？」

禹錫皺著眉頭反問。

「你怎麼知道的？」

「只要一發生事故，傳言很快就會傳遍整座島上，何況還是朝鮮人發生事故，我當然馬上就會知道呀！我也是朝鮮人耶！」

禹錫看著海浪濤濤打在防波堤下方，喃喃自語了起來。

「死亡、受傷……就算死了一大群人，他們也會無動於衷吧？」

「你不知道啊？之前有個朝鮮人用筷子猛插勞務係職員的脖子，把他殺死了。他們才知道朝鮮人的可怕，嚇得舌頭都伸出來了呢。」

「有這種事？」

「本來大家都以為那個朝鮮人快死了，沒想道他還留著一口氣反擊。大家都是這麼說的。」

禹錫一邊看著防波堤，一邊抖動臀部並站起身來，這個時候是他該回去吃晚餐並準備下坑道的時候，應該也是這女子回去工作的時候。「工作，」禹錫反覆念著這句話，並且無奈地苦笑，「人類要做的事情全都是工作」。

海風把兩人的頭髮吹了起來，錦禾還不想起身，只是一邊看著大海，一邊嘟囔著。

「我們這哪是活著？我這個連自己身體都照料不好的朝鮮人，多活一天就是受苦一天，連男人們也被抓來這裡受苦了。」

女子的話擊中了禹錫如鉛塊下沉般的沉重心情，他慢慢地說道：「這世界，我們一起活著就構成了這世界。也許對我來說，只不過是他人之事，可是對當事者來說，卻像是有刺插入手指底下般疼痛，這樣的悲喜交錯也構成了這世界。『究竟是別人的事，還是我的事、到底是別人的錯，還是我的錯』，我們都是在這種糾葛之下活著，才會變成現在這個樣子。到頭來，別人的事就是我們所有人的事。」

錦禾看著禹錫，眼睛不斷閃耀著。

「我們人要活得像個人，是沒有辦法一個人完成的。當我們出生之後，就不能屈膝跪在別人面前，那樣是無法活得有尊嚴的，所以我們要反抗，而且是大家一起反抗。」

錦禾看著禹錫高挺鮮明的鼻樑，一個人喃喃自語。

「真驚人，沒想到他是這樣的男人。」

抬起頭的錦禾，和禹錫雙眼相對。錦禾的嘴角泛起一陣微笑。

「我好想抱抱你。」

「什麼？」

她站了起來。

「過去你到底去了哪裡，怎麼現在才來呢？」

「你在說什麼？」

「我這個人也真的太沒有福氣了。像你這樣的男人，為何我現在才遇到呢？究竟之前你都在哪裡呢？怎麼不在我身邊？」

錦禾看著禹錫，覺得自己好像要癱在他身上一樣，心裡癢酥酥的。

「雖然我不知道其他男人們是因為什麼原因來到這島上的，但我們也沒人是自願前來的。只要不是被騙來的話，大家都像是被老鷹叼來的小雞，所以心中的憤恨與苦楚都是相同的。」

錦禾心裡想著，究竟這個主張一定要大家一起抗爭的男子是什麼樣的男人。不過，笑容消失的禹錫臉上，此刻毫無任何表情。

「就算是自願受徵召而來的人也都是一樣的。倒是你又是如何來到這島上的？」

「她說『你』，原來她還不知道我的名字。」禹錫心想。

「我有告訴過你我的名字嗎？」

「說過。可是那天我喝了酒，只記得你的姓氏是崔，其他不記得了。」

「我看不是因為喝了酒，而是因為你沒把我放在心上，所以才不記得我的名字吧？」

「不管是那天還是現在，你倒是一樣都在罵我。」

禹錫脹紅著臉，告訴她自己的名字。

「禹錫是嗎……我來猜猜你的年紀好了。你的年紀比我說的還要小三歲。」

「這是什麼意思？」

「就是說你看起來比想像中老。」

禹錫從小時候起，就常聽人對他說「你怎麼看起來那麼老？」，其實不是他看起來老，而是長相如此之故。沒辦法，一直過著餓肚子的窮苦生活，人看起來當然會老。這些他從沒辦法向人解釋的話，就像是鍋蓋被掀開那樣，從他的心底鑽了出來。不過，禹錫自己也很清楚，此刻他臉紅的原因，並非急著想跟她解釋，而是因為他甚至想不起自己和女孩子聊天時，是否有站得如此相近的回憶。

「你老家裡有誰？孩子呢？」

「我從小過得辛苦，雖然人看起來很老，但我年紀還小，還沒結婚呢！」

原本低頭看著腳下的錦禾，抬起頭來說道：「看你的臉，不像是在說謊，可是我還寧願你是說謊就好了。我已經老了。」

錦禾像是自暴自棄似的，用手指了黑暗中某處。

「我就住在那裡。我……」

她所指的地方就是電影院所在的五十號公寓和公民館後面那個小丘。那棟看起來像是躲在其他建築之後的木造建物，就是遊廓本田屋。在端島這裡，除了本田屋以外，還有森本屋與吉田屋，一共三個遊廓，其中兩間由日本人經營，只有吉田屋是島上朝鮮人礦工或來往島上做生意的中國人才偶爾會去光顧的地方，而且吉田屋的老板和裡頭工作的女子全是朝鮮人。

一度低下頭的錦禾慢慢轉過頭來，並告訴禹錫：「在那裡，我的名字是花子。」

吉田屋裡的朝鮮女子，只有錦禾一人。

11

外面已是清晨，遠方傳來雞啼聲。瑞螢一如往常地出來打水洗漱，並穿過黑暗尚未消散的院子，把放上一碗水的小桌端到後院去。在志翔離開以後，這就是瑞螢每日清晨必做的日課。不知不覺間，天氣已經轉寒，棗樹旁的醬缸台周圍，那些彷彿等候著她而開的花朵已經凋謝，看起來有些淒涼，而鳳仙花染過指甲的痕跡也已消失。繞過醬缸台並走到牆邊的瑞螢，放下小桌後，就站在一旁。

她輕輕按著罩衣前襟，整理一下衣服之後，就慢慢地彎腰行禮。小桌上有一白碗，裡頭裝著清水，看著那碗清水的瑞螢眼神，就像是即將踏上遠方的人那樣，平靜又深沉。這時突地「吧嗒」一聲，棗樹上傳來什麼東西掉落的聲音。

「我很好。後院的核桃樹不知道今年是被施了什麼肥，每當核桃掉下來時，大家就會提到您，他們都說每次核桃掉下來時，您最開心了。」

「秋收已經結束了，幾天以前，突然降下初雪。那天看著稀稀落落的初雪，想起您不在身邊，我的心裡也特別難過，甚至覺得不管什麼事情，都讓我好難過。」

「今年所有一切都很符合節氣，雨下得多，晴朗之日也多，農作物的產量都很穩定，一點也不用擔心秋收的結果，中秋節時，還拿了新米出來祭拜呢！雖然碾米廠因為戰爭期間的關係，大大小小事情不斷，不過這都怪時局不好，我也沒有放在心上。擔心您不在，生意會受影響的乾貨店一切都還算順利，真是萬幸。公公也說了，既然一切順利，那麼一定都是託您在外地擔心之福，而我也是這麼相信著。」

看著那碗清水的瑞螢，此刻再度閉上眼睛，並低頭祈禱：「掌管天地事的眾神靈啊，我沒有什麼好祈求的，只希望我的丈夫能平安健康，願我們都活在當下，一切都能像昨日般平安無事。」

瑞螢抬起頭後，伸手吃驚地抓了一下肚子，肚子裡的胎兒正在踢腳。瑞螢摸了摸肚子，嘴角揚起一抹微笑。

「你看看，孩子正在肚子裡踢腳呢。原本應該要不好意思地拉著丈夫摸摸自己的肚子，現在只有我一人獨自經歷。」瑞螢輕輕地嘆了口氣，現在不管什麼都讓她感到空虛難過。

當瑞螢要端著放有清水的小桌離開時，小黃跑到她的身邊，瑞螢一邊看著它猛搖尾巴，一邊自言自語：「你也真可憐，小黃這個名字好隨便，如果你是隻黑毛狗，那麼不就要叫做小黑了？」

志翔離開以後，瑞螢的一天都是由祭拜開始的。雖然她不是未曾懷疑過這樣做究竟有什麼用，但她總是告訴自己，祭拜是為了自己，唯有這樣，才能讓自己心安一些，所以她每一天祭拜上天，向老天爺祈求著。

今天依舊沒有海浪聲。外頭煙霧繚繞，志翔閉上雙眼躺臥著，此時他旁邊傳來唧唧喳喳的講話聲。

「你今天是吃啥了？為什麼一直在剔牙？你是不是做了什麼事情？」

「唉唷，現在出來啦，我要看看你嘴巴到底跑哪去。」

「我這輩子第一次看人家吃豆渣後要剔牙的。人家說山羊上年紀了就會長鬍子，我看你到六十歲以前，大概都不會懂事。」

「你保母我才不想懂事呢！」

萬重不知跑去哪裡，嘴唇凍得發紫，回來房間以後，環視了房間一圈。

「大家在幹嗎？躺著還不睡？」

在德看著萬重，像是抓到機會似的講了一句。

「原來是大臉傢伙來了！給你兩個木枕吧。」

「你胡言亂語些什麼？還不快點睡覺。」

萬重抱著木枕，跑到志翔旁邊躺了下來。萬重低聲問轉身空出更大位置給自己的志翔：「你還沒睡啊？我剛剛工作結束後，上來的時候看到小組表格，千植明天開始就和我們同組了，你知道嗎？」

小組隨時都會進行變動，這是因為從各地徵召來的雇傭工一直增加之故。

「千植？不，我不知道。」

「那個囂張的傢伙，居然跟我們同組，乾脆趁這個機會教訓他一下，要是他惹到我們，我們就把他的腦袋打爛算了。」

萬重東張西望了一下，繼續低聲說道：「我剛去跟蹤那少年了。」

「跟蹤？誰？」

萬重又小心看了一下四周以後才開口。

「你知道宗吉那傢伙嗎？我看那傢伙成天拿著鍋巴，可是就只自己吃，連去廁所都要吃，根本就是個小氣鬼，所以我就跟蹤他，想要修理他一下。」

這時萬重咋了一下嘴。

「結果跟丟了。」

「無聊。」

「總之我肯定這傢伙和日本人勾結，所以才能拿到東西吃。他就不要被我抓到，不然我不會放過他。」

「跟個小孩子似的，搞什麼鍋巴戰呀？」

雖然萬重是悄悄地和志翔交談，但也許是因為他原本就是個大嗓門之故，在德不知道什麼時候跑了過來，用他的大手使勁地打著萬重的毛毯，使得空中都是毛毯灰塵飛揚。

「不就豆子一小塊，也要分你嗎？人家也得填飽肚子，這樣也要分你嗎？你是小孩子嗎？你說有人自己一個人吃鍋巴？誰啊，你說說看。」

「您耳朵還真利。」

在德一邊拿毛毯把萬重從頭到尾蓋起來，一邊呵呵大笑。

「死掉的娘們還用遮肛門嗎？像你這麼厲害的傢伙，怎麼會活成這樣咧？」

志翔蓋上毛毯並轉過身去。

「我要睡了。你要是抓到那個鍋巴少年，我的份就分你吃。」

翌日清晨。

「同胞們，走吧。」

志翔轉過去一看，萬重正走了過來，在他後面是同組的日周和在德，還有林千植。

進去坑道之前，志翔首先跟勞務係領取自己的入坑名牌，然後再排隊前往安全燈室。在領取到旁邊標示為一百一八號的頭燈和沉重的頭燈電池以後，志翔把頭燈與電池掛在脇邊，並把名牌掛在原本掛著頭燈的釘子上頭。

現在開始，四十八號和一百一八號就成了確認志翔的證明。在安全燈室裡，一眼就可用他們交出來的木製名牌來確認今天是誰要到幾號坑道裡工作，至於他們結束工作並回到地面上來以後，則必須交還頭燈，然後再把掛在上頭的名牌繳回勞務係，勞務係會依據繳回的名牌來檢查當下有誰採礦量未達標、誰還在坑道裡未離開、誰已經完成當日工作並離開坑道等礦工們的動向。排隊前往捲座時，志翔問萬重：「所以，你吃到鍋巴了嗎？」

「可惡，我沒抓到他！」

「你不是說你跟蹤他了？」

「唉呀，你是把我的話聽到哪裡了？你耳朵是破洞了嗎？我不是說了嗎？我追丟了。」

其實志翔早就知道宗吉吃著鍋巴的事情，只是他沒說而已。之前宗吉就曾給他一小塊鍋巴，炫耀地告訴志翔，鍋巴是從日本人單身礦工食堂那邊拿到的，他還說天空就算塌下來，也一定有洞可以鑽出去。

萬重踩著上去捲座的樓梯時，嘟囔著：「這裡就是生命階梯？又不是要從這裡走去送死的，名字還真是特別。」

就在走進捲座，正等候搭乘升降 cage 時，萬重他忍不住開口道出心中的疑惑。

「你那時為什麼要出頭？」

「怎麼了嗎？」

「看起來不太好嘛！別人的事又不是你的事。」

有許多雇傭礦工並不懂日文，每當發生什麼事情時，志翔總是會出面幫忙。

「不然你要我當作沒看到嗎？」

「不是，我不是那個意思。我是說，這裡自有這裡的規矩。」

「所以呢？在這裡，大家都把朝鮮人當狗看，所以不管遇到什麼事情都不要管，任憑他們欺壓我們嗎？要當狗，你自己當！」

「你話怎麼講得這麼難聽呀！」

志翔拍了拍萬重的肩膀，心裡默默想著：我當然知道你這話是為我好，可是今天就連裝備都讓我感覺異常沉重，我也不知道為什麼今天這麼讓我如此憂鬱，什麼都覺得糟糕透頂。

「對不起。我也不知道怎麼搞的，今天就是覺得什麼都討厭，就連這樣活著的我們都討厭。」

萬重也把手搭在志翔的肩膀上。

「討厭？唉，我知道你說的是什麼意思，總之你自己還是小心點，事故總是會挑這種讓人憂鬱的日子裡發生。」

萬重一邊收拾裝備，一邊環顧周圍說著：「大家聽好了，今天是輪到志翔搭礦車的日子，你們記得跟其他人講一聲。」

「怎麼了？發生什麼事了嗎？」

「他好像做了不好的夢，感覺不順。」

「什麼夢？又不是在做胎夢……」

林千植亂嘴了起來。這傢伙成天就愛插嘴，一點也不管發生了什麼事。「這種人就是所謂的『狗不吠，撓狗嘴』吧？我現在還真的是什麼難聽話都會說了。」志翔瞪了千植一眼，萬重也是不滿地瞟了他一眼。

「你管好你自己就好了。」

「欸，你話說得有點過分了喔！」

「你不也就是うさぎ一隻而已，我看你就老覺得不順眼。」

うさぎ這句日文是「兔子」的意思。在這裡，大家管那些下礦坑時拖拖拉拉，但要出坑道時，卻跑得比誰都快，也不管還有多少人在收尾，自己就先坐上升降機離開的人為兔子。這是因為兔子前腳短，落地速度慢，但起身卻奇快無比，所以被拿來形容那些做事拖沓、脫身如箭的人。

千植一聽到自己被叫成兔子，倏地發火起來。

「萬重你今天是吃錯藥了嗎？還是早餐沒消化？」

「消化個頭！也要有幾顆飯粒讓我吃，才會有消化問題啦！難不成你吃到飯粒了嗎？」

萬重也是把心一橫，並沒有要退讓的意思。兩個人就這麼瞪紅眼，誰也不讓誰，此時宋氏跳出來攔阻他們。

「大家是怎麼了？一大早的！今天不知怎麼搞的，讓人有夠心煩的。每一片鋪板都是地獄，越是這種感覺不順的日子，我們大家越要小心才行。」

在乘著升降 cage 下到坑道裡的這段黑暗之中，志翔如往常般緊閉著雙眼，並咬緊牙根，所幸現在已經習慣這個速度，不會再嘔吐。

下了坑道的志翔，在搭上採礦車前仔細聽取相關的安全注意事項。

「最近第二十三號坑道附近發現有瓦斯外洩，請在二十號以後坑道進行作業者一定要格外小心。我再說一次，煤氣比一般空氣還要輕，所以煤氣會聚集在高處。相對之下，二氧化碳會比空氣還重，因此會往下沉。這些都是礦工們的基本常識，請務必記得。」

指導員疾聲厲吼。

「這幾天外洩的瓦斯是煤氣，煤氣會上跑，所以請各位在站立時，一定要小心。要是聽到我們喊『瓦斯！』，請大家一定要馬上趴在地下。」

志翔問萬重：「到底要怎麼知道外洩出來的瓦斯是煤氣還是二氧化碳？」

「你這大哥，你就點火看看呀，要是我被瓦斯炸倒了，瞧你還不跟著倒嗎？」

「我要是一直跟著像你這麼慢吞吞的朋友到處跑，我才真不知道自己有沒有辦法安享天年呢！」

「也許你是比我讀過更多書、喝過更多墨水啦，但活在這世上看的終究是飯碗啊！」

志翔很討厭一天天被此處馴化的自己，那種厭惡讓他不由得渾身發顫，甚至，光是習慣這裡的步調，也讓他無法忍受。到早晨為止都還籠罩住整個海面的雲霧，仍未有消散的跡象，志翔望著那片雲霧，心裡想著：「是呀！站在雲霧裡，就無法看見樹林了，再怎樣四處張望，最多也只能看見眼前的那棵樹而已。沒錯，我現在正是站在一片雲霧之中，什麼也看不清楚。我得思考得更寬廣、更深入，並且好好想清楚來到這裡的自己究竟在做什麼。」

牆壁四周貼了「每一塊煤礦都是一滴血」、「沒有煤礦就沒有兵器」等醒目的標語，標語上頭還蒙了一層煤粉灰。志翔默默地往前走動，等候搭上礦車。

上午的作業結束之後，志翔早已累得半死，一點元氣也沒有，汗水淋漓滑過他的臉龐，只剩雙瞳閃著光芒。等到完成定額為一桶的份量時，志翔腫脹的手掌上已破了好幾個水泡，更因為外皮剝落而露出紅肉來，痛得他根本無法抓牢鶴嘴鋤。

「應該拿個什麼東西把手纏繞起來的，怎麼辦呢？」

萬重滿臉擔心地看著志翔的手掌。

「沒辦法，只好忍一下了。」

這時志翔瞥見頭燈底下，那滿臉烏黑，就只能看到兩顆眼珠閃著的萬重的表情居然在笑。「為什麼？」志翔疑惑地看著萬重。

「現在才剛開始，我看你還得脫個五、六次皮囉。」

「我看你還是求求老天爺吧。」

方才走去更換鶴嘴鋤尾端上頭穗先的禹錫，這時剛好走了回來，他湊過去查看一下志翔的手，馬上就把纏繞在他腰邊的上衣襟頭撕了下來。

「你用這個把手掌包起來吧。」

「你把衣服撕破了怎麼辦？」

「包著吧！我怕你等會傷口會惡化。」

志翔一邊用禹錫給他的衣襟包裹手掌，一邊說道：「謝謝，要是沒有你，真不知道該怎麼辦才好。」

「沒牙齒就用牙齦頂，你就先將就點吧。」

禹錫隨後就快步走回到碎岩機旁的工作位置。

志翔低頭看著那用布包起來的首長，不禁握緊拳頭：「從現在開始，還要破好幾次皮？儘管來吧，我忍就是了！」

此時他想起上次妻子瑞螢寄來的信裡這麼寫著：「我已經收到您的信了，知道您被分配去採煤礦，我心裡驚慌地直往下沉，不過還好您不是被分配到北海道，這也算是不幸中的大幸。婆婆說九州是在南部，天氣較溫暖，這才讓我心安一點。」

志翔知道彼此間的書信往來並未暢通。當他來到這裡以後，早早就已寫過信聯絡家裡，但這幾天收到瑞螢的來信，信裡卻是慶幸志翔沒被分配到北海道的內容，這正顯示了魚雁往返並不如預期順暢。不知怎地，就連瑞螢的來信似乎也遺失了三、四封，近況聯絡一點也不連貫。

好不容易才能收到家書的日子裡，大家的心情都很浮躁，思鄉的念頭讓眾人無法入眠，只得不停嘆息。

「那邊吵雜的朝鮮傢伙們，還不快給我安靜下來！」

指導員野口大聲喝斥。萬重不待見地吐了口口水。

「那個混蛋動不動就稱我們是朝鮮傢伙。真該好好『照顧』一下野口的那雙手，讓他再也沒辦法使用的了。」

志翔無奈地苦笑著，並且用更大的聲音反問回去，彷彿要讓野口聽見似的。

「是要怎麼照顧他的手？」

「難道你有聽過棍棒之前出勇士嗎？像那種傢伙就該好好挨頓打，怎樣，你敢打嗎？」

一旁的林千植小聲地說：「你們講話還是小心點。據說在這裡頭竊竊私語，山神會生氣，就算你們覺得這是迷信又怎樣？信了也沒損失啊！」

於是大夥兒又回頭開始工作。碎岩機開始啟動以後，煤粉漫天飛舞了起來，此時志翔也感覺到那隻用布包裹住的手掌越來越握不住鶴嘴鋤，那把鋤頭彷彿越來越沉重。隨著空氣越來越窒悶，志翔也越來越難呼吸，炙灼的熱氣把汗水逼發出來，不意地與臉上粉塵交混在一起，並沿著下巴往下滴落。「這就是所謂的時運不濟吧？」志翔回想起來到端島的那一天。「沒錯，我就是太時運不濟了！」比起此刻惱人的熱氣，志翔更為茫然的處境所苦。「唉，一天就要過了。又是這樣茫然地度過。」

「俗話說，『抱著柴火等牛睪丸掉下來烤著吃』就是坐等老天賜給好運，我覺得我現在就是那個樣子耶。你說，我到底是在痴等什麼呀？」

「錢？」

「錢嗎？」

「因為是錢嘛，大家最愛的錢。」

「說話別這麼沒頭沒腦啊！」

這天是發薪日。從上一個月到現在，大家仍是滿腹怒火，咒罵的髒話不時從後頭傳來。「該死的傢伙，真想把你們送去五馬分屍！」話說得簡單，但要把人卸成五塊可不容易。

那是想都不敢想的薪水。這裡並沒有人相信礦業公司會發給薪水，雖說公司提供食宿和衣服，還有挖礦時所穿著的足袋（分趾鞋襪），但其實每一樣都不是公司免費提供，而是每個人需自費購買，那些購買費用則會在薪水裡內扣。到頭來，每個人要是還能留著一條命就已經夠謝天謝地，至於薪水則想都不用想，大家也早已斷念許久。

儘管如此，當大家拿到薪水的那一刻，依舊怒不可遏。

「等等，我的薪水是八十四円，我能領到的薪水居然就只有這麼一丁點！」

「沒錯，你才知道。」

「可是你不是昨天才領薪水？怎麼就只有七十六円？」

「呵呵，你現在是在講你挖的礦還比我多的意思嗎？」

「那些吸血的混蛋們！你跟我都一樣都進了洞穴挖礦，結果一樣都被他們榨乾了，這像話嗎？」

「不過他們好像比較喜歡你，給你的薪水比我還要多呢！我看你應該開心地快跳起舞來了吧？」

其實這正顯示了日本人強行把朝鮮人帶來，一天天地蠶食著他們，連皮帶骨都要啃噬乾淨。「等著瞧，總有一天你們會自作自受！」大夥兒氣得不停咒罵。不過，讓人怒火難消的又何止一、兩件事？近來，日本人巧立各多名目，持續從他們身上榨取錢財。

「話說回來，這張紙條又是什麼？這是傳說中的賣勘（譯註：賣勘，意指礦坑直營賣店的購買券，直營賣店的售價較一般市售價高）或納屋券（譯註：納屋券，意指商業倉庫購買券）嗎？」

「他們說只要拿這幾張紙條，就可以購買物品。作用跟錢一樣。」

「開什麼玩笑？你眼睛瞎了嗎？你說這哪裡看起來是錢了？還以為他們只是強行徵召人挖礦而已，沒想到居然要把我們榨乾到這個地步！」

「這跟雞蛋還沒破殼之前，就忙著數小雞數目一樣嘛！我就知道會這樣。為什麼我們得被這些沒仁義的人強迫帶來這裡，還得把錢財都給他們？」

志翔仔細看著他的薪資明細表。健康保險一円五十錢、退職金三円八十五錢，再加上國債會費的三十四円，已經夠讓人無語，還有更讓人覺得荒唐的國民公積金五十二円三十錢。

不只如此，他們還以寮費這個名目來收取房租，最後整個結算下來，薪資明細表上出現了一個讓人為之氣結的數字：現金給付零円。月薪八十五円三十七錢到頭來只是個看得到卻拿不到的數字，真不知那些日本人到底怎麼生出的名目，可以把八十五円的薪水榨乾到只剩三十七円。也許是因為沒辦法用同一種方式把所有人的月薪都榨乾，所以還是有幾個人在東扣西扣之下，得以拿到一、兩毛零錢。不過，這些零錢是以代金券的方式支給，領到代金券者，在島上的配給物品送來時，可以持代金券到商店購買香菸或清酒。

其實代金券這個制度在公司直營礦區裡早已不復使用，唯獨對於雇傭徵召者卻仍繼續沿用，以代金券替代現金來支薪。而這些雇傭者一來因為沒時間出去閒晃，再者也非想要外出就可自由外出的處境，就算身上有錢，頂多也只能在礦區直營商店買買東西而已。

有一陣子，日本人認為朝鮮是個全新的應許之地，而且是塊適合移民的土地，於是他們創建了東洋拓殖會社，謀劃於朝鮮引入日本殖民。在日本當地，隨處可見「前進朝鮮，成為大地主」的海報標語，對一些貧窮的日本佃農來說，朝鮮是他們夢想中的繁華之地，也是他們提升身分的一個機會。每當一個日本人移民朝鮮，就會有五個朝鮮人失去土地，並成為流民，不過那些日本人當然不會在乎這樣的事實。

如此一來，朝鮮人反而流向日本去，兩國人民的立場瞬間對調了過來，對失去土地而成為勞工的朝鮮人來說，日本反倒變成他們賺錢的希望大地。隨著赴日尋求生路的朝鮮人日益增多，日本政府甚至在一九三四年一度禁止朝鮮勞工進入日本。對朝鮮人而言，赴日求職是他們開始新人生的機會之一，因此當徵召朝鮮礦工的募集令正式發布以後，許多朝鮮人絡繹不絕前往日方派遣來的徵召負責人停泊之旅館，為的是申請到日本工作。

在通過戶口名簿的調查與聽診等簡單的健康檢查之後，確定得以赴日的人員都會接種天花疫苗。此時，徵召負責人和申請者會面時，一定會和他們握手，以確認他們的握力，若是握力不足或細皮嫩肉者，都會被列為排除對象。

朝鮮人的精壯體格，以及相較日本更為低廉的薪資成本，對日本的企業主來說，一直具有非常大的吸引力。當時朝鮮礦工的薪資約為日本礦工的一半出頭，但這樣的薪資已經超出朝鮮國內的薪資水平太多。這些招募朝鮮勞工的礦業老闆，為單身的勞工提供食宿，也為已有家庭的勞工提供家屬可同住的宿舍，這種宿舍就稱為「納屋」。由於多數的朝鮮人就業者都不諳日文，和礦業所的職員常因語言不通而產生衝突，也因此後來更設立了專門提供朝鮮勞工入住的納屋。

但問題就在納屋的經營權。一旦開始產生採礦利益之後，就會增加越來越多購買礦坑，純粹擔任投資的礦業主，可是如此一來，這些純投資的礦業主和那些具有採礦實務經驗，且能夠統率礦工們的業主，在一體經營的結構之下，就會產生出營運上的三重構造。在這樣的體系之中，那些接受礦業主委任經營礦坑，並負責從徵召礦工時起的薪資發放，以及生活輔助之納屋主人，被稱為頭領。

而作為榨取礦工的手段，同時也是頭領們的重要收入來源就是被稱為「賣勘場」的礦坑直營賣店。頭領們創立了一種叫做「納屋円」的私錢，並以這種私錢作為薪資給付，而納屋円可用以代替現金來購買物品。由於納屋円無法於外頭的一般商店流通使用，所以礦工們不得已只能在頭領們經營的納屋裡購買昂貴的生活必需品。

渡海來到日本的朝鮮人礦工在日語能力增進以後，也期待自己經營納屋，所以他們會回到朝鮮，並在沿海一帶的漁村募集赴日工作的礦工。他們一開始想方設法說服家鄉的壯丁，等到把他們帶到日本以後，又會勸他們繼續把自己的親友找來日本，後來甚至造就了以家庭或以整個村莊為單位的朝鮮人遠渡重洋，跨海來到日本。

這些成功引入礦工者，每個人底下約有一百多名朝鮮人礦工，他們同時也成為直接經營納屋的頭領。只不過，有許多朝鮮人礦工在契約到期以後，都被強制延長工作期限，並被迫留在日本，無法返回故鄉，因此朝鮮人頭領的生活多半過得相當優渥。然而這些朝鮮人頭領並不穿著長袍或短掛等韓服，他們平常穿西服或和服。

這些朝鮮人頭領經營之納屋所在礦坑，大部分是一邊挖掘山脈、一邊挖掘煤礦的水平坑道式露天礦場，但隨著往地下挖礦的方式越趨現代化，露天礦場也很快地面臨廢礦危機，這讓那些早已賺得大筆金錢的頭領，反而肯定自己老早就前往海外打拼，並獲得資產成功的表現。為此，他們建立了謝恩碑，上頭刻有日本礦業主與相關技術人員的名字，並讚頌這是內鮮融合的一大範例。不過，關於朝鮮勞工在日本礦區裡付出血汗的犧牲與貢獻，卻從未在任何一塊石碑上被提及。

之後日本進入備戰體制，煤礦產業在國家的支援之下，得以強行徵召朝鮮礦工赴日，自此事態急遽轉變。以往許多人嚮往的日本礦坑不再是支撐家計的夢想之地，反而變成了勞動地獄，同時也是殘酷的榨取莊園。

志翔將薪資明細表放入自己的木製事務箱裡。這時禹錫挨到志翔身邊。

「為什麼不把它撕了丟掉？又不是要拿去拜神，一張張收好放到箱子裡要幹嘛？」

「拿到薪水，把它存起來……以後回去要現給老婆看啊。」

志翔一臉苦笑。禹錫開了口。

「走吧，我們別在這了。」

「要去哪裡？」

「今天是發薪日耶！成植不是這樣說過？有錢拿的日子，就是礦工們能夠吃吃喝喝的日子。我們不也是礦工嗎？」

志翔哭笑不得。不知道禹錫這些有的沒的理由都是從哪生出來的，志翔這時倒是羨慕起禹錫來。

「是要拿什麼吃吃喝喝啊？」

「我有錢票呀！」

禹錫晃了晃手上的錢票。這張錢票才值幾分錢，買也買不到什麼東西，志翔心想還不如拿自己從家鄉帶來的旅費去買東西比較有用。

「走吧！去小賣店買個仙貝也好。」

禹錫都這麼說了，志翔也就起身，兩人一起走出宿舍，往賣店的方向走去。雖說這裡的冬天並沒有那麼冷，但兩人身上的衣服殘破不堪，天氣開始變冷時，還是忍不住哆嗦起來。

禹錫站在賣店前問道：「買個するめ（魷魚乾）好了？」

「努力工作一整個月，結果就只能買個魷魚乾來啃嗎？這真是也太悲淒了。」

「那這樣我們乾脆再倒碗水，加上這個するめ，來祭祀拜神好了。」

「誰會拿魷魚乾來拜神啦！對了，你喜歡喝酒對吧？既然今天是吃吃喝喝的日子，那我買酒請你喝好了？」

「你？連錢票都沒有，你要怎麼買酒？」
「我說要買就會買啊，幹嘛這樣？我也有錢呀！」
「喔，原來是有藏私房錢啊！原來如此，難怪會被人說是親日派了。」
「你還真會挑話挖苦人耶。總之，你要喝不喝？」
志翔把從口袋掏出的錢放在禹錫手掌上。
「喏，給你挑吧，我不懂酒。」
禹錫自顧自地嘟囔起來。
「說要買酒，可是買了要到哪裡喝呢？其他人又不是沒有眼睛看，這可不是我們兩個喝個一小口就能解決的事。」
儘管如此，酒還是買了，這可是兩人來到這座島後初次喝到的酒。兩人為了避開眾人耳目，拿著酒和魷魚乾就往防坡堤底下去，雖然原本曾想叫明國一起來喝，但後來才想起當天明國值夜班。
禹錫率先喝了一小口後，抖了抖身子便把酒瓶遞給志翔。
「那我就喝一口看看。」
「喝就喝，『喝看看』又是什麼鬼？」
禹錫啜飲著，志翔則是在他身邊獨自嚼起魷魚乾。這時禹錫再次把酒瓶拿到志翔跟前。
「不了，我真的不會喝酒。」
「為什麼？你喝酒以後會哭嗎？」
「哭什麼？喝了酒以後，我的臉會脹紅，心跳也會變快，然後覺得難受……還會想睡覺。」
禹錫啪地拍了一下志翔的膝蓋。

「就是這個呀！就是為了這樣才喝酒的呀，那就是酒的真正滋味。」

「我可不知道那是什麼味道。」

就這樣你一口我一口的，禹錫突然默默無語，志翔也只是嚼著魷魚乾，沒有發出半點聲響。氣氛逐漸變得傷感，志翔才終於開口：「最近我總覺得害怕。」

「怕什麼？」

「我怕繼續這樣下去，我會被這裡馴化。難道人生在世都是這樣嗎？我真的覺得很害怕。」

「我們人啊，看到老虎會害怕，可是看到牠的毛皮又會起貪念。所以說，不管什麼事情，都有正反兩面。」

「是這樣嗎？我最近……只有把一切訴諸放棄的念頭而已。」

「訴『株』（譯註：這裡使用了韓語的諧音冷笑話。포기：放棄／株（植物單位量詞））放棄……那是數白菜時才會說的話。我說你可別變得軟弱呀！」

「不變軟弱又如何？」

「這樣就能做點什麼了呀！不管怎樣，可不能就這樣了結一生。」

這時志翔突然打斷了禹錫的話，並拉拉他的腰邊。有幾個人正大聲喧嘩經過這裡，雖然他們說的是日本話，但志翔聽出他們是朝鮮人。那些人是早期就隨著召集令來到日本的朝鮮礦工，禹錫緊盯著他們走向坡道上的公寓。

「有很多人都羨慕那群礦工。一樣都是來挖礦的，那群人成功就業還有薪水拿，我們和他們的處境根本就是天差地遠。」

兩人再度陷入沉默之中。此刻，遠方高昂立起的櫓正亮著燈光。

禹錫開口說道：「那群人是為了錢工作，可我不同，我是懷恨工作的。就是因為憤恨不平，而瘋狂挖礦；就是因為憤恨不平，才倒頭大睡。」

禹錫的表情冷淡且僵硬。

「因為憤怒。」

志翔無聲地反覆在心頭念著這一句話，憤怒。「因為憤怒而挖礦，因為憤怒而倒頭大睡」志翔望著遠處防坡堤底下那片大海，心中只覺一片淒涼，沒想到朋友居然是因為憤怒而活。

志翔自問：「那麼我呢？我又是為了什麼挖礦、為了什麼而吃喝？為什麼我除了傷心以外，沒有其他的感覺呢？」

那天晚上，宿舍裡又發生了一起騷亂。

志翔在半夢半醒之間感覺脖子癢意襲來，下意識地用手往下巴底下抓了抓，沒想到居然摸到了一個溫熱的東西。

「這是什麼！」

志翔不禁叫了出聲，並立刻坐起身來。在稀微的光線之下，只見似乎有什麼東西往毛毯上滾動過去，志翔連忙抖了抖毛毯，抖出了一隻草鞋般大的老鼠。

「什麼？老鼠，是老鼠！是老鼠啊！」

在看到塌塌米上倉惶亂竄的老鼠以後，志翔才驚覺那隻老鼠踩過了自己的嘴巴，還在自己的脖子上繞了好幾圈。

此時，有好幾個人也從睡夢中驚醒過來。

「什麼嘛！都這麼大一個人了，看到老鼠怎麼會嚇成這樣？」

「老鼠？牠剛剛就在我身旁爬來爬去了呀！」

「喂！剛跑進你嘴巴的老鼠已經跑到那裡去了。」

「媽的！就不能讓人好好睡個覺嗎？」

大夥兒抓著頭，嘴巴念念有詞，沒多久就又爬回被窩裡入睡，只剩志翔呆呆地看著他們。「老鼠剛在我臉上自在地爬來爬去耶！」志翔用手背擦了擦剛老鼠踩過的嘴巴，也不知道是不是被老鼠咬了還是抓傷了，感覺有些刺痛。

志翔走出房門。遠方礦坑那裡和一片漆黑的大海不同，燈火通紅地閃耀著，此刻天邊明月皎潔，不知究竟是滿月將至，還是殘月高掛。

雖說宿舍裡的天花板有老鼠尿過的痕跡，但沒想到老鼠已如此猖狂地在入睡者的臉上盡情爬來爬去。「聽說之前有差不多一隻前臂長的老鼠跑到帶進礦坑的飯桶裡，如今老鼠卻是舒服地躺在我脖子上休息……」被一隻老鼠驚嚇到離開房間，落得獨自一人在外吹冷風的境地，志翔想到這裡就不禁落淚。「只要能夠在辛苦度過每一天之後，可以好好休息、歇口氣，才算是人過的生活呀！現在我豈不是比把我脖子當枕頭躺的鼠輩還不如了？就連老鼠都能自在去他想去的地方，這一點都做不到的我又算什麼……」

啐啐！志翔吐了口口水，又再度擦乾自己的嘴巴，然而滿腹怨言依舊湧上心頭。「活著不該是這樣的啊，不該是這樣的呀！」眼看淚水就快奪眶而出。

「您寄給我的信已經皺褶不堪，昨天我終於忍不住拿起熨斗把書信給燙平。就算信件因為太常取出而折損，我也無法忍受讓它變成皺巴巴的樣子。

我曾想過當您回來時，究竟會是什麼樣子。等候您回來的日子並不難過，因為有所等待。對，因為有所等待，因為那代表希望。和您度過的每一天，那所有珍貴的回憶都像是小心用手捧起，浮現在我的腦海之中，我會打起精神，等候您的歸來。

孩子他很強壯，雖然還沒出世，但每天都要踢我肚子好幾下，每次他一踢腿，我就會想起您，希望我們的孩子能給辛苦的您帶來動力。雖然這只是我一介婦道人家的心願，但我仍舊希望能傳達這份心意給您。

有一件事情，希望您一定要記得，不要覺得是我這個女人在無理取鬧。我希望您不管發生任何事情，都絕對不要忘了我，凡是您初次所見、初次所遇，請您在那當下一定要想起我；不管您是要站在哪邊，或是煩惱怎樣做才好時，請您在下決定的那一瞬間一定要想起我。我希望不管何時何地，我都一直在您心中陪伴著您。」

讀完信以後，志翔看著瑞螢那飛揚有如書法般的字體，一動也不動地坐了下來。這裡是峭壁上頭，滔滔海浪打在岸壁上碎裂成浪花的聲音不斷傳來，志翔小心翼翼地折起瑞螢的來信，一折又一折，折到可收在手掌裡的大小之後，他才抬起頭來，對空吼了幾聲。志翔那像是痛哭般的嘶吼聲，乘著海浪聲音一起碎裂在這片黑暗之中。

人們的決心往往是由小處而來，不管最後立下了多大決定、其意志又有多堅決，絕對不會只是因為一項大事件而讓人立定決心。這道理就跟一顆小小種子，隨著發芽成長到茁壯一樣，都是從小處起始之。

那隻老鼠就是志翔的決心種子。讓志翔趕緊爬起並抖著身子的，就是那隻老鼠，志翔無法忘記那隻老鼠是如何用牠的爪子搔抓著自己的脖子，又是如何用牠的爪子爬過自己的嘴唇，所以他在此立下了決心，而瑞螢的來信讓他的決心開始萌芽。

他低頭看著打在岸壁上而碎裂的海浪，心裡暗暗地告訴瑞螢：「無論如何，我一定會離開這座島，我可不要在這裡轉悠，過著被老鼠欺凌的非人生活。哪怕要我拚上這條性命，我也一定會離開這裡，知道了嗎？瑞螢。」

就這麼隔了一天又一天……拇指與其他四指分開的地下足袋，也就是分趾鞋襪，像是被下咒般緊緊箍住志翔的雙腳，等到上工時間一到，志翔便鑽下坑道去。從物品管理部那裡拿到頭燈的志翔，全身一片襤褸，衣服上盡是補丁過的痕跡，不過儘管是他笨手笨腳才好不容易縫補而成的衣服，他卻沒有疏忽，一定會按時清洗。說起來，這也是他在此處的唯一心靈寄託，因為洗衣服時的放空，有時反倒成為他忍受著空虛度日的力量。

沒有暖炕，只能就著一座暖爐躺在塌塌米上入睡的端島夜晚，是那麼的寒冷。每當志翔無法入眠時，他就會起床去洗衣服，甚至連拖鞋都不放過，因此暖爐邊常可見志翔洗好準備烘乾的衣物。要不是這樣，志翔總是獨自一人，既不與人交談，也不會跑去防坡堤望海。說來也是，身上衣衫襤褸，心裡又悲傷淒涼，就算想暫時找個逃離的出口，又能去哪兒呢？志翔的心情就像是沉澱在心底的澱粉，看似一切平靜，但抑鬱傷感卻時不時地就振臂穿出，讓他無處可逃。

「我現在這副樣子，大概就像是脫了鞋子，坐在夕日西下江邊的模樣吧？要走的路是那麼遠，但天色既黑，江邊又沒有渡船，更沒有船夫。」不過越是如此傷感，志翔越是搖頭並咬緊牙關，然後告訴自己要靜候時機、要創造時機，當外頭越是沉寂，自己的滿腔熱忱越要高騰不停息。

去年的冬天才走，轉眼間又來到今年的冬天。

在這裡的每一天，其實不怎麼能感受到季節的變化。除了夜夜輾轉，難以成眠之外，還得餓著肚子挖礦勞動，別說抓住秋天的尾巴了，就連感受冬天寒冷的餘裕都沒有。也許是因位處長崎之故，所以才無法感受季節變化吧？之前雖然下過一、兩場雪，但白雪卻被襲擊端島的強勁風雨給捲走。長崎的冬天和天寒地凍的江原道也不同，受到由西一路吹向北海岸的對馬暖流之影響，這裡的冬天相當溫暖。不過，海邊無論何時都是海風凜冽的狀態，仍可感受到冬季寒冷。

在志翔的回憶中，冬天就該是在早晨梳洗後，走進屋門時，雙手被凍結黏在鐵門環上的江原道冬季模樣。所幸端島的冬季並不會天寒地凍，其溫暖的氣候多少成為一點慰藉。不過話雖如此，這也只是從宿舍走到地獄門為止的這段短短路程罷了，礦坑裡不管是十二月也好，一月也罷，無論何時都是那麼炙熱，一旦進入以後，過不了多久便會揮汗如雨。

收到妻子的來信之後，志翔這時才意識到秋天已經結束，並想像昭陽江上水霧繚繞的樣子。隨著冬天到來的信息，那鳳儀山腳下的林子變成黃根禿枝，就像刺蝟的背刺般朝天伸展、公雞時不時地飛舞鳴啼，以及五峰山與三岳山被皚皚白雪覆蓋的景色，一幕幕浮現在志翔的腦海裡。於是，志翔的冬天就這麼過去了。

志翔坐在宿舍前方，靜靜地低頭看著腳底，此時明國不發一語地過來坐在他的身邊。明國拿著木棍在地上畫了幾下以後，志翔突然開口。

「在這裡繼續這樣下去，我們全都會死在這裡了吧？」

他壓低聲音說道，明國則以更低沉的聲音回應。

「人啊，難免一死。」

「我不是在跟您開玩笑。」

「你覺得我的話像是在開玩笑嗎？」

明國靜靜地看著志翔，時間就像握在手裡的沙子從指縫中流逝而去。

這時明國站起身來。

「要走走嗎？去吹個風也好。」

兩人慢慢走到防坡堤上，此時風平浪靜，只見遠方有一艘小船正航向陸地，明國看著大海，緩緩說道：「那麼你說，不想死的話，我們在這裡還能怎樣？我看你的雙眼就知道了，才來幾個月，就已經開始想這些有的沒的。」

「想這些有的沒的？」

「我知道，你想逃走對吧？」

志翔頓了一會兒才開口。

「這裡的生活根本是非人的生活。」

「這誰不知道？所以說，那又能怎樣呢？」

明國慢慢地低下頭來。他很想告訴志翔關於三植的故事，也很想告訴他泰北抓狂的故事，他只想告訴志翔那就是逃亡的下場，而他自己正是見證這一切的目擊者，不過明國最後還是選擇沉默，靜靜地坐在一旁的大石上頭。

「端島這裡只有一條路，就是進出礦坑的那條路，除此之外，再也沒有其他條路了。你從這裡看過去，遠處那裡就是朝鮮。」

朝鮮，我們的故鄉。雖然我們咬緊牙關忍耐著，為的就是有朝一日能重返故土，但卻沒有人知道返鄉之日何時才能到來。明國短短地嘆了口氣，朝向野母半島的方向伸出手來比畫了一下，像是要搆住那裡似的。

「沒有船，出不了遠海。而且那海岸雖近在眼前，但就算你想咬牙泳渡過去，途中卻會遭遇不少流向遠方的暗流，根本就游不到目的地。就連那些來往的中國貨船也因此沉了不少艘船，不是嗎？」

明國彷彿已讀出志翔的內心，話說到一半，甚至還講到逃亡的方向。

「您只提到困難的部分而已呀。」

明國臉上浮出淺淺一笑。

「就是因為這樣，本來我也不想跟你說這些的……就算你游泳逃了出去，好運沒葬身海底好了，最後也只會被人抓回來，一旦被抓回來就是死路一條。一直都有人試圖游泳出逃，最後被抓回來折磨到死，每年光是因為這樣而死的屍體就有五、六具。知道了嗎？有多少朝鮮人因為這樣而死。」

志翔咬了咬嘴唇，強忍情緒並反問：「那麼，大叔您是怎麼想的呢？您的意思是要我放棄逃亡的念頭嗎？」

面對志翔的質問，明國卻自顧自地講起別的事情。

「難道只有逃亡途中才會死嗎？也是有人受不了就投海自盡啊。」

明國這時抬起頭來。

「有過『乾脆死一死算了』這個念頭的人，何止一、兩個？真不知道你怎麼會把事情想得這麼簡單。」

明國慢慢起身，並和志翔雙目對視。明國懇切地看著志翔，然後伸手抓住志翔的手臂。

「所以，你做好逃離這座島的覺悟了嗎？」

志翔點了點頭。就在兩人互相讀取對方的意思時，志翔不由得咽了一下，只覺得喉嚨不太舒服。明國再次說道：「一起離開吧？和我一起？」

志翔感到驚訝，剎地眼睛瞪大了起來。此時就像是大海開出了一條航道那樣，有什麼正延伸在他們之間，把他們緊緊纏繞在一起。

「唉，又不是老了，這是怎麼一回事？也不是頻尿症呀，大半夜的居然這麼尿急！」明國走出廁所，在冷風中打了個哆嗦。

明國抬起頭來，只見繁星滿天，好像就要滿溢出來的樣子。「在這裡看到的星星，就和自己在老家時，鋪好草蓆、仰望夜空的時候，所看到的星星沒有不同。星星雖然都一樣，怎麼我現在卻過得如此坎坷？」

明國久久才得以如此仰望夜空，然而此時種種念頭卻像煙霧般滲入他的心底：「以往每到夕陽西下時，從未想過坐在田埂邊歇息一會兒，以緩解一整天的疲勞，腦海裡只是老想著什麼時候才不用再下田工作。沒想到輾轉漂泊到此，才曉得抬起頭來凝望夜空。」

明國喃喃自語，他心想：不管是以前或現在，一介農民能仰望的不就只有上天嗎？農民是不會騙人的。輪流迴轉的節氣，能騙誰呢？又有誰能阻擋呢？當節氣正值寒食，正是青蛙交尾的時節，而清明穀雨時分，各處草原就像是說好似的，一起變了個顏色。不只如此，約在末伏將結束、即將立秋的時候，萬物又會開始產生變化，每當清晨走在田埂小徑上，就能發現碰觸到小腿肚上的露水和前一天有所不同，呈現出造化迷人的一面。

隨著時間流逝與季節變換，大夥兒的生活步調也悠閒地跟著節氣起落，哪怕得在盛暑中捲起褲子奮力拔草勞動，心裡也一樣踏實自在，就像站立在蓄水池堤防上的白鷺般悠然自得。四季變幻之絕妙，是那麼地讓人喜愛。

明國不禁感嘆起來，當初就該老實地活著，何苦四處漂泊，落得如今這個下場。「是啊，雖然是個農夫，可是每一年都在苦撐上繳作物，等到繳完以後，身邊糧食也所剩無幾了，這叫人怎麼活得下去？要下雨的時候，螞蟻都知道要往哪裡去，燕子也知道要低飛入巢，萬物都自有自己的生存之道，可是我們身為農人，秋天採收完作物以後，到了冬天卻沒東西能夠果腹。」

既然繼承了父母的血統，做為一個堂堂男子漢，奮鬥養家不就該是自己該扛起的責任嗎？可是現在朝鮮農民們被榨取個精光，反倒還被批評不中用。難道要我們讓妻兒餓著肚子，怪罪自己是八字不好，生不逢時嗎？算了吧。

越想就越覺得這些都是徒勞無功。不管是勞役也好，還是供出上繳也罷，要不是被壓迫，就是受折磨。看著妻子為了多採收幾個馬鈴薯，手腳並用地爬在田溝之間，早已曬出黑斑的臉上正淌滿汗水，那辛苦的模樣怎麼叫人看得下去？那麼，孩子們呢？孩子們又如何呢？全身蠟黃又浮腫，蜷縮在院子前，呆呆地看著我在地上撒的那泡尿被陽光曬乾，那副模樣讓人不忍直視，只覺心如刀割。然而這些景象又不知何年何月才忘的了。

如今，心裡只有遺憾、只有恨了。一直以來，就只有學習當個實在的農夫、當個好農夫，只要插秧時期一到，就騎牛去耕田耙地。不只如此，就算是下雨天，也要帶著牛飼料，牽牛出門去幫人換工，手腳還得勤快地把所有事情都收拾好才算完工。

「可是那些都是沒用的廢話，我現在是騙著自己而活，就像是漂浮在水上的枯葉般，任由流水決定我的去向。真正不會騙人的是農活，那麼熟悉農事的我，如今卻只能在這艱難世間忍受折磨。」

明國將雙手抱在胸前，並縮著身子，邊罵著「他媽的」邊跑回宿舍，最後卻把腳步停在燈下。一隻低空飛過的海鷗拉了把屎在他的腳邊，明國差點就要在這大清晨裡被鳥屎給擊中。

「唉唷，嚇死我了！」

角落一隅突然傳出朝鮮話來，明國也嚇了一跳。

「是誰？」

「是誰又怎樣？我不過要去撒泡尿，這樣也要問我名字嗎？你走動時，就不能發出點聲響嗎？又不是要去偷東西，這麼靜悄悄的要幹嘛？我是被你嚇到了才這麼說的，你聽了以後，講聲對不起不就好了嗎？」

男子大步往廁所走去。「真是奇怪的傢伙。」明國走回宿舍的途中，開始思考起來，不只日本人，就連朝鮮人在外也一樣礙事，搞得人家不舒服。

雖然明國人已經躺入被窩，但他卻難以成眠。「為什麼會這樣子？實在是沒有哪一天過得順遂的！每個朝鮮人只會吵著是對方不對，要是一言不合，甚至會大打出手。不只如此，每個地方又要分派系，慶尚道的人自成一派，平安道的也只站在平安道出身者那裡。這些可惡的王八雜碎！看他們那副模樣就討厭，不想跟他們講話又要來挑釁，罵我耍清高。」

明國心想這樣下去可不行，他得趕緊睡著才行，畢竟睡眠才是真正的補藥，於是他閉上眼睛，彎著身體側睡在一旁。只不過，明國越想快點入睡，就越是清醒，突然間他想起自己曾問志翔要不要一起逃走。「逃亡。原來我的心裡也有這個念頭？」

12

母親，

別來無恙。兒子我已來到長崎。

為了找尋父親，這陣子所遭受的多災多難，真不知該如何向您稟報才好。不過，長久以來我就苦盼著與父親重逢，因此我會努力不懈，持續尋找下去。我來到這裡以後，遇見了一位叫做六指的人，這個人是最後見到父親的人，只是我仍然無法確認父親的行蹤，所以我決定先到六指幫我找到的地方去工作，趕快安頓下來。

在這裡所見到的一切，在在讓人感受到大日本帝國果然很了不起。他們打通山脈並挖掘洞穴，然後在洞穴裡嵌入水泥，堅固如磐石，聽說就算被炸彈炸了，也一樣巍然不動，這和我的想法不謀而合。據說洞穴那裡以後要設立武器工廠，不過因為現在仍然持續挖掘中，究竟以後會設置什麼工廠，我們還無法得知。

另外，附近還有一座三菱軍艦製造所，專門生產軍艦，原本聽說父親可能就在那裡工作，所以我循訊找了過去，但那裡卻沒有人聽過父親的名字。歲月如流水，就算我人來到了這裡，還是找不到父親的行蹤，如今已過了一個夏天，眼看中秋也即將結束。

信寫到一半就停手的吉男，正靠牆坐著，此時康秀晃悠地走了過來，並坐在吉男身旁。

「你在寫信嗎？」

吉男抬頭瞟了他一眼。怎麼會有人眼睛小成這副德性？吉男看著康秀的雙眼，忍不住皺起眉頭，而康秀也以不滿的眼神看著他。

「這也叫信嗎？在我看來，不就是白紙上寫幾個黑字而已。」

「你幹嘛老是這樣？」

吉男看著康秀的眼角閃動了一下。

「喂，你這樣盯著我看是想幹嘛？」

「直直看著你不是想怎樣，我只是在想，你幹嘛老是對我有意見呢？你為什麼老在我身邊打轉啊？」

吉男把寫到一半的信件折起，並打開收納自己物品的小木盒，然後把信件和鉛筆放了進去。這時康秀咯咯地笑著環視他一圈。

「瞧你這傢伙說的，我什麼時候一直繞著你打轉了？」

正坐在一旁縫衣服的鄭先生，從後頭用一副不置可否的眼神看著他們，康秀則是握著拳頭眼看吉男走出房外的背影。

一臉睏頓坐在後頭的金先生念了一句：「大家這是在幹什麼？」

「還不就那傢伙！整天只會顯擺自己。」

「他顯擺啥啦？」

「大叔您別說這些有的沒的，您不用知道這麼多啦！」

吉男走到院子裡，獨自站在黑暗之中，他忖度著要不乾脆和那傢伙打一架算了。這並非是他有信心打贏對方，而是因為他受不了康秀那傢伙三天兩頭就找自己碴的態度。「我又不是跟他要飯吃、要衣服穿，忍耐也是有限度的！」

這時，有個人朝站在黑暗之中的吉男走來。那是數日前在爆破作業現場傷到腿的宋氏。

「我還在想你跑到哪兒了，原來是在這裡。」

他走了過來，輕輕地抓住吉男的手。

「謝謝你，我想他們可能收到您幫我寫的信了。我剛收到他們寄給我的包裹了。」

「那太好了，那麼他們應該也收到二十円的小額匯款單了。」

宋氏這時掏出一綑用白線綁住的東西。

「這是什麼，大叔？」

「這是我的一點心意。」

是厚厚的一捆東西。

「是魷魚乾。給你無聊時拿來啃著吃。」

「您怎麼還給我這些東西呢？」

最後吉男收下了魷魚乾，並點頭致意。他心想：「這大叔真不懂行情。我可不收物品，是每張計價收取費用的。」

翌日，快速吃完早餐的吉男已完成進入作業廠的前置準備，這時宋氏拄著拐杖從宿舍裡一瘸一拐地走向吉男，微笑地向吉男打招呼。

「六指在找你呢。那個六指怎麼沒事就找你呀？」

「大叔您再叫他六指，他會生氣的。」

「你這小子，他有六根手指頭，不叫六指，那要叫啥？」

「以前要是這麼稱呼房東，被打都有可能。」

「唉，我們人啊，叫一個正常人為白癡，那才是在罵人家，不是嗎？」

吉男從口袋裡掏出帽子，並笑著戴上。

「大叔你也真是的，要是看到一個瘸子，就取笑他是瘸子，這不是辱罵不然是什麼？對了，為什麼他要找我？」

「那本來不就是個事實嗎？就算是一瓢屎，也得吞下去。你問哪裡有屎勺？前去討厭的爆破作業現場，不就是了嗎？」

「不管了，管他吃屎也好，做什麼也罷。總之，大頭經常叫喚我，這可不是什麼壞事。」吉男一派輕鬆地朝六指的宿舍而去。

由於許多工人並不識字，這剛好幫了吉男一個大忙。吉男有時會幫忙讀信給工人們聽，有時也會替他們代筆寫信，光是這件事就足以讓吉男在這群工人們中成為知名人物，而且他替人寫信與代為匯款，也賺取了不少零用錢，這些錢在不知不覺間已累積成一大筆款子。最初他跟以物品作為回禮的工人提議「既然如此，不如給我現金」，過沒多久儼然已成了基本收費。

六指正在享用早餐。

「您現在在吃早餐嗎？」

「喔，你來啦？吃過早餐了嗎？」

「吃過了。你慢慢享用吧。」

「早知如此，不如叫你一起來吃早餐。」

坐在房門前的吉男開口說道：「我……現在正要去作業場工作，您有什麼話要告訴我的嗎？」

「工作？那沒事的，我跟監督都講好了。你這小子，趕什麼趕呢？你就坐著吧。」

雖然吉男方才以吃過早餐，但眼前六指正大快朵頤，使得他又忍不住湧出食慾來：「什麼時候我也能吃到這樣的早餐呢？我也想吃辣椒粉醃過的鮮紅泡菜啊！」

飯後，六指抽著香菸，緊盯著吉男看。

「你來這裡也已經好幾個月了吧？」

「是的。」

「工作辛苦嗎？」

「我還年輕，要是這點工作就覺得辛苦，說出去豈不是讓人笑話？」

「這點工作啊……那麼你要一直做那工作下去嗎？」

「嗯？」

吉男不懂六指話裡真意，只是搖著頭直望著六指。「這傢伙額頭挺光亮的，看起來也滿機靈的。」六指咋了個嘴。

「我聽說你辦事挺俐落的。」

「啊，是。」

「不管做什麼，都得做好才是。偏偏我們朝鮮人這點老做不好，不管做什麼事情，都只是馬馬虎虎、隨隨便便、順其自然的，要是認真去探究，會發現結果都不怎麼樣。」

六指喃喃自語以後，突然問吉男：「你說你還沒結婚，是吧？為什麼還沒結婚？」

吉男雖覺得六指的問題很奇怪，但還是老實回答。

「因為家裡環境不太好。」

「啊，是因為家裡沒錢，沒辦法結婚嗎？」

其實吉男曾有個老婆，兩人沒辦婚禮，就這麼在一起了。只是她多年來一直沒給吉男生個孩子，而且也沒什麼才能可以幫上忙的，吉男對她也就沒了感情。

不只如此，老婆和母親之間的婆媳關係也不好，某天她說要出門一趟，結果就此沒消沒息。對此，吉男反而覺得結果正好，反正他原本也有意討個日本老婆，來個內鮮通婚。

「我也曾想趕快打好基礎，然後成家立業的。」

「是嗎？也是啦，沒什麼好急躁的。在朝鮮的話，還不就是想趕快討個老婆進門使喚才早婚的，這可不是什麼好風俗。」

六指這下連把人帶回家使喚這種話都說出口了，吉男心裡覺得很是奇怪，不斷揣測六指的意思。

「聽說您在中國的夫人是個絕世美人？」

「你這小子，這話又是從哪裡聽來的？」

「這不是大家都知道嗎？」

「你這傢伙還真是奇怪的傢伙。」

六指在中國崇福寺旁巷子裡金屋藏嬌了一名日本女子，著迷於那名女子的六指聽到吉男這麼說，一點也不反感。六指把香菸熄滅後，坐正並挺直身體。

「你剛說要打好基礎，是指先有穩定事業再結婚，對嗎？嗯？」

「要是妻兒會餓肚子，那這樣就沒辦法想結婚了。」

「可是，你如果一直在那裡挖洞，到底要何年何月才能打好事業基礎？」

吉男這時默默無語，沒有任何回應。他心想六指大概要指引他別的工作，要是在這裡說錯話了，到手的鴨子就要飛了。

六指再問：「你，聽過はいが（配下）這話嗎？」

吉男怎麼可能不知道。所謂的配下，就是「部下」的日語，不過比起ぶか（部下）這個字眼，更常被使用在勞動活的工作現場裡。

「是，我知道。就是指配在底下的那些こぶん（子分），有時也會叫他們是てした（手下）。」

「那好，這樣你從今天開始就辭掉挖洞的工作，到我底下來做事吧。」

「從今天開始嗎？」

「沒錯，然後你搬到辦公室這邊來睡，我會在監工們房間隔壁安排一間臥房給你。」

「謝謝您，真是謝謝您！」

吉男起身後，給六指行了個磕頭大禮，不過六指只是冷淡地看著他。

「誰知道呢？這就瞧我有沒有看走眼了。說不定你以後發展起來，獨立負責一個作業現場，底下也有職員呢？」

這應該可說是轉包商的下游轉包商，也就是在おやぶん（親分）（譯註：意指工頭）底下工作一陣子以後，獨立出來並承包該轉包商外包出來的工作。

「我需要一個日本話和朝鮮話都通的員工，現在你來幫我做事，真是太好了。首先，你就先從糧穀分配和副食分配方面的工作學起，之前你說你在商會工作，那麼不另外教你帳簿整理，你應該也知道怎麼處理吧？」

「謝謝您，おやぶん。」

不知怎地，吉男竟稱呼六指為おやぶん。

六指語畢後起身。

「好了，你回去收拾一下行李再過來吧。」

「是，おやぶん。」

13

志翔回頭一看。

「爬上來以後，才發現風這麼大。」

「你往下看看，這高度很高耶。」

這是通往島的最上方，也就是神社的道路。明國問志翔，要是不打算睡，不如一起出來吹個風。

兩人在階梯上停下腳步，並往下俯瞰整座島。放眼望去，公寓門窗看起來就像是蜂巢，而屋頂的另一邊則是環繞著這座島嶼的防坡堤，滔滔海浪沿著防坡堤打在崖壁邊，打出無數白色碎浪竄入大海中。

從這裡眺望出去，眼前的高島彷彿觸手可及，右側則是偶爾才冒出火葬場煙霧，彷彿就要被人忘卻的中之島。遠方還可看到穿梭在公寓之間的輸送帶上裝滿煤礦，正被運送到儲礦場裡。島上四處可見高高巍然立起的櫓，然而站在此處往下俯瞰時，那些原本看起來就像高陸瞭望台的櫓，此刻彷彿近在眼前，好似能用手一把抓起，其高度就和島上最高處平行並立。據說在那討人厭的櫓裡頭，放滿了讓升降 cage 上上下下的粗鐵絲，登高至此遠望，仍然可感受到其壓迫感。

端島的開發集中在北部的礦工住宅及福祉厚生施設地區，還有南邊填海地上的採礦設施，這裡同時還在第二、第三坑道出入口設置櫓，以便運送礦工到地下挖礦。而從坑道開挖作業中所挖掘出來的泥土與岩石，又填入海岸邊，使這座島的面積擴大了將近三倍之有。

明國指著其中一棟建物。

「看到那裡了嗎？那就是有名的三十號樓。」

「是最初建造的公寓吧。」

一眼瞥去，那是座七層樓高的建築。日本最初為了礦工建造的鋼筋水泥建築公寓是在西元一九一六年，由於這裡建地狹小，但進駐的礦工與職員又不停增加，所以這種公寓高樓實為不得已所產生出的解決之道。

「雖然現在那裡已經成為礦工們的私宅，但在我來到這座島嶼時，那裡甚至還有轉包商的餐廳進駐呢。公寓中間是打穿的，這樣才會有陽光照射進來，空氣也才能流通。不過那座公寓看起來雖好，但卻華而不實，雖說那是初次蓋成的高樓建築，很多地方還不完善，但那座公寓本身就是座邪惡的公寓，一個家庭只能窩在約五片塌塌米大的坪數裡，那樣的空間根本就和青鱗魚的鼻孔大小沒兩樣。」

明國居然形容別人的住家是青鱗魚的鼻孔，志翔咯咯地笑了出來。志翔心裡還真想反問明國：咱們也沒好到哪裡去，居然還好意思說人家住在青鱗魚的鼻孔裡。

「雖然那裡被大家稱為三十號樓，但其實它的名稱是一級住宅。」

志翔以為那是指最好的住宅，但其實明國說的是「日給」（譯註：日給的韓文與一級是同音字）住宅，日給指的是薪資。當礦業公司職員們的薪資給付制度已逐漸轉成月給制時，唯獨礦工們仍維持日給制，而在那些領取日給的礦工中，有家室者所居住的私宅就是這座日給住宅，且管理職或事務職的職員並不居住在這座住宅裡。

這座最初的公寓是端島的里程碑，當後來公寓如雨後春筍而立，漸漸演變成一片公寓叢林時，人們都會把後來新增的公寓稱為「三十號樓後面的第╳棟公寓」。

「往那邊看，那是六十六號樓，那棟也是礦工居住的公寓。不過那裡是無家室的單身礦工合宿處，建好也沒幾年。」

在他們的右邊，則是一棟仍在工程中的建築。

「聽說等到明年以後，那裡就會成為大的建築物了，至於那棟樓的名稱，據說是報國寮，聽說建築頂上會建立小孩子們的學校。」

大概是幼稚園吧？志翔突然想起春川，想起他那還沒出世的孩子。他望著遠方大海，想著孩子若是兒子就好了。這時明國轉過來對他說：「這座島那麼狹小，但人口卻很多，因此他們在這裡搞了許多有的沒的。」

率先走上去的明國轉過身來，手指指向一棟較矮的建築物，那是一棟三層樓高的建物。

「我們洗澡的地方就在那裡了，八號樓。」

「啊，原來如此。」

「那棟樓也已經是二十多年的建築了。只不過我們都在一樓洗澡，所以才不知道那棟樓歷史悠久罷了。那棟樓的上面，則是職員們的住宅。」

這座島的樣貌就這樣持續演變，長崎的《日日新聞》稱這座島的樣子看起來和日本自豪的とさ（土佐）戰艦很像，於是這裡便得名軍艦島，人盡皆知。雖然這座島每年都飽受颱風襲擊之苦，但毀壞的防坡堤也逐年增高，最後才形成了現今這個人工島的模樣。

志翔與明國再次走上階梯。隨著階梯坡度越來越緩，最後志翔率先走到了神社前，以水泥建造而成的鳥居在海天為背景之下，看起來就好像漂浮在島上頭。志翔忍不住想起離開春川當天，大夥兒一起到神社參拜的事情。大家在細雨紛飛裡站在神社前，那時又有誰知道自己會被帶來這種地方呢？從春川的神社到端島的神社，這之間所經歷到的有如惡夢一場。「就說這是一場夢好了，只不過竟是場惡夢。」

鳥居後面有一小塊用石頭當圍牆所圍起來的空地，空地最深處則有一座樓閣。那裡掛有許多寫著參拜者心願的紙條，也有每年正月第一天供人許願的竹板繪馬。

志翔環顧四周一圈，此時明國則到他的身邊，開玩笑似地跟他說起悄悄話。

「你要許願嗎？」

他合起雙手，並模仿起日本人拍掌的樣子，示意詢問日本人是否都是如拜。

去神社參拜的日本人，都會先用力晃動那條綁有鈴鐺並長長垂下的繩索，接著在雙手拍掌之後，便會低下頭來開始祈願，那個樣子無論在何時看來，都是既陌生且獨一無二的樣子。

「俗話說，裙子都沾水了，還怕沾到區區汗水嗎？你看我們都爬到這裡了！」

明國沒好氣地說著，同時繼續往神社前走去。他就像日本人一樣，先搖晃大繩上的鈴鐺，然後雙手拍掌，最後合掌並低下頭來祈禱。志翔眨著眼睛，凝望著明國的背影。

「大叔，您現在也變成日本人了嘛。您求了什麼？」

明國並沒有回答，只是乾咳了幾聲，並低頭看著地下，便轉了個話題。

「真好，眼前這片海好延伸出去好大一片。我看我是不是該寫些什麼好呢？不如就寫茫茫大海好了。」

兩人跨坐在石台上。

「歲月的流逝真令人害怕，瞧我都不知道現在是春天還是夏天。」

「是呀。」

志翔默默無語。他很厭惡每天下礦坑工作、出礦坑就倒頭入眠，像條蟲子般活著的自己，幾乎是用盡全力地在忍耐。不知不覺已經來到夏天，距離上次收到妻子表示肚中胎兒用力踢著自己肚子的家書，已經相隔太久。

打在防坡堤上的海浪，碎裂成片片浪花，包圍住整座端島。也不知是不是海草搖曳之故，防坡堤旁就像是環繞上一條綠色帶子，其波光延展出去，顏色越漸深沉，最後朝向海平線黯淡下去。往下眺望，只見經過防坡堤底下的人們就像是一小黑點，好似只有脖子上那顆頭在滾動著。

「聽說那裡某處就是我們水洗煤礦的地方？」

「聽說是這樣沒錯。那些選煤設施，據說就是用來清洗煤礦，然後去蕪存菁，只留下品質好的煤礦。我也是來到這裡以後，才第一次聽說煤礦是用水洗。」

「這麼一說，我們好像從異世界來似的。」

能夠來這種高處吹吹風也好，只要能夠活著回去，不管是神社還是什麼地方，全部都要祈禱一遍。這時腳邊一隻海鷗往上飛起，在神社周圍慢慢環繞一圈以後，往大眾澡堂的方向飛去。

明國一邊望向遠方大海，一邊說道：「有句話說三白一黑一青，你有聽過這句話嗎？」

「這還是我第一次聽到呢。那是什麼意思？」

「那是日本人來到朝鮮以後，想要帶走的東西。三白是朝鮮白米、綢緞與棉花；一黑是指海苔，至於一青則是竹子。聽說日本入侵朝鮮以後，最想要的就是這幾樣東西了。人家不是都說一騎上馬，就會想使喚奴僕嗎？那些日本人一拿到三白一黑一青，貪念就越來越大，最後乾脆想要竊據我們整個國土。」

何止如此呢？其實這種掠奪的歷史由來以久，志翔默默想起以往的臨津倭亂、丁酉再亂，結果都造成朝鮮蕩盡國土，當時日本船隻離開朝鮮時，都載滿了綢緞等物資，甚至就連製作陶瓷器的泥土也不放過。不只如此，他們還帶走了石工與陶工等匠人。以前宣祖大王時期，朝鮮已經飽受日本的侵奪，沒想到過了三百多年之後的現在，一樣難逃被掠奪之命運。只要想起自己被帶來端島這裡，也和過往歷史擁有紐帶關係，心中就不免更覺怨恨。究竟為何沒能從過往的歷史學到教訓？為什麼大家這麼輕易就忘了那段沉痛的歷史？

明國靠向志翔，並問他：「你，之前說過的話，有認真在考慮嗎？」

明國這時的語氣與剛剛截然不同。志翔轉過頭看了一下空蕩蕩的四周。

「方法是有幾種，可是就怕會犯下之前失敗者的相同錯誤。」

「我的想法跟你一樣。不過，只要努力再找找，一定會有方法的。」

志翔總算知道明國提議來這裡的原因不是單純的吹風透氣，頓時覺得明國的雙肩是那麼可靠。

就算抱著必死決心游泳出逃，但其失敗率卻是相當高，兩人左思右想之下，一致認為不如搭船離開較為可靠，於是想到買通定期運送蔬果來島上的貨船，然後躲進裝菜的竹籠裡逃離端島。另外，偶爾也會有接駁用的拖板船行駛來這裡，每當風平浪靜時，他們就會幫忙載送物資或有其他要務的人往來島嶼之間，雖然島上監視森嚴，但只要先和船家講好，就可以躲在船底逃離這裡。除此之外，還有一個不知道是否可行的方法，那就是躲進收集人糞以作為肥料的糞桶裡出逃，據說許多躲避賭債的的人都是用這種方法逃走的。

明國指著離宿舍不遠處底下那片大海：「你看那裡。」

明國所指之處正是兩人走上來的這條路正下方那片大海。那片大海連結了離端島最近的野母半島，以及反方向的火葬場中之島，另外也連結到遠方的長崎港。

從那裡往上走，可看到公寓叢林之中，有幾間商店林立。那裡相對熱鬧，所以被稱為「端島銀座」，但其實那裡並非雇傭礦工會出沒的地區。穿過那個地區，並走到公寓之間，就可以看到連結該處的地獄階梯，雖然不知地獄階梯是否得名自其陡峭，但在端島這裡，只要被冠上個名號的東西，全都是地獄。從那裡穿過公寓之間，並爬上被稱為五十階段的陡峭階梯以後，就可到達神社。

「要是真不得已得游泳出逃，我認為那裡就是最適當的地方了。我們有必要先去勘查一下地形。」

「您是說集放垃圾的那個地方嗎？」

那裡不僅有警衛常態巡邏，哨所也就在旁邊，志翔帶著困惑的表情看著明國。

「沒錯，雖然現在那裡是垃圾堆，可是那裡以前是座船舶場。」

「船隻以前是停靠在那裡的嗎？」

「雖然那裡已經很久沒有使用，但是到大正（たいしょう）時期為止，那裡一直都是船舶場。你聽了以後，難道沒想到什麼嗎？」

「既然曾經是船舶場，一定有它的理由所在。」

那裡若非沒有暗潮、是個平靜的海面，否則就是防坡堤前方並非碎浪波延的大海，而是露出岩石的陸地。

志翔點了點頭。

「那麼我來勘查那個地方吧。」

明國用力地抓著志翔的肩膀。

「小心駛得萬年船，要是有十人出逃，總會有一、兩個能活下來吧？」

明國的語氣像是嘆息般地消停了下來。

「我們得耐心靜候良機，不可太操之過急。只不過，也不能因為這樣就拖太久。總之，我們千萬不能太心急，就算要等也不會太久的。」

和上來神社這裡時不同，兩人慢慢地走下階梯，這時剛好遇到一群日本人鬧哄哄地走了上來。平常志翔遇到成群結隊的日本人時，總是會讓路站在一旁，等到他們走了以後，才繼續走自己的路，此刻這群日本人的眼神看起來十分狐疑，就像是不解朝鮮雇傭工幹嘛來到神社這裡。

這時可以看見幾個婦人抖了抖晾在外頭的棉被，然後便抱著棉被走進屋內，也有一些女子提著裝滿蔬菜的包裹走了上來。志翔站著遠眺那密密麻麻有如蜘蛛網的日本人宿舍，也不知是不是正好到了準備晚餐的時間，空氣中飄來一股烤魚香味，讓他肚子餓了起來。志翔原本就愛吃魚，所以才會在東草經營生鮮乾貨的店舖。

「大概因為在島上生活的關係，所以餐餐都有魚吃吧？」

「別咋嘴了，雖然這裡是島嶼，可是這裡哪有鮮魚吃啊？都是貨船運過來的。」

就在走下那穿入公寓叢林，有如把公寓們撥弄開來的陡峭路段時，只見路的一端有個菜販，當志翔經過那名菜販的時候，突然停下了腳步。短髮上頭綁有毛巾的菜販不停對著一位太太搖手並大吼，而那名穿著便褲的太太只是反覆著同一句話：「你給錯了，你給錯了。」

「王八蛋！已經找零給你了，話那麼多幹嘛！」

這時明國走在前頭，志翔抓住他的手臂，把他叫了回來。

「等等，那個女子好像是朝鮮人。」

明國往志翔所指的方向看去，然後抓住他的衣領。

「這不是你該管的事情。你不要干涉不相關的事情，快點走吧。」

「可是那女子好像不會講日本話。」

「這裡不會講日本話的朝鮮人難道只有一、兩個嗎？你別多管閒事了。」

「他們應該是有所誤會了，我去看一下。」

志翔大步往那名和菜販對話中的女子後頭走去，只見那名菜販不停對女子搖手。

「你走，我叫你走！」

菜販滿嘴半語，並瞪著那名女子。志翔走近女子身邊，並問她：「大嬸，請問您是從朝鮮來的嗎？」

女子被突如其來的朝鮮話驚嚇到，轉過頭來上下打量了一下志翔，然後才把掉在額頭前方的頭髮撥了上去，並反問志翔：「唉呀，可是……年輕人，你會說日本話嗎？」

「發生了什麼事嗎？」

「這個老闆算錯錢了，還一直趕我走。」

志翔低頭看著女子布袋裡的白菜。

「這位太太買了三棵白菜和兩根白蘿蔔，但是錢好像算錯了。」

志翔看著菜販，心裡叨念著菜販不老實，然後很快地用日本話詢問菜販白蘿蔔和白菜的價格。就在志翔來回與那名女子和菜販溝通時，明國慢慢地從後頭走了過來。

「所以說，你算錯錢了。難道你現在是看這位太太不會講日本話，就打算騙她嗎？」

志翔板著臉，嚴肅地對菜販如此言道，並無多廢言。

「請你把錢找給這位太太。」

「你，你說什麼？」

「我說你算錯錢了，請你把該找的零錢給這位太太。」

「啊，是這樣嗎？喔，那是我算錯了嗎？是這樣嗎？原來是我算錯了。」

菜販這時急忙低頭哈腰，臉色都變了，就連綁在頭上的毛巾都掉了下來。在他把毛巾重新綁好以後，才把零錢交給那名女子。志翔看著這景象，不禁用朝鮮話喃喃自語了起來。

「你的心機都表露無遺了！」

菜販結結巴巴地問道：「啊，您說什麼？我不懂朝鮮話，請問您說什麼？」

「要你機靈點做生意。」

「嗯？什麼意思？」

志翔把錢收下以後，轉頭交給那位大嬸。女子連忙彎腰致謝。

「唉呀，真是謝謝你了，年輕人。我聽不懂日本話，心裡真是急死了，都不知道怎麼辦才好。」

「看來您的先生是為了賺錢才來這裡的，是嗎？」

「是呀，他要我什麼都別擔心，只要人過來這裡就好了。所以我把孩子留在家鄉，不辭千里來到了這裡，結果這裡沒有什麼房間，現在只能厚著臉皮，跟孩子他爹朋友一家五口擠在同一個房間裡……兩隻腳沒辦法伸直，想出門晃晃又沒地方去，這裡也沒有認識的人，整天就只能在這個小島上吹風罷了。沒想到今天能在這裡遇到你這個朝鮮年輕人，我感覺好像又活了過來呢！」

也不知道是因為遇到同鄉太高興，還是來到這裡沒人可說話的關係，這名女子一口氣講了好大一串話。眼看明國不知何時又走在前頭，志翔只得快步追了上去。此時明國悄聲地對身旁的志翔說：「人家都說不好的食物最燙嘴，你到底有沒有想過啊？現在趴在地上裝死都來不及了，你還去管別人閒事做什麼？」

志翔脹紅著臉看著明國。

「我只是，我只是看不下去。」

「你不要瞎出頭。你懂我的意思嗎？有事你也要裝沒事，知道也要裝作不知道。我們現在不是正計畫著什麼嗎？怎麼能夠到處出頭呢！現在開始得盡量不引人注目才行。」

現在開始？沒錯，現在開始我們就是計畫出逃的逃亡者。志翔傻傻地看著明國往前邁步的背影。就在此時，坑道入口處突然有人一邊大叫，一邊跑了過來。

「瓦斯！瓦斯爆炸了！」

跑過來的男子正急忙呼喊。

「又爆發了。」

志翔顛簸地往地獄門的方向跑了過去。

安全係的菊池是一個戴著眼鏡、年資較高的社員，他一接到瓦斯爆炸的消息就急忙趕往坑道裡。雖然管轄坑道內事務的部門是現場係，但安全係的職員必須一整天拿著瓦斯探測器到處檢測，以應對意外事故的發生。雖然大大小小的意外不停發生，但大部分的煤礦事故都會由礦業所那裡封鎖消息，不讓外界得知，以維持高度的保安，他們說這會影響戰爭中的士氣，而且他們也絕對不容許任何讓人感到絕望的狀況傳回日本國內，使人心產生動搖。

菊池推了推眼鏡後，便急忙奔跑於現場，此時映入他眼簾的是以韓文書寫的「진사바유키」木牌，這是為了看不懂日語或漢字的朝鮮人礦工而用韓文拼音書寫的「人車場行」指引告示。再往裡頭走一小段路，則會經過以韓文書寫的「고구치」木牌，這塊木牌則是以韓文拼音書寫而成的「坑口」告示。菊池走下軌道上載送礦工們的人車以後，彎下腰來用看似爬行的姿勢往前行，這時他的身旁傳來腳步聲，過了一陣子，則可看到頭燈模糊的燈光逐漸走近。是那些被煤礦粉末與汗水弄花了臉，只能看到眼珠子閃動的礦工們。

菊池朝著礦工們呼喊。

「喂！你們不要亂動，趕快趴下！」

停下腳步並仔細查看周圍的菊池，在環視一圈以後，發現那些看起來就像黑色怪物的礦工們還站在原處。

「趴下！不要站著，快趴下！」

菊池連忙用力按壓站在他前方礦工的肩膀，讓礦工一屁股坐在坑道地板上。那時菊池才知道礦工聽不懂日本話。

「朝鮮人？」

「是！」

聽懂朝鮮人這句日語的那個礦工，這時才大聲地回覆菊池。菊池趕緊比手畫腳地進行說明。

「趴下！不要動，快趴下！」

礦工彎下腰來，並指著後方。

「那裡有一個人倒下來了。」

這下倒是換菊池聽不懂朝鮮話了。

「なに（你說什麼）？」

只見礦工依舊指著後方。菊池半蹲走地往礦工所指方向前進，才發現那裡有一個礦工倒地不起，而且還是個大塊頭。菊池趕緊大聲呼叫雇傭礦工們前來。

「你們想辦法把這個人拖離開這裡。」

在菊池比手畫腳地說明之下，眾人才抓好倒地礦工的手腳，把他帶離現場。

瓦斯瀰漫著周圍，菊池只覺得背上不停冒著冷汗。肩上背著十字狀瓦斯探測器的菊池，這時繼續說道：「你們絕對不要亂動，大家都快趴下！」

在大聲呼喊之後，菊池又繼續彎著腰朝裡面前進。為了進入瓦斯外洩的現場，這時菊池正疾步前行，然而眼前又見幾名雇傭礦工往他的方向走來。

「你們全部都給我趴下！快趴下，不要亂動。瓦斯已經外洩了，瓦斯！」

菊池連忙讓他們都趴下以後，自己則轉往瓦斯噴出的地點前進。這時救助隊正帶著急救用品跟在後頭，確認有兩名礦工因窒息而昏迷，菊池則在他們想辦法把礦工帶離現場時，拿著探測器偵測坑道裡殘留的瓦斯。由於方才不停四處奔走之故，菊池的脖子已經流下不少汗水，所幸瓦斯雖然外洩，但偵測結果並無二次爆炸之虞，於是菊池搭著人車繼續前往別的坑道。不過，事情就在他拿著探測器往十五號坑道前行，並揮舞著手電筒時。

菊池的鼻子底下隱約感覺一股涼意，他用手背抹了一下，並用燈光照射一看，發現自己手上滿是鼻血，於是他翻了翻口袋，找出一張紙來，便以紙張暫時堵住鼻孔。他靠牆坐了下來，微微地晃了一下頭，等候鼻血止息。

「還好不會再有二次瓦斯噴發。」菊池這麼想著，並走出坑道。當他離開升降 cage 並走出坑道外頭時，剛好遇到醫生與警察，並看到他們後頭躺在擔架上的，是那些被煤礦粉蓋住口鼻窒息而死的礦工們。警察對醫生說：「我說，上午不是才發生過坍方嗎？」

「今天接連著發生這些事故呢。又是瓦斯爆炸，又是坍方壓死人的……」

勞務係職員滿嘴厭煩的口氣叨念著。

「又是重煤又是一些有的沒的，真不知道為什麼事情就是這麼不順。」

菊池瞥見擔架上的屍體，不禁驚呼一聲。

「唉呀！這個人不就是那個朝鮮人嗎……」

其中一個正好是菊池想辦法拖離現場的雇傭工。菊池抓著自己的頭髮，並且不停搖著頭，勞務係職員們都盯著他看。

「安全係的人，到底都在幹什麼！」

「還能幹什麼？都在現場來回巡邏啊。」

「這人可不是死於瓦斯爆炸，他是窒息而死的，不是嗎？這可是教育不足才發生的意外！」

菊池也大聲了起來。

「報告書出來之前，請你不要亂講。」

「報告書？還報告書咧！聽說還有兩個窒息死的人正要被抬過來呢！」

站在菊池身旁的一個醫生開口說道：「上午發生了坍方事故，已經有傷者都腸破裂了……現在再加上這個……這我們也無能為力了。」

菊池看著擔架上的死者，拿下眼就並用衣領擦了擦。他明明就大聲呼喊過他們，要他們不要亂動，趕快趴下，雖然沒有充足的時間教他們躲避要領，但只要他們聽得懂日本話，絕對不會就這樣死去的。

以瓦斯爆炸這狀況來說，被困在坑道裡的礦工們，是絕對不可以站立並亂動的，可是朝鮮人多半聽不懂日本話，就算告訴他們已經發生瓦斯爆炸，並要他們快點趴下，也只是徒勞無功。雖然那些礦工也已查覺事態嚴重，但不管怎麼呼喊他們趕快趴下，他們也只是急著想快點走出坑道。坑道裡的瓦斯並非只停留在一處不動，而是會在坑道裡流通，所以遇到瓦斯外洩時，一定要趕快趴下，並等候瓦斯流通經過才可，但那些朝鮮人礦工則相反，因為聽到瓦斯外洩，便急著趕快逃出坑道而四處走動，結果導致窒息昏迷，最後甚至因此丟了性命。

菊池喃喃自語。

「就叫你們不要動的……」

結果總共有五人死亡，其中有三人是朝鮮人。

走回辦公室的途中，菊池一直在思考著有無方法改善這狀況。勞務係就只有五個人，但作業現場何止有瓦斯爆炸的事故會發生？還有坍方、淹水、礦車的暴走事故也經常發生。不管怎樣告知那些朝鮮人礦工，雙方就是無法溝通，而為了避免這樣的狀況發生，又得持續對礦工們進行教育才行。但這哪是單靠安全係這個部門就能解決的事情？安全係本來就只負責巡邏現場並進行檢測而已，何況現在人員正嚴重不足。

天氣風和日麗，努力想著有沒有漏掉什麼東西的瑞螢，正提著包袱行李走回娘家，準備待產。這時，遠方看見身穿短褲，並牽著牛慢步而行的農夫，不知不覺之間，山林原野已經夏色一片。

一走上斜坡，映入眼簾的就是穿梭在遠方五峰山與加里山之間的昭陽江，越過昭陽江後，就能直直地走回娘家。從這裡往下眺望而去，突然開闊的昭陽江正閃耀在陽光底下。渡口那裡並沒有人，綁在對岸白沙灘上方岸邊的小船，看起來是那麼閑靜。瑞螢小心地彎下身子，用手掬起江水稍微洗漱了一下，並從指間的江水感受到節氣的變換。

瑞螢抬起江水沾濕的臉龐，仔細凝望著天空。天上的白雲看起來是那麼的可愛，這時瑞螢突然想起志翔老是說自己最愛天上雲朵，只要躺著凝望白雲，就會好想乘著白雲悠遊各地。

「那個說自己喜歡白雲的男人，現在究竟去了哪裡，怎麼放我一個人在渡口這裡看雲呢？您曾說，因為是同一片天空，彼此就看著星星思念彼此。誰知道我的丈夫是否也正在看著天上白雲呢？我是為您而活的，您如果是一陣風，那麼我願為您成為搖曳的花朵；您若是江水，我願為您成為渡河的船夫。」

「我也真是可憐。」沒來由地獨自傻笑的瑞螢，跨坐在低處的一塊岩石上，視線停留在江邊的砂礫地上。她想著這世上的人多如眼前密密麻麻的砂礫，究竟是怎樣才會讓兩人相遇並結為夫妻；不管是黑色石子，還是白色石子，又或者是大是小，兩人能在那麼多人中相遇、結婚，然後還有了孩子，這就是所謂的緣分、所謂的八字吧……不過有誰知道呢？說不定那人和自己在前世是對兄妹呢。

「船夫到底去哪兒了呢？」

這時後頭有兩名男子嘰嘰喳喳地走到渡口。

「船夫不渡船，到底是在做什麼！人喔，就是天性懶散。那傢伙來收船費時，不管怎樣，我總是多給他一些的呢。」

「別看他這樣，他最近好像續弦了呢。看來他興致可不是普通的大呢。」

「這副樣子還續啥弦？大概是看上哪裡的乞丐，就把人家留下來了吧？」

在呼喊了好幾聲以後，江水中央才終於出現一艘踏著水中高山倒影而來的小船。當小船靠近時，船夫向提著包袱的人行招呼。

「您不是說要去準備祭品嗎？這麼快就來啦？」

「就買點家裡缺的，再帶個一隻黃魚不就夠了。」

這兩名男子率先搭上船後，瑞螢才跟在後頭上船。這艘船看似那兩名男子叫來的船，所以瑞螢一上船之後，就背對著那兩名男子，走到船頭邊坐了下來。這時船夫開始划槳渡江，江水就像水晶球般清澈，低頭往下望都能看到水底的沙子，還可看見小魚從船舷邊游過。

說去買祭品的那名男子，從煙袋拿出香菸來。瑞螢想起母親經常說過的話，不自覺地用手在船舷邊的江水裡划了過去，心裡想著：「你們可得好好祭祀啊，掃好祖墳可是孝順之基本。」瑞螢又想起父親，此刻父親的容顏彷彿浮在江水上頭，不知父親是否還在咳嗽？突然之間，瑞螢的心頭一沉，感覺就像一顆大石落下般沉重，她的視線順著江水移到遠方，而吸菸的男子這時好像想起什麼似的開口問道：「聽說被抓到駐在所的潤八在前幾天被放出來了？」

「出來是出來了，可是他精神很不穩定，看來是受到監獄裡囚犯的影響。」

「有那種事嗎？」

「總之希望他沒事，那些日本巡查可把他打得半死呢！」

下了船以後，那兩名男子猶豫了一下要不要支付船費，最後那位去採買祭品後來搭船的男子跟船夫說：「算了吧，收什麼船費啊，我看你根本是要去親家順路吧？」

站在一旁的男子轉過頭看了瑞螢一眼，瑞螢趕緊遮住隆起的肚子，並轉過身子。

「唉呀，上泉田夫子家的……啊哈！原來如此，我怎會認不出來呢？我還以為是哪裡見過面的姑娘呢。」

瑞螢低著頭行完招呼，便走下到沙地上。男子點頭問道：「那麼，夫子可安好？」

「唉呀，你這個人，怎麼會抓著一個要走的人打招呼。姑娘請您先走吧。」

「話是這樣說的嗎？」

拿著祭品的男子揮手指了一下路：「現在路上沒什麼人，請您快走吧。啊，您回娘家的路上也請一路小心。」

離開江邊，並走在通往老家村子路上的瑞螢，視線首先停在村口外的樺樹上，有好幾隻小鳥正振翅啼叫著。奇怪的是，村子裡的人都不知道去哪兒了，整座村子空蕩蕩的，瑞螢心想也許這是自己的錯覺，大概是自己在家鄉的記憶裡給擦脂抹粉了。儘管如此，想到能回娘家來，瑞螢心裡就覺得輕鬆舒服。嘴角開心上揚的瑞螢，打開家裡吱吱作響的大門，並走了進去。

「媽，我回來了。」

兩隻狗狗搖著尾巴，率先跑出來迎接瑞螢。「乖孩子，隔了好幾個月才回來一趟，沒對我吠，還跑出來迎接我。」真不知道牠們到底怎麼認得自己的。瑞螢摸摸兩隻黃狗的背，這時後頭傳來織布聲。「母親也真是的，就是一刻也不得閒。」瑞螢把行李放在大廳上頭以後，就坐了下來。

「媽，我回來了。」

此時，織布聲停了下來，傳來了人聲。

「瑞螢，是你嗎？」

洪氏把頭髮往上撥好，從後頭房間裡快步走了出來。瑞螢起身上到韓屋地板，並緊握住母親的雙手，洪氏不停地看著瑞螢。

「你回來啦，身體狀況還好嗎？」

14

錦禾身著浴衣，走到禹錫面前。錦禾梳起長髮，並往後綁起，臉蛋看起來格外清潔好看。

「今天怎麼這麼清閒？」

聽了禹錫的話，錦禾像是舞動般地轉了一圈。

「啊，真舒服。還是這種日子最好了。對啦，最近挖礦還好玩嗎？」

「別說這些沒頭沒尾的了，過來坐著吧。」

儲礦場前空地，最近擺放了好幾根原木，是預定之後要使用在地下坑道工程的木材。錦禾坐在禹錫的身邊，身上飄出淡淡的酒味。

「你說要賣酒，幹嘛跑來這裡？還是說，你是為了想喝酒才跑出來？你怎麼會喝那麼多？」

「貓哭耗子假慈悲。難道你不知道嗎？洗完澡後喝一杯呀！」

「哪是一杯呀！整座島的人都知道你喝了酒到處亂跑了。」

「這麼關心我啊？連關於我的傳言都打聽了。不喝酒，能幹嘛呢？我又沒小孩，也沒可以祈求武運昌隆的丈夫啊。」

「往後的人生有如茫茫大海，又深沉又遙遠的，誰也說不得準，你怎麼都這麼口無遮攔、隨便亂講呢？」

「今天大概是花子的什麼日子吧，所以你才會聽到那些沒聽過、沒看過的話。」

聽到錦禾這麼說，禹錫露出了無可奈何的表情。錦禾雙手玩弄著綁起的頭髮，她的指節跟其他年輕女子相比，粗糙不少。

「只要跑出來就會遇到你，這大概就是緣分吧。」

「緣分？我怕這一語不慎成禍根啊。」

「也是，要是我們有緣，怎麼會在這個小島以這副模樣相見呢？你說是吧，相公？」

錦禾一邊開玩笑，一邊默默地把手放在禹錫的腿上，然後又用手指在禹錫腿上畫圓，並喃喃自語起來。

「不是在這裡被踐踏，就是在那裡被摧殘，我就算是花草類，大概就只是雜草吧？花草和雜草是不可相提並論的……就那樣活著吧，你這個人。」

「聽起來還真是苦悶。」

禹錫自顧自地說著，然後就從木材堆上起身並往下看著錦禾，她的頭髮被風吹動，散落在額頭上。禹錫霸氣地說著：「雜草就是要挺立著才帶勁。妳要堅強點、硬挺點！」

錦禾聽了以後，拍拍屁股也站了起來，隨後兩人慢慢地走向公會堂底下。

「聽說那裡有播放電影？」

「你沒去過嗎？我去過好幾次了呢！」

「你到底還有什麼沒試過的？」

也不知道她是在說礦業所，還是在說看過電影，只見錦禾的眼睛一閃一閃的。再走了一會兒之後，錦禾以非常低沉的聲音問道：「你住在那裡嗎？」

禹錫轉過頭。她所指的地方，正是雇傭礦工的宿舍，與錦禾所處的遊廓剛好是相反方向。「她要回建在斜坡邊的遊廓了吧。」禹錫望著通往公寓的路與穿過前方的路，此時錦禾說道：「什麼時候來喝個酒吧？」

禹錫停下腳步，與錦禾相視而望。錦禾看見禹錫的臉色凝重，不禁抿著嘴低下頭去，一副說錯話的樣子。

「酒？喝了就要生感情了，乾脆在這小島定居下來算了？這樣當然也沒什麼不可以的了。」

聽了禹錫的話以後，錦禾抬起頭來。

「那麼，我得走了。」

禹錫無言地點了點頭。他往上看著轉頭離去的錦禾身影，緩緩地說：「就是那裡了吧。」

突然間，錦禾用敬語說道：「您一定很討厭我吧？像我這種女人。」

不知道是否颱風將近，強風不停地打在臉上，志翔正抽肩哭泣。在這裡，沒有任何一件讓人開心的事情，志翔為自己的無能為力感到絕望而哭泣，想到自己除了哭泣以外，再也毫無其他價值，更是悲從中來，淚水無法消停。

聽說兒子出生了。信上說是兒子，志翔拿著家書的雙手抖動不已，心情激動地讓他奔出宿舍。他站在警備哨所階梯下面的路燈底下，淚眼模糊地反覆看著信件，好幾次都得先將信件折起，並擦乾淚水才能再次閱讀。

當志翔讀完一整封信以後，心中就像海水退潮般空虛。此刻他腦海一片空白，什麼也無法多想。

「現在我滿心急切地想告訴您這個好消息，希望您開心，生下的是兒子。

我回到娘家待產，終於在上個月順利將孩子生了下來。長輩們都說孩子長得很像您，但我此刻只想著孩子究竟何時才能長大成人，一切對我來說，是那麼的神奇。

孩子的名字由外公取名為明照。在我回娘家之前，公公說孩子的名字就交由漢學造詣較高的外公來負責，所以最後是由外公來命名的。孩子的外公說，孩子正好為明字輩，希望他能光耀明字輩，所以為他取名為明照。由於創氏改名的關係，不得不也為孩子取個日本名字，最後我們決定不幫他取什麼「たろ（太郎）」、「さぶろ（三郎）」這種名字，我們保留其漢字，直接取讀音，叫他「あきてる」。時局如此，我們也只能這樣做了。

關於成為母親是什麼感覺，我現在還沒有實感。一開始，我只覺得害怕，根本無法相信自己的體內產下一個生命體，但後來，我越來越能感覺孩子和我似乎就像是被一條看不見的堅固繩索緊緊綁在一起，沒有什麼能把這個連結給切斷。那時，我想起您了，我想像著如果您就在身邊，不知道該有多麼開心，如果您就在身邊，不知道您會說什麼。您離開以後，我有了一個習慣，那就是不管看到什麼、不管吃到什麼、不管想到什麼，我都會自己獨語：如果您在身邊，不知道您會說些什麼？

您不在的期間，我一定會好好養育這個孩子，不會讓他丟您的臉。不過講到這個，我也不禁苦笑了起來，畢竟我對於如何養育孩子，就連一點概念都還沒有呢。我希望能把他教育成一個正直的孩子，也希望他長得又高又帥，可是這麼一說，難道正直的孩子就不能長的高挑修長嗎？想想，我還真是愚昧。就像您以前總說只要活得正直就好，我也一樣只盼望孩子將來能成為一個正直的人。

可是，我也擔心如今世道險惡，要是活得太過正直，說不定反而會吃虧，我想這就是為人母的心情吧？我就希望孩子以後不用吃苦，能做他自己真心想做的事，除了這個再也無其他所求。最近我一天總是會閃過好幾次這些念頭，一邊想著一邊伴孩子入眠。

您離開的時候是秋天，不過現在已經入夏了，在您不在的冬天與春天裡，我不知道有多少次站在江邊與您一同散步經過的幢竿支柱旁，獨自一人眺望鳳儀山，現在就算閉起眼睛，我也能描繪出那片風景。

我想您大概也會想知道家鄉朋友們的消息，就讓我簡單報告一下。市場東九家的爺爺奶奶一前一後去世了，辦喪事的時候，有不少人都說他們兩老這輩子已經活夠了，所以才一起去了西方極樂世界。」

志翔不想遇到警備員，怕又要被警備員找碴或大聲吼叫，所以他找了一個枯草超過膝蓋的空地，然後一邊抓著頭一邊坐了下來。

好想念妻子，也好想見見自己的兒子。志翔的思念宛如暖流通往心底，泛起陣陣波紋。究竟是從哪裡來的呢？是那片遙遠天空的某處嗎？還是深不見底的青色蓮池？究竟你是從哪裡來到這世上，成為我的兒子呢？血脈傳承就是這麼一回事吧？就像我繼承了父親的血緣，而今我又將它傳承到你的身上。

輕輕叫喚幾次明照這個仍然陌生的名字之後，志翔的眼角不禁又閃爍起淚滴。只是，自己終於也有孩子的這份喜悅，卻很快地就消沉下來，心中的一角交織著鬱憤與空虛：我就連自己這條性命是否能保全都不敢確定了，沒想到這孩子能免成為遺腹子的命運，順利出世。

就開心點吧，是啊，就開心一點吧。辛苦妳了，瑞螢，真是謝謝妳，我的心中只充滿了感謝。雖然志翔這麼安慰自己，但仍無法敞開心胸去享受那份喜悅，最後只能懷抱著那有如深受長久乾旱之苦，蓄水池終於見底般那樣無奈的心情，慢步返回宿舍，並以弓起身體、雙手抱胸的姿勢入睡，看起來就像是把什麼東西緊緊抱在胸口，不想被人搶走的模樣。

翌日，工作結束之後，志翔先到黑不溜丟的浴湯裡稍作清洗，然後在走回宿舍的途中，告訴禹錫自己收到妻子的來信。

「你說什麼？是兒子嗎？就是這個，就是這個！最近聽到的消息之中，這最讓人開心了，就是要有這種好消息，我們才能感覺自己還活著呀！」

沒想到話一說完，禹錫就振臂朝天：「朝鮮的孩子誕生啦！朝鮮的孩子！」

「你這又是在胡鬧什麼？」

志翔的臉頰一抹羞紅。禹錫說：「看吧！萬物就是這樣延續下去的。不管這世上再多風雨動搖，始終會有新生兒來到世上，延續我們的生命。」

禹錫看著經過的行人，講了些不像他平常會講的話。

「大家注意，這朋友剛收到消息，說他的兒子出世了。是兒子，是兒子！他的兒子剛來到世上了！」

經過的雇傭礦工們，也都露出微笑來，甚至還有人跑來和志翔握手道賀。

「唉呀！真是可喜可賀，你得請客呀！」

「唷，挺能幹的嘛！到底是哪天晚上製造出我們朝鮮的孩子呀？」

人們聚了過來，你一言我一語的，道賀與玩笑話交織不斷。

「呵呵，就算被徵召過來，看來該做的都做了以後才來的嘛！」

「看來我也得像你一樣，把老婆的褲子脫了，乾脆帶過來算了。」

走回宿舍的途中，禹錫搭著志翔的肩膀說道：「這不就是一股希望嗎？等到他們長大成人以後，我們又多了一股希望，然後把重責大任交棒給他們，並期望更好的明天，不是嗎？恭喜你啦，志翔。」

隔天，明國把他儲放在個人箱子底端的備用金拿出來。雖然每個月的薪水少得可憐，但明國想著以後要幫福成買郵票，還要買硬口餅乾給成植啃，讓成植不用老是可憐地忍受肚子餓，他努力地把薪水一點一滴儲存起來備用。不過，今天他把備用金掏了出來。大夥兒表示喜事就該好好慶祝，於是明國的組員們個個掏出一點錢，合資起來到礦業所的賣店買了魷魚乾，還按照人數買了烤麵包回來。只是，由於上頭更改過規定，要是沒有勞務係的許可，雇傭礦工們不能喝酒，所以大夥兒並沒辦法買酒回來。

「明明我們要掏錢買酒，可是他們根本不把我們這種徵召來的雇傭礦工當人看嘛！」

明國在安撫過怒火高漲的組員們之後，便走了勞務係一趟，去找石川商量。石川聽了明國的話以後，先是大笑：「你？你要買酒？」

「其實是我們組裡有個組員收到家書，得知自己的孩子剛出世了。喜事一樁，大夥兒無論如何，都是想幫他慶祝慶祝。」

石川開立了許可書以後，靜靜地看著明國。明國鞠躬道謝完後，正要離開辦公室，石川突然把他叫住，並從書桌抽屜裡拿出了一件用紙張包起來的物品。

「幫我跟他說聲恭喜。」

石川遞給明國的東西是一瓶高粱酒。

「這是別人給我的，本來想在勞務係聚餐時拿出來喝……不過這瓶酒這麼小瓶，想來也沒辦法平均分給每人一杯。」

這才是做人的道理啊，但為何你我就不能友好平等地相遇呢？明國的眼裡這麼述說著。明國再次給石川鞠躬致謝，收下了這瓶高粱酒。

明國要離去前，石川走向明國問道：「你，之前是不是有來找木村問朋友的消息？就是那個刺殺佐藤的朋友。」

「啊，是。」

泰北被拘綁並送到長崎以後，明國曾去詢問泰北的消息，結果被木村打得半死。

石川走到明國身旁說道：「佐藤並沒死，經過醫院的搶救後活了下來。你那個朋友，現在應該是在刑務所。」

明國呆呆望著石川。

「徵召來已經幾年了？以前也有過類似的事件，那時是把人送回朝鮮，在朝鮮進行審判與拘役。」

「啊，原來如此。」

本來要離開的明國，這時索性回國頭來：「那個，石川先生，既然都已經提到了……我還有一點想知道。」

「想知道什麼？」

「那時逃亡失敗，死亡以後被送回島上的朋友，三植。」

「嗯，怎麼了？」

「那傢伙的屍體後來被怎麼處置了？」

石川無言地看著明國。他不知道明國的詢問是出自好奇還是情義，只知道礦業所這裡都曉得雇傭礦工們很聽明國的話，明國對他們來說是個危險人物，就像是不定時炸彈，他無法確定究竟勞務係是否已經確實控管明國這號人物。

就這麼過了一會兒，石川才終於開口。

「他的遺骨被送到薦福寺了，現在應該就供奉在廟裡。」

那天晚上，大夥兒聚在一起，幫志翔慶祝得男喜事。明國率先起頭祝賀：「我們全部都在艱難的時機裡被帶來這裡，說起來，大家可以說是吃同鍋飯的手足了。今天大家聚在這裡，就是要幫兄弟慶祝喜事，讓我們一起慶祝金志翔一舉得男，大夥兒就開開心心聊點老家的故事吧！」

明國指著禹錫，然後繼續說道：「坐在那邊的崔禹錫，他說了很不錯的話。他說這喜事就是帶給我們希望的好兆頭，沒錯！我也是這麼想的。我們不要太灰心，就把這當作是上天帶給我們希望的好消息。那麼我廢話就不多說了，這瓶酒雖然不多，但我們今天就開心地喝一場吧！」

明國首先倒了一杯酒給志翔。

「恭喜你有兒子了！」

「謝謝您，謝謝您還幫我開慶祝會。」

在眾人舉杯以前，明國如此說道：「這裡還有一杯高粱酒，是勞務係的石川先生給我們用來慶祝的。希望大家記得感謝他。」

「勞務係送給我們酒？活了這麼久，這還是第一次見到的怪事呢！沒想到勞務係竟然送我們酒喝！」

勞務係平常只會要雇傭工們別吵鬧，並要大家快點關燈睡覺，沒想到居然送了酒還慶賀，眾人都露出一副不可置信的神情。

「就算是這樣，也只有石川先生可信而已。」

「他是他，別人是別人。可是像那些口袋張的老開的人，就和什麼都要一把抓的人或小偷沒什麼兩樣。」

大家你一言，我一語的，禹錫在一旁聽了以後，笑著跟大家說：「總之，該謝謝人家的，就好好謝謝人家。」

裝著酒的食器輪流在每個人之間傳遞，要見底不見底的。每個人都很開心地啃著魷魚乾。

「你們這是喝酒還是試醬油味道啊？大家怎麼不停伸舌頭把嘴唇上那幾滴酒給吸乾呀！」

「哈，這麼久才終於又喝到酒，都喝到忘我啦！」

正靠牆坐著的禹錫和志翔說：「你也說句話吧，跟大家道謝一下。」

「對呀，跟大家說說你人在異鄉聽到孩子出生的消息是什麼感覺嘛！」

志翔就在大家鼓譟之下站起身來。他先是對大家深深鞠躬道謝，然後才開口。

「有一句話是這麼說的：十兩買房，百兩買鄰。我想大家應該都知道這句話。若要說陌生又生疏，有哪個地方比得過這個地方呢？不過來到這裡以後，能和各位成為鄰居，都不知道我有多幸運，而且雖然大家在這裡都過得辛苦，可是大家就在身邊互相扶持，對我來說，是個很大的安慰。除了感謝之外，還是感謝……知道孩子剛出生的消息時，我的腦子一片空白，沒有什麼開心或其他特別的感覺，不過大家做我的好鄰居，又幫我慶賀，我心裡只有無限感謝。謝謝大家。」

房間裡響出震天響的鼓掌聲。禹錫和回到位置上坐下的志翔說：「你還說你不好意思，結果話倒是挺會講嘛，還一口氣講了這麼多。」

志翔抓了抓頭，這時千植屌兒郎噹地插嘴進來。

「可是志翔你啊，這麼晚才生孩子，這豈不是讓人擔心嗎？聽說這是你的第一個孩子？」

「不知怎地，就這麼晚生了。」

「不知怎地？看來不是生不出來，是不想生吧？就是不努力做人，所以才一直沒生孩子啊！」

後頭咬著硬麵包的成植也開口了。

「也給我一杯吧！」

「乳臭未乾的小子跟人家喝什麼酒！」

志翔喝完以後，把食器遞給了成植。

「來，接酒吧。我來倒酒給我們成植。」

後方坐著直挺挺的弼秀說：「也給我一杯吧。被人要酒的感覺如何啊？」

「你去洗你的衣服吧，沒事插什麼嘴。要不然，你就去睡你的大頭覺吧！」

叫人家要不去洗衣服，要不就抱著毛毯去睡覺的弼秀也伸出手來，接過酒杯並一飲而盡。徵召初日那天，在火車上度過一夜以後開始，就一直覺得看起來面熟的嚴氏，這個時候也站起身來。

「原來這次得男的少爺，是我們江原道男兒。那麼請您聽聽我的江原道場打令（譯註：場打令，意指傳統民謠的一種，是叫化子在市場或沿街乞討時唱的歌曲）吧！江原道山高且峻，除了玉米和馬鈴薯，就沒東西可吃了。江原道人沉默寡言，從以前開始就被稱為巖下老佛，像這種地方，朝鮮八道四處也找不到，為此我來高歌一曲場打令。這不是遊走市場而唱的場打令，是去不了市場而唱的場打令。當您回去時，和人站著看漢城市場，結果腳疼去不成、大嘴悠遊大邱市場，結果市場太寬廣逛不完，繞了一圈，最後還是回到江原道！」

「你這傢伙，大好日子偏偏唱這叫化子在唱的場打令？」

嚴氏提高了嗓門。

「橫說豎說，橫城市場太滑了，所以去不成、想去春川，泉田市場濕了草鞋，所以去不成、想去洪川，九萬里市場路太遠，所以去不成、翻山越嶺到寧越，寧越市場太多香菸煙霧，所以去不成、有了感情，想到旌善市場就哭泣，所以去不成、就算昨天就來了麟蹄市場，可是腳還是很痛，所以去不成、隔膜肉和牛腸太好吃，平昌市場的下酒湯太好喝，喝醉了所以去不成、音信不通的蔚珍市場太鬱悶，讓人滿腔怒火，所以去不成。唉唷唉唷，我怎麼會唱得這麼好？這麼多地方都唱好唱滿，我唱得真是讚！」

就在大夥兒一陣鬧哄哄的時候，隔壁的吳氏也露臉說道：「這歌實而不華，唱得挺好。原來您是江原道來的公子嗎？」

嚴氏畢恭畢敬地鞠躬回禮。

「既然如此，再來首旌善阿里郎吧？我看你應該沒有不會唱的曲子了！」

「這樣的話，那我就唱看看吧？」

嚴氏清清喉嚨，準備高歌一曲。

「前山的啄木鳥很會在樹木上鑽洞，可是我們家那個二愣子卻連洞都不會鑽。」

有人鼓掌喝采，也有人揮手鼓譟別再唱了，不過這時朴先生嘻皮笑臉地大聲高喊：「你好好地唱嘛，既然都要唱了，不如來一首紅裙吧！」

志翔穿越人群，走出了房門外。他沿著燈光朦朧的步道走下階梯，背後傳來嚴氏高聲歡唱的旌善阿里郎。志翔走到宿舍外頭往防坡堤的那條路口，然後就坐在路口邊的大石頭上。此時的夜空清澈，滿天星光十分耀眼，他怎麼也沒想到孩子出生會帶來這麼大的騷動，只好跑出來一個人靜一靜，稍微舒緩這陣子以來的鬱悶。志翔突然想起妻子來：「不知道孩子長什麼樣？既然是兒子，應該比較像我吧？」

走出宿舍的明國，這時也窸窣窸窣地走了過來。明國走到志翔身旁，張開雙臂並挺起胸膛，嘴裡像在自言自語般地念念有詞。

「不覺得心裡不舒服嗎？就算是再好的消息，只要來的不對時候，就高興不起來。」

「這倒是。」

「這是人之常情。你我都一樣來到這裡，陷入這種境地，怎麼樣也開心不了。」

過了一會兒，志翔開口。

「這麼糟的時期，孩子到底要如何成長？」

「既然都順利生下來了，總是有辦法長大的。而且孩子的媽還在啊，不管遇到什麼事情，努力越過那道關卡……人生的道理不就這樣嗎？從很久很久以前，不是就有話說孩子和卵蛋都不是負擔嗎？你下面掛著那兩顆卵蛋，難道很辛苦嗎？」

這時，宿舍入口突然亂糟糟的，只見三個人扭打在一起，出了房門外。兩人往大吵聲的根源處一看，發現站在中央者的背部正被人拳打腳踢。禹錫帶著成植逃了出來。

志翔高聲詢問：「禹錫，怎麼了？」

「成植這傢伙發酒瘋，一杯黃湯下肚以後，就哭鬧了起來。」

「人家不是都說照顧小孩的地方，就連冷水都不要喝嗎？可是剛他們給成植這孩子喝了酒啊！」

志翔走了過去。

「喝了酒就哭嗎？這孩子。唉，不對呀，才喝那麼一小口酒就醉了嗎？」

抽抽咽咽又哭了起來的成植，抬起頭來看著志翔說道：「大哥，志翔大哥。我好想回家鄉！你帶我回故鄉好嗎？我去看一眼就會回來的，拜託帶我回家好嗎？」

故鄉。成植說的那個故鄉，頓時讓周圍所有人的心都凍結了起來。「故鄉。何止是你，想回故鄉的人又何止是你呢？」志翔心疼地抱起成植的頭。

「好，我們回去吧，我們回故鄉吧。總有一天，我們要回故鄉。」

「大哥，我現在就想回去。」

志翔不知該說些什麼來安撫成植，只是默默地站著。這時禹錫說道：「成植啊，我們回故鄉吧。回去睡一覺，在夢裡就能回去故鄉了。所謂的故鄉，就是夢裡也能再見的地方。」

15

在正房裡餵奶給孩子喝的瑞螢抬起頭來，走進房內的洪氏手上正拿著一個大碗。看著女兒如今已有為人母的架勢，洪氏不禁想起女兒起初只是不停問著：「孩子的臉怎麼這麼紅？」，還小心翼翼地抱著孩子的緊張模樣。

「栗子煮好了，快吃吃看。漢東說要給你吃，把他手邊的栗子都拿出來煮了呢。」

瑞螢往前移坐，洪氏則轉過頭看了孩子一眼，眼神露出笑容。

「孩子好像長大了一些。」

「有嗎？我每天看著他，怎麼看都一樣啊。」

昨天是三七日（譯註：三七日，意指生下孩子後的第二十一天。生完孩子後的二十一天內行分離儀禮，會在門口前掛禁繩，禁止閒雜人等出入，以避免去過喪家者入內帶來霉運，或是將細菌帶入房內，傳染給免疫力的新生兒），那條原本掛在大門上，用草繩混和木炭與辣椒做成的禁繩已被取下。

剛結婚的頭一、兩年，周遭的親友都很關心夫妻倆什麼時候才能生孩子，不過兩人認為孩子或早或晚都有可能到來，所以也就決定順其自然，只是後來大夥兒見瑞螢的肚皮始終沒有動靜，甚至開始討論是否該為志翔討個小妾回來，瑞螢因此飽受不少心理壓力，她甚至認為臉上的黑斑說不定就是這股壓力所造成。

志翔心疼妻子，他說家裡已經有了宗孫，兩人不用太擔心，要是家裡還是有意見，大不了把哥哥的其中一個孩子戶籍掛在自己底下，他絕不會再讓那些話傳到兩人耳裡。志翔曾在共寢時說過兩人一起生活就好，要是有了孩子，睡覺的時候，孩子豈不是要擠在兩人之間？那時瑞螢才知道，其實志翔心中非常想要有個孩子。

瑞螢哄孩子入睡之後，才坐下來和母親兩人剝著栗子吃。夕陽照進屋內，紙門在餘暉照耀之下，顯得明亮不已，瑞螢一邊看著房裡，一邊想著自己最喜歡房間的這個時刻，眼睛都亮了起來。瑞螢在自己少女時期度過的房間裡生下孩子，然後還要在這裡做完月子，想到這裡，她冷不防地想起婆家的事情。

由於礦產事業發生一些問題沒能解決，大伯經常為了錢和公公搞得臉紅脖子粗的，而這剛好發生在瑞螢回娘家待產之前。仔細一想，妯娌經常一臉忌妒地進出家裡，又老是出腳踢小黃的肚子，不只如此，抽水機旁悠哉走動的母雞也經常受到無妄之災，被她用水亂潑灑。

洪氏小小聲地說：「俗話都說就算是拿破麻布來織蓆子，也要好好地操作織布機，把蓆子給織好。現在你有孩子了，回去以後，一定要謹言慎行，行為要端正。」

「您知道村子裡的人都說什麼嗎？人家看到我和婆婆，都說我們就算打雷閃電，也是一心同體。」

洪氏無奈地歪嘴一笑。瑞螢說她和婆婆就算打雷閃電，也是一心同體，那就表示婆媳關係十分融洽。

「無心之人，大概也無話可說。婆媳之間最好不要像小牛看井裡那樣，把內心都表露出來。」

洪氏冷不防地說。

「這世上也真無情，這麼重要的事情，你爸怎樣就是看不到，真是叫人為之氣結。」

讓人氣結的何止這點呢？不過瑞螢把洪氏這番話都丟到耳後去：「哥哥過得如何？」

瑞螢突地冒出這句話，洪氏驚訝地轉過頭來。

「你怎麼突然講起你哥哥？難道你聽到什麼不好的消息嗎？」

「聽什麼聽？只是跟您這樣聊天，突然想起哥哥了。」

瑞螢想起哥哥說要去滿州時，爸爸說過的話：只要能去，我這個做爹的，就算要背你去都願意，可是我怎麼能丟著祖墳不管，就這樣離開家鄉呢？人老都會一死，我只想死後葬在祖墳邊，你不用擔心我，儘管照你的意思去吧。就算我們現在失去了國家，也要相信必有復國之日。男子漢若想成就一番事業，就要好好立定志向並執行，哪怕你說要去抓頭豹，結果卻只抓了一隻兔子也好，總之一定要有遠大的目標才行。

兄妹兩人雖然年紀有些差距，但兩人感情一直很好，絲毫感受不到年齡的隔閡。小時候瑞螢總愛鑽到藤蔓洞穴底下玩耍，哥哥總是會告訴她那裡有蛇，嚇得瑞螢一屁股摔在地上，連忙飛奔逃離洞穴，而哥哥見狀老是哈哈大笑。

瑞螢想起以前和哥哥經常摘桑葚吃，吃得嘴唇發紫的時期，那時母親總是叨念著哪有女孩子家會撩著裙子爬到樹上，跟個男孩子沒兩樣。

「哥哥都可以，為什麼我就不行？」

「孩子的爸也真是的，沒事教女兒讀書寫字幹嘛？現在再怎麼告訴她男女有別也沒用，她三天兩頭就跑去爬樹。」

山谷邊日出日落雖平凡，但由於生在教師之家，所以瑞螢自小就耳濡目染，很早就學會了「童蒙先習」，父親之後還讓瑞螢在他跟前學習四書。可是母親的想法卻不同。

「女孩子家學會讀書寫字要幹嘛？結果只是搞累我這個做母親的。」

母親從未忘記女孩就像是葫蘆一樣的這句話，她總說女孩子像葫蘆，滾啊滾地，滾到剛好容納自己的洞穴，那就是合適自己的地方，要是掉到污水溝裡，那麼一輩子就會過得艱辛。

不過哥哥認為這世間所有事情可沒有這麼單純。瑞螢還記得哥哥告訴過她，生命無價，絕非毫無價值，也曾說失去國家的百姓，怎能只是過著挖土或遙望白雲的生活並終其一生。母親為了讓哥哥快點結婚成家，不停四處奔波打探消息，然而哥哥最後卻去了滿州。

「我要去滿州。」

哥哥看起來就像是在生氣似的，丟下這句話以後，就離開家裡了。

「哥哥，那裡很遠嗎？」

「難道因為路途遙遠，就要放棄嗎？」

結果哥哥婚事也沒辦成，就這麼離開了，當初正在和他談婚約的貞任姊姊，最後則聽說離家到別的地方去了。

「貞任姊姊也真是的，既然那麼喜歡哥哥，那麼就該和他一起前去啊。婚事談不成，就這樣離家到別的地方去，顯得好像我們家很糟糕似的……」

當哥哥正準備前往滿州之際，瑞螢也正準備自己的婚事，忙得焦頭爛額。泰衡曾說：「那家的人都好奇怪。老師的女兒居然要嫁到天下人盡知的親日派家裡，他們家的人肯定都很奇怪。」不過瑞螢心想，志翔是個可信賴的人、是個有用之人，他很有想法，才不會讓你們擔心。

瑞螢回過頭來看著明照，也不知道孩子是什麼時候醒來的，正張開兩個大大的眼睛，直直望著天花板。「明照啊，你這小少爺，什麼時候才會長大成人呢？」

「瑞螢啊。」

父親治圭叫喚之下，瑞螢轉過身來。然後悠悠地橫越院子。

瑞螢在石階前脫下鞋子，然後走入屋內。父親正坐在漆黑的屋裡，瑞螢看著父親說道：「怎麼不開燈呢？」由於物資短缺，有錢也買不到石油，為了節省用油，父親常常都不開燈。瑞螢點起油燈，不一會兒，屋內便滿是石油味道，同時也亮了起來。治圭把桌上的信封交給瑞螢，並說道：「你收下這個，這是給明照的禮物。」

治圭默默地微笑著。瑞螢不知多久已沒看過父親這麼羞澀地笑著，她又驚又喜地打開這封用韓紙精心摺好的信封。

「我給這孩子寫了一首詩，裡頭包含了我的心意，只是不知道這孩子以後看到會不會覺得很可笑。」

瑞螢開始讀起父親所寫的詩〈雲山吟〉（引用順菴．安鼎福（西元一七一二至一七九一年）的詩）。這是一首吟唱白雲與高山的詩——

白雲有起滅
青山無改時
變遷非所貴
特立斯為奇

「啊，爸。」

瑞螢再也說不出口。治圭看著女兒低下頭來。

「我是希望孩子以後能儀表堂堂，才提筆寫下這首詩的。」

「真是謝謝您。」

一頭短髮的治圭，用手撫摸著他那長至身上韓服衣襟邊的鬍子，並交給瑞螢一本書。那是一本包裝精美的新書。

「還有，這本書你也拿去吧。這是我要給外孫的書，以後等他學寫字時，就拿這本書給他閱讀。」

「這是什麼書？」

「是《孟子》，盡心章句。」

瑞螢接下書本後，仔細看了一下，發現裡頭竟是父親的筆跡。

「是您直接提筆抄寫這本書的嗎？」

「是啊，反正閒著也沒事做。」

「這真的是最好的禮物了！謝謝您，爸。」

瑞螢已深刻感受到父親疼愛外孫之情。

「提筆寫字也是以前才會做的事情，現在我的手已經沒啥力氣了。」

治圭平日就以在書堂講課消閒度日，而農作事務則交給漢東。治圭捋鬍說道：「四書之中，我希望孩子一定要閱讀《孟子》，所以才準備了這本書，等孩子長大以後，請一定要告訴他。」

「等他長大以後，我要把他帶來，讓他直接跟您學習。」

「那這樣我得活到何年何月呀？我可不知道還能活多久。」

治圭慢慢地將菸葉放入煙袋裡。

「若說儒教之祖為孔子的話，那麼曾子就是把儒學傳承下去的人，孔子的孫子，子思則繼續承繼儒學的思想。而孟子作為子思的門生，直接接受子思的指導。」

瑞螢低頭靜靜聽著父親的教誨。

「孟子曾說『生，亦我所欲也；義，亦我所欲也，二者不可得兼，舍生而取義者也。』在那混沌的時代裡，孟子為了傳授正義與道德而周遊列國，氣慨絲毫不屈。今日我們正處在這麼艱難的時代，不更應該好好接受孟子的訓示嗎？」

治圭看著女兒一點一滴地成長，不禁感慨女兒也該有所學習，他在女兒名字中取了一個螢字，就是希望女兒也要沉穩心性，勤勉向學。而這名字就是出於中國晉朝車胤於夏夜利用螢火蟲的光亮讀書，以及遜康利用冬日白雪反射之光線閱讀的螢雪故事。

收下書本並離開父親房間的瑞螢，在走到正房的途中，轉過頭凝望庭院。閃耀著屋內燈光的庭院一片空寂，而哥哥泰衡以前使用的房間就在庭院的一端。就在哥哥去了滿州的次年，父親表示留著房間在那，需要清整維護也麻煩，所以就把它給拆了，雖然話是這麼說，但那卻是因為睹物思人，看著那個失去消息、不知何時才會歸來的兒子空房，心中並不好受的關係。

難道有誰不知什麼才是正道嗎？只是活出正道是條艱辛之路罷了。聽過父親的話以後，在這感到些許無奈的夏季裡，後院桃樹旁又多了一個空蜂箱，看來之前家裡養的蜜蜂大概已經飛走了。也不知道什麼原因，家裡養的蜜蜂總是會飛走，結果空蜂箱變得越來越多，家裡也不知不覺變得寒冷。

昭陽江對岸的泉田，自古以來就是跑單幫的行商人做生意之地。流向牛頭平原的昭陽江，為春川的源泉，承載了沿岸的文化，而昭陽江市場正好位處昭陽江丘陵，那些要送往松岳與漢陽等處的稅糧就匯集於此，因此使昭陽江市場得以繁榮興盛。不只如此，隔壁的租地也是繁榮昭陽江市場的一大要因。由於農田或宅邸的租地價格多以穀食作為清償的單位，而穀食聚集在此，更能促進商賈販售，自然使得泉田這一帶變得熱鬧。當許多人聚集在此地，自然就會使這裡人來人往、車水馬龍，而這樣熱鬧的景象又會吸引更多人來，於是這裡的村子規模逐漸加大，最後發展成牛頭大村。以前的市場集日甚至先從泉田開始，隔天才會到春川邑內趕集。

後來隨著日本殖民統治開始，商圈勢力範圍逐漸移往春川邑內，結果泉田這裡的市集雖然得以留存，邑內市場卻自然消滅。日本人進駐以後，春川邑內變成繁華街道，前後左右增殖了不少村莊，治圭卻搬往泉田更內側的地方，以耕農為生，並開設書堂講課消閒度日，而瑞螢就是在這樣的環境下成長。

與治圭不同，金斗英反而前往朝陽江邊的前方原野水源地旁，開設了一間碾米廠，並得以賺進不少錢財。據說年輕氣盛的金斗英沒有什麼生意不參一腳的，而且他的夫人更是他生意上的一大助手。

「梳著油頭，又穿西式せびろ（紳士服）的人家，居然和堅持穿韓式長袍馬褂，又蓄長鬚的書堂講師家裡結成親家，這真讓人不知其所以然。」

人們總是這樣說，但他們卻不知這兩家的年輕孩子們之間有什麼故事，更不知道當初可是志翔厚著臉皮，天天到遷居上泉田的瑞螢家裡打轉。

隔天早上，瑞螢離開家裡，漢東則拿著行李，跟在揹著孩子的瑞螢後頭。

漢東是這個村子裡長工德三晚婚所生下的孩子，由於孩子的媽和陶瓷商搞外遇離家，所以漢東自幼就被人指指點點、說長話短的。後來德三大病一場，不敵病魔而辭世，治圭就把年幼的漢東帶回自己家裡，讓他幫忙書堂一些事活兒，等漢東略長，治圭也教他務農，時間這麼一晃眼，已經過了十年。

漢東把洪氏準備好的包袱行李放到背架上，然後說道：「我還以為有什麼重物呢，這麼丁點東西，根本用不著背架嘛。」

「你這小子，講什麼白話。」

「回來娘家一趟，不就該準備大包東西讓女兒帶走嗎？現在這些行李只不過小小包而已呢。」

「看你頭這麼大，話也很會講嘛！你等秋收忙完收割以後，就可以考慮一下結婚了。」

「等到供出上繳之後，也剩不了幾顆裨麥在身邊啦！哪還需要等到秋收之後呢？要是有個好姑娘不嫌棄我，現在我立刻就會結婚去。」

「看來你很想結婚嘛！」

「就算是麻鞋，不也是成雙成對的嗎？」

「那好，你想要跟什麼樣的女孩子結婚啊？」

「有個鼻子和嘴巴就好，眼睛跟耳朵都要成一雙，這樣就很夠啦！唉呀，我尿急，我去上個廁所就來。」

「這傢伙，這傢伙！」

漢東嘴裡念著挑行李的人得走在前頭，就早一步離開村子。瑞螢走出村口以後，在櫸樹下停下腳步，遠方只見村民趕牛的風景，然而他們身上的背架空空如也，此情此景看起來並不悠閒，反而更顯淒涼。

母親看著下泉田原野，嘆了一口氣。

「真是辛苦，現在生存越來越不易，希望大家都能安居樂業。」

「媽，我會好好的。那麼……」

瑞螢低頭告別以後，便轉身離去。瑞螢在行走途中，幾度回過頭來看著母親站在原地送別自己的樣子，這才慢慢離開村子。

這次回娘家很順利，一人歸返，兩人啟程；來的時候，只是一名女子，走的時候，則是一位母親。雖然志翔不在身邊，順產的好消息怎樣也不能盡心欣喜，但瑞螢相信，從現在開始，自己一定會變得更加堅強。此刻，冷冽微風吹拂在瑞螢身上，彷彿像是在給予鼓勵。

來到江邊以後，漢東挑起背架，並且等候瑞螢的到來。這裡是個偏僻的農村，雖然田野與山腰看似不會隨著季節變換而產生色彩繽紛，但儘管如此，仍保有山巒青翠的模樣。

看著照顧孩子的瑞螢，漢東臉上露出一絲微笑。曾幾何時，那個和學童們被夫子罰站在學堂前的冒失姑娘，如今已經成為慈祥人母。努力回頭往遠山眺望的漢東臉龐變得比以往還黝黑。

「一個人下田，不辛苦嗎？」

「所謂的種田，能有什麼呢？我每次看著躺在一邊的黃牛，心裡就會想：你這傢伙，我怎麼就不能作為你這隻牛投胎生出來呢？」

「這是什麼意思？」

「下田耕種也要有點趣味才會想耕作啊，更何況我也不知道什麼時候會被徵召走。」

「你怎麼盡說這些有的沒的？」

兩人嘎吱嘎吱地走到渡船口，漢東說：「當初大哥被吊起來時……那時可真有趣。」

漢東說的正是志翔前來迎娶瑞螢當天的事情。他看著背著孩子的瑞螢，忍不住想起那天的情況。

「大哥？被吊在哪兒了？」

「唉唷，不就那個時候嗎？姊姊您正在點胭脂的時候，村裡的青年們喊著採花賊來了，把他吊起來，還用擣衣棒打他的腳底啊。」

「我還以為是發生了什麼事呢，看來是我太胡思亂想。」

瑞螢無心地自語，卻也瞥見漢東的樣子和平常不同。漢東轉過頭去，一臉難過欲泣的神情，眼睛裡布滿了血絲。

瑞螢走到漢東身邊，漢東哽咽著忍住不發出哭聲，只是漢東一直哭喪著臉，連瑞螢也忍不住皺起眉頭。

「到底發生什麼事了？」

「就，你知道村子裡都在說些什麼嗎？」

「村子裡的人說了什麼？」

「他們都說姊姊你現在只剩一個人了。」

「講這什麼話！他們也太口不擇言了！」

「大家都說，那些被徵召走的人，沒有一個能平安歸來。」

「我知道你在想什麼，不過你不要那樣想，難道每個人都一樣嗎？」

瑞螢告訴自己，就像春暖花開、山菜茂盛的盛夏，還有衣物迎風晾乾的秋天那樣四季有流轉之時，自己還年輕，而且如今也有了孩子，往後必能安享晚年。歲月怎會停止不前呢？看看遠山，現在不正一片蓊鬱嗎？以後就看著這片山水生活下去吧！

瑞螢輕輕地詢問漢東，像是要安撫他似的：「對了，去年春天，你不是和全羅道的姑娘在談婚事嗎？事情後來如何？」

「還提什麼婚事呢！那門婚事早就告吹了。」

漢東沒一聲好氣。

「我才不要結婚，就憑我這身份結什麼婚？」

「你不是說只要有一張嘴，還有各一對眼睛和耳朵就行了？」

瑞螢本來想逗漢東笑的，可是他卻不說一句話。

「聽說你不滿意那個姑娘？」

「姊姊你幹嘛講這些！」

「講了又怎樣，你也到了成家的年紀啊！」

「我……我什麼也不需要啦！」

漢東咬著牙，忍住不說出心裡話：「我只要有姊姊就夠了。」此刻強勁的江風正拍打在漢東臉上。

16

「你不想看看兒子嗎？」

「你根本是明知故問嘛！別在我的傷口上灑鹽了，好嗎？」

當然想看兒子啊！光是用想的，都覺得心跳不已。草地上吹過一陣風，志翔瞇著眼望向那裡朦朧的燈光。

發薪日當晚。志翔在該月獲得了幾張傳票，禹錫看了以後，嘻嘻笑著：「金志翔君，本月挖礦成績良好。優秀的礦工就是在這個時候顯現本事的，不管什麼目標都能達成！果然厲害！」

「崔禹錫君，這個月怎麼會沒有薪水入帳呢？看來你的挖礦量大概就只有個鼻孔大吧？還不認真挖礦，挖礦！」

兩人雖然互相拿挖礦成績開對方玩笑，但論起對挖出礦量斤斤計較的小家子氣，正是日本鬼子的標準嘴臉。想到上個月從誰那裡拿到幾張傳票、這個月從誰那裡拿到幾張傳票時，腦子浮現的盡是他們那小心眼的樣子。兩人都覺得無奈，不過還是拿了幾張傳票去買了仙貝，然後跑到草地上面海而坐。

志翔開口說道：「我覺得人啊，還真是無情。你看我那麼想見兒子，卻沒有辦法去見他，所以只能不停告訴自己不要難過、快忘掉這些難過的事情、不要再想難過的事情了，結果……沒想到真的不再去想了。我現在就連想見兒子的心都沒有。」

「你別自虐了。」

兩人靜靜地看著草地上的燈光、下面的防波堤，還有圍繞這座島的深不見底的大海。也不知禹錫想到什麼，突然這麼說道：「你家在哪裡？」

「你這不是白問的嗎？田坪里啊。」

志翔挺起胸來，聲音也比剛開朗一些，兩手往上高舉。

「你想得起學校的校歌嗎？」

志翔低聲唱起當時的校歌，那是用日語編成的春川高等普通學校的校歌——

春日降臨田坪的寬廣原野

我們從東方天空中得到啟示

「那個田坪的寬廣原野，就是水源地那裡，昭陽江邊的前方原野！」

兩人一時靜了下來。春川高等普通學校，他們頓時想起以前亂糟糟的就學時期。

「你說你以前曾在常綠會的聚會中看過我，對吧？」

「你怎麼突然說起這些？」

「我一直在想，明明是那麼重要的事情，為什麼我一直記不起你。」

「那也正常的。我不是正式會員，只是參加了讀書會而已。而且白興基學長在常綠會綱領中，有過讓人懷疑的發言，此後再也沒人能加入常綠會，而我也不再出席聚會了。我想我大概就是在最後一次出席時看過你吧。」

志翔想起當時，心裡一陣苦澀。他心想自己不過是跟學長們借書來看而已，別說自己不是會在人前出頭的個性了，他也一樣懷疑過白興基學長想把常綠會的聚會導向獨立運動，所以當他知道開始擴大範圍搜查時，一點也不擔心自己會被捲入其中，相信自己只會被傳喚過去一、兩次，協助進行搜查就可以。其實這件事大可靜等風波過去就可以，卻因為父親的關係，讓自己完全排除在調查對象之中，也因此才會被其他學生誤會成告密者，最後在學校裡受盡霸凌。

事情發展到最後，自己也不得不休學。雖然父親曾想讓自己完成學業，之後再安排留學，然而父親的出手卻讓志翔無法繼續上學。對此，父親大為光火，飆罵志翔：「難道你怕他們怕到不敢上學嗎？男孩子這麼軟弱，以後還能成什麼事？」但志翔卻認為繼續上學才是卑鄙的事情。

志翔反問禹錫。

「那時你怎麼樣呢？最後避開了審判，不是嗎？」

「志翔，雖然我作為會員，一直熱心參與其中，但其實我並不清楚事情的始末。當時搜查正開始，巡查們正紅了眼地大肆搜索，可我人並不在春川。」

志翔因為那個事件而轉念回家經營事業，所以也不知道究竟是哪些人被起訴，他所了解到的內容都是由瑞螢的哥哥，泰衡，所轉述給他的內容。

「那時你不在春川嗎？你去了哪裡？」

「我去廟裡了。」

「廟？」

「我心裡一堆煩惱啊。」

過了一會兒，禹錫又開口說下去。

「正當我想要回家，並聯絡家裡的時候，相關的審判都已經結束了。那時我根本不知道這竟然發展成那麼大的事件。」

原來如此。志翔這時回想起來，當初禹錫笑嘻嘻地說著山村是不識字的鄉巴佬，又說釀造廠老闆該創氏改名叫酒藏的模樣。禹錫繼續說道：「我們那時讀的李光洙小說也是如此。我不想說那是叛變，那只是我們的不幸罷了。你聽過朱耀翰與李光洙曾說過這樣的話嗎？他們說，當我們越是被日本同化，最後日本就會變成朝鮮的嘍囉，越是這麼想就越該行動。你說這像話嗎？」

一九四四年，李光洙出席在中國南京所舉辦的大東亞文學者大會時，曾對小說家金八峰說：「當我們有選舉權與被選舉權，而且朝鮮人也當上文部大臣或陸軍大臣時，那時日本人才會覺醒，知道這樣下去，日本就會變成朝鮮人的國家，然後開始隔離日本與朝鮮的生活。唯有這樣，我們才能奪回三千里疆土，並且獨立成功。」禹錫說著。

「指導者怎能拋棄民族獨立呢？說話也得說點人話啊！為人就該為仁。」

「什麼為人就該為仁，你又在說什麼？」

「難道每個人就真的都有道德嗎？做人就要好好做人！」

「我還以為你又在胡說什麼了呢。」

禹錫回過頭來問志翔：「你知道李燦雨學長嗎？那個很會演說的學長。」

「我只有耳聞過。」

「那位學長不是去了趟自行車旅行嗎？聽說他在暑假的時候，從春川開始出發，行經漢城、開城，一路騎到了平壤。那位學長說要親眼去見識古都與農村實際的模樣，我聽到這故事時，頓時覺得眼界大開，我心想就是這個了，我也要親自去走訪並了解我們這個民族，所以我走遍了不少地方。祖國，悲哀的我的足國山河。」

親自走訪的祖國、悲哀的祖國山河。禹錫的每一句話，都深深地打入志翔的心裡，叫人黯然神傷。

禹錫繼續說著。「我想知道這世界究竟是如何運作的，不是有個系統叫做階層嗎？只要有地主，那麼就會有刺釘、有佃農、有長工，我想親自去了解這些，並徹底去了解社會與我所處的這個時代。我想親身去學習朝鮮這個國家究竟變成了什麼樣子。

我覺得在江原道是體驗不到我想知道的東西的。江原道除了地主以外，就只有佃農而已，可江原道的地主不過也就只有幾張田罷了，所以我第一個走訪的地方就是全羅道的萬頃平原，然後再四處遊歷、走走看看，結果我發現各地的平原都已變成日本貴族的土地，甚至連鹽田也成為他們的囊中之物。我還曾被關在一個叫做細川的熊本貴族領土裡呢。

後來，我想知道商賈生意的狀況，所以跟著行商人行動，不只幫他們背行李，也幫他們牽騾子。我把離家吃苦當作是種學習，透過那些辛勞來看懂我們國家的情勢，然後我也因此陷入質疑，我開始懷疑自己是什麼樣的人，我認為我也得了解自己才行。

苦思之下，我去了廟裡。我綁了裹腿並雲遊四方，一邊幫人煮飯、生火，一邊度過行者時光……我承諾皈依佛法僧三寶，並立下四弘誓願，那可真是不可思議。也許是我想法淺薄，但那時我真心覺得這就是一條真理大道，我認為這就是我們為人該行之路，就算不當僧侶，只要生存在這世界上，也該有那樣的決心。所謂的四弘誓願就是眾生無邊誓願度，煩惱無盡誓願斷，法門無量誓願學，佛道無上誓願成。

我覺得這就是我們該走的路，而我也有幸見到帶領這條正道的大師，只是最後我才知道是自己自尋一堆煩惱。等到我要下山時，審判已經結束，我才知道有許多學長都被抓走了。現在想想，那時真慘澹，感覺只是年紀虛長，但卻一事無成，時光都浪費掉了，但換個角度一想，有時也會感慨若沒有當時那段時光，我的人生又會變得如何呢？也許當初的那段時光就是我現在人生的支柱了。

常綠會，那個讀書會留給我們的到底是什麼？我覺得留給我們的是確認和可能性。留在土裡的民族之根，決不是枯死老木，五千年的歷史怎可能在數十年間就消磨殆盡？難道這不是喚起我們信心的信號嗎？」

「你跟我雖然都沒畢業，但嚴格來說，我可是你春川高等普通學校的學長，你知道嗎？」

「是，我偉大的學長。請您享用我的仙貝吧。」

志翔把手中的仙貝剝了一半下來，並放到禹錫手上，然後說著：「可是你要知道，人在異鄉，十年就能讓人互為好友。」

兩人無聲地笑著。志翔慢慢地說著，像是在說夢話似的：「有時候我也會想，該打起精神活下去，就像當初和學長們交談時的模樣，以當初的那種決心。」

「我們要如何忘掉那個時期的事情呢？」

禹錫回想著：「如果常綠會的聚會能繼續維持下去，不知道會變成什麼樣？事情太早暴露，實在叫人惋惜。還記得當時的目標是在畢業以後，每個人出了社會，不管進到哪種領域，各自都要為了獨立而努力。所以現在回頭想起，就只覺得悔恨不已……不過，偶爾我也會懷念那個時候，畢竟那時我們是多麼的年輕。」

「對於這麼遠大的事業，我們顯得還太稚嫩了。」

「才不，是年輕！就像蔥田一樣，大家都年輕氣盛。」

年輕，沒錯，是年輕。誰會知道現在居然會來到這裡，過著這麼悲慘的生活？志翔一邊回想起痛苦回憶，一邊望向黑暗之中，想起那時就像杳然遠去的日子，不禁低下了頭。

「看著學長們，就覺得大家都充滿熱情，我很喜歡那樣的大家。讀書會只是募集人員的準備階段，並讓大家具備歷史意識的方法而已，後來當我知道常綠會的遠大計畫是培養獨立鬥士時，心裡很是興奮。儘管到了現在，想到這點我還是會感到興奮，我認為不該忘記這種精神才是。」

志翔想起當時的學長們，語帶懷念地說：「我最喜歡的學長就是泰衡學長了，住在泉田的那位。」

「我也認識泰衡學長！我也很喜歡他！」

「那位學長現在可是我的大舅子。」

「什麼？」

禹錫提高音量，並與志翔互相對望。

「那麼，泰衡學長的妹妹就是你的媳婦兒囉？」

「什麼媳婦兒，要叫他夫人！」

志翔正回想著禹錫所說，那個大家都年輕氣盛的時期。當時常到泉田家裡玩的志翔，看過泰衡筆記本上那夢想般的內容：「常綠會，我們是那麼純潔又清新。我們的意志就像水霧繚繞的昭陽江清晨般美好。」、「我們的夢想與意志是如此遠大，我們誓言必定以戰戰兢兢的精神，奉獻我們的青春，並將我們的意志傳承到社會上。我們最終必要完成獨立，並且培養獨立運動核心之人才，如此藍圖，何等盛大？」

「大哥，我可以把這幾段抄下來嗎？」

「哪有人會想抄寫別人的日記啦？」

「因為我很喜歡你那幾段話嘛！」

啟蒙的種子很小。上課時間所傳的小紙條，以及物理筆記上一角所寫的內容，就是這一切的開始。常綠會的創始會員白興基，在被檢舉後的一九三八年十二月二十日，於司法警察官道警部補濱野松太郎的新聞之中被記載：「昭和十二（西元一九三七）年二月，在學校教室裡，文世鉉於物理筆記上寫下以『未來朝鮮人該何去何從』為題的文章，內容關於朝鮮人按照時勢發展下去，必然走下自滅的內容，年輕人應該有所警覺。他給我看了這個文章，並詢問我的意志如何。」

另外，由春川警察署於一九三九年五月十二日起擬，並送往京城地方法院春川支廳檢查分局檢事鈴木角一的「犯罪事實」裡，也揭示了這樣的內容：「時為四年級的嫌犯文世鉉，於昭和十二年二月某日的數學課上課途中，交給嫌犯李燦雨的紙條上寫有『學校最近禁講朝鮮話，並鼓勵大家說日本話，這叫朝鮮人該走向何處？』顯露出對於禁講朝鮮話的不滿，而李燦雨則以『就算讓我曝屍荒野，成為烏鴉們的食物，我也欣然為朝鮮民族做出犧牲。』積極回應，交換彼此的民族意識。而他與南宮玷之間，也堅持民族未來就掌握在脫離日本的朝鮮獨立運動上。兩人並交流彼此的堅強信念，最後則一致認同組成秘密結社。」

在秘密結社的創始意志之下，首度聚會就舉辦在三月十四日，同時也是常綠會的誕生。創始會員們決意致力於自我完成、克盡指導者之責、培養團結力、正視民族惡俗之派別鬥爭，予以從中導正，誓言為了朝鮮民族犧牲奉獻。

他們於常綠會傘下設立了讀書會，藉由定期聚會閱讀的方式來吸收會員，這同時也是能讓常綠會有公開活動的權宜之計。透過書本傳閱與會員間的每月例會，大家也能針對讀後心得的發表、討論、民族的將來，發表自己的意見。這樣的精神自創始會員南宮珆、李燦雨、文世鉉、龍煥珏、白興基、李圭奭等人畢業之後，到被檢舉為止，常綠會的脈絡就這樣延續到李延浩為止。在反覆歷經會員脫退與會員加入之下，常綠會的精神得以傳承不滅，而畢業生中的李燦雨及白興基更前往滿州執教，將常綠會的精神拓展開來。

承繼畢業生之後接手擔任會長的李延浩，在一九三八年十二月因常綠會成為罷課的發端，而被人一狀搞到警察那裡去。警察則於移送公文中標示已密切調查學生們的動向。

關於一九三八年秋季開始著手調查的常綠會事件，警察於「事件紀錄」當中指責「常綠會的成立目的在於改變日本國體」。常綠會事件，又名「春川公立中學校學生之民族革命運動事件　檢舉案件」，到一九三九年三月二十五日移送到京城地方法院春川支廳為止的這段期間，調查了畢業生與在學生共一百三十七名，並加以檢舉與拘役。最後一共一百四十七件物品被扣押，並有三十八位常綠會會員被拘提，其中十二位會員被判違反治安維持法而入獄服刑。至於白興基則因拷問後遺症，死於監獄中。

之前那些以違反治安維持法被捕的畢業生們，如今已活躍在社會各界。當中有人後來攻讀神學，並當上金融組合書記，也有人成為安東檢查分局的僱員、Severance 醫校學生、藥局事務員，還有人當上書堂教師。原本前往滿州執教的李燦雨及白興基，被一路追趕到滿州的春川警察署道巡查米田貞吉、岡田磯一所逮捕，先是被押送到平安北道新義州警察署，拘留幾天以後，再轉送回春川來。

春川警察署根據治安維持法第一條第一項的結社組織與結社加入罪所制定的「犯罪事實」中，記載這些人是「日本帝國在中國事變勃發以來，一直努力建立新東亞秩序。然而在此時期面臨了非常國難，正當舉國上下需同心協力克服難題之際，卻反覆煽動偏狹且激烈的民族運動來進行干擾，造成時局動盪不安，十分可憎」，還說他們「不僅絲毫不悔改自己所犯下的罪過，再加上他們過度高漲且堅定的民族意識，應該要被起訴究責。」

以讀書會為中心來組織秘密結社，並透過聚會來奠定抗日運動之基礎，曾經璀璨一時的春川高等普通學校常綠會，在往後成為抗日精神里程碑之春川地區，留下一道深刻的殘影，並迎來其落幕之時。

常綠會的秘密結社與活動，以及會員的民族自覺，受到很多方面的影響，家庭環境與宗教就是其中的幾個要素。

南宮玓成長於江原道洪川郡西面牟谷里，簡單來說，這裡就是獨立運動家翰書南宮檍先生的故鄉，而南宮檍先生又是相當於南宮玓爺爺那一輩的親戚，因此，審訊記錄中曾記載南宮玓很早就受到南宮檍先生所言之「成為三千里江山之主人，並從專制暴政之中拯救生靈塗炭的千百同胞，並建設未來的朝鮮新模樣，就是你們的責任。」的啟發，並且「就此萌生民族意識之種子」。

南宮玓的少年時期並不愉快。他的母親在故鄉照顧年過七十的祖父母，那段期間，四十八歲的父親任職於春川的司法書士，並與三十三歲的崔氏共同過著相對富裕的生活。

在南宮玓的審訊記錄中，必須與父親的小妾崔氏一同在春川生活的南宮玓，「對於崔氏的反感逐漸演變成無法聽進父親的訓示，並產生了反抗心理。他所閱讀的雜誌等書籍中，不少主張民族主義的思想。」甚至當被問及「你是因為小妾崔氏的家庭因素，才走上民族主義與信仰之路嗎？」的時候，他回答「正是如此」。

「在決定好四年級的中心人物李延浩來作為繼任者之後，心中實感莫大心安。李延浩不僅學業成績優秀，也擁有強大的民族意識，是個頭腦明晰的人，無須再讓他接受特別的意識教養指導。」南宮玓的審訊記錄中，也如此描述了李延浩。

李延浩出生於黃海道安岳郡，為五男二女中的第二個孩子，由於家中欠債的關係，舉家遷移到春川，那時正好是「家境一年比一年差，最後竟淪落到匆匆忙忙去寄人籬下」的窘困之時。他從任職於京春鐵道春川旅客部火車司機的大哥那裡取得一點點薪水援助以後，便進入春川高等普通學校就讀，並且以首席的成績入學。

他自陳在「母親每日忍受寒冷，在街頭販賣烤年糕」的悲慘環境之中，「看見日本人對待朝鮮人有如犬馬，最後終於在心中滋長了民族主義之意識」，顯示出少年心中究竟是如何開始萌生反日情緒。

對於成為常綠會主軸的學生來說，基督教更是他們的一股強大力量，同時也是指引方向的指南針。主導常綠會的南宮玷與文世鉉，曾接受民族意識強大的衛理公會金光石牧師的洗禮，過著信仰生活。南宮玷在審訊記錄中曾表示「等到朝鮮獨立以後，將退出組織，並專心傳教」。

李延浩在與常綠會會員們的討論中，曾駁斥「真正為了救濟人類所需的東西，並非自由平等權的獲得，也不是馬克思信奉者所言的麵包問題，而是靈魂的改革。沒有靈魂，是無法救濟人類的。不要只會空談書中的理論，我們必須要跟隨著性靈而活。」

李延浩每到週六晚上，就會到衛理公會女教師的家中學習英文聖經，同時又熱愛閱讀以貧民街之聖者聞名的賀川豐彥著作《飛越死亡線》，從那個時期開始便懷抱著夢想，成為「衣不蔽體者的朋友、貧民的牧會者」

（註：本書的常綠會事件相關記錄與引用參考「韓民族獨立運動史資料集」58、59、60（國立編纂委員會二〇〇四）的常綠會事件審訊記錄、公審記錄、常綠會審判記錄二、三等）。

17

志翔把風吹亂的頭髮往後一撥，並試著去理解明國心裡的想法。「他一定又會叫我閉眼吞忍吧？還會說現在都自身難保了，哪有那個時間去幫別人？只要默不作聲就可以了。」其實他說的話是對的。這時，一隻海鷗朝暗夜飛去。志翔一邊模仿著明國之前老愛說的「那傢伙都不睡的嗎？」，一邊望著明國站在前方的背影，然後慢慢走到他的身邊：「看來還不如像最近一樣，忙得亂七八糟還比較好一點？」

「我也不是沒那麼想……」

反正工作搞砸的話，就只有死路一條，而防波堤這邊又隨時有警衛看守，同樣也是插翅難逃。要是再找不到對策，時間一直拖延下去，恐怕就會錯過良機。

「我想我們可能要快點行動了。」

「花開才能結果，望天才能摘星。你的心情我懂，但也不能沒蓋好柱子就蓋屋緣吧？」

原本是想塞點錢買通菜販，然後躲在空菜桶裡逃走的，結果後來那傢伙卻沒消沒息；後來又想不如冒死游泳逃脫，或是做艘木筏逃走，不過針對這點，兩人的意見卻有些分歧。

那天晚上，明國大半夜的醒了過來，海鷗的啼叫聲摻和著海浪聲傳入漆黑房裡。不知怎地，明國最近總是做些亂糟糟的夢，甚至還在夢裡看到了他年幼就已過世的弟弟。明國看著躺得歪七扭八的室友們，然後把頭轉到朦朧月光照射到的牆邊一角，心裡想著不知朝鮮那裡是否發生什麼事情，或是家裡有誰生病等等，各種不祥的念頭湧上他的心頭，讓他嘆了長長一口氣。

那是因為眼前就要發生大事的關係吧？一定是因為就要試圖逃離這裡了，所以死去的弟弟都擔心地出現在夢裡吧？雖然明國努力地想要往好的方面想，但心中仍舊是沉重無比。他想起夢裡的弟弟還是老樣子，眼睛不禁跳動了一下。唉，那可是還來不及成家就先離開人世的弟弟啊。

不如出去外頭吹個風吧？明國搖搖晃晃地站起身後，又再度回到自己的位置坐了下來。他想到將來要抓緊時機逃亡，現在要是在外頭閒晃，引起誰的注意那可就不好了。明國呆呆地看著窗戶，沉重的心情比滿屋子的漆黑還要深沉。今天是幾日呢？只見高掛天上的月光陰沉迷濛。有句話說月有陰晴圓缺，人有悲歡離合，意思說的是相會又別離、人生在世，時間一到也會逝去。何止人類如此呢？花草樹木亦然。

明國長嘆一聲。弟弟和自己是那麼的不同，所以父母一直都很疼愛弟弟。弟弟人聰明，送他去學讀書時，書堂夫子說想收他入門，跟著商人去學做生意時，商人也想招攬他合夥，可天妒英才，他早早就離開人世，和他相比，自己可說是虛有其表。不過為什麼他會突然出現在夢裡呢？明國只是靜靜地低頭望著地板，不發一語。

夢裡那孩子正在過河，不管是走路的樣子，還是回頭的樣子，全都是老樣子。當初真該請來跳大神的巫師幫他開道的，大概就是因為溺水而死，所以在夢裡也離不開河邊吧？

明國慢慢從位置上起身，並從一旁睡到東倒西歪的室友之間穿了出去，一路走到窗邊。窗外似乎正颳起風來，風聲不斷從黑暗中傳了進來。「這麼心煩意亂的，該怎麼和志翔圖謀大事？」明國咬著牙。他和志翔都認為時間不能再拖下去了，於是明國決定等再過幾天，就要趁著陰曆最後一天晚上渡海逃亡。

「沒有煤炭就沒有國防！」、「比起明天的十噸，更要緊的是今天要努力多挖一噸！」這些激勵人努力挖礦增產的橫幅布幕，也懸掛到了朝鮮人雇傭礦工的宿舍裡。

鼓勵增產礦量的軍部立場，已透過礦業所方正式傳達下令，不只如此，軍部就連一點小事也開始施加壓力。他們希望礦工們就從行走步伐開始更改，而第一項措施就是從入坑道時開始。軍部下令禁止礦工們三三兩兩地離開宿舍，他們要求礦工必須在宿舍門口前整隊前進，整齊劃一地進入礦坑，而且與人相見時需行軍隊的舉手禮，並且像軍隊般擺手行進。隨著採礦現場變得越來越像軍隊，礦業所綜合事務所前也新建了一個拱門，上面除了貼有「增礦」兩個大字以外，還貼了「擊滅英美」的戰爭口號。

礦業所正苦思有無新對策來增產煤礦，而朝鮮人礦工們也漸漸為之所苦。礦業所以朝鮮人礦工編成了一個名為「はんとうきりは（半島切羽）」的組織。一直以來，為了避免朝鮮人礦工與日本人礦工發生衝突，僅召集朝鮮人組成只有朝鮮人的小隊挖礦，但這個新建的組織則是另外組成的半島人先發小隊，被選拔進去的人是力量較大，表現較優秀的雇傭礦工，必須走在坑道最前頭。為了提升挖礦量，他們組織這個小隊來促使其他人奮發賣力，不過就連這樣的作法，也是出自意圖讓日本人礦工和朝鮮人礦工之間展開採礦競爭的卑鄙發想。

與此同時，宿舍的步道上也開始貼出「半島表彰」的海報。礦業所每個月會發給挖礦成績最好的朝鮮人獎金，同時並把他的名字貼在步道上表揚。

就在把這些白天睡覺、晚上得去挖礦的雇傭礦工們叫出來，並讓他們一如平常地戴上頭燈、身上掛著一支鶴嘴鋤，然後穿上作業鞋再加上綁腿，全員一起喊著「增礦！增礦！」並繞著島上進行鼓勵增礦遊行的幾天後，礦業所又動員了日本人礦工的夫人們，組成宣傳班。

這天，拿著大鼓與紙喇叭列隊走遍島上各地，不停高聲吶喊著增礦的日本夫人們，正穿梭公寓間的狹小巷弄裡。當這些穿著便褲的日本夫人宣傳班走到雇傭礦工宿舍前，四樓某個正想睡覺的礦工被吵到氣得扔出木枕，宣傳班成員們眼見木枕掉在自己眼前，便立刻敲鑼打鼓地高喊：「あら、こちはきけん！（唉呀，這裡很危險）」

「だめ、だめ。こちはだめですよ！（不行，不行，這裡不行）」

他們驚慌失色地唧唧喳喳了起來。

「ひどいやつだな、ちょうせんじん。きたなくて（真是過分的傢伙！朝鮮人，真是噁心死了）。」

這時，黑十字動章登場。這是一個和德國納粹相似的十字像，十字外有一個圓。這個動章授予增礦模範之礦工，若是獲得兩次這個動章，就可以前往東京接受商務大臣的表揚，同時會被招待前往日本人心中的聖地明治神宮，去進行參拜。在這之中，也有獲得勳章與二級礦士稱號的朝鮮人礦工。

可是隨著礦坑內的勞動量越來越大，也有越來越多的雇傭礦工們開始自殘。有些礦工會故意讓自己在礦坑裡受傷，然後被送到醫院去，而地下宿舍那裡，也有些受不了悲慘度日的雇傭礦工引火自焚，至於投海自盡的礦工，也有三名之多。雇傭礦工宿舍的氣氛已隨著增產運動變得更加險惡。

「要是烏鴉看到你，大概會驚呼『唉呀，我的天呀，先祖您來啦』。」

「你管人家！萬重啊，你倒是看看你自己又是什麼樣。」

被汗水與煤礦粉弄得骯髒斑駁的臉上，能夠看得清楚的就只有發亮的雙瞳。姜萬重手上搖晃著取下來的頭燈，並朝著明國露齒大笑。那是休息一下再繼續工作的信號。這些礦工們一個一個地蹲坐在漆黑的地板上，在燈光照射之下，每個人的臉龐因汗水而閃耀著。

明國取下脖子上的毛巾，用力地擦拭汗水，然後雙腳伸直坐在地上。就在那時，萬重突然轉過頭大喊。

「這是什麼聲音！」

「是什麼聲音？」

正坐著的明國和禹錫像是跳起來般地飛快起身，並緊貼牆壁不動。

「是這個方向嗎？」

萬重貼在明國身邊說道：「我背後那裡，有泥土掉下來了。」

「那麼就是這個方向了嘛。」

明國慢慢地摸著漆黑牆壁往前走，這時礦坑裡頭一片死寂。正小心翼翼地往前行的明國，彷彿又聽到什麼聲音，於是仔細豎耳端詳一會兒，然後轉過頭說：「牆壁怪怪的……」

明國一邊嘟囔著，一邊向日周伸手。

「那是什麼聲音？給我燈，快！」

日周蜷著身子，把燈交給明國，這時萬重也提著另一盞燈，並走到禹錫身邊。咯吱咯吱聲響彷彿是從牆壁與天花板之間傳出，讓人覺得極度不悅，聽起來就像是用力去刮坑道地面似的。那是互相嵌合的坑木產生推擠扭曲所發出的聲音。

「從那裡冒出來的？」

「這次是天花板！」

拿著燈火的手在晃動，燈光正歪斜地照射在礦坑裡。萬重皺著他那張被煤粉覆蓋的臉孔，往後退了一步。

「快逃、快逃！」

「是要倒了嗎？坍方……」

「到底是誰，是誰隨便耍舌頭！」

提著燈火的禹錫大聲叫罵，他的聲音彷彿鍘刀開鍘般於坑道內響起。往後退的萬重，被禹錫的聲音嚇到，一不小心跌坐在地上。這時在他們頭頂上方某一角，再次傳出咯吱咯吱的聲響，坑木扭曲的聲音也響了起來。

萬重大喊：「快逃，我們快逃吧！」

不一會兒，往出口飛奔的日周跌摔倒在地上，燈火也掉在地上。掉在地上的燈火照在坑木並列的牆壁上，明國在燈光照射之下，看到煤礦粉正逐漸掉落。跟在日周後頭，並跌坐在地上的萬重，開始摸索著往出口爬去。就在那個時候，明國聽到比剛剛更大的坑木扭曲聲音。原本支撐著天花板的坑木正一根根斷裂，並發出咯擦咯擦的聲響。

「禹錫！」

明國大聲呼喊。

「快逃啊！」

那一瞬間，明國趕緊抓住禹錫的肩膀，並奮力把他往出口推出去。

「不是叫你快點出去了嗎！」

明國一邊喊叫，一邊把禹錫往出口推去，自己卻被彈飛到相反方向。煤礦堆上沒有空間讓人起身，明國只好開始匍匐爬行。這時天花板上的煤塊掉落在明國的脖子與腰上，頭頂上也傳來梁柱喀擦喀擦的斷裂聲音，緊接著又立刻傳來三次巨大的轟鳴聲。在巨大的轟鳴聲中，有一股巨大的力量往明國的身上襲來，原來不知從哪裡蹦來的一根木頭，打中了明國，並把明國彈了出去，而上頭的天花板也崩塌了下來。這一切都只發生在短短的一瞬間。此時，煤礦粉伴隨著嗆鼻瓦斯飛揚在坑道裡，使得礦坑裡頭就像是陷入了黑暗沼澤。明國就只記得這個情景，其他都記不起來了。

不知道過了多久時間，所有聲響全都消失，只剩一片死寂。明國慢慢地在沉重的寂靜中睜開雙眼，不知道自己究竟身處何方。當他知道自己的臉上覆蓋了煤礦粉，又不知道過了多久時間。雖然他想抬起頭來，但卻連脖子都動彈不得。就這樣反覆幾次失去意識並清醒之後，明國終於知道自己正被埋在煤礦堆下。他的下半身無法動彈，於是他使盡全身的力量到下半身上，卻徒勞無功，身體依舊無法動作。「那麼這是什麼？壓迫著下半身的又是什麼？」想著想著，明國再度失去意識。

當明國再度睜開眼時，他的大腿底下毫無知覺。「原來如此，我被捲到坑木之中了」壓迫著下半身，彷彿就要把屁股給切開的東西就是坑木，而且在那上頭還覆蓋了一堆煤礦。他開始思考自己這樣下去大概會死在這裡，冷靜地就好像在想別人的事情一樣。

明國身上能夠動作的部位只有右手臂，可是由於自己是趴伏的姿勢，所以右手臂也無法任意揮動。他試圖動手把他臉上的煤礦粉推往兩旁，正當好不容易才讓自己的臉部能轉動之際，他閉上眼睛，發出呻吟聲。

「有沒有人？有沒有人……」

可是卻沒有任何回應。他清了清喉嚨，不經意地咬嚼到煤礦粉，使得喉嚨就像是烈火炙燒般疼痛。這時所有的一切都好像遠離他而去，他在朦朧的意識之中，看到自己正走在茂綠的桑樹底下。

明國反覆睜開又閉上雙眼，微風吹動桑樹輕舞，桑樹下的那條小徑一下遠去，一下又近在眼前。儘管走在那條小徑上的人就是自己，他還是向那個人開口問道：「是你嗎？你怎麼到那裡去了？你知道我有多麼想在後院的桑樹小徑走走嗎？可是你這傢伙，你把我丟在這裡，一個人走掉，要我怎麼辦？」這時，那個走在桑樹小徑上的人慢慢停下腳步，並回頭看他。

眼前模糊的那條桑樹小徑逐漸遠離，在那當下，明國突然想起一張臉孔，並展臂高喊：「唉呀，那不是我的英實嗎？」他想起的是女兒的臉孔。明國哽咽地哭喊「你來啦？你怎麼來啦？」只見英實身上的黑色短裙被風揚起，並告訴明國要來迎接爸爸。女兒分明跑向自己，但她的身影卻一樣遙遠，他只能看著女兒站在眼前。明國用力將手伸向女兒，可是他抓不到女兒的手：「沒辦法，爸爸的腳動不了」。

女兒的聲音從遠方傳來：「爸爸，您怎麼了？您快來我這裡啊！爸爸您一定可以過來的！」是啊，女兒，爸爸是該走到你那裡去的……看來我錯了。「爸爸，您別這麼說。」裙襬飛揚的女兒伸出雙臂，正在呼喊著什麼。

可是明國卻聽不到女兒的聲音。女兒的身影朦朧如霧，讓他不禁潸然淚下。「是你，是你」明國閉上眼睛，喃喃自語。

「不行，這樣不行，我不能就這樣失去意識。」明國拉起右手臂，並把自己的臉抬起放在手背上，這樣才稍微能夠順暢呼吸。

明國使盡全身的力量，思索著該如何讓自己離開此處。眼下的狀況，只能自己想辦法脫離煤礦堆。「原來如此……」失落感不禁湧上心頭。難道自己真的會這麼死去嗎？明國閉上雙眼，咬了一下墊在臉下的手背，無法理解為什麼會發生這種狀況，為什麼自己會遇到這麼讓人無奈的事情。

明國持續咬著手背，突然間，眼睛為之一亮。沒錯，原本就在準備逃亡，打算這一、兩天就要行動的。不過，這時他的眼前又出現了朦朧的景象，還聽到女兒的聲音從遠方傳來，一直喊著「爸爸，您怎麼了？爸爸，這樣下去不行」

明國努力張開沉重的眼皮，並對女兒說：「爸爸我，我很想活下去，不是像現在這個樣子，而是好好地、認真地活下去。你媽嫁給我的時候，才十六歲，可是你媽就這麼走了……現在連我都得以這個面貌見你最後一面，我真的覺得好恨、好冤！」

明國用盡全身力量，苦苦咬牙硬撐。「明國啊，明國啊！就算吐血身亡又怎樣？明國啊，你怎麼閉上眼睛了？你這傢伙！」這時明國的眼角濕潤，淚水滑過他滿布煤礦粉的臉龐，慢慢地流了下來，淚珠最後掉在墊在臉下的手背上。「英實啊。」明國的嘴唇因傷心與憤怒而哆嗦，他無聲地在心中叫喚女兒的名字。「英實啊。」我就要以這個樣子死去了……先走一步的我，哪有臉再見你一面？

趕來的志翔，抵達九號礦坑事故現場時，只見人和燈火散落一地。

「到底怎麼了？」

氣喘吁吁的志翔連忙問著一個手上提燈的男子。

「看了難道還不知道嗎？」

男子沒有多言，身上盡是漆黑的煤礦粉。

「聽說坍塌下來的坑道並不長，只要不被活埋，應該就會活著。」

站在一旁的人這麼說。

「目前確認有三人被埋在裡頭。裡面有兩個小組遇難，其中一組有兩人被活埋，另一組則有一位被活埋，目前這些人都還沒逃出來。」

坑道崩塌時，另一組有五人在工作中，其中三人在事故後逃離了坑道，而另外那組未逃離的人正是明國。

「逃離坑道的人在哪裡？」

「總之，目前已經確認他們都逃離了，現在可能跑到別的地方休息去了。大家都被嚇死了，那兩人已經失去意識，下巴不停發抖，也沒辦法開口說話。」

走出礦坑的礦工們，正用毛巾擦拭汗水，志翔把他們的工具拿了過來。他脫掉上衣並把衣服往後頭一丟，然後往手掌上吐了幾口口水。禹錫則與眾人在前方挖開坍塌坑木，並將手上的鏟子插入煤礦堆中。

「你來啦！快點去後面弄個地基，這樣前面速度才能加快。」

「有挖出人來了嗎？還沒有嗎？」

「還沒。從這個距離來看，應該已經很靠近出事點了，只要再挖一下就好了。」

拿著提燈幫救助班的日本人們打亮光線的池田如此說道。

「聽說有三個人困在裡頭，但現在沒辦法得知他們究竟是倒在事故地點，或是逃到一半被擋住去路。」

一直過了將近四個小時，才終於傳來「開通了！」的呼聲。救助班在最前方的礦堆中挖出可容納一個人身的通道，隨即立刻呼叫大家。

「開通了！可以了！」

後面傳來一陣鼓掌聲與歡呼聲。

「小心，旁邊要是又有礦石掉下，會壓死你的。」

「你們不要往這邊挖，先試著往那裡推進。」

「先把提燈給我。」

正往上爬的男子伸出手來，志翔把提燈交給他，並問他：「看得到嗎？」

男子提著提燈，慢慢爬入剛挖出的洞裡並往前查看了一會兒，然後答道：「那裡很陡，看來把土推開會好一點。」

這時，人們的動作突然加快起來，很快的，剛剛才挖好的洞穴已經有所拓寬，足以讓人任意移動，一人爬過去之後，後面立刻就有人跟上。

「有人，這裡有人。」

才剛開通的礦堆對側，有兩個人大聲高喊。這時，後頭準備擔架的男子立刻往前飛奔過去。

「幾個人？有幾個人？」

「一個。被壓在這裡的人數是一人！」

「這個人還有氣息，鼻子底下是熱的。」

志翔雙腿突然瑟瑟發抖，他放開了手中抓著的鍬柄，一股腦地跌坐在地上。他在隱隱約約之中聽見人們的喊聲，聲音彷彿是從遠方傳來。一直往前進的男子踢了一下志翔的雙腳，並道：「你怎麼在這裡就倒下了！」

燈光不停移動，令人發眩。這時拿著擔架的救助人員正喊著「一、二、一、二」的口令，配合著吆喝聲音，快速穿越礦堆往這裡前來。「大叔，拜託是大叔」志翔一扭一歪地手足並行爬到擔架旁。在昏暗的光線之下，志翔認出躺在那裡就像跟木炭般的男子是明國，心中實在不敢相信明國還活著。志翔緊抓著擔架，並放聲大喊：「大叔，明國大叔！」

志翔用手掌撫摸明國那因沾附煤礦粉而滿臉黑溜溜的臉龐，抬著擔架的男子過去把他推開，並大聲斥責：

「讓開！你是誰，在這裡礙手礙腳的！」

行進的擔架突然停住，一旁的男子們抓住志翔的肩膀。

「堂堂一個男子漢，給我振作點！你這樣以後還能為人父嗎？」

擔架離去後，剛剛短暫安靜下來的人們又再度吵雜起來。

「那樣還能活下來嗎？他是真的還有一絲氣息嗎？」

志翔站在原地目送抬著明國的擔架消失在黑暗之中，呆怔怔地失了魂。這時有人走了過來，並且問他：「那是你認識的人嗎？」

志翔眼神渙散地點點頭，然後一顛一跛地走出坑道，後面礦坑裡再度傳出救助人員的呼喊聲音。「結果怎會如此？生路又再度受阻了」志翔的腳步歪七扭八，彷彿隨時都會跌倒似的。明國和他約定好，就算賭上性命，也要想辦法游泳逃出這座島，明國一直小心翼翼，也不貿然躁進，所以志翔一直認為明國是個很好的夥伴。「不過人生在世，卻不是一件容易的事情，究竟我們的命運是掌握在誰的手裡？」

日落時分，太陽西下並染紅了天空。不知怎地，今天天空雲朵密布，看起來就好像是被撕碎並散落在整個天空中。志翔蹲坐在通往蓄礦場的小徑邊，低著頭凝望遠方大海。海的那一頭是朝鮮，是那個無論如何都想從這裡脫逃並重新歸返的故鄉，妻子就在那裡獨自扶養自己尚未見過的孩子，並等著自己早日回去團聚。

這時淚水滑過滿是煤礦粉的臉龐，志翔用手背輕輕拭乾眼淚以後，低頭埋入雙膝之間。就把這一切都當作是一場夢吧！當作這一切從未發生過吧！就當作是老天爺要阻擋我吧。

伴隨著嚓嚓腳步聲經過的雇傭礦工們，正吱吱喳喳講個不停。

「所以說，一旦遭逢事故，就沒辦法再進去挖礦了，聽說心裡會懼怕到不敢再走進去。」

聽說明國的雙腳需要截肢。志翔是在事故發生後的隔天，正走出礦坑並走向澡堂的途中聽到這消息的，等他洗完澡，流言已快速轉變為明國剛完成截肢，變成一個廢人。

難道明國真的變成了一個瘸子，一個必須拄著拐杖的跛腳殘廢嗎？信哲看著志翔晚餐要吃不吃的樣子，最後看不下去，吐出一句話：「你是死了親哥嗎？別老是哭喪著臉好嗎？有人可是丟了性命！」

一直觀察志翔的禹錫則說道：「現在不是這樣的時候，我們應該去醫院探望他的。我們去看看他吧。」

志翔默默無言，萬重則是起身看著窗外。

「去了那裡能怎樣？」

「聽說到了晚上，他的精神會好一點。那位大爺，醒來要是看見只有自己一個人，你瞧他精神還會好嗎？」

禹錫一把勾住志翔的肩膀，不停在後頭催促著他。

「那就走吧，去醫院看看他吧。」

兩人和萬重共一行三人，途經防波堤底下，並走在日本人公寓燈光照射下的小巷弄裡，連結著蓄礦場的纜車支柱，在黑暗中看起來更加巍然高聳。用漢字寫著端島礦坑綜合事務所的看板底下，立了一塊用箭頭標示方向的板子，而前往醫院的上坡路段則是燈光閃耀，從燈光之中還能看到霧氣瀰漫。

安靜走著的禹錫想要安慰志翔，幽幽地說了一句話。

「我想，還好結果是如此。」

「這種還好真是他媽的還好，變成這樣也沒比死掉好到哪裡去啊。」

禹錫聽到萬重這麼說，立刻放低了音量。

「那是你有所不知，現在他可以回去了。被截肢的傢伙留在這裡可以幹嘛？不是嗎？」

「變成殘廢以後，拖著這副樣子再回老家，難道這樣好嗎？」

「這要看你怎麼想了。我們來到這裡，誰也沒保障能平安無事歸返，而且我們也不知道什麼時候又會變成什麼樣子。」

三人感嘆起在這裡過的是不知歲月變化的悲慘生活。醫院的玄關沒有燈光，木造建築前方不知是誰負責維護，幾棵樹木都經過修剪，維持良好的模樣。這時只見醫院內部透出朦朧的燈光，而玄關門則是鎖起來的，三人雖然抓著門把並敲門叫喚，但卻沒有人出來應門。

「大概沒有人在吧？」

「怎麼可能？應該有值班護士吧？」

三人在醫院前徘徊不去。

「裡面分明有患者呀？怎麼會連一個人影都見不著？」

「那就等它芝麻開門吧。」

萬重緩緩地說著，並在階梯上坐了下來。他看著矗立在黑暗之中的樹木，開口說道：「真是氣人，氣死人了！一直到昨天而止，光是每天工作到要死不活的，已經夠讓人鬱悶了，現在還要人平白無辜地受傷嗎？最近每一天活著都是累人的事情，活一天比活十天還累。」

志翔倒寧願此刻醫院沒有人在，要是有人出來應門，他怕自己不敢面對被截肢，只能一動也不動地躺在病床上的明國。三人呆呆地坐在階梯上，並望著籬笆下面的燈光。這時志翔一邊看著地板，一邊嘟囔著：「禹錫，你剛說的話，我其實也不是沒想過。不管怎樣，只要能夠回家就好，如果是腳受傷的人，自然就不能留在這裡挖礦了。可是，你知道嗎？你知道我腦海裡閃過什麼念頭嗎？所謂的故鄉，究竟是什麼？因為活著，所以是故鄉；因為想要活著，所以就是故鄉。」

志翔握拳顫抖著。一個跛腳的殘廢，就算回去了，故鄉還是故鄉嗎？不管這世界怎樣，我只希望大家乾脆都死光，然後整個扭轉過來就好了。

這時傳來一陣走上階梯的腳步聲，只見一名女子大吃一驚地看著他們，並停下腳步來。

「唉唷，嚇死我了！你們是誰？」

這名女子是護士石田。一個多月前，萬重曾因手受傷來過醫院，所以很快就認出石田來，並打算走上前用蹩腳的日本話打招呼，後來想了一想，用手戳了一下志翔腰間，示意志翔上前說明。

「我們是受到徵召而來的朝鮮人礦工。」

石田用手抱著前胸，一副驚魂未定地問著：「這麼晚了，你們為什麼在這裡？」

「我們想見見那位被截肢的患者。」

真是的，怎麼自己也叫他被截肢的患者呢？這時禹錫也走上前來，慢慢地詢問明國的狀態，並表示希望能見過明國再走。然而石田卻一臉堅決：「醫生不在這裡，我不能讓你們進去。」

「至少讓我們知道他的狀態如何。」

直瞪瞪地看著禹錫的石田，再次以冷淡的聲音說著：「醫生說他短期間不能會客，你們請回吧。會客是絕對禁止的，下次請你們注意。」

三人望著石田打開門鎖並走進醫院的背影，禹錫大步地走到醫院的院子裡頭。

「真是過分！狐假虎威個什麼勁！不過就是個護士罷了，難不成他還以為自己是什麼高官嗎？」

又是點頭跟石田招呼、又是忙著留意兩人的萬重，露出一絲生硬的微笑，然後走到院子裡來。從小丘跳下來的禹錫對萬重說：「你先走吧，我有事情要跟志翔講。」

搞不清楚狀況的志翔連番看著兩人，萬重則是不爽快地反問：「你們是有什麼秘密嗎？」

「這倒不是，我是有點事情得跟他算一算。」

「你們兩個難道有什麼金錢往來嗎？你可別太過分唷！不然這樣下去，錢沒了，朋友也沒了。你們就保持適當的距離，該給的就給，有什麼好計較的？」

萬重念念有詞，像是在訓誡他們兩個似的。語畢，他就消失在黑暗之中了。

禹錫與志翔兩人慢慢走著，大約走到蓄礦場附近時，周圍漆黑一片，不管是煤礦還是什麼東西都看不見。禹錫停下腳步，該處正好是雜草高過膝蓋的空地旁，附近可看到公共澡堂。澡堂燈火通明，想來是還有人在澡堂內洗澡。

禹錫這時轉過頭來說道：「我啊，從小就是在外婆家長大的，真要說的話，差不多就是自己養大自己的。」

志翔皺起眉頭，滿心納悶禹錫究竟想說些什麼，怎麼開頭就冒出這些話來。志翔瞪大眼睛，直盯著禹錫瞧。

「你知道這話嗎？就算不會畫已經看過的蛇，也會畫沒看過的龍。」

志翔心想禹錫似乎正在試探他，所以搶先一步：「你話中有話。你到底想說什麼？直接說吧，別繞圈子了。」

「我們來到這裡，途中雖然沒有在什麼三叉口、四叉口畫線做記號，卻知道要怎樣才能回去。我是抱著總有一天會回去的決心來到這裡的。」

禹錫走向志翔。

「我就直說了，你現在是不是想一個人走？」

「你在說什麼？」

「你以為我連這點眼力都沒有嗎？你跟明國大叔不是在準備中嗎？有幾次我都想跟你們說，也算上我一份。」

「所以呢？」

「我想既然只有你們兩個要走，那麼大概已有什麼計畫，所以最後我沒能說出口。儘管如此，我一直在等，等你先和我開口說要一起走。」

一度低頭看著地上的志翔，這時轉過頭往防波堤看去。你這傢伙，人家不是都說海裡沒有道路嗎？你難道不知道嗎？這時左邊傳來激打防波堤的海浪聲。志翔壓低嗓門，冷冷說道：「這裡有誰沒想過要逃亡嗎？大家想的都一樣。所以，我要說的是，這不是拉幫結伙就能成功的事。」

「總是多點人才好辦事啊。」

「在你眼裡，這是件小事嗎？這可是拚死拚活，要賭上性命的事。」

「我就問你一個問題，你會走還是不會走？」

關於和明國大叔一起策畫的脫逃計畫，以及現在正是靜候時機到來的時刻等，志翔全都據實以告。

「事實上，我有存下一點錢，所以原本打算要買通菜販，要他讓我們躲在空菜桶裡逃走，結果這個計劃泡湯了。最後我們打算游泳渡海出逃，計畫於這個月的最後一個晚上行動。我們打算先游到中之島，然後在那裡躲藏起來並觀察潮汐，只要潮汐狀況許可，就再游到陸地去。沒想到卻發生了這次的事故。」

禹錫一邊聽著，一邊點頭，像是在確認什麼似的。最後禹錫開口說道：「自從坍方事故發生以後，你的行為就變得很奇怪，原來是這麼一回事。」

「明國大叔本來就有一定的年歲，加上他本來就小心行事，所以我決定相信明國大叔並跟隨他一起行動。」

志翔除了對瞞著禹錫的事情感到抱歉，也說了一大堆為自己辯解。禹錫打斷他的話。

「好了，都過去的事了。」

禹錫回頭查看周圍，並且又更靠近志翔一步，然後嘴裡吐出一句話。

「我就問你一個問題。你會走還是不會走？」

「這沒有絕對能活下來的保證。你到底是知道，還是不知道？」

「繼續待在這裡，也不保證一定能活下去。」

禹錫一邊說著，一邊靠了過來。

「一起走吧。」

志翔默默地看著禹錫，兩人之間只有滲入黑暗之中的風聲蕭瑟。志翔問他：「你是想清楚才說的嗎？」

「你現在是要得到我的約定嗎？」

「你，你的話太輕率了。」

「我們講重點吧。我們一起走。我一直都在想，你和我的話，只有我們倆，沒有什麼不能成的。」

「你為何如此認為？」

「下田這種事是交給長工作的。我現在是打算托你的福，你有我所沒有的東西，這種事情你應該比我行。」

遠方蓄礦場那裡正有人提著燈走過來。是警備員嗎？志翔降低音量，安撫正凝望那燈火的禹錫：「話一旦說出口，就無法再收回去，汗水一旦流出來，也絕對不是白流的。你要小心點，這種狀況之下，到底能相信誰呢？不過……就算我們順利游到陸地上好了，那麼接下來我們要往哪裡去？陸地那邊也一樣，要是沒人提供我們藏身之處，到了那裡一樣是死路一條。」

「那麼你本來是要去哪裡？」

「問題就在這裡。明國大叔以前曾在長崎工作過，和他一起走，可以找到藏身的地方。」

「原來如此，本來好好的計畫，沒想到現在卻變成這樣。」

「這樣你知道了嗎？所以我才不會輕易說出就算獨自一人也要走的話。」

為了克制激動的情緒，志翔的聲音流露出一絲抖動。

「禹錫你知道協會證嗎？你知道現在是什麼時候吧？現在沒那個東西，不管去哪裡都像是個活死人一樣。在日本土地上，朝鮮人沒有協會證就無法找到可落腳的地方。」

「先從這裡逃出去之後，到了那裡再想辦法取得。現在怎麼能確定取得那東西呢？」

這時兩人談及朝鮮人控管組織協和會的會員證。協和會作為皇民化政策的末端組織，自薦作為警察組織的爪牙，雖然其組成份子為朝鮮人，但卻比日本人更加嚴格監控與壓制朝鮮人。而朝鮮人若想在日本居住，絕對不可以沒有協和會的會員證。在這個被稱為會員章的證明書上頭，印有日本國歌〈君之代〉的歌詞與皇宮橋梁的照片。

「我在日本是有個遠親……是一個在長崎開食堂的人。雖然我想他應該不至於趕走來投靠自己的人，但要真的被趕走，那時就只能再另外想辦法了。」

這傢伙的樂觀個性到底怎麼來的？該說他人瀟灑嗎？志翔不禁吸了好大一口氣。

「我們稱作老媽的人總是說，往井裡吐口水的人，總有一天會回頭來喝那井水。」

「沒頭沒腦地說些什麼？」

「開食堂的那個人，以前在我們家並沒得到什麼好待遇。」

志翔點了點頭，這時才聽懂他說什麼。早知道，當初就該對人家好一點，誰知道現在居然得去投靠他呢？

那還有什麼好說的呢？禹錫這麼講著。

「那麼今天就先到這裡吧，風好冷。」

早晨的陽光照進病房，在晴朗天空的另一邊，閃著一片灰色光芒。不知道是否因為成天躺在病床上的關係，使明國的意志日漸薄弱，如今他看著那片天空，只覺得那片天空很美。病床上看不到大海，視線所及只有能夠看到天空的窗子。明國猛然想起，之前看過那個顏色的大海，現在則是看到相同色澤的天空，他抓著志翔的手，並貼在自己的胸口。志翔雙眼通紅，直望著只是默默點頭的明國。

「對了，最近都是值夜班吧？那你應該要補眠啊，來這裡怎麼行？」

志翔點點頭並露出一絲苦笑，真不知這個被截肢以後，整天只能躺在病床上的人，怎麼還有心情擔心別人。兩人頓時間默默無語。明國抓著志翔的手，稍稍使了點力氣：「知道我在這裡有多舒服嗎？現在不用再去做那令人厭煩的挖礦工作，覺得自己好像終於活了過來，而且一邊休息，還能一邊聞著這裡護士身上的胭脂味道。要是那個作業坑道早點坍塌就好了。」

心裡難過又悲傷的志翔，呆呆看著斜斜照入病房牆壁上的陽光。

護士石田走了過來。由於志翔的日本話流利，而且講話很有禮貌，因此石田對他較有好感。

「坐著說吧，那邊有張椅子，你去拿來坐吧。」

石田笑看著點頭致謝的志翔。

「你們很像兄弟。」

志翔搬來那張木椅並坐在明國身旁。明國的病床並非鐵製病床，而是木製病床，就連護欄都是木頭做成的。

「跟你講一個好笑的事情。你知道我在瀕死之際都在想些什麼嗎？我只想好好下田幹活，這樣就死而無憾了。」

志翔眨著眼。

「不要緊的。等到身體狀況好一點以後，總是會有事情做的，不是嗎？」

志翔對於明國的話感到驚訝不已，不知他何時已經整理好自己的心態。

「我人雖然躺在這裡，但心裡還是很擔心你。心急喝不得熱米粥，你可不要太急躁。俗話說，雨水驚蟄大同江就會開江，任何事情都有它的時機在，難道數十人、數百人抱著石頭砸大同江，大同江的結冰就會解開嗎？當然不是，等春天來臨時，結冰就能解開。所以說，你一定要記住每一件事都有它的最好時機。」

志翔努力擠出笑容。明國則靜靜地說著：「以前有句話說自己拿來刑具，結果屁股卻挨打，意思是說自討苦吃。你可得小心警惕。」

兩人互相讀著彼此的眼神。他們倆都知道彼此在說什麼。以前兩人都認為只要游過那片大海，就能得到自由，只要賭上這條性命，就能換來不同的人生，可現在那不僅僅是游過大海的事情。明國看到志翔眼眶裡的淚珠閃閃。

明國望著志翔離去的身影，然後把頭轉向牆壁那邊，並閉上雙眼。「就算只有你一人也要逃出去，千萬不要留在這裡，你看看我這副模樣就知道，這就是我們待在這裡最後會遭遇到的結局。」明國淚眼望向牆壁上的窗子，心裡想著何時才能離開這裡，離開以後……瘸子，跛著腳望向天空又如何？踩在地上又如何？

什麼也不知道的石田走了進來，並且說道：「那真是個好青年。」

志翔踽踽步下坡道，心裡想著前往診察室時，石田叫住他並跟他說過的話：「醫生說手術很成功，可是有個問題。我們偶爾會遇到腿傷的患者，他們會有好一陣子都無法感受到自己失去雙腳的事實，也就是說，他們對於自己的處境沒有實感。問題來了，等到之後退院時，他們很快就會感受到自己的處境，那時是他們最辛苦難熬的時期，周圍的人要多多幫忙才行。還有，患者會有一段時間還誤以為自己的雙腿仍舊如故，嚴重一點，還會一直說自己腿癢、腳痠。」

遠方的那片大海寬廣無際，迎接傍晚時分的到來。志翔往後一看，看到石田正站在醫院門口看著他。

志翔抱著洗好晾乾的衣服，正忙著在褲子膝蓋部分的破洞縫上補丁。這時大夥兒在房間一隅聊起當時被徵召來的情形，那些已經說過無數次的故事，到現在仍然一講再講。

「我這個人，就因為朋友說要去市場買兩隻雞，就揹著背架和他一起過去，誰知道在路上遇到巡查，不由分說地就把我帶走。我搭上卡車以後，經過了好多地方，還搞不清楚東西南北在哪裡，就被帶來了這裡了。這真是晴天霹靂，我在老家還有兩個孩子呢！」

「記得有不少帶種的傢伙。他們搭上火車以後，趁著火車爬坡較慢時，就抓著車窗外的樹枝跳車逃亡。我的膽子小，不敢這麼做，現在想想，當初沒有趁機逃跑真是後悔。」

那些人難道都沒有其他事情做嗎？同樣的故事，居然可以一講再講。志翔瞄了那些在講自己怎麼被帶來這裡的人一眼，然後結束手裡的針線活。坐在一旁看著志翔縫補手藝的成植一臉燦笑：「你的手真巧，怎麼會有男子漢這麼會做針線活啊？」

「你這傢伙，現在是在褒我還是貶我啊？你如果有什麼要縫的，拿來吧，我幫你縫。」

「沒有，上次你都幫我縫好了。」

志翔一邊翻著那堆破爛衣服，一邊說著：「已經夏天了，雖然我們這處境沒辦法好好挑選東西吃，可是你還是要小心飲食，可別拉肚子了。要是不小心生病，可得拉上好幾天。還有，雖然我已經講過很多遍了，可別因為身體痠痛就想休息停工，既然能挨打，還有什麼事情不能做？我們就只能乖乖地『是，我去工作了！』。」

「唉唷，大叔你現在是在教導我嗎？」

「你這小子，我現在是在說煤礦比你還重要。難道你以為飯碗是數個數兒就會憑空生出來嗎？」

「大叔現在話可真會講，之前都不會講這些的。」

這時宗吉走到成植身旁，並插嘴說道：「你不知道吧？高島那邊有道峭壁叫做かきせ（蠣瀨），峭壁底下是銳利如刃的岩石，那下面可說是萬丈深淵。聽說在那裡，要是朝鮮人不做事，就會被丟到蠣瀨峭壁底下。在蠣瀨峭壁之前，朝鮮人根本就不被當人看待。」

怎麼會有這種人？志翔看著宗吉，臉都皺了起來。

「這像話嗎！」

「我只是要說，在這裡，我們朝鮮人根本就不被當人對待。從之前的逃亡事件以後，住在高濱海岸一帶的漁夫們都收到了通知書，你們知道那上面寫了什麼嗎？通知書上面說，只要在海邊發現逃亡的朝鮮人礦工，立可殺！」

志翔感覺眼前一片暈眩，心中暗叫：「玉宗吉這傢伙該不會是察覺到什麼，故意講這些給自己聽的吧？」

志翔不由得瞇起眼，直盯著宗吉瞧。

「人家都說寡婦家的女僕最多嘴，你現在也差不多，難不成你是總督府的爪牙嗎？」

都說要逃離這裡，再拖下去，都差不多可以生三個孩子了，總之得快點才行。志翔咬牙強忍情緒，然後走回位置上坐好，並把縫好的衣服放衣物桶裡。

幾天以後，颱風襲擊端島，在島的周圍湧起恐怖高浪。在強勁狂風吹襲之下，滂沱大雨斜侵島上，彷彿要把整座島都吹走似的。

岸邊捲起的大浪就像是要把防波堤打碎，甚至還高蓋過沿海的公寓。海浪颳起的最高點就在雇傭礦工們的宿舍與附近的五十一號公寓，足足有四層樓高，當風浪打在公寓外牆並擴散開來時，就連防波堤的身影也見不著。就在礦工帶著家人們避難到公寓最高樓層七樓時，海岸邊的防濠壁已經倒下，且海水也倒灌到島上，使得一些木造建築被沖毀。

狂風暴雨加上岸邊捲起的大浪，不停打在雇傭礦工們的宿舍屋頂與牆壁上，窗戶雖掛有木製的窗櫺，但嘩啦嘩啦的水聲卻越來越大，海水彷彿隨時都會倒灌進來。大夥兒深陷公寓隨時會傾斜或倒塌的恐懼之中，一心只想趕快找個安全的地方避難，可是卻無處可去。海水和雨水就像是生禽猛獸，不停向島上咆哮示威。後來，雨水終於稍有停歇，島上陷入一片漆黑，光是望著那片烏雲密布的天空都讓人感到可怕。

至於密密麻麻，有如蜘蛛網群集在島上的日本人公寓間小巷弄，在狂風暴雨侵襲之下，儼然成了湍急溪流，那些坡道受浸水之影響，成了通行禁止區域，間或還有被沖毀的家具框啷框啷地被水流吞噬而去。雇傭礦工們忍受著打在臉上的狂風暴雨，蜷縮起身子走到礦坑入口，不停高喊抓緊走在前方的人再前進的勞務係職員，也因為強風的關係，不停地跌倒。

颱風過後的某一天，之前曾因颱風而淹水過的宿舍裡，突然有某種奇怪的蟲子開始入侵，那種蟲子並非跳蚤或臭蟲，而是一種初次見到、名稱叫做だに（蜱）的蟲子。正確地說，根本是肉眼看不見的蟲子。

雇傭礦工們開始覺得身體奇癢無比，而且症狀很快地蔓延開來，礦業所似乎察覺到事態的嚴重，因此動員勞務係職員們將宿舍裡的塌塌米撤除，並進行消毒，然而卻沒有任何效果。

老實說，大夥兒寧願沒聽到關於這種蟲子的說明。根據勞務係的負責人所言，肉眼看不到的這種蟲子是會吸人血的一種寄生蟲，平常多寄生在死老鼠或死鳥身上，在溼氣重的地方特別猖獗。因此，雇傭礦工宿舍就成了牠們棲息的樂園，這是因為宿舍周圍散落許多死掉的海鷗屍體，而且老鼠們也常在礦工們睡著時，跑進宿舍並在眾人之間走動。沒多久之後，從手指之間開始的發癢處，便擴及到腋下或跨下。

不只如此，自傲於出自態本一高的職員，老是顯擺出有識之士的姿態，不停地叫嚷，更是種下禍根。這種叫做蜱的蟲子，會穿透人類的皮膚並產卵在人體內，這點讓所有雇傭礦工們驚訝不已，沒人想到這種肉眼都看不到的小蟲居然會在自己的身體裡產卵，也難怪身體會一直奇癢無比。

「不過，這也沒什麼好擔心的。首先，只要過個幾天，那些寄生在身上的蟲子就會死掉。第二，只要每天洗澡並保持清潔就可以。第三，天氣一冷，蟲子自然就會消失，所以各位不用擔心。以上！」

說完這些以後，那位熊本一高職員就悠悠離開現場，眾人對他的憤怒變得更加高漲。

「那傢伙說的是人話嗎？他這是叫我們抓癢抓到冬天的意思嗎？」

「光抓癢都夠辛苦的了，還要去挖他媽的煤礦！癢都要癢死了，挖什麼煤礦嘛！明天開始，我們罷工吧！」

因為蜱蟲的關係，大家紛紛鬧著拒絕進入礦坑挖礦。

濕漉漉的塌塌米散發出腐爛雜草般的味道，讓原本身上發癢的痛苦變得更加難過。不只如此，又是遭逢淹水，又是身體發癢的，已經叫人夠難受，如今還得面臨餓肚子的窘境，還正年輕的他們，每天都過著痛苦難熬的日子。

「這些日本鬼子也夠狠的，怎麼可以在這種狀況之下，還要逼迫大家去挖礦！」

是日深夜。玉宗吉搔著胳肢窩，對那些淋得像是落湯雞，飛快跑回房間裡的雇傭礦工們沒好氣地說：「是跑去哪裡拉屎了！水都滴下來了啦！人家都說拉屎的女人切湯料，你們還真的就是那副樣！就不能把身上的水都擦乾後再進來嗎？」

「宗吉你講得還真沒錯，對，我們是去上完廁所了，怎樣？就算有颱風來又怎樣？難道就不能去拉屎嗎？」

「廢話這麼多，看來是該去拉一大瓢屎！」

雙腿已經癢到抓出斑斑血痕的萬重，這時再也受不了，對他們大吼：「媽的，你們這幾個可惡的傢伙！半夜沒事做，非要在這裡唱什麼拉屎打令就對了？」

原本忙著在身上抓這抓那的其他礦工們，忍不住笑了出來。正用力抓著胯下的朴先生，則是嘟囔著：「真是奇怪，怎麼朝鮮人不管老幼大小，只要聽到屎就這麼開心？」

這時，角落一隅突然有人冒出一句意味深長的話。

「像這種時候，就該燒個炕火，然後躺在暖炕上暖和一下的。唉，好想要溫突房（譯註：溫突房，意指韓式暖炕）。」

18

錦禾問：「逃亡？」

這是待在這裡的人常說的話，不只一、兩個這麼說過，他們也不只說過一、兩次。錦禾看著禹錫的臉，想也沒多想地說：「真是的，這裡誰不想逃走啊？可是要怎麼逃走？還有，要逃去哪裡？」

「總之我要逃走。」

「要是你有地方可以去，落腳以後又能安居，那我就算纏著你也要跟著你跑。」

錦禾認為禹錫只是說說而已。

兩人穿過公寓叢林，不發聲響地走到防波堤下面。他們走到學生已經放學走光的小學校舍後方，在圍籬後面的空地坐了下來，然後緊緊相擁並躺臥在地上。此時只有風吹過草地的聲音，錦禾環抱著禹錫的頸子。

錦禾把自己的雙唇緊貼在禹錫的雙唇上，並在心中吶喊著：「這就是我的八字，要是我哀求誰留在我身邊、要是我對誰敞開心房，那個人必定先開口求去。」兩人一直沉浸在熱吻之中，錦禾感覺自己的唇舌彷彿已融化在他的身體裡，然後閉上雙眼，把自己的臉頰緊貼在禹錫的胸膛。

我並不是想成為這男子的女人，每天為他洗手作羹湯，我只是想要一邊想著他，一邊相信他而活。我只想和他一起忘卻世間憂愁，但這男子現在卻說要逃走。總之，如果你想走，那就走吧，反正結果十之八九不是一死就是被抓。如果想要忘記你，我錦禾大不了再次過著醉生夢死的生活，等到死掉以後，再飄回我的故鄉，靈魂現身在媽媽面前，跟她說聲我回來了。

現在我總算知道為什麼人們結婚以後，一定要有牆壁圍起來的房間了。那不就是為了讓兩個人能好好共度春宵嗎？我到現在才理解這個道理，真不知我過去到底怎麼活的。

今天是晦日嗎？像這樣的夜晚，哪怕有個形狀殘缺的月亮高掛天空也好。錦禾枕在禹錫的肩下，靜靜地凝望星空。

「我們回去吧。」

錦禾解開環抱在禹錫腰間的雙手，悄聲說道：「現在他們大概在找我了。」

回去的路上，禹錫摟著她的腰，錦禾心想：要是兩人一起漫步的這段路程，是徹夜走在月夜之下該有多好。什麼時候才能在滿月之夜，於銀白月光照耀的房間裡抱著這男子？錦禾幻想著這一天到來時的情景：滿月夜裡，沿岸村子裡的小狗望月而吠，叫地比平常還要長久，此時月光灑落的海面波光粼粼，就連開不久的冬柏花都為兩人盛情綻放。海鷗迎空揚長而去，微風則輕輕地拂過這一切。

可是今天看不到月亮，只有猖狂的海浪聲和風聲，甚至蓋過兩人的腳步聲。

錦禾停下腳步，凝望著禹錫並抓住他的手說：「如果你要走……請你也帶著我走。」

語畢，錦禾轉身而去。她飛快地跑上階梯，害怕禹錫會做出什麼回應，用雙手緊緊摀住雙耳。

是日，出差來到端島礦坑的人們被招待到本田屋享樂。那天錦禾喝得雖不多，但人多雜亂的酒席卻一攤接著一攤，錦禾在客人的勸酒之下，喝得酩酊大醉。

錦禾回到自己房間以後，立刻倒頭就睡，等到醒來之際，已是深夜時分。錦禾摸黑起身喝下床邊的開水時，聽見暗夜中飛翔的海鷗嗚啼聲。怎麼會在這種深夜時刻聽到海鷗的啼叫聲呢？難道那暗夜裡飛翔的海鷗也知道寂寞嗎？可是不管怎麼說，我比那海鷗更寂寞。說不定，那男子，禹錫，還比我寂寞吧？

感到頭暈而起身的錦禾，把額頭靠在膝蓋上，蜷坐在床上。此刻望去的天花板和牆壁，看起來就像是斜斜插入地板，她輕抓著自己的頭髮，起身推開門走出房外。只披著一件外套的她，搖搖晃晃地走到牆邊蹲坐了下來。此刻她微微晃動身體，只覺一陣噁心，但卻沒能吐出東西來，於是她在坐正以後，把手指伸入喉嚨，希望能順利導引嘔吐。只不過，她的後腦勺就像是被長釘釘入，不斷地發疼，眼珠也像是快被擠壓彈出般的不舒服。

錦禾用手掌抵著木牆而坐，她看著空蕩蕩的腳邊，想吐卻吐不出來。她喃喃自語，說著再也生無可戀、活到現在已經夠了，然後抬起頭來。從大門望去的那片天空，正閃著一絲紅光。

這時，錦禾的背後傳來喀噠喀噠的木屐聲響，她回頭一看，是康子。康子走到她的背後問道：「你很不舒服嗎？我看你好像在吐的樣子。」

康子走到錦禾身旁並蹲了下來，用手輕拍她的後背。

錦禾望著在晨光中微微露出輪廓的島嶼邊緣，這麼告訴康子：「對不起，都是我的關係，把你吵醒了。」

「你怎麼會喝成這樣？」

「不要緊，我現在好多了。」

康子走回屋內倒了杯水來，錦禾接過她遞給自己的水杯，漱了幾口嘴，然後再用衣袖把嘴周擦乾。錦禾控制不了自己的身體，無法保持平衡，走起路來歪歪斜斜，康子連忙攙扶著她。錦禾問道：「有客人嗎？」

錦禾用臉朝康子的房間點了點，用眼神詢問康子晚上是否接待客人，康子搖了搖頭。

「我現在也是一個人，到我房間躺著休息吧。」

康子扶著錦禾走回自己的房間。康子的房間小小的，因為是睡到一半醒來之故，寢具仍攤放在原處。康子取來一條濕毛巾，並輕輕地擦拭錦禾的臉龐與雙手。康子問道：你要喝茶嗎？」

錦禾搖了搖頭。

「那麼你躺著休息一下吧。」

康子扶著錦禾躺在自己的枕頭上，然後靜靜地望著天花板，再轉過頭去看著錦禾。後來康子也躺了下來，就躺在錦禾身邊。她自言自語地滴咕著：「你的身體好像不太好，得休息一下才行。去醫院看看有沒有藥吃吧。」

謝謝。也許就是因為彼此都互相了解彼此的處境，所以短短一句話就能成為支撐自己的力量吧？錦禾低聲地說：「是呀。不要再喝酒，然後想辦法離開這裡……這樣就能回故鄉看看了。」

「故鄉？花子你的故鄉在哪裡？」

「海的那一邊，朝鮮。」

康子笑了出來。

「朝鮮哪裡？北邊？還是南邊？」

「中間。」

不知康子在想些什麼，她並未繼續問下去。她將下巴墊在手臂上，並轉身趴著，然後拿手指在塌塌米上寫了幾個字。錦禾一邊聽著康子的呼吸聲，一邊反問自己：你說要回故鄉，那麼你的故鄉在哪裡？那裡有人在等你嗎？

好久沒想起家裡的錦禾，這時回想起故鄉老家，以及天天發酒瘋的父親與挨父親打有如家常便事的母親，還有弟弟們，估計現在也都已經長大成人了。不過，他們如今大概也被抓到滿州或南方，又或者是別的地方了，再不然也是被徵召到庫頁島去，跟這裡的雇傭礦工們一樣，滿身煤礦粉地在天寒地凍中發抖。

康子突然出聲問道：「聽說朝鮮男人會打女人？」

「雖然也有那種男人，可是不是所有朝鮮男人都會打女人。」

「我認識一個朝鮮男人，他是在朝鮮參加礦工募集來這裡挖礦的，可是最近都看不到他了。」

康子無聲地笑著。

「那個朝鮮男人，不管做什麼都隨心所欲的，花錢的時候也一樣，手上有多少就花多少，手上沒錢時，就裝有錢。現在這種戰爭時期，他那樣還真不知道能不能生存得下去。」

錦禾猶豫了一會兒，強忍著頭疼說：「康子，戰爭是日本挑起的？還是朝鮮挑起的？」

「你最近什麼話都敢講了呢。一下朝鮮怎樣的，一下日本怎樣的，真不像你。」

「你剛不是說了嗎？這種戰爭時期，能那樣生存下去嗎？結果你也一樣是日本人，我也一樣是朝鮮人，什麼也改變不了。那就是我們的命運。」

「我也不知道。總之，你以前不會這樣的。之前雖然你不認真招待客人，也鬧著不喝酒，總是被老闆罵，可是我還是很喜歡你噢！不過，我不喜歡你最近這個樣子。」

萬重也好，信哲也好，他們都說該打斷那些混帳們的腿，要不就是衝去礦業所群起抗議，難道我們不是唇亡齒寒的關係嗎？可是，可是……禹錫搖著頭。就算那些傢伙是奸細，不管他們再怎麼挑撥我們，事到如今，同為朝鮮人，互相監控提防彼此，又該如何是好？

雖說如此，難道能成什麼事嗎？不管哪裡都沒有我們能夠活得像人一樣的地方，難道眼下柱子壞了放著不管，光修門檻又有何用？

禹錫呆呆地望著眼前大海，錦禾則將頭輕輕地倚靠在他的肩上。

「真好，像這樣並肩坐著真好。」

禹錫靜靜地嘆了口氣。

「你在想什麼？」

「什麼也沒想。」

錦禾像是試圖在讀取禹錫的心思，小小聲地說道：「為什麼？是因為沒有順心的事情嗎？那就別管了，放寬心，事情就會順利了。」

禹錫把眼神轉向遠方那片大海：我可是個決心逃亡的人，可總覺得有什麼在拉扯著我，讓我無法拋棄這裡而走。

禹錫一直都認為，如果想要真正活出人生，就要自我覺醒、努力奮鬥，還有找尋自我才行。因為不輕易屈服，所以更要奮戰，因為無法活在封閉世界，所以更要找尋自由，對此，禹錫一直深信不疑。可是，現在真可以拋下這裡，獨自遠走高飛嗎？禹錫的心裡一直響起這一點也不像自己的心聲，就像蘆葦朔風的沙沙聲響，並不停息。

錦禾慢慢從衣袖裡掏出香菸。

「記得你不抽菸的，怎麼了？」

「沒什麼……」

錦禾的聲音在今天顯得特別無力。他低下頭來點燃火柴，但海風強勁，火柴怎樣都點不起來。禹錫朝錦禾的方向彎下腰來，幫忙阻擋海風吹襲，香菸總算成功著火。正當錦禾挺起身子，禹錫從她的身上聞到從未聞過的香味。女人的香氣，讓禹錫沉醉在其中，錦禾的雪白粉頸已深深烙印在他的心裡。

儘管如此，禹錫心裡一樣煩悶。

也許是因為香菸的煙霧，錦禾咳了起來。她緊抓著胸口，身體咳到挺直不起來，於是把香菸往腳邊一丟，便蜷坐在階梯尾端。

「還好嗎？」

禹錫低頭問她。錦禾沒有回應，只是一直彎曲著身體，於是禹錫靜靜地把手搭她的肩膀上。過了好一陣子，才見錦禾自言自語起來。

「我最近身體不太好，一直都覺得噁心想吐，可是吐不出東西來。我想我身體大概壞光光了吧。」

錦禾撐住膝蓋並站起身來，然後向禹錫伸出手。禹錫雙手抓住錦禾伸出的玉手，踉蹌的錦禾好不容易才站穩腳步，用細微到快要聽不到的聲音嬌嗔：「你的手真暖。」

禹錫看著錦禾嘴角往上的蒼白笑顏，並凝視著她的眼睛，他感覺錦禾似乎正看著他後面的遠方某處。

「你可以抓著我嗎？」

禹錫把手臂伸到她的肩膀底下，並扶著她漫步防波堤下。夕陽西下前的大海傳來陣陣海浪聲，海面上只有一艘漁船孤單地駛向野母半島。每跨出一步，禹錫就會注意到錦禾的酥胸，不知為何，她柔軟的胸口看起來有股淡淡的哀傷，禹錫只能努力抬起頭來，往公寓的方向看去，好故作平靜。

「可以陪我走到那裡嗎？只要走到那裡就好，然後我們就回去吧。」

兩人背對著大海，往錦禾所屬的遊廓走去。

「我可以問你一個問題嗎？」

「問吧。」

「你上次說要逃亡，那只是說說而已的嗎？」

「雖然還沒訂好日子，但是我跟要一起逃走的人正摸索逃亡的方法中。」

「你不是一個人走，是和別人一起走嗎？」

錦禾低垂著臉，喃喃低語。

「知道了。以後再說吧。」

錦禾有如癱軟般地靠在禹錫身上，小臉埋在他的胸口。方才還沉浸在女人香氣的禹錫，耳邊忽然聽見錦禾那猶如遠方傳來的微弱聲音：「抱抱我。」

禹錫雙手環繞在錦禾的後背，並像是要支撐住她的身軀般，輕輕地懷抱著她。錦禾緊貼在禹錫的胸膛，就這麼站在蓄礦場旁僻靜巷內許久。

禹錫只想獻出所有來守護錦禾，可是他自知自己一無所有，無論是她柔軟的胸口，還是她身上難以言喻的宜人香氣，她的所有一切都是自己守護不了的。錦禾應該也是相同想法，所以錦禾之前才會說終於了解為什麼兩個相愛的人，需要只屬於他們的房間。

禹錫勉強出聲：「你回去之後，最好要休息一下。」

「休息？去哪裡、怎麼休息？」

錦禾的聲音越來越小聲。

「你跟我……都是被抓來這裡的。想要休息，卻沒有喘息之處。」

她看起來像是個沒有任何牽絆的女孩子，只是照著她原本的心性而活，可是她的聲音就像是飛舞的蝴蝶，不停在我耳邊來來去去，難道她也是失去了原本冀求的人生，過著空虛茫然的日子嗎？

禹錫閉上了雙眼，感受錦禾的髮絲輕輕拂過禹錫的臉龐。此時，他察覺到環抱在自己腰間上的錦禾手勁，原來是她貼身靠了過來。禹錫的下半身流過一股暖流，他感覺到自己的雄性高揚起來，情不自禁地狂亂抱起這輕如翎毛的女子。

不知過了多久，錦禾抱著禹錫的腰間並輕聲說道：「失明的旅人。」

禹錫沒有說話。

「不知道該何去何從，去了也不知身處何地。每日走的盡是夜路。」

禹錫知道那不是說給他聽的話，而是錦禾說給自己聽的話，他只是置身在她的香氣之中。這個時候，他的心裡猛然被劃了一刀：「遙遠的往後，若是想起妳，我一定會想起在這巷弄裡的妳的香氣。」那一瞬間，禹錫緊咬著牙自問，是否已預感到要和這女子離別，就算明知沒有方法，就算看不見去路，究竟是何時有了這個念頭？

錦禾慵懶地開口，那聲音是禹錫從來沒聽過的陌生語調。

「人家都說和尚急了，就會躲在佛祖後頭……」

兩人互相摟著彼此，慢慢地走著。

「我說，活著是怎樣的呢？有哪裡可以倚靠？有哪裡可以讓我打開心房嗎？」

禹錫的臉緊貼在錦禾的秀髮上，他的心中閃過一句話：這裡的朝鮮人，沒有人有地方可以倚靠。

「我不知道從什麼時候開始，就決定不和人保持情分。就像要是給小偷滿滿的東西，他清晨就會打包帶走嘛！」

錦禾停下腳步，抬頭看著禹錫。錦禾的聲音就像是破冰而出。

「信不信由你，見到你以後，我就再也無法堅守住那份原則了。」

錦禾像是嘆氣般的，先是喃喃自語，接著突然地低聲而笑，然後一股腦地將心底話傾瀉而出：要是將來在好時機再會，我們一起過活吧，就一起過活吧！我明明就遇到了想和他一起過活的男人，可是那又怎樣呢？就像雜草一樣，過了一年以後，就會枯萎死掉的雜草。

錦禾淡淡地笑著。

「我走了。」

禹錫深深地吸了口氣，然後像是下了很大的決心低聲自語：「那麼，以後再見吧。」話一說出口，他就因突如其來的羞赧而低下頭。這時，他聽見錦禾細微的聲音。

「會再見我嗎？謝謝你。可是我，我不會等你，因為等待的人並不會回來。」

錦禾低下頭，額頭貼在他的胸膛上。

「就算這麼說，我還是會等你的吧？我這個女人，就是這麼傻。」

她伸出手摸了摸禹錫的胸口，然後再次說道：「答應我好嗎？那個……不要回來我在的地方。答應我。」

禹錫默默不語，心想：知道，我知道那地方是我想去也不能去的地方。可是，我也知道現在我無法再忘記這女孩的臉了。

洗完澡後，錦禾頂著一頭濕髮，坐下來看著陽光閃耀的房門。此刻的遊廓就像平靜的大海般靜寂，彷彿鬧糟糟的夜晚不曾存在。不知怎地，只要在這種寧靜的時刻裡，腦海中就會浮現出一張臉孔。

以前有個喝甲酚而死的女孩，名字叫做吉子，是在同個遊廓工作的女孩。雖然未曾聽她說過在朝鮮的事情，但那個女孩和錦禾不同，酒喝得不多，對老闆也很順從。因為年紀較小的關係，所以她總是稱呼錦禾為姐姐，並常跟在錦禾的身邊。在本田屋裡，她的名字叫做よしこ，是直接取她本名中的漢字轉成日語讀音而成。

吉子總是張著圓滾滾的眼睛問她：「姐姐你活著有什麼樂趣嗎？」

「我？飲酒為樂囉。」

某天錦禾喝的酩酊大醉，吉子又問她同樣的問題。

「姐姐你活著有什麼樂趣嗎？」

「不過就是命長才活著啊，哪有什麼樂趣？」

「就算是這樣，人總要有點樂趣才行吧？」

「講什麼樂趣呢？你這傢伙，我以服侍那些日本鬼子為樂趣，行了吧？」

「姐姐，可是……還債的樂趣也可以算是樂趣吧？」

「你欠債了嗎？年紀小小的，怎麼會欠債！」

「我還以為是要去工廠工作，沒想到是被騙來這裡。那時工廠在招募處女，所以我就去了，那時一個被稱為導引人的男人說工廠已經先預付月薪一百五十円到家裡了。」

「你這沒眼力的笨女孩！原來是莫名其妙背了黑債。這樣還盡什麼孝啊，你也太善良了吧？」

「盡孝？家裡的人又不知道我變成這樣，估計也已經拿著那筆錢花用了，這也算是盡孝嗎？」

嘖嘖。錦禾咋了舌。

「你也算是做了件壯烈的事。那就是盡孝了啊，難不成孝道還有什麼特別的嗎？」

「我，一直想著明天去死好，還是後天去死好……每天都是帶著這種念頭活下來的。我一直想著到底要去跳水自盡好，還是上吊自盡好……」

「你別說這種可怕的事情了！老天爺真要你死的時候，不用費什麼力也會死。這麼一看，你還真的是個瘋女人耶！」

隔天錦禾酒醒以後，當她想起前一晚的事情，便急著去找吉子。

「你昨天跟我講的話，是真心的嗎？」

「什麼話？」

「說你要尋死的話。」

「那麼姐姐你是想要在這裡生活才活著的嗎？姐姐你什麼都不想，就這樣活著嗎？」

錦禾不知道該怎麼回答，那時只是一邊坐著，一邊看著塌塌米地板。聽話的吉子年紀輕，所以很受日本人喜歡，對老闆來說，是一條穩固的金脈，沒想到她每天心裡想的盡是求死，錦禾實在難以相信。錦禾心想，就算自己過得再辛苦，就算經歷過許多非人的對待，但也仍然沒有過尋死的念頭，難道是自己太幼稚了嗎？未來的路有萬里長，那時錦禾也只是這麼告訴自己。由於當時吉子的那番話，錦禾時至今日都仍無法忘記那天的事情。

「姐姐，人家不是說老鷹要餓了才會去狩獵？我覺得我活著的樣子就是那樣吧？」

「死了會有什麼嗎？」

「總比活著輕鬆呀。」

「你怎麼老是一副已經死過的樣子？不要再說那種話了，不管是哪裡，你都留點情分，就這樣活下去。我是看你年紀輕輕，心疼你才這樣說的。日本鬼子又怎樣？這世界就是那樣，要是你真遇到好的日本人，就和他保持個情分吧。」

「我有時候好羨慕姐姐你，要怎樣才能像你一樣活得灑脫呢？想喝酒的時候就喝酒，要是有什麼跟老闆爭吵，也能不客氣地跟他大吵一番，要是性子來了，就跑去防波堤大吼大叫或大哭的。」

「那是因為我是自願來的……和你不一樣。」

羨慕我？你才是呢，怎麼該我說的話都被你講了？你才是那個不吵不鬧，乖乖喝酒又乖乖滿足客人所有要求的人呀！酒品不好的人，到處都有，有些人會脫掉自己的上衣，把酒倒在自己的胸口，然後要遊女喝光，更有些人會把酒水倒在自己的下體，逼著遊女舔乾淨，不管是哪種客人的要求，吉子都不露怒色地配合了。甚至還有比那更過分的把戲，吉子也都接受了。結果沒想到在幾天之後，警備員在偏僻的防波堤下面發現了吉子，據說她喝了甲酚。

經過洗胃的吉子，在臨終垂死之際的那幾天，錦禾一直待在醫院。不知道是不是因為錦禾雙眼發青，惡狠狠地怒瞪老闆，讓老闆感到害怕的關係，老闆也不敢多說什麼，頻看錦禾的臉色。後來吉子過世後的那四天，錦禾天天以淚洗面，借酒澆愁。她一邊喝酒，一邊哭吼著為什麼自己得穿著日本和服來為一個朝鮮女子送行，只有穿著白色韓衣素服去送她，才能讓她的魂魄安息。

她還哭著說該活下去的女孩就這麼走了，為什麼那些骯髒的傢伙長命百歲，這麼好的女孩卻如此早逝。

當海那一側的火葬場升起燃燒吉子屍骨所產生的煙霧時，錦禾癱坐在防波堤上，旁邊帶著一升瓶的酒，不停哭喊「吉子啊！吉子啊！」她難過地對著大海吼叫：既然都要死，你為什麼不去跳海自盡呢？跳海給魚吃掉，這樣就沒人知道你的死了；海裡的魚也沒有國土的分別，寧願你給魚吃掉，等到哪天魚游到碼頭邊，你的魂魄也許就能上岸歸家了。吉子啊，你的屍體就這樣被日本人燒了，變成幾塊骨頭收進罈子裡了。吉子啊！吉子啊！

由於錦禾是自願前來的女子，所以遊廓那裡並沒多說什麼，姑且放著她不管。就在四天過後，一個叫做岡田、負責管理遊廓的男子，用力拉扯著錦禾的頭髮，把她甩入房間內。岡田走入房間，並鎖上房門：「你這女人，現在是打算妨礙生意嗎？」

岡田說著話的同時，也把上衣的鈕扣給扯了開來。已經好幾天沒有吃東西的錦禾，露出白眼珠怔怔地看著岡田，脫掉上衣的岡田用力把錦禾的頭髮往後扯，並對她大聲怒吼：「你現在是沒看到老子在發火嗎？到底要受到多大的教訓，才會清醒一點？」

被扯住頭髮不停搖晃的錦禾，胸口也跟著晃動了起來，這時岡田放開她的頭髮，並用力抓住她的胸部。

錦禾看著岡田，眼裡沒有悲傷或憤怒，眼神空泛不已。岡田看到她這個樣子，大力甩了她一巴掌。

「你這女人！想吃飯，就給我乖乖工作去！工作！」

錦禾咬牙切齒地發出嗤嗤聲響，嘴角閃過一絲冷笑。這時她的鼻孔流出鼻血，慢慢地滑落到唇上，岡田看著她鼻血直流的樣子，手並未從她胸口放開，並問她：「你不工作，要這樣繼續喝酒下去嗎？」

錦禾以醉意未消的聲音回他：「叫我死，我就去死，叫我做事，那就做唄。」

「好，那就這樣約定了！」

「約定？這誰知道啊，明天看看才知道。」

在那瞬間，岡田把自己的腰帶給解了下來，是條皮帶。

「媽的，你這女人還搞不清楚狀況！看來不給你一點教訓是不行的！」

岡田把皮帶捲在一隻手上，然後用力地往錦禾身上抽。為了躲避岡田的鞭打，錦禾蜷起赤裸裸的後背，並一邊發出悲鳴聲，一邊緩慢地爬到房間一角，這石岡田倏地站起身來怒喝：「還不給我過來！」

岡田抓住錦禾的頭髮，把她拖到房間中央，然後再度鞭打她的後背，痛得她在地上翻滾。沒多久之後，岡田掰開錦禾的下體，用手往她的陰部裡挖，另一隻手使勁地摸著錦禾的大腿內側，然後開始脫掉她的下半身衣物。

到隔天傍晚為止，錦禾就像是被亂丟的衣服一樣，渾身癱軟在地上。早早就化好妝的康子，一邊說著多少也該吃點東西，一邊打開錦禾的房門，被眼前光景嚇了一跳。只見錦禾不停搖頭扭動，後背因被皮帶狠狠鞭打過的關係，只能趴在地上的錦禾看起來就像是個死人。

一直到了夜色低沉以後，沒有進食的錦禾才拖著隱隱作痛的肚子，皺起眉頭走向浴室。她坐在木製浴桶裡，泡了很久的時間。她一邊聽著客人們的歌舞作樂聲與凌亂腳步聲，一邊直盯著浴桶底部看。

錦禾退出越夜越是嘈雜的酒局並走出屋外。她忍著滿身刺痛，慢慢走出巷弄，一路走到漆黑的防波堤下面。

今夜的浪濤很大，浪花被打落在地。錦禾站在前往防波堤的那個巷口，望著那片漆黑的大海並想著：活著到底是什麼？現在我若是投海自盡，不會有人抱著我泡軟的屍體痛哭，就算有，也不知道那人是死是活……吉子啊！像你那樣都死了，那我呢？錦禾凝望著那片黑鴉鴉的大海，緊咬著下唇。可是我不要那樣死去，我不要一個人獨自死去，怎麼可以一個人就這樣孤零零死去？被幾個日本鬼子抱過，就這樣從峭壁上縱身而死，我胸口上的傷口再怎樣發青也比不過眼前那片大海啊。所以我不要獨自死去，我絕對不要那樣死去。

錦禾返回本田屋時，客人早已離去，屋內一片死寂。就連晚上陪客人過夜的康子房間，也已關上燈火。錦禾走入內室，並把岡田叫了出來。

喝醉酒的岡田，一邊抓著肚子，一邊走到院子裡來。

「我以為你還趴在那裡呢？沒想到你還活了下來嘛！怎樣，有什麼話要說嗎？」

本來背對著巷口外面照射進來的燈光，並無言看著地板瞧的錦禾轉過身來，岡田看見錦禾怒瞪著自己的眼神，不禁往後退了一步。錦禾就像是舉刀般伸出手來指著岡田，殺氣騰騰地對岡田怒吼：「你給我聽好了。」

錦禾暫時停口。

「你，要是敢再碰我的身體，到時候不是你死，就是我亡，我絕對會把你的脖子給扭斷。」

禹錫緩步在小學校舍後方，那個曾和錦禾一起走過的乾草地。他沿著遠方夕陽照射在後方的小學圍牆走著，走到一半時，禹錫停下了腳步。

禹錫站在乾草地上，眺望著防波堤的下方。遠方可看到沐浴在夕日餘暉中的野母崎浦口，天氣晴朗時，能清楚看見那裡有一條暗暗的溪谷緣線，甚至還能看到樹木的色澤，只是現在夜色低沉，只能隱隱約約看到那裡的山與丘陵，正籠罩在灰光底下。「陸地。沒錯，不是這裡，那裡才是陸地。」禹錫在心中哭喊著。是的，得橫渡過去那裡才行，那裡不單單只是陸地，是生命。只有想辦法到了那裡，這條命才得以活得像條人命，自己才能生存下去。走吧，已經決定要逃走了，禹錫緊咬著牙關，暗暗下定決心：這是最後的機會了，我一定要走。現在沒有什麼能讓我往回看，也沒有什麼能讓我分心了。要是這份決心產生動搖或碎裂，那麼我寧願一死、我不如豁出去到礦業所鬧個天翻地覆。

要是無法離開這裡，倒不如大幹一場再赴死。那時就想辦法弄坍幾座坑道，並策動幾場糾紛，這樣也值得了。要是再不行，了不起腳底綁塊大石頭，自己跳海自盡，也絕不要死在那些日本鬼子的手上。命就這麼一條，我要活得像條人命。

過了一會兒，禹錫的內心已稍微平靜下來，就像風雨交加的昨日已經過去，送走漫漫長夜並迎來晨霧般那樣。「爸，」禹錫在經過這麼久以後，於心裡輕輕地叫喚父親。「爸，是我，不肖子禹錫。雖然不曾聽您教導我人生的道理，但我並未怨恨過您。可是，爸，我相信您不會怪我做出渡海逃亡的決定。」

禹錫深深地吸了一口氣，繼續眺望著遠方逐漸變暗的陸地。黑暗之中，禹錫想起了錦禾。不知為何自己的青春如此坎坷，遇到了一個想要一起走下去的女子，但卻無法一起走下去。同吃一鍋飯、同枕一床被，然後兩人交織在一起過著想要的生活，不就是青春該有的面貌嗎？

雖然不是沒有想過自己一人離開這裡，可是若把那個像草地般有時柔軟、有時帶刺的女孩留在這裡，無異於拋棄她。所以要走的時候，一定要把她也帶走。

禹錫嘆了口氣，並看著自己的腳尖。我絕不丟下她一個人，就算今天所有人都說我差勁，但唯獨放下她離去這件事，我一定不幹。只是，帶著錦禾一起走，就得要活一起活、要死一起死。為了活命，就得緊握刀柄，為了求死，就得緊握刀刃，無論是活是死，都要面臨著死亡的威脅。這樣也能稱作愛情嗎？

愛情。禹錫自問：無法克制的感情，就是愛嗎？那真的是愛嗎？

19

「你說那什麼鬼話？那意思不就是說不是這個，也不是那個，兩邊都不是嗎？這叫我要相信什麼，然後和這種人當同伴啊？」

「就是說這也好、那也好，什麼都好的意思。」

「這又是什麼意思？」

「非山非野。」

禹錫抓住信哲的肩膀，然後和萬重一起蹲坐著。防波堤上面又再度傳來警備員的咳嗽聲。

「全部都算進去，那就有三個人了。問題是，三個人要如何一口氣進行啊？還是要一個一個教訓呢？」

信哲沒有說話，萬重則是搔著頭，像是在講別人的事情那樣滴咕著。

「比那更重要的是，得防止流言才行。要是消息走漏出去，別說教訓他們了，就得換我們送死了。」

「瞧你說這什麼話！」

越過防波堤的浪濤聲混著吹動乾草的風聲呼嘯而起。

大夥兒已經談論了好幾天，都說無法容許勞務係把雇傭礦工們的一切玩弄在股掌之中。原來勞務係對於他們的一舉一動都清清楚楚，不管是他們對礦坑的不滿，還是平常無心講出口的廢話，甚至是大夥想家時聊的家鄉故事，沒有什麼是不知道的，無怪乎眾人對此感到驚訝。更誇張的是，甚至當大夥兒講著夏天就該牽條黃狗到江邊，宰了來開狗肉宴的話也傳到勞務係耳裡，結果隔天具氏就被勞務係的木村叫去痛毆了一番，回來時，臉上滿是鮮紅鼻血，眾人看了全都氣結無語。具氏說，木村吼罵「朝鮮人居然連狗也吃！你們這些朝鮮人，根本不是人！」，然後就被他狠狠揍了一頓。

信哲稍微張望了一下四周以後，小小聲地說：「我覺得！」

雖然他壓低了聲音，但話裡卻聽得出來他的力量。

「首先，我覺得是姓氏裡有玉字的那個人。奸細就是玉村那傢伙。」

玉宗吉。也是，早就看穿這傢伙有問題，不管日本鬼子說什麼，他都唯命是從。禹錫點了點頭。

「接下來，我覺得也可疑的是胖子朴周弼。」

「臉上有刀疤的那傢伙？沒錯，那傢伙也挺可疑。」

萬重這時也壓低聲音說道：「可是我覺得，林千植那傢伙也很可疑。」

信哲的額頭都皺了起來。

「那傢伙不就只是個蠢蛋嗎？看他一下附和這個、一下附和那個的，根本就沒想法啊。」

「你腦子到底長到哪裡去了？」

「什麼腦子長到哪裡去？你話裡可不要帶刺！」

「都長這麼大的一個人了，怎麼就連這道理都不懂？真是悶死人了。」

千植聽萬重說一下附和這個、一下附和那個的人，是這世上最恐怖的人，於是問道：「千植真的是那樣嗎？」

「就我來看，別看他一副蠢樣，千植那傢伙，每當有什麼好處的時候，總是搶第一。這種人是世上最恐怖的人了。」

仔細一想，每次有什麼吃的時候，千植總是坐在最前頭。不只如此，昨天勞務係嫌大家挖礦成績差，還特地跑來找大家麻煩，結果今天一早，早餐時間都還沒過，就看到千植率先排隊站在迎風飄揚的旭日旗底下。

「這樣的話！」

禹錫斬釘截鐵地說：「那麼看是要一個一個抓來教訓，還是要一口氣掀開他們的面具。」

萬重慢慢地開口：「一個一個處理好了。」

兩人看著萬重低下頭來。

「你們想一想，那幾個傢伙是怎樣的傢伙？他們可是捧著日本鬼子卵蛋也要多討塊鍋巴吃的傢伙啊！要是他們聽說有幾個朝鮮人組隊要去教訓他們，一定會狡辯說不是自己，分明也會有人去通風報信，這時候只要看是誰仗勢找我們麻煩就會知道誰才是奸細了。」

萬重吞了吞口水。

「要是一個不小心，只會是我們倒楣。那些燒田埂燒到引發山火，結果把祖墳都燒掉的案例就是這樣來的。」

「唉唷，你的話還真是又臭又長耶！萬重啊，你就別說那些有的沒的了。依你看，先抓哪個傢伙好？」

信哲說完，換禹錫接著說：「我們就先抓宗吉好了。我最近剛好和他同一組，要抓他比較容易，要是不小心出什麼問題，也可以裝作是我們兩個一言不合打起來，比較好瞞過大家。」

不知道是不是夜色漸深的關係，寒氣慢慢地滲透到體內。和著海浪聲吹動草地的那股強風，掃過三人的後頸，讓他們覺得更加寒冷。

「到時候我們彼此就用眼神交換信號，然後用最短的時間痛打他們一頓，再把他們綁起來，綁起來後，只要聽到他們老實承認就好。」

「那時得有個人在旁邊挖個洞，要是不聽話，就嚇唬他說要把他給活埋，畢竟誰也不知道他們會不會乖乖就範。要是到那個時候，那幾個傢伙耍瘋癲，再來把他們埋到洞穴裡。」

萬重又是那副講著別人故事的老樣子。

「還有，不要說太兇狠的話，只要整整他們就夠了，不要真的活埋人家，否則還不如放棄算了。要不然像我這種膽小鬼，這輩子以後都會天天夢到他們，結果是我先被嚇死。」

丘陵上的日本人宿舍，就像信號一樣一直閃耀著，正巍然矗立在黑暗之中。

不知道是不是沒風的關係，掛在事務所前的旭日旗，看起來軟趴趴的。接下來就要分組排隊了，萬重低聲說道：「你萬事一定要小心。要是一個不小心，就會賠了夫人又折兵。」

「你就不能說點好聽話嗎？」

同組的宗吉從後頭趁隙鑽了出來，他來到禹錫的後方，喃喃自語了起來。

「天氣真好。」

萬重忍著笑。他不知什麼時候宗吉也會稱讚起天空來了。雇傭工們排隊向旭日旗敬完禮後，接著是昨天和前天都講過的訓詞，大意不外乎是要對天皇陛下的聖恩懷抱著感謝的心，總之囉哩八唆了老半天，才總算結束。一行人背對著陽光走入地獄之門，就在每個人拿號碼牌領取採礦工具時，信哲走到禹錫身邊，然後低聲和他說：「吃過午餐就動手，我會在後面掩護你。」

禹錫聽完信哲的話以後，先是左右看了一下，然後才說：「那好，那我會盡量去挑釁他，與其靠別人，還是靠自己最好。我會想辦法把他打倒在地上，那個時候，只要萬重撲上來就可以了。我們可別因小失大。」

兩人的眼神皆殺氣騰騰。

他們已經募集了一些志同道合的人，正所謂兔子急了也會咬人，禹錫認為雇傭礦工們不該一直忍受這種待遇，而是該群起抗爭，然而信哲的想法卻不同，他認為若不能先自我管束，跟熬粥餵狗沒啥兩樣，真要追根究柢，雇傭礦工的事情還是得先找出那個密報者，然後由他們自己來處理。

於是看似和平日並沒什麼兩樣的一天就這一開始了。那天礦坑內，不只濕氣特別重，就連熱氣也特別高，大家無言地拿著鶴嘴鋤挖礦，並持續將挖到的煤礦往後堆積。賣力揮動鶴嘴鋤的禹錫，並未忘記偶爾和萬重及信哲交換眼神。

禹錫轉過他那張汗水與煤礦粉交羅在一起的臉，並解開環繞在脖子上的毛巾，那就是他現在就要開始動手的信號。他把鶴嘴鋤放到牆邊，並靠近弓腰半蹲著的宗吉身旁。在那瞬間，禹錫假裝被他的鶴嘴鋤絆倒，並故意在煤礦堆上翻滾。這時，萬重提高聲音：「怎麼了？發生什麼事？」

禹錫裝作手受傷的樣子，抓著自己的左臂站了起來，然後信哲拎著鶴嘴鋤前來。

「有沒有哪裡受傷？」

禹錫沒有回應，只是用一隻手抓住肩膀，並大聲怒吼：「這是誰的？」

「那是我的。你怎麼這麼不小心？拿鶴嘴鋤出什麼氣？」

沒有躲避的空間，也沒有多餘的閒工夫了。禹錫和事前約定的不一樣，他拿起信哲手上的鶴嘴鋤，用力地往宗吉的肩膀上打了下去。這時宗吉哀叫了一聲，身體已被禹錫往前打趴。禹錫亂拳揮舞在宗吉的後背與肩膀，手勁也越來越大。這時只見宗吉彎身坐下，並一邊扭動、一邊大叫：「你這傢伙幹嘛打人？」

跌倒的宗吉正要爬起身，沒想到信哲這時又踩過他的右手臂，讓他大吃一驚。

不過，萬重這人手腳也不是普通地快，立刻就坐在他的肚子上，使得正踩在宗吉胸口上的禹錫，之後也忍不住咋舌。

「你這傢伙！」

萬重以手中的鶴嘴鋤僅僅按壓宗吉的咽喉附近，並恐嚇他說：「你臉上那顆凸起的黑痣有救了，今天就讓我用這把鶴嘴鋤來好好挖一挖。」

宗吉發出一陣悲鳴聲，並沒好氣地說：「你、你們，結成一夥……」

在那瞬間，禹錫往他臉上踹了一腳，並回過頭看著信哲。

「把這傢伙綁起來，看來事情不能就這樣算了。」

後面那組的許順道和方尚哲跑了過來，但是被拿著鶴嘴鋤趴在身上的人，以及周圍人們殺氣騰騰的樣子震懾住，不禁往後退了幾步。在最後面挖礦的大高個兒權相祖，也彎著腰靠了過來看熱鬧。萬重和信哲拿出準備好的繩子，把已經四腳朝天的宗吉雙手綁到身後，沒消多久，宗吉就已經被綁好並跪坐在煤礦堆前。

「現在我們會問你幾個問題，你只要回答是或不是就好。要是敢耍什麼嘴皮子的話，你離黃泉路就會越來越近。」

信哲退到禹錫後頭說道：「活在那些日本鬼子底下已經夠痛苦，我們朝鮮人更應該齊心合力，結果你這傢伙居然出賣我們？」

「什、什麼意思？」

宗吉嚇得全身發抖，抖到上下排牙齒都撞在一起。這時萬重用腳尖踹了一下他的腰間。

「你這沒出息的勞務係走狗！你當我們是白癡嗎？」

禹錫走近宗吉。

「還有誰？到底還有誰把我們朝鮮人的事情一件件都出賣掉？」

「我真的不知道。大叔，啊不！大哥，你們為什麼要這樣對我？」

「在同一個地方呆坐太久的鳥，遲早會被人一箭射中；尾巴太長，就注定要被踩。」

「我怎麼會知道那種話？」

「只要有人生病，就去打小報告說人家是裝病；吃豆渣飯怎樣也吃不飽的人，被說成是怒罵礦業公司的人，就連玩個豆柶（譯註：用豆子做成的柶。「擲柶」，韓國常見的民族遊戲）都被講成是聚眾賭博。這種人我連提都不想提，怕髒了我的嘴。你說，除了你，還有誰也是勞務係的走狗？」

信哲一邊高喊，一邊往後看：「看來他不想老實招來。我看就在後面挖個洞，把這傢伙埋了算了。」

禹錫拿起十字鍬，做勢要挖洞。這時萬重再次踹了宗吉一腳：「在大家還算好聲好氣的時候，就快點從實招來，你這禽獸不如的傢伙。像你這樣的傢伙被活埋起來，也不會有人覺得難過！」

這時，宗吉嘴裡吐出大家意想不到的話。

「金志翔。就是叫金田那個傢伙。」

禹錫停止挖洞，三人的眼神瞬間在這暗黑之中交會在一起。

「什麼？志翔他？」

沒想到宗吉的嘴裡居然冒出志翔的名字。禹錫怔了一會兒，不知他現在是否故意把和我們走得較近的志翔拉下水來，想要愚弄大家。不過信哲可不這麼想，雖然他打從一開始就不認為宗吉會真的供出同夥，但當他聽到志翔的名字時，只覺得沮喪。他一直很不喜歡什麼事都不積極，永遠只會退到人後的志翔。信哲睥睨著宗吉，然後笑了出來。他不認為志翔能幹這種事，他覺得志翔就只適合去廟裡進行供養。

「給我看清楚了，正所謂聚沙成塔，我們要是合力發起抗爭，到時候可無法保證會發生什麼事。現在在這裡的朝鮮人都不怕死，除了你這傢伙以外。」

「求你饒了我。再次我不敢了，絕對不敢了……」

「要我們饒了你？看看你這傢伙，為什麼我們得饒了你？」

禹錫高舉十字鍬並大吼：「我們除了出門上工、回來睡覺以外，什麼事也沒做，你他媽的到底監視我們要幹嘛！」

「他們說只要報告大家平常的樣子和說過的話就好。他們偶爾會招待喝酒，或是一起去遊廓玩樂，所以我就只能照他們說的照做了。朴周弼大概也和我一樣受到他們招待了。可是勞務係不會把我們聚在一起，所以我也只是猜測而已。」

禹錫蹲在宗吉面前，慢慢地問他：「不過，你剛提到志翔也是你們同夥的。那麼這又是怎麼一回事？」

「我就只是把知道的講出來而已啊，事到如今，我還有什麼好隱瞞的嗎？勞務係的鈴木先生說，志翔平常也和你一起，他就知道會這樣。他還叫我觀察志翔是不是雙面奸細呢。」

「這傢伙現在越看越糟糕，越是教訓他就越是一副爛樣。喂！你這傢伙，你以為大家都跟你一樣長袖善舞嗎？像你這種人，就叫做二百五！」

禹錫走到宗吉跟前，有如下定決心似的說：「先把這傢伙移到那邊去吧。」

他們把宗吉拖到已經挖出來的礦堆後面，讓他後背貼著枕木，並把他綁起來。一旁看熱鬧的許順道和方尚哲，嚇得連嘴都閉不起來。而探進頭來的權相祖，也一樣吃驚。

「就是因為這樣，所以不管到哪裡都一樣可怕，叫人怎麼活下去？到底哪裡才沒有監視我們的人呢……」

躺在旁邊的雇傭礦工們壓低聲音，紛紛交頭接耳了起來。

「聽說不是發生事故，是把那傢伙抓起來打了？」

「隨便你想吧。你也不想想宗吉是怎樣的人？他可不是那種被人打了以後，會忍著不講的人呀。」

志翔聽到他們說的話以後，靜靜地坐起身來。轉瞬之間，所有聲音就此消停，那是大家驚覺有人醒著的反應。志翔已經知道宗吉被抓去毒打一頓的事情了。

志翔深怕踩到那些正在睡覺的人，小心翼翼地穿過他們走出房外。他靠在宿舍圍牆邊，並觀察了一下周遭，然後快速地走到防波堤旁躲了起來。不久之後，警備燈一閃一閃地亮起，像隻貓沿著防波堤底下前進的志翔，則蜷身在可以看到哨所的石頭堆旁。這個地方就是以前的船舶場，也是以前在神社時，明國要他仔細觀察的位置。

彎著身體的志翔，此時再度起身前往垃圾場後方，沿著防波堤一路前行。當他走到乾草地裡頭以後，就開始估算該何時跳下去才行。屆時逃亡時，必須得在警備員走到這裡並離開之後開始，一直到下次重新回來此處巡邏為止的這段時間裡進行，所以志翔現在得越過防波堤並躲藏起來，還得趁著警備員來返的這段期間內，縱身入海並開始游泳。至於衣服，明國曾說過，衣服得用皮帶纏繞盤起，然後綁在頭頂上才行。

躲在乾草地裡的志翔正推估警備員的來返時間，認為時間綽綽有餘。不，或許與其說是綽綽有餘，倒不如說是還有剩餘時間。

志翔緊盯著在防波堤上來來回回遛達的警備員。他心想，要是到時候警備員那傢伙礙到手腳，就只能捅他幾刀後再走了。只不過，這裡取得刀械不易，看來無論如何都得自製個什麼武器帶在身邊才行。然而，這也是個問題，離晦日時間所剩無多，實在不知是否有足夠的時間進行製作。總之，今天的探勘就先到此為止，畢竟最重要的還是掌握住準確的時間。志翔躲在乾草地裡時，並沒有回頭去看防波堤，究竟是誰生誰死，一切就掌握在當天的命運。

志翔不停反問自己無數次：為什麼我們的命運如此？為什麼我們被抓來這裡，然後還得賭上這條命離開這裡？這都是為了生存下去。只是，活著又是什麼呢？是自由，現在自己就是為了追尋自由而走。所謂的自由是什麼？答案很簡單，當我們失去國家的同時，也就失去了自由。如果說，能夠說自己想說的話、能夠做自己想做的事而活的地方，就是祖國，那麼我們的命運就是從那裡出了差錯。失去祖國的我們，就連我國的語言、我國的文字，甚至是自己的姓名都會消失，一切的起始就是於此。所以，我們得找回屬於自己的名字、找回屬於我們的語言，更要找回我們的靈魂。對我來說，回去與妻兒相會就是尋回自由的開始。

志翔在草地裡匍匐，最後回到宿舍。他摸黑找到自己的位置後躺下，只是閉目養神，並努力要自己不要多想。他告訴自己，不管事情究竟會變得怎樣，總之現在行動已經開始。這時志翔聽到旁邊有一陣沙沙聲響，他一動也不動，只是仔細豎耳聆聽。禹錫從隔了三人的位置上坐起身來，他爬到志翔的身邊：「志翔啊，出來一下。」

禹錫低聲說完之後，便率先走出房外。志翔在黑暗之中看著他的背影，慢慢站起身來。當志翔走出來以後，禹錫已坐在宿舍階梯下等他。

志翔先開了口。

「太好了，我也正想要找你聊聊。」

「什麼事？」

志翔飛快地講了一遍：「白天你們那組發生的事情，這可不好。聽說你們把宗吉打得半死？而且傳說你們下一個對象是朴周弼。所以呢？朝鮮人出賣朝鮮人是錯的，那麼朝鮮人結黨對朝鮮人施暴，這就是對的嗎？事情怎麼會變成這樣！」

禹錫默默地聽著。

「還有，現在都什麼時候了，你還要摻和在他們之中搞這些事情嗎？倒是你先講清楚，你要走還是不走？難道你想留在這裡生活下去嗎？」

禹錫慢慢地開口說道：「宗吉說你跟他們是一夥兒。這是怎麼一回事？我不是要懷疑你，但我想知道為什麼會從宗吉口中聽到你的名字。」

志翔用腳尖畫著地板。

「原來話已經傳開了嗎？沒錯，鈴木他確實是找我說了一些話。」

志翔抬起頭告訴禹錫：沒有什麼好隱瞞的。和宗吉一起被叫到勞務係去時，鈴木要我們觀察雇傭礦工們的動態，並匯報回去給他。沒和你說是因為覺得沒有這個必要說。

「我可以清楚地告訴你，我不會成為你的負擔。另外，我再告訴你一點。勞務係那邊以為已經成功拉攏到我幫他們匯報消息，我認為這對我們逃亡很有幫助，根本是老天爺在幫。」

由於身處暗夜之中，所以只能靠說話聲來判斷對方的表情。不過成弼秀這個人本來就不愛笑，所以更難讀取他的內心。弼秀他平常下工，除了洗衣服以外，只要有空就是蓋上被子睡覺去，這一點讓他在雇傭礦工之間非常有名，當禹錫帶著弼秀來找志翔，並告訴他一定要帶著弼秀一起走時，志翔心中有點惱怒，氣禹錫把逃亡看得太簡單，甚至一定想要放棄逃亡。可是禹錫非常頑強，他說弼秀有著他們兩人都沒有的特質，要志翔相信他。

這個人每天只是反覆地洗衣服，等衣服乾了就拿起針線，認真地把衣服縫補好，此外就只是不停地睡覺，並不參與別人的聊天，有時候還會被人笑是笨蛋而被孤立啊！但，禹錫的話是對的，那只不過是成弼秀用來徹底隱藏自己的假面罷了。

弼秀看著他們兩人，慢慢說道：「我認為應該先到中之島。」

志翔瞪大眼睛。

「火葬場？為什麼？」

「因為當我們游泳過去以後，不知道會遇到什麼事情。我們不是都聽過很多次？逆流而行的小船也可能會碎裂。就算我們對游泳再有自信，但遇到水流就難以保證了。所以，應該先到中之島去。」

弼秀說得堅決，志翔覺得有點納悶，便繼續問他：「你現在到底在說什麼？怎麼會先繞到中之島……先到火葬場，總不會是要去那裡跟他們說『請殺了我吧』，然後在那邊等死吧？」

「就是這點。火葬場，那裡有類似庫房的等候室，屍體會放在那裡，等候被送去火葬，那裡也會拿花草樹木編織一些東西。我們在這裡就算先做好木筏還是什麼好了，也沒辦法帶著穿越防波堤並行駛在大海上。」

所以我們要在那裡拿木頭編些工具，靠那邊能入手到的資源來越過大海。弼秀所言，是志翔及禹錫都沒能想到的計畫。仔細一想，弼秀的計畫確實比孑然一身泳渡大海還要安全許多。

「我在日本礦工死掉要進行火葬時，曾作為搬運工去過那裡。那裡有很多木材，要是都不合用，拔起柱子來用，把門板拆下來用都可以，所以沒有什麼地方比那裡更好了。」

也就是說，弼秀早就已經勘查過那點了。志翔的眼神忙著輪流看著他們兩人。要是他說的沒錯，那麼弼秀的想法確實比他們兩人的策略還要安全。

「那好，我贊成弼秀所言。禹錫，你的想法如何？」

「中之島比起其他島還要近，游泳到那裡的難度也較低，就算途中發生了什麼事，由於和目的方向不同，搜索隊應該也不會朝中之島去才對。只是，如果到了火葬場想做點工具，難道不需先在這裡準備物品帶過去嗎？」

弼秀像是等了很久般地說：「我們得帶捆綁木材的繩子。那裡沒有繩子。」

「那好，那我們就想辦法去偷繩子來。」

「所以，我們離開這裡的時候，就要先把身子綁在身上，然後直接入海。」

三人決定前往火葬場所在的中之島，到了那裡以後，就在那裡利用現有的資源製作逃亡工具，然後再穿越大海。當三人討論完畢以後，他們第一次覺得逃亡是股希望之風，正吹向自己。雖然他們也曾提到是否該準備槳，好用來划水，以便船隻前進，不過後來覺得這太麻煩，加上火葬場那裡應該也能找到替代物，很快就決定不再準備其他物品。

「另外還有一點。對我們來說，那些站警衛的警備員也是個障礙。」

弼秀就像是特別把這點挑出來講似的。

「如果浪濤強勁，雖然對游泳的我們來說，會是很辛苦的一件事，但相對的，那時的警衛也會變得鬆懈下來。他們也知道浪大的日子不會有人往海裡去。颱強風的日子也一樣。」

「我知道。」

志翔打斷弼秀的話。

「不管天氣如何，也不要管是什麼狀況，總之當日就按照計畫行事。對吧？」

弼秀點點頭。禹錫則又接著說：「好的。可是我認為還是得有個備案，以應付突如其來的狀況。」

「沒有別的了，只剩警備員。」

弼秀好像知道禹錫在講什麼似的，於是打斷他的話。他緊握著拳頭，三人有一小段時間都沒有說話。「沒錯，說不定這麼一走就是送死。」志翔雙手捧著自己的臉。

雖然心中希望能逃亡成功，並避免一死，但誰知會不會發生什麼無可奈何的狀況呢？

「是生是死，到時候就會知道了。」

話又中斷了。過了不久，禹錫開起口。

「所以，每個人身上都要準備點東西。」

弼秀向他們兩個擺了個手勢，並說道：「我們把警備員的問題攤開來講清楚吧。志翔你走最前面，由我走中間，禹錫你在我後頭。志翔要是發生什麼事，禹錫你從後頭撲上去，接著就由我來處理。」

弼秀嘴裡的每一字每一句都像是邊嚼邊吐出。

「沒有刀子刺不穿的肚皮。」

活著沒男人，死了沒墳墓，錦禾在黑暗中這麼喃喃自語著。

海浪滔滔，今晚的風也特別強勁，浪濤聲音已經蓋過海鷗的鳴啼聲。遠方那片海太過漆黑，就連閃著燈光的端島礦坑看起來也是黑鴉鴉的一片。踉蹌走在防波堤上的錦禾，手上正提著一升酒瓶。她停下腳步，站在原處朝黑暗裡望去，連那個小小的、正發光的哨所警備燈，好像也被埋沒在浪濤聲裡。

她找了個面海的位置坐下來，並大大地喝了一口酒。流出嘴角邊的酒，滑過脖子，滲入到她的衣服裡。人家說運氣背的時候，就連狗看到都不會叫呢，呵呵。今天沒有月亮，難道月亮也供出上繳給那些日本鬼子了嗎？看來他們是把月亮打碎，然後拿去做大砲了吧？喂，月亮！

你到底是跑哪裡去了？念念有詞的錦禾，又猛吞了一大口酒。月亮啊、月亮啊，皎潔的月亮啊，桂樹上的皎潔月亮啊，你難道也被徵召到哪裡去了嗎？該不會是被抓到北海道礦坑了吧？月亮啊、月亮啊，皎潔的月亮啊。磨好金斧頭，蓋好三間草屋，住在裡頭千年萬年。媽媽，媽媽為什麼只知道那首歌呢？不是要住千年萬年嗎？結果怎麼是每天挨爸爸打？我就算想回家，也要知道家在哪裡才能回去呀。有小溪、有蓄水池、有鐵路，等到春天還會有楊柳隨風搖擺的地方，在朝鮮又何止一、兩處呢？

「是誰！」

「啊，嗯？是個女子？」

「對呀，是女的，難道要掀開裙子給你看才知道嗎？」

警備員伴著嘎吱嘎吱的腳步聲，慢慢走了過來。

「你在這裡幹什麼！」

「喝酒啊，怎樣？」

「現在不能來這裡。這裡禁止出入！」

「你少說廢話，還不如過來坐下陪我喝杯酒吧。」

警備員猶豫了一下之後，走了過來。錦禾抓住他的手，讓他坐在自己身邊。

「可是，你不能關了那些燈嗎？這樣大家都知道你坐在這裡了呀。」

「啊，也是。」

警備員把火關了以後，接過錦禾遞給他的酒瓶，露出欣喜的表情。

「你是從哪裡拿到這東西的啊？還說現在是戰爭非常時期呢，原來都是屁話。」

「喝吧，就是要給你喝才拿來的啦。」

警備員拿起酒瓶，咕嚕咕嚕地灌了好幾口酒，然後瑟瑟地抖了一下身子。看吧看吧！就那麼喜歡出入禁止嗎？要不是我，這種晚上誰給你酒喝啊？警備放下酒瓶以後，突然想到什麼似的，開口問了錦禾：「可是，你是誰啊？你又不是鬼，到底是從哪裡跑出來的？」

錦禾突然說起朝鮮話來。

「沒錯，我不是鬼。我是你那溺水死掉的媽化身的水鬼啊啊啊！」

「唉呀，你是朝鮮女子？」

錦禾舉起手來，在黑暗之中往遊廓建築的方向指了指。

「對啦，我是朝鮮女人。那你叫什麼名字？」

「山口，我叫山口三郎。」

這也算名字嗎？你祖先也真是糟糕，怎麼會取這種名字像是山嶺破了個大洞呢？山口抱著酒瓶坐下，直看著錦禾那被晚風吹動的秀髮。

「我可以再喝一點嗎？」

山口一邊問錦禾，一邊拿起酒瓶咕嚕咕嚕地喝了起來。你這傢伙，怎麼把酒當水喝了？既然你叫山口，那你現在真的是把酒倒到山洞口了嘛。錦禾搖搖晃晃地看著山口喝酒的樣子。才問你叫什麼名字而已，就喝成這樣了，看來你很喜歡喝酒嘛！喝吧，不過你現在完了，等著被罵吧！不顧哨所，跑來這邊跟錦禾我喝酒。

山口把酒瓶放下後說道：「酒這東西就跟女人都一樣，看到的時候沒什麼特別想法，可是一沒喝又忍受不了。」

山口又咕嚕咕嚕地喝了幾口，才用手擦乾嘴巴。

「不是嗎？你們女人也一樣，身邊沒有男人時，什麼都不知道，一旦有了肌膚相親，想法就變了。呵呵呵，不是嗎？」

女人要是像梅雨時節的青蛙跳上南瓜葉那樣，不停吱吱喳喳叫個不停，身價就會大跌，而男人的缺點就是光說不練。這次換錦禾拿起酒瓶喝了一大口。不知是否海浪重重地打在防波堤底下，高起的浪花灑落在錦禾的額頭上。

山口站起身來，搖搖晃晃地走到海邊，對著大海撒了泡尿。

「沒看到整座島都要被沖走了嗎？那個瘋子。」

回來的山口說：「我知道你，朝鮮女子。」

「你這傢伙。所以怎樣？知道我又怎樣？殺雞焉用牛刀，何況你剛也喝了我的酒，還不知道感謝嗎？」

我也知道你。雖然我忘了名字，但我不可能不知道山口你。那時山口把獵帽壓得低低的，曾來店裡光顧，當時我看著他說他看起來就像要去抓朝鮮獨立軍的密探，沒想到他的臉色突然脹紅，我看著他的樣子，只好自己掌嘴罵自己多嘴、愛亂說話。那天晚上酒席結束後，和他共寢時，山口喃喃自語地說：騎到一個朝鮮女子身上，又不代表騎在整個朝鮮上……錦禾回想起那時的山口。

山口再度抱著酒瓶坐了下來，冷不防地說道：「你也希望日本滅亡吧？我想一定是吧，畢竟你是朝鮮人。可是，日本會滅亡嗎？你要搞清楚一點，朝鮮已經是日本的土地了，現在日本和朝鮮已經合而為一，如果你希望日本滅亡，那也就是希望朝鮮滅亡。就這樣。」

合而為一？日本和朝鮮合而為一？這傢伙！要不乾脆踹他個幾腳算了！錦禾感覺自己還有幾分酒氣，然後轉過頭去望著漆黑的大海。遙遠的海面上有一艘亮著燈光的船，那是為了防止有人脫逃而巡邏海面上的監視船。

錦禾深呼吸了幾口氣後，便站起身來。一個人的時候不開心，旁邊有人也不愉快，到底還有哪邊可以讓人舒心呢？山口舉起酒瓶問錦禾：「你不喝了，要走了嗎？你這瓶酒要給我嗎？」

「喝吧……喝死你吧。」

山口不知道錦禾說的朝鮮話是什麼意思，只是對他彎腰致謝。錦禾回頭看了山口一眼，然後吐了口口水。

那種傢伙就該丟到海裡去的。論介（譯註：論介在一五九三年壬辰倭亂，倭軍佔領了晉州城之時，丈夫崔慶會和金千鎰、高從厚不幸投身南江殉國後，為了報仇雪恥，倭軍在矗石樓慶祝勝戰的筵席上，裝扮成妓女。並誘引酒後盡興的倭將，抓住其腰部一起投江殉節）是在晉州南江吧？她可是把人拖到海裡一起死的呢！一片漆黑之中，錦禾一邊走著，一邊搖起頭來。不對，今非昔比，論介姐姐要是生在這個時代，她就不會待在晉州南江了，肯定被抓到南方某處，然後在日軍慰安所裡頭，像條破爛抹布一樣任人蹂躪。可是也不對，就是因為她沒有遭受那樣的待遇，所以才是論介呀！論介姐姐呀，現在跟以前大有不同了，現在的話，就得去抓著總督老人家，一起從轟炸機上跳下來了。歲月，就是這麼無情。

沒錯，我活得夠久了。如果離開家鄉以後，在外闖蕩的這段歲月能倒轉，估計也沒什麼可看的。

錦禾你這女人，你活得也夠久了，到底上輩子是造了什麼孽，才會經歷過這一切呢？朝鮮人欺侮我，日本鬼子也欺侮我，我忍辱求生；被人甩開、被人推離，我也忍了，儘管如此，我倒也沒什麼餘恨。可是，我還想要活下去，我想要活到親眼看到那些日本鬼子滅亡的一天。我不知道自己夠不夠格講這些話，不過就像鳥蛋不只是一顆鳥蛋，日後會成為振翅而飛的鳥兒，不是嗎？不過，等待日本鬼子滅亡的那一天到來……這會否像是放老鷹在青山間飛翔，老鷹一去不回，等不到老鷹回來的那一天嗎？

20

禹錫沉重地開口說道：「老實說。老實說……」

禹錫吞吞吐吐的。志翔望著防波堤上那排三角錐模樣的警備燈，然後回過頭來。

「怎麼了？你向來不是無話不談嗎？」

志翔望著大海說道：「你，你是要說那件事情吧？遊廓那名女子。」

禹錫感到驚訝，猶豫過後站起身來。志翔也跟著站起身來，並對他說道：「男與女。這不是我能說什麼的事情。那女子，就由你自己下定決心吧。」

志翔說得堅決。回過頭一看，不知道是不是夜色較遲的關係，高聳公寓裡頭，只有三三兩兩的燈火閃爍。

「走吧。」

志翔一邊說著，一邊移動腳步。兩人走著的時候，各自想著不同的事情。禹錫慢慢地搖頭：這些事你都知道，但你卻沒跟我說嗎？志翔則是看著地上：禹錫該不會是想帶著那女子一起走吧？

所有人都已入睡的宿舍前一片漆黑。當兩人走進宿舍前燈火處時，禹錫才痛苦似的開口：「那女子，我不知道該怎樣做才好，我下不了決心。」

「什麼決心？」

你這傢伙，你居然也有這麼一面？志翔心裡有些吃驚，但終究還是忍住沒有多說。反正我倆下了這麼重大的決心，你自然有你的理由，而我也有我的原因。可是！志翔以堅硬又堅定的語氣說：「不行。」

兩人在暗夜中互相看著彼此。志翔慢慢地說道：「禹錫，我的想法是這樣，我認為這次事情應該要排除掉女孩子。可以預見的是，帶上那女子，事情就會越來越複雜。當女孩子牽扯進來以後，一個不小心，我們所有人都會死。」

我的想法是不要帶著女孩子，但我希望你不要對她隱瞞。我不是要你非得告訴她不能一起走，只有你自己要走。這話已經快到嘴邊，志翔終究沒能說出口。如果這是別人的事情，交由情理分別的人來處理該有多好？但這是我們我們自己的事情，判斷已經容易失準，現在又牽扯感情進來，所謂的感情只會礙住我們的手腳，並讓我們的意志變得薄弱。

「要我再說一句嗎？人不是只靠情分生存在這世上的。」

禹錫轉過頭去，一邊看著遠方，一邊喃喃自語。

「只要拿刀，都是壞人、只要拿花，都是好人嗎？拿刀的人中，有許多是好人，拿花的人中，壞人卻更多。」

「你不要誤會，我不是說那女子不好。」

志翔知道這話會讓禹錫感受到宛如千刀萬剮的痛苦，但他還是說了下去：「其實我一點也不想說到這份上，但是有一點得先說清楚。禹錫啊，如果你真無法放下那女子，那麼你就和那女子兩人單獨行動吧，我會再幫你想想其他方法。如果你真的想帶她走，不！如果你必須帶她走，那就那樣做吧。你不要管我的想法，由你自己做出抉擇。」

志翔嘆了一口氣後：「不好意思，我得再想想怎樣做才是最正確的方法。我先進去了。」

當志翔的腳步聲遠去，宿舍大門的開關聲傳出來以後，禹錫只是呆呆地站著不動。他不停反芻志翔剛說過話。是那樣嗎？是那樣嗎？我真的是那麼差勁的傢伙嗎？此時，耳邊傳來的海浪聲如昔，而且大概因為是深夜的關係，此刻已聽不到海鷗的鳴啼聲。禹錫不知道想了多少次，但始終無法告訴錦禾自己要獨自離去。對她那種工作的女孩子來說，放下她並獨自離去的話叫人如何說得出口？禹錫仔細凝望著左邊天空的閃亮星星，告訴自己要好好整理心緒，就像志翔說的，這件事是自己該決定的事。

不停自問自答的禹錫，挺起胸膛：如果一起走，那就帶著錦禾一起走吧，然後不管是乞求、賴皮還是說服，都要和志翔一起走。但，如果她被抓住了，那麼大家也都會被抓住，而我們活著，她也才能活著。禹錫走進宿舍，並告訴自己決心不會因為睡個覺就有所改變，明日事就交由明日去煩惱。

錦禾聽了禹錫以後，只是一直搖著頭。在他話還沒說完之前，錦禾就伸出手去捧著禹錫的臉。

「我要你帶我一起走，你真信了那句話嗎？你是怎麼看我的？我不會跟你走的，我看起來有那麼笨嗎？你覺得我是會擋住你去路的女人嗎？」

錦禾搖著頭。

「這不像話。你居然想帶著我一起走？你以為那很容易辦到嗎？」

瞬間，錦禾用力地抱緊禹錫。

「你是好人，我的男人真的是好人。」

今日風冷，後頭緊接而起的風雨更是冷冽。錦禾一邊將心上人擁抱入懷，一邊想著情分只是短暫的，生命才是久遠的，但眼中這男人不一樣，他是自己不能抓住的男人，因為他得活下來去完成更多使命。可是，錦禾也想過，以後要再到哪兒找到一個願意帶著自己逃離此處的男人？也許是自己的福分僅限於此，心裡已下定決心。光是在這多災多難的艱苦歲月中，能遇到一個心性如此純淨的男人，就叫人願意追隨他而去，只是那些都只是自己的一廂情願。

錦禾的聲音像是沙沙聲響傳入禹錫的耳裡。

「我真的是那麼大的負擔嗎？」

「才不是。我只是在想，究竟怎樣才是為你好的方式。」

「我問你一件事。要是我跟你說我要離這座島，你會跟我說什麼？」

禹錫抬起頭來。兩人互相凝望著彼此，然後錦禾開口說道：「如果你一直在這裡，搞不好有一天我就會一個人跑走了。那個時候，我可以想成是我拋棄了你嗎？」

一隻夜未眠的海鷗哭啼而過。禹錫默默無語。

「你為我做了很多。你告訴我想和誰用什麼方式逃走，也一直有來找我、見我。我不是你值得為我做那麼多的女人，可是你卻一直替我著想。我很感謝，心裡也很開心，眼淚都要流出來了。我的心裡一直告訴自己：喜歡這個男人真的是做過最對的一件事，錦禾你做得很好！這就是我心裡全部的想法。」

「你在說什麼？」

「遇見你，我才第一次覺得是被當人對待著。這份感激，我永遠也忘不了。」

禹錫歪著嘴。被晚風吹起的頭髮，蓋住了他的臉，顫抖的雙手不知怎樣才好，只好雙手交叉著，一直深藏在他心裡沒說出來的話，居然也是錦禾的心聲。

「沒關係，我知道你不是拋棄我而走的。我懂你。」

「可是……」

「我知道你現在因為不能帶我走而感到抱歉，而且你也沒說當你能來找我時候，會來把我帶走。可是當你回來時，就像你說的，當你回來找我的那一天，無論如何，我都會等候那一天的到來。不管怎樣，我會忍住等你回來的漫長歲月。你會回來的，我相信你心裡的那句話。我真的好謝謝你，只不過，當你回來時，我想也許我已經不在這裡了。」

禹錫伸出手抓緊錦禾的肩膀。

「我們就相信吧。相信歲月、相信人、相信不管結果如何，都一定會看到那結果。」

「是我不能相信自己。我不知道我在這裡能活到何時，我只是不相信這一點。」

禹錫伸出手撫摸錦禾的後頸。黑暗之中，原本蓋住她臉蛋的頭髮已被吹到背後。

「我一點都不想成為你的負擔，哪怕只是一點點。我只希望你能平安逃離這座島，然後不管怎樣都要活下去。我只會這麼想。」

兩人伸出手臂，胸口互相輕碰，彼此緊抱著彼此。她那被晚風吹冷的臉龐，冷冷地貼在禹錫的脖子上，努力強忍淚水的禹錫，把錦禾抱得更緊了。真不知道為什麼兩人的命運會是如此，不能一起離開，也無法一起留在這裡。禹錫一邊輕輕捋著錦禾的後背，一邊說著：「我曾想過，不知道是不是乾脆留在這裡，繼續現在這樣下去會比較好。」

「我的男人……」

錦禾像是快哭出來似的。

「一旦下定決心，就堅守下去吧。那才是我的男人呀。」

越來越冷的海風不停吹襲，像是要將這片黑暗往兩人的後頸潑去似的。錦禾這時說道：「我愛你，我愛過你。」

然後她的聲音遁入晚風的風聲，低聲地痛哭起來。這時，只有圍繞在漆黑島上周圍的警備燈在守護著夜晚，哨所的警備員偶爾咳個幾聲，慢慢穿梭在各個哨所之間。

亂嘈嘈的食堂裡，大夥兒很快地成排坐下用餐。碗裡裝的不知究竟是豆渣還是米飯，已經很難找到飯粒的蹤影，還摻入了豆子。這種餐點讓人在動筷之前，總是先大嘆一口氣，儘管如此，這仍是一道晚餐，不管餐點是什麼，只要滑過嘴邊，多少還是讓人心裡得以放鬆。

當坐在另一邊的弼秀和禹錫眼神交會時，先做出了一個手勢。他的手指指著外面，禹錫立刻回以反問的眼神：要在外頭會合嗎？弼秀點了點頭。禹錫再次回報了解了的眼神給他。

先吃完飯的人正三三兩兩站起身來，弼秀穿越雜亂的人群，走到外頭來，然後掠過禹錫的身邊，並低聲說道：「你也刮個鬍子吧，看你那副是什麼模樣。」

「那也要有個能幫我刮鬍子、打點服裝儀容的人才行呀。」

暗號就是暗號，那是兩人之間做好的約定，而鬍子就代表討論逃亡的事情。

禹錫旁邊正在咀嚼飯菜的金氏，拿著筷子並露出一臉呆滯相。

「等等，這麼一想，前天是我的生日呀。」

「你這又是在說什麼？」

「什麼在說什麼！我是說，我居然忘了我的生日。」

聽到金氏所言的尹氏，露出無語的表情。

「像你這樣的人，就是那種做事不老實、不勤快的人。」

尹氏朝向一副受傷難過樣子的金氏，不停念念有詞：「倒不如這樣才好。你自己想想，要是想起今天是自己的生日，那麼心情會有多浮躁啊。」

從位置上站起身的禹錫，內心倒是挺認同這話。只要人還在這裡，最好能多忘掉一點東西，這樣活著才不會太痛苦。弼秀率先離開位置，禹錫則從後面跟上，他看著弼秀的背影，發現他的肩膀看起來結實又魁梧，才驚覺自己居然從未發現弼秀有一副強壯的體魄。

禹錫叫住走在前方的弼秀，弼秀轉過頭來。

「我現在才發現你的身體很雄偉，果然是最好的同行夥伴。」

走到宿舍前院的兩人，在前院裡溜達，並遠眺防波堤的那個方向。最近也不知天氣為何會那麼好，天空彷彿就像是被重新洗淨一般。弼秀轉回原本看向天空的眼神，並開口說道：「昨天晚上有做好夢嗎？」

夢，是詢問是否有新計畫的暗號，也是他倆的暗號。

「在夢裡看到故鄉了，覺得有點心緒不寧，至於見到母親時，則是哭成一片淚海。做的夢都不像是夢。」

這指的是應該已經別無他法。弼秀和禹錫兩人自在地講他們才懂的話，這樣就算有其他人經過他們，也無法聽懂他們到底在講什麼。

「志翔和我是晚上下坑道，所以等等我們兩個會再去進行探勘。今天大家時間碰不到一起，你就先去工作吧，詳細狀況明天再講。」

別組的年輕人們正鬧哄哄地走出來，禹錫立刻轉口說了句好似沒頭沒尾的話。

「你要去廁所的時候，我跟你去。」

這不是隨便說說，這句話代表的是一切按照計畫行事。要去廁所的這句話，指的就是按照計畫進行。

從醫院那裡眺望出去的大海是如此平靜。碧海無波的水面一路延伸出去，造就遠方海天一線。志翔就在站在坐在椅子上的明國身邊，痴痴的望著眼前那片大海，此刻他不知該和明國從何說起，腦子裡一片空白。

「你為什麼一副難過的表情，看起來好像咬到蟲子的樣子。怎麼了，有什麼事嗎？」

志翔收起遠望大海的眼神，並彎下身子對明國輕聲相告：「已經定好時間了，就在這個月晦日的前後四天左右。」

志翔再次看著前方，繼續說著：「可是，大叔，這次不是兩個人走，是三個人。」

明國略感驚訝，抬起頭來看著志翔。

「三個人？另外那個人是誰？」

「是一個叫做成弼秀的人。你知道的，就是那個成天都在睡覺的傢伙。」

「怎麼會決定和他一起行動？」

「是禹錫加入他的。不過聊過以後，發現他不是普通的傢伙。他只是裝傻、裝睡，那些都是他隱藏自己的假面而已。我們決定先到中之島去，然後用那裡的竹子綁成竹筏，然後再搭著竹筏出海逃亡，這計畫也是他擬定的策略。」

志翔說是三人行動，這讓明國有些掛心。他不禁想起當初泰北、三植、慶學，也是三人一起行動，最後三人下場都以悲慘的命運坐收。

「志翔啊，之後我也不會繼續待在這裡，等到退院以後，就會離開這座島。」

明國無言地看著那片蔚藍大海。

「禹錫也會一起上路，相信他不是很好嗎？那傢伙是個剛強堅毅的孩子。」

「禹錫他……很辛苦。雖然不是不能理解他的心情……不過看來並不容易。」

「我大概知道你在說什麼了。跟女孩子有關，對吧？」

明國好不容易才開口：「你把我接下來說的話，一字一句轉告給禹錫。女人不是想認識就能相會的，但也不是以為再也遇不到這樣的女人，用盡一生癡心等候就會再度出現的。也因此，緣分才會如此重要。不過就算如此，難道要一輩子糾纏著這點不放嗎？要是一直惋惜著有緣無分，最後只會壞事罷了，所以到了該結束這段緣分的時候，就不要再有任何留戀，也不要再回頭。」

明國先是靜靜地眺望大海，見志翔沒有回應，伸出手來拍了拍他的後背，並告訴他：「一旦壞事就會造成嚴重的後果，這點務必要時時警惕於心。凡事沒有隔夜仇，人與人之間的緣分就是那樣的。」

明國抬起頭來看著志翔。年輕的身體，還有很多事情都等著去挑戰的年輕身體，就該離開這裡，用你的年輕身體衝破這裡的桎梏，趕快離開這裡。明國反覆低語同一句話，彷如遠方風聲瑟瑟：「我也不會繼續待在這裡，等到退院以後，就會離開這座島。」

當明國從志翔那裡聽到禹錫好像想帶著女孩子一起逃走時，他擔心這反而會拖累所有人，並害死大家。這傢伙是瘋了嗎？看來是想找死了不成？現在難道是可以帶著女人跑的處境嗎？

他好不容易才把錦禾叫來醫院，並嚴聲斥喝錦禾：不該走的路就不要走。你們相識多久了？有一年以上了嗎？兩人難道決定以後要一起生活了嗎？

結果他發現事情並不是他所想的那樣子。他和錦禾談論此事時，開始感到後悔，而後又慢慢地覺得慚愧。不該插手管這件事的，只是當初有誰知道他們的真心呢？

「您知道那些被人侍奉的人是怎樣的人嗎？那是因為他們命好，難道您以為他們是被人侍奉所以才活著嗎？」

錦禾那原本遮住臉的雙手，無力地跌落到膝蓋上，她緩緩說道：「像我這樣的女人，每天就只是喝酒、哭泣，然後挨打、受傷，日復一日。那不就是大叔您想跟我說的話嗎？可是我的想法跟您不一樣。要是我沒辦法下定決心放手讓他走，然後再回到每天喝酒、痛哭的日子，那我乾脆就和他一起走了。為什麼？因為我也是個人啊，就是他讓我知道我也是個人的。難道只有我是這麼想的嗎？難道這也是一種貪念嗎？就是因為那樣，所以我以和大叔您同樣的心情放手讓他走。要不我為什麼要放棄那條路呢？我並不是笨蛋啊。」

明國忍住情緒，並閉上雙眼。原來是產生情分了，原來是第一次動真情了。雖然早已猜到你也活的艱辛，但沒想到你遇到禹錫以後，才第一次動了真情。我還以為你就只是殘破、被人帶到這裡出賣皮肉的……被人再三踐踏又會再長出的雜草。

錦禾用雙手擦乾臉上的淚水，然後望向開始被夕陽染紅的大海。

「對我來說，對我這個沒有福分的女人來說，我再也不會遇到像他那樣的男人了。只要是他想要的東西，我有什麼不能給？他若要這身體，那我要不切下來給他，要不就賣給他。這世上又有誰懂我的真心？不管要我做什麼，我只想要他就像白菜心那樣好好成長；就算讓我受盡這世間所有髒污塵垢，我只想要他能免於這一切。我只願這個男人活的像是七、八月農田般滋潤茂盛，那就是我的真心。」

錦禾抖著肩膀，繼續說道：「可是，為什麼連大叔您都要出面管這個？如果您是嫌我髒，那我也無話可說。我就算捨棄掉所有，也想要成就他的一切。」

「是我不懂你的心意。」

明國拄著放在雙腿之間的枴杖而坐，以乾啞的聲音說：「我不知道你的心意，是我過分了。」

「我這不怎樣的女人，可沒那麼容易受傷。」

以手掌擦乾滿臉淚濕以後，錦禾站起身來。

「好了，我要走了。以後應該不會再為了那男人跟大叔您見面了。」

錦禾難過地咽了一下以後：「當我聽說您有事找我，大概就猜到您想跟我說什麼了。可能是因為我常聽他提起大叔您，所以我對您並沒有什麼陌生感。我心裡也已經整理好了，決定不要再想他了，所以才來見大叔您的。」

錦禾穿過醫院前庭修整良好的花草樹木，慢慢地走下階梯。她無法帶著這種心情回本田屋，於是走到那個雜草茂密、往下還可看到防波堤的空地，一個人呆呆地站在那裡。她不停想起明國對她說的話，她知道明國是要告訴她，路邊小花只有會越受踐踏，才會越是盛開，自己怎麼可以和一個擁有寬闊未來的年輕人賭上生命。這點自己怎會不清楚？

不知不覺，太陽已經西下，錦禾看著被黑暗吞噬的大海，眼神流露出悲傷。眼前的那片大海好像被關入墨水灑落般的黑夜裡，看起來更是模糊，雖然錦禾強忍著不哭，努力望著遠方大海，但淚珠仍然在不知不覺間凝結在她的眼角。

是呀，明國大叔，我就是受盡踐踏的雜草、讓人摧殘的小花。我這個女人，就是那樣委屈地活著。要是心裡有不能銘刻的地方，禹錫啊，你就在那裡刻下印記後再走吧。

錦禾突然彎腰低頭了下來。原本怔怔看著腳底的錦禾，忍不住用雙手掩面，開始抽咽了起來。

她回想起年輕離家時。原本家中的良田沃土，某天突然變成日本的土地，家中的財產在一夜之間消失殆盡，父親便開始過著每天醉生夢死的日子。所有一切都沒了的父親，不再是以前的父親，只要一回家中，就會毆打母親，每日每夜都能聽見被父親趕到庭院，並在黑暗中發抖哭泣的母親悲鳴聲。父親就這樣成了廢人，負責家務的母親，則是每到冬天就會出外行商。儘管如此，錦禾幼小的心靈裡，仍然對窮困生活沒有太悲哀的回憶。就算她對幼年生活的回憶已覺得越來越遙遠、越來越模糊，但媽媽經常挨打的回憶卻像被火紋身般的痕跡，鮮明地留在她的腦海中，那才是她的幼年風景。

明國甚至連「要是你們兩個一起離開這座島，你要賣身來養家嗎？你們要怎麼填飽肚子過活？結果顯而易見，你還想要怎樣只能呢？」這種話都說出口了。錦禾回明國「那又怎樣？」，然後在心裡吶喊著：難道只有禹錫是人，我就不是人嗎？我就不能看到喜歡的人說喜歡、看到討厭的人說討厭嗎？明國的話，又再次在她耳邊響起。

「我可以跟你保證，為了禹錫好，你就要放手讓他走。比起那傢伙，你在這世上經歷過了更多，不是嗎？能夠讓禹錫心無罣礙離開的人，不是禹錫他自己，而是你。這不就是為了他好嗎？就算你們再懇切，這世上依舊有可以做的事，與不能做的事。」

大叔話裡的意思，就是說我不配獲得像人的待遇吧。就是在說我被眾多男人碰過，就像是人人用過的酒杯吧？自言自語的錦禾，嘴角閃過一絲冷冷地微笑。

我不是個平凡女人，沒錯，我不是。我活到現在，可是經歷過許多。強風把錦禾的頭髮吹到臉上，她強忍著情緒並搖了搖頭。她想起家鄉那裡的火車，以前她總是會跑到車站看火車。火車噴出煙霧並開始跑起來以後，她會用手摀住耳朵，以免被汽笛聲嚇到，然後再跑到溪邊看著火車離去。每個孩子們，總是莫名其妙地看著火車吃馬鈴薯。她還記得自己總是站在那些朝向火車揮手咒罵的男人後面，然後想著自己總有一天也要搭上火車。

錦禾常常站在火車站前面，當她一到火車站時，就會用懇切的心情看著駛離車站的火車。對年紀尚小的錦禾來說，站在車站旁木柵前看到的火車，就像是座高山、是條長河。那高高擋住前方的高山下面，究竟是什麼呢？該越過的地方。雖然她不知道那下面到底有什麼，但她總認為那裡一定有什麼在等著她。錦禾覺得火車就是座高山，也是條路，是條可以翻山越嶺的山間小徑。

「你不看家，又跑到哪裡了？又跑去車站了嗎？」

「我去看火車……」

錦禾點點頭，媽媽總是會對她說：「難道是有火車鬼把你帶過去了嗎？」

每當沒有火車經過時，在車站辦公室裡那位穿著制服，還留著鬍鬚的大叔，總是會把腿放到桌上打瞌睡。某天，錦禾在玻璃窗底下看到大叔又在睡覺，心想剛好可以趁著這大叔睡著時，偷偷跑進去火車站，從那天開始，錦禾的心就已經搭著火車去了。

終於，機會來了。在她離家的那天晚上，外頭正下著細微秋雨。雨一整天下停停，父親一大早就酩酊大醉，到了晚上，就開始動手毆打母親。錦禾不記得她那天是如何離家的，她只記得媽媽那不是悲鳴，但卻像是混和著被毆打的聲音與禽獸在嘔吐的呻吟聲……那聲音就像股惡夢，一直圍繞在她的耳邊不去，她知道自己得逃離這裡才行。搭上火車的那一晚，錦禾蜷坐在列車通道區域，看向人生初次見到的漢江，而那就是她來到端島的開始。

錦禾下了火車以後，開始環顧四周，這時有個男子向她前來，然後又把她像是自己的行李一樣帶走了。那一步，應該就是她在家鄉的最後一步了。那名男子把錦禾帶到市場裡小巷弄的血腸鍋店，走進房間的男子，讓錦禾坐在沾滿豬油、看起來油油亮亮的圓桌對面，然後拿出香菸來抽。抽完一根香菸為止之前，那個男子並未說話，只是不停變換坐姿，然後一邊看著錦禾，一邊抬起下巴數次。就在抬起下巴數次以後，男子怒瞪雙眼並大聲吼叫：「你是睜眼瞎子嗎？這麼沒有眼力。我叫你站起來。」

錦禾站起身來。男子再用手指於空中畫了幾圈，示意要她轉過身去。於是錦禾扭扭捏捏地轉過身去。

「手伸出來看看。」

鼻尖黝黑的錦禾並不懂那男子究竟是什麼意思，只是呆呆地看著他。

「喂，我叫你把手伸出來。」

錦禾看到手上沾到的黑垢，就像是看到老鼠跑出洞穴外似的，緊張地磨蹭雙手，想把汙垢推掉。

「你沒有下田過嗎？手怎麼是這個模樣？虧我看你身材結實才帶你來的。」

男子看錦禾的手比想像中好看，判斷出她應該是個還未經世事的孩子。不過當時錦禾並不知男子在想什麼。

「坐吧，你這傢伙。」

他讓錦禾坐下以後，轉頭到後方叫了幾聲。

「喂！七星太太！」

雖然男子朝裡頭叫了好幾聲，但卻都沒有人回應。

「你這耳背的，就只知道吃！」

男子咋了一下舌，念念有詞的，然後起身往廚房叫喚，並壓低聲音和對方說：「你過來一下。」

結果並未聽到大聲回應，出來的是一位頭髮上插有簪子的姑娘，急急忙忙地用圍裙擦乾自己雙手上的水氣。

「我帶來了一個孩子，你就讓她幫你賣賣酒。難道他會沒辦法做挑豆芽菜這種小事嗎？」

女子以不太樂意的聲音說：「到底是要幾天？」

「你回嘴得還真快。你做什麼都慢吞吞，就只有回嘴快。」

女子用手背把錦禾的頭髮推到額頭上，然後她低頭細看錦禾的臉蛋。錦禾不想和她對上眼，把頭低了下來並斜眼偷瞄了那女子一眼。那名女子個子既小，臉蛋也又寬又大，身材胖嘟嘟的。

「這孩子怎麼這麼乾扁？只有個子高，像個艾草似的。」

女子念念有詞，像是在自言自語。

「我也不知道，這不關我的事。」

「我會讓她睡在後面的房間，你可以回去了。」

女子默默轉身。那個說在夜班火車光線昏暗時，有再三遠望確認錦禾臉蛋的男子，走到裡頭和那名女子說：「七星太太，我看那孩子好像已經餓到肚子咕嚕咕嚕叫了，你隨便弄點什麼東西給她吃吧，人不都是要吃飽才能幹活嗎？」

聽到給飯吃的對話，錦禾不由自主地和男子對上了眼。男子傾身豬油弄得油亮油亮的圓桌前，慢慢地問錦禾：「你肚子餓吧？」

原本抿著嘴巴的錦禾縮起肩來，噗哧地笑了一下。

「你這傢伙，笑什麼？」

男子緊閉雙眼，然後問道：「我看到你躲在貨車車廂旁邊，你是偷偷搭上車的嗎？」

錦禾搖頭。

「那麼？」

本來錦禾想告訴他根本沒有貨車車廂，但後來又把舌頭捲了回去。

「你這荒唐的傢伙。把你帶過來還真不知道會不會發生什麼問題。」

這時，七星太太端來一碗湯飯，並放在圓桌上。

「喏，這邊給你吃、給你住，還會給你衣服穿，讓你不會冷死，所以你可別想到處亂跑，好好給我跟在這娘兒們身邊。」

在男子用眼神示意錦禾快吃的壓力之下，錦禾慌慌張張地拿起湯匙。男子邊看著錦禾，邊念念有詞：「你要是事情做得好，自然會給你吃好的，這就是所謂的一分耕耘，一分收獲，你只要這樣想就對了。我告訴你，就算挨巴掌，也要挨在戴著銀戒指的手掌之下，你以為遇到我就能享受榮華富貴了嗎？」

在七星太太身邊度過的那三年，和那個忠清道大叔說的並沒有不同。沒錯，就算挨巴掌也要挨在戴銀戒指的手掌下。就像第一天聽到的那句話一樣，在這裡工作的每一天，雖然讓身體有點疲累，但尚在幼小年紀可以承受的範圍裡。錦禾在這裡要端菜、擦桌，還要洗碗，做各種雜務，但是到了下個年度，工作量突然暴增到沒有她來做就不行的地步，後來錦禾甚至累到挑好豆芽菜坐下時，就會打起瞌睡，而冬天早晨出去生火時，雙手凍到破皮流血。

錦禾就這樣忙碌地度過每一天，就連想家都沒空去想。她蜷坐在灶口前，看著熊熊燃燒的火焰，心裡想起雖然那年冬天離開家裡，但自己卻沒有因為想家而哭過一次。每當她想起父親時，她總是咬牙切齒，但若流淚時，卻一定是為了母親而流。對她來說，母親和家裡是徹底分開的不同存在，讓她離家出走的因素是父親，是因為那個會打人、摔東西，然後突然倒地昏睡在陣陣酒氣之中，邊打呼邊張開背膀的父親，是因為那個只要一睜開眼睛，就開始找酒瓶的父親。然而，母親卻時常不在家中，在錦禾的意識裡，媽媽是圍牆之外的存在，在母親受不了父親毆打而逃出門外，再也沒辦法進屋內、只能蹲在圍牆下度過的夜晚裡，冷得直打哆嗦並緊緊擁住孩子們的懷抱，就是她對於母親的記憶。七星太太知道錦禾是個家中父母俱在，卻離家出走的孩子，每當看到她在抽泣時，就會打他的腦袋，並告訴她：「哭什麼哭？等你以後長大，你就會知道，就算你喝你母親奶水一輩子，你一樣會長大變世故。要哭，到時候再哭！」

又過了一年以後，錦禾已經習慣了那些雜務，甚至開始認為可以這樣過一輩子。

「那個身體看起來雖然像隻伯勞鳥，可是結實多了。」

就連七星太太都跟隔壁店家的女孩子這樣講過。這時錦禾的身體成長了，也會跟店裡客人打打鬧鬧，與同齡孩子相比之下，很早就見識到人情世故。不過，此時的她還太小，不懂真正的難過傷心事。

當年忠清道大叔把錦禾帶來這裡時，曾對她說要快點長大，以後得回報給她的吃住費用，如今已長得比同齡孩子還要高。只不過，錦禾就只長個子，沒長肉，七星太太老是看著她咋舌碎念：「難道你只知道天空高，不知道大地廣闊嗎？怎麼就不能多長點肉呢？」

「難不成要長得像大嬸你一樣嗎？」

「你這小王八蛋，我都這把年紀了，身材怎樣已經不重要了。到底有哪個孩子像你一樣，就只會往上長？」

「唉唷，黃牛腳步再慢也一樣是隻黃牛的腳步呀！」

「唉呀！你看看你講話的樣子，講這什麼亂七八糟的鬼話！」

「就算是聽起來好聽的六字謠（譯註：六字謠，南島雜歌之一），也只能唱一、兩次，唱多就膩了。大嬸你還不是動不動就念我要多長點肉！不管是吃菜的人，還是喝湯的人，時間到了就會肚子餓，這道理不也是一樣？」

「你這話又是什麼意思？」

「賣牛的大叔，還有大鬍子大叔都是這麼說的呀！」

「那幾個長得難看的傢伙，居然跟孩子講這些有的沒的。好吧，就算是這樣，那又跟你瘦不啦嘰的有什麼關係？」

「就是說，各人各有各人福，每個人都有他自己的路走。」

「那幾個難看的傢伙，唉唷，還真會說話。怎麼那麼會講話卻沒去當律師，卻跑去賣牛了？」

蒸氣裊裊的大鐵鍋裡，正煮著熱湯，七星太太忙著查看熱湯燉煮結果時，突然一臉正色地轉過去看著錦禾。這孩子怎麼年紀小小，每個月的月經就不來了……瞧她轉移視線的樣子，看起來不太好惹。七星太太反覆思索了一下，最後開口說道：「你這小王八蛋，手臂一伸出去，就是和客人打打鬧鬧的，以後別這樣了。你最近的行為根本就是不想工作，然後只想得到成果。還有，一個女孩子家的，要多長點肉，才會有福氣呀，你看看你瘦成這樣，有什麼好的？」

錦禾哈哈大笑。

「人家都說長大以後，姿態自然就會好看了啦。」

「什麼？姿態？唉，這事怎會……女孩子家只要遇到個好男人，覺得不錯就可以共度一生了，還只是個小鬼頭，講什麼姿態！」

可是好景不常在，就在迎春花剛開的早春，店子所在的巷口起了一場大火，結果把什麼都燒光了。自從店子燒成廢墟以後，大家只能改擺攤過活，也因此錦禾不得不離開七星太太。

「俗話說，就算抽血灌溉也種不出東西、再怎麼努力抓小偷也抓不到，世上就是有這麼多無奈事。你年紀還這麼小，能去哪裡生活呢……如果店子有幸重起，希望以後有天再相見，可是世間事也不是我們能掌控得了的。」

後來忠清道大叔好幾次去拜託其他店家暫時收留錦禾，可是每一間都做不滿三個月，因為她和一起工作的大嬸都不合。就在輾轉流浪了幾個地方之後，錦禾回去找忠清道大叔，結果卻在他原本的店鋪發現，布商正開始準備進駐那條原本的飲食街，原先在那裡開業的餐飲店家，沒有一家得以重返該區。如今錦禾也已經不再是當初那個咬著嘴唇、趴在車站旁邊看火車的小孩，她看著商店街，激動地握拳不放。

錦禾在忠清道大叔那裡回想起在七星太太那裡度過的時光，就像是支撐著她的枕木的時候，她正在一間酒店的廚房工作。雖說是酒店，但不是擁有商號並正派經營的酒水店家，而是那種老闆娘帶著兩名娘兒們去侍奉客人，還安排年輕貌美的男妓，進入屋子一角和客人飲酒作樂的店家。平常那些沒什麼事做，就只是在屋裡幫老闆娘拔拔白頭髮，或是按摩雙腳的老闆，不知為何，每天早上都會梳個大油頭，在廚房工作的女孩子們，總是會透過門縫偷看並吱吱喳喳地討論。

「難道真的要拋棄一切而活嗎？俗語說，男人要是太常進出廚房，就會變得不像男人，為什麼要活成那樣呢？為什麼？我真的好氣啊！」

某天上午，房間裡沒有人在，老闆要錦禾拿兩顆紅柿進去他的房間，結果錦禾一進去房間以後，就被老闆強脫了裙子，初次失去了貞操。那天的事情就像自己被撕裂了那樣，她的日子也被撕裂了，唯一殘留下來的是老闆那噁心的髮油味道。

錦禾不能忘的是，只要老闆想要她的時候，就一定會要她拿紅柿去他的房間。當老闆吃完一顆紅柿時，就會脫掉她的裙子，等到完事後，就會光著身子，慢慢地剝掉紅柿皮，並吃掉紅柿。所以在那之後，錦禾再也不吃紅柿，而且日後的艱苦歲月中，只要聞到髮油的味道，就會想起當天而嘔吐。「啊！是那討人厭的髮油味。」

錦禾第一次失去貞操時，年紀還很小，她以為只要閉上眼睛、咬緊牙關，就能忍耐住可怕的事情，可是那並非船過水無痕。有一天，錦禾又被老闆叫進他的房間，沒想到正當兩人光著身子，老闆娘突然從店裡後房那裡衝了進來。

老闆連褲子還來不及穿上，就衝出房間外，而錦禾則是被老闆娘緊抓著頭髮，一路從地板上拖行到庭院裡。

「你這賤女人！年紀小小，居然這麼犯賤！」

老闆娘狠狠地咒罵錦禾。

「你這賤女人！乳臭未乾還學人家當女人？媽的，你膽敢對誰張開你的雙腿了！」

我只是依照他的指示，我什麼也不知道。錦禾說著這話時，還把不小心吃進嘴裡的泥土噴了出來。錦禾就在這麼淒慘的狀況之下，也失去了理智，大聲地說自己沒做錯什麼，為何要如此對待她。

「唉呀！你這賤女人，睡了我的老公還敢問我你哪裡做錯？」

暴跳如雷的老闆娘，用剛剛拉扯錦禾頭髮的手重重地甩了她耳光。那天晚上，錦禾像是洗好的衣服癱在屋內，顧不得身體發熱，睽違已久地再度逃離，逃離母親、父親、在傍晚雲霧中，每個煙囪都升起煙氣來的故鄉，還有小時候決心離家的事情，以及搭上火車直到京城為止的那漫長的夜班火車。

已經好幾天沒遇到禹錫了。

就算不來告訴我會自己離開，至少也會來告知離開的日子和時間吧？現在都已經走到最後一步了。禹錫沒辦法來告訴我要獨自離開的心情，我怎麼會不懂呢？錦禾說她要忘了你，叫你不要去找她，希望有人能夠告訴他。錦禾用手掌搓了搓淚乾的臉龐，然後在黑暗之中無心地點點頭。

「我不會走太遠，就只是去外面晃一圈而已。」

錦禾跟康子交代一下以後，就走出了本田屋。當錦禾走到外頭，她回過頭去看了一下燈火通明的日本人宿舍，想起自己已經好久沒有獨自一人在精神這麼清醒的時候外出。今天也不知道礦業所那裡發生了什麼事，幾乎沒有客人上門。

所以說，人就是不能太清閒，這樣會讓那些想忘的卻忘不了的事情、以為已經忘記，記憶卻還很鮮明的事情……讓那些過往的日子再度浮現出來。錦禾不知道為何會突然想起那些往事，只能深深地嘆了一口氣。

錦禾環抱著胸口，慢慢地走著。遠方左側是看起來像瞭望樓的巨櫓，上頭的燈光正閃閃發亮。不知道禹錫今天是夜班，還是日班？錦禾的嘴角泛起一絲微笑。那麼淒涼，就像秋收結束的原野一樣，臉上沒有什麼表情。在她年輕時，曾輾轉在好幾個地方做廚房雜務，和她一起工作的大嬸老是說她事事愛干預，就愛多管閒事，所以告訴她只有爬過泰山，才能看到平地，凡事皆是苦盡甘來，要她自己管好自己就好。

錦禾繼續環抱胸口，望向那片漆黑海洋。爬過泰山才能看到平地？她搖搖頭。現在這時局，就算能爬過泰山，也見不到平地啊！可是錦禾呀，你的心終究也會癒合吧？最後你一定能熬過那些思念與等候吧？因為有思念、有等候，所以才能穿越那條荊棘道路吧？不管再如何痛苦，你也必能堅持下去的吧？這世上哪有不會枯的草、不會掉落的葉子呢？我就連我自己的心意都無法確信了，想必這痛苦總有一天也會乾涸枯萎吧？

錦禾順著腳步所至，走上了防波堤。強風吹襲之下，她的衣角盤繞了起來。此刻遠方哨所的燈光閃亮，在那燈光照耀之下，錦禾看見了警備員的衣角隨風飄起，她不禁擔心起來，深怕那哨所、那燈光，都可能成為自己男人要泳渡夜海逃亡時的萬丈深淵。

轉過身來避風的錦禾，慢慢走在坡道上。當她走進巷弄內，經過日本人宿舍旁的時候，又聞到每次都會聞到的烤魚香味，而孩子們的笑聲也一如平常。我是怎麼了？為什麼在聞到準備晚餐時傳出的烤魚香味時、聽到孩子們笑聲時，就會感到鼻酸呢？誰會想過那樣痛苦傷心的日子。只是，人生在世，每個人過的日子都差不多，又有誰知那裡是否也有胸口流著膿血、因為思念誰而流淚的人呢？

晚風把錦禾的秀髮吹到額頭上方，走在黑暗巷弄裡的她，一直對自己搖頭。這時社員住宅似乎有聚會活動，不遠處傳來一陣鼓掌聲以及配合拍子節奏的歌唱聲——

小小的櫻花花蕾
承載著五人的生命
為了國家大事而貢獻生命
就是我們學子之名譽
啊啊，朱紅鮮血在燃燒

好呀，燃燒吧，不如快點把鮮血燒乾，趕快決定戰局吧。歌詞中說要燃燒朱紅色鮮血，聽起來是首悲壯的歌曲，不過錦禾知道這首歌並不是要督促孩子們勤勉向學，而是要催促年輕學生們到工廠裡工作。從春天開始，日本政府為了填補軍工廠的人力不足問題，終於也以勞動動員為名，要中學三年級以上的學生們到軍工廠工作。那首歌就是一首勞動動員的煽動民謠。

我去下田，你去挖礦
戰鬥之路唯有一條
以國家興亡為己任

就是我們學子之本分
啊啊，朱紅鮮血在燃燒。血在燃燒

小路拐了出去以後，就越來越聽不到歌聲了。
當錦禾走近高掛紅燈籠的遊廓小巷時，她停下腳步望著遊廓，好似那裡既陌生又遙遠。

21

怎麼來這裡了？錦禾張大起眼睛，看著跑來遊廓的禹錫。以為這輩子再也見不到的那張臉、以為已經離開的那個人，現在就站在遊廓大門外。該來的還是來了。站在外頭看著禹錫的錦禾，不禁皺起臉來，心中就好像突然被大石給擊中。看來，現在要離開了吧。

那時是晚上，禹錫雖然知道錦禾一定會在遊廓，但他並沒有進入店裡的意思，只是在外頭不停徘徊。好幾次想轉身就走的禹錫，剛好遇到去服裝店買完和服回來的康子，便拜託康子轉告錦禾自己來過。

錦禾走出遊廓，並未去走她經常走的路，而是爬上了可以看到船舶場浮橋的丘陵。禹錫默默地跟在錦禾後頭，兩人走到環繞全島而建的公寓最尾端，可看到蓄礦場就在丘陵下方的位置停下腳步。

礦坑開發初期作為辦公室使用的空建築物，如今屋頂已坍塌，只剩幾面牆壁還屹立不搖，雜草則叢生其中。兩人站在雜草之中，禹錫開口說道：「白天我來過兩次。第一次他們說你不在，第二次說你還沒回來。」

「那麼……原來說來找我的人是你。」

兩人說到這裡，一時語塞，沒再能說下去。錦禾把碰到她指尖的雜草拔了起來，並撕成一段段，她的手不停地顫抖著。

禹錫告訴錦禾，要見她一面才走，要親口跟她道別才走，面對這樣的禹錫，錦禾反而無法和他四目相會，就連哽咽在嘴裡的「謝謝你」這句話，也說不出口，只是默默站在原地，這時只見蓄礦場燈火通明。錦禾決定不要問禹錫是明天要走還是後天要走，只有海浪和天氣能決定他們離開的時機，她只能讓禹錫離開，並懇切地祈求讓他平安離去。

禹錫走到錦禾身邊並說道：「我決定了，我不要和你說我愛你這句話。」

錦禾回頭看著禹錫。

「你說什麼？」

「如果我告訴你我愛你，那麼我就不能走了。」

「那麼艱難的話，我們別說了。」

「可是我只要你明白這一點。當我走的時候，我會在心中想著你，要是我死了，我就當作你也死了……」

「我懂。」

在她說這句話的同時，錦禾轉過身去。這是她這輩子第一次這麼全心全意地用力抱住禹錫，緊緊的、久久的。

欲說出口的那句話，也得要在兩人道別時，約定好再見之日，這樣才能告訴他自己也不會想他啊！錦禾最後忍住不說，反而低聲講起別的事情。

「我本來不想讓你自己一個人走的，是我想得不對。」

禹錫放開緊緊抱著的錦禾肩膀，並且往後退了一步。錦禾抬起頭來，一字一句地說：「可是，我現在想的不一樣了。之前我總是想，不管你要丟下我，還是要帶著我走，都隨便你，但現在我不再那麼想了。你得離開，你必須離開。」

原來這就是我所做不到的、原來這不是我想要過的人生。禹錫手臂環繞著錦禾的後背，然後閉上雙眼。這時有海鷗一邊鳴啼，一邊從某處飛往黑暗裡。

「我知道。我知道你不是拋棄我，這我都知道。」

低聲自語的錦禾，一邊抽咽抖動著身體，一邊解開禹錫的褲檔，兩人就在圻裂的階梯上交纏合一。

每個早晨都是一天新的開始，兩人像是要填補過去未能一起迎接的早晨而盡情相愛。此刻她的身體正化身為絕望，不停顫抖著，而他的不捨與愛戀，則像是憤怒般地湧入她的體內。這夜過了以後，他將不再歸返，兩人彼此疼惜著彼此的每一寸肌膚，並努力將它牢記在心中。在她的體內深處，他不是疲累的過客，而是早晨。她的酥胸如暖浪般蕩漾，大腿像是五月的柔軟草地，溫柔地擁他入懷。他的身體在她的上頭，就像是晚秋的白芒花紛飛。

相愛的時間雖已結束，但兩個交纏在一起的身體卻不願分開。不管是遺憾也好，無法估量的思念也好，還是絕對不會消失的迷戀也好，此刻已隨風飄去。兩人之間的手勢就像是被推上沙岸的波浪來來往往，一絲不掛的身子緊貼在一起，用力地擁抱彼此。他的手臂就像條鎖鍊，盤繞在纏在自己大腿上的女子腰間。

把臉埋在禹錫臂膀裡的錦禾，此刻抬起頭來，柔軟的頸子就像往後折似的。就在兩人的唇舌相交之際，耳邊的風聲與遠處的海浪聲、往暗夜裡飛越的海鷗啼叫聲及草蟲的鳴叫聲正慢慢搬移他們猶如靜止般的時間。

相思之人即將離開到千里江山之外，往後只能託付飛鳥把我的思念之情送到千里之外的你手中。錦禾閉上眼睛，把這些話都揮灑在心裡。

禹錫的聲音暖呼呼地從錦禾的耳邊傳了進去。

「再會吧，我們會再次相會的。」

「算了，什麼都別說。」

「直到再次相會那天……等到那一天……」

「不要，你講的我才不要，我就像現在這樣子繼續下去。」

錦禾突然很想哭。既不是因為悲傷，也不是因為高興，就只是想哭。我一次很想和你盡情相愛一次，可是我一直覺得很羞恥，始終提不起勇氣。我以為這會成為我的遺憾，不過，現在我們以天地為床枕，如此的相愛，我會把這份記憶埋藏在我的心裡，然後在旁邊放上你為我摘的花花草草。

兩人從舊辦公室的廢墟空地走下來，一路上彼此摟著彼此的腰間，慢慢地走著。慢慢地。

錦禾低聲問禹錫：「我可以跟您說點事情嗎？」

已經毫不客氣地叫出了「您」這個稱呼。

「嗯，要說什麼？」

「我不會叫關羽張飛這種人丟掉刀子改拿筆，畫花畫蝴蝶這種事情自有適合的人會去做，我的個性就是如此。所以，我要拜託您，不管您遇到多大的困難，都不要放棄你自己，請您就保持您原本的性格，做您原來的樣子。」

禹錫默默地繼續聽。

「謝謝您愛我，我絕對不會忘記的。」

禹錫摟在錦禾腰上的手臂，突然使了點勁。

「可以再來一次嗎？」

「好啊，只要你想要。」

「都說大鼓會發出巨大聲音，粗大的樹木蓋出大房子，我的人生雖然如此，但我只希望你一定要活得跟我不一樣，這樣我才能擦乾眼淚活下去。就算是為了我，請您一定要活得跟我不一樣。您了解我的心意吧？」

「好的。謝謝你。」

「你有聽過因為寒冷，所以拆了玄鶴琴燃燒取暖這句話嗎？現在時局大概就是那樣了，可是你不能活成那樣。就算這世界再艱苦，你也絕不能活成那樣。答應我。」

「我知道了，我不會忘了。」

「不是有話這麼說嗎？燕子再小，也會往江南飛……小小海蛇也會在海裡遊。您一定要相信您自己，如果您都不相信您自己的話，那麼還有誰敢相信您呢？我不會忘記您是個人飢己飢，人溺己溺的男子漢，能夠遇到這樣的您，是我最大的幸運。」

「錦禾啊。」

兩人停下腳步，錦禾抬起頭來望著禹錫。

「我啊，很像是處境不妙的枝頭鳥吧？沒關係，我已有所經歷，我現在應該也夠格了吧。」

黑暗之中，錦禾無聲地笑著。

「當我這棵枯木長出花朵時，您會來吧？我就當作您會來吧。加油，您和我都要努力，請您也要保重身體。」

禹錫咬緊牙齒，強忍情緒地看著眼前的遊廓燈光。您是我的銀鱗玉尺，不管和誰比都不會遜色的我的男人。

禹錫伸出雙手，緊緊抓住錦禾的肩膀。

「不要忘了，因為是人，而且為了真正作為人的價值，所以我會一直奮戰下去。那你知道你要怎麼活下去嗎？你要討厭很多東西，你要帶著憤怒而活，不要再閉上眼睛去忍受一切，這世上有很多事情都是讓人厭惡的，只要你帶著憤怒的心去對待那些討厭的事情，那麼我們一定會再相會。」

錦禾像是如夢般地問禹錫：「等到你活著回來那一天嗎？」

「當然！所以你要堅強起來，去討厭很多事情。我來到這座島上後，才理解到那是支撐我活下去的路。」

「去討厭，討厭這個世上就能活下去嗎？我活到現在，從未那樣活過。」

禹錫一把抱住錦禾。

那天兩人一直張開雙眼，直到早晨到來，後來想想，都覺得神奇。錦禾那時的心情極為舒適平靜，就這樣把頭靠在禹錫的肩膀上，靜靜地站著。你這要我討厭各種事情的男人、你這告訴我唯有那樣才能活下去的男人、你這告訴我雖然不知道何時能再會，但在兩人重逢之前，要懂得與世界對抗的男人，沒關係的，我是經歷過不少的女人，不會再有更糟的狀況，也不會再有更討厭的東西等著我。正當錦禾心裡默默自語時，禹錫輕輕地推開她的肩膀，然後對她說：「我走了。」

然後，禹錫喀噠喀噠跑走的腳步聲留下來了。就連打在防波堤的海浪聲都退的老遠……四周變得靜寂。

錦禾一邊想著禹錫最後留下來的話，一邊望著地上。她想起死去的吉子老是問她為什麼那麼愛生氣，那是吉子看錦禾感到不如意就氣得大吼大叫時，向錦禾說的話，錦禾每次聽到吉子這麼問她的時候，就會笑著說：

「不然要像你一樣固執嗎？」

看來我現在開始也得像吉子一樣，要固執點了吧？錦禾鼻頭一酸，忍不住啜泣起來，只好趕緊用手掌擦乾淚水，往公寓叢林間的巷弄走去。

所謂的幸福，如今已留在我的內心裡。幸福，那個原本以為和我有緣無分的幸福。錦禾自己都感到驚訝，不禁點了點頭。沒錯，這也是一種女孩子的幸福。原來，並不只有遇到個好老公，過著洗手作羹湯的生活，等到節日一到，就給孩子換新衣的生活，才是女孩子該走的路。禹錫啊，我就是因為遇到你才知道這道理的，所以，我很幸福。就連因為這樣而感到幸福這件事，我也覺得很幸福。不是只有天生命好的女孩子、按照別人指示而活的女孩子才知道活在這世上的喜悅，他們就不懂我現在這種椎心刺骨的幸福是什麼。這種撕心裂肺、心如刀割又讓人悲傷的幸福，他們怎麼可能會懂呢？

就是今天了。他們說是時候行動了。明國拄著拐杖去找他們，才知道他們是什麼時候要走。明國旁邊的那張病床是空的，原本躺在上面的是個臉被輾碎、肋骨也都斷掉的患者，今天他終於離開這個人世。那名患者還只是個剛被帶來島上沒多久的年輕雇傭礦工。

病房裡十分安靜，所以明國也輕手輕腳地下病床。他拄著拐杖走到外頭，靜靜眺望那片漆黑的大海，在他眼前的那片寬廣海洋是太平洋，志翔他們必須游泳穿越的大海剛好與太平洋是反方向。明國此時想起昨天早上和志翔兩人一起看著的那片大海，也記得志翔抓著他的手臂說：「就是明天晚上了。」

「逃跑的人都會找看不見月亮的日子行動，也因此警衛會更森嚴。他們不可能不知道這點。」志翔打破漫長的沉默，開始自問自答。

鮮。」

「接下來您得辛苦好長一段時間了。」

「別擔心我，醫生也說了，如果獨立行動的狀況良好，他們就會把我送走了，否則不會讓我那麼快回朝鮮。」

晨光灑滿了醫院的庭院。志翔無言地看著瘦骨嶙峋的明國。

「真對不起，我要先走一步。」

明國看著難過說不出話來的志翔，心中強忍著情緒。不是的，我也和你一起走，我想走的心就依附在你的手腳上，隨著你一直游出海。

明國抓著自己坐著的這張椅子的靠背，緊閉著雙眼，不停無語凝咽。沒有人知道，究竟這趟逃亡，會不會是一個青年變成屍體，被草蓆包好送回來的險惡之路。這是他從和志翔一起計畫好逃亡以後，第一次感受到的恐懼，讓他背脊直發涼。

把一個年輕人推向死亡深淵，是一個大人該做的事情嗎？要是可以，就該阻止他犯險的，這不只是年紀較長者的做人道理，也是一個人做人的基本。要是你死在海裡，那麼就會成為魚兒們的一頓大餐，要是你徘徊凍死山路邊，那麼也許會成為烏鴉們的美食，志翔啊，你現在就是走在這麼危險的路上啊！

「要是你被抓回來，所以說，要是被我知道你被抓回來……那時我會殺了你。知道了嗎？」

明國想起志翔最後說的那番話，然後轉過頭去。滿天星斗之下，明國握緊拳頭並望向黑暗之中。現在開始，我們再也無法相見了，不管你是順利回到陸地上，還是成為屍體回到島上，我們再也無法相見了。明國眼眶泛淚。志翔呀，長路漫漫，你一定要撐過去，知道嗎？不管怎樣，你一定要活下來。

他們會越過那邊的防波堤嗎？還是這邊呢？明國看著警備燈模糊的防波堤上，暗自推估他們可能的路線，並在黑暗之中輕輕以衣袖拭淚。這個時候，天空一隻海鷗鳴啼而去。鳥兒啊，你們晚上也該去睡的，夜晚如此漆黑，不正是要讓你們休息的嗎？只有人類沒出息，才會在暗夜裡掙扎難過。

明國搖搖晃晃地走上醫院的樓梯，他仍然不習慣拄在腰間的拐杖，自己也很擔心自己是否會摔落跌倒。當他爬完樓梯以後，窗外的燈光正好照射到明國的臉上，他突出的顴骨甚至投映在影子上，讓明國更顯消瘦。他的心裡就像結了一層寒冰，那份寒冷讓他縮起肩膀來。

明國望著燈火通明的醫院窗口，嘴裡喃喃自語。接下來就要輪到我了，離開這裡並回到原本世界的這條路，竟是如此遙遠。失去手腳的我，究竟會變得如何，也只有那個時候才能知道。別人的四肢健全，只有我一瘸一拐，難怪人家都說豐年叫化子更可憐。

就在走到玄關時，護士石田從醫院後方用極快速的腳步走出來，站在他面前大聲斥喝：「你不能這樣到處亂跑！」

石田的聲音就像是鐵條刮過的聲音，十分冰冷。

「我只是去看看山。」

「所以去看到現在才回來？難道你不知道規則嗎？這裡是醫院，患者有患者該做的事，更何況現在是戰爭中，你不知道人手不足嗎？」

石田的臉莫名蒼白，看起來很疲累似的。

「你們這些朝鮮人，對你們再好也沒用。彼此都要有點規矩和原則才行。」

明國抬起略為低垂的頭，開始結結巴巴地用日本話說著：「是我不好，是我錯了。」

「我還以為你跟別人有點不同，沒想到你好不容易才可以拄著拐杖走動，表現的就和其他人一樣。你們朝鮮人，真的很任性妄為，我們是要你們開始練習走動，哪有叫你們大半夜跑出去閒晃！」

石田嘟囔著：「可惡的朝鮮傢伙。」

明國聽到石田這麼說，拄著拐杖的手已氣到發抖。

「你是怎麼想的？告訴我，你做為朝鮮人，是怎麼看待朝鮮人的？」

明國搖搖晃地走向前，並瞪著石田的臉看，然後以朝鮮話說：「沒有哪一點比你們日本鬼差，怎樣？」

「請你講日本話！講日本話！」

這時明國往石田更靠近一步，把左手拿著的枴杖舉起來對著石田：「喂！在你被我揍以前，給我聽清楚了。」

他的聲音幾乎都可以把醫院的玻璃窗給震碎了。

「什麼怎麼想？被你們這些日本鬼子抓來這裡，被當成豬、當成狗一般地對待，我們是有要你們給飯吃、給粥喝嗎？我底下那群年輕人，有誰是自願來這裡的？每一個都是大嘆自己的命運，然後被你們強制徵召來的！你們以為我們沒有脾氣，只會認命活地如此沒有尊嚴嗎？媽的，你們這些王八蛋，以為我們很喜歡穿著一條兜襠布，掛著卵蛋，還穿著木屐咯咯咯地到處走嗎？你們這些傢伙，把我的腿還來！把我的腿還來！」

石田嚇得花容失色，啊啊啊地叫個不停。一個被他們嚇到的患者，打開房門並往外看去，那是沈氏。站在明亮房門前的他，並沒有手臂，空空的衣袖則塞進褲帶裡。他往前朝明國走了幾步。

「為什麼要這樣？有什麼事發生了嗎？」

明國看著申氏，大聲地說：「你回去，你這傢伙！」

「欸，這把屎是大哥你拉的，結果你反而對我出氣？」

石田雙手掩面地跑回醫院內。明國在後頭繼續怒吼：「你們這些傢伙！把好好一個人的腿給切掉了，還好意思說我們朝鮮人怎樣？」

這時跑出來的日本人助手槙野，也無法更靠近一步，只是站在樓梯上面說著：「為何在這裡作亂？」

「吵死了，你們這些傢伙！要不是我手上的事情還沒弄完，不然我就把你們的嘴臉都給砸爛掉！」

拄著拐杖的明國說：「你們這些爛傢伙的世界，光用想的都會讓人氣到怒髮衝冠，還敢問我怎樣？還敢問我朝鮮人們為什麼都這樣？」

明國把兩支枴杖的一支大力丟向出入口，玻璃窗因此喀擦地碎了一地，那支拐杖則在地上滾了好幾圈。與此同時，明國也跌倒在玄關前。跌倒的明國惡狠狠地說：「人命一條，死了一次不可能再死第二次。不管你們這些王八蛋開的醫院還是什麼，放火燒掉都已經不夠出氣，你們這些人還要什麼賤！」

上吧，去了那裡，得把警備員纏住才行。禹錫，知道了嗎？你們得在那時候行動才行。錦禾下定決心，抱了一瓶酒走出本田屋。

離開巷弄以後，一陣風朝錦禾吹來，她的衣襟隨風飄揚了起來。遠方綿延的防波堤尾端正閃亮著路燈，只見一個警備員正在防波堤上慢慢踱步。你這傢伙也很冷吧！錦禾此刻心情平穩，沒有動搖，也許就是因為這樣才能這麼毫不在意地胡言亂語。我得纏住守備員才行，雖然不知道禹錫他們會從哪一邊的大海出發，但我一定得想辦法灌守備員酒，並且想辦法來纏住他才行。他們再怎麼說也是個男人，沒有理由拒絕我這種靠男人跨下過活的女子才對。

路邊小花越受踐踏，就會能開花。這道理我我懂，但不知怎地，我還是想把我的命運賭在那個擁有廣闊未來的年輕男子身上。雖然我也知道這樣不應該，可是我沒有辦法控制我的心，我想那就是命吧。

「是誰？」

山口站在警備哨所前喝聲。錦禾笑嘻嘻地趨前而去。

「又見面啦，山口先生。唉，我們又不是不認識！」

山口看到錦禾抱著大大一瓶酒，眼睛亮了起來。

「你來這裡有什麼事嗎？這裡可不是你該來的地方。」

「你大概不知道我是那種就算沒人找我，我也會到處去找人來玩的人吧？今天店裡的客人都走了，看不到月亮又剩了一堆酒，得找個人來對飲，把這酒喝光了才行嘛！」

錦禾表現出溫馴的樣子。

「這裡不能喝酒，等等森田就會來換班了，要是被他看到，那就不妙了。」

錦禾哼笑了一聲，高舉酒瓶並往前走了幾步：「就喝一杯，等等可別再繼續跟我討酒喝。」

「平常要是有人請喝酒，我可不會拒絕，可是現在這真的不行。」

「我就猜想山口先生今天一定也在這裡，所以才來的嘛。你說，一個人喝酒還叫喝酒嗎？就是要人勸酒、有人幫忙倒酒，這樣喝酒才算喝酒嘛！」

錦禾故作鎮定地往山口身邊靠去，並露出微笑。不知道現在他們跳入海裡沒？雖然她的心慌亂無主，但她還是舉起酒瓶，並把酒瓶遞給山口。

「我還得去巡邏，跟你的情況可不一樣，現在這我真的不行……」

情況當然不一樣，就不說別的了，你站在這裡就叫工作、就能賺錢填飽肚子了，當然不一樣！可惡，真令人惱火。山口笑著說：「我不能在這邊喝酒，我現在正在值勤中。」

「不就兩眼瞪大點就好了嗎？難道這座島會飄到哪裡去嗎？」

山口接過酒瓶，呵呵笑了起來。錦禾從衣袋裡掏出肉乾來。

「哈，有這個，不喝一杯可不行。可是，要是被誰知道，我就會被炒魷魚了。」

山口舉起手做出脖子被砍的樣子。錦禾見狀索性伸出手，用手掌撫摸山口的大腿：「多努力點吧，枉費你身材這麼好，站在這裡做看守，挺可惜的。」

山口拿起錦禾遞給他的酒瓶，大口大口地喝了起來。拿開酒瓶時，山口的身體哆嗦了一下。

「我討厭山口先生，來我們店裡玩的時候，就只找雅子。」

「那個，當然是有一些原因阿。她跟我的くに（國）一樣。」

くに。這些傢伙還真愛用這個字，把故鄉叫做くに。

「新潟。那裡很會下雪。你知道要是躺在雪裡，會變成什麼樣嗎？會變成ゆきだるま。」

山口說會變成ゆきだるま，指的就是會變成肚子圓滾滾的雪人。雖然沒去過那個地方，但經常聽人提起那裡。聽說那裡只要到了冬天就會降下大量白雪，有時甚至會壓壞屋頂，所以又被稱為ゆきぐに（雪國）。山口說新潟由於多雪，只要在雪地裡跌倒就糟了，講這話的同時，笑得像個小孩。

山口傾身靠向錦禾：「我們還是別在這裡了，既然都要喝，不如進去喝吧。我實在是很擔心被人看到。」

山口轉身察看了一下周圍。

「沒有月光的夜晚，總是有很多人想逃跑。」

錦禾心中一驚。明明他們都知道沒有月光的日子，警衛更加森嚴，為什麼那男人還要挑這一天？錦禾也站起身來並走向山口：「不過，像今天這種沒有月光的日子，也是有像我一樣為你著想的女人啊。」

「這倒是。聽你這麼一說，這倒是。」

走進警備哨所的山口，把巡邏時帶著的竹竿立放在門口，然後隨意坐在狹小的塌塌米上。現在他們應該已經游入海裡了吧？錦禾心中雖然焦躁不安，但她在內心裡依舊搖了搖頭：大概還沒游入海裡吧，現在還太早了，我得想想辦法把這個警備員的時間拖久一點。

一邊抽起香菸，一邊又拿起酒瓶喝了好幾口酒的山口，把手放在錦禾的膝蓋上游移。哼！這傢伙，你可不能在這停手呀，到他們游進大海那時候為止，你的手再伸進來一點也沒關係。到那個時候，我就會站起來離開，而你醉醺醺地胡言亂語，那三個男人則正越過那片大海。

錦禾假裝拗不過山口，輕輕地推了山口的手一把。山口大概察覺到錦禾沒有太抗拒，所以更大膽地把手伸到她的腰內。

他們現在可能還沒入海，大概會趁著輪班交替時，才開始跳入海裡。酒不知不覺地只剩半瓶了，山口開始胡言亂語，並裝做什麼都不知道似的，把手伸向錦禾的胸部。

「是因為起夜風了才那樣嗎？唉，我醉了，不站崗守衛，跟一個朝鮮雞在這裡玩樂，要是被人家發現了，怎麼可好唷？呵呵。」

「不就只有山口先生和我兩個人而已嗎？擔心什麼。」

這傢伙大概是真的醉了，同樣的話已經講到第三次了。雖然錦禾還是很小心，但背脊上冷汗依舊流個不停。

山口把酒瓶推往另一邊，然後用醉醺醺的聲音說著：「你的奶子最棒了！棒極了！」

「看你冷，所以才帶瓶酒來給你喝的，結果你現在卻拿我的身體講些不三不四的話。」

「看見是花，就說是花，這不是罪呀。」

好好好，如果你想吟詩作對，看你是要念詩歌，還是要唱歌曲，隨便都好。這時，山口的手又不安份地爬到錦禾的大腿內側。他們這時應該已經入海了吧？錦禾的心裡下了一層薄霜。你該走的，你得離開這裡並活下去，只要你能好好活著，就算現在讓我去死，我都願意。

よしこ，不！是吉子。吉子那時死了以後，你知道我全身赤裸裸地躺在房間地板時，心裡在想什麼嗎？我那時只想殺了那個管理人。為什麼我會突然想起那天的事情了？不是因為吉子，是因為我想起當時自己給自己下的誓約，我發誓一定要殺了管理人那傢伙再離開這座島，沒成功前不能走。現在您已經在前往中之島的途中了嗎？大海那邊沒有什麼騷亂的聲音傳來，想來你們已經成功越過防波堤了。金華把嘴裡念念有詞的山口的手推開，並說：「夠了，我得走了，時間太晚了。」

「你說什麼？你都來這裡了，別走嘛！和我來做一場呀！」

山口遲疑了一下，往錦禾坐近。

「這麼冷，還要在這麼硬梆梆的地方？」

山口帶著滿身酒氣，把臉湊近。他搖搖晃晃地抓住起身的錦禾大腿。

「我不是跟你白要啊，我有錢。」

錦禾收起酒瓶，發現還剩餘一點點酒，於是直接一飲而盡，並反覆再三告訴自己絕對不能鬆懈精神。山口的手一直摸著錦禾的胸部，外頭的陣陣海浪聲不斷傳進來屋內，最後碎裂在錦禾的耳裡。我的男人，他現在一定在那海浪裡的某個地方吧？老天爺，請您一定要幫幫他，請您一定要守護他。

山口的手越是粗暴，錦禾就越是想念和禹錫在一起的點點滴滴。錦禾突然想到，若他們游得夠快，說不定現在已經抵達中之島了。那對錦禾來說，既不是悲傷，也不是喜悅。錦禾看著天上星星三三兩兩的寂寥夜空，從今而後將只剩自己獨自一人的空虛感油然而生。

在吉子火葬的那一天，錦禾為了能多靠近火葬場一步，所以跑到了防波堤，在那裡望向火葬場並淚別吉子。可是現在沒有酒，沒有喝酒麻痺自己，要如何離開您？錦禾不停地喃喃自語。當錦禾凝望著防波堤時，她突然想起已經很久沒思念過的故鄉。媽，媽您是為什麼生下我的？媽，我的酒品大概跟爸很像。那時我又笑又哭地送走了吉子，為什麼吉子現在會浮現在我的眼裡？

在路燈的照耀之下，錦禾眼角邊的淚水幢幢，想著自己如今就得在這裡生活、腐爛，然後灰飛煙滅。

三人在防波堤底下匍匐前進，位在最前方的禹錫舉起手臂，志翔見狀則立刻停止動作。這時，禹錫的手指向某處。我們從這裡穿越過去吧。三人在暗夜底下，隱約看到那裡堆放著之前沒看過的木材，於是志翔舉起手來示意暫停前進，同時回過頭去看了弼秀一眼，志翔低聲告訴等候匍匐前行的弼秀：「那邊太高了，要下去海裡太危險。」

弼秀聽了以後點點頭，同時也小聲回應：「我們從那邊上去，下去時，則從我們之前探勘的地點下去。」

三人的想法一時之間出現分歧。雖然之前已做過無數次探勘，但實際上行動時，才發現暗夜裡所能看到的景色跟白天探勘時所見不同。志翔向禹錫發出爬上去的手勢。弼秀不知何時以敏捷的身手爬上那堆木材，禹錫則跟在後頭。當他們在最後攀爬防波堤的時候，志翔心想：我們要是像現在這樣一直變更計畫，那就不好了。

等候著已爬上防波堤之志翔的禹錫和弼秀，開始在混有砂石的凹凸不平水泥地上爬行。這時他們已甩開第一個警備燈。

禹錫以手勢把志翔叫到他的前面。

「走在前面比較不會那麼辛苦，你走前面吧。」

在他們穿越過三個警備燈以後，擦拭額頭汗水的志翔才發現自己的手指尖端流出血來。弼秀低聲說道：「不覺得今天很奇怪嗎？」

他氣喘吁吁地說著。

「負責巡邏這裡的警備員，今天沒有出現。」

三人眼神交會。志翔說道：「就當作他放過我們，我們快點走吧。但一定要按照計畫來行動。」

志翔在前方開始行動。他們按照原定計畫，由志翔在前，禹錫接後，最後才是弼秀。沒有刺不穿的肚皮，弼秀說著這句話時，眼睛瞇得又細又長。在三人的作戰計畫中，為了以防萬一，將會有兩人拿起刀子動武：弼秀把刀子綁在他的小腿肚，禹錫則是把刀子綁在腰間的繩索上。在匍匐前進時，志翔時時刻刻都會用手稍微摸一下綁在腰間的繩索。

當他們前進到這個蛋型島嶼的其中一端、環繞在外圍的防波堤時，他們意想不到地竟看到警備燈。由於是預想之外的狀況，三人吃驚地說不出話來。警備燈所在之處，是把島的最頂端，也就是神社那裡開始往下走的斜坡截斷後，於該處堆築成防波堤的偏僻位置。防波堤緩角向之前的船舶場，也就是現在的垃圾場岔出，那裡只有一盞警備燈照耀著警備哨所。

已經沒有地方可再爬行，那麼應該可從這個地方縱身入海才對。原定場所比這裡還要接近哨所。此處地上有船隻停泊，三人湊上前查看了一會兒，然後互相對望個幾眼，點了點頭。

握緊的拳頭在嘴唇上輕敲了幾下，禹錫低聲說道：「這裡。」

志翔用手勢指了一下自己的身體。好，我走在前。志翔一邊用手摸索著防波堤的地板，一邊靠著船隻爬行，姿勢看起來就像是青蛙在游泳。

找到位置的志翔，朝向弼秀轉身而坐，他的手指先指了一下弼秀，然後再往大海的方向點了兩次，示意要他先下去的意思。志翔將繩索的一側纏繞再自己的虎口，另一冊則交給弼秀，好讓他能抓著繩索往下降。他把身子往後傾，腳後跟貼在石頭上，弼秀則抓著繩子尾端並越過防波堤底下。這時志翔咬緊牙關，並緊握纏在虎口上的繩索，頂住了弼秀的重量。

降下到防波堤下方的弼秀，把身體緊貼在牆壁上等候。

志翔把自己綁在禹錫抓著的繩索上，雙腳一面晃動，一面由上往下降落，此時弼秀同時屈身撐地，作為志翔下降時的墊腳石。最後志翔隨著繩索下降時，是踩著弼秀的肩膀落下的。

當志翔下降到防波堤下方那勉強能讓身體緊貼著的岩石上頭，兩人開始的目光往上尋找禹錫。志翔像是在搭木馬一樣，爬到弼秀的肩膀上頭，禹錫則採在志翔的肩頭並順勢下降。三人之前做了無數次的約定，要是過程中身體無法負荷而晃動，使疊羅漢方式失敗，就一起跳海。

為了爬上弼秀的肩膀，志翔維持蜷身的樣子尋找禹錫並往上看。然而四周只有一片黑暗與海浪聲，並未見到禹錫的身影。

「禹錫，是這邊。你在幹嘛？」

小聲點。弼秀的聲音從黑暗中傳來。

不久之後，志翔看到了突然起身指著自己的禹錫。那裡是尖銳突出的大岩石。志翔雖然想跟他說不能從那裡跳下去，可是卻沒辦法喊出聲音來。說時遲，那時快，禹錫已經像是刀把掉下般，從那裡跳了下去。

一陣短暫的「呃啊！」的悲鳴聲乘著海浪打在牆壁時的聲響傳來。志翔慢慢地朝禹錫爬了過去。禹錫倏地坐起身來，並抓住志翔的手，想要慢慢地站起來，可是他的左腿彎折，站不起來，跌回原位置上。」

「你怎麼了?」

「我的腿、我的腿。」

左腳完全不能踢踏。

禹錫把手撐在砂石地上,然後試著再度爬起身來,結果只是一樣癱坐著,爬不起來。後來他半起半坐地扶著牆壁,以另一隻腳的力量站起來。這時,海浪把他們都打濕了,時間彷彿靜止不動,只剩海浪聲在夜色暗寂裡肆動著。禹錫扶著志翔的肩膀而立,並說道:「我看這樣下去真的不行,我的腳踝,完全沒辦法動。」

「你冷靜一點。慢慢來,我們不趕。」

禹錫推開想要摸他腳的弼秀,並說:「我看你們下去的時候,好像只要跳下去就可以,所以我想不需要踩著你們的肩膀下。」

靠著防波堤而站立的禹錫,又再次癱坐了下去。志翔轉過頭去望著大海,此時海上連朵浪花都沒有,一片漆黑。

「我和弼秀一起扶著你走就好了。我們快點走吧。」

難過垂首的禹錫抬起頭來,像是在自言自語般地說著:「對不起,把我抬上去吧。」

「你說什麼!你在開什麼玩笑?」

「現在不是這樣拖拖拉拉的時候,你們得快點走。快!快點!」

完了,失敗了,我們回去吧。就在志翔這話差點脫口而出的瞬間,禹錫抓住他的腰際並站起身來,然後拿刀抵在志翔的胸口。

「你這是在幹什麼?」

「你們兩個走!現在快把我抬上去。」

「不該這樣的。不該是這樣的!」

禹錫發出低沉沙啞的聲音。

「難道你一定要倒在我的刀下才知道我的意思嗎？你們兩個必須離開這裡。」

這一切發生的太快，讓人來不及反應。禹錫轉過頭看著弼秀。

「快把我抬上去！你們這幾個傢伙，沒聽到我說的嗎？」

志翔緊抱著禹錫，並叫了一聲：「禹錫啊！」

禹錫把志翔的手拉開，緊握著手上那把刀說：「這把刀你帶著吧。」

兩人的手糾纏在一起。

弼秀把他的寬闊肩膀緊靠在防波堤牆壁上，並彎下腰來。志翔把禹錫抬到自己的肩膀上，然後抓住防波堤並爬上弼秀的肩膀。弼秀站好身子後，志翔便把搭乘在他肩膀上的禹錫臀部、右腿與腳掌往上推，禹錫一邊抓緊防波堤，一邊掙扎抖動地爬上防波堤上方。

志翔與弼秀抬頭望向靜悄悄的防波堤上方。此時，弼秀頭頂上方飛過一個東西並掉在岩石上，兩人緊張地立刻趴了下來。是禹錫投擲下來的石頭。這時上頭傳來禹錫粗糙乾啞的聲音：「走，你們快走！你們千萬別死，我們以後活著再會！」

志翔把禹錫給他的刀子收在腰間。面對海色呼嘯，兩人開始脫起衣服，並把脫下來的衣服盡可能地折到最小，然後取下腰帶當作墊圈，把衣服綁在墊圈上頭。在縱身入海之前，兩人環視了一下四周，沒再看到禹錫的身影，防波堤上只是一片寂暗。

錦禾慢慢地走下防波堤。酒醉的山口等換班完以後，就會去警備員休息區睡覺了吧。她在走回本田屋的上坡路口轉過身去，再次看著遠方那片大海，心想著現在就算要自己在那座島上的火葬場裡，像吉子那樣燃燒完自己的生命而死也不足惜。他們要越過的是東北側的防波堤，而看守那裡的警備員，不安分地在我身上摸來摸去，被山口用手搓揉過的下腹和臀部，像是鞭痕般地留下了痕跡。禹錫啊，您一定要越過那片大海。可是，可是為什麼我現在要哭呢？

鹹鹹的淚水滑到她的雙唇，並流入嘴裡，她並沒有擦拭淚水，只是一直往前走。要是這時有隻沒睡的海鷗飛來作伴也好。撲簌簌的眼淚掉落在她的衣領上。夜路漆黑，錦禾被散落在路上的木柴絆到腳，差點就要跌倒，叫她更加難過地抽泣了起來。

明天開始，我要繼續喝酒，喝到你沒被抓回來的那天為止。雖然不知道何時才能知道您已經平安遠離，但我要喝到確定您已經不會再回島上的那天為止，從那個時候開始，我要忘了您，我會忘了您的，這樣我才能活下去。不能忘記您的我，是無法活下去的。這就是所謂的幸福吧？錦禾吞下了滑到嘴裡的鹹澀淚水，嘴角浮出一絲微笑。幸福？管他是不是幸福，至少我幫喜歡的男人在決定命運的路口上，除去了一塊障礙大石。是呀，成為那個該遺忘的男人所擁抱過的女人、擁有過難以忘懷的男人，這如果不是女人的幸福，不然什麼才是？

錦禾停下腳步，抬頭望向高聳的公寓叢林。公寓只有幾間房間亮燈，看起來就像叢林的日本人公寓一片漆黑。錦禾像個黑影般行走在巷弄裡，嚓嚓的腳步聲就像是在對她哭訴些什麼。正當她回到本田屋時。

不知道發生什麼事，睡到一半的康子醒來後看到錦禾，穿著睡衣的康子露出一臉不可思議的表情。

「這是誰啊？」

錦禾無力地看著康子。

「我還以為從哪裡跑來隻水鬼呢。」

「沒錯，是水鬼來了。」

康子往錦禾湊近。

「發生什麼事了？你居然沒醉耶？看來你有什麼定不住心的事情。不過這樣也好，你的身體你自己得顧，不然有誰會照顧呢？你這個人脾氣又那麼硬。」

難道這裡就是我以後要度過一輩子的地方了嗎？錦禾看著康子，就像隻水鬼站立著，一動也不動。

22

丈夫在海上走著，就走在那片蔚藍大海上。是我呀，我在這兒呢！不管叫喚多少聲，志翔都未曾回過頭來，只見他玉色長袍一角飄揚在海上。瑞螢對著他的背影不停呼喊：明照在這呢，您的兒子明照就在這兒啊！

胸口椎心刺痛之中，瑞螢睜開了雙眼，冷汗涔涔地流滿全身。被夢境驚醒的瑞螢環視漆黑房裡一周，不解怎麼會做了這種夢。她摸了摸身旁，明照正睡得香甜。

瑞螢長嘆一口氣後，便坐起身來。為什麼夢到的會是背影呢？那玉色長袍又是什麼？坐起身來的瑞螢，沒過多久就忙著照料孩子，確認孩子睡得安穩以後，便輕手輕腳地打開房門，走出房門外。寒冷的氣息倏地襲入體內，瑞螢的身體不禁顫抖起來。她抬起頭望著繁星滿天，想著都怪自己太軟弱，才會做這種奇怪的夢。

瑞螢一如往常地到廚房裡取了一碗水，那個碗是志翔以前用來吃飯的飯碗。她小小聲地打完水以後，把水放在小方桌上，然後拎著小方桌前往後院。今夜沒有月光，四周顯得格外黑暗，瑞螢小心翼翼地走著，生怕把裝滿的水給灑翻。就跟平常一樣，瑞螢把小方桌放在醬缸台旁後，雙手合十並閉上雙眼向上天祈求讓丈夫平安歸來，若有任何病痛或艱難，自己願意承擔一切，千萬不要讓丈夫經歷那些痛苦。

瑞螢就這麼維持閉眼與雙手合十的祈禱姿勢好長一段時間。這時夜風往她的衣服內鑽入，她的肩膀忍不住發冷並哆嗦了一下。老天爺呀，請您把所有一切苦難都迴向給我吧，不管是疾病也好，痛苦也罷，或是任何犧牲奉獻，我都願意承受。瑞螢張開眼睛以後，天空正好劃過一條長長的流星尾巴。

這天明國起得很晚，他因為志翔的事情輾轉難眠了一整夜，直到清晨才好不容易闔上眼睛入眠。他蜷著身子躺在床上，並且仔細地聆聽。外面一片靜寂，那麼應該表示他們已經沒事越過大海了。現在入坑道的叫號檢查也已經結束，沒看見他們三人，勞務係肯定會把整座島掀開來找尋他們的下落。

啊，不對，不可能。明國呆呆地與病房內牆壁對望。最近關於礦工們的事情，反而會被掩蓋過去，說是擔心影響整體士氣什麼的、絕對不能引起任何騷動什麼的。

拜託，拜託一定要他們平安無事。有句話說拆了鍋台等三年，這分明就是在說我，拖拖拉拉地等待逃亡，結果卻變成了這副模樣。不管是哪一次，起頭都是我開始的，泰北那時是我，志翔這次也是我，是我提出逃亡離開，然而每次留下的都是我，走的都是你們。

明國坐起身來，心想所謂打了人的蜷腿睡，挨了打的伸腿睡，大概就是自己現在的處境。逃走的那三個孩子，現在應該正努力地穿山越海，躺在這裡的我只能心裡猛著急。

明國閉上眼鏡，努力平復自己的情緒。

死者無法說話，然而這次的事情有些不同，活著的人更不可言。你們只要能成功逃離這座島，不知道又有多少朝鮮人會得到更殘酷的待遇。我也和錦禾說了同樣的話，逃離的人無言離去，但留著的我們更絕對不能談論，一定要守護你們。

這次又不知道要傳喚多少人了，說不定又我把我叫去問話。他們大概會告訴我：你和志翔還有禹錫很要好，就算不是醫院那邊的人，其他人也都知道。接著會恐嚇我要把我的另一隻腿打斷，並把我摔到牛糞或狗糞裡吧？不過，我沒關係，只要你們沒事就好。

明國下了床以後，拄起拐杖慢慢地走出房外。前一天晚上被他弄壞的玄關門，已經加上木板，並貼上窗紙了。今天不知怎麼搞的，霧氣特別濃厚，圍繞了整座島嶼，眼前望出去看不見大海。明國拄著拐杖，心中暗暗地微笑。太好了，這種日子不僅適合藏身於山裡，就算是搜索船也難尋得蹤跡。欲速則不達，志翔啊，千萬要小心，不要太急躁行事。

明國努力瞪大眼睛，仔細盯著遠方水霧瀰漫的大海，並輕輕叫喚他們的名字。志翔啊，禹錫啊，還有另外一位是弼秀吧？你們一定要活下來啊！雖然你們的心早已飛回故鄉，但不要忘記在抵達朝鮮那塊土地前，不要鬆懈，一定要小心。只要到得了日本，哪裡都能藏身，所以你們就去朝鮮人所在之處吧，再怎麼說，身上流著相同民族血脈，能夠相信的也就只有同胞了。

成群飛翔的海鷗又成群地降落在她的面前。抱膝而坐的錦禾，呆呆地看著海鷗嘈雜地走動。可惡，就連你們也不把我當人看嗎？是因為這樣才這麼大喇喇地在我面前走動嗎？

一隻海鷗搖搖晃晃地朝她走來，尾巴晃了兩圈，在她面前拉了把屎。錦禾見狀，嘴角揚起一絲苦笑。你這傢伙！未免也太看不起我了吧？你們不只不把我當人看，甚至還把我看作比你們同伴地位還低的存在嘛！錦禾踢了下腳，海鷗受到驚嚇，一下子就飛走了，只剩一些羽毛慢慢從空中降落。錦禾的視線隨著海鷗望向天空，只見天空晴朗，今日也是陽光燦爛。她感覺自己就像是不能一起振翅高飛，只能一搖一晃地留在島上的海鷗，忍不住長嘆了一口氣。

拄著拐杖，一瘸一拐地從錦禾背後走了過來的明國，用手碰碰錦禾的後背：「我就知道是你。遠遠看就覺得很像是你。」

錦禾回過頭來。

「我好不容易才有了幾個夥伴，還想說是誰把他們趕走了，原來是大叔你。」

「夥伴？什麼夥伴？」

「海鷗們正和我作伴呢！」

錦禾低頭看著大海，雙脣發青。這幾天以來，錦禾過得像是行屍走肉，白天感到睡意時，就算是躺在床上也是瞪大眼睛，腦子裡一片空白。

明國順著錦禾的視線，望向那片大海。距離竹林蓊鬱的那座島，火葬場中之島，遠處有個白霧瀰漫的地方，那裡就是港口都市長崎。

「看你是在找風水寶地了吧！」

這裡是從醫院前的下坡路往階梯走下後，再岔兩次路以後所在的空地。明國挺起胸口吸了兩口海風，便往錦禾身邊坐下。疊放在地板上的枴杖，不知不覺間已沾上了明國的手垢。明國瞄了錦禾一眼，咧嘴笑道：「我們這可是兩個廢物相聚在一起呢。」

「那又怎樣？」

「健全的人都去工作了，就剩我們這兩個廢物杵在這裡啊。」

「瞧大叔你這賤嘴。」

兩人沒再多言，只是靜靜地坐著。明國偶爾會拿起拐杖趕走旁邊撲飛過來的海鷗，錦禾則是直視著前方大海，並未轉過頭看明國。

「現在他們應該走了吧。」

明國環視了四下無人的空地。

「我應該要待在醫院的，你可能不知道，但我可不能忘了現在自己得待在醫院。」

錦禾突然把低頭埋入雙膝中。

「啊，希望他們是平安離去……」

「別因為過了幾天就感到放心。也有人是在四、五天之後才被抓到的。」

「吼！拜託！」

錦禾猛地轉過頭來。

這事既不能公然拿出來講，想問結果也沒地方可問。心裡一方面擔心他們，一方面又怕走漏了什麼風聲，每天都豎起耳朵不放過任何一點消息，然而卻沒有任何關於逃亡者的訊息傳來。不知是否浪花打在防波堤下面，使那裡累積了許多綠色青苔之故，今天圍繞在這座島前的大海看起來特別蔚藍。

「我得相信，相信那個人還活著。我得那樣相信才行，要是不相信，要我怎麼辦是好？」

雖然兩人彼此都知道對方的想法，但卻沒什麼話能稍微緩和他們的心急如焚。當明國看著錦禾的樣子時，心中突然一沉，不知道是否因為陽光太強烈的關係，在外頭看到的錦禾臉色，有著說不上來的憔悴，猶如槁木死灰。明國心中不禁咋舌。

「你現在也要多注意一下你的身體，別光是擔心那個傢伙。」

錦禾沒有回應他的話，而是問他：「大叔你才是吧？難道你身體都痊癒了嗎？」

「成天只有吃吃喝喝，看來當個廢物也不差。只是不知道他們到底要把我放在醫院放多久倒是。本來我以為很快就會把我送回去的，可是到現在一點下文也沒有。據說那是因為還沒辦法幫我找到義肢的關係，畢竟現在是戰爭的時期。」

錦禾像是指責明國般地回嘴：「大叔，你一瘸一拐地還想去哪裡？先走好路再說吧。」

「唉，看你這孩子說的！所以說，你這傢伙，我每天除了吃飯以外，能做的事就只有爬樓梯了。」

過了一會兒，錦禾轉過頭來對明國說：「我之前應該有跟大叔你說過吧？問你為什麼不逃走，還說送到那邊火葬場燒掉的人、刺殺那些日本鬼子，被綁起來送去監獄的人，豈不是太有男子氣慨什麼的。大叔，你原諒我吧，那根本是我的胡言亂語，那時我喝醉了，才隨便這樣亂說的。」

「那都多久以前的事情了，你一直記到現在嗎？」

「那是因為該忘的話另有其在。」

錦禾一直催促拄著拐杖站起身來的明國動作要快點，然後兩人一起走到醫院前庭，只聞明國拐杖拄在水泥地上的聲音，和錦禾腳上的木屐聲混和在一起，難以分明。

「沒聽說他們派搜索隊去找人嗎？」

成天待在醫院裡，沒有辦法聽到消息的明國，最後還是忍不住地問。錦禾無言地搖了搖頭。視線轉向遠方並慢悠悠溜達的錦禾，說了一句話：「三個人一起逃走……一點消息也沒有，這未免也太安靜了。這讓人覺得更是焦急。」

這時遠方可看到噴出黑色煙霧的定期客船夕顏丸，正駛離端島的樣子。究竟心裡有多急悶，才會來找我呢？錦禾雖然知道明國的心情，不過她卻沒有多說什麼。噠噠噠，錦禾的木屐聲音越來越大。究竟她有多麼心急，才會失魂落魄地坐在防波堤邊呢？明國雖然知道錦禾的心情，卻也不知該說什麼才好。明國暗暗使勁在拐杖上，彷彿要將地板都刺破似的，然後他才好不容易擠出一句話：「你也得好好照顧一下自己的身體，總得恢復氣力才行呀。」

像我這種人，就只有被人踐踏、被人丟棄、被人遠離的份。她忍住這句像是蘆葦般蹭動她心裡的話不說，說起了別的事情：「大叔，妳看看那邊的冬柏花，正獨自綻放著呢。」

明國噗哧一笑。

「瞧你也說什麼冬柏的。誰說那是冬柏花了？對我來說，那是冬柏草。」

「那是我決定的，我就要叫它冬柏花。我說它是冬柏花，它就是冬柏花。」

「你還真會胡說耶！」

為我摘下冬柏花的男人。錦禾的心裡彷彿飄起了一陣淡淡的香氣。禹錫啊，這就是所謂的回憶吧？現在開始，我得懷抱著這份回憶來過活了。明國把右手的枴杖拿到失去左腳的左側腋下疊起，然後把手搭在錦禾的肩膀上。

「你不知道吧，我一直都在觀察你。」

「觀察？一個成天抱著酒喝的女人，看起來確實很有意思吧？」

「你話別那樣聽。我現在是在跟你說我的心裡話。」

「所以呢？不然你觀察我做什麼？」

「想著要不要討你做媳婦。」

錦禾皺起臉後，笑了出來。

「大叔，你才是真的很會胡說呢！我可不是隨隨便便就讓人鬧著玩的那種人！」

「不是鬧著你玩。我是真的這麼想過。這裡或高島人多嘴雜，許多事情都不方便，所以我曾經想著帶你到佐世保或筑豐那裡的礦區，兩人一起過活。我以前只學會偷東西，但現在挖礦可是個高手。」

「那為什麼你沒跟我說過這些呢？」

「因為害羞。」

明國說著說著，便笑了起來。他說的計畫聽起來不像是亂掰的，錦禾也因此跟著笑了起來。明國感覺內心有些許哀愁與刺痛。

「可是，那傢伙搶先一步把我想要討來當自己媳婦的女人搶走了，還是在我腿斷掉的時候。」

禹錫，明國連他的名字都不願掛在嘴邊說出口，所以錦禾一句話也沒說。

「我覺得你看男人的眼光很不一樣。太好了，你看上的是那個傢伙。」

錦禾嘆了一口氣，然後岔開話題。

「一開始就不是當你媳婦的命，我們還是以兄妹相稱，互相扶持吧。」

「不當兄妹，也不是夫妻。你能不能當我媳婦，我是不知道，但我並不想把你當作妹妹。」

「男人們真的是……總之，隨便你。」

錦禾看著遠方大海，不知究竟是哭還是笑地說：「我現在已經走在不歸路上了，沒地方可以倚靠了。」已經四天了。還沒聽到什麼消息，看起來應該是走了才對，平安地走了。啊，雖然我人留在這裡，但是我的心是跟著他一起越過那片大海的。所以，我就是原野、是泥土，而你就是在上面高高架起的彩虹，以後我要這樣活下去。低頭看著腳尖的錦禾，慢慢地搖頭。現在應該雙手合十祈求老天爺的，以前作夢可未曾想到自己竟會有為了某個男人而其祈禱的一天。

要是有什麼消息，我會立刻過來的。錦禾像是招呼似的，留下這句話就走下階梯返回遊廓。這時還不到午餐時間，端島銀座沿路上只有三三兩兩的商店剛開門，穿越此處以後，巷弄變得越來越窄，兩旁有枝葉茂盛的藤蔓樹木，鳥兒正在上面吱吱喳喳。鳥兒啊，你們在上面吱吱喳喳的，這樣開心嗎？錦禾不敢望向只有嘩嘩海浪聲不停襲來的防波堤下方，只能邊走邊低著頭看著自己的木屐尾端。

當她走入巷子並轉進本田屋門口時，康子正呼叫著她。

「花子！花子！」

難道是哪個混帳大白天的就想跟女人交尾嗎？錦禾搖搖手。

「有什麼事嗎？」

「沒啦，今天天氣這麼好，想和你一起去散個步，沒想到你已經出來了。」

監督井上大聲喊著。

「有兩人逃走了！」

「是。」

列隊的鈴木、木村，還有泰北事件以後，作為佐藤後任被派來的谷村，異口同聲地回答著。喀噔喀噔地在書桌前來回踱步的井上，這時慢慢地說道：「你們除了會回答是以外，還會做什麼？以為只要會回答是就可以了嗎？」

「是！我們一定會把他們抓回來的！」

井上以手中的小棍子戳了戳谷村的肚子。

「抓回來？去哪裡抓？我已經派人去野母半島翻遍整座島了，都沒找到他們的蹤影，你說說看，你要怎麼負起這個責任？」

「只要去逼問其他朝鮮人們，要他們講出那兩個傢伙要去哪裡就可以了，那麼只要搶先在他們之前守株待兔……」

在谷村話正講到一半的時候，井上再度拿棍子去戳谷村的肩膀，力道之大，讓谷村都歪了身子。

「你不用做那些也行！問題的鎖鑰是在我們這邊。現在去把當天的警備員全部都叫過來。」

井上看著窗外的防波堤。第一次的時候，也是像現在這樣，是兩個逃亡者。只是兩個人逃走，事情倒不必鬧得這麼大，只不過現在是什麼時局？戰況一天比一天還糟糕，不停傳來敗北的消息，所以只要有人逃往陸地，這消息就會被當機密處理。不過這次不一樣，越想就越覺得不對勁，這次逃走的人都是挖礦成績優秀的人，不只不喝酒、不賭博也不鬧事，通常這種人不太會逃亡。

在幾個警備員接受完調查並離去後，縮著身子走進辦公室的山口，好像已經聽到風聲，他偷瞄了一下井上，然後緊盯著陽光燦爛照在高掛旭日旗的牆壁上。可惡的女人，為什麼那個女人那天偏偏來找我喝酒？不對，問題不是那女人，問題在為什麼偏偏那天有朝鮮人逃走，害我現在淪落這個下場。朝鮮人，所以說這些朝鮮人們都該死！

井上瞄了山口幾眼以後，便踱了幾步，並發出腳後跟頓地般的聲音，然後回到位置上坐下。他把書桌上的文件往旁一推，並打開抽屜從裡頭掏出一張紙來，用手摸了紙張幾下之後，他對山口說：「你現在開始把那天晚上發生的事情老老實實說出來，知道了嗎？你可是一直酒醉到早上，你知道警備員在執勤中喝酒是犯了什麼罪嗎？難道你要和那些朝鮮傢伙們一起到礦坑裡挖礦嗎？」

「不，不。」

「你把那邊的椅子拉過來，坐在我前面。」

山口和井上隔著書桌對坐著。

「現在開始，我會問你問題，你必須老老實實把那天執勤時發生的事情說出來。包括你是幾點回去的、幾點在警備員待機室休息等，不管發生什麼事，都要詳細交代。首先，你是在哪裡喝酒的？」

「其實，我。其實，是遊廓那邊的女子拿著酒來，找我一起喝酒的。」

「什麼，你這傢伙？遊廓？」

井上第一次聽到這樣的事情，不過他在報告書上只寫了勞務係員山口喝酒的這件事。他和山口兩人認識已久，沒有必要製造更多不利於山口的立場，加上不少站警衛的人，都會在深夜喝點小酒，他實在沒必要在這時候落井下石。壞的是那些逃亡者，山口哪有什麼過錯？

「嗯？啊，不是的，不是去遊廓，是遊廓女子帶著酒來哨所。」

「你這傢伙！什麼遊廓的女子？是哪一個賤女人？」

井上看著山口，大吼了他一聲。

「是本田屋的朝、朝鮮女子。」

井上的手掌拍打了一下桌子，並勃然大怒地站起身來。原來是美人計，這是有計畫的，先讓朝鮮女子來餵警備員喝酒，然後那兩個傢伙趁那時候大搖大擺地越過防波堤。

「那女人名字叫啥？」

「叫做花子。」

「是怎樣的人？和你又是什麼關係？」

「我們沒有什麼關係。」

「既然跟你沒有什麼關係，怎麼會在那麼晚的時間帶酒來找你？」

「是，是的。」

「你說他叫花子？是怎樣的女人？」

「個子高高的，看起來是美人型。大家都說他個子高，身材也好。」

「你在說什麼身材啊？你這傢伙，我現在是叫你脫她衣服了嗎？」

井上倏地站了起來。

「到底是怎樣的賤女人，敢餵執勤中的警備員喝酒！我是在問你那是什麼性格傾向的女人！」

「是！除了成天看她在喝酒以外，沒什麼特別的。」

「在那種酒店工作的女人，喝酒算什麼性格傾向？所以，你一整晚都沒執勤，就和她喝酒了？」

井上把站在門邊的石川叫了進來。

「叫木村現在去把那個女的給我帶過來！」

他們把和逃亡者較親近的雇傭礦工們一個一個都找了過來，井上在縮小相關者範圍時，注意到了一個個頭高大，姓江的礦工。這是因為在不久之前，有分報告指出礦坑裡發生了同事鬥毆的事件，據說這個姓江的就是主謀。聽說那個姓江的，並不會說日本話。

前來幫忙翻譯的張氏是個麻臉。他訝異自己怎會因為這種事而被叫來，已經凹凸不平的臉，看起來更是猙獰。井上走到姜萬重跟前，低聲問他：「你為什麼沒有一起逃亡？」

張氏趕快翻譯。

「他問你為什麼沒一起逃亡。」

萬重哀怨地看著張氏和井上：「我不是說了？我連他們到底是飛天還是遁地去了都不知道啊！」

張氏打斷他的話，並快速地翻譯成日本話。

「不知道？你們睡在同一間房間、每天一起上工，玩也都玩在一起，你跟我說你不知道？」

張氏像是發火般地對萬重說：「你跟志翔那個人不是成天都黏在一起嗎？既然每天都黏在一起，不可能不知道他的下落。」

「睡在同一間房間是不得不。除此之外，我什麼時候跟他黏在一起了？我又不是瘋了！」

張氏翻譯成日本話。

「他說他要瘋了，他根本就不知道。」

「要瘋了？這些傢伙是講好都說同樣的話，是嗎？昨天幾個傢伙也這樣，說他們要瘋了。朝鮮人只要不知道講什麼，都說自己要瘋了嗎？」

井上做出手勢，示意把萬重帶到書桌前來。拿著椅子走到書桌前、萬重後的張氏說道：「你不要再撐了，快把你知道的都講出來。要是你為了幫他們保守什麼秘密，結果被打死，我可不負責。」

「我說，就算你們把我叫來，也要我真的知道什麼才有得講啊。我什麼都不知道，到底要我說什麼？就算是條牛，不也要站在丘陵才會磨蹭牠的腳嗎？就算要編故事，也得有個籽才知道要編啥吧？會逃亡的人，什麼時候都會逃走，難道他們會大肆嚷嚷以後才走嗎？」

「你幹嘛這樣看我啊，你這個人！」

張氏嘟囔著，井上則是瞪大了眼睛並大聲怒吼。

「除了我問的話以外，不要講朝鮮話！」

「是，我知道了。是我不對。」

往前靠過去的井上睥睨萬重，並拿棍子抽打他，就像拿棍子戳書桌一樣。

「把手放在這裡。」

萬重把雙手放在書桌上。井上把棍子放在萬重的手指上。

「我再問你一次，你為什麼沒跟著逃亡？」

「我為什麼要走？我又沒有從他們那裡聽到什麼消息。」

「我再問你一次，他們去哪裡了？」

「我真的快悶死了！我怎麼知道他們去哪裡了？」

就在張氏翻譯表示萬重說他什麼都不知道時，井上以手掌施壓棍子，萬重感到手指如同快要斷掉的痛苦，發出大聲的悲鳴，同時痛到額頭都貼在書桌上。井上粗暴地按壓萬重的手，並以相同的聲音再次問道：「那兩個傢伙，究竟去哪裡了？」

井上一邊等候萬重的回答，一邊把按壓他的手壓得越大力。

「我問你他們去哪裡了？」

井上用另一手抽打他，萬重發出悲鳴聲，承受不了痛苦，想要把手抽開，雙腳不停踢擊書桌。可是此時萬重的身體被往後扯，然後隨著椅子一起在地上翻滾。好不容易才爬起身來的萬重，用一隻手撐住下巴，然後以膝蓋在地上爬行。把棍子撿起來並往前走去的井上，踹了萬重的腰間一腳。萬重的身體被踢翻。他叫出聲來。

「我的老天爺呀，求你饒了我吧。他們有說要逃亡。」

張氏別過頭去，並進行翻譯。

「有聽說他們想逃亡。」

「去哪裡？」

張氏問那麼是逃到哪裡了，萬重的眼睛一閃，便大聲喝道：「媽的，你們這些沒血汗的傢伙們。我哪知道他們怎麼跑的？」

張氏緊張地看著井上，不好意思地搖搖頭。彎下身體的井上，這次把棍子放在萬重的手掌上，並擰了一圈，萬重的悲鳴穿透牆壁，傳出了辦公室。這時井上回到自己的位置坐下，並把手肘撐在桌子上，冷淡地看著萬重，萬重的額頭則已重重撞到地板上。

「我再問你一次，他們到底去哪裡了？你這傢伙分明就知道！」

張氏彎下身體懇求似的跟萬重說：「現在這些都還只是小玩意，要是把你帶到地下室，你恐怕不死也會半殘。隨便唬弄他們一下就好了，何必要這樣自討苦吃呢？反正他們最後也會被抓到的，你現在就先隨便唬一下就好了。」

就在那個時候。萬重像條蟲子一樣，慢慢地抖動蜷曲的身體，他用左手抓住右手手臂，然後抬起頭來看著井上。萬重顫抖著雙唇，瞪大的眼睛彷彿要彈出眼珠子來。

「是到陸地去了吧！」

萬重咬牙切齒。

「哪個白癡的目的會是爬去茫茫大海裡？」

「他在說什麼？」

張氏趕快回覆井上的問話。

「不知道。」

「下關還是什麼的，大概是跑到那裡搭船回朝鮮了吧。這種想法有哪個朝鮮人沒有想過？」

就在萬重吶喊完以後，他的頭往旁倒下，看起來像是頸骨已經斷掉。井上先是無言地俯視著他，接著說：

「把這傢伙拖下去，把他單獨關在一間房間。」

谷村一邊把手伸到萬重的手臂底部，一邊看著井上的臉色。

「地下室的房間都滿了。」

由於成弼秀和志翔在同一組，所以連和他們一起挖礦的人也都被叫來問話，已經沒有空的偵訊房。

「不然先丟到那女人的房間裡。反正下午還要把那女人拖出來打一頓。」

萬重就這麼被張氏和谷村抓住兩條手臂拖了出去，途中還聽得到萬重的嘶吼聲：「媽的，你們這些混帳！早知道我也逃走了，沒想到要逃走這點，真是讓我覺得怨恨！我恨啊！」

井上用手指慢慢地敲打著桌面。難道這裡面都沒人知道他們的計劃嗎？他仔細看著成弼秀的人事資料文件。這個全勤的傢伙到底是誰？為什麼這個傢伙會沒有朋友，還受到大家的排擠呢？

井上猛地從位置上站起來，慢慢在辦公室裡踱步起來。金田次郎，朝鮮名稱為金志翔，日本話流利，而且也協助勞務係辦事的傢伙又是誰？逃走的這些傢伙們，分明和日本某處有些淵源才對。看這個金志翔日本話講得那麼好，可能性更高才對，可是關於這傢伙卻沒有什麼特殊情報，未免也太奇怪了。

難道那兩個傢伙只是跑去海邊釣魚被大海沖走了？井上一邊踱步，一邊看著牆壁。那麼那個腿廢掉的傢伙？聽說他和金志翔很親，不如把他叫來問問看好了。

陽光從與天花板相連著的一個小窗子裡照入，灑落在地下室的地板上。有人曾說過，被關在監獄裡時，哪怕是一隻小老鼠，都能成為心裡的慰藉，也能成為陪伴自己的朋友。錦禾倒在牆邊，遠遠地看著那道陽光。

不管怎麼說，怎能拿老鼠和陽光相比呢？就好像是來訪客人般，錦禾用無力的雙眼看著那道灑落在地上的陽光，心中默默地問：你怎麼來啦？帶了消息而來嗎？錦禾受到嚴刑拷問，不僅嘴巴合不起來，下巴也腫脹不堪，舌頭完全無法動彈。瞇著的眼角閃過一絲笑意，但很快的又消失無蹤。

原來如此，被帶到這裡已經經過兩天、四天，到今天是第五天了，在這裡的每日每夜竟是如此漫長。陽光你快點走吧，走了以後，讓我從那扇窗子看到月亮升起吧！只要看到月亮升起，就知道那男人已經離開十天。我所求不多，只要能這樣活著就好。沒錯，只要月亮升起，就代表那男人已經成功逃離。我的男人，我所珍愛的男人。現在我還有什麼好怕的？自我長大以來，第一次得到被視為人的待遇，能夠好好做人守分，我還有什麼所求？

錦禾雙腿伸直，後背緊接在牆上。她的上衣已被撕破，並露出胸部，裙子上頭則盡是鼻血一路流下沾染到的血跡斑斑。頭破血流的她，額頭上還有血痂片片，臉部一側也已是鼻青臉腫，掀起的裙子裡，還看得到大腿上滿是鮮血流過的痕跡。錦禾努力蠕動著身子爬到鐵門邊，並奮力敲著門板，然而沒有人回應他，於是他再次蠕動著身體，用力舉起腿來，以腳後跟敲著門板，這下門外總算有所回應：「你又在吵什麼？」

「我要去廁所。」

「又要去廁所？你這娘們是尿桶嗎？又沒吃什麼東西，怎麼一直去撒尿？」

眼見外頭沒消沒息，錦禾再度用腳後跟敲起門板。鐵門咕咚地響了一會兒，木村猛然把門打開。

「出來！」

「把我抓出去不就得了。」

木村不停催促錦禾。

「你這婊子可別想打什麼鬼主意！」

錦禾被帶出門外，萬重則被谷村和張氏從樓梯上拖了下來。木村問：「怎麼一回事？」

「上頭說把他們關在一起。」

木村摸著下巴，一臉奸笑：「怎麼？還把這幾個傢伙送作堆啊！」

夜晚降臨漆黑的地下室裡。此刻就連外頭照射到小窗子裡的月光都已褪去，暗黑的地下室裡伸手不見五指。對面角落傳來萬重的嚶嚶哭聲，錦禾把頭抬向萬重那側：「喂！」

只聞男子鼻頭抽咽的聲音。

「你別哭了，男子漢怎麼這麼一點事就哭？」

雖然哭聲漸弱，但抽咽聲依舊。

錦禾望著一片漆黑，喃喃自語了起來。

「朝鮮男人真的有夠沒用，裡外都一樣沒用。才這麼一點小事，要不就裝死，要不就咬舌自盡啊！這也不是，那也不要的。」

錦禾受不了萬重嚶嚶哭泣，刻意說這些話來惹火他。萬重覺得委屈，對錦禾吼了起來。

「媽的，你這女人說什麼！哪裡來的野女人？」

「你管我！難道我說錯了嗎？」

「對！我這也不是，那也不是，怎樣？我就是沒辦法咬舌自盡，怎樣？所以，你因為我們吃不下飯了嗎？」

「不就是看你這樣子難看才說的嗎？難道我說錯了嗎？這裡朝鮮男人才多少個？那群傢伙又有多少人？他們把我們同胞抓來弄個半死，你想大家會說啥？」

「你這張嘴巴還真利。」

錦禾在黑暗中悄悄地笑了起來。萬重則是和哭的時候不一樣，說話很有力量。禹錫說得對，就是要厭惡才會有力量，如果心中沒有憤怒，就沒辦法活下去。錦禾轉回頭躺著，悄言自語：「我也得嘆口氣抒發一下，拜託那傢伙可別再哭了。」

長夜漫漫，彷如早晨永不降臨。不知是否因為處在地下室的關係，整個晚上都沒聽到海浪聲。當錦禾睜開眼睛時，清晨耀眼的陽光已照入室內，看起來就像張餐巾布。今天不曉得又要受什麼嚴刑拷打了？錦禾抿著血痂滿布的雙唇，閉上眼睛，明明被吊起來拷問時受傷的手腕，一直到昨天都還感到痛楚，今天卻已經麻痺沒有感覺。

等到房間更亮一點時，醒來的萬重嘟囔著：「全身都要廢掉了，都廢了。那群混蛋傢伙們到底是怎麼打的，手指手臂都被他們打斷了。」

躺在地上的萬重看到正靠著牆壁坐著的錦禾，突然大吃一驚。

「我的媽呀，我還以為是鬼呢。」

「怎麼？看到白白的髮線，還以為是頭髮擦了山茶花油的新娘坐在這裡嗎？」

「你這沒禮貌的女人！披頭散髮地坐在那裡，看起來比鬼還像鬼啦！怎樣？你的另一半沒被嚇到嗎？」

錦禾沒有回他，只是默默坐著，她看著抓著一隻手臂在房裡走來走去的萬重，問了他：「大叔你又是因為什麼事被抓過來的？」

「同組的傢伙逃走了，現在上下鬧得不得了。那兩個傢伙也真是的，要走也講一聲，要不也給大家提醒一下！那些個日本鬼子真的太仗勢欺人，我們根本就不知道那幾個逃跑者的消息，什麼都不知道也把我們叫來。」

萬重走到牆邊，猛地抬起頭來看著高高在上的窗外。

「所以說，這些人到底是逃走了還是怎麼了？姑娘你知道些什麼嗎？」

錦禾聽到萬重的嘟囔聲，眼睛突然一亮。他們該不會是把這個人當作間諜，丟來這裡和我關在一起，藉此來挖我的話？於是錦禾開始耍起滑頭來。

「那些傢伙能去哪兒？四邊不都是大海嗎？再怎麼樣會耍主意，最後也逃離不了佛祖手裡啊。」

錦禾打從這男的被關進來那一刻開始，就開始感到懷疑，尤其讓她感到最可疑的就是萬重的臉上幾乎沒有傷痕這點。

「可是看他們還沒被抓回來這點，就讓人不禁猜想他們可能已經成功逃走了。」

「誰知道呢？搞不好已經腐爛在海底某處了吧？」

「腐爛？你說腐爛？你那張嘴真的很造孽！我是不知道你為何被關來這裡，可是你跟那幾個逃走的傢伙們又沒有什麼不共戴天之仇，怎麼可以這樣亂講話？」

「還不就是因為那幾個傢伙，我才會這麼倒楣地在這裡受苦！罵他們又怎樣？」

這時豆子和蘿蔔與沙丁魚一起煮成的早餐被送了進來。萬重狼吞虎嚥了起來，然後邊看錦禾邊說。

「你也吃一點吧，不然哪有體力挨他們打？」

萬重拿起碗直接就口，湯匙並使勁地在碗裡挖啊挖，眼睛瞟向癱在一旁的錦禾。

「又不是隻牛。吃不夠，那就把我那份吃了吧，吃了以後身體可得撐得久久長長啊。」

「你就繼續說壞話吧！」

錦禾沒有回應他。萬重把自己的那份餐點都吃完後，拿起錦禾那份邊吃邊說：「真是謝謝你啦。現在別說是牛了，就算是隻小豬仔，看了也得吃呀！這樣才會有體力。」

錦禾在清晨清醒過來以後，又陷入一直在思考的疑惑之中：為什麼他們一直提到弼秀和志翔的名字，但卻沒提到禹錫的名字？

錦禾被帶到拷問室的時候，當她被壓在井上書桌前時，井上一邊壓著她的腦袋，一邊說：「我們調查到目前為止，結果有兩個人最可疑。一個是你，另一個是那個瘸子。」

這把火果然燒到明國大叔身上了，難道他們也把大叔抓來拷問了嗎？錦禾搖著頭。不能把大叔給拉進來，大叔腿都被截肢了，要是被這群禽獸抓來拷問，不知道又會變成什麼樣。

「我就問你一個問題。我打算這個問題到你這邊就結束，讓我們快點解決吧。我答應你，只要你回答我這個問題，我就會馬上放了你，知道了嗎？」

錦禾沒有回應。

「他們去哪裡了？他們有說要去哪裡找誰嗎？你只要回答我這問題就好。」

「我也要知道什麼才能回答你啊。我常在防波堤那裡喝酒，這全世界的人都知道啊！」

「你可以說的就只有這些了嗎？」

「你到底要聽同樣的話到什麼時候？我根本就沒有見過你說的那些人！」

井上氣得臉紅脖子粗，一把將椅子往後用力推並猛然站起。他交代下屬：「把她綁在キノジガ上。」

鈴木問：「要脫嗎？」

「當然。」

被拖到角落的錦禾被脫光衣服。一絲不剩。

所謂的キノジガ（木字架），是一種十字形態的刑具，不過和一般十字架僅張開手臂的型態不同，是讓兩隻腿張開成八字形的綑綁用刑具。這種刑具的樣子看起來就像日語中的木（キ）字，所以才被稱為木字架。這種刑具是從以前女孩子從事礦工的時期就一直流傳在礦坑地帶晚期的最卑劣刑具之一。

這種刑具主要使用在犯了通姦罪的女子身上。他們會把女子的下半身給脫光，然後綁在這刑具上，並立在街頭，隨路過的行人毆打或刺捅，要是因同情女子而不使力毆打，反而會被眾人毆打，是一種由來已久的惡習。

錦禾的雙手被綁好之後，雙腳又被扒開綁在刑具上。鈴木忙著緊盯錦禾的裸體瞧，一旁的谷村則拿著棍子使勁地撥弄錦禾。

「你那天晚上讓警備員喝了酒，還誘惑他。你分明就是和那些逃走的傢伙們一夥的，你到底在隱瞞什麼？」

低著頭的錦禾緊閉雙眼。這陣子所挨打的痕跡佈滿整個背部、腰部和大腿，到處都是紅紫瘀青。她那看起來比實際年齡衰老，就像是在訴說自己長久以來如同雜草，過著被人踐踏、被人欺侮歲月的下垂胸部上，黑色的乳頭幽幽突起。

鈴木拿著一根尾端以繞有一大圈繩索的細長棍子，就站在後方：「你這樣還不說？」

井上走過來繼續喝問。

「我最後一次問你，你快點從實招來，究竟他們去哪裡了？又是去找誰？」

錦禾沒有回答。井上往旁邊退了一步，並向鈴木使了個眼色。於是鈴木受命以手上鞭子用力抽打錦禾的臀部，錦禾的身體因巨大疼痛而扭曲起來。

「他們究竟去哪裡了？你分明就和他們約好要在那裡會合的，不是嗎！」

錦禾猛然地睜開眼睛。

「殺了我吧，殺了我呀！你們這些傢伙！」

井上以手勢把站在角落的鈴木叫來。坐在拷問室書桌上的井上這時開口說道：「你，有香菸嗎？」

正打算往錦禾陰部刺下去的鈴木嚇了一跳地答道：「是。」

「拿一根來。」

鈴木急忙從口袋裡掏出一根香菸給井上，並點燃火柴把香菸點起，井上抽了一口香菸，並吐了好長一口煙霧。接連抽了好幾口菸的井上，最後怒吼了幾句便揚長而去，離開了拷問室。

「要是你肯說了，就告訴我。谷村你跟我來。」

鈴木看著被綁著的錦禾，則跟在井上後面喊道：「監督！井上監督！」

「幹嘛？」

井上站在階梯上，回過頭來問鈴木。

「您是要我自己看著辦嗎？」

「要是他肯說了，再通知我吧。」

鈴木的臉變得火熱。

從跨下流往大腿的鮮血，又一路流到了錦禾的膝蓋才停止。拔出棍子的鈴木，雙眼殺氣騰騰，急忙從階梯上走下來的石川關上門後，告訴鈴木：「好了，你停手吧。」

石川走到鈴木面前。

「難道你要殺了她嗎？」

「這是監督的命令。」

「他不是我們礦業所的職員，是從軍部來的人。你知道的嘛！」

「得讓他知道我們不會隨便被這娘們唬弄啊。」

「你這樣下去會殺死人的啊！」

低聲嘟囔幾句以後，石川瞇著眼睛看鈴木手上的細長棍子。

「我覺得，那女人好像真的不知道。」

「她到底會不會開口，這我自己會處理。說到底，勞務係的人就是不會管理人。我以前待的地方啊……」

石川推了推眼鏡，然後怒喝：「你還不停手嗎？我可跟你說！要是她發生什麼異狀，我可不會放過你！」

「您說什麼？」

「逃走的人自有法律制裁，只要他們被抓到就結束了。」

石川把鈴木手上的棍子搶走並往牆上憤怒丟去。

「今天的調查就到這裡結束吧，出去吧！」

潮水退去就是這種感覺嗎？不管怎麼用力抓，都有某種力量包圍著自己，讓自己無法恢復意識。錦禾像是在努力抓住自己逐漸遠離的意識，奮力地睜開眼，然後看著眼前的石川。石川走向雙唇凝滿血痂的錦禾，並向她說道：「真是狠毒！難道他們是想殺了你嗎？」

石川把綁在她手腕上的繩索解開，並把錦禾抬到自己的背上，然後再解開她雙腳的束縛。石川把錦禾的身體轉過來，抱著她輕輕放在地上，錦禾氣若游絲地向石川道謝：「謝謝。」

錦禾癱軟倒在地板上，石川幫錦禾披上上衣，隨後又想到地下室地板冰冷，趕緊拿了塊東西幫她墊著，便立刻轉過頭去，避免看到錦禾裸身的樣子。

「你是打算在死在這裡嗎？」

在錦禾的耳裡，石川的聲音就像是海浪從遠方漂動過來。

「報告書由我來寫，我會寫你什麼都不知道。可是你最後究竟會是生是死，決定權不在我的手上。」

這個人現在究竟在說什麼？錦禾張開嘴巴，朦朦朧朧地看著石川。

「不管我們公司這邊最後決定如何，井上他就是認定你瞞了事實，這點可不是那麼簡單容易就能帶過的。」

石川拿起像條抹布癱在地上的錦禾衣角，幫她把大腿包好。

「用常識來想，你那天餵了警備員不少酒，另一邊又有人逃亡，這樣能相信你和他們沒有任何關係嗎？」

「和我沒有關係，只是不知道為什麼變成這樣了……」

上面不時傳來有人走動的聲音。錦禾百般辛苦地抬起頭來。

「謝謝你。所以，要是我知道些什麼，我也會講的，可是……我連那兩個男人是誰都不知道，也沒見過他們。就是這樣。」

儘管在這麼模糊的意識中，錦禾還是覺得很奇怪，為什麼一直沒有聽到禹錫的名字，從頭到尾就只有兩個人被提及。錦禾努力記住那兩人的名字：金志翔與成弼秀。這兩個朝鮮男人，我沒有見過這兩個人。

石川一邊抽著香菸，一邊問錦禾的狀況。錦禾模模糊糊地看著他吐出的香菸煙霧飄往天花板去。

「不知道你身體有沒有受重傷。」

石川再次幫她整理好身上的衣服，並倒了杯水給她。就在石川扶著她起身時，錦禾問他：「你為何要幫我？你這樣子不是不行嗎？」

「我也不知道。」

石把茶杯給她，並說道：「不管怎麼說，我們也算是認識一場，你還唱歌給我聽，不是嗎？」

錦禾呆呆地看著他遞給自己的那杯水，陶器茶杯的底端畫了一朵湛藍的燦爛牡丹。她越看越覺得牡丹花紋漂亮，赫然驚覺：啊，是這樣嗎？人們也是邊描繪著茶杯裡的牡丹花紋邊活在這世上的嗎？

突然之間，錦禾的眼淚湧上心頭。

23

當錦禾被叫來進行調查時，石川是第一個注意到她與名叫崔禹錫之雇傭礦工關係的人。這是很少見的事情，遊廓女子，而且還是隸屬於只有日本人會去的遊廓女子，居然會和雇傭礦工有關係，而且據說那名叫做崔禹錫的人和兩名逃亡者又相當親近。

他歪著頭努力在這疑點重重中理出頭緒來。若以逃亡者為中心來看，遊廓女子與崔禹錫，還有因坑道坍方而被截肢的明國，三人之間分明有什麼將他們串了起來。然而調查結果卻顯示崔禹錫最近因腿部受傷而無法動彈，石川又再度陷入困惑之中。再加上背著腿受傷的人到醫院就醫者又是玉宗吉，也就是叫做玉村的那個傢伙，是勞務係安排在雇傭礦工間的奸細。由細作背去就醫的人，叫來審問又有什麼意義？於是石川決定不傳喚崔禹錫，並掩蓋掉錦禾與禹錫之間的事情。

對於查明兩個脫逃雇傭礦工背後有什麼實情這件事，已經搞得石川疲累不已，再加上打從一開始，他就不願意把這件事情給鬧大，何況現在戰爭已延伸到日本本土，據說東京因為被空襲的關係，已陷入讓人不忍直視的人間煉獄裡，此刻根本就不是該執著找出那兩個傢伙跑去那裡做什麼的時候。此時該注意的反而是雇傭礦工們的群起暴動，要是讓他們知道日軍節節敗退的消息，那麼必會發展出無法收拾的後果。

下班之後，石川順道晃到醫院去見禹錫的主治醫生伊藤，並看了禹錫的診療記錄。診療記錄中記載禹錫的病歷為腳後跟骨頭碎裂，踵骨產生骨折，同時阿基里斯腱也斷裂並產生肌肉衝擊。

「雖然沒有外傷，但腳沒有辦法踩踏，消腫也需要滿長一段時間。」

打從被派到端島礦坑區來執勤便有諸多不滿的九州醫大出身者，伊藤醫生，最近開始喝起酒來。

「他暫時無法走路。不需要進行手術，在目前需節省資源的狀況下，放著讓他自然痊癒就好。」

伊藤的表情就好像是這種程度的傷痛並不需要治療似的。在伊藤表示把禹錫放著等自然痊癒就可以的同時，他反而告訴石川說他想知道為什麼勞務係如此關心禹錫的理由。

明國拄著拐杖折返。錦禾被帶走已經好幾天了，現在恐怕也被折磨成半死不活了吧？那群傢伙們只要一鐵了心，被抓走的人是不可能完好無缺被釋放回來的。

海鷗又一如往常地在暗夜中飛翔。此刻已不再咒罵這世界，也不再去哀嘆這時局，反正早已心死，不再有任何渴求。即使如此，逃亡者仍懷抱著勇氣，仍保有那股求生存的力量。現在想想，也許錦禾說過的兩個廢物相會在一起的話，是最真切的話，像我這種瘸腳廢物，和她那種無處可去的可憐傢伙，只能待在這裡等著人生腐爛而逝。

明國空虛頷首，轉身朝醫院走去。現在就連眺望他們越過的那片海，也只是徒然傷神，於是明國低頭走著，不敢多看大海一眼。明國踩著撩亂腳步，此時就連噠噠拐杖聲也盡顯煩躁，當他走到醫院門口前的時候，站在那裡的金氏把他給叫住。

「我們多久沒見了？」

「我還以為是誰呢，您不是漢城金氏嗎？」

由於姓金的人特別多，這個人出身自漢城，所以明國都叫他漢城金氏。他是明國在這裡初次認識的礦工，當時還帶著家人一起住在下宿房子裡。

「現在行動還方便嗎？」

「方便什麼呢？就像您現在看到的這樣罷了。」

兩人一邊站著，一邊往下俯視這座島。已經秋天了嗎？明國也感覺到今日吹在身上的風和之前有所不同。

金氏低聲說道：「那個，逃走的人還好嗎？」

「什麼意思？」

「聽說兩個雇傭礦工逃跑了，這你不知道嗎？」

「我整天就被關在醫院裡……」

「就算是李太白都會患酒病，從礦業所這邊逃走的傢伙，也會有幾個是抓不到的。」

看來傳言已經傳遍各處了。明國長長地嘆了一口氣，他自己也不懂，明明就是三個人一起出逃，怎麼傳言都說是兩個，他煩悶地看著遠方，只見北方天空那顆最亮的星星光芒正獨自閃耀著。明國一邊看著星星，一邊問金氏：「你那邊還有故鄉消息嗎？」

「哪有呢？給他們寄信，也買了些東西寄給他們，可是卻一封來信也沒有。真是叫人悶死了。」

以為只有雇傭礦工那邊才有這情形，沒想到礦業所礦工也一樣。日本本土全體都進入決戰，並開始執行「一億玉碎」（譯註：一九四五年初，二戰末期，隨著外部形勢不斷惡化，日本大本營提出「一億玉碎」的口號，號召國民都要成為「特攻隊員」，在盟軍登陸本土時，人人參與戰鬥，直至戰死）計畫，時局氛圍更加兇峻，信件的往來也中斷許久。

「那麼你好好保重身體，下次再見。」

和金氏分開以後，回到醫院的明國經過走廊時，看到在旁走動的人大吃一驚。那是一個和自己一樣拄著拐杖的年輕人，那、那個人，那個人不是禹錫嗎？明國身體晃動起來，就此跌坐在地上。

護士石田趕緊跑來，其他人也過來攙扶，大家手忙腳亂地把明國帶回病房。就在明國揮著手臂用力掙扎，並試圖回過頭時，獨自一人默默地倚靠牆壁而站的禹錫，這時把椅子拉過來坐在他的身邊。

明國的視線從禹錫的臉上移開，並喃喃自語：「又不是什麼夭死鬼……」

明國低聲問道：「你為什麼會在這裡？你怎麼會跑來這裡？」

「請您先不要說話。」

禹錫環視了一下周圍。明國則呻吟般的細聲問他：「你，怎麼，會來這裡？」

「隔牆有耳。」

明國反覆問道：「你怎麼會來這裡？」

禹錫朝明國的床上彎身，然後在他耳邊低聲講了幾句以後，乾咳了幾聲。

「我走不了。我跳下防波堤時，傷到了腳。」

明國一邊忍受著痛苦而扭動著身體，一邊看著天花板，像是痛哭般地反覆講著：「你，現在，怎麼，會來這裡？」

「好不容易才能拄著拐杖走路，但是拐杖互不合用，現在才剛換完回來呢。因為他們很晚才叫我過去。」

就在瞬間，明國眼冒怒火，咬牙切齒地問他：「那麼你到現在都跑到哪裡做什麼呢？你這傢伙！」

「我走不了，我不是說傷了腳，走不動嗎？」

「那你那段時間都在做什麼了！」

「您為什麼這麼說話？我走不動，只能趴在地上等死。」

明國的雙手整個抖動了起來。

「錦禾就快死了。」

「什麼？」

明國揮起手來，重重打了禹錫一個耳光。

「就為了你這個傢伙！就為了你這個傢伙！」

時間回到摸黑逃走的那天，才發現在那之後是一連串的偶然所串起。那時禹錫摔傷了腿，所幸只有雙腿腫脹受傷，並無其他的外傷，這也使禹錫之後能夠躲過眾人的疑心。創巨痛深的傷口苦楚襲擊了禹錫好幾天，讓他咬了好幾天的毛巾才勉力熬過，後來是宗吉帶著人來把他抬去送醫，而這也是始料未及的事情。

送醫後的第二天，背著他到醫院的宗吉，到醫院來探視他並和他道謝在坑道發生的一切，禹錫心裡不禁想著，原來世上所有事情就是這樣在運行的。當初出了主意要逼問宗吉、教訓宗吉的源頭，就是禹錫自己，再加上宗吉說志翔和自己是同一夥兒人時，禹錫還看不起宗吉這個人，也覺得找這種人來監視雇傭礦工的勞務係真是悲哀。沒想到宗吉卻記得那天的事情，並感激禹錫讓他免去提心吊膽的苦惱。

左腳無法走動的禹錫，在沒有人攙扶之下，是無法自由行動的，雖然他試圖想要從雇傭礦工的嘴裡打探關於逃亡者的消息，但無奈無法走去問他們。只要想到和他們共謀一起逃走的自己還留在島上的事實，心裡不禁覺得恐怖起來時，他就會覺得自己就像是站在逆流而來的波浪上，該來的總是會來。

他避免和任何人見面與對話，每一天就像條蛇般悄聲溜過。禹錫偶爾會想起錦禾，想著她叫喚自己、無法離開自己又拉住自己。最後她把禹錫留在防波堤上而去，就像志翔曾說過的那樣，由於她是個女子，最終就只能留在這裡。

開門而入的石川，手上拿著一個包袱。身上蓋著毛毯並趴在地上的錦禾轉過頭去看著石川。早上被拖出去的萬重，悲鳴聲好不容易才嘎然而止，以為終於可以消停一會兒，沒想到這時悲鳴聲又再度傳來。地下室裡僅有錦禾一個人。

「身體怎麼樣？」

想要爬起身的錦禾咬牙忍住痛苦，臉上皺著的表情卻藏不住她所承受的苦楚。石川走到錦禾身邊坐了下來，半摟抱地把她扶起來坐好。身體緊貼著牆壁的錦禾以腫脹的雙眼看著石川，石川打開包袱，是女孩子的衣服。

「快換上吧，這是你的衣服。」

錦禾視線滑下望著衣服，她認得這是自己的鳶尾花紋衣服。

「我去遊廓幫你帶過來的。」

錦禾不停輪流看著衣服和石川，然後氣若游絲地說：「石川先生您幫我這麼多，對您並沒有好處。有句話說寡婦幫忙鰥夫，到最後會搶走他的孩子。」

「你也真是的。我這就會出去，你快換上衣服吧。我實在很不喜歡看著你現在這個樣子。」

「不用出去了，在那裡就好。我現在手臂也伸不開來，既然要我換衣服，你不如幫幫我吧。」

石川這時不知如何是好，一臉躊躇的樣子，錦禾在他遲疑的時候，把身上的衣服脫了下來。石川把內衣褲遞給她，同時把臉轉到另一邊去。好不容易才換好內褲，用腳把那一包衣服拖了過來。石川幫忙把衣服掏出來，並對錦禾說：「真是糟糕。可別哪裡受傷太嚴重才行。」

石川一下小心翼翼地把錦禾的腿舉起來，一下抱著她把手舉起，好不容易才幫她把衣服穿上，然後幫她把掉在額頭上的頭髮往後綁起。錦禾好幾次都咬緊牙關，忍痛不叫出聲來。等到衣服都換好，且頭髮也綁好後，石川看著錦禾，努力擠出笑容來。

「現在總算有點人樣了。」

無聊的傢伙。錦禾愣著眼向石川道謝。

「總算有你之前的樣子了。」

「我以前是什麼樣子？」

「又會唱歌、又會跳舞，很豪放啊。」

「先褒後貶，你還有什麼話不敢講的？」

錦禾使勁地仰起身來靠著牆壁，石川只是無言地望著她。

「這件事，我這邊會想辦法幫你蓋過去，我想很快你就能出去了。」

「活著出去還不是回到那裡？出去以後，又有什麼不一樣？不過我欠了您這麼多人情，要是我的身體還撐得住，一定會去拜訪您一次。謝謝您，我得請您喝杯酒才行。」

石川搖搖頭，慢慢地搖了兩下。石川的姊姊小時候就被賣掉了，父親拿著賣掉姊姊的那筆錢，天天醉生夢死的，後來跟著軍隊去了滿州。

錦禾看到石川突然濕了眼眶。這男人究竟是怎麼樣的男人？當他解開被綁住手腳的我時，應該是把我從鬼門關前拉了回來吧？因為我那時意識是那麼地模糊啊。錦禾伸出血跡斑斑的手，輕輕撫摸石川的臉龐，並對他說：「你可以抱抱我嗎？」

石川一動也不動地看著錦禾。錦禾慢慢地點了點頭，示意讓他快點抱著自己。石川就像駝背的老奶奶一樣，彎下腰來擁抱著錦禾。錦禾把頭靠在他的肩膀上，並閉上雙眼。現在，我想相信石川是站在我這邊的心情，您一定不曉得吧？以後，我只想從腰背露出刀刃，把那些日本鬼子都給殺了。就我一個人死太委屈了，只要讓我活下去，讓我拖著日本鬼子一起投海了結也可以。可是，此刻我不想要那麼好強，這瞬間我相信石川是站在我這邊的。

石川收拾好她的血衣以後，便離開了拷問室。從窗外照進來的陽光陰沉沉的，靠牆而坐的錦禾只是呆呆地望著那扇狹小的窗戶。眼見午餐送了進來又被收走，時間已經到了下午，錦禾喃喃自語以後，只是無言地、哀愁地笑著。

我現在還有什麼恨呢？只要像現在這樣，只要像一直活到現在的人生那樣，繼續活下去就好了。沒錯，那樣就好了。錦禾自己安慰自己心中已沒有恨。記得那裡是哪裡來著？是新堂市場對面的小酒店吧？那時有一個上了年紀的陪酒女總是說人生沒什麼，歲月不就在南風裡玩弄黃牛睪丸裡度過了嗎？那時錦禾聽了以後，哈哈大笑地問著：「為什麼偏偏是黃牛睪丸？」

「因為他們就算拖得再長也絕不會掉下來啊。人活著不就那麼一回事嗎？傻瓜。」

大概真的是這樣吧？這世界不就是這樣嗎？我的一毛錢，可能比別人的三百兩還貴重呢。拖得再長也絕不會掉下來的，可不只黃牛睪丸而已。這時錦禾突然想起禹錫說過的話。他說心中要懷有憤怒，要對很多事情都感到厭惡，這樣才能撐下去，一定要這樣才行。錦禾對著那扇小窗，告訴自己不管怎樣，一定要先活下來才行，就像禹錫說的，心中懷抱著憤怒，然後細嚐那份憤怒的滋味並活下來，唯有這樣才行，唯有這樣才能勝過困境。

錦禾用手摸了摸嘴巴上的血痂，只要等血痂癒合以後，就會自動脫落，而我離開這裡以後，又會打起元氣，生龍活虎的。儘管如此，有石川在真是幫了大忙。錦禾一邊這麼想著，一邊站起身來。

現在已正邁向冬季，雖然日本本土說不定已成一片火海，但節氣依照天理輪流，已到訪此處。錦禾回想起火葬島所在的中之島，竹林茂盛蓊鬱地覆蓋在島上，看起來就好像是中之島戴上來竹林帽子一般。陽光乘著海浪往島上推進，並在岸邊激起陣陣浪花。聽說那裡沒有人，除了死人屍體會被帶到那裡焚燒的火葬場之外，沒有人住在那裡。此外，就只有收納這些從五湖四海來到這裡，最後葬身此處骨灰的納骨塔，還有慰靈用的幾尊石佛像。

像我這種女人，要是死在這裡，也會有幾塊骨頭被撒在那裡吧？錦禾再次蜷坐起來，並淡淡地笑著。做什麼夢？像你這種女人，誰要幫你收屍焚骨啊？

在她的心裡，她正坐在長滿青草地丘陵，背後是長滿枝枒的藤蔓，旁邊則是開著幾朵紫色的不知名小花。錦禾看著滿是痛苦回憶的那個位置。那時既開心又喜悅，那個位置，是和禹錫合而為一的位置。她從未像那樣被人緊緊擁抱過，也沒有像那樣和人袒裎相見、肌膚相親以後般的喜悅，這一身飽受人摧殘與踐踏的身體，從未像那天一樣歡愉。而她心中雖然相信著對人的情分就像龜背一樣緊緊貼在身上，卻從未在心中留下對人的思念。在她心裡誰也無法碰觸到的那一角，思念就像是一整夜下在醬缸台上的厚重積雪，深深累積著。教會她這一切的男人，讓她懂得這一切的男人，現在已經離去。

錦禾在模糊的意識中，一直努力睜開千斤重的眼皮。我得奮戰，我得去找尋，因為身為人，就該奮戰，就得去找尋。因為有尊嚴，不任意倒下，所以更要奮戰，因為不能拘束而活，所以要去尋找自由。這都是禹錫曾說過的話。可是，我們之間就像乾掉的蜻蜓翅膀，只有短暫如夢的幾日而已，我的心已是春天到來也無法長出新葉的枯木。

被釋放的錦禾，離開地下拷問室並回到遊廓的那天，是康子扶著她一起走上階梯漫長的上坡路。被勞務係叫去的遊廓老闆本田，一直低頭保證會好好問責錦禾，並把她關禁閉，同時寫下保證書，保證以後不會再發生同樣的事情，否則會負起全責。那時候，康子一邊忍著淚水，一邊拿濕毛巾把錦禾的臉擦乾淨，好幾次她都不忍直視，不停地轉過頭去。

那天晚上，躺在房間裡的錦禾，一直聽到客人拍打牆壁的吵鬧聲。聽著客人啊啊啊的嬉鬧聲，還有把毛巾綁在頭上並配合掌聲的歌唱聲，以及酒醉客人跳著駝背舞和殘疾舞的叫聲，錦禾只感覺背後不停冒出冷汗，她低下頭來，看著自己的腳掌好像在旋轉，陷入了暈眩之中。

她的耳邊仍舊是客人們的嬉鬧聲，一個火大之下，她打開房門看著院子。我的男人，禹錫啊……我們在這裡相愛了，正因為在這裡，正因為在這座島上。可是，我卻無法成為擁抱他一輩子的女人。送走他的我，那樣的我，是那麼的了不起。

這時有一個客人經過院子，正要從廁所返回房內，他在燈火照耀之下看到錦禾，醉醺醺地走了過來，站著看了她好一會兒，突然開口說出：「花子，你今天怎麼這樣！」

他見錦禾沒有回答，醉醺醺地走回房內。接著房內傳來男子大聲說話的聲音：「喂！我看到花子在那裡呢。你們要小心點呀，花子他可是個有名的女人。」

「有名？什麼有名？」

「你們去問鈴木。聽說勞務係把花子那裡捅個半天，差不多都打樁了呢。」

「呀？打樁？」

「在那裡？」

「你不要再講這些倒胃口的話了。」

走出外頭的錦禾，踉踉蹌蹌地走到了院子來。她經過門邊紅燈籠時，停下了腳步。

這叫我要怎麼活得下去？每踏出一步，心裡就好像有什麼東西坍塌摔落一樣，現在我就連等待他的女人也做不了了。就連這也失去的我，只不過是以往的我的一小塊碎片罷了。這都是因為那個男人。錦禾不停在心中呼喚著禹錫。那個男人，他到底是什麼樣的男人？他可是教會我思念的男人啊。他是第一個讓我知道想一個人是那麼傷心的男人，我現在已經懂了這一切，可是他卻不在我身邊了。

錦禾回過頭，遊廓那裡歌舞歡笑依然，夜風襲來並滲過她的衣襟，冷得她直打哆嗦。啊，沒有地方可去。要是此刻手上有酒，至少可以把酒當作同伴，就跟之前那樣像個瘋女人到處遊蕩的。錦禾微微揚起嘴角，對自己苦笑了一下。人家都說活到底，始終會走到盡頭的，我想現在就是我的盡頭了吧？現在就連傷心的感覺都沒有了。

四周一片黑暗，就連遠方大海那邊的水平線也不見蹤影。錦禾朝向那片海天交融的漆黑夜色裡大吼：你在哪裡？你在哪裡？然而，這股心聲卻未從她的喉嚨裡奔馳出來。是呀，這世間終究只是一場夢罷了，夢完了，就該醒了。她又再次在心中喊了一聲：禹錫啊，你在哪裡？

拿著酒瓶的錦禾，迎風搖曳衣角地漫步在防波堤上時，已是深夜。

「是誰？」

警備員走了過來。

「是我，你這傢伙。」

錦禾的腳步凌亂，以醉眼冷瞧警備員。

「你！你不就是那女人？」

「你這傢伙，連個招呼都不會打嗎？怎麼一看到我就這樣講話？」

警備員被錦禾的氣勢嚇得一抖，說著：「你這時間怎麼跑到這裡來了？」

「喝酒啊！」

「這裡是喝酒的地方嗎？你快點回去！快回去！」

蜷坐著並點燃香菸的錦禾，再度看著警備員。

「怎麼，你是買酒給我了嗎？廢話一堆，讓人真不舒服。你這傢伙還是過去吧！抖著你的卵蛋好好站哨吧！」

「喔喔？你喝醉了吧？唉呀，這麼一大罐酒，你全喝下去了？」

警備員看到錦禾手上的酒瓶，嚇得瞪大了眼。錦禾這時吐出長長的香菸煙霧。

「一半給海鷗喝了，一半給大海喝了，怎樣？」

警備員嘻嘻笑了出來。

「你今天又打算毀掉誰了？我可不會上你的當。聽說你就是用這招幫朝鮮人逃走的，對吧？」

「你還真清楚嘛。我今天打算幫二十個人逃走，所以你現在完了。」

呃，警備員嘴裡冒了一聲，並露出驚訝的表情。錦禾無言地鐵著一張臉，並直盯著警備員瞧，由於夜色黑暗之故，警備員並沒有看到他怒火噴射的眼神。錦禾站起身來。

「再見。」

錦禾邊低頭看著大海，邊這樣說。

「你這傢伙，好好嚥氣，和你的媳婦百年偕老吧。」

錦禾轉身離去。

「我走了。」

錦禾頭也不回地走離防波堤。

夜色落下帷幕，黑暗籠罩著這座島。再見。再見。錦禾一邊喃喃自語，一邊走著。每當晚風打在她的臉上，她就會重複同一句話：再見。每個人都有八字，也就是命運，那麼國家一定也有它的八字。五里樹就算種在十里外，依舊是五里樹，故鄉的樹木就算種在異鄉，也依舊是故鄉的樹木。錦禾這時想起禹錫說過的話。他也曾說過路還很遠，不要執著在小地方上。可是禹錫你沒想到，我就是那種會執著在小地方上的女人。我也不知道為什麼我要執著在不能成就的事情上，也不知道為什麼要執著在沒有結果的事情上，可是我知道，和你相遇的時間雖短，卻是我的彩色歲月，也是我長久以來引領期盼的日子。謝謝你，謝謝你。

啊，風裡起霧了。是霧風嗎？

錦禾的死在第二天後才被人發現。她的屍首浮在海上，是投海自盡而亡。身體被海水泡得浮腫的她，最終沒能回到她殷殷期盼回去的朝鮮，只能隨著海浪漂流在端島岸邊。早上完成輪班與點檢以後，準備離開的警備員發現浮在大海中的她，正被海浪推向防波堤的下方，呈現雙手張開且臉朝下的姿勢。被帶來島上的錦禾，屍體被水泡得全身腫脹，再加上被海浪不停往岸邊推送，途中撞擊礁岩無數次，屍首到處是傷痕累累。所幸，只有臉部完好無缺。

明國大叔。

我想您可能會問，先走的娘們難道還會留什麼話才走？可是，我也不知道是不是因為心裡空蕩蕩的，總覺得至少得留幾句話給您才行。

我想，我這輩子所受的痛苦已經夠了，哪怕是個屍體，我也想漂回朝鮮去了。大叔，我就先走一步了。大叔，我對你做了那麼多不好的事，也說了那麼多不該說的話，不知道我到底是從哪裡學來這一堆壞行為，請您大人有大量，笑著帶過，別跟我計較了。大叔，對我來說，您是個好人。您說過在故鄉有女兒吧？我真心希望您哪天回到故鄉以後，能過上幸福的日子。

禹錫和我約好一定會回來，我相信他說的話，從未有所懷疑，而且我也相信他一定會回來。您一定會問我，為什麼相信他會回來，卻還是想要死吧？

我因為相信他會回來，所以我決定尋死。雖然是個愚昧的想法，但我希望大叔您能明白我的想法。繼續這樣活下去，等到他回來時，我要怎麼站在他的面前？可是除了這樣活下去的方法以外，我已經別無他法。錦禾我能夠活得最為潔淨的一條路，就只有這條尋死之路了。我不是咬牙硬下很大的決心才尋死，我只想到他的懷中，所以我才尋死。

我已經生無可戀，多活一天也只是讓我多罵他一天罷了。大叔，我先走一步了。

我現在沒有氣力再活下去，也沒有氣力再撐下去，更沒氣力等候下去，可是我仍然相信這世上曾經美好。我先走了，希望在下輩子能和大叔再會。

錦禾的遺書是康子在準備把她送到火葬場前，最後換上的衣服裡發現的。不懂韓文的她，拿著遺書到朝鮮人出入的遊廓吉田屋去，那裡的人告訴她這封信是給明國的遺書。

於是康子帶著遺書到醫院去，明國才知道錦禾的死訊，那時已是屍體浮出過後一天的晚上。由於那時消息尚未傳到醫院來，所以明國並不知道錦禾已經去世。

「這是花子留下的遺書。聽說是給您的遺書，所以我把它帶過來給您。」

「她不叫花子。」

康子被明國的洪聲嚇到，瞪著大眼直盯著明國。

「他不是花子，是錦禾。錦禾從來就不是花子！」

一瘸一拐地走到外頭的明國，坐在通往醫院的上坡路可往下看到的板凳上，藉由朦朧的街燈燈光來讀錦禾留給他的遺書。和服衣角隨風飄揚的康子，則站在旁邊安靜地看著。

讀完遺書的明國，坐在板凳上俯視著前方大海，久久不發一語。他的臉上也不見淚水流下，就好像他早已預知這一切會發生的樣子。

「謝謝。」

他低聲輕語以後，抬起頭來看著康子，並問康子：「你了解她嗎？」

康子告訴明國，每當錦禾去醫院探病時，自己都會攔著她，叫她不要去醫院遊蕩，然後不好意思地跟明國講了聲對不起。她還告訴明國，錦禾說明國就像是自己的親戚、自己的同鄉，所以總是期待去探病。

「她說我像她的親戚嗎？」

「對，她說您就像她的哥哥。」

屍體浮出的隔天開始，錦禾的死以遊廓的朝鮮女子在酩酊大醉的狀態下失足落死，而在島內傳了開來。會如此傳言的原因，有一部分是因為當天有濃霧，也有強風的關係，另一部份則是在調查過程中，遊廓那裡說她是在酒醉的狀態下拎著酒瓶走出遊廓，而警備員也作證看到她抱著好大一瓶酒瓶，一個人走在防波堤上的關係。

事件過後，端島小學在開朝會時，校長告知全校師生在風大的日子裡，又有人走在防波堤上而失足摔死，要大家格外小心。而學校不知道錦禾是自殺，皆以為她是失足摔死，則是在礦業所和遊廓的意圖下所引導而成的結果。礦業所那裡曾特別交代學校，切勿讓孩子的嘴裡傳出不好的傳聞。

不過，錦禾其實並非一時起意而尋死，她早有所準備。在她死後，才發現她到處都留有一些意圖尋死的痕跡，遺書就是其中一項。

在錦禾的屍體要被送到中之島火葬場的那天早上，康子正思索著該幫錦禾穿上什麼衣服走最後一程，而在她的房間到處翻找時，她在烏桐木盒裡發現裡頭的和服並痛哭失聲。包在綢緞包袱裡的那件和服，是錦禾初次來到島上時所穿的衣服，當時康子還曾羨慕地問錦禾是在哪裡買到那麼好的衣服。

「前面那間店的老闆娘病了很久，過去一直是由我幫她擦洗身體的，辦完葬禮以後，也不知道怎麼一回事，老闆就給了我這套衣服。雖然我也會拿這套衣服出來穿，不過我們這行脫著衣服的時候比較多，我也不知道這套衣服到底要穿給誰看了。不是嗎？」

康子一打開烏桐木盒，就看到包著和服的包袱上頭放了錦禾留給她的信件，連折都沒有折，直接攤開在那裡。錦禾彷彿知道康子一定會幫她完成心願似的：「康子，一直以來都麻煩你了。

謝謝你一直以來都幫我那麼多，也幫我攬了一堆苦差事。我一直覺得這件衣服比較適合康子你，如果你願意收下，我會很開心的。還有，最後我有一個請求，裡面有幾個戒指，拜託你幫我賣掉，然後幫我辦個葬禮。」

最後，她留了自己的本名。漢字為錦禾。

下部

24

那天早上，江上香津代前往海邊等他家老爺子的船歸來。遠方的港口仍籠罩在一片漆黑之中。

香津代駝著腰慢慢走到海邊，清晨魚白之中，她看見了岩石後方有什麼正在蠕動著。雖然她以為是自己人老眼花，但其實不然，她看到的正是筋疲力盡倒在岸邊的志翔。

香津代沒想到竟會看到有人趴在岸邊，驚訝地連嘴巴都闔不起來，志翔望著香津代，使盡全身的力量才好不容易開口說出兩句話：「だすけでくれ、おみずくれ。（救救我，給我水）」

香津代連忙將志翔拖到沙灘上來，心裡同時忖度著：我好像看過這衣服幾次，可是那些都是屍體上頭穿著的衣服啊。那些從軍艦島脫逃出來，最後死在海上並被海水沖來這裡的屍體，身上穿的都是這種衣服。

才剛返家把漁具掛在家門前柱子上的江上老人，看到佝僂而行的妻子猛揮著手，從港口那裡走了過來。

「那、那裡有人！」

香津代上氣不接下氣地說著海岸邊較僻靜一側，有個人癱倒在岸邊，生死不明，自己實在感到太害怕，所以趕快跑來叫老爺子過去看看，江上聽了以後，不禁皺起眉頭來。

「你說他穿的是礦工衣服對吧？那麼應該就是逃跑出來的人了。」

走到岸邊的江上一眼就認出這個倒在眼前的男子是朝鮮人，他取下水壺，把裡頭剩下的一些清水倒在眼前這名男子的頭上，然後告訴香津代：「得把他帶回去才行，把他放在這裡不管，他會死的。我來把他背回去，你幫我一下。」

兩個老人把他身上又是海草、又是泥沙的衣服脫掉以後，江上老爺子燒了些熱水幫他擦身，然後幫他換上乾淨的衣服，而香津代則是去廚房熬了小米和豆子一起煮成的粥。

晨光之中，海波粼粼，兩個老人在志翔仍沉睡時出外晃了一圈，回來以後，招呼已經起床的志翔吃粥。江上老爺子如此言道：「年輕人你的體重非常輕，連我都能輕鬆背得動你，我已經能夠想像你之前的生活有多辛苦了。」

兩位不用擔心，你們是我的救命恩人，我不會置你們於危險之中的。

這時香津代心思重重，一旁的江上老爺子則把頭轉向面海一側，嘆了一聲：「背著你走回來時……我想起我們家的浩一。」

香津代默默地低下頭來。

「軍人有死之榮，無生之辱，戰敗苟活的軍人就不算是軍人了。浩一的部隊要是在哪裡戰敗……那孩子大概也會像你現在這副樣子吧？剛剛我心裡不禁這麼想呢。」

「不行，您不能這麼想。那孩子可是海軍呀！是個機師啊！」

香津代傷心欲泣。

「那個人是朝鮮人，我們孩子是日本人。」

「不就是輸贏的立場不同而已嗎？只要輸了，都是殘兵敗將，就是這樣罷了。」

濕了眼眶的香津代慢慢抬起頭來。此時，籠罩住遠方大海的濃霧把海平線都給遮蓋了起來，霧濛濛一片，讓人分不清哪裡是天空、哪裡是大海。香津代一邊擦拭眼角淚光，一邊說著：「不管什麼時候，只要您說什麼就是什麼，可是您不要拿我們的兒子和那個人相比！」

江上老爺子靜靜地看著妻子一會兒以後，一邊摸著白鬚亂竄的下巴，一邊說著：「他要是活了下來以後，自然就會去他該去的地方，我們總不能見死不救吧？」

在經歷過深夜攀爬山腳之下，白天他們望著被樹林遮蓋而無法看見的大海那頭，一直等候到晚上隱身草叢之中，不斷環顧四周並小心翼翼行動之後，他們終於逃離了那座島嶼。他們難以置信，也感到奇怪。按捺住激動的欣喜之情，他們躺在大樹底下，一邊看著天空，一邊思索這奇異的歷程。

「怎麼會這樣？防波堤上沒看到警備員巡邏，這不是很奇怪嗎？」

弼秀不解。

「禹錫是真的受傷了嗎？我不管怎麼想，都覺得很奇怪。」

為了繼續攀爬山陵，志翔一邊起身，一邊說道。

在中之島忙著把柱子與門板拆解下來的兩人，看到眼前發出細微的光線，心中為之一驚，趕緊就地趴下，並且屏息等候。那些黑暗之中閃耀出來的淡淡藍光，正是出自散落在此的人骨。

志翔的腳抽筋是發生在抱著綁有繩索之木頭渡海時。志翔從腰際抽出禹錫給他的刀子，並刺向大腿與小腿肚，然後繼續抱著木頭奮力划水。在他滑水之際，他在心中呼喚了好幾次瑞螢的名字，並無聲地哭喊：救救我，瑞螢，救救我。

好不容易離開了大海，他們繼續往山裡跑，就這麼躲在樹林裡整整一天。

就在他們的忍耐已經到了極限，心中琢磨著要到村子底的民家乞討點食物時，事故發生了。如今已記不得事情的始末，只記得在一陣凌亂的碗盤敲打聲中，傳來「小偷！有小偷！」的喊叫聲，接著在踹門聲混和著兩名男子衝出門外的聲音之中，志翔和弼秀各自逃往不同方向。

原本閉著雙眼躲在倉庫旁的志翔，看見方才追逐逃往山裡之弼秀的那兩名男子返回家中。過了好長一段時間，志翔都沒見到弼秀的蹤影，於是他往山裡走去，徘徊了好一陣子，每走幾步路就停下來聆聽四周，並仔細觀察周圍的狀況，終究還是沒能見到弼秀的身影。由於他們之前並未想過可能會面臨分離的狀況，所以也沒約定好在這種狀態下該到哪裡會合。

野母半島是由從長崎西南端延伸出去，形狀看起來很像長靴的一塊陸地。這塊長二十多公里、寬六公里的半島是一塊像是火山噴發分散出去的山岳地帶，但由於丘陵高度和緩且一直綿延出去，同時也造就了半島上頭叢林一路延伸的樣貌。在這滿是玄武岩覆蓋的半島末端，雖然地勢略顯險峻，但仍不至於讓人迷失其中。因此處氣候溫暖，每到一月就會開滿水仙花，迷人的香氣一路瀰漫到海邊冬柏花開的樹林之中。

志翔完全沒想過怎麼會發生這樣的事情，他在這裡等了又等、等了又等，始終沒能等到弼秀出現。雖然心中知道此刻該往長崎的方向行動，但他卻不曉得正確的方向，加上他原先計畫逃亡時，是規劃要跟著明國一起行動，並沒有想過一個人該怎麼辦，而且也不知悉野母半島的地理狀態。

志翔只能在白天躲身於樹林深處補眠休息，等到晚上再走進村裡的田溝中摸索，尋找食物果腹，同時藉此回想與記憶路線，趁夜深時逐步翻山越嶺，持續前進腳步。就在徘徊山林兩天之後，當志翔從睡眠中醒來時，他終於看到自己越過生死逃離的那座島，那座漂浮在大海之中、此刻正航行於夕日餘暉前頭的軍艦島。於是，在山裡打轉了這麼幾天之後，志翔再度來到正對著端島的那側山腳邊。

只知道長崎在北邊的志翔，並不知道自己已進入了狹長的野母半島裡，並且在這滿佈亞熱帶叢林的山丘西南邊徘徊了好幾天。他一心執著於要遠離海岸邊，沒想到卻還是走到當初夜間抵達的端島對岸這片海邊，而且在他再度回到原地之前，已經餓了好幾天，此時可說是筋疲力盡。

告訴自己無論如何都要活下去的志翔，此刻支撐自己的那股信念正逐漸倒塌。他用頭槌著樹木，心中不停地吶喊著「瑞螢啊，瑞螢啊」，然後失神地跌坐下來，並且發了瘋似的拔著野草，像個禽獸般的大聲痛哭。志翔想到餓死在這裡就和被抓回去打死沒有兩樣，自己的人生似乎就要虛無地結束在此，但眼下他的身體只想從這股緊迫而來的恐怖感中逃離出去。

他拖著疲累不已的身軀，在黎明之際踉蹌地走下山來，直向海岸邊前去。哪怕此時勞務係職員與被選拔成為搜索隊的礦工們成群來到眼前，他也會大聲地叫喚他們。

此刻志翔的心中，山已不是山，海也不是海，在如潮水般洶湧而來的意識中，耳邊彷彿有股聲音一直要他起身而行。瑞螢啊，瑞螢啊，他不停吶喊著妻子的名字，只是他的嘴裡卻吐不出任何聲音來。

就在志翔來到這裡四天後的傍晚。江上夫妻完成農務，從田裡走進石牆圍起的家門時，不禁停下腳步，被院子裡那堆整整齊齊的木柴為之一驚。之前才從屋後砍下夏日成長茂盛的樹木，散放在院子裡還沒能動手整理，如今已被劈成柴火並整齊地擺放在一角。

兩老定睛一看，發現不只如此，院子裡的每個角落也都被打掃得乾乾淨淨，香津代很快就察覺到這一定是他們所救之朝鮮男子所為。她和丈夫一起出外耕田時，心裡就一直好奇那個朝鮮男子在家裡都在做些什麼。

「怎麼會這樣？是誰准他擅自做這些事了？」

走進家裡的江上老人把房門打開，並高聲喊道。

「在哪裡？在哪裡？」

江上來回穿梭家裡四處。

「唉，你怎麼大聲亂喊呢！」

「該不會偷了食物逃走了吧？」

香津代走出廚房後，低聲喃喃自語。

「連廚房裡的碗筷都洗好了。」

香津代一臉泰然。

「既然都要做這些事情了，怎麼不乾脆連晚飯也順便煮一煮呢？也對，聽說他們朝鮮男人不下廚的……」

那時，走回院子來的志翔向兩老深深鞠躬致意，他的雙手提了用木材做成的水桶。江上老人此時低聲怒道：「朝鮮人難道不知道貪小失大這句話嗎？」

志翔的水桶裡正蕩漾著清水。

「你做這些事情時，要是被人看到該怎麼辦？外面可是有人等著捕捉你，你難道不知道嗎？怎麼傻傻地去劈柴提水！」

隔天深夜，江上夫妻泡了一壺女兒從長崎送過來的綠茶，然後斟了一杯拿給志翔。那是近來已不多見的茶，志翔握緊茶杯坐了下來。當三人無語時，只有海浪聲徘徊在三人之間。志翔拍了拍塌塌米，隨意地坐在上頭。

「我小時候是在大阪長大的，那裡除了大阪人以外，也有長崎人和白俄羅斯人。當然，那裡也有朝鮮人，大家都是朋友。」

江上老人看著志翔說道。

「所以，在我的成長過程中，不曾輕視或輕蔑過朝鮮人。在大正十二年的時候，關東發生了大地震，那時起才開始發生大規模歧視朝鮮人的情形。在我小的時候，可沒發生過那種事呢！」

香津代繼續往志翔的茶杯裡倒茶。江上老人放低聲音，笑臉靠近志翔。

「託朝鮮人的福，我吃過狗肉唷。」

志翔點了點頭。

「我們家隔壁住了朝鮮人，那一戶人家的孩子和我是朋友，有一天我在他們家吃了一種很好吃的肉，後來才知道那是狗肉，那時真是嚇死我了。後來某一天，我媽媽讓我請那戶人家一起來用餐，那時我媽媽也招待他們吃肉，結果那次是他們第一次吃到鯨魚肉，他們也嚇了一跳。朝鮮大概沒有鯨魚肉吧？」

「這也是我第一次聽到鯨魚肉。我以前住在山邊，幾乎沒吃過什麼魚肉呢。」

這時志翔想起小時候越過大關嶺和寒溪嶺才得以見識到的大海，還有境內只有蝦醬才能稱上海味的故鄉春川。他想起那時只有在冬天才能吃到魷魚和明太魚，可是那些魚味都是鹽巴醃過的鹹嘴乾貨與鹹魚。

三人靜了下來。海浪聲再度穿梭在他們之間，還交雜了幾聲鳥叫聲。志翔這時提出問題，打破了久久的沉默。

「長崎離這裡遠嗎？」

「你為什麼問這個呢？」

「要是想找到工作，看來不管怎樣都得到那裡才行吧？我來到日本以後，馬上就被關在那座島裡，對這一帶都不熟悉，也不知道現在外頭到底發生了什麼事情。就連故鄉的來信，也只收到一封而已。」

「你想回故鄉嗎？」

「如果不是太困難……」

坐在一旁的香津代這時開了口。

「這時，如果林先生在就好了。」

「他是一個好人，也幫了朝鮮人不少忙。」

香津代轉過頭看著志翔。

「那位林先生是村子裡神社的神主，幫過不少逃離礦區的朝鮮人。」

林先生曾在早上供養神社人員用膳處聽到地板下面傳來奇怪聲響，掀開地板一看，原來是五、六個從礦區逃出來的朝鮮人藏身裡頭。林先生只是輕聲往地板下說：「你們快出來吧，這裡有飯可以給你們吃，不要擔心。」

那時局勢緊張，林先生所為要是被別人知道，必定會被認定為國賊犯行，而從礦區而來的職員們，也一路追趕到村子裡來，並挨家挨戶囑咐若看到任何可疑的朝鮮人，務必和他們聯絡。

江上捋了捋他那一頭短髮，才終於開口：「不知道你覺得這樣如何？不如你去長崎投靠我女兒那裡好了？我的女婿就在造船所工作，說不定能幫上你的忙。你要去那裡試試看嗎？」

志翔靜靜地看著江上老人的雙眼，他的心裡掙扎著：「我現在已經不相信日本人了，可是這位說要幫我的老人家卻是日本人。」志翔不知該如何回答好，垂著頭看著塌塌米地板好一會兒，然後下定決心：就相信他吧！

難不成會遇到比在軍艦島上更難過的狀況嗎？

「長崎造船所是製作三菱軍艦的地方，聽說那裡有許多朝鮮人。你的日本話講這麼好，雖然不管到哪裡都不用太擔心，不過再怎麼說，還是朝鮮人多的地方比較好吧？」

香津代也開口說道：「這麼一說，我想起來了。秋子以前說過，工廠裡需要會說流利日本話的朝鮮人，她說剛來日本的朝鮮人不會說日本話，所以需要訓練。」

江上老人又倒了一杯茶給志翔，並且問他：「你要去試試看嗎？」

志翔驚訝地抬起頭來。

「我嗎？教朝鮮人說日本話嗎？」

「你怎麼這個表情？」

志翔用雙手搓了搓自己的臉。

「我們這兩個老人是這麼想的，去那裡教朝鮮人說日本話是對你這種狀況下最好的方法，雖然我們也不知道這件事能不能談成。」

志翔沒直接給出回應，但連忙向兩人道謝。

「總之謝謝你們，謝謝你們為我如此設想。」

香津代瞇起眼看著志翔，臉上露出淺淺的笑容。早在他們和志翔提起這個建議之前，江上就已經先和人在長崎的女兒秋子打過照面，商量志翔的事情了。秋子那時可露出無奈的表情和江上小小地抱怨了一下：爸爸，您也真是的！又是為了朝鮮人的事情而來找我嗎？我這邊是可以去幫忙說說看，可是爸爸您別再老是為了別人的事情來找我了。

幾天之後。志翔搖搖晃晃地抱膝坐在江上老人駕駛的卡車上，心裡想著得先找到棲身之處才行。他伸手進入口袋，不停摸著那張寫有三菱重工業長崎造船所與中田秋子住所地址的紙條，努力堅定自己的決心。

正所謂吉人自有天相，不管現在要去哪裡，只要是能讓我發揮所長的地方就好。雖然之前在端島就是在三菱的礦業所工作，這次又要進入三菱的造船所讓人有點介懷，不過現下也沒有其他條路可走。

三菱這個巨大企業所處的長崎，可說是靠著三菱這家企業所養活的城鎮，用日本話來說就是じょうかまち（城下町），不過志翔並不知道這一點。

三菱財閥與日本政府的掛勾可追溯到西元一八七四年的「佐賀之亂」。當時提出征韓一案，但隨即就被擠出權力核心的政客們，被統稱為武士團，這群武士團黨員在歸鄉以後，其中一人便在自己的家鄉佐賀發動士族反亂，也就是俗稱的佐賀之亂。當時三菱商會火速地動員兩艘船隻，並承攬住載送政府軍之任務，以壓制反叛軍的力量，結果三菱商會藉此得到了政府莫大的信任，並開始和政府產生掛勾。

之後在無數大小內亂之中，三菱商會皆扮演了支援政府軍取勝的基石，於是在一八七六年的一月獲得政府的特別指令，也就是作為應對江華島條約之簽訂的戰爭後援。當時包括隸屬於三菱商會的東海丸汽船在內，三菱商會共出動十二艘汽船載運了四千六百名陸軍、六百名海軍與二百零九匹軍馬。為了締結江華島條約，黑田全權大使率領了六艘軍艦開往江華島，這是為了防止朝鮮人拒簽條約或產生抗爭，所安排的一種武力鎮壓手段腹案。

在依照政府指令之下，三菱商會載運了三千名的士兵到對馬市集結，並在該處觀察事態的走向，沒想到與事先預想的狀況不同，最後在毫未出動軍隊的狀態下就完成了江華島條約的簽訂，而三菱的軍需運送體制也於三月底解散。

原本只是為了壓制朝鮮而運送軍隊到對馬市集結的這一連串過程，結果卻變成了三菱商會與政府掛鉤的開始，同時也成為三菱這個企業體成長的契機。三菱在緊密協助政府的過程中，得以獨佔軍需品輸送的事業，並伴隨著戰爭局勢同步成長，從海運、造船、重工業開始，一路發展到高島與端島的礦業。三菱在政府的庇蔭之下，於極短的期間內就成為一大財閥。

接過江上老人那張上頭寫有自己女兒住所的紙條時，志翔不知該如何表達感激之意，只好笑著稱讚筆跡漂亮好看，行書體就像行雲流水般瀟灑。這時江上老人才告訴他，其實自己早已經先和住在長崎的女兒和女婿商量過他的事情。

「這世間太險惡了，所以我已經先去打了照會。不過我也不知道那邊能不能順利安排你到造船所工作，總之你心裡先有個底吧。我的女兒白天也會出門工作，家裡沒人在，所以你傍晚再過去吧。」

江上握住志翔的手。

「我也只能幫你到這裡了。」

志翔向江上老人深深地鞠躬致意。

「感激之情難以言謝。這份大恩大德不知今生能否報答，謝謝您。」

「將來天下太平，有緣會再見面的。」

站在江上老人身邊的香津代並未開口，只是在一旁微笑著。

卡車來往穿梭山腳與海邊，越是遠離那片籠罩在煙霧之中的大海，這裡的原野就顯得更加秋意盎然。經過正在曬稻的農田時，志翔只覺得有許多東西正在他心口上一刀一刀地畫下。他不知重返家鄉的希望是否如昔，更不知為了回去見他那個尚未看過的兒子，自己下了多大的決心一定要活著回去。

來到日本以後，他告訴自己只要窗外正在下雨，那麼故鄉那裡也一定正在下雨，抬頭看著星空時，故鄉家人也一定看著同一顆星星，藉此作為心裡的慰藉。唯有告訴自己祖國的星星和日本的星星是同樣一顆，那麼此刻身處異鄉的自己才能和照耀故鄉的陽光有所連結。

失去祖國的歲月已三十餘載，在失去祖國後所生下的孩子，日後長大成人也會為人父，並孕育出後代。我們恰好就是那些在失去祖國後所生下的孩子，雖然我被強行帶來了日本，但仍舊是那群孩子們中的其中一個。

「可是，我和別人卻有些不同。」志翔反覆念著那個貼在他身上、眾人鄙視的標籤：親日派。他不曉得父親是否知道自己都做了些什麼事，他只知道父親一定會說為了生存、為了過更好的日子，所以選擇親日這條路，也因此家裡才能過得安泰，並累積不少財產，可是這樣的抉擇卻遺失了很重要的一點。

志翔兩手捧著臉。正義與芳鄰，是父親人生中所欠缺的，凡事不講求仁義，也沒有可以分享一切的鄰居。碾米廠是村子裡的一個象徵，代表著與日本高層勾結串通來的財富，而少數能過上安樂日子的人周圍，盡是過著赤貧且被掠壓生活的鄰居。一個民族正被人連根拔起，父親卻去協助拔根者，盡力滿足他們所需，那樣做是絕對無法把他個人的發達與繁榮轉化成家族的安樂，而且也不該用這種手段來換取家族的安逸。這不能以為了生存當作藉口，而藉口也無法包庇所有的不義。當初為了被人告發到日本巡查那裡，差點就要被抓走而毀掉人生的自己，父親動員了一些人為我安排去處，如今就算我能平安回家，也絕對無法與父親站在相同陣線了。

志翔這時突然想起禹錫曾說過的話。

「碾米廠的少爺也會被徵召？」

「雖然這不是我第一次聽到人家這麼說了，可是你這嘴巴還真是賤嘴。」

「我說的有那麼過分嗎？」

「就算你有三寸不爛之舌，也不能隨便拿人說嘴吧？碾米廠家的孩子一樣要碾米過活，又不壓迫其他人。」

那時志翔對同是同胞的禹錫這番話感到憤恨不已。不知禹錫他現在怎麼樣了？志翔懷抱著混亂的心思想起禹錫。

卡車一路顛簸而行，泥土濺滿了車身。志翔從口袋裡掏出手帕來掩面，這條已經老舊的手帕正是當初瑞螢繡上鶴鳥以後，讓他帶在身邊的手帕。在端島的那段期間，志翔總是小心翼翼地清洗這條手帕，並隨時帶在身邊，此刻他仍一如往常，將這條清洗得乾乾淨淨的手帕仔細折好，並放入自己的口袋。

在收到告知孩子出世消息的信件以後，志翔又收到一封來自故鄉的家書，那也是他最後一次收到的信件。

25

「人家說事情不順時，怪事也會特別多，最近到底怎麼了？」

礦工們吱吱喳喳地談論。

「那個，聽說林東雲他因為濕疹而自殺了？」

「你覺得那像話嗎？我看應該是把死掉的傢伙搬到礦坑偽裝成自殺的樣子才對。」

「據說是罣丸長濕疹，受不了那痛苦才自殺的。我去打聽過了。」

總是有人愛去關心別人的閒事。大夥兒們這時最感興趣的就是東雲的罣丸。

「再怎麼命中帶衰，怎會偏偏是罣丸發生這種慘狀呢！」

「所以說啊，衰鬼就算被雷打到，都會是趴在地上躲避時被打到。」

必須在惱人熱氣中，冒著煤礦粉瀰漫而工作的他們，幾乎人人都罹患上眼疾或皮膚病。由於煤礦粉跑入眼睛裡頭以後，多半脫離不了針眼等各種眼疾，再加上忍受要在熱氣逼人的高溫環境下工作，雇傭礦工們多穿著只遮住下體的簡便衣物，皮膚也會因此產生各種炎症，叫這些礦工們苦不堪言。而事情，就是在這麼惡劣的狀態下爆發開來的。

向來以高壓管控而惡名昭彰的志村，是負責掌管中國俘虜業務的人員，原本和雇傭礦工們幾乎不會有任何往來，但某日他在大白天喝個爛醉，結果闖入了雇傭礦工們的宿舍，偏偏那天東雲因為罣丸發炎腫脹潰爛，人在宿舍休息，沒有辦法去礦坑工作。

「給我看看，總是要給我看過才知道要不要把你送到醫院診治吧！快脫掉你的褲子給我看看！」

酒醉的志村硬是說東雲裝病，把他的褲子給脫了。罣丸的日本話叫做きんたま（金玉），其義一如字面為

金珠，志村盯著東雲的睪丸瞧了一會兒，瞠目結舌地大喊出來：「哇！這きんたま好大！我還是第一次看到這麼大的きんたま！」

由於東雲的睪丸正處於皮膚疾患之中，所以腫得就和拳頭一樣大。

「睪丸腫得這麼大，這樣能趴著嗎？你趴看看吧，我來幫你治療治療。」

志村掏出他隨身攜帶的小刀，那是一把要把把手往兩側掰開，才能讓刀刃攤開來的小刀。

志村趁著酒氣拿刀子把玩了東雲的睪丸，結果一不小心割傷了他的睪丸，頓時鮮血汩汩流出，東雲因此而失去意識，志村連忙拿刀子把坐墊割開，取出裡頭的棉花來塞住東雲的睪丸，然後快速跑到別的房間去，造成這麼荒唐的事件。

而擴大這起事件的也是志村。志村認為失去意識的林東雲已經死亡，所以帶了幾名日本礦工來把東雲背到礦坑裡，然後用煤礦掩埋東雲，偽裝成東雲自殺的樣子。

「不是說瓷器商人就要用四倍償還，陶器商人就要用五倍償還？像他們這些日本鬼子，就該好好教訓他們，叫他們用七倍償還！」

「再凶暴的馬匹最後也是會聽命於韁繩之下，就給他們小小顏色看吧。」

「小小顏色個鬼！難道你不知道也有些馬匹就是討打嗎？現在這些日本鬼子們擺明活脫不要臉，該給他們好看的時候，就該好好教訓一番才行！」

「是說啊，不只林東雲，那個死掉的朝鮮遊廓女子，死因也是疑點重重呀！你們不覺得她的死因太可疑了嗎？什麼被風吹到海裡？那邊的女孩子們也是懂不少事情的人，怎麼可能會那麼輕易落水而亡？」

「沒錯，那真的太奇怪了！說不定他是被誰殺了，然後被丟到海裡呢？」

風向越來越奇怪。信哲滴咕著怎麼都沒想到那些事情，然後就自顧自地歪著頭開始思索。那應該是得罪到了誰吧？要是我們被叫去礦業所會談，那肯定是得罪到了日本人。被那些日本鬼子強行帶來這裡的我們，和那個受盡踐踏與委屈，然後落海而死的女子又有什麼不同？種種的一切在這時交織在一起，點燃了眾人心中的怒火。

沒給我們半點薪水，這像話嗎！當信哲這麼吶喊時，大家只是轉過頭去，早已不抱任何期望，甚至取笑他去和日方抗議不過是以卵擊石，在現在這種戰爭時候，既然日方已經幫大家做好儲金並發給債券，又何必嚷嚷著要拿薪水。朝鮮人明明死於坑道坍方，怎麼可以處理成病歿！當信哲希望大家能一同起來抗爭時，大夥兒只是長聲嘆氣，告訴他這世上並非一切都永恆光明，大家知道也好、不知道也罷，只能自己騙自己，才能安穩度日。

信哲原以為大夥兒仍會像以前一樣不為所動，沒想到深切的同胞愛卻打破了他們心中的無力感與絕望感。這就是所謂的革命意識花開了吧？信哲自己也深感驚訝。

有誰會因為自己的睪丸腫起而自殺？我們的同胞可是被殺了以後，被人家抬去埋起來滅證！遊廓的朝鮮女子肯定也是被人殺了以後，才被棄屍在大海裡的。死得那麼悽慘的林東雲也好，或是那個女子也罷，他們身上流的血和我們都一樣，是我們的同胞啊！不過，這些事情後來就像梅雨季節燒火暖火土房地板時，那冒出的一縷縷麥梗煙霧般傳了出去。只是，在眾人口耳相傳之下，傳言變形得厲害，沒有人知道究竟是從哪裡傳出那些訊息的。

流言一變再變。遊廓女子的死因，傳到後來變成朝鮮女子不堪礦業所的嚴刑拷問而死，於是被日方棄屍大海，偽裝成被風吹落並墜海而死。眾人嗤之以鼻，笑言已經是成年女子，與其說她被風吹落墜海而死，倒不如說她是投海自盡還比較有故事性。於是在這個傳言的架構之下，後續又有人加油添料，說那名女子是在兩名礦工逃亡當晚，與看守防波堤的警備員飲酒作樂，為的就是掩護那兩名逃亡者，才會犧牲自己的身體來誘惑那名警備員。看吧！就連青樓女子也有至高的同胞愛，不愧是我們朝鮮人！不過，也有人說不是女子去找警備員喝酒，而是女子把警備員帶到遊廓一同睡了一晚，成功將他支開防波堤。

原本林東雲的荒唐死因，就已點燃眾人心中的怒火，此刻加上錦禾誘惑警備員，以幫助逃亡者的悲涼哀切，更是把大夥兒的怒火燒得旺盛。這種事情有可能發生嗎？真不知我們朝鮮人到底還要被欺凌到何時。礦坑裡的各種不滿，在積怨已久之後，終於爆發開來。雇傭礦工們憤恨地說非要宰了幾個傢伙才行，在他們之間揚起的憤怒浪潮，最後結合了一直以來壓迫自己的絕望感，像條蚯蚓蠕動般地四處擴散開來。

傍晚時，食堂裡一陣騷動。食堂的一側，不少人正在準備罷工時要帶在身上的鶴嘴鋤與棍棒，並且討論在重要之際，該由誰來先聲制人。他們都認為礦業所那裡必定會帶人攻打過來，並把主謀者帶走，要是一開始氣勢就輸人家，那麼計畫就無法成功。

可是，食堂另一邊卻出現了不同的聲音。

「當初那些因為坍方而死的人，死因被變造處理成肺結核時，你們這些話也不敢吭一聲的溫順傢伙，為什麼事到如今才要作亂？」

「沒錯，那時你們就不是朝鮮人了嗎？今天你們就算嘴巴歪，話也要給我說清楚。」

此時，後頭有人走出門外。是千植。千植近來被大家鎖定為應該抓起來，並中斷他與礦業所有所聯絡往來的其中一名可疑對象，他裝作不知道此事，心中急著想快點去勞務係通風報信。

「我的意思是，先抓幾個日本鬼子來，然後把他們脫個精光，要不然這樣事情難以成功。」

「就算把他們的外皮剝掉，心裡也不夠暢快呢！就只把他們衣服脫光嗎？」

大夥兒聚在一起，你一言我一語地討論途中，日周突然這麼說：「蛇無頭不走，不管做什麼都要有人帶頭才行，難道每個人都要當領頭大將嗎？」

信哲進入食堂以後，便到處晃啊晃地要找禹錫。這時日周挨近信哲身邊：「喂，別太急躁了，這事不能太躁進。」

「總之，事情已經起了頭，就訂在明天早上。」

他態度堅決。

「在那之前，大家都小心秘密進行才行。等到早上開始叫號點名時，馬上就進入罷工抗爭。」

日周點了點頭，然後往外看了一下：「不過禹錫這小子跑哪兒去了？」

是我殺的。那女人，是我殺的。禹錫抱著包有骨灰罈的包裹，難過地望向遠方大海。眼前那片海漆黑無涯，而禹錫的心中卻是浪濤洶湧。明國將骨灰罈交給禹錫時，曾這麼說過：「錦禾啊，人生這條路有平坦也會有崎嶇，怎麼你就過得這麼坎坷呢？真可憐。」

錦禾火化後的遺骨沒人認領這件事，還是明國從康子那裡聽到的。康子前來找明國時，康子告訴他錦禾身後留了一筆錢。她問明國是否可拿這筆錢把錦禾供奉在薦福寺裡，一邊說著還一邊頻頻拭淚。

我要認領，我要領走她的遺骨，看是要把遺骨帶回朝鮮還是怎樣都可以。明國出面表示要認領遺骨，由於他是錦禾遺書託付之人，所以沒經什麼刁難，便順利領走她的遺骨。

明國領回遺骨後，把遺骨交給禹錫，並告訴他：「看你要供奉在廟裡，還是要把骨灰撒入大海裡……總之，我覺得你低調處理這件事比較好，這也是為了錦禾好。」

禹錫接過裝有骨灰罈之包裹，雙手抖動不已。這女人是我殺的。禹錫強忍心中的悲哀與憤怒。他後來才知道，原來就在他們翻越防波堤出逃那天，錦禾為了幫助他順利逃亡，故意帶著酒到防波堤去找警備員，拖住他不讓他出來巡邏。

朝鮮，究竟故鄉裡有什麼讓人這麼魂縈夢牽？禹錫走到防波堤尾端，輕輕地打開骨灰罈。他抓起一把骨灰，往狂浪怒濤中投擲出去，雖然骨灰掉落在防波堤邊的碎浪之中，然而此刻禹錫的眼裡什麼也看不到。錦禾啊，雖然我也想祭你一杯酒，可是想想還是作罷，我怕最後我會醉的不省人事，要是我醉了，要怎麼送你這一程？

禹錫再次將骨灰往空中撒去，此刻他的眼眶裡滿是淚水。錦禾啊，你就想在世時已經喝夠了，至少在黃泉路上，能夠保持清醒，一路好走。你懂我的心意吧？你知道我不希望你在最後這一路是酩酊而去的吧？

禹錫顫動著雙唇，往防波堤尾端向前走了一步。他一把一把抓起骨灰，朝空中揮灑，讓骨灰灑落到海裡隨波浪而去。

「去吧！回去朝鮮吧！」

禹錫難過低語，淚水則滑過他的臉龐，泣然而下。你看到那下面了嗎？冬柏花。可以摘一朵給我嗎……我說那叫冬柏花，就叫冬柏花。我說那是冬柏花，那就是冬柏花。錦禾說過的一言一語，正在禹錫的腦海裡爬動著。

錦禾的一塊骨頭從海鷗旁邊飛過，掉入漆黑大海。錦禾曾說自己不要和人產生情分，一旦和人產生情分，就像是收留了小偷，結果小偷把東西都偷走，並連夜逃離。禹錫再次朝空中撒出一小塊骨頭，並在心中無言地痛哭：錦禾啊，那麼你為什麼要留情於我？你說得沒錯，我把你的心都偷走了。

禹錫每從骨灰罈裡拿出一片骨頭，淚水便汩汩而下，並無聲地哭泣。我到底都跟你說了什麼？我說這一走就當作是和你一起走，要是我死了，那麼你也就死了，錦禾啊，我怎麼會和你說出那些話？是因為這樣，所以我沒能離開，而你卻死在這裡，永遠離我而去嗎？

禹錫顫抖著肩膀，這時才慢慢地哭出聲來。陰鬱的情緒中，錦禾最後說過的話又浮現了出來。

我不會忘記你愛過我的。

大鼓才能發出巨大聲響，大樹才能蓋大房。我的人生雖然如此，但你一定要過上和我不一樣的人生。

我會記得你是個人飢己飢、人溺己溺的男子漢，我絕不會忘記的。

禹錫站起身來，把手上抓著的骨頭往漆黑空中丟出。

我啊，很像是處境不妙的枝頭鳥吧？沒關係，我已經歷過人生風雨。錦禾啊，我怎會去做不符合我該做的事情呢？就算是為了你，我也絕不會那麼做的。

最後，禹錫把只剩一點骨灰的小骨灰罈丟了出去，只見骨灰罈就像烏雲密布之中，微微露出面影的月亮，轉瞬間消失在夜空之中。錦禾啊，雖然眾水終將入海，但你在海裡打轉幾圈後，就往陸地去吧。去吧！海的那頭必有朝鮮所在之處，你就放心地去吧，日後我必將追隨你而去。

禹錫的手掌裡，抓著一塊大約錦禾手指般大小的骨頭。我會把這塊骨頭帶在身邊，他日就帶著這塊骨頭一起回朝鮮，等我們回去的那天，我會把這塊骨頭埋在我那邊。含恨的身軀就在含恨的那塊土地上相會吧。

禹錫站在防波堤上，默默地看著那片漆黑的大海。現在他已停止哭泣，然後把那塊骨頭放入口袋深處。禹錫告訴自己：明天開始以後，我要按照我的意志行動。

「唉呀，你到底是去哪裡了？沒看見你，大家都很擔心。」

在德裝作一點也不緊張沒看到禹錫的樣子。禹錫聽了只是點了個頭，並未回應他，接著就把大夥兒招喚到角落一隅。眾人紛紛起身湊了過去，禹錫便從口袋裡掏出一張紙來，並攤開在塌塌米上頭。那張紙上面記載了他和信哲絞盡腦汁擬定出來的幾個計畫。

大夥兒聽了他的講解以後，每個人都大驚失色。那是他們從未想過的計畫。在德聽得瞠目結舌，嘴巴都閉不起來，日周則是低頭沉思。萬重默默無語，不知該說些什麼好，而年紀小的成植則是驚訝地閃著雙眼，並往前走近坐了下來。說明的途中，信哲和禹錫在空中交換了好幾次眼神。過了一會兒，大夥兒紛紛搶著發言。

「那麼多人？」

「這樣的話，那又是另一回事了！」

「如果要那麼做，那我寧願留在這裡。」

「再怎麼計畫逃亡，你也得想想，那麼多人到了陸地上，哪有地方能一口氣容納這麼多人躲藏？」

禹錫舉起手在空中畫了下來。

「這並非強迫大家，也不是要選拔誰來進行。只是希望能幫助逃亡者而已。」

罷工與靜坐抗議，以及誰都能預測到與礦業所間的衝突，其實只是為了幫助逃亡者出逃的表象。在他的計畫中，是以每五個人為一小組，然後一次以數組來執行這個逃亡計畫。若是三組人馬，也就是十五個人，十五個人成群到船舶場突襲奪走船隻並不成問題。在德心中雖這麼想，但仍然搖了搖頭。他認為以這樣的人數來進行逃亡，必須要有領導者才行，然而禹錫的計畫中並沒有負責這項工作的人。

禹錫緊咬著雙唇，然後看著信哲。這時信哲嚴肅地說：「留在這裡的人會在這裡進行徹底的抗爭，一旦擬定好計畫就會執行到底。至於在抗爭掩護之下逃亡的人，就要小心行動，不管哪一邊都是賭上自己的性命。要怎麼做，由你們自己選擇。只是，你們也很清楚，要是逃亡的人數越多，則風險就越高。」

禹錫接著繼續說明他的構想：由於事情也有可能無法盡如預想中順利，所以最好打從一開始就要給礦業所施加莫大壓力。罷工示威前線會開出幾個大的要求條件，並且逼迫對方同意讓步幾個小地方。正所謂狗急跳牆，人急懸樑，我們得把礦業所越逼越緊，讓他們屈於壓力之下，開啟出能讓我們人馬出逃的退路。至於施壓礦業所的部分，我希望朴日周和南在德來幫忙進行。

在罷工開始的同時，必須要把礦業所埋伏在我們這邊的奸細抓出來，並且斷掉他們和礦業所之間的聯絡。只要我們這邊能阻擋情報外流，對礦業所來說，就算是一大打擊。這事最好能由力量大的張學哲和楊畢容來負責，然後找幾個人一同進行。

暴力是必須的。我們需要放點火，並毀壞部分物品，製造一些動亂。只有提升士氣，這樣所有礦工才能團結合一，並讓事態擴大。

禹錫抬起頭來，並仔細盯著大夥兒瞧。

「最重要的就是勞務係的聯絡事務所建築。我們得神不知鬼不覺地發動奇襲，並佔領那棟建築。」

「聯絡事務所？既然要發動襲擊，那就該拿下綜合事務所啊，為什麼是聯絡事務所？」

信哲回答：「沒錯，你沒聽錯。我們要襲擊的地方是聯絡事務所。」

他所提到的勞務係聯絡事務所並非位於端島南側的綜合事務所裡的勞務係辦公室。當時因庫頁島那裡被帶來的二重雇傭者人數日益增加，礦業所在第二十號公寓地下又騰出了其他宿舍來，而他們也另外弄出一間辦公室來，提供給只掌管朝鮮雇傭礦工的勞務係使用。那間辦公室就在位處兩間雇傭礦工宿舍的中央地帶、日給礦工居住的第十七號公寓前方，門口還掛了塊寫有勞務係聯絡事務所的木製招牌。

在軍部不停要求增礦的同時，那間辦公室也提供派遣來島上的軍人及警備員們，作為休息處所與事務聯絡處。禹錫與信哲之所以決定佔領離雇傭礦工宿舍較近的聯絡事務所，就是看中那裡平常聚集較多的有力人士。雖然佔領綜合事務所能夠癱瘓掉礦業所整體，並取得較強氣勢，但那裡與雇傭礦工們的宿舍分別在一東一西，彼此相隔太遠，要是一個不小心，人數較少且較靠近綜合事務所的雇傭礦工們，反而有可能會被孤立起來，要是礦業所方截斷兩端，並擋住中間的通道，這樣彼此就無法進行連絡了。不過勞務係聯絡事務所和他們的宿舍之間，有一座小山丘，那裡離日本礦工及包商居住的公寓很近。

一開始必須先聲奪人。大夥兒都點頭認同在將近黎明之際，得先拿下聯絡事務所並靜坐示威的計畫。

「那部分由我來負責。我會趁一大清早只有夜間輪班者走動時發動突襲。」

這部分已說好由信哲來發動。就在計畫講解快說明完畢時，在德搔著頭說：「你和我還有日周行動時，要不要加入萬重？他的力量可不小。我覺得有萬重的話，應該能夠順利行動才對。不過，萬重跑哪兒去了？」

禹錫搖搖手，阻止在德繼續說下去。

「這次的行動會排除掉萬重。」

大夥兒疑惑地看著禹錫。

「在德說得對，像萬重這麼適合執行這些任務的人可不多，而且他人又正直可靠，大家當然不能理解為什麼要排除掉他。」

禹錫環視眾人並繼續說道：「上次他被抓去拷問，身體狀況已經嚴重受損，加上他們家又是三代單傳，所以我把萬重排除在這個任務之外。」

這是個可能受傷，也可能引爆更大狀況的事件，對於把三代獨子的萬眾排除在任務之外，大夥兒正色嚴肅了起來。禹錫認為最後還有一件事情必須和大家討論，於是他先環顧眾人，然後開口說道：「最後還有一件重要的事情。我們自己人當然可以這樣聚集在一起討論，但是和礦業所那邊談判時，需要有人做代表。不知道誰比較適合負責這項任務？得有個人擔任代表才行。」

「就你了啊！」

禹錫搖頭否定掉日周的意見。

「不，我不適合。我是希望由信哲辛苦一點，來負責這項任務，大夥兒覺得如何？還有，成植就負責跟在信哲身邊，作為囑咐各種聯絡事項的助理。」

眾人直到清晨才討論完畢。走出房外透氣的學哲，在回到房間以後，跑到角落說出他藏在心中的秘密。

「是炸藥。」

信哲驚訝地看著學哲。

「你拿著這個要做什麼？」

「礦業所那群傢伙們，敢衝過來就試試看。到時候我就點燃這個炸藥和他們同歸於盡。」

「那個，張兄，就是為了讓大家都能活下去，我們才要行動的。你現在這是想殺誰嗎？」

學哲在被子後面藏了一些炸藥，並滴咕著：「你以為我不知道嗎？這都是為了有備無患。」

「朝鮮人作亂了，那些雇傭礦工們鬧事了，這下不好了。」上班出勤的日本人們都在談論著勞務係辦公室被佔領的事情。明國對雇傭礦工們的行動發想感到驚訝，也很好奇究竟是誰主使這起事件，不過當他聽到這消息的那一刻，卻是先擔憂起來。他擔心在事件平定之後，日方絕對不可能放過主謀者們，如此一來，又不知道要有多少人受到傷害。

明國走到醫院門口，並遠眺那條通往雇傭礦工宿舍的十字路口，只見行人稀稀疏疏，也沒感覺到他們有什麼異狀。遠方晴海蔚藍，防波堤邊只有一些白色碎浪，一切風平浪靜，就連天氣都不是普通的晴朗。「你們這些傢伙，還真挑對日子了。」

據說不只勞務係辦公室被佔領，就連宿舍前方都有雇傭礦工拿個棍棒和鶴嘴鋤看守。明國輕輕點頭：很好，就連死灰都會復燃，又何況是人呢？只求老天爺，千萬不要讓他們無功而返。

明國拄著拐杖，想到錦禾之死是這次雇傭礦工發難的原因之一，不禁感到心痛。沒想到那孩子辛苦活了一輩子，然後又那麼淒涼地死去，身故之後，又成為眾人口中的談論的話題。結果，多活一天也只是多侮辱那男人一天罷了。明國想起錦禾，只能無奈強忍悲傷：世事難料，沒想到你居然成了點燃他們發動抗爭的火種，你可曾想過事情竟會是如此嗎？

罷工的第一天異常平靜。以信哲為首，一舉佔領勞務係員出入之聯絡事務所的雇傭礦工們，把辦公室裡的器物都拿出來堵住通道，大張旗鼓製造聲勢，後面則埋伏了手持棍棒與鶴嘴鋤的其他雇傭礦工，以防止警備員們攻擊過來。

不過，一個上午過去了，礦業所那裡除了派幾名勞務係和工作場的幹部過來和信哲短暫談判之外，毫無其他動靜。此刻，拿著木條蜷坐著的雇傭礦工們頭上碧空如洗，防波堤那裡有幾名警備員遠遠眺望而來，這些礦工們在推疊起來的辦公室書桌後來回踱步，他們一邊看著在防波堤上走動的警備員，一邊小小聲地交頭接耳起來：「怎麼會這麼平靜？那些混帳傢伙們居然沒有任何動作？」

「人家都說拉屎的傢伙更會鬧，你還真是瞎操心。」

「你可別這麼說，不出聲的貓咪更會抓老鼠。現在這苗頭感覺不妙啊。」

「你還真無聊。我們本來就是神不知鬼不覺地發動突襲啊，現在他們那些傢伙心裡應該很緊張吧。」

是日傍晚。勞務係辦公室前方與宿舍庭院升起篝火，手持棍棒的雇傭礦工們圍繞著篝火席地而坐，這時有歌聲傳來——

阿里郎山嶺上頭建客棧
翹首以盼情人到來
阿里郎，阿里郎，阿拉里喲
阿里郎山嶺上棄我而去

宿舍那裡傳來〈阿里郎〉的歌聲，聯絡事務所前擺陣抗議的雇傭礦工們聽到以後，也跟著節奏拿起東西拍打起來。有人拍打著鐵桶，有人拿起棍子敲打，於是他們也唱起〈阿里郎〉——

蓖麻花和冬柏花　不要綻放
擦上髮油是想倚靠誰
阿里阿里　私利私利　阿拉里喲
阿里郎啊，嗨唷，玩一會兒吧

夜深人靜，只有海浪在暗夜中嘩嘩喧鬧。翻越宿舍後方圍牆的禹錫，正蜷身躲在黑暗之中。月光皎潔讓他心中有所介懷，然而這一步已經無法回頭。信哲說得對，作舍道傍，三年不成，在路旁築室，和過路人商量，人多嘴雜，最後事情難成。在德說要趁熱打鐵，既然要進行，就得加快腳步才好成事。

「要是船夫多，那些船隻都得爬上山了，這可看不到未來前景。今晚就快點進行吧，要走的人已經都集合好了。」

有言道聲東擊西，就是在東邊製造聲響，以引人耳目，但實際行動的地方卻是在西邊。只要人前大張旗鼓，能夠掩護後頭那些夥伴成功逃亡，那麼這次的行動就算成功。然而，煤礦事務所那裡卻一點動靜也沒有，出奇得平靜，讓人想破頭都不得其解。

禹錫轉身瞭望公寓，只見那裡一如往昔，家家戶戶燈火通明。就那樣吧，你們等等就去睡吧，能安穩入眠的時候就是好時分。

禹錫持續蜷著身體，快速地往防波堤那裡前進。大夥兒事先講定，要是途中遇到礙手礙腳或是擋人去路的傢伙，也得想辦法解決掉他們並盡速逃走。禹錫快速地掃描漆黑的周圍，然後走到防波堤盡頭並停下腳步。那裡有許多人正聚集在一起。

禹錫緊挨著防波堤快速移動，腳邊傳來沙沙作響的乾草聲音。他暫停腳步，仔細豎耳聆聽周圍聲響，然而卻沒有聽到任何聲音。他彎下腰來，撿起一顆石頭並丟了出去。兩次，過了一會兒之後，他又拿起石頭往防波堤那裡敲打了兩次。過了一陣子，防波堤旁的空地那裡，傳來相同的聲音。兩次，然後過了一會兒又是同樣的兩次。

看來大家已經到齊了啊。就在禹錫長聲嘆息時，有兩道黑影突然飛撲了過來，是在德與另一名男子。在德決定加入逃亡者行列是在佔領勞務係辦公室以後，他態度堅決地說他也要離開：「一群人行動時，不也要有一個領導者嗎？就讓我來負責領導大家。」

隨後而來的日周，身體緊貼在防波堤上，並且發出狂亂的呼吸聲。在彼此確認身分以後，禹錫鄭重地開口：

「大家都到了嗎？總共有幾人？」

在德回答：「我這邊有七人。」

日周低聲問達秀：「達秀，你那裡有幾人？」

「九個。我不喜歡湊滿十人，所以就決定九人上路。」

太多了，人數太多了。禹錫沒多說什麼，只是緊咬著下唇。這時在德小聲地說：「成植不是也說他要走嗎？他說他會把其他也要走的人帶過來。」

成植也要走？不是吩咐他跟在信哲身邊嗎？這傢伙！禹錫感到有點驚訝。目前已經糾集到的人就有十五人了，不知道成植那邊又要帶多少人來。這麼看來，原來有這麼多人一直隱藏著想逃亡的想法至今嗎？不過，這樣下去，就要變成超過二十人的集團逃亡了。要是他們成功逃往陸上，又該如何分頭行動，眼下可是一點對策也沒有。這些等著出逃的人，咬著牙說也只能各謀其生，到了那裡分成兩人或三人一組行動，再不行，那怕只有獨自一人也要想辦法尋求生路。

「必須一個一個沿著繩索越過防波堤，絕對不可跳入海裡。在抵達中之島前，大夥兒一定要團體行動，知道了嗎？」

禹錫把當初成弼秀和志翔擬定出來的計畫，一步一步地傳授給眼前這群人。

「這是一定的！該準備好的，我們都準備好了。」

達秀這麼說。

「我們也拿了幾塊木頭來，到時候會把木頭先丟到防波堤下面，然後再沿著繩索爬下去。」

「請大家一定要記住，人越多，大家的行動就越要一致才行。」

要攀爬哪座防波堤，是由在德來決定。在德選擇的是距離中之島最近那一個防波堤，那個防波堤雖離中之島最近，但卻比其他防波堤高聳，同時也是警衛最森嚴的地方，而且哨所也離那裡不遠。

只要宿舍那邊持續強烈的抗爭，那麼這邊的脫逃計畫就會更加順利，然而礦業所那裡太過平靜，使得原本聲東擊西的計畫變成跛腳計畫。偏偏今日就連月光都如此明亮，對於執行逃亡計畫來說，真可說是選錯日子了。

原本沿著防波堤緊緊相挨如貝殼的眾人，開始聚集到雜草叢生的空地前。只見在暗夜之中，有數道彎著身子走近的黑影，於是有人發出兩次敲石聲響的信號，過了一會兒，另一側也傳來同樣的兩次敲石聲，這十五人才開始貼緊防波堤行動。

禹錫緊緊抱著悄然露面的成植。

「你也要走嗎？」

成植沒有回答，只是用力點了下頭。

「辛苦你了。你一定要小心保重。」

禹錫鬆開擁抱著成植的臂膀，然後朝向蜷曲身體並圍繞在自己周圍的眾人說：「眾人一起行動時，就算是瘸腿也要拉拔著一起走。請你們彼此千萬不要放開彼此的手，大家一起同心協力，一起圖謀往後的行動。」

禹錫再度放低聲音。

「現在開始，一切就交給老天爺了。忠臣也好，逆賊也罷，無論是誰都要聽天命。希望日後有緣再與大家相會。」

在德聽著打在防波堤上的海浪聲和禹錫的說話聲交織在一起，心中不禁感慨：今天是最後一次聽到這聲音的日子了。於是在德往前走了一步：「你們再等一下。禹錫，我有點話要跟你說。」

在德把禹錫叫到黑漆漆的草地旁，然後彎著身子並抓著禹錫的手臂：「禹錫啊，我問你一個問題。你留在這裡做什麼？」

「得處理後頭的事啊。」

在德用力地抓著禹錫的手臂，並嚥了一口口水：「照道理來講，你不是該和我們一起走嗎？」

「這又不是按照道理來的事情。只要我們活下去，總有一天會再相見的。」

在德長長地嘆了一口氣。

「還有，大夥兒怎麼可能就這樣逃走，等等會解決掉幾名警備員再走。」

「你們一定要這樣嗎？」

「你說我要怎麼阻擋他們？不就是因為積怨已久才這樣嗎？你就裝作不知道吧。」

「我可沒有說要這樣做啊，這樣只會對大家造成傷害。」

事情越搞越嚴重了。禹錫心中甚感擔憂，在德則是抓緊禹錫的肩膀。

「他們都是滿腔怒火，這不是我伸手阻攔就擋得下來的事情。」

一陣雜草摩擦聲響中，達秀走了過來。

「到底在講什麼，講那麼久？」

在德對禹錫說：「總之，我們會解決掉一、兩個傢伙後再走，這不是我一人的想法。要是被抓到該怎麼辦？反正就這樣逃走跟殺幾個人後再走也什麼兩樣。」

達秀插嘴：「這件事情不是早就講好了嗎？只要有誰礙著我們手腳，就把他給殺了。」

「這也是沒辦法的事情，要不然，我們要怎麼把木塊丟到防波堤下呢？」

在德輕敲了達秀的胸口。

「我們相信達秀，他可以一刀就終結對方性命，他以前可是在光熙門外的屠宰場工作，是專門用斧頭宰殺牛隻的屠夫。」

語畢，在德看著達秀，並安慰他似的說：「抱歉了，把你講成這樣。」

默默地點了幾下頭以後，禹錫說道：「可是今晚的月光，太明亮了。難道不是嗎？」

「沒關係，事到如今，要是怕東怕西就成不了事。」

「我知道了，那麼你們快點走吧。」

禹錫回過頭看躲藏在防波堤底下的一行人，嘆了很長一口氣。

「我是不是太樂觀了？」

「別這樣說，事情會順利的。」

就在禹錫走回來的同時，超過二十名的雇傭礦工開始摸黑移動。禹錫站在最後方，並在後頭跟著他們。

這時有兩道黑影爬上防波堤，其中一人從後頭擒抱住警備員，並摀住他的嘴，而另一人則幾乎在警備員嘴巴被摀住的同時手起刀落，一刀砍在警備員的肚子上。

當警備員倒地並痛苦蠕動時，眾人開始爬上防波堤。就在禹錫於後頭確認他們一個一個消失在海邊時，一旁的在德猛然地抱住禹錫。

「今天的事，你要當作不知道。要是有什麼狀況，全都推到我頭上，總之你什麼都不知道。知道了嗎？」

「我知道了，快走吧！」

「你要堅強點，別心軟了。好好保重！」

在德鬆開手臂，往後退了幾步，隨即轉身而去。禹錫望著在德爬上防波堤，然後轉過頭看著月光照耀的端島山脊。他想起那個時候，他就趴在防波堤上看著志翔與弼秀游泳而去，直到再也不見他們身影為止，而此時這一刻，他又再次目送夥伴們離開。

禹錫和日周嘎噔嘎噔地走在雜草隨風搖曳的空地上。為了確認警備員們的動向，同時也藉機推敲剛剛離開的夥伴們是否一路順利，他們轉換路線，朝日本人宿舍那裡走去。

黑暗之中突然傳來一陣聲音。

「とまれ（站住）！」

這時再度傳來一陣忙著找拾棍棒的匡噹聲響。禹錫停下腳步回答對方：「是我，崔禹錫。」

「你去哪裡了？我們差一點就要打下去了呢！」

眼前是頭上綁著布條，手上還拿著棍棒的夥伴，禹錫看著他們說：「各位辛苦了。」

兩人走進燈火通明的宿舍後，禹錫抓著信哲的手臂並往後看了一眼。

「金氏和趙氏，和我們聊一下吧。」

於是四個人在角落邊坐了下來。

「剛剛他們已經順利入海了。」

禹錫低下頭來，然後說道：「他們砍了警備員才走的。大概是兩個或三個警備員。」

「什麼！怎麼會做出這種事！」

一陣鬧哄哄之中，信哲勃然大怒：「為什麼要做這些不在計畫裡的事情？要是出事了，該怎麼辦？之後不會害我們全都遭殃吧？」

「總之，事情已經發生了，所以我想，要是到時候出了什麼問題，我們這邊就先讓步，如何？」

「讓步？」

「製造那些逃亡者和我們沒關係的表象，跟他們劃清界線，然後放幾個人給他們帶走，做個妥協。」

「請你別有這種潰堤的想法。該戰鬥時，就要戰鬥到底，要是不幸被抓走，那就認命。」

趙氏表示事情千萬不能這樣做，然後就走到外頭庭院去了。三人都聽到他那長長的吐痰聲。這時，一旁的信哲嘟嚷著：「不管做什麼都要一起才行，這不是可以隨便犧牲一、兩個人的事情。」

26

清晨。篝火依舊在身上背著棍棒和鶴嘴鋤的雇傭礦工們所圍坐的院子裡燃燃不息。

東方泛白之際，一陣凌亂的腳步聲與悲鳴聲傳了進來，禹錫連忙衝出宿舍外頭，只見手持竹槍的日本人正進逼宿舍院子前。禹錫手拿棍子，站在拿著鶴嘴鋤和棍棒的雇傭礦工們後頭。

看似就要衝進來的日本人們，將宿舍前的通道堵住，然後列隊站立著。這時，竹槍人海突然往兩旁散開，手持木刀的內田走上前來。內田是勞務管理者中，和雇傭礦工們最沒衝突與摩擦的人，他平常負責的事務僅是發放工作服或腳趾頭處分開的作業鞋足袋而已。到了夏天時，偶爾也會發放露出腳趾頭的日本草鞋給大家的內田，有時也會把商人們繡上商店名稱的外套拿來繡上「炭」字，然後穿在制服外頭，總是把雇傭礦工們逗得哈哈大笑。

居然派出內田來，礦業所那裡的手段果然不錯。禹錫內心感到一絲訝異，然後緊盯著內田瞧。

「關於你們提出的需求，我們已經大致聽過了。現在我們想針對你們的需求條件具體聊一聊，被我叫到名字的人，請你們出列。」

內田提高音量，並點了三個人名。信哲是他最先喊出的名字，然後他接著又點了南在德的名字。

「ナムさん、ナム・ジェドク（南先生，南、在、德）」

在聽到內田叫喚「ナム・ジェドク」的時候，禹錫很快就下了決心。他決定告訴內田在德不在這裡，不知道是不是渡海游到哪個山頭去了。禹錫心想，現在也只能由我們來告發在德帶人出逃，別無他法。此時，內田又點了禹錫的名字。

「還有チェ・ウソク。朝鮮名字是崔禹錫。」

雇傭礦工們心裡倒抽一股涼氣。究竟這是怎麼一回事？他們怎麼這麼清楚我們的主謀者是誰？

總之先爭取一些時間再說。在大夥兒和拿著竹槍的日本人對峙時，禹錫和信哲先和宿舍裡的人對口商量。就在他們說明該提出什麼協商條件的時候，後頭突然有人大聲怒道：「協商？跟他們協商一點用也沒有！現在有什麼好跟他們協商的？」

「總之，我們先聽聽會社那邊怎麼說，然後再來下決定吧。」

「一旦揭竿而起，就算頭破血流也得奮戰到底！」

信哲跳出來說話。

「那麼就先讓我一個人過去和他們談吧，犧牲人數越少越好。我過去以後，會把工資問題、餐食問題，還有這小到不能再小，跟收容所沒兩樣的宿舍問題都一並攤開來講。」

大夥兒靜了下來，禹錫趁勢幫話：「一起去吧，他也點了我的名字。」

「不，反正在德也不在了，就先讓我自己去和他們談判。你就先看守這裡吧。」

信哲走出房外，並一路走到院子裡。站在最前方和日本人對峙的雇傭礦工們，紛紛回過頭看他並七嘴八舌了起來。信哲抓著他們的肩膀，並往前走去，他的眼神停在那些雇傭礦工們緊綁在額頭上的布條。信哲吞了口口水，稍微遏止快從嘴裡噴出來的熱氣。

就在那時，一名男子以手中的棍子從信哲的胸口處竄出，阻擋了信哲前進。那是身材高大魁梧，卻因聲音纖細而常被取笑的郭氏。郭氏解開頭上的布條，然後對信哲如此說道：「你是叛徒嗎？你現在是想一個人獨自犧牲嗎？你就這麼看不起我們嗎？」

「你別這樣。」

信哲與郭氏的眼神交織在一起。

「你要是自己走到他們手裡，那跟叛徒有什麼兩樣？如果你要過去，那麼我和你一起去！」

「不是的，那是因為他們點了我的名字，要我過去的關係。所以，我自己一個人過去。」

信哲回頭望著他們喊道：「各位，各位請幫幫我！」

信哲繼續往提著竹槍的日本人那裡前進時，後頭有人大聲地說：「信哲，你要是發生什麼事情，我們可不會坐視不管的。不入虎穴，焉得虎子這道理我們都懂！」

信哲轉過身來，並握拳振臂，激起眾人大聲歡呼，更有人敲起飯碗和鐵片，昂起士氣高揚。此時，阻擋在前方通路的日本人，立刻拿起竹槍指向信哲。信哲瞇著眼睥睨指向自己的竹槍：這竹槍尖端喚起了我的熱血，你們的竹槍，如今指的是我們朝鮮人的胸口，叫喚著我們與你們一戰。信哲咬牙一想：我們的目標是幫忙那些想要離開這座受詛咒之島的逃亡者，既然我們已經把人送走，那麼我要殺了你們。

信哲放聲高喊：「內田，你在哪裡？」

就像被風吹過似的，竹槍瞬間動了起來。隨著竹槍開出一條道路，內田往前走向信哲，並盯著他看了好一會兒。信哲讓走上前來包圍著自己的雇傭礦工退下之後，便對著內田說道：「你說有話要和我們談，是嗎？」

「是的。」

「那好，我就和你去辦公室裡談吧。」

「為什麼只有你一個人？我們是想和三個人一起談談。」

信哲往前走了一步：「首先由我和你們談談。」

信哲不管對方的回應，毫不猶豫地縱步向前。指向他的竹槍往後退了幾步，同時開出了一條小道。內田對著走向前來的信哲說：「跟我來吧。」

信哲在眾多日本人的包圍之下，持續邁步前行，此刻他聽到了海浪打在防波堤上的聲音。不知道達秀和在德一行人是否已順利離開？成植那孩子，一定要平安才行。信哲的舌尖，在乾燥的上顎裡滾了一圈。

信哲進入綜合事務所現場係辦公室以後，站在他前面的正是現場所長平野。站在旭日旗前的平野，今天特別穿上了看起來像是軍服的制服。維持不動姿態的平野，這時舉起手指，把信哲叫到自己跟前。

就在信哲往前走去的那一瞬間，他的肩膀突然產生猶如粉碎般的劇痛，並立刻癱倒在地。倒地的信哲不只被施以棍棒虐打，還被人用力狠踹，痛得他直在地板上抖動，就像條蠕動的蟲子。在一陣狠踢之後，渾身是血的信哲睜開了雙眼，映入眼簾的是站在他前方的平野腳上那雙鞋。平野開口：「抬起頭來。」

信哲抖動著身軀。

「睜開你的眼睛，我想讓你見見你的朋友。」

信哲迷迷糊糊地聽著平野所言，並睜開了眼睛。此刻他額頭上的傷口正湧出鮮血，滑落他的眼裡，而鼻血也流落地板，彷彿每滴血都發出啪答聲響。信哲先是滾動著身體，然後又像是塊木片癱軟倒臥在地板上，他看著天花板並閃爍著雙眼，耳裡聽見平野的喊叫聲。

「快看這裡啊，你的朋友就在這裡。」

信哲抬起他那張血肉模糊的臉，在他身邊有一個擔架，上頭彷彿放了什麼東西，他揉了揉被鮮血模糊的雙眼，仔細地凝視那個擔架。在白濛濛的擔架上頭，那個模糊的物體逐漸變得鮮明，是人！那是一個滿身撕裂傷且泡水腫脹的屍體，信哲模糊的視線，停留在那個屍體的臉龐。

呃啊啊啊，信哲放聲嘶吼並閉上雙眼。

那是昨晚才在宿舍後頭相擁，並互道離別的朋友，是連小心保重、有緣再會都無法輕易說出口的朋友。躺在擔架上的那個冰冷屍體，是在德。平野的長靴往信哲的頸脖用力一踹。

「你們這些傢伙，還真是會打鬼主意！一邊給我大叫個幾聲搞抗議，另一邊就趁亂給我逃走？你以為平野我是這麼好唬弄的人嗎？」

越過溝渠的時候，最重要的就是拐杖，可是只要過了那條溝，拐杖就可以丟棄掉。這次的計畫結束後，所有的責任都會到你那邊去，那你留在這邊該怎麼辦好？在德這朋友才和我這樣說過。在做最後準備的那一天，在德一邊看著大海，一邊這麼和我說的……信哲難過倒地，閉上雙眼以後，腦海盡是浮現在德的身影。我知道，我都知道，我知道你也曾做下約定，你說離開這裡的人就和死人一樣，是沒有辦法開口說出真相的，所以你要大家把所有責任都推給已經離開這裡的人。可是，可是，我還有嘴巴能夠說話呀。

太陽升起，就在雇傭礦工把手上的棍棒靠在肩膀上，並輪流發放鹽巴飯糰享用時，被關在地下室的信哲，一一吐出了主謀者的名字。「這事是我和崔禹錫策畫的。朴日周則和崔禹錫一起帶領大家進行相關的任務。張學哲負責把和煤礦事務所內通的奸細抓起來，至於帶領逃亡者的就是死掉的南在德。聽說他們和事先講好的不一樣，殺了警備員才離開這座島。」

過了一個上午，宿舍開始籠罩在陰影之下。此刻海邊風平浪靜，小山丘上有些日本礦工的家人跑了出來，像是在欣賞風景似的看著下方的雇傭礦工宿舍。大夥兒一邊等候信哲歸來，一邊坐著伸展雙腿，或是和旁邊的人閒聊。

「為什麼這麼安靜啊？現在就連他們放個屁都聽得到了。」

「我就說嘛，黃花閨女就連撒尿都不痛快。」

你這傢伙，膽子真大，在這裡講什麼黃花閨女撒尿！眾人聽了都不禁笑了開來。這時有幾隻海鷗嗷嗷從他們頭上飛過，每個人都瞪著海鷗，好像在罵海鷗有種就拉屎下來。

就在那時，額頭上綁著布條的禹錫，和一群青年們踹開宿舍大門，並高聲吶喊。禹錫的手上拿著一把竹槍。

「大家集合！我們不能再這樣等下去了，現在就去跟他們的代表會面吧。」

雇傭礦工們就像勁草挺立般紛紛坐立而起。原本就坐在宿舍陰影下的人們，起身拍拍屁股上的泥土，將手中的鶴嘴鋤與棍棒高舉過頭。宿舍的院子裡霎時間塵土飛揚，禹錫回過頭來看著大家競相起身前行，高聲疾呼：「在他們攻過來以前，我們絕不能先動手。還有，大家一定要團體行動，千萬不要落單。」

「要是我們沒有團體行動，只怕在這座手掌般大的小島上找不到路回來。」

氣勢正高昂的眾人都笑了出來。

大夥兒已在不知不覺間團結合一，並左右擺動著身體。他們隨著身體的韻律，自然而然唱出前一晚在院子看守時所吟唱的〈阿里郎〉。阿里郎，阿里郎，阿啦里喲，蔚藍的天空裡繁星多，幸福的日子擱成籮。歌聲一結束，禹錫有如等候已久般地大聲高喊，並舉起手中竹槍：「我們走吧！」

一行人往宿舍巷道推進，幾個原本在小山丘上眺望過來的日本女子，急忙地往後躲起來。張氏轉頭問走在旁邊的福吉：「你的竹棍打哪來的？」

「那幾個傢伙拎著竹槍過來，我就跑去食堂把擱板拆了。既然都是要拿著棍棒，還不如拿長一點的棍子好，是吧？」

「這麼機靈，看來就算凶年也餓不死你。」

就在他們話才剛說完那一瞬間，張氏整個人突然像鬆軟的麻袋，噗咚地癱坐在地，搞不清楚狀況的福吉彎下腰來，看到倒在地上的張氏額頭冒出汩汩鮮血，這時前方傳來一陣喊聲：「快躲起來！是石頭！大家快躲起來！」

福吉雙手立刻護住自己的頭部，並趕快趴在地上。四周到處是石頭落地的聲音，原來那些日本人們早就躲在附近等待他們現身，然後發動投石攻擊。有如飛鳥般從暗夜中劃過的飛石，紛紛從雇傭礦工們的頭上掉落，一行人隊伍開始分散，大夥兒急忙走避，揚起一片塵土。

「快後退！大家小心自已的頭！」

「他們埋伏在附近，我們快點撤退！」

把滿臉鮮血直流的傷患送進屋內以後，圍坐在院子裡的人聚集了起來，禹錫上前說道：「我們不能就此退縮！現在就把房間內的塌塌米拆下來，然後堵住巷口。」

「要說丟石頭，我們還比較厲害。」

見血的雙眼已燃起怒火。眾人忙著到處搬運石頭，並奮力把宿舍後方的圍牆拆解下來，並製作成棍棒。日周穿過推滿石頭與棍棒的院子，來到禹錫身邊。

「這樣不要緊嗎？事情越鬧越大了。」

「事情早就已經鬧大了。說得嚴重點，本來的支柱已經毀損了。這樣也只能硬上了！」

禹錫張著血絲滿布的眼睛看著他：「你先帶幾個人去煮飯吧。既然要和他們大幹一場，就得趁現在氣勢正高昂才行，這樣才能減少傷害。所以，我們先吃點東西，恢復氣力吧。」

用擔架裝運石頭的人們，呼地一下子蜂湧而去，他們前後都有拿著鶴嘴鋤與棍棒的人守衛著，甚至還有人拎著竹槍。禹錫往他們一邊跑去，一邊高喊：「出去抓幾個傢伙吧！」

「當然不是白出去的，得把他們都搞死才行！」

他們朝著布陣在巷口小路彎折處的日本人前去，並開始對他們投擲石頭。沒一下子，就聽到日本人公寓玻璃窗碎裂的聲音，殺戮的氣氛蔓延開來。隨著公寓玻璃窗一個一個被打碎，雇傭礦工們開始高喊起來。日本人見狀，便開始往後撤退。禹錫看到日本人集結在通往山丘上頭的那條路口，開始大喊：「前面幾個，快停下來！再繼續往前推進，會變成我們遭殃。」

於是，原本滿天飛舞的石頭就此停落下來，雙方維持一段很長的距離，誰也無法把石頭投到對方陣營，兩邊人馬只是屏著呼吸並互相注視對方。這時禹錫上前往日本人陣營喊話：「是你們先進行攻擊的！快把我們派出去的代表送回來，在我方代表回來之前，我們是不會退讓的！」

這時佔領勞務係聯絡事務所的雇傭礦工們也成群前來，他們又是哇地喊出聲來，又是高喊殺了他們。這時有把鶴嘴鋤在空中畫了個圓後，有如老鷹展翅般飛了過去，掉落在日本人陣營之中。大夥兒見狀，氣勢更是高昂，再度大喊了起來。此時，蜂擁而至的雇傭礦工們紛紛交頭接耳，並往旁傳令：「我們分成兩組，其中一組一起朝對方陣營丟擲石頭，另一組則往後撤退。前面丟擲石頭時，後面就開始快跑。」

「跑回去的同時，要邊砸他們的公寓邊跑！」

往宿舍院子撤退的朝鮮人們，這次以拆下來的塌塌米作為盾牌，並往前推進。當他們立起塌塌米突破前往勞務係辦公室的那條道路時，雇傭礦工們就像潮水由兩邊湧入，與眾人合流。

你來我往的投石戰在接連進行了兩場之後，太陽開始西移。此刻，飯糰正發放下來。

「唉呀，下雨了。」

冰涼的雨水落在大家的臉上。

「沒錯，下雨了。」

毛毛細雨要下不下的，每當風一吹起，院子裡的篝火就會噴出火舌來，同時捲起一陣煙霧飄往黑暗之中。

洗完臉回來的朴先生，在院子裡吐了口口水，慶幸著自已並未受傷。他看見把竹槍放在自己的膝蓋上，並伸腿席地而坐的吳氏，於是走到他的身旁坐了下來，並拿起沾滿汙垢的毛巾擦臉。

「你以為我們現在是在玩遊戲嗎？還有這心思擦臉？」

「我的好運都給狗咬走了，看看我現在都成什麼樣了？像隻烏鴉般地挖礦還不夠，現在還在這裡丟石頭……」

朴先生嘟囔完後，往吳氏身邊坐近，並且環視了一下四周。他低下頭來，小聲地說：「既然現在也不知道會死在誰的刀下，當初實在也該走的。」

「你這就像是十年寡婦遇到閹人老頭了。都已經過去的事情，還抱怨啥？」

吳氏咋嘴。

「我們要是一個弄不好，可能就要無辜受牽連了。難道不是嗎？你看那些逃亡的人都跑了，我們卻因為他們落得現在這個下場。」

「大家都很辛苦，你現在說這是什麼話？我可不像你那麼想。只要是我們朝鮮人，就算是一個人吃了敗仗，那就是十個朝鮮人、一百個朝鮮人都吃了敗仗。」

「俗話說寧願和狐狸一起生活，也不要和熊同居屋簷下。若說你是朝鮮第二愚昧的人，那就沒人是第一了。」

「我現在就只想在他們日本人的公寓裡丟個炸藥，把它給炸爛。」

「唉呀，你還真是裝模作樣。」

把竹槍和鶴嘴鋤靠在牆上以後坐了下來的崔順泰，看著車南二說：「聽說壬辰倭亂時，那些倭寇為了提升自己殺掉朝鮮人的人數，就連鼻子也割走、耳朵也割走充數。我看我也來依樣畫葫蘆，大幹一場算了。」

「鹿因麝香而死，人因嘴而亡。」

「風水輪流轉，沒想到我也有向日本鬼子丟石頭的一天。」

「崔氏你坐著的那個位置，已經有三年不長草了，坐在像你命格這麼兇惡的人旁邊，我真擔心老天打雷會打到我頭上。」

禹錫和日周一邊談論，一邊走出屋外。他揮了揮手，把吳氏叫了過來。

「你跟趙先生別在這兒了，去監視羅昌世吧。」

「羅昌世？是那個有鷹勾鼻，而且下巴長得尖尖的傢伙嗎？」

「那傢伙是奸細。」

「不管到哪裡，總是會有一、兩個這種亂七八糟的混帳。」

禹錫點點頭，然後不忘交代他：「放過玉宗吉，上次已經教訓過他了。」

和禹錫對上眼神的學哲霍地站起身來。禹錫看著學哲大步走進宿舍裡的背影以後，接著走到院子去。

過沒多久，學哲走出房外，並走到圍坐在篝火旁的夥伴們後頭，他的身邊有三名男子，其中兩人拿著繩索，另一人則把棍棒藏到腿邊。幾聲乾咳之後，學哲便慢吞吞地把周弼叫出來。

「喂，朴氏，跟我聊一下。」

矮胖的周弼用他那雙短腿慢慢地走到學哲身旁，與此同時，坐在篝火旁的數人往後退去。其中一人倏地朝周弼飛踢過去，後頭另一名男子則撲了上來，一把擒住周弼的脖子，其他人也一湧而上飛撲過來。周弼倒地以後，他們翻身坐到周弼的身上，不消一會兒的時間，就把周弼的雙手綁在背後。

「我們沒辦法容忍你這個出賣朝鮮人的傢伙，這次絕對要打得你屁滾尿流。」

「把他丟到海裡好了！」

大夥兒把周弼的手腳綁起來，讓他跪在篝火旁，並將他團團包圍起來。眾人你一腳我一腳地狠踹周弼，踢得滿天塵土飛揚，周弼則是痛得不停發出悲鳴聲。此時，篝火簌簌往下倒塌，火花往四周飛濺而去。

「這裡還有一個傢伙！」

宿舍後頭傳來一陣凌亂的腳步聲。只見一個被捆綁的男子，被人從背後用力一推倒地，並一路滾動到周弼身旁。是羅昌世。大夥兒將兩人團團圍起。

學哲走上前來，並以手上的棍棒抵住周弼的肩膀。

「有句話說，跟在貴夫人身邊的小白臉，當然不曉得什麼是清貧餓肚子的感覺。你這傢伙，成天貼著日本鬼子打轉，感覺可好？」

「大、大家為什麼要這樣？為什麼要把我綁起來？我不是奸細！我不是奸細！」

這時一個大個子走上前來，對著他大吼：「這傢伙自己最清楚自己犯了什麼過錯！」

「你們別亂抓無辜的人，也別想誣賴人。你們怎麼可以對我這樣？為什麼要結黨亂誣賴人，把人弄成這個樣子？你們有什麼權力這樣做！」

羅昌世搖著頭，不停嘶吼。

「你們這些到處搬弄是非的傢伙，嘴巴怎麼可以這樣亂說話！不拿棍子教訓你們一下不行！」

「沒錯！難道山羊長了年紀，就一定會長鬍鬚嗎？我看也不用對他們客氣，直接把他們丟到海裡算了！」

昌世瞅著他那雙小眼睛，瞪著站在旁邊的學哲並大聲吼叫：「我跟你有什麼冤仇，你要這樣對我？我到底有沒有拿到什麼好處，你更清楚。你怎麼能對我這樣？你這樣下去，一定會遭天打雷劈的！」

「怎麼會有你這種傢伙！真是讓人生氣！」

一邊怒嚇，一邊跑出來的學哲，狠狠地往昌世的胸口踹了一腳。其他雇傭礦工們見狀，也立刻蜂擁而上，把兩人包圍起來以後，再次施以拳腳伺候。此時，一陣強風大雨急遽落下，擊打在眾人的臉上，學哲往周圍環顧了一周後，說道：「大哥們，現在要拿這兩個傢伙怎麼辦好？」

先聽聽看他們怎麼說、把他們綁在木樁上，餓他們幾天吧、他們的身心都已經和那些日本鬼子沒什麼兩樣，直接丟到海裡吧！大家七嘴八舌地出意見時，只有朴先生說他們不管討人厭還是討人喜歡，畢竟都是朝鮮同胞，只要罵罵他們，就該放了他們。

跌倒在地板上的昌世持續大叫著：「不是我，我不是奸細！奸細是周弼！我幾乎天天都看到他和木村會面。」

周弼作勢要踢昌世的樣子。

「你這水鬼般的傢伙！要死你自己去死，你剛說的話，我都從木村那裡聽到過。可惡的傢伙！」

學哲感覺荒唐並噗嗤笑了來。

「兩隻瘋狗互咬，你們還真是了不起。」

就在這時。宿舍後方一片漆黑之中，突然傳來一陣慌亂的腳步聲，同時也有人跑進院子來。黑暗之中，冒著大雨走進院子的正是出外偵查的日周一行人。

日周一踏入院子裡，便大聲高喊：「地獄之門那裡正在搬運朝鮮人屍體！」

大夥兒呆滯地對望彼此雨水縱橫的臉龐，一時之間腦袋空白，說不出任何話來，完全沒有任何一個人開口。萬重挨近日周身邊：「你仔細說清楚，那是你親眼看到的嗎？」

「嗯，我看到的。我看到那裡燈火通明，然後正在搬運癱軟的屍體。」

「那真的是我們的同胞？」

「不然還會是誰？他們說還有一些沒抓到，已經跑走的人。若照他們所言，應該還有一些人在陸地那裡被逮到。」

禹錫顫抖著聲音走向前來。

「有幾個人？」

「我們看到的是兩個人。」

禹錫咬牙強忍情緒，嘴裡還發出牙齒碰撞到的嘎吱聲響。他解開綁在頭上的布條，簡單擦拭一下臉上的雨水以後，無言地望向天空。距離他們出逃，已經過了一日，他一直深信他們必定已經安全抵達陸地，也就是因為如此相信著，才有力量支撐他在這裡與日本人對峙。他瞪大眼睛，繼續追問日周：「那麼，全都被抓到了嗎？」

「不是被抓到，是被打死。」

居然是當場打死！這些沒人性的傢伙們！這時有人把手中的鶴嘴鋤往地上一丟，哽咽了起來，就連一整天都在後悔著早知道當初就該跟著逃走的朴先生，此時也一直努力按捺著噗通亂跳的心緒，不停喃喃自語著：這不只是一個讓人難過的事件，這是我們的人生，生命是如此輕如鴻毛、如此賤微。

住在日給社員公寓最下層的李承南，傍晚一到就關掉房裡的燈火。公寓下層由於是陽光照射不到之處，所以經常充滿濕氣，牆壁和天花板的角落爬滿黴菌。他帶著一家大小來到這座島上，已經是五年前的事情了。

他慶幸著自己所在的公寓玻璃窗，並沒被雇傭礦工們投擲的飛石給打碎，然後又去確認了好幾次已經鎖上的玄關門口。他甚至還在門口放了把菜刀，以備不時之需。

當他正在豎耳聆聽外頭聲響時，房間內傳來妻子的詢問聲：「怎麼了？」

「還能怎麼樣呢？快蓋上被子躺好吧。」

「這麼恐怖，還讓不讓人活啊？傍晚也才剛開始，我們就得把燈都關掉，你還菜刀不離身的。」

「這也沒辦法，誰知道等等會不會有人衝進來呢？」

「咦？衝進來？誰會衝進來？」

承南的妻子驚慌地從棉被裡探出頭來詢問。

「我們跟他們是有什麼深仇大恨，為什麼他們要衝進來？」

「誰知道呢？誰曉得會是日本鬼子衝進來，還是朝鮮人衝進來。唉，這個時候我們就是被人嫌棄又孤立的人了。」

「怎麼會，怎麼會這樣？」

你就不能安靜一點嗎？你這笨蛋。李承南咬牙切齒地低聲辱罵。在他們眼裡，我們就是親日派爪牙，他們只會酸言酸語地說有人早早跑來這裡賺錢發財，哪像他們是被強行抓來，每天餓著肚子還要像條狗一樣不停工作。可是現在這狀況，誰知道那些日本人會不會認為我和他們是一夥的，然後衝進來鬧事呢？安靜了好一會兒的承南妻子，實在悶到不行，忍不住問道：「這狀態要到什麼時候呢？」

「還要幾天吧。我們只要裝死，在旁邊看熱鬧就好了。」

「唉，大家到底都在辛苦些什麼呢？」

承南的妻子長長地嘆了一口氣。

「看他們又丟石頭又大聲喊叫的，穿著那身衣服，看起來也是怪可憐的。到底是為什麼會被抓來這裡呢？」

「你別說那些胡言亂語了，快睡吧。他們就是那樣子，所以你知道日本人都是怎麼看我們的嗎？身為朝鮮人，難道是一種罪嗎？勞務係那裡就更過分了，居然對我說他們要去安撫那群人，還問我那群人會不會聽他們的話。」

「真是鯨魚相鬥，魚蝦遭殃。」

「真是的，不是叫你快睡了嗎？咦？所以我們是小蝦？那群人和日本人是鯨魚，然後我們只是小蝦？媽的，跟他們熟一點也只是惹了一身腥而已呀。一樣都是朝鮮人這點，難道是種罪嗎？我他媽的真是命苦。」

雨越下越大，決定在院子裡看守到午夜的人，紛紛解開綁在頭上的布條，並拿來擦拭臉上的雨水。大夥兒和午夜開始看守的那一批人交班時，同時也把布條交給了他們。布條是為了彼此辨識用的標記，大家說好就把布條綁在頭上。

禹錫感覺自己的肩膀已被雨濕透，他喃喃自語，就好像是在反問自己：「如果是信哲，他會怎麼做呢？事態都已經發展到這個地步了……」

日周長聲嘆息，並抓著禹錫的肩膀說：「反正這是場沒有輸贏的戰爭。」

原本的目標是幫助幾個人逃離這座島，可沒想到現下已經有兩個朋友犧牲送命，變成冰冷的屍體被送回來……禹錫難過得無法繼續想下去。

這樣的話，那不就表示我們著了他們一道嗎？

「我們都這麼顯示我們的意志了，而且到現在依舊堅持不屈，有誰像我們一樣呢？我都看到了，閃耀出光采的眼神，這又有誰和我們一樣呢？」

日周用雙手擦拭掉臉上恣意縱流的雨水。眼前的篝火隨風搖蕩，看來就快要被逐漸變大的雨勢給澆熄。禹錫移步往篝火邊去，心裡想著不能光是坐在這裡淋雨，什麼也不做，也許應該和幾個人看守宿舍前的路口，讓其他人進去屋裡休息。他一邊走到篝火邊，一邊說道：「大家進去休息吧。」

結果另一側卻突然有所回應。一個在路口進行看守的雇傭礦工奔進院子來，並著急地大叫：「衝過來了，日本人衝過來了。」

路口那裡已經有好幾個雇傭礦工倒下。由於雨聲密如鼓，在院子裡的雇傭礦工們，沒有任何一個人聽到路口雙方激戰的聲音。

「快點出來，全部都出來，那些日本鬼子衝過來了。」

站在院子前方的雇傭礦工們被日本人揮舞過來的竹槍刺中，紛紛受傷倒地。禹錫擦了擦臉上的雨水，看到前方一團黑影正往院子這裡衝過來。那是軍人。突然一道槍聲穿過條條雨絲，劃破虛空。

禹錫緊抓著日周的脖子並大聲叫道：「那些混蛋！他們居然動員了軍隊，快跑！」

兩人一顛一簸地在暗夜裡拔腿狂奔，跑到防波堤前之後，日周氣喘吁吁地問禹錫：「要越過防波堤嗎？」

「就是它了，我們越過防波堤吧。」

沒錯，那些傢伙忙著進攻我們，防波堤這邊的警備分明已經鬆懈下來。禹錫一邊欣喜地喘著，一邊對日周喊著：「我們往東邊的防波堤去吧！」

禹錫退守的院子籠罩在槍聲與悲喊聲之中。

「把身上的東西全都丟掉！」

「全部都給我趴下！」

驚慌的雇傭礦工們趴在地上，並蜷縮著身體。此時，無情的大雨擊打在他們的後頸，日本人則是來回穿梭用竹槍抽打他們的後背與腰際。至於在軍人後方的那群持竹槍日本人，群起蜂擁而上，團團包圍起宿舍。

「屋內的人站成一列，然後走出屋外來。出來時，把你們的雙手放在頭上，並列隊為一列！」

雨不停下，篝火的一端發出滋滋聲響，隨即坍塌下去，濺起不少火花。不知道是誰開的燈，這時宿舍裡燈火亮了起來，院子突然變得一片光亮。就在那時，雙手被綁在後背並跪在篝火邊的周弼，抖動著身子站起身來。

「既然都要衝過來，就快點來嘛！為什麼要在我被打成這樣才過來！」

在這一瞬間，包圍住雇傭礦工們的日本人，突然轉向拿著竹槍抽打周弼。周弼發出痛苦悲鳴：「是我呀，朴周弼！」

周弼一邊喘氣，一邊猛揮著手。然而日本人卻彷彿把這當成了一種信號，再度用竹槍猛力抽打周弼。禹錫和日周兩人趴在防波堤底下，大雨持續擊打在他們的臉龐上。在他們觀察的這段時間裡，警備哨所雖曾亮過燈火，卻沒見到人影出來走動過。

日周揮手抹去臉上的雨水，又再度問禹錫同樣的話：「走吧，我們也走吧。」

禹錫凝望著雨裡的端島：如今事態發展到意想不到的局面了。就算我們的計畫會失敗，我們也從沒想過會是這樣的潰敗方式，現在我能做的事情，除了自願被抓走以外，再也沒有別的了。可是，不該是這樣的，不該是這樣的啊！

其實禹錫也不是沒想過事情不順時，不如就逃亡遠去。為什麼我們就沒想到在示威抗議結束前，礦業所會先率隊衝進來的這個最糟狀況呢？為什麼我們就沒先說好，當計畫失敗時，各人各自決定自己要降服或乾脆出逃這座島，但主謀者哪怕只有一人，也要跳海藏身呢？這樣，剩下來的人才能把責任都推給逃亡者，把傷害降到最低啊！

禹錫說道：「要走，也得說一聲再走吧。」

日周打斷他的話。

「跟誰？要跟誰說？」

「雖然事情變成這樣，但該收拾的不也該收拾完畢才行嗎？」

「收拾什麼？你現在還想著要收拾殘局嗎？不是已經說好所有的責任都推給已經逃走的人嗎？死掉的人沒辦法說話，逃走的人也一樣。當初都已經這樣交代學哲和信哲了，要是我不在，就把責任都推到我這邊來。他們一定可以處理得很好，我們現在消失，對他們反而有利啊。」

「可是我沒想到會變成這樣呀，現在就連軍人都介入了。」

「就是這點呀！現在他們使出的招數可不是普通招數，我們當然得抽身才行。」

真的要把殘局都丟給他們，然後遠走高飛嗎？禹錫抹掉臉上的雨水。

「留在這裡能做什麼呢？禹錫呀！本來這種事情要是失敗，主謀者當然會逃走的。就照我說的做吧！」

日周搖著禹錫的肩膀。

「總之我們得先逃走，然後商量往後的事情才行。到底留在這裡要做什麼呢？」

往後？事情都變成這樣了，哪還有什麼往後？禹錫忍不住握緊拳頭來。

「我們想做的事情都做了，不管怎麼說，我們都幫夥伴們逃亡了，他們也確實離開這座島了，能幫的我們都幫了。繼續留在這裡，除了被人雙手綁起帶走，不會有別的事情發生了。」

日周往後退了一步，大雨仍持續傾瀉在他們兩人之間。日周提高聲量，並把忍在心中的話說出口：「哪怕只有我一人，我也要走。你快點決定吧。」

禹錫起身並叫出聲來：「走吧。」

禹錫停下腳步，再度望向雨夜中的端島。我究竟是如何在那漆黑的地方生活的？在那瞬間，眼裡有股炙熱的東西彷彿就要奪眶而出，禹錫強忍著情緒，不讓它流出來。究竟那是淚水還是憤怒？這麼多人留在那裡，信哲、萬重、在德、學哲……還有瞬間浮上心頭的錦禾。再也無法相會的那張臉孔，錦禾。

兩人冒著傾盆大雨，攀爬到防波堤上頭。身體貼著地板爬行的日周，做出一個手勢，示意禹錫停止動作。日周用手指向一邊：「那是我勘查過的地方。」

日周掐了一下禹錫的肩膀，然後再次在防波堤上方爬行，禹錫則跟在後頭。就在兩人爬到日周之前勘查過的防波堤東邊偏僻處後，他們開始脫衣。禹錫原本就像之前和志翔演練過的那樣，打算把衣服摺好並綁在頭上，但後來改以腰帶綁在身上。

光著身子並把衣服綁在身上的日周，這時走到禹錫身邊。

「就算我被抓到了，你不要管我，就直接走吧！」

你在說什麼？禹錫的手掌搓著身體，回過頭來看著日周。

「要是來幫忙，這樣兩人都會死的。就算只有一個人能活，也一定要活下去。」

「你也是。我們，至少也得有一個活下去！」

禹錫抓著日周的手臂，並回頭往後看。遠方彷彿有模糊的燈火在閃動，但由於雨勢太大，此刻就連高聳的櫓與整座島的輪廓都看不到。

「我從剛才就一直在想……」

不知是否因為寒冷的關係，日周的聲音正顫動著。

「當我們越過那片海後，我們前往佐世保吧。我有一個親戚就在那裡，他很早就到日本來，並且開了一間飯館。現在也只能相信他了。」

兩人彼此抓著彼此的手，一同跳下了防波堤。

27

外頭雖然寒風吹襲，但天空裡的星星卻讓人覺得溫暖。走出家門的瑞螢，用襁褓背著孩子，緩緩漫步著。當婆婆一不在家，大嫂的朋友們就像是算準時機似的來訪家中，整個房子裡都是大嫂的嘻笑聲。瑞螢心想不如就到外頭晃一圈，於是走了出來。

她抬頭看向街道上熟悉的看板，並和經過的路人打聲招呼，然後一邊輕拍孩子的屁股，一邊問自己：「我們的孩子，以後長大要做什麼呢？」

孩子當然聽不懂她說的話，但現在與孩子對話已經成為瑞螢的習慣。您不知道吧？有一句話叫做興盡悲來，意思是說好事過了之後，又要面臨難過的事，經過幾番周而復始之後，我們明照要是能成為堂堂男子漢，以後必能過著幸福快樂的日子吧？

瑞螢走入市場裡。農夫雖然看天吃飯，但是商人可不同，他們是看人來過活。她把背著的孩子往上聳了一聳，並告訴自己：可是媽媽我，雖然認為你做什麼都好，但我唯獨不希望你做個商人，在這世上，也有人像你外公一樣，終其一生都和書本為伍。

瑞螢輕拍孩子的屁股，並回頭遠眺錦江路。那裡有你父親就讀過的學校，以後你也去那裡學習吧，等你會走路以後，媽媽帶你去那裡走走看看。遠離店家林立的商店街後，瑞螢慢慢步向江邊，微風輕拂在他臉上，陽光是那麼的和煦。街上的道路名稱已經變成昭陽洞一丁目、二丁目，就在瑞螢走在其中時：「這不是碾米廠家的媳婦嗎？」

瑞螢循聲回過頭來，原來是感冒老婆婆。這位老婆婆明明沒有罹患感冒，卻三不五時流著鼻水，所以村子裡的小孩都管她叫做感冒老婆婆。「這老婆婆到底什麼時候才能不叫我碾米廠家的媳婦呢？」和她打過招呼以後，瑞螢把落到額頭上的頭髮往後撥去。

她摸摸襁褓中的明照的頭，感冒老婆婆輕佻地說：「唉呀，長這麼大啦。臉蛋長得也挺好看。現在就長得這麼好看，以後豈不是要燒掉許多少女心？」

這老人！說話真是口無遮攔。前面說得好聽，後頭卻又說那些粗鄙的話。瑞螢以有點不順眼的表情問她：「您剛回來是嗎？」

「我去了朴氏家，去看文甲他媽。」

文甲是比瑞螢丈夫還早被徵召走的人。文甲的父親和叔叔們很早就到日本去，據說在那裡賺了很多錢。朴夫人曾嘆道，原本他們也要把文甲帶過去的，沒想到儘管身為親日派，好好的一個兒子依舊被強行徵召去挖礦了。瑞螢也曾見過朴夫人。

「我好久沒見到他們家的人了，大家都好嗎？」

「你不知道嗎？」

瑞螢搖搖頭。

「她們家媳婦愁雲滿面。」

感冒老婆婆嘖嘖兩聲地咋了個舌。神神秘秘地環顧一下四周，然後低聲地說：「死了，有訊息過來了。」

「誰死了？」

「還有誰？當然是文甲啊！這真是晴天霹靂。當初大家還說只要不是被徵召到南方軍隊那裡就好的，沒想到會變成這樣。媳婦聽到消息以後，整個人都不支倒地了呢。這世上最難過的事情就是白髮人送黑髮人，他兒子連婚都還沒結呢，就這麼離開人世了。」

瑞螢聽了以後，對於志翔的思念就像是吹起一陣東北風，襲擊她全身，她只覺得自己癱軟無力，整個人就像是快要跌倒在地，於是抱著孩子的雙手更加用力扣緊，沒想到嘴快感冒老婆婆卻吐出一句不順耳的話：「碾米廠家媳婦，你擔心什麼！你的公婆那麼有力，有什麼好怕的？而且人命在天，這又是別人家的事。」

感冒老婆婆拍了拍孩子的背以後，便就此離開。居然說這是別人家的事！這老太婆怎麼這樣說話呢？瑞螢看著她離去的背影，怔怔地站在原處，然後把方才感冒老婆婆摸過的襁褓抖了幾下，彷彿襁褓沾到什麼不吉的東西似的。

不會的，不會的。瑞螢搖著頭，並望向那老婆婆離去的路口。明照的爸，不管什麼壞事絕對都不會跑到您身上的，也不想想您是誰？

原本只是想出來吹吹風的閒情逸致，此刻已然消失無蹤，瑞螢憂鬱地望著自己的腳尖，只是慢慢地走著。大街上那些開著門的店家，沒有什麼客人進出，間間門可羅雀。

入冬以後，大概會一直是這麼冷清吧？等春天到了之後，還能有什麼不同？滿臉蠟黃的孩子們，大概會邊坐在路邊，邊享受春日照耀吧？近來每日都能聽到日本勝利、日本攻克哪座島嶼或佔領哪個地方的消息，既然已經打了這麼多勝仗，也攻下這麼多地方，那麼戰爭也該結束了才對，為什麼一直打個沒完沒了、無窮無盡呢？如果那是餓死全朝鮮老百姓也打不完的戰爭，那麼根本就不是什麼殺死鬼畜美英的大東亞共榮圈建設，只不過是榨乾朝鮮人民的計謀罷了吧？

斜日落在她的肩膀上。不知道大嫂的朋友們，是否已經都離開了？正當瑞螢走在返回無趣家中的路口時，她的眼神停留在遠處高高矗立在昭陽江邊的幢竿支柱。時值冬季，乾草偃　倒地，使得兩根幢竿支柱看起來更加巍然高大。

貫穿心中情思洶湧的那日回憶，垂髮起身的那日回憶……

您要是離開了，我、我該如何活下去……

暗夜裡，唯獨狗吠聲獨自清醒，那時瑞螢在志翔懷裡如此言道：我……有孩子了。

挺立著的幢竿支柱影子，逐漸變得模糊，然後慢慢地消失在視線之中。是啊，就是在那石柱旁告訴志翔懷了明照的消息。江風把瑞螢的頭髮吹散，髮絲從額頭上方飄揚了起來。瑞螢一動也不動地站在原處，就好像在眺望著那晚在幢竿支柱前緊緊相擁的志翔與自己。

我也真是不懂事。瑞螢用手背輕輕拭去臉上的淚水，黯然地苦笑著。丈夫最後和自己說好要活著回來的約定並不是約定，是哭泣。瑞螢轉過身去，「我不會死的，我會活著回來。」這句話湧上她的心頭，她低頭無語望著地上，然後起步前行。既然他都這麼說了，那麼就要堅定相信，人家都說女人心眼小，大概就是像我現在這樣吧？

瑞螢感到背著的孩子正尿了出來並且躁動不安，她拍了拍孩子的屁股，並滴咕著：「這小傢伙，怎麼不忍一忍呢？要是尿流出來，流到媽媽背上怎麼辦？要是爸爸現在就在這裡，肯定馬上臭罵你一頓。說到你的爸爸……」話說到這裡，瑞螢又哽咽了起來。「希望你以後要像你爸爸，所以等到爸爸回來的那一天，你要好好長大，然後告訴爸爸『我在這裡！您的孩子就在這裡！』。可是你這孩子，居然在媽媽背上尿尿。」

瑞螢最近終於了解趕回家做飯這句話的真義。大人們總說為了孩子而活，要是沒了孩子，該如何活下去，就是這句話所要表達的意思。

中田敏夫把志翔帶到長崎造船所勞務係辦公室時，告訴他將來的工作內容。敏夫是江上老人的女婿，曾經參與當時世界最大戰艦武藏號的設計，並為此感到自豪。

「往後兩個月間，你要負責為那些不懂日本話的朝鮮人進行國語訓練。這裡的國語不通者實在太多了。」

近來就連教導日本語這件事，都不會被稱作為講習，而是被稱為訓練。志翔心想，果然就如江上老人所言，他的工作就是負責教導日本語。

「你是在哪裡學習日本語的？在學校嗎？」

「是的，以前上學學習過，家裡也和日本人一起工作。我們跟大哥您一樣，也是綠旗聯盟的會員。」

我為什麼要講得這麼仔細？大概是心中有所不安吧？可是中田好像不知道什麼是綠旗聯盟。

「那是什麼？綠旗聯盟？」

「是對朝鮮開始融合政策以後，所創建出來的親日團體。」

原本志翔想告訴他，這是天皇的親族帶領朝鮮人所創建的團體，如今朝鮮人反而更加積極加入，但後來還是決定閉嘴不談。

在中田的帶領之下，志翔走入辦公室填寫了幾種文件。當他填寫好「寄留調查書」以後，辦公室職員遞給他的文件是「帝國軍人退伍分會調查書」，志翔看著這份文件，露出尷尬的表情。

「退伍？這不是從軍回來以後的人才要寫的文件嗎？」

職員用一副「你話怎麼這麼多」的不耐煩神情看著他。

「叫你寫就寫。」

中田看了一下志翔拿到的文件，然後說：「寫上你的戶籍，朝鮮的住址也一並寫上去。這是軍部的要求，是為了無論何時都能動員預備兵力才這麼要求的。」

一臉不滿地看中田詳細解說的辦公室職員，盛氣凌人地對志翔說：「不管是徵召或徵兵，不都是為了國家做事嗎？」

國家？什麼國家？我現在好不容易才知道失去國家，並被強行帶到這裡有多麼讓人痛心，你居然跟我說這都是為了國家？

志翔難過地填寫這些文件時，一個穿著軍服的人叫喚中田的名字，並走了過來。那是勞務係長長谷。

「中田，你來這裡有什麼事嗎？」

「啊，長谷君。我把之前說過的朝鮮人帶來了。」

中田轉過來告訴志翔：「金田君，快打招呼，這位是係長。」

志翔起身點頭致意。長谷係長有著一張坑坑巴巴的大臉，和他那副銳利的眼神呈現截然不同的感覺。

「我叫金田次郎。」

「本來我們是不能這樣隨便錄用人的，這次是看中田君的份上，才錄用你的。」

勉強是嗎？我來到礦區以後，才了解這句話的意思是什麼。所謂的無理勉強，就是絕對不能做的意思。長谷比了個手勢，示意志翔坐下，然後正色對中田說道：「你要記住，端島礦區那裡要是知道這件事就不妙了。這次你可是欠我一個人情。」

接著他又笑著說：「您的漂亮夫人近來可好？」

「託您的福，雖然不是美人，但一切安好。」

長谷翻看了一下志翔填寫的文件以後，遞出了一張文件。

「這張你也要寫。」

他遞給志翔的文件是「勤務所得調查書」。由於上頭寫了勤務所得，志翔對此感到困惑。

「你怎麼這種表情？勤務所得不就是你工作以後領取到的薪資嗎？這裡是長崎造船所，你做多少工作，就會給你多少錢。」

長谷叫來底下的職員。

「這個人的宣誓儀式就免了，直接叫班長把他帶過去吧。剛好昨天來了將近二百名雇傭者，混在裡面就行了。」

志翔驚訝地抬起頭，並問中田：「又有二百人？」

「我也不曉得還會再來多少人。不過那些人不是熟工，沒什麼幫助。雖然總督府那裡一直說國語普及化，可是實際上也沒什麼效果。大半的人都不懂日本話，勞務管理辛苦得很。」

中田拍了拍志翔的肩膀。

「還好有工作可以讓你做，總之這裡一直都需要可以教導日本語的人。」

兩人苦笑著。

三菱重工業株式會社長崎造船所　朝鮮工作部　第五航廠工地　輔工係　第三水上游擊班，訓育番號九三三七，職番三五二。志翔就此正式編入造船所，他所在的游擊班是有五人的一個小組。

「二班，三班，請出列！」

志翔隨著隊伍站了出來。

「排成一列縱隊。四班，五班，請出列！」

以每十人站成一列縱隊，總共有三十人出列。

「現在我們要前往作業場，請排好隊伍，用力擺手行進，知道了嗎？」

由於聽得懂日本話的人太少，所以沒什麼人回應。訓育係員大吼：「怎麼會有這種人？你們知道了嗎？」

「はい（是）！」

回應的聲音比剛剛大了一點。

「再一次。知道了嗎？」

「はい！」

訓育係長走了過來，並拿手上的木刀刺向站在最前方的人肚子上。

「你，往前走三步！」

「はい！」

回應聲雖然比剛剛大了一點，但聽不懂日本話的他，依舊站在原地不動。志翔很快地在他耳邊小聲說道：

「他叫你往前走三步。你快往前吧。」

訓育主任大吼：「把這群笨蛋帶來這裡，是沒辦法建造皇軍所需船隻的。全員跑步、走！」

這天早上訓練一結束，志翔所屬的第三班第六船隊進行了搬運石頭的作業，那些石頭都是要配置在水箱堆積處。志翔慢慢了解到，日方是絕不會要雇傭做重要的工作，也絕不教導他們任何技術或要求他們熟練任何技能，日方只安排雇傭工人做雜事，或是背運東西等單純的勞力活。就連作業場也並非固定在同一個地方，從某些角度來說，雇傭工人們受到與其他一般工人完全不同的待遇。

翌日，志翔一早就被勞務係叫到辦公室，名叫佐藤的職員說：「你知道為什麼叫你過來嗎？」

「不知道。」

「因為你日本話講得很好，所以把你叫過來的。」

「啊，是這樣嗎？謝謝您的稱讚。」

「唉唷，連應對進退都做得很好嘛！那麼，你知道現在開始該做什麼事情嗎？」

「不知道。」

「你這笨蛋！現在開始，我叫你做什麼，你就按照我說的去交代膺懲士去進行。這是什麼意思，你知道了吧？」

志翔又差點脫口說出不知道了。他突然想起剛到長崎時，禹錫曾跟他說，如果人家要你站好就站好，要你吃什麼就吃什麼，所以他反問禹錫，難道別人要我死，我就該去死嗎？那時禹錫告訴他，假裝去死就好了，不過他告訴禹錫他沒有辦法那樣過活。

佐藤看到志翔呆呆站在，又對他吼了一聲：「為什麼不回答？知道還是不知道？」

「知道了。」

志翔慢慢回答佐藤，同時咬牙強忍情緒。卑賤的人生啊，難道你無論何時何地都得這樣卑微地活著嗎？佐藤看了一下他扭曲的表情，然後再次開口：「現在大約需要十個人去食糧營團。你是游擊三班，和四班的膺懲士加起來差不多十人，去那裡幫忙搬運吧。知道了嗎？」

「什麼是食糧營團？」

「食糧營團你也不知道？你們朝鮮人天天都要吃飯，居然連食糧營團是什麼也不知道？」

這項工作是到管理食品的食糧營團，將準備應付空襲時所用的糧食搬運過來的事情。吃過早餐的志翔，很快地就和四班的五個膺懲士一起前往食糧營團。那裡下的作業指示是把食品搬到地下防空壕，而他們搬運的木箱裡，裝的是麵條。

上午的工作就是把麵條搬到地下防空壕。結束上午的工作以後，志翔為了接受訓練指導，正走回宿舍，那時建築物後方飛來一張紙條，並掉在他的腳邊。

志翔隨手撿起紙條一看，發現那是鈔票。雖然手上這張紙條看起來是鈔票，但他想想總覺得哪裡不對勁，於是他仔細翻看這張紙條，發現上頭寫了長長一段話，紙條的一側看起來雖然像是鈔票，但背面卻是寫有一些字的傳單，是美軍發放的傳單——

日本國民諸君

軍閥藏身在他們建設的防空壕安全地帶裡，鼓勵你們抗戰，所以對各位來說，防空壕就是你們通往死亡的玄關。諸君沒有可逃亡之路，抵抗只不過意味著死亡。放下絕望的抵抗吧！那才是唯一一條能夠拯救祖國之路。

讀了幾段以後，志翔便感到驚慌，急著轉過頭環顧四周，不過看起來似乎沒有其他人撿到紙條並閱讀過上面的內容。志翔緊張地把這張紙條折好，收進口袋裡，然後翻開其他東西來看。寫有二〇三四號字樣的傳單，具體列舉日本日益上漲的物價，同時展示出日本的窮困窘境。

軍閥在開始上一次戰爭（中日戰爭）之前的昭和五年時，十円能夠購買下列物品——

・上等米二斗五合

・或夏服八套

・或木炭四袋

在上一次戰爭開打的昭和十二年，十円能夠購買下列物品——

・下等米二斗五合

・或夏服五套

・或木炭二袋半

面對世界最強國所發動的絕望性戰爭之三年期間，十円能夠購買下列物品——

・於黑市購買上等米一斗二合

・木炭少許（如果買得到）

・棉製品　無

美國已經進逼到這裡了嗎？志翔把傳單折好，再度收進口袋裡，然後想起每天朝會都會聽到的話：一撿到美軍的傳單，請立刻繳交給警察。隱匿者將送交第五縱隊（譯註：第五縱隊（Fifth column），起源於西元一九三六至一九三九年間的西班牙內戰時期，為在內部進行破壞，與敵方裡應外合的間諜）進行懲罰。這裡所有的隊伍皆為四隊與單獨出來的另外一隊，第五縱隊，也就是間諜的意思。

造船所裡有兩個宿舍只提供給雇傭工人，分別是木場寮與福田寮。傍晚時分，志翔正前往食堂的路上，突然聽到很大聲的哨子聲響。

「全體到食堂集合！動作快！」

「半島膺懲士，全部都到食堂集合！」

半島膺懲士，指的是那些在半島以徵召之名來到這裡的產業戰士，這句話也是志翔在進入宿舍的第一天所聽到的話。在這裡，雇傭工人被稱為雇傭士，後來又轉變為膺懲士，這些變化都和端島不同。

志翔走到雇傭工人專用食堂後面，並找了張長椅坐下。食堂裡集合了滿滿的工人，這時宿舍舍監走上講台：「各位半島雇傭工！」

大家訓練有素地大聲回答：「はい！」

「在晚餐開始之前，這裡要跟大家再次提醒最近的時局狀況。最近九州近海的敵方機動隊，入侵的次數已多到令人吃驚的地步，所幸在我們皇軍的徹底防禦之下，已全數擊退。這裡特別要注意的地方是下面這三點。第一，就算上頭下令要以幾小時為間隔來發動空襲，也請大家不要動搖。請大家帶著自己的物品，聽從指導員指示來行動即可。任意跑到防空壕或避難所皆為不容許的行為。」

要大家帶好自己的物品再出來的這番話，讓沒有經歷過空襲經驗的雇傭工人們不解地交頭接耳談論起來。

「貴重物也就只有包袱，除此之外，沒什麼好帶走的。」

「客氣地要你享用時，你不吃，吼著你使勁吃的時候，你又乖乖吃下肚，看來你天命如此。什麼包袱搞得跟神主牌一樣！」

講台上的聲音越來越大聲：希望大家徹底執行燈火管制、希望大家珍惜用水。等到舍監演說結束並走下台以後，勞務擔當主管就立刻接著走上講台。

「今天我們特別舉辦了半島慰問團的慰問公演，希望等等大家能一起同樂，並解除一整天的疲勞。」

所謂的半島慰問團，是指朝鮮人來日表演嗎？食堂內又是一陣交頭接耳。

「看來是親日派男女組成的表演團吧！」

「總之是我們同胞來，這真是令人開心。」

「不管是演講會還是什麼的，都很無聊，他們有來就好，有必要這麼大聲張揚嗎？之前表演節目實在不合我胃口，我看到一半就走了。」

「你這個人，不管是這個相公，還是那個相公，怎樣都是自己的相公最好、不管是這個媳婦，還是那個媳婦，怎樣都是自己的媳婦最好，既然是我們自己的同胞來慰問表演，那還有什麼不滿？」

就在吃了個飯糰以後，回到宿舍的途中，走廊上突然哨聲大響，有幾個職員跑了出來。

「現在開始檢查各位的持有物，全員都出來走廊這裡！」

「大家站成一列並靠牆站好！快點！」

只見工人們紛紛走了出來。跟在後頭的志翔，這時想起折好放在口袋裡的美軍傳單，心中驚呼不妙，不知該如何是好，等日方搜完房間，就會叫大家把持有品倒在地板上。志翔假裝在修自己的鞋子，彎下腰來把塌塌米抬了起來，然後把口袋裡的傳單夾在塌塌米底下，並且用力踩了好幾下以後，才走到走廊上去。

勞務係員一走進房間，就把工人們的行李都解開。他們在找的東西正是美軍遍撒的傳單，對日本來說，那些傳單就是最危險的煽動文物。

志翔的背上一直冒著冷汗，他一直擔心要是塌塌米下的傳單被發現，那麼大家可能都會受到處罰，直到找出傳單持有者是誰為止。志翔閉上眼睛並低下頭來：原來我是這樣的人嗎？這麼的支離破碎嗎？志翔對於做什麼都不能堂堂正正的自己、就連一張傳單都要急著藏起來，心裡還怕得要死的自己實在很討厭，討厭到自己想到自己都咬牙切齒。

所幸職員們並未翻找塌塌米底下，便從房間裡走出來開始搜查雇傭工人們的持有物品。他們要大家把口袋裡的東西夾在腳底下，然後用木刀一個一個翻開檢查，才完成所有的檢查。志翔的房間裡並沒有什麼被他們認定為有問題的物品。

深夜時分。原以為大家早就累得倒頭就睡，然而有一個雇傭工人卻窸窣地起身坐著。

「人要臉、樹要皮這句話到底是哪個無賴說的？別說要顏面了，顏面在哪兒都不知道呢！」

「除了這，沒什麼能讓我睡不好的了。今天的睡眠又毀了。」

旁邊另外有一個人開始沙沙作響地搔起癢來。最近跳蚤的問題變得非常嚴重。

「難道不是因為汗水味道不好聞才更嚴重的嗎？」

睡在門邊的人也發出嗯嗯聲響，並坐起身來。

不管哪一個人，都在搔著癢。

「這些討厭的跳蚤，該不會是認出我們是朝鮮人，才特別愛找我們作怪吧？」

說這些跳蚤認出朝鮮人，大家聽了都無話可說。大夥兒滿身疲累，身體就好像重如千斤，可是此刻卻被跳蚤搞得難以成眠，大家除了嘆氣以外，還是嘆氣。

一旁抓著大腿的廣在問志翔：「喂，金田。」

志翔躺著回他：「怎麼了？」

廣在和自己一樣本姓都是金氏，在改姓的時候，改為金山。

「我看到你放了張傳單在口袋裡，你別那樣做了。」

「這是什麼意思？」

「我剛剛都看到了，你藏在塌塌米底下的東西。下次看到的話，把傳單撕了，要是運氣不好被抓到怎麼辦？」

志翔轉身趴著，雙手托著下巴並反問他：「我今天是第一次看到，那麼你看過很多次了嗎？」

「之前看過好幾次了，就連船上都有。」

志翔有點驚訝這些傳單居然飄到大夥兒工作的作業船上。既然廣在說看過好幾次，那就表示這些傳單早就漫天飛揚了。那些傳單是志翔在端島時從未看過的傳單。傳單的種類也有很多種。從預告會發動空襲的預告性傳單到批評日本軍閥或暴露實情的喊戰傳單都有，而且並非所有的傳單上都只有文字，有時候傳單上也會有橋樑與鐵塔倒塌在火場中，同時有一名男子發出悲鳴聲的「轟炸過的人間地獄」圖，有時也會有報告新聞般的報紙型態傳單。在眾多傳單之中，志翔所撿到的傳單則是長得像鈔票、上頭暴露日本現在真實局面的傳單。

躺在門邊，正喀哧喀哧地搔著肚子的男子自顧自地說：「不管是美國人還是哪裡人，要來就快點來吧，趕快把這些跳蚤和臭蟲都抓走，要不然叫人怎麼活？」

美國怎麼可能來這裡抓跳蚤跟臭蟲？也就朝鮮人會說這種話了。簡單地說，這句話道盡失去國家的百姓悲哀。生活樸實如我們朝鮮人，要是聽到窗門紙發出聲音，就會忖度是風吹來了、聽到雞啼時，就知道已經是清晨了，可是我們現在究竟是什麼？就連跳蚤和臭蟲都在吸我們的血，我們又到底是算什麼？

志翔側過身問道：「聽說是因為本土抗戰的關係，廣在你覺得呢？你覺得美國最後會打贏日本嗎？」

「這不是你覺不覺得的問題，而是日本人都那麼相信。」

兩個星期後。志翔在每天工作結束以後，要教導大家日本語，對志翔來說，雖然他是每天都在教授日本語，可是那些雇傭工人們，以及他們稱呼為半島膺懲士者，會依照班別不同，每幾天聚集在食堂旁邊的房間來學習日語。那些人都是自嘲「被盯上了」或「被逮到了」的國語不通者。

我居然要教導自己的同胞說日本話？志翔心中一片混亂。這就像是貓與老鼠的關係，為了使喚這些朝鮮人，所以才要他們學習日語。那些日本人在教導之前，會先動手打人，哪怕只是因為言語不通，也要莫名被挨打。不過，之前有一些人因為工作危險，但卻聽不懂躲避的指示而傷重身亡，想到那些人，志翔就覺得教導大家日語也多少能夠幫助聽不懂日本話而受苦的同胞們。

可是，另一方面，也有不同想法在志翔腦裡打轉：如今這時局，我們國家的人不能講自己國家的話，也不能寫自己國家的字，在這麼慘淡無光的局勢裡，你還能教導他們說日本話嗎？只是，不這麼做，自己也保不了命。

志翔自己也感覺到在端島的那段日子，有什麼改變了他的想法。以前的自己，認為說寫日語是理所當然的事情，可是現在不一樣，我現在終於知道，強迫說日本話就是把朝鮮人心中的朝鮮給掏空。他們怎麼會要消滅掉一個民族的語言呢？而我，過去那段被蒙蔽的歲月還不夠，現在為了求生存，還得教導自己的同胞說日本話。想想，我也算是為抹殺朝鮮話出了一分力量。

不過志翔再度搖搖頭。真是身在福中不知福，不管棲身何處，都得想辦法活下去才行，現在哪是嫌東嫌西的時候？

會社稱志翔的工作是訓練指導的一環，就和軍事訓練一樣，都是教育雇傭工人們的訓練，所以被分類為國語不通，且需要學習日語的雇傭工人們，不參加早餐前的訓練指導也無妨。會社給志翔一本筆記本與兩支鉛筆，還有幾張紙。長谷係長交給他這些東西，並讓他利用來教導日語。

可是，那些東西並不是給志翔來寫教案的，而是讓他填寫他的上課教學內容。

長谷一直對這個受朋友請託，才幫忙變造文件編入會社的煩人半島膺懲士感到好奇。他心想之後趁著見面吃飯喝酒，和中田聊聊這傢伙，所以他把筆記本和鉛筆交給志翔，並這麼告訴志翔：「金田君，雖然教育時間不是我管轄的範圍，但你這個人的所屬則是我的責任範圍，所以你把在這裡上課教導的內容作個記錄，讓我有個底。知道了嗎？」

「是，我知道了。那麼我會先決定出授課內容的優先順序，然後按照每次的上課時間來決定要教授多少句型。」

長谷對於他提出優先順序的這話感到些許訝異，這不是會從一般膺懲士嘴裡聽到的字眼。

「你以前上過學嗎？」

「我是高等普通學校肄業。」

「是嗎？真叫人期待你的表現。那麼就請你好好加油。」

志翔很快就決定好第一天要教導雇傭工人們的四種句型，分別是坐下、站起來、往前、往後等四種。這是志翔在思考雇傭工人們最常因為哪些話而平白挨打以後，所決定的內容。在那之後，則是教導こそあど，也就是這裡、那裡、那——裡、哪裡等表示距離遠近的指示狀態。

在志翔向長谷報告他即將教授雇傭工人們哪些日語的那天晚上，長谷在下班以後，前往造船設計部找中田，並一臉嚴肅地問他：「你帶過來的那個朝鮮人，究竟是從哪裡帶來的？」

「怎麼了？出什麼事了嗎？」

「出事？要說出事，倒也是個大事。」

中田滿臉困惑，並想起老丈人跑來拜託自己時的樣子，而長谷則是看著中田咯咯地笑：「那個朝鮮人有點好笑，我還是第一次看到這種朝鮮人，是個異類。」

「異類？到底是發生了什麼事啊？」

「你知道金田那傢伙要教導其他雇傭工人們的日語是什麼嗎？這裡、那裡、往前、往後那類的。」

「往前、往後？這是什麼意思？」

「他的理由真是一絕。說是調查過膺懲士最常因為聽不懂哪些話而挨打，結果就是這裡、那裡、往前、往後。」

這時中田才終於放下心來，並笑了出來。

「聽說他上過學，你不覺得他還懂得用腦筋，是很有趣的傢伙嗎？我想應該有很多事情可以叫他做。」

第一天，志翔並沒有告訴雇傭工人們他所教導的內容是指示代名詞與近稱代名詞、中稱代名詞、遠稱代名詞，只是叫他們一定要把こそあど給背起來，然後再舉例說明給他們聽。

「所謂的これ，就是指『這個』，而それ是指『那個』。至於あれ，則是指更遠的『那——個』，どれ指的是『哪個』。那麼，現在大家跟我一起念十遍。」

志翔叫他們跟著念十遍，結果卻沒有照做，志翔笑著說：「我知道大家的心情。雖然故鄉山川都還在我們腦裡來來去去的，但請各位就在腦子裡多加こそあど這四個字。會社那邊雖然要我從打招呼開始教導大家，可是我們在這裡哪有什麼需要用日本話跟人打招呼的？這裡不都是我們朝鮮人嗎？光是一句『今天真的太那個了』就能心領神會的朝鮮人啊！」

「就是嘛，真的太那個了！」

「大字不識一個的我，被徵召到這裡當工人，居然還得像個學童上課讀書，真的是很那個啊！」

雇傭工人嘻嘻哈哈笑了起來，原本靠著牆睡的人，也紛紛驚醒了過來，並轉過頭張望四周。

「表示距離時，也是一樣，都是使用こそあど的規則。當距離越來越遠，日語的規則就按照こそあど來。所以指這裡的時候，就說『ここ』，指那裡時，就說『そこ』，再遠一點是『あそこ』，不知道是哪裡時，就說『どこ』。怎樣？很簡單吧？」

「說簡單好像簡單，說不簡單好想也不怎麼簡單啊，真的很那個耶。」

第一天不像授課的授課結束後，志翔一邊走回宿舍，一邊喃喃自語「原來如此，原來如此」，並難以克制心中的訝異。志翔訝異的是過去他不知道的事情，同時也是軍艦島上無法聽到的外部變化：新進造船所的雇傭工人和軍艦島上的雇傭礦工不同，他們都認為日本即將戰敗，所以甚至有一些人認為應該要集體罷工才行。

就在幾日後。拿到下一階段要教授之日語目錄的長谷，拿了一把椅子要志翔坐下，長谷則是看著志翔交給他的紙張笑出聲來。

「這比想像中有趣多了。站好、坐下、往前、往後、快跑、快走。哈哈，沒錯，確實需要教他們這些比較實際又具體的東西。既然如此，不如也教他們左轉左、右轉右好了。」

「是，我知道了。」

「可是，這又是什麼？逃げる（快逃）？」

「我把躲起來這句話改成更加強調的『快逃』，我覺得學好這句話，以後真的遇到危險時，就能派上用場。以前在端島的時候，很多人因為聽不懂快躲起來的這句話，結果喪命在煤氣外洩之下。」

「不是要教他們從造船所裡逃走嗎？」

「如果是那樣，那我們為什麼要說日本話？直接講朝鮮話就好了。」

長谷係長看著志翔，緩緩地搖了一下頭。

「我有一點一直想問你。這些不都是命令語嗎？你只教他們命令語嗎？」

「半島膺懲士會聽到的日本話就只有命令語而已。快走、快來、站好、坐下，就只有這類的話。」

「是這樣嗎……」

長谷的神情嚴肅了起來，心裡暗忖眼前的志翔是需要拿出禮儀相待的重要人物。

「你以前在朝鮮是做什麼的？」

「我在碾米廠還有商店工作。」

「你是店員嗎？」

「說是店員也沒錯，我的父親是老闆，身為兒子的我得幫忙打理。」

長谷站起身來，志翔也跟著站了起來。

「我知道了，那麼今天就到此為止吧。」

長谷對轉身要離去的志翔說：「希望你的工作能幫上膺懲士的作業，總之就先繼續下去，看能做到哪裡就做到哪裡。我會報告上級的。」

長谷的語氣比初次見到志翔時客氣了不少。

28

她說她沒被徵召走，也沒去勤勞挺身隊（譯註：勤勞挺身隊，意指作為補充勞動力不足的主要手段，日本政府於一九四四年八月二十三日公告女子挺身勤勞令以後，為挺身勤勞隊之成立提供法源。該法源亦適用於殖民地朝鮮與台灣）的工廠，真是白跑一趟了。瑞螢覺得有些洩氣。

一聽說有女孩子之前被徵召走，最近已經返鄉，瑞螢心裡詫異著怎麼連女生都要被徵召，趕忙前去求見。那個女孩子住在遠處，所以瑞螢還特別把明照託付家人照顧，自己則先繞過鳳儀山，前往能夠遠眺九鳳山的泉谷三角洲與那位女孩子會面。不過那位女孩子，順德，表示自己並非被徵召走，而是前往日本的製絲工廠就職，最近才回到家鄉。

距離上一次收到志翔的消息，都不知道已經過了多久。瑞螢雖嘆著自己白跑一趟，但她心想著至少也要知道前去日本者都過著怎樣的生活，還是東問西問地問了順德好多事情。

順德一邊說著甭提了，一邊搖著手。

「總之，想起那時只不過摘個桑葚吃，我就挨了好一陣打，到現在我都還覺得氣憤呢。不就只是個桑葚嘛!居然說我偷吃高價品，對我噘嘴還捏著我的臉打我巴掌，罵我『你這小偷！』，然後就是一陣毒打。唉，總之就是一群爛人！」

心中雖盡是對志翔的擔憂，但瑞螢卻不知該從何問起，只是點了點頭並靜靜坐著。

「我們工作的地方啊，沒有被徵召過去的雇傭工人，都是女孩子。」

「就算是那樣，也請你多講一些，我好久沒收到他的消息了，都不知道他在那邊過得如何。你的工作很辛苦嗎？」

「讓人無語的不是工作辛苦，是全都講假的！你知道我從這裡過去的時候，他們告訴我什麼嗎？他們說一天薪水是三円，我心想，製絲工廠的日薪若是三円，那麼只要工作個一、兩年，我就能存到一大筆錢了。」

瑞螢也認為這薪水給得很優渥。要是一個月工作二十五天，那麼月薪就能領到七十五円，以昨天二等米的市價為十公斤三円五十七錢來看的話，由於一袋米約為八十公斤，那麼一個月月薪就能買到兩袋多的米。瑞螢問：「所以那些都是騙人的嗎？」

「沒錯！我根本就是上當受騙才會去日本的！在一千個女工中，也不知道有沒有個一、兩人能拿到一天三円的薪水。我們啊，一天就連三十錢都不到。」

瑞螢的心中越來越擔憂。

「不過，那也就算了，我們一過去就說我們已經欠了一筆債。當我們抵達會社時，他們說已經支付了募集我們過去的鳩先生仲介費三十円，然後以這個為藉口要我們還清那筆錢。更別說還要支付食宿費用了。不過，你以為只有如此嗎？他還說我們出發前拿到的預支金一百円都是債款，也要我們償還。我一過去就被這些債款給嚇得失神了，我這命格哪來那麼多錢？」

話說到一半，順德突然噙著眼淚，並緊閉著雙唇。

她說一直到出發為止、一直到步上日本為止，一切都很美好。她充滿了希望，夢想著以後用賺來的薪水，每個月買兩袋米，開始半利借糧的生意，幾年以後就能靠著租金過活，並改善家境。她在釜山度過一晚以後，便搭著交通船前往下關，直到抵達下關之前，她都是很開心的。

「說是工廠，但一開始，他們就只要我們摘桑葉，完全不教我們其他事情。可是，每一餐就只給我們一個飯糰，然後要我們做這種體力活，真的是會餓死人。所以等到桑葚開始熟了以後，我才會摘幾顆桑葚吃，不吃一點怎麼撐得下去？」

瑞螢點點頭。

「注意事項不管怎麼說，也就那麼一件。就是要我們摘桑葉，但不准我們吃桑葚。」

是為了要獲取桑樹種子才那樣的嗎？瑞螢想起以前每一戶人家都要把桑葚弄破，然後取出裡頭的種子，並用清水沖洗乾淨，連同乾桑葉供出一定的數量給日方。

「要我們不吃桑葚，你說這可能嗎？怕被他們發現我們偷摘桑葚吃，我們全部的人都把嘴巴閉得緊緊的。可是現場監督那傢伙，要我們列隊站好，然後全員吐出舌頭，你說吃過桑葚而染紫的舌頭怎麼能不被發現嘛！所以被他們發現以後，我就被他們捏著臉甩耳光，還被罵『你這個小偷！』。」

說到這裡，順德的淚水終於忍不住流了出來。那些女孩子們只不過是摘個桑葚吃，就因此而挨打，那麼在都是男孩子的礦區裡，日子過得豈不是更悲慘？瑞螢越想就越覺得難過，甚至覺得今天不該來見順德的。

瑞螢以心中壓了塊大石的沉重心情告別順德。因為不好意思空手造訪，瑞螢特別到商店裡購買幾塊肥皂當作伴手禮，順德接下禮物時，是這麼跟瑞螢說的：「您擔心什麼呢？出身富貴之家有何擔心呢？」

被雪深埋住的小路好不容易才被除雪打通，一路延伸到山腳下。瑞螢嘎吱嘎吱地踩在小路上的積雪，猶記去年夏天時，這條路的兩旁有如麥浪翻湧，而現在強風吹來冰冷雪花，擊打在田埂邊成排的桑樹後便揚長而去。摘了桑葚吃而挨打？日本就連摘桑葚的工人都要從朝鮮這裡徵用嗎？想到不經意地看過的桑樹，現在也覺得不甚平常。

遠方朴氏宗廟周邊那遍布老松的山丘，此刻正籠罩在白雪皚皚之中。在這個村子裡，水田還比旱田多。一經過這個村子，就能看到有名女子走在水梗路之間的彎曲小徑上，在距離那名女子約兩三步前，則是一群男丁。由於正走在大家踩通的狹窄雪路上，於是瑞螢停下腳步讓對方先行，沒想到走過來的女子驚訝似的呼喊了一聲。

「瞧瞧這是誰？」

原來是住在後方的俊泰媽媽。因為常和丈夫一起到碾米廠來購買米糠的關係，所以兩人熟識了起來，聽說不久前她被徵召走的丈夫已經喪命，被燒成骨灰送回家鄉，瑞螢也為此而擔憂得失魂落魄。

瑞螢看著俊泰媽媽，心裡撲通撲通地直跳。眼前那個收下丈夫骨灰罈的女子，和我這個失去丈夫聯絡，什麼消息都不知道，心裡滿是憂鬱焦急的人，心中是一樣的無奈。俗話說，父母死了埋在山裡，孩子死了埋在心裡。那麼丈夫死了，該埋在哪裡？當瑞螢聽到俊泰家的消息時，她也曾想過若丈夫死了，那麼該埋在哪裡。當初俊泰爸爸比志翔還早被徵召走，最初說是去了軍工廠，可是死訊傳回老家時，卻是從北海道的礦區傳來的。

「您剛從哪裡回來嗎？」

「我有點事，所以要出去一趟。倒是你呢？怎麼會來這裡？」

真叫人難過。俊泰媽媽努力擺出笑臉，強顏歡笑的。

「我去跟人見面……」

俊泰媽媽看了瑞螢的表情以後，問道：「是嗎？那麼有收到丈夫的消息嗎？心裡的那道門栓就上緊吧，等到時機到了，歸人自然來返。」

「好的，我知道了。」

「就先把他忘在一邊吧。遺忘是讓心裡最舒服的，除此之外，沒有良藥了。」

瑞螢點點頭，並望著俊泰媽媽的憔悴臉孔：這個要我遺忘一切而活的女子，難道已忘了丈夫的一切嗎？本來活得好好的丈夫，重回家鄉時，已變成一把骨灰，難道在看過丈夫白骨以後，也能把他遺忘掉嗎？在俊泰媽媽一句「你先走吧」的話下，走在前方的那個男子，正站在遠處等她。瑞螢稍微轉過頭看著那個正眺望著原野的男子，然後問俊泰媽媽：「您要去哪裡嗎？」

俊泰媽媽眼神指向站在遠方的那個男子。

「那是我大哥。」

「是嗎？我沒認出來。」

「現在正要去大哥家裡。」

「怎麼會還在這麼冷的天氣裡去拜訪大哥家呢？」

俊泰媽媽此刻應該不會想纏著別人陪伴自己，這種時候，能陪在自己身邊的，也就只有自己的家人了。俊泰媽媽若到大哥家裡和家人度過一陣子，多少能打起精神，並堅強度過往後的日子吧？瑞螢這麼想著。不過俊泰媽媽和瑞螢這麼說：「拜訪什麼？是大哥看不下去婆家那裡說要減少一張嘴吃飯，所以才讓我過去的。」

瑞螢大吃一驚。說要減少一張嘴吃飯？那不就是把俊泰媽媽給趕走嗎？瑞螢難過地低著頭，不忍看見俊泰媽媽的表情。

「在沒有丈夫的婆家裡，就算被大家指指點點也無妨，只是孩子有什麼罪呢？就這麼變成失去父親的孩子。想到這點，就讓人難過得肝腸寸斷……」

俊泰媽媽斷斷續續地說著，眼角還不禁泛淚。瑞螢好不容易才擠出一句：「就算不那樣，光是打起精神就夠辛苦的了……」

這下換瑞螢哽咽了起來。兩個女孩子難過地說不出話來，只是站在銀白風雪之中，靜靜地看著前方。男人們離開且命喪他鄉，然而女人們為了養大他們留在故鄉的孩子，處境既可悲，又感人熱淚。不過，現在也只能堅強活下去了，等到有一天，孩子長大了，就把當初充滿怨恨的歲月，全都講給孩子聽，並要他不可忘記那段日子。然後再告訴孩子，雖然祖先過著這種艱苦日子，但你們一定要活得好好的，將來能夠一展抱負，把以前那段歲月的痛苦與悔恨都給消除。

俊泰媽媽喃喃地說：「大哥有說，忠清道那裡發生了日本巡查被殺的事件。據說是鼓勵人員送出，想要強行把人帶走的巡查被人殺死了。」

瑞螢聽了以後嚇了一跳。俊泰媽媽突然放低聲音，好像有什麼天大秘密似的。

「還有其他傳聞。聽說慶尚道也有日本人要把年輕處女們帶走，少女不從，結果就被人殺死，還拿去榨飛機機油。最後散播過這傳聞的人，全部也都被抓走了。」

「聽起來好恐怖。」

兩人默默站著。

「既然您大哥在等著，那就快走吧。」

俊泰媽媽點點頭。

「那麼，再會了。」

瑞螢看著俊泰媽媽逐漸走遠的身影，自己卻是一步動也不動地站在原地。到底是什麼可怕的事件，居然會把少女殺了，並拿去榨飛機機油？瑞螢的心裡激動不已，慢慢轉身離去，踩在積雪上的嘎吱聲響，彷彿在催促著她的腳步。被人踩通的這條路，在積雪的平原裡一直延伸到遠處。停下腳步的瑞螢，下了一個重大決心：志翔的消息中斷到現在都多久了，我到底在這裡做些什麼？路的另一側，彷彿浮現出志翔的臉龐。

走吧！現在不是呆呆待在這裡的時候，那怕只是看他一眼就回來也好。記得那裡是端島，那就去吧！瑞螢握緊拳頭，決心要去見志翔一面。此刻，一股強風吹起銀白瑞雪，穿過桑樹間隙而去。

島上又重新掛起那曾讓佔領勞務係辦公室的雇傭礦工們為之光火的煤礦增採的橫幅布條，端島也再次回到以往的樣子。日夜不休地進出礦區挖礦的礦工們，仍然被苛苦的勞動工作壓得喘不過氣，餐餐都是鹹滋滋的醬燒蘿蔔和豆渣混豆子的餐點，絲毫沒有任何改變，就連那個堅硬難嚼的穀糧便當，也依舊如昔。

偏僻的島嶼，端島。包括東京在內的幾大都市，已經因為遭受大空襲而陷入一片火海的消息，也已經傳到端島上來。B-29 轟炸機最近越來越常出現在長崎的上空，不過倒是未對端島發動空襲。對那些從昏暗宿舍中，拖著沉重腳步行進到更加黑暗的地下礦坑裡的雇傭礦工們來說，他們的日子則在無聲的沉默與暗黑無光的時間洪流中，持續進行著。

信哲作為主導暴動之嫌疑，被押送到長崎以後，雇傭礦工們的抵抗也告一段落。雖然原本大家猜測會有許多人被處以懲罰，但結果不然，事件可說是草草結束，這是因為日方並不希望懲罰會帶來後遺症，並影響到挖礦量。

就在信哲仍然被關在地下室，並忍受著各種嚴刑拷問時，棧橋邊放置了兩個以草蓆包著的逃亡者屍體，一放就是兩天，而那個地方就位在雇傭礦工們的宿舍對角線之處。雇傭礦工們看到朝鮮人屍體就被放在船隻接頭的浮橋旁空地以後，失去氣力地喃喃而語：「放在那邊，要是屍體腐爛掉……那些日本鬼子們真的太狠毒了，太狠毒了！」

「想那麼多幹嘛？身上熱血會氣得倒流，到時候氣死了怎麼辦？」

「不然呢？不然要我們造反嗎？我說，這一定是有什麼地方大大出錯，而且就是那個地方出錯，我們這種稻草無依般的小老百姓才會遭受現在這種下場。」

「有什麼地方大大出錯？」

「你是真的不知道才問的嗎？就是國家呀！就是因為失去了國家，我們才變成現在這種下場，不是嗎？你的腦子怎麼這麼不會思考？」

斗九的屍體甚至沒有用草蓆蓋上，幾乎是以光著身子的狀態趴在地上。這些屍體被用來作為殺雞儆猴之用，好對礦工們製造恐怖感。不過，也不知道是否因為死相太悽慘，沒有辦法露出來給大家看的關係，不管是被打死或掉入水中溺死的屍體，其臉部一定會被遮蔽起來，同時配有警備員在旁監視。

冬天的端島並未換上顏色，依舊是那個被煤礦粉籠罩的黑色島嶼。在這座島上，並非只有高聳的鋼筋水泥公寓，以及那下面看不見陽光的冬季巷弄看起來幽谷蕭森，就連乾草地上也蒙上了一層煤礦粉，使得乾草無法迎風挺立，紛紛臥倒在地上，好不淒涼。

「他們那些傢伙帶著妻小住在上面，可我們被他們以徵召為名抓來這裡，還得住在底下，像條蟲一樣似的。

萬重你說，難道不是嗎？」

「吵死了。」

萬重頭也不抬地回他。他才剛結束一天的工作，正從礦坑裡走出來。

「你難道一點想法也沒有嗎？」

「沒有。所以你別來吵我了。」

「做人可不能這樣啊！」

「我不管朝鮮怎樣，也不管日本怎樣，我決定把這些都忘掉。現在要是有得吃就吃，沒得吃就餓肚子，我打算就這樣活下去了。我就是那樣的傢伙，你要是想開玩笑，那就你們自己說著玩吧。」

萬重把頭燈繳回，然後號碼表丟回去給職員以後，一個人冷冷地走在前頭。學哲皺著額頭問：「他最近怎麼了？他這樣子，很難讓人視而不見、充耳不聞啊。」

頂著全身滿滿黑色煤礦粉走出外頭的男子正叫囂著。

「明知道這是以卵擊石，才叫了幾聲而已，那邊就衝了進來，結果行動就這麼半途而廢。說到底，我們除了蹭在底下討口飯吃以外，有獲得過什麼嗎？」

說這話的是忠植。本來血氣方剛，還說大話要挺身而出與日方戰鬥的忠植，等到石頭一飛過來，立刻就躲入宿舍屋內。也許就是因為如此，近來忠植就像是推翻當時的自己似的，不停日本鬼子、日本鬼子地叫。走在前方的萬重停下腳步，轉身過來用力推了一下忠植的胸口。

「你剛說的像話嗎？」

「你幹嘛推我啦！」

「我一直努力忍著，可是我實在聽不下去了，這把火我忍不住了。」

萬重頂著那張被煤礦粉覆蓋住的臉，擋住了忠植的去向。

「就算同樣的話，看人說也會有不同，可是你剛說那是什麼話？你這張爛嘴最好不要亂講些有的沒的，要不然只會惹禍上身。知道了嗎？」

被萬重氣勢壓倒的忠植，瞇著他原本就已經細到不行的雙眼。

「唉唷，你用那什麼殺豬聲對我大吼？」

「怎樣？你剛說以卵擊石？還有什麼半途而廢？你這傢伙！就算嘴歪也要把話給我說清楚！」

「你看看你，你分明話中有話。」

「只有話中有話嗎？難道沒有話中帶刺嗎？」

「你難道有什麼看我不爽的事情嗎？」

「當然有。你以為我不知道當我們那天在雨裡團結對抗日本人時，你人跑到哪裡去嗎？」

「對，我是跑到後面去了。所以你現在是要拿這個來跟我吵架嗎？」

「你那個時候還能拉出屎來嗎？你的同胞在前方浴血敗退中，然後你躲到小洞裡拉屎是嗎？」

「我、我可沒有耍什麼手段。」

忠植瞪著他的小眼睛，瞅著萬重看。萬重抖動了幾下手，然後朝忠植的方向往前一步。

最近萬重的情緒並不好。他並不知道為什麼一直很親近的禹錫在示威抗議時，刻意跟他保持距離。他心想，若當初禹錫不和他保持距離，他一定也會選擇逃亡，但若換個角度想，如果當初真的逃亡了，自己也可能會被日方捕獲並活活打死，現在還能留著這條命，反而是萬幸。萬重不知道正是因為自己家裡三代單傳的關係，所以禹錫才堅持不讓他在示威抗議時出面擔任各種任務，他的心裡既納悶，也感到不悅。

「什麼？手段？你這瘦皮猴連個性都爛到底了！怎樣，是想跟我打一場嗎？」

萬重一邊怒吼著，一邊抓住忠植的胸口。忠植訕訕笑著，並抓住他的手腕。

「不過一點小事，你就想動手了？我耳朵可沒聾，你說話小聲點。你這傢伙，你才是！你擺什麼臉色！」

「唉唷！露出真面目了？來啊，你這傢伙！」

萬重把他那件說不上是衣服、滿是黑色煤礦粉的上衣脫了，重重地丟到地上，並對忠植說道：「你好像不知道我是誰的樣子，我現在可是氣炸了，再也忍不下去了。」

脫掉上衣的萬重，把忠植一把拉到蓄礦場的後方。身材瘦小，腳步又敏捷的林氏，飛快地跑到兩人之間，並勸告忠植：「你沒聽過他的名字嗎？只要提到姜萬重，仁同（譯註：位於慶尚北道）每個人都認識，是很有名的摔跤選手。你們幹嘛拿這點小事吵架啦！」

忠植瞅著萬重：大餅臉！你這傢伙，別只知道寬度，也要懂得高度，你要是個摔跤手，那我都能打老虎了。

「這世上哪裡有女人怕男人的屌，就不敢結婚的？今天究竟會是誰的忌日還不知道呢！」

「唉唷，就叫你忍一忍，你怎麼又挑釁呢？」

林氏擋在忠植的胸前。

「你別管了，林氏。這傢伙不給點顏色瞧瞧不行，我這下就來好好教訓他一下。」

就在萬重嘟囔著的時候，忠植把瘦小的林氏往旁邊推去，並起身朝向萬重衝去。啪地一聲，只見萬重用雙手捧住自己的臉，身體也彎曲了起來，原來是忠植用頭強力地撞擊萬重。萬重後退幾步，並抬起頭來，他的雙手已沾滿了鼻血。此時，忠植再次朝向鼻水汩汩流到雙唇的萬重衝去，發動第二波攻擊，萬重則是在後退的同時，擒抱住忠植的身體，並把他舉到自己的肩上，然後狠狠地摔在地上。忠植在地上痛苦地翻滾，然而萬重立刻抓起他的肩膀，又是一次強勁背摔。萬重並未就此停手，他一把抹掉鼻尖上的鮮血，然後抬腿往忠植身上瘋狂踩踏，嚇得林氏趕緊往後退。林氏皺著臉別過頭去，不敢直視。

「所以我不是說了？你就是沒把人家的話聽進去。」

萬重把失神的忠植那顆頭，像是在砸爛南瓜似的擊打了幾下之後，便轉過身去。林氏趕緊跑到像是待洗衣物一樣癱在地上的忠植身旁，搖著他的肩膀說：「喂，你醒一醒啊！你這個人怎麼就這麼愛沒事找事呢？」

為了阻止鼻血再次流下來，萬重仰頭數次，同時還嘟囔著：「打死也不足惜的傢伙。這早該讓大家打死的混帳，如今栽在我手裡，他自己本人應該最清楚這到底應該不應該！」

圍觀者們看著萬重，紛紛交頭接耳起來。

「該被大家打死是什麼意思？忠植也和那些奸細是一夥的嗎？」

「這倒不是，只不過當大家聚在一起時，他殺殺打打地喊得比誰都大聲，還搶著站最前頭，但那些日本鬼子一攻打過來，他就立刻開溜躲到後頭去，連臉都沒露出來過。」

萬重嘎嚓嘎嚓地邊走邊說。

「瞧我這都成什麼樣子了，看起來就像樹林外的山鬼。」

婆婆朴氏哭笑不得，她燒了鍋熱水幫明照洗澡，結果這小傢伙洗到一半居然呼嚕嚕地睡著了。

「唉喲，這小傢伙的膽子到底有多大，才這麼小年紀就已經一副不怕天塌下來的太平樣了。」

正當朴氏還在想著哪有小孩會像明照這小傢伙一樣，居然會洗頭洗到睡著的時候，這時候明照又突然打了個大噴嚏。朴氏啼笑皆非地又說了一句：「唉喲，連打噴嚏都這麼大聲，這一點倒是確確實實地遺傳到了。果然體內流的血是騙不了人的。」

朴氏說的正是噴嚏聲大到能從大廳傳到內屋，並震動內屋窗櫺的斗英。朴氏看著幫明照擦身著衣的瑞螢，對她說：「真不知道這孩子以後會做什麼，還這麼小就已經天不怕地不怕了，彷彿就他一個人活在太平盛世裡，什麼都不擔憂。」

「媽您也真是的，才剛生出來沒多久的孩子哪知道什麼太平盛世。」

朴氏搖了搖手。

「不不不，你看他躺的姿勢，完全就是天不怕地不怕的呀！」

就算婆婆朴氏不這麼說，光是看到明照每次吸奶吸到飽後入睡的樣子，在瑞螢的眼裡，也沒有哪個孩子比他還要安泰舒服的了。明照這孩子，一點也不折騰人。

「這可是你的福氣呢！孩子這麼乖，你已經開始在享福了。」

不過朴氏的話尾裡，夾雜著對音訊不通的孩子的擔憂。

「要是孩子的父親能看見他這個樣子，該有多好。可惜他看不到。」

「所以我才要去找他啊，媽。」

這兩位女子的視線就停在夜光照入的窗邊。後天一到，瑞螢就要啟程遠行，前往端島找志翔。

「是嗎？也好。」

朴氏的聲音變得微弱。

「雖然我不知道你為什麼要選在這種嚴冬中出發，但這種事情就是該在想到的那瞬間就快點行動才對。也好，你決定如此也好，去了那裡，哪怕只能看到他一眼也好。雖然不知道見到面會不會比見不著面好，但總比我們老是望著天空興嘆好。」

「謝謝媽。媽，我一定會小心並平安回來的，請您不要太擔心。」

「好的好的，相信你一定會有好消息的，有什麼好擔心呢。」

這一陣子以來，瑞螢已經無數次站在窗邊，獨自望著夜空。每當這個時候，瑞螢總是會把徘徊在心中的話吞忍下去：媽，我能夠去一趟日本嗎？

不能再呆呆地等候了，一定要去見他一面。就算日本再遠，不也就是在陸地上嗎？還能有多遠？現在可不能癡癡地等著，不如先和婆婆商量一下。瑞螢正打算和婆婆商量，此時寒冷冬日的夜空中，一顆流星滑出天際，劃過一道長長的光影，墜落在天空的另一側。

瑞螢的心意已無法停止：成天待在家裡並沒有辦法解決任何事情，得到日本親眼看看丈夫過得如何才行。

只要狀況允許，我也能在附近找個工作，這樣應該就沒有什麼問題了。何況我是要去找孩子的爸，有誰能說我什麼呢！

就在瑞螢煩惱了好一陣子，終於鼓起勇氣和婆婆商量這事時，婆婆的反應反倒讓瑞螢吃了一驚。

「你要去日本？」

「是的，媽。只要您允許……」

「看來你終於下了這個艱難的決定，我的媳婦。」

瑞螢看著婆婆，指尖不停地顫抖著。

「雖然這話是現在才告訴你，但其實我心裡一直訝異你怎麼還沒開口說要去找那孩子。」

「那個，媽……」

朴氏伸出手來，緊緊抓著瑞螢的手。

「如果是我，我早就飛奔去找他了。消息都斷了這麼久，也不知道他是生是死，這樣能吃得下飯、睡得著覺嗎？這有什麼好怕的呢？立刻背著孩子尋夫去，這才是我們朝鮮女人所為。要是只會提著衣領哭哭啼啼，又一蹶不起，那才不是我們朝鮮女人所為。」

「媽。」

瑞螢趴在婆婆的膝蓋上哭泣那天，朴氏曾這樣說過：「不管怎麼說，我的孩子都能從一個小嬰兒長那麼大，怎麼可能會回不來呢？不管能不能把那孩子叫喚回來，那孩子一定會沒事的，你就放心地去吧！你的心意，天地都明瞭。」

語畢，婆婆嘆了一口氣。

「別說天地了，你的心意我也清楚得很啊。」

瑞螢一決定好要赴日以後，朴氏就立刻拜託裁縫店準備瑞螢一路上要穿的外套和褲子，至於幫明照準備的衣服，則是鋪棉厚鍛童裝。看著婆婆就連明照的尿布都使用難以入手的上等布料來縫製，瑞螢不禁感到心痛。婆婆的性格剛毅，向來不露聲色，不過看著她忙著張羅這麼多東西的樣子，瑞螢如今終於了解婆婆把孩子送走以後的心情。

瑞螢幫志翔準備了兩雙布襪和一件棉襖，結果大嫂明淑看了以後，反應非常大：「唉唷，明照的媽，那裡是南部，不穿棉襖都夠熱的了，你幫他準備這衣服，到底是要他什麼時候穿？還有，你想想看，你要男孩子怎麼保管這種衣服呢？難道不是嗎？」

「那是我的心意。」

瑞螢聽到明淑的這些廢話，雖然氣得想甩她巴掌，但還是笑笑地忍住這口氣。其實瑞螢也不是沒想過，幫志翔準備了棉襖以後，那裡也沒有地方讓他送去縫補洗潔，究竟要他如何保管這件衣服，但無論如何，她還是希望志翔能夠穿上她親手縫製的衣服，哪怕只穿一次也好。

瑞螢幫志翔準備的那兩雙布襪是厚棉布襪，襪尖稍微拉高，腳腕處則做得寬鬆，要讓志翔到時候穿起來感到好穿又舒適。為了不讓志翔到時候被人嘲笑男孩子穿布襪這件事，在縫製時，她花了不少心思。不只如此，她還用藍色繡線縫了個代表生命的「壽」字，字樣小小的，跟指甲差不多一樣大。

雖然瑞螢也很想多帶點東西給志翔，但畢竟是帶著孩子一起上路，最後她還是決定行李越少越好。原本她還想帶個打糕給志翔吃，後來想到路途遙遠，很快就放棄帶食物的念頭。

大嫂明淑就好像參加宴會似的，不停穿梭正在做離行準備的瑞螢與婆婆朴氏之間喧鬧著。

「奢侈為敵，現在局勢就是這麼緊張。所以，明照的媽，你說該怎麼穿呢？我覺得啊，雖然應該要剪頭短髮，然後考慮到帶孩子上路，別穿裙裝才方便，可是畢竟是要去見丈夫，總不能穿大媽褲去見他吧！明照的媽，難道不是嗎？又要搭火車、又要搭船才能到日本，這樣最好穿的像日本女子那樣才對，你要那樣穿穿看嗎？」

「我，我想就穿著平常在家會穿著的衣服就好。」

一旁看著兩個媳婦的朴氏，這時對明淑說道：「什麼明照的媽？你怎麼開口閉口就是這樣叫她？」

「這又怎樣了？媽！這樣不是很方便嗎？」

「你們可是妯娌，就要有那個樣子。別人要是聽到了，會罵你的。」

「小嬸，你不喜歡我叫你明照的媽媽？」

「隨你高興吧，你愛怎麼叫就怎麼叫。」

「要怎麼稱呼也要看你啊，你讓我隨便怎麼叫又是怎麼一回事？你應該問我能不能用你喜歡的稱呼叫你啊！」

朴氏在旁聽了，雖不禁咋舌，但儘管是這樣的明淑，也還是有像樣子的時候。在她喧鬧了好一陣子之後，她幫瑞螢準備了一種叫做ねんねこばんてん的日本製的棉罩衣，不僅能夠把背上孩子的臉往下遮蓋起來，也很方便讓孩子露出小臉來。

跟丈夫失去聯絡也不知道已經過了多久……但家裡卻沒有人說些什麼。原本瑞螢以為公公會把媳婦叫去問問狀況，可是別說是公公，就算是志翔的大哥賀翔，也一樣默默無語，這讓她難過了好一陣子：自己的弟弟已經被強行帶走了，不是去南洋也不是樺太島（注：意指庫頁島），而是去了日本內地，難道身為大哥不該去看看嗎？賀翔好像看似已經讀出瑞螢的心思，幫她備妥了渡航證的所需文件。

「聽說志翔去了三菱旗下的礦業所，比起其他軍需礦區的待遇還要好一些。」

這時瑞螢心裡的結，總算一個一個解開來，她很感謝大家為她所做的一切。

「總之，明天也好，弟妹你先去警察所見一下岡田警視，我已經先拜託過他了。據負責人田口巡查所言，一定要本人去領件才行。還有，因為時局特殊的關係，聽說在領取渡航證之前，得上點教養課程還是什麼渡日教育的課程，總之我已經跟岡田警視拜託過這部分的事情了，那邊應該不會有所刁難。你只要領取到文件就行。」

可是並非只有如此，雖然瑞螢知道前往日本要有協和會的會員證，但她卻沒想到還有其他文件也得備妥才行。賀翔遞給她的一張稀有身分證明書，由「國民總力朝鮮聯盟」所發給，就是需要備妥的文件之一。

國民總力朝鮮聯盟是由朝鮮總督府所組織而成的代表性親日團體。西元一九四〇年八月，第二次近衛內閣推出建設東亞新秩序的國策，同時組織了大政翼贊會，該組織是日本軍部為了展開總力戰而解散既有政黨，並且在網羅財政界的同時，將產業報國會、大日本婦人會等麾下組織集結在一起後，重新推出的巨大組織。

大政翼贊會的出世，對朝鮮的親日派來說，無疑是一大打擊，這是因為朝鮮以他們沒有政治權利為由，拒絕大政翼贊會朝鮮分部的設立，然而對日本而言，朝鮮不過是必須忍受被他們輕蔑並屈服在他們底下的協力對象而已，所以這時叫做國民總力朝鮮聯盟的類似機構便順勢而出。這個機構的總裁，想當然爾是朝鮮總督，而賀翔則與該組織的江原道支部有相當深厚的關係。不過，瑞螢並不知道大哥與該組織的關係。

「打船票時，可能會需要出示這張證明書，乘船的時候，更一定要出示不可。只要在他們開口刁難之前，趕快拿出這張證明書即可。」

「謝謝大哥。可是一定要做到這地步嗎？」

「弟妹，你不需要自討苦吃。只要秀出國民總力朝鮮聯盟的名號，他們就會乖乖地給你方便了。」

每張證明書上都寫了瑞螢的日本名字，かねだ　ほたる（金田螢）。ほたる指的是螢火蟲，至於金田這個姓氏則是志翔家中創氏改姓後的姓氏，瑞螢心想大哥應該就是取了她本名的螢字來取日本名字。不過，國民總力朝鮮聯盟又臭又長的姓名，則是讓瑞螢滿心感到煩躁。賀翔笑著對仔細端看證明文件的瑞螢說：「現在開始，弟妹你的名字就叫做かねた　ほたる，你一定要記住這個名字。」

創氏改名廢除了朝鮮民族固有的姓名制度，並將朝鮮名字轉換成日本式的名稱，是最具代表性的抹殺朝鮮之政策。在這個透過脅迫與強硬要求之手段來進行的創氏改名政策中，堅不改姓者會被歸類為非國民或不逞鮮人，同時被烙印上惡劣朝鮮人的標記。該組織的惡劣與強硬，由數據上不難看出：在西元一九四〇年二月開始，到八月十日為止這段由朝鮮總督府訂定的時間裡，朝鮮全人口數中，有將近百分之八十的朝鮮人均更改為日本式名字，親日派則視此為朝鮮人想要成為日本人的佐證。

這天，瑞螢身著藍裙與淺黃色短上衣，將孩子背在棉罩衣裡，確保強風不會吹襲到孩子身上以後，便出發走向車站。丈夫離開家鄉至今，不知道已過幾個寒暑，瑞螢深深嘆一口氣後，眨眼望向當初丈夫離開時，那雨裡的幢竿支柱：我和你們還真有緣，所有難忘的記憶都與你們有關。

瑞螢想起志翔曾說過，又被稱為網架的幢竿支柱，會在有好消息或壞消息時升起旗子。她還記得在她聽完志翔所言以後，每次看到幢竿支柱都是有好事或壞事發生的時候。

瑞螢走進車站，雙手用力聳了聳背上的明照。孩子，我們走吧，現在要去見你的父親了。

上了火車以後，瑞螢從沿著昭陽江疾行的火車車窗望向窗外逐漸遠去的春川，想起志翔的臉孔，並回憶起他說過的話。

「如果能夠到別的地方教書該有多好。」

為什麼？店裡的事情很辛苦嗎？雖然她的心裡有這個困惑，但那時她卻說了違心之論。

「要教導孩子的話……訓長？這樣大家又要說訓長的女兒嫁了個訓長相公了。您知道母親她說什麼嗎？訓長拉的屎，就連狗狗都不會吃。教導孩子們的事情究竟有多辛苦，她才會這麼說呢？」

「是嗎？」

說到這裡以後，志翔就沒再繼續說下去了。可是瑞螢記得那時她瞥見志翔臉上有股陰暗的神情，那應該是悔恨吧？究竟他想從每天進出的碾米廠，還有打著算盤的商店後屋走到哪兒去呢？

火車持續沿著江邊前行，把三嶽山甩在後頭。雖然志翔之前說想要教孩子讀書寫字，倒也不是非要教書才行，想來應該是丈夫把內心希望繼續上學讀書的心願給反映出來了。

哥哥也曾這麼說過：「志翔這傢伙，是個該坐在書桌前弄筆舞墨的孩子。別忘了他是個喜歡讀書的人。」

不知是否因為火車咯噔咯噔地搖晃之故，明照翻過身來哭鬧了一會兒。瑞螢邊哄著孩子，邊望向窗外江邊風景。丈夫不也知道嗎？他不也知道那時上學並沒有什麼意義嗎？

當初所有名稱中帶有「戰時」字樣的條款，很快就改變為「決戰」這個字眼，就連學校也不例外。像「學徒動員非常組織」就更名為「決戰非常時組織要綱」，同時並發布各學校的學生動員基準。隨著學生們一個一個被強行徵召上戰場，私立專門學校的資產不久後便被沒收或扣押，總督府那邊也將一堆學校的名稱都做了變更，像是寶城專門學校就被變更為京城拓殖經濟專門學校、延禧專門學校被變更為京城工業經營專門學校，至於梨花女專與淑明女專，則改制為農業指導院養成所。

瑞螢低頭看著哄睡著的明照。

書本所描繪的是前人們生活的世界，是他們活在這世上時，體驗到的各種肉眼不可及之故事。對那些故事感興趣的人，就必須努力讀書學習。可是，當那些肉眼不可及的東西就出現在我們面前時，也有些人會執著在那些東西帶來的利益上，而非其本質與道理。不只如此，也有人喜歡搶在隊伍前頭當老大，還有人看東西都從賺錢與否開始看起。明照啊，你以後會成為怎樣的人呢？

希望有一天，你能夠做自己想做的事、過自己夢想中的生活。雖然爸爸媽媽這輩子沒辦法度過那樣的人生，但希望將來你的人生能夠活得精采。

29

瑞螢的雙脣不停顫抖，臉孔也發青了起來。高島煤礦端島綜合事務所的看板旁，正有一群海鷗在盤旋著。

谷村拿出來並放在瑞螢眼前的那張文件上，清楚地標示「失蹤」這兩個字。

「可以請您再說一次嗎？您是說他失蹤了嗎？」

「是的，失蹤，沒有錯。他現在下落不明。」

「我再請問您一次。你現在是說，我的丈夫，也就是被徵召到這裡的金田次郎，現在人不在這裡，可是他既沒去別的地方，人也不在這裡，他失蹤了，下落不明？」

「我不是已經講了很多次嗎？」

谷村一個勁地翻起白眼，氣得大拍桌子。

「他不在這裡，就是因為不在這裡，所以說他失蹤了。那麼他去哪裡了呢？不知道，所以才會說他下落不明。おくさん（夫人），您聽不懂我的話嗎？為什麼同樣的話要一直反覆再說呢？」

瑞螢眼裡快要噴出怒火，勃然起身說道：「金田次郎，他確實是來到這裡了吧？之前也曾在這裡待過，對吧？然而他現在卻不在這裡，你說這像話嗎？」

「就是因為不在，所以才說不在的呀！你聽不懂是不是？」

你這傢伙！別以為我聽不懂你對我說半語。瑞螢把背上的孩子抱到胸前，並怒喝：「那你們就把他給我找出來！他是這孩子的爸爸，你們把他找出來！」

「怎麼會有人像你這樣的！朝鮮人！」

「什麼！」

瑞螢還記得那一瞬間，眼前的書桌微微震動，就連掛在牆上的旭日旗，中間那鮮紅圓形也搖晃了起來。她癱軟無力地摔坐在地上，從棉罩衣裡露出來的明照忍不住嚎啕大哭。

瑞螢就只記得這些，其他一點印象都沒有。當她清醒過來時，映入眼簾的是陌生的牆壁，手掌摸到的則是粗糙的塌塌米觸感，迷迷糊糊之中，一旁還傳來女孩子的笑聲。她慢慢地轉過頭，才發覺自己躺在一個陌生的塌塌米房間裡，瑞螢大吃一驚，趕忙坐起身來。只不過，才那麼一下子，瑞螢立刻就感到頭暈目眩，只能用雙手撐著塌塌米地板，並且閉上眼睛坐著休息。她很快就意識到，原來剛剛是自己暈厥了過去。她環視一下房間，並未看到自己的孩子，棉罩衣就疊好放在一旁，卻不見孩子的蹤影。

孩子到底跑到哪裡去了？心急的瑞螢眼裡冒火、咬牙切齒的。我不該暈過去的，可惡！

瑞螢摸了摸頭，然後站起身來。她扶著牆壁站好以後，從開著的門縫往外看去，結果驚訝得嘴巴合不起來。瑞螢從門縫中看到明照他正張開手臂，往前搖搖晃晃地走著。直到最近，明照他都還是個把雙手貼著牆壁，每走一步路就會跌坐下來的小嬰兒啊！沒想到他現在正張開手臂，咧嘴笑著往前走，而且每走一步就跌坐一次，然後又立刻爬起來繼續走。

瑞螢驚訝地一邊走出房外，一邊叫喚著孩子。

「明照。」

孩子聽到瑞螢的叫喚聲後，啪答一聲地坐了下來，轉過頭看著她，然後滿臉燦笑地爬到她的身邊。瑞螢把孩子一把抱入懷裡，這時一個日本女子向她說：「啊，您醒啦。」

是護士石田。瑞螢抱著孩子，眼眶裡的淚水撲簌簌地流了下來。

「我是接到連絡才從醫院過來的。我幫你打了一些鎮靜劑，正要觀察打了以後的反應……嗯，看來不用擔心了。」

「對不起，給您添麻煩了。」

「您的孩子很可愛呢！個性很開朗活潑，剛剛和他玩在一起很開心。」

瑞螢輕拍了一下孩子，整個人只覺得哭笑不得。你這小傢伙，媽媽叫你走的時候，就只會一直搖頭拒絕，怎麼來了這裡，就這麼捧場開始走路？可是就算來到這裡，也見不到你的爸爸，他們說你的爸爸不在這裡。

瑞螢抓起孩子的手，並把臉上的眼淚拭去，然後開口問道：「這裡是哪裡？」

「啊，這裡是事務所旁邊的房間，同時也是夜間勤務者拿來補眠睡覺的……」

為了把孩子背起來，正在找著棉罩衣的瑞螢，向石田低頭致意：「謝謝。」

「聽說你們是從朝鮮來的？來到這裡很辛苦吧？」

「來到這裡時，孩子暈船的很厲害，我一度很擔心他的狀況，不過還好他看起來好多了。真是不好意思，我居然在這裡暈倒了。」

「您再休息一下吧，我等等可以直接從這裡下班，不趕，時間多得是。」

「不是的，是我沒那個時間躺在這裡。」

「您要去見勞務係員嗎？那麼，我先幫您看著孩子吧。」

石田向瑞螢伸出手臂來，瑞螢把孩子交給石田時，心裡一邊想著：等等別想著是要去吵架，要冷靜點、沉著點，說話時要記得使用敬語。

石川把冷掉的茶杯推到一旁，然後告訴瑞螢：「下落不明。我在報告書裡是這麼寫的。據我所知，警察那邊也是按照我們這裡的結果來處理的。」

放下手中文件的石川，和坐在書桌對面那一側的瑞螢沉默對望。

「所謂的下落不明……」

瑞螢緊閉著雙唇，難過地泣不成聲，整個人蜷縮在書桌前。

「人就這樣消失了，會社這邊卻說什麼都不知道，難道這樣就可以了事嗎？」

「我重新在跟您說一次，有兩個人同時都不見了。根據報告上顯示，當天工作結束後，他回到宿舍並吃過晚餐，晚上人也在房間裡睡覺，所以可以確定不是在礦坑裡發生事故。可是隔天，卻有兩個人消失不見了，我們也派人多方進行調查了。夫人，請您聽好了，我們第一階段的調查顯示他們逃走了。根據過往的事例來看，這樣的導論也是理所當然的。而調查結果也顯示沒有他們離開這座島的痕跡，陸地上也沒人看過他們。另一種可能性則是意外事故，您也知道這裡是座島，我們無法排除他們有可能是失足死，所以也曾朝這個方向去進行搜索，但依舊沒有發現他們，所以我才會說您的丈夫是下落不明。」

兩人之間仍舊是一股沉重的靜默，沒有人先開口打破這個沉默。石川起身在瑞螢的茶杯裡倒了一杯茶，接著也在自己的茶杯裡沖入蒸氣氤氳升起的熱開水。坐回自己位置的石川用雙手捧起茶杯，並告訴瑞螢：「對我們會社而言，不得已只能以失蹤來處理那兩人的事件也是一件為難的事情。

您遠道而來，但我們這邊也只能說明至此了，這點還請您見諒。不過，這也因此證明了他們並非逃亡返回朝鮮。」

「太沒有責任了。」

瑞螢的雙眼低垂，彷彿沒把石川的話給聽進耳裡，自顧自地說著：「沒有責任到了極致。」

「夫人，就算您這麼說，我們這裡也很難辦啊。」

石川說的難辦是「困りますよ」，瑞螢在聽到這句話的瞬間，突地抬起頭來。

「您說你們那裡難辦，我們這裡才困難好嗎？我只問您一個問題。」

她態度堅決。

「被徵召過來的人，是受誰的命令而來的？」

石川沒想到瑞螢會這麼說。瑞螢則是毫不退讓，繼續說下去。

「究竟是誰從朝鮮把他們帶過來的？其他那些人，還有我丈夫，他們都一樣，他們都不是來這裡找工作的人，他們是因為被徵召才來的！究竟是誰把他們帶過來的？」

「那個，那個是國家政策的關係……」

「您可真會說話。那好，是國家把人送到這會社來的，那麼會社不就該負起義務與責任嗎？人都被你們帶到這裡來了，結果你們現在跟我說他下落不明？啊，『我們可不知道！』，是這個意思嗎？這不是沒有責任感，不然是什麼？」

到底事情會變成什麼樣呢？為什麼事情會這麼不順？現在就連逃亡者的家人都來了，這樣會社那邊不就反倒會怪罪下來，要我們把那傢伙交出去嗎？這一定有什麼事不對勁。難道是做賊喊捉賊？瞧瞧那邊居然來找人。

「內鮮一體，總督府那裡不是倡議內鮮一體嗎？如果朝鮮人有義務，那麼日本人就有責任。你們把國民徵召過來，當然就要保護他們，所以你們當然就有義務在徵召期結束以後，把人送回家鄉的父母妻兒面前。」

石川愣愣地看著瑞螢，他的心裡想著的並非瑞螢所說之義務與責任，而是當初勞務係告訴他有朝鮮人的妻子來這裡尋夫，要他出面去應付這件事。

「這種事還是第一次。」

「奇怪的不只這個，逃走的那傢伙為什麼會被徵召過來？出身那種人家的男子被徵召過來這件事本身不就很可疑嗎？而且那傢伙又會說很流利的日本話。」

「總之，沒人知道為什麼朝鮮人非要我們做這種辦不到的事情。本來不就這樣嗎？要是收到該辦葬禮的通知，那就去辦個葬禮啊，就那些朝鮮人非得大聲哭鬧要我們交出他們的孩子。人死又不能復生！就算佛祖也辦不到啊。」

瑞螢再次逼問：「還有，為什麼你們沒聯絡我們呢？下落不明的話，就算是失蹤也該通知家屬啊！難道不是嗎？家鄉還有在翹首期盼他歸來的父母和孩子呢！」

話說到這裡，瑞螢的心頭又是一陣委屈，她只能努力忍住激昂的情緒。

「我的孩子還沒見過他的父親，我的丈夫也沒見過他的兒子。這就是我的家人現在所處的情況！」

孩子他為什麼到了這裡才開始走路？這一定是明照他想見父親的關係。這個想法一閃而過瑞螢的心裡，於是她下定決心：「我不知道為什麼你們不給我們任何聯絡，但既然這是國家政策，而且他又是來自內地的人，如今他的家屬來找他，你們卻對他的家屬說他下落不明，你倒是給我說說，這是誰的責任？我會在這裡等，請你去叫能夠負責這件事的人出來，否則我是絕對不會走的。」

瑞螢站起身來。

「我，是不會離開這裡的。」

「我知道了。」

石川也把椅子往後輕推，然後站起身來。他的腦海裡浮現了一張臉孔，就是那個在醫院的瘸腳跛子，明國。他聽說逃亡者和那個瘸腳平時最為親近，那麼就該比照以夷制夷的方法，來招以鮮制鮮之計，利用朝鮮人來蓋掉朝鮮人的事情。總之，利用那個瘸腳來哄這個女人才是最上之計。

石川往前走了幾步，然後這麼說道：「現在已經是大家下班的時間，今天就先到這裡為止，我會幫您安排住宿的地方。另外……您說的事情，我這邊會跟上頭報告，並妥善處理。」

當瑞螢走到前往旅館的上坡路時，她回頭一看，看到了島的另一邊那片夕紅籠罩海天的景色。海上那座高聳矗立的櫓，彷彿像是要穿刺天空般似的，看起來又黑又巨大。眼睛轉到另一邊時，就可以看到這座形狀奇異的島上最高處，有座猶如標誌般的神社與鳥居，後頭的卷雲就像用刀在天空劃過一樣，長長地延伸出去。我的丈夫，驀然地被帶來這陌生的地方，不知道他的心裡都在想著什麼呢？僅僅兩封來自志翔的信，如今瑞螢幾乎可以背誦出信裡的每一字、每一句，想到這些，她又不禁潸然淚下。

那天晚上，瑞螢入住綠莊旅館。她到了旅館以後，就跟她在釜山與博多港住宿旅館時一樣，忙著清洗孩子的尿布。為了餵食孩子，她還事先預付款項給旅館，請旅館幫忙熬粥。

不只孩子暈船，瑞螢在長崎待了一晚，隔日清晨搭乘夕顏丸前往端島的這段航程中，也是吐得嚴重。一整天又驚又累的她，很快就倒頭大睡。

明國來到瑞螢住宿的綠莊旅館時，已經是隔天的事情了。他受到石川的請託前來會見瑞螢，得知志翔的妻子來到端島時，明國同樣也嚇了一跳。

兩人打過招呼之後，明國先從自己的腿傷故事開始說起：請您別吃驚，我這腿是在工作場受傷的。話一說完，明國就跟孩子打了聲招呼。

「原來是你呀，小少爺來找爸爸了呢！來，給叔叔抱一下。」

昨天才剛學會走路的孩子，就在我以為他還只會爬的時候站起來行走，而且每次行走的步數都越來越多，今早這孩子就走了五步。瑞螢雖然有點無精打采，但看到孩子搖晃學步行走的模樣，還是露出了笑容。

「當志翔說他的兒子出生時，不知道我們有多麼開心。我們大家都很替他高興，所以買了魷魚乾和酒來，舉辦了一次祝賀宴會。啊，那時不知道是誰說的，說這個喜事就是大家的希望。」

想起往事而微笑的明國，這時表情一轉，急速放低聲音，並把瑞螢帶到牆邊兒坐，像是擔心有人在外偷聽似的。

「夫人，請您一定要照我說的話去做。您不需要再跟會社多說什麼，請您盡快離開這裡，一定要快點離開。」

明國用手指貼住自己的嘴巴，示意瑞螢不要作聲。此時，明國把聲音降得更低，小聲地在瑞螢耳邊說：金志翔，您的丈夫已經逃走了。他做得很好，非常了不起。我原本和他一起計畫逃亡，沒想到眼見計畫之日就要來臨，我卻發生了意外，變成現在這副模樣。明國邊說，邊指了指自己的腿，然後繼續說下去。有個和志翔一起從春川來到這裡的朋友，他和志翔還有另一名男子，一共三個人執行了逃亡計畫，結果那個朋友中途因為腳部受傷，不得已只好重返島上。您想想那些日本人是怎樣的人？看他們到現在都還沒找到志翔，那麼就表示他已經成功逃走了，所以夫人請您盡快離開這裡。我聽說調查會重新再起，他們也確實不會坐視不管，如此一來，大家又要重新被抓回這座島上受苦受難。而且，就連當初本來要一起逃亡，結果重新回到島上的朋友，也在不久前的雇傭礦工們示威抗議時消失了，目前不在這座島上。

總之，在他們重新啟動調查以後，事情將會變得非常複雜，說不定又會把無辜的人抓走，並且進行嚴刑拷打。所以，您現在知道為什麼要快點離開這裡了嗎？要是等等晚上有船班，請您就快點搭船走吧，這是最上上之策了。您就用孩子不舒服當藉口快點離開這裡，搞不好那些傢伙們還會覺得鬆了一口氣。

語畢，明國用外面都聽得到的聲量說道：「我現在人就在待在醫院，過不了多久，就會回去朝鮮老家了，像我這種瘸子，待在礦區還能做什麼呢？」

瑞螢滿眶熱淚，雙手交疊在胸前。

「謝謝您。」

她反覆地說著同樣的話，聲音越來越是顫抖，同時也越來越小。

「謝謝您，謝謝您。」

明國離開以後，瑞螢抱著孩子，急忙趕到船舶場買船票。她的心裡一直念念不忘明國離開之前對她說的話：金志翔逃走了，人還活著，只是回到故鄉這條路不容易。請您回家靜靜等候，我想不久之後，應該就會收到他的消息。

瑞螢前往醫院探訪明國，已經是下午的事。石田像是搶走小孩子似的，飛快地把孩子抱了過去，並說：「請您去跟他聊聊之後再來吧，這孩子昨天見到我就一直對我笑呢！這裡的患者只有傷者，並沒有得到惡性疾病的病患，孩子待在這裡沒有問題的。」

瑞螢在道謝並將明照暫時託交給石田以後，便前去明國的病房。

「等等我會過去見礦業所的所長，然後就按照您所說的離開島上。剛剛我太慌張，都沒能好好跟您致謝，真是不好意思。」

看著來跟自己道謝的瑞螢，明國點了點頭。他見很快就有所行動的瑞螢，一直不停向自己致謝，心想志翔那孩子心性良好，就連夫人都如此文雅端莊。

瑞螢將帶過來的包裹放在明國眼前，並這麼告訴他：「不知道該怎麼感謝您才好。既然您和孩子的父親一起約定好要執行那麼艱難的計畫，您一定是跟他很親近的人，而且也一定幫了他不少忙。跟您這麼一談，我就當作這次已經見到孩子的父親了，所以……」

她把手放在包裹上，並如此說道：「這裡有兩雙布襪和一個兔毛耳罩。這裡是島嶼，我想這裡的風應該很大，這些東西雖然有些不像樣，但我還是把它給帶過來了。這個耳罩是把之前我丈夫他親手獵捕來的兔子剝皮，然後拿曬乾的兔皮製作而成，希望您不要客氣，請收下它。還有，布襪的大小不知道跟您合不合適，因為這是按照孩子父親的尺寸縫製而成的……」

「不、不，這不是我能收下的東西。」

瑞螢微笑地對明國說：「還有這個，鋪棉外套，雖然我知道在這裡不好保管這衣服，不過我一樣把它帶過來了。我看您和我丈夫的身形相似，我想穿起來應該不會太難看。希望您能收下我的小小心意。」

「不是的。這是金志翔該收到的東西，我怎麼好意思收下呢？我就收下耳罩吧，我以前在老家也常抓野兔來做耳罩。」

「我要怎麼把這些再帶回去呢，真難過。」

瑞螢頭垂了下來，並沉默了一陣子，然後從懷裡掏出一個信封。

「還有這個想拜託您。我一個女人家，千里迢迢來這裡尋夫，也沒能準備得了什麼。信封裡有一筆小錢，是想給和孩子父親要好的朋友們一起買點東西享用……這點能麻煩您幫我嗎？拜託您了。」

瑞螢走出醫院，身上的藍色裙子隨風飄起。瑞螢以棉罩衣把孩子的臉遮擋好以後，便步下階梯，只不過在走了幾步之後，她停下腳步並望向遠方大海。她的視線停留在那座高高矗立的櫓和運送煤礦的輸送帶，隨後就又轉到火葬場所在的中之島。您現在在哪兒呢？明照的爸，您現在究竟在哪裡呢？快要痛哭嘶吼出來的這些話，最後還是被瑞螢顫抖的雙唇給阻擋了下來。她不停地搖著頭，並告訴自己：我會回去繼續等候您的。可是，您何時才會回來呢？

在瑞螢離開端島前，她和石川一起前往綜合事務所，並在那裡見到自稱是高島煤礦端島分院所長的船越康雄。船越留了個短鬍子，瑞螢就抱著孩子與他相視而坐。

「原來是孩子來見爸爸了啊。」

船越一臉嚴肅地看著瑞螢。

「我收到報告了。關於夫人您說的義務與責任，這點我也聽說了。關於我們職員的安慰，反而造成家屬們的擔心這部分，我個人也感到非常遺憾。我們會再針對生存可能性與死亡可能性來重啟調查，並把調查結果送到他在朝鮮的居住地。當然，我們這裡也很希望能找到您的丈夫，並希望他平安無事。」

然後，船越以一種「叫你來，就是為了跟你說這句話」的語氣告訴瑞螢：「在此也要先告訴您，當我們找到他本人時，會社保有對本人開罰的權利。住址應該沒有無端脫離吧？」

從端島回到家鄉以後，瑞螢開始寫起了筆記，把心中想對志翔說的話都寫在那本筆記本上。縱然想對他說的話有萬千多，但瑞螢也不知道能把這些內心話寄送到哪裡，所以打從一開始就沒把它當作書信來寫，但也沒有因此而記錄每天的生活流水帳。

雖然之前瑞螢也曾寫過許多無法寄出的信件，但這次並不同。當她離開端島，並來到長崎車站前的時候，她的反應一如才剛得知消息時那樣，想到丈夫下落不明，就不禁膝頭一軟，跌坐了下來，同時覺得前途一片渺茫。瑞螢的心裡有兩股聲音爭相對自己說著：這樣子下去，丈夫說不定就永遠消失了、可是既然已經逃走，那麼說不定他已經找到比那座奇怪島嶼生活條件更好的地方棲身。凌亂的思緒，讓瑞螢被籠罩在驀然的絕望感之中。

後來當瑞螢坐上開往春川的火車之後，她在車裡一直想著：志翔一定會回來的，我一定要相信志翔會回來的。在您回來之前，我會持續等候，我還要把您離開以後，我和孩子的生活都記錄下來，家裡發生的點點滴滴也都會寫在冊子裡，等您回來時，我要把它交給您。我想告訴您，哪怕只能用這方式，我的心也與您同在。

瑞螢眨著眼睛，從衣櫃中拿出她決心要在志翔不在的這段期間裡，把家裡大小事與自己的心情都記錄下來的筆記本。筆記本上頭有一根鉛筆以繡花線綁著。

今年的雪下得特別早，天氣也比往年還要寒冷。雖說下雪越多，越有利於種大麥，而且冬天就該天寒地凍，才符合四季正常流轉的樣子，只是對於那些窮苦穿不上衣服的人來說，這卻是痛苦難熬的時期。

您的孩子就如其名，受到多方照耀，順利地成長著，每一天都能感受到他的成長變化。每天早上與晚上，我都會抱著他走出外堂，去跟爸打招呼，明明是帶孩子給爸看看的，結果最近反而都是爸來找孩子，每次見到他都一定抱著他不放。我從爸的臉上看到了他的慈愛之情。

我一直在想，這應該就是我這輩子所希求的安樂生活了。上有強健的至親長輩，下有健康成長的孩子，我哪還會有所求呢？仔細想想，我唯一的希望就是您能自重自愛，並且以不變的姿態回來我身邊。

朝鮮的日子每況愈下，除了人心惶惶以外，沒有什麼可以形容現在朝鮮人們的心情了。最近就連下田勞動，也只是長滿雙手厚繭，連個麥渣都無法留在手上。

今年冬天來臨之際，昭陽統（譯註：統，市的行政單位之一，在洞之下，班之上，五統為一里）有兩戶相鄰的人家離開這裡，前往沿海一帶了。最先離開的是張家，接著則是南先生一家，也就是小兒子在您底下學習碾米技術的那戶人家。

這裡是我們代代居住的地方，只要經過一條小路、翻過一個山頭，就可以走到祖墳，儘管如此，他們卻仍然痛下決心離開這裡，這當中又怎麼可能會沒有血淚呢？可是，村民對他們的離開卻沒有好眼色。他們臉上的表情顯示出他們認為在家鄉生活與在礦坑流浪度日並無不同，對那兩戶人家表示失望。

南先生一家前來辭行時，曾說過「非死即生」，我想若非有萬分無奈，他是不會講出這話的。要不是無法在自己的國家、自己的土地上過活，有誰想像個浮萍般漂泊呢？我塞了點錢要給他補貼旅途盤纏，南先生則是不停推辭，我握著他的手，心裡也很難過，淚水不禁地在我眼眶裡打轉。

現在我暫時收起你人在遙遠異鄉的念頭，努力地度過每一日。我從端島回來時，心裡是這麼想的：您現在並不是在那遙遠島嶼上，而是在返家的路途中。

您以前老是對我說：你不要太懂事，女孩子只要安安靜靜的，自然就會懂事明理了。現在我變成孩子的媽，好像已經懂了許多事情。沒錯，成為孩子的媽以後，我感到變化，我才知道女孩子就算安靜待在一旁，自然也會有懂事的一天。

冬天雖然已經到來，但總是會走，等到春天來臨時，就要在醬缸台邊種上松餅裡要使用的葫蘆和雞冠花，然後等待中秋的到來。雖說中秋還久，但一轉眼很快就會到來呢。

老天爺彷彿捎來什麼消息似的，讓冬雪提早到來，我便帶著孩子到幢竿支柱那兒，陪他在石柱旁堆雪玩耍。我還想著等孩子聽得懂話以後，要把你告訴過我的幢竿支柱故事講給他聽。

在瑞螢嫁過來不久之後，有一次和志翔一起在昭陽江旁的網架原野散步時，她看著兩根陌生的石柱，問志翔：「這邊的原野不是叫作網架原野嗎？那麼那兩根叫做網架的石柱是什麼？為什麼大家都這麼怕那兩根石柱？」

「害怕？為什麼害怕幢竿支柱？」

「聽說那裡是斬首的地方？其他孩子們都這麼說，就連大嬸們也都這樣講。而且你看石柱中間有個紅不溜丟的石頭，大家都說那是血跡。」

志翔感覺荒唐，咯咯地笑了出來。

「喂，我是不知道訓長的女兒大人您有沒有讀過四書，可是我看您對寺剎根本就是一無所知嘛！」

叫做網架的幢竿支柱就建立在寺剎的入口處，這是因為每當寺廟那裡有什麼大型活動要舉行，或是有任何消息要聯絡大家時，就會高掛起叫做幢的旗幟。幢是一種畫有佛畫的旗幟，用來懸掛幢的長竿就叫做幢竿，為鐵製長竿，也因此重量沉甸甸的。為了防止這兩根幢竿倒下，所以才在他們之間插入石柱，用來支撐這兩根幢竿。一邊聽志翔說明，一邊忍著笑意的瑞螢問道：「您對誰都這樣嗎？」

「什麼？」

「您不管對誰，都像現在這樣親切嗎？我討厭您那樣。您只可以對我一個人親切，怎麼可以對大家都那麼好！」

「什麼？你才是呢！我還想身為訓長女兒的你，應該懂得許多事情才對，結果怎麼什麼都不知道？看來我是娶了個笨蛋嘛。哪有人會把那麼好的地方說是斬首處？孩子們還真是口無遮攔，可是居然連你都說石頭的紋樣是血跡。」

瑞螢噙著淚水望向江邊的瑞雪紛飛，彷彿在夢中看見她和志翔兩人開心歡笑的那一日。由於娘家那邊不拜廟的關係，所以瑞螢並不清楚這些典故，但是只要每次想起志翔，她就會想起那天的情景：「原來旗幟上的佛畫代表寺廟入口就在這裡，而這些懸掛幢的長竿就叫做幢竿，真漂亮！」昭陽統市場裡，有一座石塔，而石塔這種建築原本是建置在寺廟裡的建物，但從這裡的幢竿支柱到市場那裡的石塔為止，範圍之廣，不可能全部都是寺廟屬地，所以瑞螢老想著這其中究竟有什麼樣的歷史淵源。

娘家的雙親也很安康。瑞螢雖然只簡單地寫了這麼一句話，但其實她的心裡非常沉重，因為母親的身體在這個冬季變得十分衰弱。不只如此，母親的腳步也變得和以往不同。原本瑞螢還以為母親的身體狀況一切如昔，不過到了今年以後，卻查覺到了異狀，就連父親也曾這麼告訴自己過。真是歲月不饒人，衰老的體況步步進逼，根本沒有辦法可以阻擋。

瑞螢放下鉛筆，轉頭看著窗外的陽光。隨著天空放晴，屋頂上的積雪也逐漸融化，在屋內也能聽到雪水滴到石階上聲音。看來冬天的腳步確實已經離開了。

「什麼？我們兒子還活著是嗎？」

早晨冰冷的庭院裡，傳來了喜鵲的叫聲。洪氏的聲音顫動著，在她還沒來得及開口詢問兒子的狀況前，心裡早已砰砰地跳個不停。

「快從頭開始告訴我，這段期間以來，他人都在哪兒了？那個從滿州回來的人，真的說他見到我們家泰衡了，是嗎？那麼泰衡他人在哪裡、都在做些什麼？」

「這……你要我從頭開始講，怎麼又問得這麼多？」

治圭的臉上露出一股笑容。洪氏已不知多久沒看過丈夫露出這樣的笑容了。

「世界再大，一樣是魚找魚、蝦找蝦，我們朝鮮人最終還是會和朝鮮人在同一個圈子生活。看來泰衡這孩子是和認識的朋友成了鄰居，互相扶持。據說那個人和泰衡第一次見面是在龍井的某所學校裡。」

「學校？都這把年紀了，還在學校上學嗎？也是，那孩子在周歲宴上抓了紙筆墨，看來是天生讀書命。」

「唉，難道你看過那種人嗎？他不是去上學，聽說他開始教導孩子，現在成了一名教員。」

就在前天，有個看起來就像是來問路的年輕小夥子，走進治圭的家裡。那名年輕人表示有位從滿州來到這裡的客人，目前正停留在邑內，他表示希望見見治圭。

治圭聽到這個傳話時，他的心裡突然想起泰衡，但他搖了搖頭，告訴自己對方不可能和泰衡有關係，肯定只是來講軍資金的事情。於是他把那個年輕人帶出家門口外，告訴他如果是要往牛頭原野去，就不要沿著江邊走，直接從另外邊越過山脊就可以。他同時也比了個不起眼的手勢，並告訴這個年輕人：「能請您回去告訴上頭嗎？所謂的十匙一飯，這積少成多的道理我也不是不知道，但我們家家境窮困窘迫，雖然有心幫忙，但實在沒這個能力。」

他請那個年輕人轉達無意見面的意思後，沒想到對方再度捎來訊息，表示要和自己談談關於兒子泰衡的事情。治圭認為妻子必然會擔心，所以只是簡短告訴他要在邑內晃過一圈就回來，然後就獨自前往會面。

是風吹進來了嗎？內屋裡的燈火閃爍不定。坐在治圭前方的男子臉上盡是黝黑鬍鬚，其衣著看起來就像是村夫俗子的打扮，然而他的雙眼卻炯炯有神。

「我和崔同志是在間島（譯註：間島是韓國人對中國和朝鮮界河圖們江以北、海蘭江以南的稱呼，亦稱墾島，位於圖們江北岸）的和龍縣（譯註：和龍縣位於延邊朝鮮族自治州）開山屯認識的。崔同志在那裡的國民優級學校擔任教員。」

看來兒子他是找到學校學長白興基的居所，並從那裡入了滿州。治圭心中暗自琢磨著兒子的心情，並且感到欣慰：做得好，終於低調安靜地開展自己的抱負了。

「是寒冬時候的事情了。當圖們江結凍以後，越過圖們江就能走到一個叫做開山屯的地方。江的另一邊是穩城，那個地方在朝鮮是僅次於蓋馬高原寒冷的地方。」

在開山屯與圖們江之間，有一座能夠與韓半島最北端之朝鮮三峰相連的三峰鐵橋，該鐵橋是公路與鐵路兩用鐵橋，日本很早就在那裡設立製紙工廠，強行奪取了那一帶豐富的木材資源。

「他看到日本業者在江邊堆放了許多木材以後，和我聊了許多。現在想想，崔同志以前曾這麼說：『滿州強推五族協和，所以我認為現在自己最需要的就是隱忍自重。』」

治圭點點頭，靜靜地聽下去。

男子表示，在泰衡寄宿學校並在學校擔任教員時起，他就決心前往上海的軍官學校。後來，在泰衡出發前的三、四個月，他就銷聲匿跡，直到最後才來見自己一面。兩人並未多聊，泰衡只簡單地告訴他即將前往上海去。

「他拜託過我，問我若是回到朝鮮時，是否能繞道前往他春川本家，並一直說拜託我太多事，不停地向我道歉。現在有許多從朝鮮出來的青年們，都太表露自己的心思，但泰衡不一樣，他是真正不露聲色，親身實踐隱忍自重的正直青年。」

「我啊，是一個還不懂孩子心思時，就只會一直叫他下田工作的父親。我總認為土地是不會騙人的，一輩子就靠著田地過活也不成問題。謝謝你，我那不成才的兒子就算多有不足，以後也請你多多幫忙、多多提點。」

兩人這時看著鋪著草蓆的地板，暫時靜默了一陣子。土牆上掛著男子的衣服，房間一角疊好的棉被看起來又薄又不保暖。等到夜漸深，男子慢慢地說出心裡話。

「はっこういちう（八紘一宇），也就是所謂的天下一家，根本就不是他們所創造出來的。他們說將八紘拓展開來，天下就能合一，所以這不就表示他們日本要統一世界的意思嗎？為了體現這個八紘一宇的精神，日本把滿州事變到太平洋戰爭都當作是一種戰爭指導理念。對他們來說，戰爭不是侵略戰爭，他們單純就是扭曲『八紘一宇』之意，並把它作為宣戰口號，除此以外，什麼都不是。」

治圭點點頭，並繼續聽他說下去。

「根據日本人對這句話的解釋，天皇的使命就是一統天下，促進天下和平。您說這像話嗎？這個八紘一宇已經變形成日本的征服與支配，在他們的榨取之下，我們朝鮮就成了第一個犧牲者，被他們抹煞掉一切，所有東西都要變得日本化。這就是日本的野蠻之處。」

原來兒子和他聊了這些事情啊！治圭一邊如此想著，腦海裡則一邊浮現出兒子泰衡的臉孔。這時男子繼續說下去。

英國和日本一樣都是海島國家，英國想的是航向大海，成為一個海洋國家，可是日本卻不是，他們只想著要越過大海，爬到另一片土地上，所以才會產生壬辰與丁酉年間的倭亂，並造成今日的動亂。

日本雖然是個海島國家，但卻非由海軍建國，而是由陸軍建國的國家。陸軍是講究你死我活、正面衝突的軍隊，與在海洋上作戰的海軍對敵距離有很大的不同，海軍只要沈船就是失敗，但陸軍必須要親手砍殺對方，並把對方殺死才行。引領日本帝國主義的主導勢力正是陸軍，所以他們的思維並非往海洋拓展，而是攀爬到別人的土地去。我認為就是因為如此，朝鮮才會陷入這般苦痛。

男子說完他的想法以後，如此說道：「我跟您的兒子學了一首歌謠，也曾和他一起在圖們江邊，邊看著江水邊合唱。」

男子的表情就像平靜水面泛起波紋。他雖沒有和著曲調歌唱，但卻輕輕地誦吟出歌詞——

背上炸藥筒，扛起洋槍
打贏寶納山的短兵接戰
雙親撫養我時
便已決定將我交給成大將培育
春川啊、鳳儀山啊！再會了
搭上新延江航船，就此道別

治圭的臉上露出笑容。那首曲子正是描述義兵將成益鉉（譯註：成益鉉，獨立運動家，出身江原道春川）的〈阿里郎〉。一八九六年，於春川組織而起的義兵結成共五十哩路長的長蛇陣，跟隨成益鉉大將朝向漢城，一路進擊到加平為止。

「根據當時的傳言，那時在義兵出擊途中，被稱為大將者坐在四人大轎上，旁邊還有人幫忙撐陽傘，甚至還有人吹奏著三弦六角。這根本不像是出征者所為。」

男子臉上露出笑容。

「氣勢還真大。」

兩人的眼神都笑開了。

「義兵們所舉的旗幟上，還標示著國賊討伐、國母報酬、排洋排倭、斷髮不服等字樣。從那些字句來看，不難看出國家正遭逢什麼樣的困境，而百姓又懷抱著什麼樣的痛苦。」

義兵大將所搭乘的轎子到處大張旗鼓，喇叭聲、大鼓聲震天作響，跟在後面舉旗的義兵又高舉著形形色色的大旗，後來他們與那些吶喊著失去國家之鬱悶，努力與日本勢力抗爭者，還有割掉髮髻來追思明成皇后者合流在一起。

這些義兵前進到加平，並在寶納山溝擺出陣仗，與漢城派遣而來的京軍討伐隊正面交鋒。只可惜義兵的氣數僅止於此，當雙方交戰開始經過一天以後，天空就下起大雨來，義兵們持有的火槍本就要發動數次才能開火，一遇到大雨更無法點燃炸藥，最後也只能敗給持有新式槍枝的討伐隊。

「雖說義兵不得以敗下陣來，但據說當時義兵是望風而逃。」

男子無聲地笑著，眼角邊深沉的皺紋都皺了起來。治圭低頭心想，原來兒子和這名男子十分要好。

「沒想到他和你聊了這麼多，還唱歌給你聽，我想他應該獲得你不少協助。身為父親的我，除了感謝還是感謝。」

將近清晨時分，治圭與男子分開以後，走在銀白月光灑下的原野上。被雲朵遮出身影的月亮再度露出臉來，正好是滿月前的橢圓模樣。嚴冬再長又能有多長呢？積雪還沒來得及融化，新年就要到來，然後在百草未生的狀態下送走節日以後，很快地就要立春了。

治圭一走進村子裡，就聽見小狗們的吠叫聲。只要一隻小狗開始吠叫，其他的狗狗們也會跟著叫起來，彷彿不把村民們叫醒不可一樣。治圭獨自走在土牆間的小徑上，喃喃念著怎麼都看不到人影，只聽到狗狗的叫聲，一路往家門的方向前行。當他走到家時，只見舍廊房亮著燈光，妻子正在舍廊房裡等著自己。

他望向亮著燈光的舍廊房，並停下腳步。冬天雖至，但雜草不滅。儘管冬季時刻，草地呈現光禿禿的模樣，但等到下一個春天到來時，同樣的位置又會冒出新芽並開始成長。沒錯，朝鮮的孩子們，你們都得像雜草一樣忍過寒冬，然後迎春再次綻放。

治圭認為孩子一定是參加了獨立軍，但他話才說出口，心中就暗叫「唉」的一聲，原因無他，只因妻子好像非常吃驚與擔憂。

「什麼？你說他去參加獨立軍？」

洪氏嚇了一跳，臉色大變，雙腳也發軟癱坐了下來。

「他想死嗎？怎麼會去打日本人？這根本就是自己去送死啊！」

治圭的臉色也變了，他認為不管是再怎樣不懂事的婦道人家，都不該這樣說話。失了魂的洪氏喃喃自語：

「我還以為是什麼頂天立地的事呢，沒想到居然是讓老父母擔心他死活的事情。去他的國家！為什麼會去參加獨立軍！」

治圭回想起從滿州來的那位男子密密麻麻的落腮鬍、炯炯有神的雙眼。他摸著夜路，走回家的途中，心想就算不知道孩子人在哪裡也無妨，只要他還活著，那就夠了！

「當人媽媽的，怎麼這樣呢？照那個人所說，這次他要前往上海，去了那裡會打聽泰衡的消息。既然都是朝鮮同胞，想要找到泰衡並和他見面應該不是難事。」

洪氏依然憂心忡忡。

「如果我什麼都不知道，反而還能這樣繼續活下去。現在知道兒子的事情了，你說這是要我怎樣才好？」

孩子現在正一展抱負，想來生活必是過得披星戴月、晨露喚顏的日子，這麼偉大的事業，可不是每個人都能完成。治圭雖然心裡感到欣慰，但妻子洪氏卻不這麼想，洪氏認為這就是自己兒子的事，兒子只有這麼一個，他不管別人的事，只管自己兒子。唉，喜鵲怎麼從凌晨開始就一直啼叫個不停？

「你看你這小心眼！」

治圭大聲斥喝妻子，起身用力踹了下門，逕自走了出去。他的背後仍猶傳來洪氏的嘟囔聲。

「就算生了上百個好兒子又有什麼用？只要有一個願意坐在我眼前，和我一起吃鹹菜粥、和我一起清掃院子的兒子，我這輩子就沒遺憾了。」

治圭帶著雜亂的心情穿過院子。他並不是不能了解妻子的心情，可是男兒大丈夫，生在這世間就該大展鴻圖。自己骨肉的安危固然重要，但行走這亂世之間，要是被家人礙住手腳，而無法一展抱負，這算是什麼大丈夫？「我一點都不擔心他，孩子並非要一直在我懷裡才行。」

幾天之後，治圭忍不下這口氣，一直瞪眼看著書案。就算秋季梧桐葉落是不變的道理，但這世上再怎麼變化也不該是這個樣子。治圭拿著長菸袋輕輕敲打黃銅菸灰缸後，然後叼起香菸。就這麼放過京浩那傢伙，讓治圭自己心裡感到不開心。

兒子從滿州前往上海的消息才剛如一陣風輕輕吹拂到耳裡沒幾天，有個穿西裝、抹油頭的年輕人來拜訪治圭。那張臉看起來有點陌生，讓治圭不由得詢問對方是誰。

「唉呀，伯父，是我呀！泰衡的朋友，張京浩。」

張京浩？是小時候和泰衡一起就讀泉田里學校的孩子，也是曾做過牛販的張甲秀的兒子。他的出現，讓治圭覺得毛骨悚然，不知他究竟為何事在大半夜裡來到家裡，而且手裡還拿了根搗衣棒。這世上實在太恐怖了，根本沒有地方能好好過日子，得知兒子的消息才不過幾天而已……他肯定是發覺泰衡託人捎來消息這件事，所以才會在深夜前來威嚇。

「這段期間您身體還好嗎？」

看著他嘻皮笑臉行禮之後，那看向自己的表情，治圭不知該說些什麼好，腦子裡倒是很快地閃過許多念頭。任誰都知道京浩的父親離開這裡並前往大城市以後，究竟過著什麼樣的日子。自從日本人佔據韓國以後，因而翻身者也不是只有一、兩人，而泉田這裡能夠大大翻身竄出頭的，大概除了張甲秀，就沒有第二人了。據說以前曾是牛販的張甲秀現在經常搭著人力車出沒日本料亭，還老是點日本酒女陪酒。

傳聞張甲秀賺了大錢以後，便把京浩送往日本留學，京浩學成歸國以後，就在總督府裡擔任僱員，做的是和檢察相關的工作。關於他們的傳言，讓治圭越聽就越覺得氣結：怎麼會有這麼該死的傢伙？就是有他們這種人得勢，國家才會淪落到亡國一途。

「伯父，您聽說泰衡的消息了嗎？」

兩人的對話就是這麼開始的。這傢伙是想套我話，所以開始耍手段嗎？治圭的神情始終嚴肅。

「什麼消息？離家的不肖子還會有什麼消息？我早當沒這個兒子了。」

京浩笑了出來。治圭看著眼前這個抹油頭、穿西裝的年輕人，心中不停吶喊著：「套我話是沒用的，你快走吧？」

「我很清楚泰衡現在都在做些什麼，是個了不起的大事業嘛。緊抓著連根殘株都沒有的朝鮮，高喊著要獨立什麼的，這可不是誰都做得到呢。」

「聽說泰衡他在間島那裡用了什麼縮地術遁地藏身，然後跑去參加了獨立軍，這傳言可是滿天飛呢！哈哈，小混混一個，參加什麼獨立軍？」

治圭勉強自己譏笑兒子。

「伯父，我想法可跟您不一樣呢。要是朝鮮真的獨立時，那麼到時候日本人會把工廠收了再跑嗎？會把鐵路弄壞再跑嗎？難道不會都留下來嗎？」

「你現在在詭辯什麼？」

治圭皺起眉頭。

「請您和合併時比較看看。他們在這裡鋪設鐵路、架設橋梁，挖了多少礦？可是韓國末年有蓋出什麼像樣的工廠來嗎？那些不都是日本人建設好的東西嗎？伯父。」

「所以呢？你現在在打什麼鬼主意，跑來我家跟我說這些有的沒的？」

「難道不是嗎？除了和日本人合併，哪裡還有撐住朝鮮王朝的方法？俄羅斯和清國都因為日本而垮台，所以日本建立了大東亞共榮圈的計畫，想要與列強對敵，這哪裡有不對呢？」

「那就是你的想法嗎？」

「是的，光是想著朝鮮這部分，也是一樣的結論。您可以和合併以後的狀況來比較看看，光是煤礦的生產量就提升了多少？還有其他礦產的開採量也是一樣有所提升。朝鮮一座像樣的新式工廠都沒有，就連整個國境內唯一的那條鐵路都是日本鋪設的。」

「我就問你一個問題。所以那又怎樣？那個煤礦難道是為了讓朝鮮人冬天過得溫暖一點而開挖的嗎？那條鐵路難道是為了方便我們朝鮮人而鋪設的嗎？」

「基礎產業是一個國家的命脈，我們就在和日本合併以後，才多少補齊了其中的不足之處。」

這沒種的傢伙！治圭一邊抓著長煙袋，一邊拼命忍耐滿腹怒火，他一直安撫自己和兒子的同輩友人沒什麼好吵的。

「你想想，日本在這塊土地上挖煤礦，或是蓋紡織工廠製作衣服時，那又和朝鮮這塊土地上的百姓有什麼相關？再怎麼說是橫爭暴斂，也比不上他們的作為。所以呢？你想說的是，若日本人沒鋪設鐵路，朝鮮百姓現在也得辛苦步行，不是嗎？可是就算我們要用雙腳走上千里萬里，那也是在我們的國家裡走！你現在膽敢在我面前胡言亂語？」

啊，現在我知道了，原來親日派傢伙們最近做的宣傳，就是他剛說的那些話，那些話我也曾聽過。治圭慢慢地把香菸裝入長煙袋裡。

有位在京城帝國大學裡執教鞭者，在讚揚日本支配的同時，拿出一份具體的數據，指稱那是在總督府治理之下，朝鮮的出生率遠比以前較高的證明。以戶籍上的數字來看，朝鮮的出生率確實比舊韓末高出不少，出生登記也較多，就這點來看，日本為朝鮮人打造出更好的生活環境。

難道要我去撞石磨嗎？真的要讓我去撞石磨嗎？這傢伙，你說的那是什麼鬼話？舊韓末時期，我們哪有什麼戶籍制度？大家又怎麼可能去進行出生登記？就連我自己以前都被父母認為是快沒辦法活下去的孩子，所以一直都沒去進行出生登記，直到過了五歲，才有了名字並完成出生登記。至於數值會增加，那是因為總督府又是要求供出配給，又是對我們強制徵召榨取，把整個人口數徹底翻查了一遍才得到的結果！結果你現在說什麼？說那是日本幫我們打造良好環境，所以人口數才變多？

「夠了，你要說什麼我也不是猜不到。」

治圭慢慢地吸了一口菸。

「所以，我要跟您說的是，日本會把工廠拆了再走嗎？會毀壞掉已鋪設好的鐵路再走嗎？就算那些都是日本打造的，但結果卻是朝鮮的。要是朝鮮人不知道這一切，那就太過分、太不知感激了。日本確實是給了我們恩惠。」

「所以？難道你要說，日本人恩澤廣被，我們都得到他們的恩惠嗎？」

「既然都得到恩惠了，那就是受惠沒錯呀。」

「什麼受惠！這話是身為朝鮮年輕人該說的話嗎？那些日本鬼子跑來我們這塊土地上，除了壓榨我們，就是抹殺我們的一切，他們的所作所為，就算是對不同人或不同民族，都是不允許的！」

「伯父，說到那些日本人，如果他們說要殺人，那就一定格殺勿論。可朝鮮人卻是成天喊著殺啊殺的，但也就嘴巴說說而已。他們和朝鮮人不一樣，言出必行，而且都會為了自己國家而獻身的。」

「屠夫！那些人都是屠夫！你說的是跑到別人國家砍殺皇后玉體，又放火殺人的孽行嗎？在你的眼裡，他們那種作為就是為了自己的國家獻身嗎？」

京浩歪著嘴冷笑。他用手摸了一下那顆油頭以後，起身向治圭說道：「站在日本的立場來看時，那些人為了自己的國家而獻身，是忠貞之士。」

治圭怒吼。

「你也是朝鮮人！」

「現在已經沒有朝鮮這個國家！」

「你到底想怎樣？你這傢伙！你跑來我家跟我說這麼亂七八糟的瘋話？」

京浩臉上仍維持那一抹冷笑，邊走出屋外，邊向治圭說：要是泰衡回來，請您告訴他，我要跟他見一面。請叫他好好從事他的獨立運動，我們小學出了這麼一個朋友，真是讓人驕傲。

治圭努力振作起精神，並罩上他的長袍。究竟那傢伙在盤算什麼？為什麼不速前來家裡找我？

他一邊回想京浩說的話，並一邊捋鬍，心想著早知道剛剛就該拿起手上的黃銅煙袋往他臉上打下去。唉，沒想到人老了，還要受這種侮辱。那些人一點也不相信日本會滅亡，還對他們產生劣等感，深深相信現在朝鮮已經完全被日本所支配，真是愚昧不靈！

治圭穿過庭院，走出了屋外。他往村子裡走，曾幾何時那個老是這在走條路上的兩歲小鬼頭，已經昂立前方並走向江邊。

該怎麼過冬呢？那道理和我們人類過活沒什麼兩樣。房間要是冷，砍個柴火就能度過嚴寒，再不然把家中多餘的躺櫃或衣櫃拆開當柴火燒，一樣也能溫暖房間。若真不得已，借住別人家的一角，也是一個方法。

治圭站在夕暮江邊，回想起自己的兒子。不知那一直想抱在懷中呵護的骨肉，現在是否還活著。

天色漸暗，倒映前山山影的江水也逐漸暗沉下來，此時水鳥從殘波漣漪上頭飛過，穿梭在高聳挺立江堤邊的小鳥們吱吱喳喳，好不吵鬧。一旁的孩子們莫名愛來這裡釣魚，只要一到傍晚，就會看到孩子們三三兩兩拎著釣竿從江堤上走回村子。

治圭輕輕捋著被風吹拂的鬍子。

自從你離開以後，我就一直活在寒冷的歲月裡，我的兒子。日本人統治數十載，如今他們的勢力並不再穩固，人民已從有如傷口上灑鹽般的巨大痛苦中覺醒。只不過，我的兒子呀！那條江水不管是以前或現在，都一直持續吶喊著，你去聽聽它的怒吼聲；還有餓到只剩皮包骨的同胞們，如今只能啃著樹皮過日子，你去看看被剝皮的松樹鬱憤殘敗模樣。那就是我們朝鮮現在的模樣啊！究竟這塊土地將會何去何從？先祖的魂魄分明就在那座山裡，我們朝鮮的氣魄也合流在那滔滔江水中，為什麼我們竟會變成如此衰弱不堪的民族？

為父相信春天將會到來，所以你一定要撐過寒冬，並在漫長的歲月生存下來。等到春天來臨，院子裡的梧桐樹又會長出嫩葉，後山的布穀鳥也會開始啼叫。如果那天到來，我相信你一定會回來，並在我位於祖墳山腳邊的黃土封墳上，為我倒下一杯祭酒。當你跪在那裡向我叩頭時，你認為我會在黃泉底下數落你的不孝嗎？不會的，如果那時陽光灑落你的肩上，那就是我在懷抱著你；如果那時微風輕拂你的髮際，那就是我在撫摸你。你只要知道這是老父的心意，那就夠了，我又怎會去怪你沒能讓老父安享含飴弄孫之樂呢？

30

黑暗之中開始飄起細雨，飢寒交迫的禹錫回頭望著日周，並小聲說道：「你別說話，只要跟在我後頭就好。」

做夢也沒想過會跑來這裡找那個大叔。禹錫一頭苦悶地前往六指那兒，他感嘆鼠目寸光這話還真不是沒有道理。

由暗處匍匐經過食堂以後，禹錫走入後巷，打算前去見六指。這時，有個為了避雨而蜷縮身子的人，正從後巷小路上頭快步走了下來。那人從禹錫身邊經過，禹錫攔住了他。

「我可以請問您一下嗎？」

那個人停下了腳步。

「老爺子睡了嗎？」

蜷身行走中的男子抬起頭來。

「您是誰？」

「我是他的親戚，我有點事要見他……」

禹錫小心翼翼地說著，沒想到年輕男子一副不置可否地朝禹錫上下打量了一番。

「怎麼每個來找他的都說是他的親戚。」

禹錫沒想到年輕男子的口氣竟是如此，挑了一下眉毛，心想著怎會有這種傢伙。禹錫心裡雖然湧起一陣不悅的情緒，但他還是努力忍了下來。

「所以他在家吧？」

「在啊。可是您到底是誰？」

怎麼找他這事就那麼不順？禹錫啪地拍了一下男子被雨淋濕的肩膀。

「事情已經很不順了，現在你又這麼找碴，今天真的沒什麼事情能成的。我剛不是問你老爺子他睡了沒嗎？」

不知道是不是被禹錫的氣勢嚇到，男子握緊了拳頭，然後翹起小指頭來。

「您問的老爺子是這位吧？」

「對，就是他。我是來找六指老爺子的。」

男子咧嘴一笑，他晃了晃小指。

「他在是在……現在正跟這個在一起呢。」

男子接著丟出了一句話。

「上去吧。」

禹錫望著年輕男子消失在雨中的身影，他點了一下頭，明白那就是跟女人在一起的意思。不爽地站在後頭的日周，不禁咋了一下舌：怎麼會有那種傢伙，個性有夠扭曲的。這時，禹錫嚓嚓地沿著小路往上走去。

禹錫在六指住所前停下腳步，他把日周叫到牆邊，並告訴他：「你在這裡等著比較好，我先一個人去和他談，然後我再把你帶進去。」

禹錫讓日周先待在外頭，他則按照在食堂那裡聽來的訊息，翻過宿舍圍牆，來到六指房門口前，只見房內燈火通明。禹錫敲著門板，並小心翼翼地詢問：「有人在嗎？」

「誰？」

禹錫環視了一下周圍，四周只有雨聲，並沒有人走動的跡象。

「大叔，是我。」

「沒頭沒尾地就說是『我』，我哪知道是誰？」

「我可以進去和您談談嗎？」

「進來吧。」

禹錫小心地打開門，並走了進去。眼前的六指並沒有像方才那名男子所言和女人在一起，而是躺在床上看報紙。六指坐起身來看著禹錫，只見禹錫用手把溼透的頭髮往後一撥，並關上身後的房門，然後走到自己跟前行了個大禮。

六指把黑色粗框眼鏡和報紙放到一旁，並起身坐好。禹錫正襟跪坐並躲開六指瞇上眼睛瞪著他看的眼神：

「是我，大叔。我是禹錫。前年秋天，在進行時祭時，您曾回來朝鮮一趟，那時在春川大宅見過您。」

六指什麼話也沒說，只是一直盯著禹錫瞧。

「我有事想拜託您幫忙，所以才會跑來這裡找您。」

「等等，你說你是誰？」

「我是禹錫。住在孔之川那邊。」

「孔之川的話……」

經過從大龍山往下流的新延江渡口，再轉入昭陽江的孔之川，是一條滿具退溪先生（譯註：退溪先生，意指韓儒李滉，號退溪）傳說的河水。也許是因為退溪先生的母親朴氏出身春川，所以這條河水才會有那麼多傳說。相傳有一天，先生要長工小子把牛草料剁碎，並丟入河水裡，沒想到長工小子丟出去的牛草料居然變成了魚，為此大吃一驚的人們都說那些魚是繼承孔子之脈的退溪先生變出來的魚，所以把那些魚叫做孔之魚，而那條河川也就叫做孔之川。

「是的，我小時候曾在孔之川大宅裡看過老爺子您。我的父親名字是……」

六指舉起手來。

「別說了。你的名字是？」

「禹錫，崔禹錫。」

「禹錫……」

六指只說了這句話，就沒再繼續說下去，只是靜靜地看著禹錫。禹錫緊張地雙手撐地，頭低低地說：我相信大叔您不會見死不救。大叔，我只是一直講我的事，真的很對不起您，但是我真的無處可去了，如果您能幫我，我這輩子都不會忘記您的大恩大德。

六指並未點頭表示同意，卻也沒搖手要禹錫住嘴，只是一直聽他說下去。在禹錫訴說完自己的故事以後，兩人持續沉默好一陣子，最後六指問他：「你現在是想置我於死地嗎？」

「什麼？您指的是什麼意思……」

「你要我收留你，到時候也要把我拖下水嗎？」

禹錫持續低著頭望向塌塌米地板。六指一臉無奈地點了下頭。

「早就已經有人到過我這裡了，要我看見你們就把你們交出去。」

禹錫驚慌地抬起頭來。

「還有，你說還有人跟你一起逃出來？」

獨自被留在外頭的日周正打著哆嗦。這幾天來，幾乎沒吃到什麼東西，只是一直在徘徊遊蕩，日子過得十分淒苦，實在不知道來了佐世保跟之前有什麼兩樣。縮著身體在黑暗裡發抖的日周，想起說要來找親戚六指之前，在佐世保發生的事情。

原本經營朝鮮勞工食堂與宿舍的親戚，把食堂和親戚轉讓給別人以後，就離開了該處。而得知那消息的時候，已經是一個多月前的事情。

這就是所謂的諸事不順吧？我甚至懷疑我的命運是不是本就如此悲慘。據說那裡朝鮮人們之間，為了爭奪經營食堂的利權，彼此爭個你死我活，最後那位親戚敗下陣來，只得退出那個地方。

不知怎地，這裡礦工特別多，宿舍櫛比鱗次並不停增生，所以甚至有人稱這裡的礦工宿舍為口琴宿舍。這裡規模大一點的宿舍甚至跟礦區那裡相比有過之而無不及，要是能在這裡見到那名親戚，一切就太好了，只可惜事與願違。不只如此，由於來找的人早已黯然退出那裡，所以那裡的人完全不給日周好臉色看。眼見情況如此，禹錫提議：雖然不知道這能不能幫上忙，我在長崎那裡有一個不怎樣的親戚，看來我們現在也只好去投靠他那裡。禹錫並未和日周提起這個親戚的事，日周想起禹錫跟他提起這建議時，曾這麼說過：「走投無路的人，哪怕是拆東牆也要補西牆……現在不管什麼方法都得試試了。死了才叫難過，只是會痛又有啥傷心？唉，他媽的，這世上萬事怎麼這麼像一進會的草帽。」

「你這又是在說什麼？什麼一進會？」

禹錫說的其實是指親日派一進會的成員，他們總是戴著草帽到處耀武揚威。

「就是說他們骯髒又齷齪。不是有句話叫做平壤兵的裹腳布嗎？就是講他們又臭又髒的意思。」

還記得那時我們邊說邊笑，然後又挖苦了一下彼此，年紀輕輕卻處在笑不出來的苦境。可說完這話，彼此又是一陣苦笑。風雨中的木造建築，看起來一片漆黑，雖然跟著禹錫來到這裡，但也不知道那個叫做六指還是七指的親戚是否可以信賴，畢竟能在現在這世道中生存下來的人，行為舉止應該已經和日本人同化了。還有，雖說是遠親，也不知道願不願意接納逃亡而來的我倆。

日周皺著臉，凝望著漆黑的天空，心裡咒罵著這雨怎麼每天下個不停。

房間裡，六指一邊看著幾近乞丐樣的禹錫，一邊說道：「你可真大膽，你可知軍艦島是什麼地方，居然還敢逃出來！我說你這傢伙膽子可不是普通的大，逃亡也就算了，居然還帶了人一起出逃！」

「因為我認為死在那裡和逃亡途中死掉沒什麼兩樣。」

「所以？你以為你跑來這裡，我就會收留你們嗎？」

「是的。」

禹錫簡短地回答以後，抬起了頭。

為了避開空襲，軍工廠即將進駐地下工廠，而地下工廠的隧道工程正由六指所管理，這樣的六指仍舊在養兩個家。在長崎市內的那個家，正宮日本女子剛生下孩子，就快滿百日了，但他從不准正宮到這裡來，在這裡跟他過活的是一名朝鮮女子。

六指喃喃自語。

「當初我回到朝鮮招募人工，把仁同那邊的人帶過來時，你父親看待我就像在看狗看雞一樣不屑。那時候過來的話，不就好了嗎？就不用落得現在被強行徵召的下場。現在你可知道當初你們做了多麼錯誤的選擇了吧？偏偏你還被徵召到軍艦島那地方。你也看到了吧？地獄之門。不就是因為只能進、不能出，才被叫做地獄之門的嗎？何止看呢！你們天天都進出那道地獄之門吶！可是，你居然膽敢從那裡逃出來！」

過了一會兒，六指問禹錫：「那麼，你說要怎麼辦才好？」

「大叔，您說的，我們一定照做。您要是不收留我們，我們就馬上離開這裡，我們也不想連累您。」

這傢伙到底知不知道現在是什麼樣的時刻、自己到底在說什麼？現在日本喊出了要大家同歸於盡的一億玉碎口號，美軍那裡隨時也可能進攻日本，有多少人為了躲避空襲，想盡辦法把孩子送到鄉下去。B-29 戰機天天都在威脅要把全日本變成一片火海，現在到哪裡都難過活，這傢伙卻搞不清楚狀況。看來那座島果然是個恐怖的地方，把人關在那種黑天暗地之處……他們成天只挖礦，完全不知道這世上發生什麼事。六指看著臉冷到發青的禹錫，咋了一下嘴。

「要不要把你交出去不是問題所在，對著前來保命求生的傢伙，不能放著不管才是難題啊。你說你來到這裡的一路上，都沒被發覺，是嗎？」

「是的，我們一直走山路。」

「那麼中途應該有到民家裡偷過東西？」

禹錫的頭垂得更低了。他幽幽地說：「對。不過他們看我們可憐，後來讓我們吃了點蒸南瓜，還給了我們一點冷飯吃。」

禹錫見六指態度漸趨軟化，決定不把先前去佐世保找日周那個軟弱親戚的事吐露出來。

六指看著頭低低的禹錫，點了一下頭，心想：你這傢伙，現在是我居上風。你們的消息，我當然耳聞過了，日本人說軍艦島那裡發生集團逃亡事件，要我們看到逃亡者，務必向他們通報。話雖這麼說，誰會為了抓你們這種傢伙，特地跑到這裡來呢？看你現在自招一切的樣子，你應該是已經窮途末路了才對。

六指瞇起他的小眼睛，一直盯著禹錫看。先不管會不會大意失荊州，看你現在這副模樣，不收留你實在說不過去。六指長長地嘆了一口氣以後，開口說道：「我知道了。你就先在我家躲個幾天，另外那個跟你一起來的傢伙，你叫他進來吧，明天開始就讓你們做點事。」

禹錫額頭緊貼著塌塌米地板，連忙道謝：「謝謝您，真的太謝謝您了。」

急忙起身，想去把日周帶進來的禹錫站在門前問六指：「您剛說要我去您家裡躲著，這是什麼意思？」

「你這傢伙，這時候腦子又變得不靈光。我打算把你們裝作是從朝鮮帶過來的人，你就在我家幫忙，另外那個傢伙就安置在工地。知道了嗎？」

已經不知道這段期間到底過了多久，現在總算是真正離開端島，並有了棲身之處。就先當作自己渡過河水，並來到樹林之中吧！不管能躲多久，總是能先避避風頭。

禹錫本想關上門，又突然問了一句：「不過，大叔，剛剛有一個人從這裡走下去，那個人是做什麼的？」

「你遇到誰了？」

「是一個年輕人。」

六指的聲音從房內傳來。

「看來你是遇到吉男了。他叫做よしお，是幫我做事的人，你們以後好好相處吧。不過，那傢伙說了什麼？」

「沒什麼。那麼我現在就去把我朋友帶過來。」

よしお？看來是個得小心應付的傢伙。現在想想，兩人的第一次見面反而先挫了一下對方的銳氣。禹錫一邊走進雨裡，一邊說道：「大叔您施工的那座隧道，是住吉隧道，對嗎？」

「這傢伙是吃了童子蔘嗎？怎麼會有人大半夜的不睡覺，跑出來吵鬧呢？」

吉平打開德秀家的舍廊房門，走了進去以後，便開始嘟囔起來。鶴奎點了下頭，南柱的爹咧嘴一笑。宗南往角落坐過去，騰出了個位置給吉平。

「搞不懂我剛是在推肥還是在拉屎了，不知道是不是一整個冬天沒拉屎，肩膀可痠痛得很，可是一點也不會累。到底是怎麼一回事，出了村子就這樣？」

「親家你說的跟我想的一樣呢。那麼你呢？」

「啊，我嗎？我出來撒泡尿，結果突然覺得肚子餓了起來，覺也睡不成了，看到有人家還亮著燈，就慢慢晃過來了。」

春天已經來了，不知不覺地，春天已經到來了。哪怕是光禿禿的山川江河，也已經透露出春天造訪的訊息。不知道從哪裡跑來的瓢蟲，正緊貼著泥牆，而一整個冬天都躲在走廊屋簷下吱吱叫的麻雀，則是不見蹤影。

麥田壟已露出青草嫩芽，農人們趕忙到鐵匠鋪整頓冬天鏽蝕的農具，接著就得開始忙起耕種農務。農夫們忙著犁田施肥，得把茅房裡的糞便加入煤灰混和，然後再搬運到田邊，光是這件事情，短短一天根本不夠用。而卸下牛套子的黃牛，則是在田邊享受春光照耀，牠的屁股上還黏著冬天壓碎的乾糞便。

吉平轉過去對著德秀試探地問：「給我顆熟馬鈴薯吧？」

「所以人家都說睡到一半亂抓別人的腳，你這麼突然地跟人家要什麼馬鈴薯！」

「知道才來的嘛。你以為我不知道你們家今天煮了一堆馬鈴薯嗎？」

「吃培種用的發芽馬鈴薯吧。」

「唉，不過就幾顆馬鈴薯，有必要這麼唇槍舌劍的嗎？」

今天是德秀把培種用的發芽馬鈴薯挖出來之日。德秀悠哉地打開家門並走出屋外，挑了幾顆發芽馬鈴薯並蒸熟，然後再帶回家來。這時燈火隨風搖曳著。

大夥兒一邊瞎扯淡，一邊開始剝起馬鈴薯皮。隨著春天的到來，就連融冰的土地，天天都散發出不同的泥土味道。日本釀造廠所釀造出來的酒，除了有宗男負責騎腳踏車配送，還有其他的農夫。

邊咕噥著邊咀嚼馬鈴薯的吉平問道：「李氏，不是還有剩下一點稻種嗎？」

鶴奎輕輕地搖頭：「你說什麼？我哪裡有剩餘的稻種？」

「我記得你老婆家的米不錯啊。本來我想要是你這邊有多餘的稻種，打算跟你換一批，沒想到連這也沒了。」

「稻米哪是決定在種子，是決定在土壤的好嗎？」

轉眼間，原本裝得滿滿的馬鈴薯網袋已經一掃而空。吉平擦擦自己的嘴巴和雙手，掏出煙袋來。

「話說回來，春植和美順搞外遇是這陣子的事。是去年摘馬鈴薯種子時，對吧？」

「屎越攪動就越臭，這件事大家都知道得一清二楚，何必再拿出講呢？」

「你還真以為我是喜歡講才講的啊？還不就是春天到了，突然想起這事來了。」

不管什麼大小事，鶴奎和南杜的爸這兩人向來意見不合，現在這時候又不例外地開始拌起嘴來。德秀看他們兩人拌嘴的樣子，不禁叻叻笑了起來。此時，靜靜地坐在後方的宗南，突然滴咕了幾句：「說到因為春天到了，所以才想起來……那個，燦雨那小子結果怎麼了？那年也是差不多現在這個時候吧？那時大家不是去村裡看審判結果了嗎？」

「外頭消息的話，騎腳踏車到處遊晃的你，不就是我們的活動告示板嗎？要是你不知道，我們要去哪裡探聽到消息？他從監獄出來以後，不是就斷了音訊嗎？」

大夥兒沉默了下來，只是不停嘆氣，誰也沒說一句話。一想起那個時候的事情，大夥兒的心裡就會結上一層黑暗冰花。村裡的青年，李燦雨，當初曾是春川高等普通學校的常綠會會員，他總是「大哥、大哥」地跟在人後叫個不停，最後召集到幾個前輩，並組織了梧井村的梧井敬老會與下泉田的泉田親睦會。大家想起那時候燦雨這麼說過：我們要尊敬長輩。勤儉儲蓄才是我們的活路，我們還要禁酒禁菸，讓村子煥然一新。梧井村不更生不行。

「燦雨真是個有為的青年。啊，真是令人遺憾。」

「燦雨學生不都是騎著腳踏車到學校嗎？記得應該是某一年的夏天，他趁著放假期間去了京城，然後又經過開城一路到達平壤。他回來時，我曾和他聊過，他說前往開城的那二十哩路上，布店等各種商店櫛比鱗次，全都是朝鮮人開的商店，根本就看不到日本人的蹤影。我記得那時聽他說朝鮮人團結起來抵擋日本鬼子，所以那邊的商店生意都經營得很好，聽得我都忍不住流眼淚了。」

「一提到這就嘴疼。敬老會才成立一下子，馬上就解散掉，跟打花牌沒什麼兩樣嘛。想當初敬老會的開始，就像花牌牌友個個充滿鬥志般地聚在一起呢！」

鶴奎慢慢地開口：「我說句不中聽的，戒菸戒酒、尊敬老人也能算是朝鮮獨立嗎？那麼朝鮮人們吃飯拉屎也全都算朝鮮獨立囉？」

南柱的爸接話：「你不知道嗎？晚上跟老婆用心做人，把孩子生下來也是獨立運動呢！這可是播朝鮮人的種啊。」

「在棉被裡大鵬展翅是吧？有種你就到市場那裡講給大家聽呀。」

「所以啊，既然現在馬鈴薯都吃完了，你就快點回家跟你老婆進行獨立運動吧！」

在這種沒有希望的日子裡，大家也只能像這樣苦中作樂，稍感慰藉罷了。

「事實上，那件事可是由一顆水蜜桃開始的。徐氏家的兒子順福那傢伙，偷吃洛宗家的水蜜桃被發現，偏偏洛宗這人性格就硬嘛，罵了他一陣子，誰曉得順福那傢伙居然打了洛宗這老人家。燦雨學生聽到這件事以後，就召集了村子裡的年輕人，問大家這種事怎麼能發生，然後就開始組成了敬老會。」

「啊，何止這樣呢？只要講到梧井村的崔順福，大家都會說他酒醉以後會打老父老母呢！」

第一場聚會時，聚在一起的青年們共有二十三名。李燦雨獲得眾人的支持，認為機不可失，於是整合起餘勢，成立了敬老會的販賣組織。他利用會員李德友的名義向泉田里金融組合貸款三十元的資金，正式成立販賣組合單位，並購入食品、日用雜貨等生活物資，然後分配女性會員的存放與販售順序，透過組織進行販售所得到的利益則充當為敬老會的敬老金。

吉平一邊回想往日，一邊說道：「嫁到德斗院的順玉，徐順玉。就連她都被傳喚到新北駐在所去當證人還是什麼的，反正連她都在那裡接受調查了。村子裡的婦女們捨不得要給店鋪的利益金被沒收，大家想盡辦法要保住那筆錢，可是就連那樣都被說是在搞獨立運動。那時候我才知道原來順玉那孩子有多麼剛直，她一字一字地回答問題，那個不知道是巡查還是什麼的傢伙，看到調查結果都瞠目結舌了呢！」

「不是巡查，那是司法警察官。他的名字叫做丁種憲，個性本來就有點……嗯，像是會在洗米水裡浸泡東西的那種怪人。」

李燦雨對於他能夠提早實踐畢業後計畫組成的這個故鄉組織，感到無比自豪，因此在他前往滿州以後，他前後仍寄過七次信件給敬老會及休養團，與他們保持聯絡。他在信中期許成員「不要讓組織成立當時的決心倒下，盼各位能持續組織的運作，一同協力幫助梧井村的發展。」

鶴奎用手拍了拍鋪在房間地板上的草蓆後，便快速地坐了下來。他看著德秀說：「你也知道吧？燦雨那青年和妻子分房睡。那真的不是誰都能辦到的事情。」

「誰知道他們是同床而眠還是分床睡呀？可是後來聽說了以後，真是讓人瞠目結舌。」

「年輕人怎麼會結了婚，但是和妻子不發生夫妻關係呢！真沒想到他是個意志這麼堅定的人。」

宗南好奇地問：「那是什麼意思？」

李燦雨對民族運動的投入可說是毅然決然，雖然在父母之命下，已結婚娶妻，然而為了投入民族運動，卻忙到與妻子未行夫妻之實。

常綠會事件的審訊紀錄中，也提到了這部分。當司法警察詰問「嫌犯的女性關係」時，李燦雨是這麼回答的：就如同我所供述的，自從腦海裡萌生民族意識以來，便未和女性發生過關係，我下定決心，要一心一意努力實現民族主義。自古以來，就有言是英雄難過美人關，雖然我在十七歲時娶了李氏（當時十八歲），並在前往滿州之前與她一起生活，但卻沒和她行過夫妻關係，那就是我先前所講過的決心。現在也沒和異性往來。

德秀看著宗南，繼續說了下去。

「雖然他並沒有公開講過這事，但大家都知道。怎樣？與妻子在同一屋簷下生活，卻未行夫妻關係。像你這種屌而啷噹的傢伙，哪做得到這種事？我們也都一樣，這種事連想都不會去想。」

「話是這麼說，那麼他的妻子結果怎麼樣了呢？」

「還能怎麼樣？燦雨去了滿州以後，她回到娘家，過沒多久就改嫁他人了。你說能不改嫁嗎？畢竟還是個黃花姑娘，臉蛋也圓潤，看起來挺有福相。」

宗南年紀還小，不清楚那時事情的經過，他一邊眨著眼睛，一邊問道：「可是燦雨不是創了休養團嗎？做了那麼多好事耶？」

鶴奎回頭望向宗南。

「燦雨說那是理想農村運動。泉田里休養團裡，就屬李仁教和李宗燁最熱心了，而且那時會員男女加起來超過百人。」

燦雨組織了休養團的聚會，鼓勵團員們多讀書，而且只要到了秋天農閒期，他還會舉行夜學會，教導村內婦女讀寫韓文。雖然他所展開的活動在不久之後就衰頹下來，但對當時荒落凋零的朝鮮來說，卻是相當先進的活動。據審訊紀錄所示，李燦雨稱該聚會與活動為「作為民族改造重點之意識灌注的準備工作」。

將這種消滅文盲，並利用農閒時期來籌備自立基礎的活動都視為思想運動的日治警察，幾乎把全村民都逮捕拷問過，甚至未經審判就將村民長時間拘留起來，把他們當作罪犯對待。

窸窣掏出菸袋來裝菸草的鶴奎說道：「那時候他們真的抓走好多人。」

「不過啊，那時那些青年們大概都得了重病了，所以才會有那麼多人又腰痛，又得到胸膜炎的。」

大家都靜了下來，這時有幾個人咋了一下舌。德秀接著說下去：「既然都活著，應該活得好好的吧？」

鶴奎環視了一下眾人。

「可是這次戰爭好像不太一樣。又說要決死抗戰，又說要本土決戰的，你們說這是怎麼一回事？這不就是在講要是美軍攻到日本本土，就要決戰生死了嗎？那麼不就表示日本現在正被美軍打得節節敗退嗎？」

「現在究竟是什麼狀況呀？到底是真輸得一敗塗地，還是只是找藉口壓榨我們啊？我就算活幾十年，也搞不清楚日本的行動。」

「不知道有誰這麼說過，與其活在日本人統治底下，還不如一直餓著肚子好。」

「話說得誇張了。你就別煩惱這世間事了，煙袋給我吧。」

「你就會出張嘴，然後被誰吸引走的話，又像個蝨子一樣，把對方黏緊緊的。」

鶴奎這席話，讓南柱的爸臉脹紅了起來。

「怎麼說人家是蝨子！」

吉平抖了抖屁股，站起身來。

「話說回來，已經春天了呢。我們現在馬鈴薯也吃了，以後你們馬鈴薯可得要豐收呀！」

在小麥成熟並可磨成麵粉之前，就只能拿馬鈴薯來度過這青黃不接的過渡期。不管是蒸熟吃也好，還是磨成泥吃也好，要是馬鈴薯開始蛀蝕，還可以撿擇磨粉使用。過往每到夏季，大夥兒就會把馬鈴薯放在與玉米蒸盤上蒸熟，並用來抵作一餐，只是這樣的日子似乎提早到來。雖說救濟貧窮，國家也無奈，但最近從春天開始就餓著肚子過活的人家，卻是越來越多。

吉平轉過頭看著德秀：「別一個人在那邊哀怨了，要給馬鈴薯施肥時，叫上我吧。」

造船所發薪當天，宿舍裡一片神情悲戚。發給大家的薪水根本就不夠購買物品，偏偏所有物資又採取配給制，而所謂的配給不過只是分配給每個人可購買的額度。

志翔領到上頭寫有賃料兩字的薪水袋，標示薪資總額為五十七円八十六錢。另外，明細書上則另標示了差引金，也就是會社那邊扣除掉的預扣額，計有健康保險金一円五錢、退職基金與其他保險三円八十五錢，還有國民年金二十二円九十六錢，總共加起來為二十八円三十一錢，因而實際可拿到的現金為二十九円五十五錢。

志翔拿著他的薪水，跟同班職員一起走向食糧營團所經營的賣店。那裡販售的炒豆子一袋為二円、飯糰一個為三円、仙貝一捆為一円，另外還有叫做きんし與みのり的香菸，一包皆為三円十錢，至於郵票則有七錢與三錢兩種面額的郵票。

志翔心有所思地將眼神停留在魷魚乾上，一捆三隻魷魚乾，要價四円五十錢。

有些人摸了摸薪水袋，最後掏出錢來買了牛奶。廣在也喝了兩瓶牛奶。

「再怎麼說，這還是對身體最好的東西了，不是嗎？」

志翔原本開心地想要購買郵票，但他最後又折返回去。斷了春川那裡消息是從他人還在軍艦島時開始的，他不知該怎麼提筆告知家人自己已逃亡到長崎，何況信件寄送都需要經過檢查，志翔於是決定先看看情況如何，以後再找機會寫信告訴瑞螢。為此心情沉重起來的志翔，深深地嘆了口氣。

一合豆子要價五円。和志翔同組的工班成員們，決定大夥兒一起湊錢買些豆子煮熟備用，等到肚子餓的時候，就可拿出來充飢。畢竟就連會社那裡餐食配給醬曲豆時，也都說那是特餐。

昆布和蜜柑有購買限制，每人每次限額為四個，價格則為二十錢。有些人工作了一整個月，才只能買到五、六個蜜柑。清酒則是一合為二円，不過大家拿到的薪資都很微薄，就連肚子餓都捨不得去買個飯糰吃，又怎麼可能會買酒喝呢？大家看到價格紛紛咋舌，唯獨楊氏一臉泰然。

「我啊，酒水不分清濁、女人不分美醜，就算有酒放在陷阱裡，我照樣都會爬過去。」

「這麼快就醉了？我不是跟你說過了？酒這東西要慢慢喝才行啊！」

「唉，你這傢伙！那些喝酒的人，就算看到田溝也會說田溝狹窄，然後不管三七二十一就跳過去，為了今天貪杯高興一天，明天就慘痛如同掉入地獄，難道你覺得這樣好嗎？」

志翔買了一個飯糰和一捆仙貝後，從賣店走了出來。雖然他已經吃過晚餐，但肚子仍空虛得很，此時他不禁想起在軍艦島上的日子。那時他靠著離開家鄉時身上帶的那筆錢，一點一滴省著用，才勉強能填飽肚子，有時也會拿微薄薪資和同組組員湊錢和買蜜柑或烤麵包，大夥兒就坐在地上圍成一圈享用那難得的點心。想起這苦澀的島上生活回憶，讓志翔眼眶紅了起來。

雖然帶著食物走出店外，但志翔卻面臨找不到地方吃的尷尬。他拿著飯糰東張西望之後，走到宿舍後面的空地蜷坐下來，開始吃了起來，也因為沒有開水的關係，飯糰一度梗塞在他的喉嚨裡。志翔低頭看著四周黑暗，一邊盼望著飯糰的滋味能多停留在嘴裡一分一秒，一邊細細咀嚼著飯糰。就在吞下一口飯糰時……

突然一股情緒湧上志翔的心頭，他咬著雙唇強忍著，眼淚直在眼眶裡打轉。他怨嘆自己這副模樣，而眼淚也在這時不爭氣地流了下來，他只好用拿著飯糰和仙貝的雙手手背擦掉雙頰上的淚水。志翔再咬了一口飯糰，這時他已無心擦去淚水，只是低垂著頭，默默地咀嚼口中的飯糰。

天空一片漆黑，看不到半點星光。哭什麼？他心裡這麼問著自己。你現在還哭得出來？你的眼裡還有淚水嗎？志翔心中不管怎麼想，都覺得無法原諒。他感到怨恨，恨的是生命就掌控在那些人手上，而自己是那麼的無力。難道是因為心中的悲痛，才讓眼淚飆瀉出來的嗎？他咕嘟地把口中的飯糰嚥了下去，然後站起身來。為什麼我們的國家如此不堪？志翔緊握著拳頭，站在原地久久無法離去，他心想無法在被困在這裡而活，就該找條生路。

四天後，獲得外出許可的志翔，前往食糧營團的地下賣店。他一點也不猶豫地掏出十五円，買了前幾天就一直盯著看的魷魚乾。小心拿好用紙袋的魷魚乾，並緩步走出店外的志翔，像是怕被誰看到似的，把上衣鈕扣解開，並慌忙地把魷魚乾收進上衣裡。魷魚乾的淡淡腥味，正飄上他的胸前。

等到晚餐結束之後，志翔帶著收在懷裡的魷魚乾步出會社。這天他得到外出許可，獲准外出到晚上八點為止，他加緊腳步走著，好趕著辦完事情並及時於晚上八點返回宿舍。

中田家裡只有一扇窗透出燈光。

志翔敲了敲大門，並拿出懷裡的魷魚乾。就在敲了門板幾次以後，玄關大門終於打開，並透出了燈光來。走出門外的是秋子。

「請問是誰？」

「我是朝鮮來的金田。」

「啊，原來是金田先生啊。請問有什麼事嗎？」

「我是來見中田先生的。」

「怎麼辦好呢？他還沒下班呢。請問您有什麼事嗎？」

秋子走到檜木修整良好的狹小庭院，並打開大門。志翔點頭向秋子打聲招呼。

「託您的福，我過得一切安好。因為會社那裡不好獲得外出許可，所以一直沒能來跟你們問好。」

「原來如此。」

秋子並未招呼志翔進入家裡，志翔有些遲疑。

「那個……」

志翔將手上的魷魚乾遞了出去。

「請您收下這個。」

「那是什麼？」

秋子往後退了一步，雙手緊握在胸前。

「只是一點微薄的心意，希望您能收下。是魷魚乾。」

秋子驚慌地說：「怎麼帶了するめ（魷魚乾）……」

「我剛剛收到薪水了。這是我來到日本以後，第一次購買的東西。因為有幸遇到中田先生一家，我很感激這份恩德……雖然我也很想送禮感謝江上先生，但我的現狀沒辦法這麼做。」

志翔苦笑著。秋子慢慢伸出手來，收下了志翔帶來的魷魚乾。

「謝謝。這麼貴重的東西……我這裡就收下了。不過，金田先生，您為什麼要這麼做呢？」

「嗯？」

「您這樣不好！」

「這只是我的一點心意，我是想跟您表達謝意。」

「我的會社裡也有膺懲士，所以我很了解他們都在努力忍耐著生活困境。金田先生，您這樣做真的不好！」

「只是一點心意而已。」

秋子點頭致謝。

「您的狀況比我們還困難，卻還這麼費心。謝謝您。」

志翔往後退了一步。

「那麼我這就回去了，我得趕在八點前回到宿舍才行。」

秋子一直站在原處看著志翔離去的背影，直到志翔的身影消失在巷內為止。不知是否夜色陰沉，秋子仰望天空竟看不見半顆星星。

31

開往長崎站的列車，慢慢地停了下來，二八看著窗外細雨紛飛，然後站起身來。這時其他雇傭工人們或拿或背那一只說不上是行李的包袱，你一言我一語，鬧鬧哄哄的。站在入口處者，一個一個魚貫下車，這群雇傭工人們也起身站到走道上，等著步出列車。不知方才是否到了別的車廂，有好一段時間沒看到人影的淺田，這時卻現身走入雇傭工人群裡。

淺田脫下帽子後，舉起帽子用力揮舞，然後對著亂哄哄的工人們大聲喊道：「大家互相確認一下身邊的人！」

個子雖小，但聲音鏗鏘有力的淺田，是這群雇傭工人們的引率者。

「都確認完畢了嗎？有沒有人不見的？」

哼，你在說笑嗎？有沒有人不見是你淺田該確認的事嗎？你叫誰確認啊？吉男站在淺田後頭，心裡這麼想著。

「大家先下車，不要散開，更不可以走到車站外頭。在出去之前，還有一次人員檢查。現在開始大家跟著我下車。」

這時有個朝鮮人邊看著淺田轉身往前走去的背影，邊大聲喊著。

「叫我別下去，我偏要下去；叫我不要跟，那我偏要跟。」

吉男的眼神很快就停在那個大聲吼叫者的身上。雇傭工人們千里跋涉來到這裡，是一件很讓人筋疲力盡的事情，不管怎麼做，總是會有人抱怨嘟囔起來。吉男站在雇傭工人一行的遠處，一邊檢視著是否有人落後隊伍，一邊走下列車。

吉男來到車站引領那些受到分配的雇傭工人們，並將二十五名雇傭工人的名單交給六指過目：「我們是不是被其他組給橫取り了？」

所謂的橫取り，指的是被人插隊強奪之意。吉男告知六指，他懷疑該分配給他們的工人們，已經被其他工地給搶走了。

「看來能從朝鮮那裡帶來的人力也已告罄了。」

「已經跟他們講工期短縮，費盡唇舌跟他們要人了，他們還是不給嗎？」

原本以為能補進五十個雇傭工人，結果卻只來了一半人力，而且有四個人還在博多那裡逃走。吉男拿著名單來到車站，並挖苦六指是不是給海軍那邊的賄賂還不夠多。當初日本陸軍和海軍為了多分配人力到生產自己所需之軍用品的工廠，因而兩相作對時，把工地也納入了軍部的管理。

淺田翻閱了一下名單，並確認過二十一名雇傭工人以後，重新戴上帽子並說道：「膺懲士們，現在請跟我走。」

「又要走？到底是要走到哪裡？」

為了找出是誰在嘟嘟囔囔，吉男的眼神快速地移動著，不久他便鎖定了一個正點火抽菸，個子相當高大的男子。雇傭工人們散亂地跟在淺田的後方，外頭開始飄起雨來。

「已經下雨了，要我們就這麼直接走出去嗎？」

大夥兒開始發出不滿的聲音。

「雨？啊，不用擔心。這是つゆ（梅雨），最近天天都下雨。來接你們的人，已經在外頭等著了。」

只要喊聲閉嘴不就行了？幹嘛講那麼多沒用的廢話？看他這副樣，日本也不會有什麼希望了，像那種不開竅的傢伙，就該帶去南方當炮灰！吉男默默在心裡嘲笑著。不過，他很快想到剛剛那個高個子，告訴自己得多留意那個人，然後加快腳步從這批膺懲士們身邊經過。

雇傭工人們一窩蜂地聚集在一起，然後走進待合室。一進到待合室，淺田就邊環視著他們邊說道：「大家到那邊等著。看到那邊沒？綁著繩子的那個地方。」

淺田指著待合室的一角，那裡綁著草繩，繩子的高度約和人的胸部等高。這把人放置到草繩圍起區塊裡的舉動，分明是把人當貨物丟到角落般對待，雇傭工人們望著細雨紛飛的長崎街道，只覺得心寒如冰，已然片片碎裂。

一旁的日本人們，斜眼瞄視雇傭工人們一個個走進被草繩圍起的角落裡。由於這些雇傭工人們來自不同地方，每個人從衣著起就各自呈現不同的樣貌，雖然有些人穿著全套日本政府規定的國民服，但是也有人只穿著在家鄉常穿的短褲。

「來，請各位靠過來。」

突如其來的朝鮮話，讓雇傭工人們紛紛抬起頭來。他們看到一個衣服穿得整整齊齊的青年就站在淺田身邊，那名青年正是吉男。這時吉男靠前一步。

「大家遠道而來，辛苦了。我是接著要帶領你們離開這裡的人，我叫做福田吉男。我也是朝鮮人，以後請叫我福田就行了。」

福田吉男，吉男只要想到自己的名字，心情總是很好。不管是象徵福氣多多的姓氏福田，還是吉男這個名字，都可以直接由漢字轉換成日式名字，讀音為よしお。吉男一邊微笑著，一邊想著父母真是有先見之明。

大夥兒又是點頭，又是一陣驚訝的，對於來接自己的人居然是個朝鮮人這點，露出驚異的表情。這時站在前方的人冷不防地說道：「所以大哥您是我們的監督囉？」

吉男臉色嚴肅了起來，說話的人就是方才那名高個子。

「您叫什麼名字？」

「我叫卞二八。」

這傢伙，居然敢跟我開玩笑！吉男挑起眼角。

「請您說清楚，您叫什麼名字？」

「我不是說了嗎？我叫卞二八。」

吉男氣得脹紅了臉，直瞪著那個高個子瞧。高個子這時慢慢放大聲音：「就跟你說我叫作卞二八了！我姓卞，名字叫二八。我大哥叫一八，我是老二叫二八。不過我們家就兄弟倆人，所以沒有三八。」

雇傭工人們聽得捧腹大笑。

「往後我們見面時，請您講話扼要點，卞二八先生。」

吉男自己邊講也不禁邊笑了出來。我看看，明天開始我該把你這傢伙排到哪裡工作好呢？你這傢伙，非得要讓你嘗點苦頭，累死你不可，這樣你才會搞得清楚狀況。看你長這副模樣，一副就不端正的樣子。吉男冷冷地轉過去看著淺田，並在他耳邊講了些話以後，再度對雇傭工人們說道：「現在既下著雨，火車也比原本預定還晚到，大家動作得快點。等等和我一起走出去以後，我會帶著大家直接前往宿舍，現在請跟著我走。」

大夥兒跟在淺田與吉男的後頭，離開了車站。長崎車站旁的街道，被雨淋得一片濕漉漉。二八冒著頭頂上的雨絲，爬上了從工廠前來的卡車，雖然卡車上罩著帳篷，但雨還是漏了進來，車上地板因此滿是泥濘。大夥兒一搭上卡車，就被帳篷蓋住，卡車裡突然一片漆黑，二八問道：「我們要去哪裡？」

「這我哪知道？」

帳篷裡的漆黑，讓大夥兒感到不安，眾人的聲音也因此安靜了下來。

「聽說是要去挖隧道。」

「隧道？誰說的？」

「聽說是トンネル工事場（隧道工地）。那個矮子日本人引率者說是要去挖隧道的地方。」

「叫我們去挖隧道？那我們不成了地鼠嗎？現在是要帶我們去參觀別的世界就對了。」

「就算是叫我們去鹽島引清水來，也只能引了啊，不然怎麼辦？」

「反正船到橋頭自然直。」

也許是因為不想被未知的明天所帶來的恐懼感吞沒掉，大夥兒紛紛提高嗓門來。

「我們先不要害怕，總之能做到哪裡就做到哪裡吧。難不成已經在生孩子了，還要人家脫內衣嗎？」

卡車在一顛一簸之中，開始發動了起來。二八坐在黑暗的卡車裡，想著剛剛那個叫做福田的傢伙。那個黃毛小子，眼睛一閃一閃的，和來到日本以後遇到的朝鮮人分明有哪裡不一樣。雖說如此，但他始終是個朝鮮人，就像烏鴉外表雖黑，但總不可能連內裡都一樣黑吧？

在雨中駛向山上的卡車，最後開到離工地有點距離的宿舍及食堂前，大夥兒下車時，夕嵐正好包圍住整個山腰。雖然大家感覺自己隱約感覺自己已離開市內，並來到山區裡，但在周圍的山霧包圍之下，誰也不知道自己究竟身在何處。

「實在不知道這裡到底是哪裡。」

「又不是去提親，管他是雉還是雞，知道了又怎樣。」

「我看等我八十歲時，牙齒疼又走路跌，就算越過死亡關頭，也得打起精神來了！」

「就像去掃妻舅墓一樣，慢慢來就好了。知道這裡是哪裡要幹嘛呢？難不成長了癲瘡，你就要去哪裡打膏藥嗎？」

木造的宿舍有兩棟單層建築，以及一棟兩層建築。二八和鄭氏被分配到二樓的宿舍，當宿舍都安排完畢以後，天色也晚了。在等待晚上放飯時，二八望著窗外。人生地不熟的，淪落成這副鳥樣，雖然不知道他們會讓我們在這裡做什麼工作，但心急求快，捷徑反而會變遠路。總之，要我們彎腰就彎腰吧……不然還能怎麼辦呢？也只能照做了。沒想到我活到這把年紀，還這麼命苦，我下二八從現在起，就只能努力與命運奮戰了！唉，媽的。

那天禹錫和其他一早就投入工地工作的工人們不同，他中午才出發去工地。他和新來的雇傭工人們一起排隊，並在隧道工地內外晃了一圈，聽取工作說明，直到下午才進入隧道工地內，開始進行搬運泥土和石塊的工作，想來是因為第一天上工，得先讓所有新來的工人磨合之故。

就在禹錫工作結束，並返回宿舍時，吉男好似等候許久般地叫住了正要走上二樓換衣服的禹錫。

「跟我聊一下吧？」

「我嗎？」禹錫手指了一下自己。

吉男點了點頭，並往外走去，禹錫則跟在他後頭走到木造建築的前院。是他！禹錫還記得去找六指的那天雨夜裡，吉男不懷好意地開他玩笑。哼，是個該小心的傢伙。那天的回憶緩緩地飄過禹錫腦海裡。

吉男等候禹錫走過來的同時，掏出了香菸來，等禹錫一過來就把香菸遞到他眼前。那不是常見的香菸，但禹錫搖著頭說：「我不抽菸。」

禹錫討厭為了香煙而苦苦盼望著發薪日到來的感覺，所以他一直保持不抽菸的習慣。他看了那香菸，是在端島時抽過幾次的香菸。

「我也一樣，香菸是為了招待別人才帶在身上的。」

吉男把香菸收回口袋裡，並往下望著通往宿舍的坡道，單刀直入地詢問禹錫：「和你一起來的人，是怎樣的人？」

他問的是日周。禹錫看著吉男的後腦勺，無聲地笑著。

「你找我是為了調查那個人，以便日後好使喚他嗎？」

「如果能那樣更好。總之，現在他是我底下所屬。」

吉男冷不防地問道：「聽說你以前待在軍艦島？」

為什麼突然提到軍艦島？禹錫從六指的前房遷出，並搬入宿舍的那天，他並未和同房的室友提到軍艦島，而是告訴他自己待過佐世保的礦區，而且他也和日周事前對過口，對外一律宣稱以前待過的地方是佐世保。禹錫不知是否該回答沒有待過軍艦島，緊張地回答他：「只待過很短一陣子。」

「聽說在那裡過的日子很苦，就像條狗一樣？」

「這就看個人怎麼想了。那裡看得到海，海浪又強勁，島上應有盡有，就差墳墓和公園。」

吉男突然話鋒一轉。

「那些被徵召者所處之地，大概都是這個樣子：讓人想跑也跑不走的地方，後面是陡峭峻嶺，前頭只有一條出路，往村子繞去又會被人邊罵朝鮮人，邊丟石頭。我們在家鄉時，看到烏鴉不也吐口水嫌晦氣嗎？差不多就是那個樣子了。而這裡，就是那種地方。」

禹錫繼續看著吉男的後腦勺，無言地站在原地。這裡可以一眼看到遠處山麓，通往宿舍的道路是一條坡道，一直連結到下方零星的幾戶人家屋頂處。就如同吉男所言，這裡能出去的路就只有一條。

「您是從哪兒來的？故鄉是？」

吉男又是冷不防地一問。他仍舊背對著禹錫，並望向宿舍坡道。昨天禹錫才寫過故鄉地址、父母名稱等各種資料，他納悶著吉男又是出自何意詢問他的故鄉，於是他慢慢地回答：「我出生在春川，也成長在春川，不過後來我去了各處，同時也在各地掙錢過活。」

「我看您日本話說得很好，來之前是做什麼的？」

「什麼都做，沒什麼像樣的工作倒是。我看您在這裡應該是負責很重要的工作吧？還請您多多關照。」

吉男轉過身來。

「這裡的工作不也就是按照指示挖地嗎？只要跟著大家一樣，當別人醒著時，一樣跟著醒來，別人在睡覺時，一樣也上床去睡覺就可以了。不過這裡爆破工作不少，只要小心炸藥即可。」

吉男滴咕的同時，仔細觀察了禹錫的表情：這個人和其他人有些不同，打從第一眼我就能感覺得到。這個人的行為沒有不端正的地方，也不像是幹勞力活的人，而且眼神犀利，不容小覷。

「還要一段時間才放飯，走一會兒吧？」

禹錫認為吉男肯定有事要講，所以就跟在他後頭。兩人走下坡道，在坡道的左側有條與其說是水溝，倒不如說是小溪的流水潺潺流著。

溪水對面是禹錫初次見到的大片冬柏花林，走在前頭的吉男背對著溪水而立，停下了腳步。

「我看我們年紀相仿，那麼我就講半語了，不介意吧？」

「隨您的意吧，我不介意。」

「隨意是嗎……請您不要顯擺出讀過書的樣子。我不過只是個在日本人底下管理店鋪的小兔崽子而已。」

吉男很快地說道：「這裡的工程，就像昨天說過的一樣，是三菱商社所負責的工程，朝鮮人只是負責下游的工程段而已。長崎這個都市，說是喝著三菱造船所、三菱兵工廠餵養的奶水也不為過，這裡有好幾座規模巨大的工廠。」

禹錫對於一瞬間就翻轉兩人局勢的吉男感到驚訝。

「換句話說，這裡就是日本的戰爭據點，集結了許多軍工廠。」

「原來如此，我不知道這些事情。」

「我們不是隨隨便便地在挖地。軍需基地長崎，長崎的三菱、三菱兵工廠的住吉隧道，就是我們的工地。」

「我們的身分哪需要思考的這麼複雜，我們只要在這裡做好……」

吉男打斷禹錫的話。

「你覺得在這邊挖地，那麼煮粥煮飯都不關你的事了嗎？這話本身沒錯，就算希望有所關聯，也無可奈何。你說，我們能在何處、能怎樣和他們有所關聯呢？朝鮮人，在這裡就只是個奴隸而已，被人抓來的奴隸。」

「不過，在那之前，我們首先都是個人。」

吉男蹙起雙眉，直盯著禹錫：「你認為你還是過著如人的生活嗎？」

「我可沒放棄自己。」

「看來你過得還不錯。你這一路都在哪裡過活了？」

禹錫沒有回答他。他也不知道自己到底過得好還是不好，作為一個被徵召來的雇傭礦工，成天就被關在地下礦坑裡，後來冒死攻下礦業所的辦公室，和礦業所作對，不過也在那裡和一名女子相愛……禹錫在心裡笑著，然而卻是笑中帶淚。

一大早就醒來的禹錫，走下前一天和吉男一起走過的坡道，並沿著小溪一路走去。因為是大清早的關係，這時沒見到其他人影，溪邊有一個像是洗衣服的地方，還有一塊用石頭仔細整列之處，看起來則像是汲水處，非常顯眼。

禹錫停下腳步，不自覺地盯著露水凝結的葉子瞧。錦禾，她的臉孔就像一聲尖叫，橫穿過禹錫的胸口。到底是從哪裡出錯的呢？這痛徹心扉的愛情，原本可以不用這麼結束的，為什麼我們卻走到這一步？

人生真是無常，每當想起你時，我就不知道人生還有什麼樂趣。禹錫還在端島時，在他把錦禾的骨灰撒向大海之後，他就取了約一根手指長的骨頭，並縫在褲腰上，只要每次換衣服時，他就會把骨頭拿出來，再縫到另一套要穿的衣服裡，從不曾忘記。不知道戰爭結束後，是否能平安返回家鄉？禹錫一直帶著錦禾的那塊骨頭，心心念念著要把它帶回錦禾以前生活過的、那看得到小河流過的老家，只不過錦禾自己也不清楚老家究竟在何方。志翔像是為了支撐住已脆弱不堪的心靈，眨了眨眼，連忙將眼神轉向別處。

小溪的對面，似乎住有日本人家。只見幾個女孩子們拎著鐵桶到溪邊，然後彎下腰來開始舀水。禹錫看著那群拎著鐵桶走回去的女孩背影，想著自己已經好久沒看過正常人的生活風景。禹錫心中一直認為每個人的人生在世都相同，但為何彼此卻要分你我，互相打個你死我活，而且是誰該被打趴，又是誰該拿著鞭子來站在上方呢？

就在那時，小溪的那頭突然有一堆孩子蜂擁而來，禹錫沿著小溪繼續走了幾步，並望向那群孩子們隔著小溪，也朝著禹錫看過來，然後開始朝禹錫丟石頭。一塊石頭掉到禹錫的腳前，其他幾顆石頭則畫出嘩嘩風聲，並掉在他的肩膀下方。這時，孩子們對著禹錫大聲叫了起來。

「快滾，朝鮮人快滾！」

「骯髒的朝鮮人、朝鮮人、朝鮮人。」

禹錫快步回頭走上山丘。孩子們朝他丟石頭的行為，還有嘻笑辱罵朝鮮人的喊聲，在在重擊在他的後腦上。他回頭看著那群嬉鬧的孩子們，茫然自失地站在原地不動。就在他看著孩子們走回日本人村莊的時候，後頭突然傳來喊聲。

「你是誰？」

那是引領新進雇傭工人到隧道工地的日本人引率者，綁著綁腿的他，拿著一條皮鞭走了過來。

「我說過不准隨便亂走，你是跑來這裡玩的嗎？」

那個滿臉烏黑落腮鬍的日本人，揮舞著手上皮鞭，還瞪大眼睛盯著禹錫。禹錫低著頭，默默地看著他的腳尖。

「這是我第一次走到這裡，我什麼都不知道。」

「難怪人家都說朝鮮人和明太魚不打不行。你連這都要我們一個一個講清楚才會懂嗎？笨蛋！」

你這狐假虎威的傢伙！禹錫邊哈腰低頭，邊朝宿舍方向走下坡道。禹錫只覺得自己就像是站在世界盡頭，這個不是人待的小區跟端島都一樣，全都是世界的盡頭。

那天，隧道工地裡的氣溫變得十分寒冷，由於工地就在地底，所以一走進裡頭，馬上就讓人打起寒顫來。不過，隨著大夥兒開始工作，寒氣又轉瞬消失無蹤，每個人都揮舞著滿身大汗。在這個工地裡，有著與礦坑裡截然不同的恐怖存在。

禹錫站在漆黑的隧道工地裡，一邊擦拭身上如雨大汗，一邊下定決心要忘掉錦禾。一定要忘掉她，要不然我無法在這裡活下去，在端島與她相遇以後，我似乎未曾仔細觀察過日本的樣貌，因為有她在身邊，讓我棲身在這日本土地上，有了一絲慰藉。

透過一個被人百般踐踏的貧窮殖民地女子，我反而還能活得像個人。沉迷於她香氣的那段時間，是我倆相愛的時間，可是我卻因此忘了兩個沒有手臂的人在一起，就算沒有手臂也能活下去的這個道理，也忘了有一股莫大力量迫使我們的人生變得如此悲戚、忘了我們正遭受迫害。原來我一直忘了我們的國家受到侵害，也忘了我們就是受害國家的可憐百姓。

在隧道裡搬運石頭的時候，汗水總是和著塵土跑進眼裡，禹錫伸手擦拭眼睛時，想起早上被日本孩子們邊丟石頭、邊被辱罵是朝鮮人的光景，同時還想到那個綁著綁腿並手拿皮鞭的日本警備員。每當想起這些，禹錫就努力要把他們和站在自己面前並對著自己微笑的錦禾臉孔重疊起來，可是不管他再怎麼努力，他就是沒辦法把他們兩者合而為一。

志翔拿著筷子，忍不住朝向飯桌旁低下頭來。

「你怎麼了？」

中田問志翔。

志翔搖了搖頭。

「對不起，我只是太久沒能吃到這麼豐盛的一餐。」

「看來你是想起老家了吧？」

「真是不好意思，是我失態了。」

秋子小心翼翼地說道：「請慢用。現在時局不好，我也沒辦法端出什麼好料來給您。」

志翔滿懷感激地接受中田夫妻的好意，來日方長，日後肯定會有機會報答他們的。志翔的心中泛起了小小的漣漪。

雖然紅豆飯裡摻了一些麥子同煮，但仍有一條烤魚佐餐，儘管菜色簡單，卻感受的到秋子料理時的心意。志翔看著味噌湯，心想這大概就是日式大醬湯，同時又不禁想起在端島上喝過的味噌湯，味道鹹吱吱的。不過那時所喝的味噌湯是為了因應礦工們在礦坑裡揮汗如雨的狀況，才會加重鹽巴的分量，大夥兒也想著要顧及身體狀態，焦躁地忍受那難以下嚥的重鹹味道。不只如此，志翔還想起萬重忍受不了重鹹味道，拼命喝水反而把肚子灌飽的好笑模樣。

主動說要邀請志翔到家中用餐的是中田，他心中一直對於志翔帶著魷魚乾來訪這件事過意不去。他壓根也沒想到一個苦哈哈的雇傭礦工，而且還是個歷盡千辛萬苦才從礦區脫逃出來的朝鮮人，居然會在一領到薪水就立刻買魷魚乾來登門道謝。

中田雖然沒對朝鮮人有什麼惡意，但倒也沒有什麼好感。他打從一開始就很討厭日本政府支配朝鮮的政策，他總認為支配就是支配，既然從頭到尾就定位成支配治理，那就必須付出相對應的管控代價，要什麼同祖同根論這種膚淺手段，實在不夠好看。

朝鮮人粗魯又骯髒，是中田和管理雇傭工人們的朋友見面時，一定會聽到的話。今天下班時亦然，他遇到勞務係長長谷，只見長谷忙得滿頭大汗。長谷是中田以前在學校的同學。

「為了他們這些朝鮮人，都把我操煩到老了！有個傢伙從船上掉了下來，流了好多血，狀況一直不見好轉，每次只要一個不注意，就一定會發生這種事故。你說他們到底是有多粗魯，凡事怎就不能小心點！」

「你要怎麼期待他們乖乖聽從指示，根本不可能啊！不是嗎？」

「你有所不知，他們還很髒呢。」

「那也沒辦法，那可是洗不掉的啊。」

中田也只能安慰朋友，在那種環境下，本來就無法期望能有多乾淨，不過長谷講的卻是不同事情：「我不是說他們的身體，我是說他們做事的樣子。他們從來就沒有一次是能好好按照指示完成交代事項的，而且工作結束時，東西也都到處亂放，根本就不收拾。」

「是嗎？剛好我今天要招待拜託你幫忙照料的那個朝鮮人來家裡，聽說他在教新進雇傭工們講日本話是吧？那麼我跟他講一下好了。」

長谷一臉驚訝。

「你招待他去你家裡？」

他點了點頭，不過卻沒把志翔那天買魷魚乾登門道謝的事情告訴他。

「既然你那邊工作跟勞務有關，所以我想問你，我們要不要乾脆把管理他們的方法整個做個大改革？」

「怎麼做？你有具體的方案嗎？」

「就我看來，我們好像把那些雇傭工人們分得太細了。你想想，光朝鮮人就分一般工人、膺懲士，然後那裡還要再細分出身自飯場那邊來的人，而且雇傭工人裡也有延長工作期間與非延長者。」

「那不是依照工作熟練度而分的嗎？」

「所以呀，不如就把交由他們來自治。如果我們比照英國治理印度的方式，從他們裡面挑選出班長、組長，就可以由他們自己人來管理自己人，也就是讓他們自律自治。」

「你啊，不管是以前年輕時，還是到了現在都一樣耶！理想主義始終沒變嘛。難怪會讓你去設計船隻。」

「這倒也不是，最近我們不設計船隻了，現在設計的是火箭。我們可沒辦法拒絕軍部的命令。」

中田說這話時，臉上一抹苦笑。

雖然日本政府下令執行內鮮一體和融合政策，但不管怎麼說，兩個民族始終不同，不管是語言也好，衣服也罷，更別說各種風俗習慣全都不一樣，而且就連歷史也都不相同。他們有他們自己的路走，日本要是把朝鮮想成北海道或沖繩那樣是行不通的，朝鮮畢竟已有四千年的歷史，就連我國的文物都是從他們那裡傳過來的，一旦認可了這點，剩下的爭論也就只有支配與被支配這部分。如此一來，哪還有餘地執行什麼一體或融合政策呢？

秋子對表示已經吃飽的志翔說：「您再多吃點吧？」

「不了，我吃得很飽。我也知道日本話裡有句話說，吃飯吃到第三碗，就太不要臉了。」朝鮮吃飯時，是用一大碗公盛飯，並把飯盛得高高的，但日本卻不同，他們是用小碗盛飯，每次盛一點，想要再吃，就繼續再盛。所以，日本有句俗話說，吃飯吃到第三碗就不要臉。

想到這裡，志翔不禁感嘆各地的風俗習慣實在大有不同。以朝鮮盛飯的方式而言，主人要把飯盛得高高，但客人卻得剩下一點才是禮儀之道，不只如此，主人看到客人碗裡剩下的白飯時，就要繼續勸進，並於碗裡倒入開水，勸客人將碗裡的泡飯吃完。

可是今時哪比當初？現在因為供出的關係，就連農村也沒有足夠的糧食可吃，所以孩子們吃飯吃到一半，要是不好好吃完就去玩耍，總是會聽到媽媽們跟在後頭大吼：「你這小鬼，怎麼不把飯吃完？」媽媽吼小孩的原因不是孩子們不好好坐在餐桌上吃飯，而是因為沒把寶貴的米飯吃完，又擔心等等孩子們會挨餓。

志翔想起買了飯糰以後，一邊吃著飯糰一邊流下淚水的回憶：「中田先生，真謝謝您的招待。」

「很開心您滿意今天的飯菜，畢竟我們的生活也不是那麼寬裕，無法招待您好料。」

在秋子忙著收拾餐桌的時候，中田把書桌前的志翔帶到自己的房間裡。房間裡有許多設計圖捲成圓筒狀，並一一靠著牆面整齊排放。這時中田要志翔坐下。

「我聽說你工作做得很好。我和勞務係長是同學，老是聽他稱讚你，他說有你這樣的人在身邊，工作變得很順利。」

秋子端著茶水走進房裡，她把茶水放在兩人面前，然後抬頭望向窗外的天空。

「今天應該沒有空襲吧？」

屋內的燈光從窗外流瀉出去，正照耀著院子裡的樹木。近來有許多人為了躲避空襲，紛紛舉家逃往鄉下，他們在離開前，都把房子給拆解了下來，這是因為多數房屋都是木造建築，為了避免空襲引起火災的不得已之舉。中田的隔壁鄰居也把房子拆了，然後帶著家人離開此處，中田則是很有心地幫忙把拆解下來的木頭都收拾乾淨。

中田一邊啜飲著茶水，一邊問志翔：「你在故鄉是做什麼的？」

「就在家裡幫忙父親的事業。」

兩人聊著聊著，一路聊到了志翔已經結婚、孩子雖然已經出生，不過還沒看過孩子的臉蛋……因為家裡經營碾米廠和商店，在朝鮮算是富裕人家，還有哥哥曾到日本留學過的事情等等，久違的家鄉事正從志翔的嘴裡一點一滴吐露出來。

秋子嘆了口氣說道：「您一定很想念妻子，也很想看看兒子吧？朝鮮女孩們的牙齒都好漂亮，我看勤勞挺身隊裡的朝鮮少女們都有一口漂亮的牙齒呢。」

「秋子小姐，您工作的會社裡也有朝鮮女孩嗎？」

「當然有呀，都是少女呢。」

中田問：「軍艦島的生活如何？造船所這裡的生活比軍艦島好嗎？」

「兩邊都說現在是戰爭時期，但是來到造船所以後，對這句話比較有實感。雖然端島礦區那裡老是在說戰爭時期，但其實我們根本感受不到外頭的狀況，每天就只是像條蟲子反覆工作而已。」

「最近狀況可能又會有所變化。我聽搭著巡視船出海巡邏的職員們說，最近軍艦島前有商船觸碰到了魚雷，整條船都翻覆了，連著好幾天都看到海上漂浮著屍體。」

端島那裡居然也發生了砲擊，志翔心裡大吃一驚。

「我來到日本以後，才知道自由的可貴。造船所和端島礦區有一點是相同的，那就是朝鮮人不管在哪邊都不自由。」

「金田先生。」

秋子這時跳出來頂了回去：「不自由這點，我們日本人也是一樣的。」

32

在此時期，長崎兵器製作所的設施反而大舉擴充，並且順利地達成生產目標。日方在長崎車站北邊收購的六萬多坪田地，興建了大橋工廠，目前正與舊工廠一同趕著轉入地下，以避免空襲炸毀。這次的遷移規模很大，許多機台也要分散各處保管，包括轉移到住吉地下工廠的七百八十台機台、市立商業學校的二百四十台機台、其他地下工廠的一百五十台機台等等，這些遷移出去的工廠設施共佔了所有機台的一半。

禹錫從事搬運石頭的住吉隧道工地，正在距離大橋工廠西北邊約一公里的小山進行開挖。這個寬四點五公尺、全長為三百公尺的地下工廠，已經快要完工，而且也有一些工作機台已搬到其他隧道裡。

禹錫要吃不吃手上的飯糰，草草地結束午餐以後，就和日周一同走到從隧道裡的石塊上坐了下來，享受難得的日光照耀。日周說道：「我們可真是上了大當了，這裡根本沒有比端島好的地方啊。」

到哪裡都一樣處境，當初到底是為了什麼拚死也要渡海逃出端島呢？兩人默默無語，只是一直坐著不動。這時二八彎著腰摸了過來。在這裡的生活不分你我，幾乎每個人都是赤條條的，所以他們很快就熟了起來。走到兩人身旁的二八說道：「可惡，這哪裡是地道？根本就是在鑽岩石啊！看那鶴嘴鋤尖端幾乎都要鑿出火花來了，這還能挖嗎？」

「別想那麼多了，叫你挖就挖吧。」

「沒小日本監督管啊。」

二八聽禹錫這麼說，無奈地看著他苦笑。

「你們知道我最氣的是什麼嗎？抓了這麼多人來幫他們工作，他們卻不知道感激，這還算是人嗎？什麼鬼呀！」

隧道工程共分為四個階段。第一個階段是用炸藥先炸出個洞穴來，然後進到第二階段，把洞穴裡的碎石清理出來。當石頭大致上被清理乾淨，且穿出一個洞穴之後，就可以舖上軌道，並在上面運駛鐵製搬運車，將挖出來的石頭放入裡頭運送到洞穴外。裝有四個小輪子的搬運車，要有四個人緊跟在旁，其中兩人在前拖曳，另外兩個則在後面用力推送。另外，軌道的另一側則站有兩列隊伍，一個一個把石頭背出去。

這裡美其名為隧道，然而他們需要搬運的東西不是泥土，而是石頭。這些多為堅硬且尖銳的石頭，很容易劃傷手。背著石頭出洞穴的雇傭工人行列，以及把拿出洞穴之石頭背運走的工人行列，一整天無限循環運作。等到第三階段鋪設枕木的工程結束以後，最後就以鋼筋水泥在洞穴裡頭鋪好牆壁及天花板。而那些軍工廠的設備就會搬到這看起來像是把長筒切成段的隧道裡，以避免遭遇空襲而毀損。

禹錫想起吉男說過的話。

「空襲？把整個日本燒成一片火海？根本不可能。這裡只要鋪滿鋼筋水泥，就算美國發動砲擊也無法傷它半分，因為這些都是經過實驗過後才開始進行的工程。日本是抱著決心，打算戰到最後一刻的。」

下午的作業開始了。就在搬運車巡繞隧道兩周以搬運石頭的時候，禹錫正忙著擦拭額頭的汗水，天花板突然滴了幾滴水在禹錫的脖子上，他停下腳步往天花板一看，發現洞穴裡雖然舖有枕木支撐，但這裡要是發生崩塌，所有人員必會捲入其中，動彈不得，無法逃生而死在裡頭。

就在那個時候，突然有皮鞭抽打在他汗如雨下的背上。是工地監督青木。禹錫抱著肩膀往後看，只見青木正朝著禹錫大吼。

「不快點工作，站在那邊幹什麼！」

禹錫看見他手上的皮鞭又再次揮舞起來，連忙轉身躲避，結果他背上的筒子搖搖晃晃起來，打到他的後腦勺。

「你們給我認真點工作。你們這些朝鮮人，拖拖拉拉的，到底有沒有在做事？」

我不過是擦個汗，抬頭看一下天花板，就說我拖拖拉拉？禹錫氣得咬牙怒瞪青木。從後頭跟上來的二八往前推了推禹錫的後背。

「你這個人！你以為他那雙眼睛是什麼兔眼，所以一直盯著看嗎？」

二八從後頭走了過來，氣喘吁吁地說。

「跟鬼打交道的方法也各有不同，像剛那樣就裝死趴著嘛。」

「你還真是會胡說八道。」

「還不是跟你學的？你不是說十哩路遠，無法一天內走完，不要怪罪到草鞋身上？」

這時後頭又傳來皮鞭揮舞的聲音。二八冷眼回過頭去，嘴巴嘟囔著：「沒血沒汗的傢伙！揮個鞭子跟趙子龍揮槍一樣，要是被打到，肯定會被打趴。」

走在旁邊的工人們則是大聲地說：「那傢伙大概是拿著樹枝出世的吧。」

「不怕他聽到嗎？」

「就是要讓他聽到才講的啊。」

「我看你大概打從出世就挨了打吧？既然有打人的傢伙，那肯定也有人要挨揍的，對吧？」

站在對面的泰奉身為組長，趾高氣昂地說了一句：「你們那邊安靜點。」

二八嘟囔著：「這世界囂張的傢伙還真多。」

結果這樣的二八在晚上工作結束時，整個人死氣沉沉、垂頭喪氣的。禹錫見狀，一邊幫他收拾殘尾，一邊說著：「是太累了嗎？坐一下吧，結尾我幫你處理就好。」

二八喃喃自語，一副像是在講別人事情似的：「我有三個女兒。」

「沒頭沒尾的，突然唱起什麼女兒打令啊？你想女兒了嗎？」

「不管怎樣，總是得回去看看孩子，不是嗎？」

禹錫聽著他突如其來的這番話，莫可奈何地笑了一下。不過，他知道二八說想見女兒的這句話可不是隨便說說，他看見二八的眼眶含著淚水。

「總得看看孩子，這樣以後他們才會幫我們辦作忌啊。這樣我才能死得瞑目嘛。」

「你是中暑了嗎？瞧你都在胡亂說些什麼呀！」

本想笑著帶過去的禹錫，看到二八淒涼的神情，連忙閉起嘴來。

「你到底是幾歲結婚的呀？」

「十五歲。我老婆還比我大兩歲。」

「你也真厲害，現在就已經有三個女兒，想來你跟你老婆每晚都忙著在做人是吧？」

「唉唷，不是有句古話這樣說嗎？老人家躺著吃飯，兒子坐著吃飯，女兒只能站著吃飯。就是在說女兒不值錢呀，有三個女兒又怎樣？」

日周突然插進話題來。

「擔心什麼？一個嫁給我不就好了？」

「你還沒結婚嗎？」

「這裡童子鬼多得是，你眼前這個人也還沒成家結髮髻呀！」

日周指了指禹錫。二八驚訝地咋了一下舌。

「原來你們還沒轉大人嘛，我居然和你們這種小鬼頭是同伴……」

二八背著空筒，一邊走在燈光稀疏的隧道裡，一邊說著：「據說小雞叫、苔花長的話，夜晚就會變長。歲月一直在走，我們只能等待。可是就算這樣，我不管用什麼方法，也要回去看我的孩子們。」

背著石頭走出來的禹錫，往旁邊一閃，好讓開要進入地下工地的搬運車。那是一台由前方一人拖曳、後頭兩人推力的搬運車。禹錫用衣袖擦拭額頭的汗水，結果碎石粉都沾到他的額頭上去，使得他滿臉一片汗涔，每到晚上，他那張被碎石粉刮花的臉也老是紅紅腫腫的。一顛一簸的搬運車從身邊經過時，後面傳來一陣高喊聲。

「你在幹嘛？還不快點移動！」

在後頭高喊的人是創氏改名為しらやま（白山）的白度現，個性頗為凶暴，在現場監督們之間也很有名。大家都聽過他叫囂著等到回朝鮮以後，一定要把那傢伙雙親的祖墳都挖爛這種狠話。

禹錫默默地跟著前面的人移動腳步。雖然隧道牆壁上掛有電燈泡，但腳底下仍是一片漆黑，禹錫彎腰走著，並擦拭額頭上流下的汗水，把眼睛弄得刺痛不舒服。

就在那個時候，前面的人突然停腳步。禹錫跟著停下腳步來，並抬起頭看看是怎麼一回事。這時，旁邊的人喃喃地說道：「不是空襲警報嗎？」

列隊前行的人們，突然一個一個都停下腳步來，隧道裡也瞬間安靜下來。這時，外頭傳來空襲警報聲。

「沒錯，是空襲。」

不久之後，隧道裡也響起刺耳的鐘聲。大家已經對這樣的空襲警報感到熟悉，都知道並非警報聲一響起，隨即就一定會出現戰機盤旋或砲彈攻擊，但是只要警報聲一響起，所有人都會立刻中止手上的工作。

「既然都響警報了，就休息一下吧。」

「可是白山人應該就在那邊耶。」

「在就在，那傢伙是能怎樣？反正現在也不能走出去啊。」

前面的人卸下身上背著的石頭，並坐下來伸展雙腿。刺耳的警報聲仍在持續著，禹錫這時也把身上的石頭取了下來，並把後腦杓靠在還沒進行牆面工程的凹凸隧道壁面上，開始閉目養神。

到這裡來已經過了多久呢？如今季節變換時，自己身上的汗水最清楚，總是先對自己發出訊號。禹錫低頭看著漆黑的腳下，暗暗在心裡嘟囔著：蠕動著、蠕動著，沒錯……就是這麼走的啊！我是隻蟲子嗎？每天早上睜開眼時，我那千斤重的身子一點也不想起床，只是呆呆地望著天花板，然後告訴自己就連一隻禽獸都稱不上，現在這種生活，就跟條蟲子沒兩樣。禽獸都能自尋去處以覓食充飢，蚯蚓也能鑽進水溝底下，只為了求得最適合自己的棲身之處，然而我現在這生活，既比不上一隻禽獸，也比不上一隻蟲子，這樣的生活哪是人的生活？

到底為什麼會這樣呢？是自由，因為我們失去了自由。自由有很多形式，而我們在失去國家的同時，也失去了自由，那麼究竟什麼才是最大的自由？是選擇的自由。我們如今已失去了所有的選擇權，難道還有哪種自由比選擇權還大嗎？無法選擇的我們、比不上一條蟲子的我們、比不上一隻禽獸的我們，都是現在的我們。

不知道經過了多久，已經停住的警報聲又再度響起。看來這不是空襲警報，而是警戒警報。

「可惡，既然要空襲，那就該像炒豆子一樣認真打啊！怎麼這麼快就結束了呢？看來美國那些傢伙們，也只是會叫個一、兩聲而已。」

開進隧道裡的搬運車又開始動了起來，白山的聲音也再度傳遍整個隧道。

「快點動作，坐在那邊的傢伙們在幹嘛！還不快點？」

工人們三三兩兩地站起身來。禹錫一直對大家拿空襲警報當作可以休息的藉口感到不以為然，畢竟空襲可是丟了炸彈要來炸死大家的事情，可大家卻認為託空襲之福，才終於能暫時休息一下。禹錫心中念著：要是一人死、三人活，那就是有一個人得死。如果日本現在向美國投降，那麼說不定朝鮮就能就此獲得解放，可是日本卻把軍工廠遷移到地底，這分明就是要戰到最後的一兵一卒。而且，現在自己是在為日本挖隧道！想到這裡，一股殺氣便油然而生。禹錫咬著牙強忍情緒，告訴自己在這裡有了該做的事情。

低頭走著的禹錫腳底下，終於有些光亮，原來是隧道盡頭的光線照射進來所致。禹錫默默地跟著前面的人走出隧道外頭，他在山嵐中把石頭都倒了出去以後，便迎著工地後頭青山上吹下來的山風，並以意味深長的眼神凝望隧道。

雖然每天都揮汗如雨，但其實體內還是感覺到一絲寒意。看來我也快要拉肚子了。那天，禹錫搓著自己冷到發抖的身體，好不容易才結束完工作，他比其他人都還要晚離開工地。人家都說就連小狗都不會罹患五、六月的感冒，可我的身子骨最近卻是這副模樣。禹錫略帶憂愁地慢慢走到爆破組工人們檢查炸藥處一旁。

「禹錫啊，你看起來怎麼這麼沒力？這次得個小病，之後你一定會遇到好事的，加油！提起勁啊！」

那是曹承道。禹錫勉強擠出笑容回應他。

「我想我可能是累過頭了。不是有俗語說失神的老人家，跑去死掉的女兒家裡？我覺得我現在就是那個樣子。」

「唉，不要太激動，只要能普通地活著就好。想想木工們，難道就只蓋自己的房子嗎？只要我們好好度過今日就好了。」

兩人是在吃著晚餐用小米加入豆渣煮成的小米粥時認識的。唉，你說這是小米粥還是豆粥啊？不只如此，禹錫還記得那時曹承道說那是小米粥，但他自己則認為是豆粥。

禹錫上前走去，探頭探腦地張望了一下他工作的樣子。禹錫問他：「今天怎麼工作到這麼晚還沒結束啊？」

「因為明天要做的事情多。聽說明天要同時在好幾個工地進行爆破，現在大家都忙著趕工。」

「我們那群搬石頭的，都說負責破爆破的人，根本是過著神仙般的日子呢。」

「是誰講這種荒唐話的？我們做的事情可是吃力不討好。有哪個傢伙想做這工作的？看來我得把他叫來我房間談談，叫他來跟我對調。我倒想看看有誰輕鬆的事情不做，想來做我這種苦差事。」

這傢伙真的很妙，話總是被他講得很有趣，每次見到他都笑個不停。禹錫心裡這麼想著。

「那麼我先走囉。」

「嗯，你先走吧，我們今天晚上好像要加班。」

雖然這裡有一條寬廣的來往道路，工人們也多走那條通道，但禹錫今天只想快點回到宿舍，於是他拐進一條羊腸小道。就在看不到工地的時候，突然前方有人竄出，並擋住他的去路。禹錫下意識地退到樹木後頭，但前方那個男子又在往前走了一步，並出聲：「禹錫啊，是我。」

禹錫瞪大眼睛看著那名男子。

「是我，你不知道嗎？以前一起在軍艦島的。」

禹錫走上前去，並抓住那人襤褸的衣袖。頭上綁著一條毛巾的那名男子，正是以前和他在端島上一起打打鬧鬧的達秀。

是那個以前在光化門外屠宰場裡，用刀砍過牛的人。禹錫環視了一下四周，然後把達秀抓到樹林裡頭。兩人躲身大樹後頭，只是互相對望，禹錫並未出聲說話。讓我看看這是誰。下雨的那晚，宿舍前的那條小路上，滿天飛舞的石頭把公寓的玻璃窗打碎、和帶著逃亡者出逃的在德緊緊擁抱，並且互道珍重，還記得最後他告訴我要堅強起來，不要變軟弱，一定要保重、槍聲、穿著雨衣進攻而來的軍人們。在那群刺殺警備員，並翻越防波堤逃走的人中，達秀是禹錫第一個遇到的生存者。

「真高興。沒想到能活下來和你再會。」

兩人彼此緊緊相擁。禹錫好不容易才開起口來：「事情怎麼了？」

「什麼怎麼了，跑來見你啦。」

達秀伸展一下身體，並告訴禹錫：「事情經過有點複雜，以後我再慢慢講給你聽。現在先幫我找個藏身之處，我沒地方可去。」

達秀哀怨地說著，然後露出一絲遲疑的神情。禹錫問他：「還有別人嗎？」

達秀搖搖頭。

「只有我一個。」

達秀快速地說完以後，又轉過頭來。他的眼裡滿布血絲。

「怎麼了？看來我不該來找你的，你那邊沒辦法嗎？」

「這倒不是，只是事情發生得太突然了……你怎麼知道我在這裡？」

「我一直在找有朝鮮人的地方，現在才終於知道這裡的，沒想到這麼難找到你。我一直跟在後頭找你呢。」

滿身襤褸的達秀，一邊搓著手，一邊低頭看著地上。年幼的成植怎麼樣了呢？那時聽說有兩個人被打死，並被拖回船舶場曝屍示眾。

「有九個人和我一起逃了出來，可是日本人馬上就從大海上追了過來，他們好像早就知道我們已經逃走，正在等著捕捉我們似的。就算我們到了陸地上，好像也有不少人被抓走了。現在其他人的下場如何，我也不知道。我們那組有七個人跑到山裡去了。」

「有七個！」

「不只，加上那個個子小小的成植所帶來的人，應該有超過十個人跑進山裡了。可是他們到底都跑到哪裡去了呢？總之，我們成功逃出來了。」

「本來應該可以準備得更好的。」

禹錫環繞著達秀的肩膀，邊哭邊說：「總之，這真是太好了。我在這裡有認識的人，我先去和他說看看，至少也得想辦法先找個地方讓你寄身才行。」

兩人一起走在樹林裡的小徑上，禹錫緊張地問他：「對了，成植那傢伙結果怎麼樣了呢？」

「直到登上陸地為止，我們是一直在一起的，上陸以後我就不曉得了。」

吉男的表情非常陰沉。雖然房內的燈光透射出去，並照耀著院子，可是外頭卻看不到月亮，四周一片漆黑。他在院子裡來回踱步，等候著禹錫的消息。後頭的房門打開，燈光一度照到院子裡，然後又暗了下來。

這時傳來一陣腳步聲，吉男就站在他的面前。

「你有什麼事？」

他一邊走到禹錫面前，並一邊問道。

「沒什麼事。只是有點悶，想和你聊聊。」

從端島逃出來以後，禹錫又前去了佐世保，途中也輾轉徘徊了好多地方，這一路折騰下來，他的身體狀況已經大不如前，虛弱了不少。餐風露宿的那段日子，削減了他的體本，讓他現在難以負荷搬運石頭的工作強度。不久之前，禹錫發了高燒，生了一場大病，那時照料他身體的人正是吉男。他把禹錫帶到自己使用的房間，讓他蓋上棉被好好休息，同時也替他安排了特食，並未讓他食用工地的飯菜。經過那幾天以後，兩人現在已經成為能夠互相輕鬆用半語交談的關係。

禹錫看著燈火通明的二樓窗戶，然後說道：「有話你就說吧。」

「走走吧，沒有什麼壞事。」

「福田您也有會有空閒的時候？」

吉男裝作沒聽到那話，逕自地開始往前走去。兩人離開宿舍前以後，從水流聲潺潺的坡道上走了下去。下坡路段一路綿延，道路也越來越窄，最後傳來溪谷的聲音。吉男慢慢地走著，並這麼說道：「你，是不是瞞著我什麼事？」

禹錫覺得今天的吉男有些不同，若不是有話要說，就是他那裡發生了什麼事，所以才跟著他走來了這裡。禹錫暫時和他保持一段距離，然後說道：「瞞著你的事情多得很，你不知道的事也很多。」

「那好，我知道了。和我喝一杯吧，什麼也別說，跟我來就是了。」

禹錫看著他大步往前的背影，還是認為吉男今日非常不同，於是便跟在他後頭走著。為了走到有酒店的小區，他們進入了樹林裡的小徑。一走進溪谷，就聽到水聲潺潺，那裡也是那天他被日本孩子辱罵朝鮮人快滾，還被他們丟石頭的地方。

吉男越過溪水，來到的酒店是一棟破舊住宅。那裡是內行人才會去的地方，販售了不少走私酒水。吉男拒絕了酒店老闆推薦的中央座位，挑了個角落的位置並坐了下來。在幾道醃菜和一升瓶送上來之後，一直到喝完前三杯酒前，吉男完全沒有開口說半句話。

默默地坐在禹錫面前的吉男，好似禹錫根本就不在他面前似的逕自說著：「我知道你是個聰明的傢伙，所以我喜歡你這個人。我第一次看到你的時候，就覺得想結交你這個朋友。」

「你想說什麼？直接說吧，不用繞圈子了。」

禹錫將眼前那杯酒一飲而盡。吉男抬起頭來。

「你可以把你知道的都告訴我嗎？端島礦區的事情。就是那個軍艦島。」

禹錫瞬間覺得如坐針氈。

「你想知道什麼……你到底想知道什麼？」

「軍艦島那裡，你可曾聽過一個叫做張泰福的人？」

「張、泰、福」

禹錫還以為是什麼驚天動地的大事。他稍微鬆了一口氣，並環視了酒店內一圈。

「你再說一次，你剛說的是誰？」

「張、泰、福。張泰福。」

張泰福。禹錫的心裡響起陣陣急促的鼓聲。是傳遍全島的那個事件。根據明國所言，當時所有朝鮮人都為此揪心不已，而且錦禾也講過那個人的事情，說他往勞務係日本職員的脖子刺殺下去。

禹錫斬釘截鐵地告訴他：「那個人不在軍艦島。」

「不在？」

「對，不在。」

「你怎麼知道？」

「是個有名的人。島上沒有一個朝鮮人不知道他，可是他現在不在那座島上。」

禹錫看著吉男的神情轉變，變得很頹喪的樣子。

那個人是我的父親。禹錫事後回想起來，要是當時吉男這麼告訴他，也許他就不會那樣講述張泰福的故事。可是吉男那時卻沒告訴他，而且禹錫也以為他們兩人只是剛好同姓而已。

「可是，你為什麼要問這件事？」

吉男用細微如蟲子爬過的聲音再次問道：「你說他有名，那麼他是哪裡有名？」

禹錫快速地告訴他整個故事：與其說那座島是礦區，倒不如說那是座監獄才正確。大家都說那裡是把罪犯帶去強制勞動的地方，直到現在，那裡都還有當初的暴戾之氣存在。我們雖然是雇傭礦工，但就算是那些自願前去賺錢的礦工也都一樣受到日本人的粗暴管理，所以也就越來越多人逃亡，同時也越來越多人被抓回來，這樣的狀況一直反覆發生。聽說曾經有三個朝鮮人逃走，由於那三個人是被騙到島上來的，所以他們一直想把當初把它們騙到島上的仲介殺了。最後這三個逃亡者中，有兩個被日本人抓住，其中一個當場被打死，屍體被帶回島上曝屍示眾，另一個則是被送回來進行拷問，最後他拿出偷藏著的筷子，往拷問他的勞務係職員刺殺下去。這就是他有名的由來。

天花板上的電燈泡燈光閃爍，在吉男臉上畫出一道陰影來。他緊抓著那大大的一升瓶酒瓶，頹喪地把頭低下去。禹錫慢慢地看著吉男：這傢伙現在分明在哭啊。

禹錫正襟危坐起來，他舉起眼前的酒杯，把酒杯裡的酒水一飲而盡，然後放低聲音：「你到底怎麼了？聽說那個人已經有把年紀了，而且也不是雇傭礦工。」

「我也知道，臭小子！」

吉男怒吼了起來。禹錫聲音放的雖低，但氣勢一點也不輸吉男：「我就告訴你這件事。當初我們把島上鬧得天翻地覆，和日本人對幹上了。我們佔領了辦公室，並且把裡頭的東西都砸毀，大夥兒聽說要大鬧會社，全部的人都拿著棍棒和鶴嘴鋤挺身而出。你知道為什麼我們有這股力量和會社對抗嗎？就是因為有像張泰福那樣的人存在，有像他那樣敢起身對抗的人存在。」

吉男不知是哭是笑地發出咯咯笑聲。

「那根本就是以卵擊石，你別假裝自己有多行了，你以為會社那地方容你小覷嗎？與其拿雞蛋去丟石頭，還不如自己拿去吃個痛快！」

吉男彷彿是想要停下這一切討厭的故事，不屑地笑著，然後又重新繃著那張臉。

「所以，結果那個人怎麼樣了。」

「聽說那個人被五花大綁以後，被送出島外了。之後的消息，就沒有人知道了。」

這件事究竟要人如何相信？毫不遲疑起身對抗的人？不是的，父親他不是那種人。吉男看著桌子底下，默默無語。溪谷那邊不知名鳥隻的啼叫聲，再度傳了回來，那股啼叫聲就像是一道細微光線，閃爍在夜空中又消失無蹤，客人皆已離去的酒店則更顯安靜。在樹林近處，也有幾聲間歇的草蟲鳴叫聲。

吉男咕嚕咕嚕地大口灌酒，正當禹錫以為他要繼續把酒倒在酒杯裡時，沒想到他緊抓著酒瓶往桌子上砸，酒瓶立刻散成大大小小的玻璃碎片，而玻璃碎片也噴往各處，至於掉落在桌上的酒水則流得滿地板都是。吉男站起身來，踹了幾腳門板後走了出去，只見他跑到漆黑的院子裡頭，並抱著一棵松樹。

「爸！」

他像猛獸一樣怒吼著，並慢慢彎下身子。群鳥被他的哭吼聲驚嚇到，立刻振翅飛走。

隔天早上，六指走入吉男的臥室，嘴裡不停滴咕著：「唉呀，這酒味。」

跟在後頭走進來的女孩子，則喊了出來：「把門打開好了，人家都說這世上最髒的味道莫過於人的味道了，我看那句話就是在說他！」

吉男連衣服都沒脫，就這麼癱睡在床上。六指搖了搖他的身體，並這麼說：「喂，你這傢伙快醒一醒。」

吉男雖翻了一下身，最後還是趴了下去，並用雙手遮住自己的臉。

「這傢伙白聰明一場了，酒豈是隨便哪個人都能喝的嗎？」

六指回頭看了一下女子，然後問吉男：「這是怎麼一回事？」

「我不知道。總之我醉得厲害，跟那些工人吼了幾聲，叫他們都去死。然後幾個人就過來把我拉開並壓在地上，讓我吃了點苦頭。」

「你這傢伙，這話還好意思說得這麼大方！」

六指咋了一下嘴，然後往趴在床上的吉男身旁蹲了下來。他抓著吉男的肩膀搖晃了幾下，然後告訴站在他身後的女子：「你去倒杯開水來。」

吉男蹙著眉頭並睜開眼睛。

「你這傢伙，現在已經是正中午了。就算你還要繼續睡，也先得爬起來解個酒吧。」

吉男用手捋了捋浮腫的臉，並爬起來坐著。

「你怎麼喝這麼多酒？你不知道酒也是食物這句話嗎？」

吉男咕嚕咕嚕地喝下女子拿來的開水，然後站起身來，六指則走出房門。他讓工地食堂那裡煮了點解酒湯，要吉男先喝了再說，但吉男搖了搖頭。

「你用這種方式去喝酒是沒用的。所以人家才會說要在長輩前學喝酒。」

外頭陽光耀眼，吉男眯起眼睛望向天空，並且這麼說著：「我現在不知道要怎麼做才好了，我只覺得未來一片漆黑……」

「你發生了什麼事？」

「真不好意思讓您見到我這醜態，我有件事情要請求老爺子您幫我。」

吉男蹲在院子裡的小土梗上，頹喪地低著頭。六指則跟著他走了出來，並坐在他身邊。

「不知你是否想得起來，當初我來到這裡時，就是為了尋找父親而來。但我的父親人好像就在刑務所裡。」

「刑務所！為什麼會在刑務所？」

吉男簡單地把從禹錫那邊聽來的故事轉告給六指，六指只是靜靜聽著，並沒有表示什麼。吉男講完故事以後，又喃喃自語了幾句：「也不想想現在這是什麼時候，我又不能公然地拿著這名字去警察所還是刑務所打探。」

何況那個事件裡，吉男的爸可是試圖殺害日本人，所以他不敢把這部分如實告知給六指聽。六指聽了以後，點了一下頭並凝視著吉男，沒一會兒他就站起身來，轉頭望向樹林，然後慢慢說道：「這次我來出面，你這幾天都不要有所動作。要是他們需要傳喚親屬時，就會叫你的。說句不中聽的，至少你的父親還活著，也算是不幸中的大幸。你這小子，樂觀點想吧。」

六指把手放在吉男的肩膀上，並用他小指旁多了一根指頭的那支手撫摸吉男的肩膀，已表示安慰之意。六指同時說道：「你不要太焦急，既然是那種事件，應該不用花上多久時間，就能打聽出消息來了。」

全身是汗，衣服又脫個精光，就只剩下一件兜襠布掛在身上，連臉上叢生的鬍鬚也沒能整理，這副模樣要是給我老婆看到，我看他肚子裡的孩子大概也會嚇到掉了出來。二八一邊拿著鶴嘴鋤開鑿，一邊喃喃自語。不過再怎麼說，他可是叫我聲聲叫喚我為相公的好媳婦，在她心中，我就像黎明時分降下之瑞雪一樣好看啊。

「所以說，這個地道裡要塞下整座工廠，不是嗎？」

「難怪飛機老是在天空中發動攻擊。」

正在一旁畚土與石頭的徐氏，咋了一下舌。滿臉都是汗水混和污漬，只剩眼睛閃閃發亮的二八，把鶴嘴鋤往旁邊一丟，並一屁股坐在地板上。二八拿出毛出擦拭汗水。這時徐氏拎著已嚴重磨損的鶴嘴鋤走了過來。

「我說二八你啊，來了這裡就生大病，等你以後回到故鄉是要怎麼生兒子啊？」

徐氏咯咯地笑了起來。

「笑什麼，怕人家不知道你那長舌嗎？你們才是呢！瘦不拉嘰的，那根屌是不是也太久沒用了？」

徐氏吐了口口水，囉嗦了幾句。

「可惡，頂天立地的很！上頭還可以掛茶壺呢！而且不知道這傢伙怎麼能每天早上都一柱擎天。」

徐氏一屁股地坐在地板上。

「我覺得肋骨整個都歪了。我們休息一下，等等再繼續做吧。管那個白山還是しらやま要來不來。」

大夥兒疲憊不堪的身體靠在凹凸不平的岩壁上，每個人都呈現癱軟坐著的模樣。

「看看你們這副熊樣，唉，還真好看。」

每個人自己身上都只有穿一件勉強遮住下半身的兜襠布，還說要看別人的窘樣，真是不像話。眾人都癱在地上，累得說不出話來，徐氏突然嘟囔了起來。

「別人的熱飯也比不上自己的冷飯好吃。所以啊，人家才會說米缸滿，人心善。日本自己都那副樣了，我們到底還要在這地道裡不見天日到何時？日本得強盛，我們才能活得下去吧？」

二八勃然大怒。

「你是笨蛋嗎？什麼日本要強盛，我們才能活下去？你唱這什麼三神婆婆喪曲啊！仁王山的老虎都不知道在做什麼，怎麼不把你這種傢伙給咬走！」

離開大家，自己一個人坐在別處的禹錫正回想前一天的事情。我們喝杯酒吧。吉男說著這句話，跑來找禹錫。禹錫回了一句：又喝？難道這次是尋母的故事嗎？

話一說出口，禹錫就覺得不妥，畢竟吉男現在還不知道父親的行蹤。禹錫很快地就向吉男表示道歉，吉男反而是不在意地告訴他自己就知道他會這麼說。

那天，兩人再次到了那間酒店。這次兩人都喝得酩酊大醉，吉男甚至還鬧了起來。

「你怎麼想？朝鮮人。你覺得這樣下去可以嗎？」

「可以啊。你，朝鮮人，福田吉男，不就在長崎這裡率領部下工作嗎？」

「我不是說那個，我是說同胞。朝鮮人要強起來，你看把さるまた（內衣）脫掉以後，我們誰也不是，我們就是朝鮮人啊，難道不是嗎？還有，你看看賽跑，就連小孩子都知道，跑輸的人一直在後頭追趕，有誰會說什麼嗎？可是你看，跑在前頭的是小偷，跑在後頭的是巡查。搞什麼？如果是輸家，就要想著怎樣才能追上別人啊，怎麼會變成跑在前頭的是小偷，跑在後頭的是巡查呢？」

「唉喲，今天福田吉男先生可真毒舌。」

「難道不是嗎？如果今天表哥買了農地，那麼為什麼會是他肚子餓呢？我也跟著去買農地不就行了？可是你我就因為是朝鮮人，所以什麼都不行。」

吉男閃著喝醉的眼神問禹錫：「你第一次看到我的時候，一定覺得我是親日派，對吧？」

「哪需要想？你的臉上明明就是那麼寫著。」

吉男聽了以後，嘻嘻地笑了出來。不過禹錫這時則是一臉正色。

「要說親日派，我才是元祖。我的父親除了有個強健的身體以外，這輩子可說是一無所有，他以為親日會有什麼好處，所以是春川第一個創氏改名的人。」

「他改叫作什麼名字？」

「江原一男，えはらかつお。意思是江原道第一的男人。」

禹錫抱著前胸說：「親日派元祖就在這裡，你這小子還不趴下。」

「是，以後我會好好侍奉您的，江原先生。你也真是的，趕在花甲前長大懂事。」

「看了你以後，我就不想長大懂事了。」

「你已經醉了嗎？」

「福田吉男，你是非國民。現在這是什麼時候，居然在外頭喝酒作樂，這是明確的非國民行為。」非國民。隨著戰爭日益激化，那些未盡身為國民須盡之義務者，會被人稱為非國民。除此之外，不去天皇皇宮行禮的人、燙頭髮者、在排配給隊伍時插隊者等，全都是所謂的非國民。

「所以，我才會把你這種有長眼的人帶到我底下。你看看，雖說現在又是戰爭時期，又是空襲的，可是什麼東西都還是應有盡有。要說沒女人嗎？男人都去戰場了，剩下滿街的女人，到處都是。」

禹錫第一次踏進這間店的時候，就有過這種感覺：日本一直呼喊著要一億玉碎、本土決戰，打算戰到最後一兵一卒，像這種時候，不正是緊張的時刻嗎？可是另一方面，卻也有這種賣酒水的店家存在。在錢、生意、生存、醉意之下，禹錫突然想起那些話。

兩人步出酒店時，早已酩酊大醉，腳步凌亂。他們踩著凌亂的步伐走出溪谷。

已經是晚上了。像霧般的溼氣，彷彿就覆蓋在臉上。這就是長崎的夜晚嗎？喝醉的禹錫不禁那麼想著。一片漆黑的木造建築，就像是在燈火熄滅以後，一棟一棟地喘息著。兩人轉入小路，流水聲立刻傳了過來，兩人的腳底一陣顛簸。

站在橋樑上的禹錫，抓緊欄杆並往底下看去。橋下一片黑暗，什麼都看不見，只能聽到聲音。吉男搖搖擺擺地走了過來，並吐出一句話：「你這小子，你知道為什麼我今天要請你喝酒嗎？」

禹錫轉過頭來。吉男雙手叉腰，並立正站好，視線往禹錫這邊看了過來。

「你不知道吧？我父親還活著，我的父親，現在就在不遠處的長崎刑務所裡。沒想到他人遠在天邊，近在眼前，我竟然什麼都不知道，還到處找他，作為兒子的我，都不知道在幹些什麼了。從這裡就可以走到刑務所，我已經申請了面會，正在等許可批下來。我一定會去看他的。」

吉男踏著輕快的腳步越過橋梁，咋舌說道：「日本人做的事情都是些見不得人的無恥之事，完全不像話的瘋狂行徑。結束了，都結束了。」

禹錫跟在後頭。

「你這傢伙，你現在說的可是朝鮮話，不要那麼大聲嚷嚷。」

「我可是天不怕地不怕！」

禹錫跟在酒醉胡言亂語的吉男後頭，慢慢地走著。天不怕地不怕的傢伙。吉男的話一直盤繞在禹錫的腦海裡。

他看見了浮現在黑暗之中的一張臉孔。是錦禾嗎？並不是，那是他花了幾天下定決心所計畫的事情。以前像條蟲子般蠕動過活的生活，在過去幾天不停混亂著他的腦海，並悄然地在他心頭躍過，禹錫心想如果還有什麼想法闖入心裡，他要正面迎對，不再逃避。

禹錫眼前踩著的每一個腳步，都像是踩在錦禾的臉上。現在工廠就要搬入地下隧道裡了，這可不行！我會在那裡阻擋，哪怕要我粉身碎骨，我也要阻擋這一切。如果你們那麼想殺來殺去，那就先殺你的百姓們吧。那片江山上的丹頂鶴呀，你有長腿、有翅膀，所以在嘲笑我嗎？算了。只有星星閃耀著嗎？沒關係，螢火蟲閃耀著也是同樣的意思。雖然你嘲笑朝鮮就連樹樁都沒留下，可是那片江山上的丹頂鶴呀，為什麼人心比你還要輕佻？可是有時又會說重於泰山在於人？總之，朝鮮的樹樁要活著回朝鮮，朝鮮的兒女一樣也要活著回去。

吉男過來和禹錫搭肩而行，他不停地講著一些沒頭沒尾的醉話。

「我沒有什麼學識，但也無懼任何東西，哪怕要我乞討還是吃牢飯，不管什麼事情，我都敢去做。我就是那個樣子。啊，不對，什麼牢飯！雖然這不該從我的嘴巴說出來，但牢飯是我父親吃的飯。你不知道吧？那裡有個叫做大村的地方，去年秋天，那裡變成了一片火海。不過被燒成一片火海的地方又何止那裡呢？聽說東京也被摧毀了，整個日本可說是一片大火海。」

禹錫歪七扭八地邊走著，邊看向地上。日本變成火海？就隨他燒吧。天空密布砲擊機？那就快來吧。沒有哪條路是可以讓朝鮮和日本同時生存的，日本唯有滅亡，朝鮮才能生存。要燒成火海的就快燒，要砲擊的就快來攻擊吧！可是就算如此，日本也打算執行一億玉碎的計畫。送死是要怎麼保衛國家？死了以後，哪還有國家？就算有，哪還有誰活在那裡？要有人活著，才會有國家啊！

禹錫踽踽爬上坡道。怎樣？難道死了以後會變成開在靖國神社的櫻花嗎？哼，最好是啦！那就讓你們多開點櫻花吧！媽的，我們朝鮮人死後會做鬼，才不會變成什麼花呢！

禹錫停下腳步，望著遠方宿舍裡的燈火。不知何時，他已經酒醒，聲音也變得清亮了。

「你和我做個約定吧！」

「什麼約定？要是可以遵守，我會遵守，要是不行，那我就不管你了。」

「你走你的路，我走我的路。」

吉男聽到禹錫的這番話，倏地停下腳步，並把雙手放在禹錫的肩膀上，邊看著禹錫邊問道：「所以，我們走的路是不一樣的嗎？」

知道了。吉男丟出這句話以後，率先走了起來。他走在前方，並對著禹錫說：「我的眼睛很利，你是騙不了我的，所以你要是有事最好先和我據實以告。你知道冥頑石佛的胖瘦都是掌握在誰手上嗎？」

「你這小子，石佛哪來的胖瘦。」

「你不知道嗎？你果然是不知道。石佛的胖瘦是掌握在石匠的手上。石匠要是雕得圓潤點，石佛看起來就圓潤。你這傢伙有話就直說吧！我找你一起做事，你一直說不喜歡，你是有什麼打算才死都要待在那個地底隧道裡的，對吧？」

「你走你的陽關道，我過我的獨木橋。這就是我們。」

禹錫蜷身仔細凝望著摸黑走下溪谷的來者，當他確認那個人就是曹承道以後，才站起身來。

「曹兄，這裡。來的路上沒發生什麼事吧？」

「那當然。我自己走出門外的，誰敢說什麼。」

兩人蹲坐在小溪邊。承道仔細看了一下四周以後，他問禹錫這和白天約定過的事情有什麼不同。

「就只有我們兩個嗎？」

「還有一個人在上面幫我們把風，是信得過的人。」

承道露出放心的神情，緊張聳起的肩膀也才終於放鬆下來。他往禹錫身邊坐去，並先開起口：「禹錫你，是真的已經覺悟了嗎？」

「這可是我先提出來的。就是因為彼此互信，所以才攜手合作。」

「總之，那真是令人高興的計畫。有誰是因為滿心歡喜，才會待在這裡挖地底隧道呢？而且心中留著遺恨，也頗不舒服。」

我們炸掉工地吧。不管怎樣，一定要阻止軍工廠即將遷入的隧道工程完工。可是這樣就需要懂得調配炸藥的人。禹錫反覆想了好幾天，也一直努力物色適當的人選，其中就以承道最獲得他的關注，因此就在幾天前，禹錫把他的計畫告訴承道。

「我們一起合作吧，我相信沒有什麼辦不到的。」

承道用他剛硬的雙手緊抓著禹錫的臂膀。

「俗話都說只要意志堅強，必定會開啟一條道路，我相信這句話。看來調配炸藥的辛苦，總算有所價值了。」

「謝謝你，其實這個計畫裡，曹兄你的任務最為重要。」

「我們不知道彼此的想法，過去才會任由時間就這樣白白逝去，但現在就不是如此了。你那心裡的想法，我怎麼可能會沒有呢？既然我們現在已經確認各自的想法，那麼就像是獲得了千軍萬馬之力。」

日周從黑暗中走了過來。禹錫伸手把他拉到身邊，並介紹兩人互相認識。

「這位是曹承道，另外這位是我的朋友朴日周，他是我從在軍艦島礦區時期就一直在身邊的伙伴。」

日周伸出手來。

「我聽說您負責調配炸藥。您好，我是朴日周。」

就在兩人打招呼的同時，禹錫說道：「我是這麼打算的，你們聽聽。」

禹錫腦海裡已經條列出計畫項目。首先，必須要仔細調查現場，以掌握該選定哪裡為爆破地點，還有哪裡能夠坐收最大效果，同時又方便逃脫。接著則是該確認何時執行，以及如何竊取炸藥，要是太早下手，炸藥失竊就有可能被察覺。不只如此，在開始執行計畫以後，也得持續確認警備狀況。至於引爆日期，具體狀況得視工程日程才能決定。

他們在黑暗中努力描繪出屆時要引爆炸藥的隧道模樣，光是用想像的，就讓人感到熱血沸騰：到時那些石塊塞滿隧道裡，工地搖晃了一夜以後，就會崩塌下來。

禹錫問承道：「人數呢？需要幾個才夠？不需要再多增加幾個技術人員嗎？」

「人數越少越好，這樣比較好行動。」

日周說道：「我覺得，不管怎樣，至少也得要有十人左右。警備員得有人處理，外面看守的人員也是一樣。」

承道接話：「還有和我們相同意志的人。首先是卞二八，他心中也是滿腹思量。」

承道提及二八以後，禹錫和日周不約而同交會了一下眼神。他們倆人都不知道承道和二八的關係很好。我也認識二八，可是他太過醒目。這時禹錫想起前幾天才拜託六指安排到工地工作的達秀，雖然還沒跟他提起這計畫，但他是個機靈的人，不管發生什麼事，都能完成任務。

禹錫對日周說：「大家都過得這麼不好，真要多找幾個志同道合的夥伴應該不難，可是這次的計畫卻必須每個人以一擋百，人員越少越好，這點我的想法和承道是一樣的。」

會讓禹錫翻轉念頭的因素就在於這裡的條件。雖然這裡的工作苛苦和軍艦島沒有差別，但負責在這裡進行開挖工程的下游主體卻是朝鮮人，而且這裡的勞工也沒有被分成不同派別，彼此並沒有看不順眼的競合問題，所有的人力構成都很單純。這裡除了負責進行引爆與水泥灌漿的技術人員及監控現場工人的監督是日本人以外，其餘全是朝鮮人，放眼望去，沒有大家一眼就能看得出的日本敵人，若要喚起工人們的意識，就得有切身之要的因素才行。

承道望著漆黑的山腰，意志堅決地說道：「最大的問題就在於如何取得炸藥。不過這事倒也非難若登天，總之我會想辦法取得炸藥。」

「取得炸藥以後，保管也是個問題，這就交給技術者曹兄你了，至於募集人員方面，就由我和日周來進行。」

三人決定今天就先講到這裡為止，但就在這個時候，日周又叫兩人先坐下來。

「怎麼？還有什麼事沒講到嗎？」

「是件重要的事。你們聽好了，這裡是禹錫你親戚在營運的工地，這可關係到你那遠親六指的飯碗。」

承道大吃一驚。

「是嗎？我不知道這事。那麼，這樣計畫就要有所變更了。日周說得對，這事不能草率進行。」

「所以我想，我們並非一定要炸掉六指營運的隧道工地，我們也可以去炸掉旁邊的工廠吧？」

「工廠那邊不可能，那裡幾乎天天都在進行夜間作業。」

禹錫很快地回覆。

「目標就是我們工作的這個隧道了。」

「禹錫啊，你好像忘了一件事。要不是六指那老爺子，我們現在可不知道要流落到哪裡去。恩惠就是恩惠。」

禹錫在黑暗中笑著。

「日周呀，你當真以為我沒考慮到這點，就和你提出這個計畫嗎？工地就算倒了，六指那老頭子也不會餓著肚子的。」

「總之，是他收留了無處可去的我們。不是嗎？」

「你不用擔心這點。當然，事成之後，他可能會被很多人叫去問話，確實是會有點麻煩啦。」

禹錫慢慢地說下去。

「日周啊，你和我一起逃出軍艦島時，我們就是生命共同體了。當我們徘徊在九州各地時，是怎麼度過那漫漫長夜的？不就是以老天為屋頂，一起辛苦過來的嗎？你不記得我們緊抱在一起露宿街頭了嗎？我和你提議一起進行這計畫，是因為我判斷這麼做也可以的關係。如果就像你所說的，顧及到六指的恩惠，而遲疑著不能這麼做，那麼你要退出這次的計畫也無妨，我一樣相信你。」

承道只是在一旁聽著。就在禹錫語畢的這段期間，突然傳來潺潺溪水聲。日周抓住禹錫的手臂：「那好，既然你是這麼想，那麼我們不管怎樣，一定要阻止工廠遷入隧道。」

33

冬子一直低著頭，秋子則是強忍眼淚看著她。

「對不起。看來不該跟你說這件事的。也許是我做錯了。」

她在抽泣嗎？冬子的肩膀微微地抖動，往後綁起的秀髮烏黑亮麗。

秋子咬唇勉力開口：「可是，ふゆちゃん，我還是希望你能最先知道這件事。」

沒錯，聽到這消息以後，最難過的人應該就是冬子了，既然如此，為什麼我還要把她叫來呢？秋子這時才感到後悔。

這封遺書，是身為海軍特攻隊員的弟弟，幸一，在駕著飛機出擊前，最後所寫的信件。就在冬子收到這封遺書以後，好不容易止住眼淚時，秋子派人到聖若瑟醫院去，把她接到自己家裡。

想到冬子是必須第一個告知的人，而且也會是最難過的人，秋子也越來越感到心疼。冬子抬起頭來：「謝謝你，姊姊。」

現在倒是換秋子無語了。

「我很高興你最先通知我，至少這讓我和幸一到最後為止都是如此親近。」

秋子顫抖著雙手，上前擁抱了冬子。當她把冬子抱入懷裡時，冬子的淚水再也忍不住地流了出來。秋子閉上眼睛，只是一直安撫著冬子的後背，試圖安慰她。

冬子是弟弟深愛的女子。秋子一直都這麼相信的，但弟弟卻從未自己開口這麼說過。幸一總是這麼說：「我們是青梅竹馬、同村玩伴、鄰居，一起長大又進了同一所學校。所以去同學會也會遇見她，就這樣而已。」

「所以你就愛上她了？」

儘管秋子是認真地講著，但幸一卻總是搖著頭。

「姊，遙遠的兩個人、不認識的兩個人之間所發生的神秘效應才是愛情。我跟住在隔壁的女孩子是要產生什麼愛情啦？」

「說近歸近，說遠也是遠，那才是愛情。」

傍晚時，冬子才離開。她說得趕回醫院，由於最近空襲頻傳，患者越來越多，人力相當吃緊，說著這話時，還苦笑了一下。

秋子看著她的身影消失在巷口尾端，這才進屋去。回到屋內的秋子，低著頭、緊閉雙唇，努力忍住傷痛。結果你還是這樣走了，雖然冬子她一直努力不哭，也告訴自己絕對不能哭，可是最後她的眼淚還是奪眶而出，淚濕了衣襟。

秋子一直認為弟弟幸一是個明朗又聰明的孩子。在秋子的記憶中，幸一去東京攻讀日本藝術史之前，一直都能和人相處良好，個性明朗又很愛獨自思考，也很喜歡聽音樂，當他成為大學生以後，依舊很喜歡安徒生童話。

秋子跪地將手中弟弟的信件放到佛壇上，然後小聲地敲打一次銅鐘，並雙手合掌在胸前。

秋子收到弟弟遺書時，是會社尚未將設備完全移到地下隧道時，那天她早上在家裡休息著。身為海軍特攻隊員的弟弟，在出戰之前最後的遺書裡，似乎想寫些什麼而後又放棄，只寫了一些感謝的話語。她從遺書裡感受到弟弟努力想端正心神的樣子——

姊姊，

終於到了不得不告訴你這個消息的時候了。亂筆難文，希望你原諒。我現在比以前更加強壯，也希望能一直變得更強壯，僅此而已。

等等吃完晚餐以後，我就要去飛行場了。想到皇國的三千年歷史，就覺得渺小的自己或家族事都不算什麼了，我們能做的就是驍勇作戰，並迎向不悔的死亡。

我選擇投身海軍航空兵之路，確實會讓母親和姐姐你們感到難過，可是人生的道路有很多種，犧牲自己並貢獻國家卻只有這條路而已。日本累積了我們年輕人的悲傷與嘆息，才能維持榮光至今。

我現在覺得自己很幸福，我內心深處為自己感到滿足，如果姊姊您能為我光榮之死感到欣喜，我會更加開心的。請您一定要好好保重身體，並長命百歲。我相信我們一定能打贏大東亞戰爭，同時我也祈願著家人們的幸福，希望你們能原諒我一直以來的不孝。

再幾個小時以後，我就要以特攻隊員的身分出擊而去，我將會和愛機一起投向美軍的航空母艦。現在是輪到我上陣的時候了，大日本帝國啊，願您榮光永存，我將帶著笑顏飛越沖繩，然後在那裡貢獻我的生命，幻化成片片花朵。比起勇往直前，我選擇更加謹慎地迎接死亡。

今天下起了春雨，天空裡看不到星光，一片漆黑。如果沖繩那裡能看到滿月就好了，我希望能在月光之中朝向敵人飛去，並且在月光中離開塵世。我想和我喜歡的安徒生童話裡的小王子一樣。

等我死了以後，我會變成綻放在靖國神社的櫻花。我從未想過，人生在世二十三載，要比父母還早離開這世間。

姊姊，請您不要哭，請您記得自己的弟弟是多麼的優秀，並了解他是為了守衛我們的祖國而奔向死亡。

最後，

海軍少尉，江上幸一。

身長六呎六吋，體重十七貫（譯註：貫，古代度量重量的單位，一貫等於一百兩，約三點七五公斤），健康良好。

・無金錢借貸關係

・無深入女性關係
・未能通報東京的下宿而直接出戰

爸爸。
媽媽。
還有秋子姊。
永遠地、永遠地、永遠地
分手的時候到了，我去死，你們去活，誰的去路好，唯有神知道。這是哲學家柏拉圖說過的話。姊姊，請您要保重健康。

秋子想起最後在東京看到弟弟時的模樣。

一九四三年十月十八日，那天東京的天氣是陰天。從早上一開始，天空就滿是壓得低低的烏雲密布，幸一看著天空這麼說道：「如果我說這象徵著即將到來的苦難日子，你會覺得我太敏感嗎？」

那天是舉行出陣學徒壯行會的日子。政府下了命令，讓一直以來都免於兵役的大學生們，也要服役上戰場。除了理工學系與師範學系的學生們以外，所有大學生都要停止徵集猶豫，這意思就是除了日後要成為教師與科學者的學生們，所有大學生都得強制當兵。隨著這個命令的頒布，那天便舉行了學徒壯行會。根據近來的戰況而言，這無異於把年輕學子們一個個推向死亡淵谷。對於把兒子與兄弟送上戰場的家人們來說，願您平安歸來這句話甚至成了禁語，誰要是講了那句話，就成了非國民，也就是國家的叛徒。

東京明治神宮競技場一到下午便開始下起大雨來。學生們在秋雨滂沱之下，努力排練著隊伍行進，以為了代表收到徵集猶豫令的第一陣七萬多名學生，在壯行會上表演分列行進。

秋子很清楚，當所有必須參加分列行進的學生們講到苦難這字眼時，不管什麼都無法安慰他們，但她還是這麼回答幸一：「苦難已經成為日本人的日常生活了，不是嗎？」

站在分列行進最前面的東京帝國大學的校旗。那面校旗沒有其他色彩，只是簡單地在白色布面上繡上「大學」這兩個漢字。舉旗學生腋下的日本刀正嘎吱作響，走在行列裡的所有學生都戴上制式帽子，也穿上制服，腿上還綁著綁腿。經過檢閱台的學生們，肩上的槍枝都被雨淋濕。

現在只要完成簡單的戰術訓練，他們就要前往戰線，而他們看起來也已經多所熟練。自己的弟弟，幸一，如今就在那個隊伍裡。雖然他們的腳步散發出決然的氣息，然而看著隊伍在雨中行進的觀禮者心情，卻是悲戚不已。秋子坐在家長席之中，典禮期間一直咬著下唇，強忍著悲傷。

這裡不是只有要離去的學生，那些在國家政策下，免於前往戰線的未來武器開發科學者和技術者們，也站在講台上觀禮，想到此刻戰情不利與國家的往後，他們也一樣懷抱著悲壯的心情。在寒冷雨裡立起校旗並往前行進的文科生們，還有站在講台上送別朋友的理科生們……這些美好的青春靈魂們，不知是否已察覺自己即將沉睡在遠方的某處山河，再也無法返回這校園的樹蔭底下？我的弟弟，那個喜歡運動、音樂、還有安徒生童話的明朗青年，和民族未來的年輕人們，就這麼被推入戰場的死亡之中。

秋子雙手合掌，並閉上雙眼。我的弟弟和他們一起被埋葬在歷史的齒輪裡，粉身碎骨。他們夢想的世界、熱烈渴望的愛情，還有對養育他們的家人與國家那份純粹之心，全都被狠狠踐踏了。

外頭有人正在敲門。秋子連忙擦乾淚水，並仔細聆聽大門那裡傳來的聲響，這時她又聽到敲門聲。

她擦了擦手，並整理一下身上衣著，也沒往外詢問是誰來訪，便打開玄關門。站在門外的人是志翔。

「不好意思，我是來幫中田先生跑腿的。」

秋子沒有說話，靜靜地看著志翔。她的眼裡還布滿血絲。

「他要我拿這個給您，然後也要我跟您拿東西回去給他。他說只要告訴您是代替近藤先生來的，您就會知道了。」

志翔遞出一張中田寫的紙條。紙條上的字跡工整，收到紙條的秋子立刻打開來看。

「請您等一下。」

秋子回頭走向屋內。

這個狹小庭院的日間風貌和夜間並不一樣。每棵樹之間都種了紫色的繡球花，高度及腰。

秋子走了出來，她手上拿了一個包裹。秋子問志翔：「為什麼是叫金田先生過來呢？」

「我也不知道。他就只交代我轉告您是代替近藤先生過來的，只要這樣講您就知道了。他說近藤先生不舒服。」

秋子把包裹交給志翔。

「看來我丈夫忙得錯亂了，怎麼會忘掉這麼重要的東西。」

志翔接過包裹。

「這東西很重要，請您要小心拿。」

「我知道了，那我就用跑的。」

志翔只是想逗笑秋子，沒想到秋子蒼白的臉孔神情一轉，變成一副嚴肅的表情。

「那麼我走了。」

志翔打完招呼以後，便轉過身去。這時秋子叫住正想關上大門的志翔，她要志翔在外頭等她一下，然後就又進出屋內一趟。

「這是用雜穀做成的餅乾，不知道好不好吃就是。」

這是她做給下鄉去的孩子帶過去的餅乾。志翔向秋子道謝，告訴她會和大夥兒一起分享，然後收下那一小袋餅乾。謝謝您給我這麼珍貴的東西。就在他要和秋子道別時，秋子突然嗚咽了起來，用雙手遮起臉孔並轉過身去。

志翔不知所措，站在原地不知道該怎麼辦好。

「您，您怎麼了？發生了什麼事嗎？」

秋子低著頭，並持續用手遮住臉孔，過了好一陣子以後才轉過身來。

「對不起，我得走了……」

秋子邊擦拭淚水，邊向志翔說：「您可以幫我轉告我先生，我弟弟作為神風特攻隊的隊員，已經戰死沙場，今天收到他的遺書了嗎？」

「那麼，江上先生的兒子……」

秋子默默地點頭。

「真是對不起，我怎麼會剛好是這個時候過來……我也不曉得要怎麼安慰您才好。」

「那麼，再見。」

秋子短短說了再見，就慌忙地轉過身去，直直走向屋內。玄關門被關上的聲響傳了出來。

志翔一時站在原地不動，他用力地抓著包裹，然後才慢慢走出大門。志翔在老家種了佛頭花，那是一種只要春天一到，小小花朵就會成群結成球狀的紫色花朵。志翔一邊走著，一邊想起中田家的水菊和老家的佛頭花看起來好像。

沒想到江上老人的兒子居然過世了。那麼好的人，為什麼要遭遇這麼令人難過的事呢？戰死，恩人的兒子是作為軍人而死。志翔望著天空，深深地嘆了口氣。他的兒子作為日本軍人，為了國家而死。作為軍人而死，應該是光榮又正義的死亡才對，而且也要正正當當。

江上老人的兒子，認為自己的行動是為了國家而奉獻嗎？可那是什麼？那是侵略戰爭與殺戮，除了侵略與殺戮，其他一概都不是。更何況，一個人的生命是為了去殺戮別人而犧牲，這又真的好嗎？那又有什麼正義可言？那樣的舉動又該如何正當化？

對於所謂的神風，那個讓人無法理解的奇怪戰爭，在宿舍裡也是傳聞滿天飛。志翔當初聽到傳聞時，還不自覺地罵了一聲「一群瘋子！」，不曉得江上老人的兒子又是怎麼接受那樣的戰爭，他會對於自己因此送命而感到自豪嗎？

他認為這光榮嗎？如果是這樣，那該會是有多扭曲的自尊心與榮譽感。

前往電車道時，志翔停下腳步並想著該不該把中田夫人的話轉告給中田先生聽，也不知道該不該告訴他夫人收到弟弟的遺書以後，難過地痛哭。不。志翔加快了腳步。不。不該是由我告知，那應該是由他的夫人告訴他才對。

志翔開始跑了起來。

「我將回來（I shall return）。」這是道格拉斯・麥克阿瑟在菲律賓被日軍趕走時，所說過的話。那時他時值六十二歲。在澳洲專心準備反擊約二年的時間，一直到一九四四年十月二十日，他才成功率領了四個師團登陸萊特島。萊特島是菲律賓眾多群島中的一座島嶼，是面積第八大的島嶼。

決定太平洋戰爭成敗的萊特島前海戰爭中，包括日本戰艦武藏在內，日本一共失去主力戰艦與飛機五百多台。作為艦隊中心並展現昂揚雄姿的武藏，在出戰之前曾重新粉刷過船體，這是為了讓船隻看起來更加鮮明也更加威武，並成為集中攻擊的核心。

兩邊的大接戰一直打到下午，八十幾台的美軍攻擊機最後蜂擁圍攻武藏，大舉投擲魚雷和炸彈，使得武藏的主炮喪失發射功能，並使四間機關室裡的三間都浸水。在難以維持平衡的狀態下，原本平穩的行駛速度急速加快，最後甚至下令要士兵趕快逃出戰艦。後來還是靠著兩艘驅逐艦趕了過來，才能救起一千三百名的生存乘務員。

最後只有艦長寫下遺書，並獨自留在船上，而艦艇也很快地就傾斜入水，直到午後七點三十五分，整艘戰艦終告沉沒。任職於三菱造船所的中田所參與設計之武藏，就是這樣迎來它的最後。

日軍首腦部最後決定放棄在萊特島上的地面作戰，並對留在島上的士兵下了永久抗戰、自戰自活的命令。這道命令是捨棄本國士兵的不負責命令，既看不到身為國家的義務何在，也沒有任何軍人的榮譽可言。

一九四五年三月十七日，駐守在艾奧列島之一之火山島——硫磺島上的日軍，全員被殲滅。美國很高興能在這場戰爭之中獲勝，日後甚至在華盛頓特區插上當初奪回這座島的星條旗，並立了美國海軍的雕像。

節節敗退的日軍預測美軍會從沖繩登陸，於是早早就等在那裡進行埋伏。一九四五年四月一日，美軍終於派遣六萬多名軍人強行登陸沖繩海岸。兩國展開生死血戰，其中陣地戰更長達將近三個月都無法結束。日本的對抗相當激烈，在你一來我一往的重重交戰之中，美國竟花了一個半月的時間，才能在沖繩地面戰往前推進四公里。

和武藏同為日本驕傲的大和戰艦，也在雙方激烈的交戰之下，於四月七日沉沒，最後大和戰艦的巨大船體碎裂成四大塊碎片，與三千多具屍體一同沉入海底。對此，有日本人將這段歷史記錄下來，紀錄中是這麼說的：

「美軍像雲又像雨一般地包圍住大和戰艦。」

日軍投入由一百多隊所集結而成的飛行特攻隊，來阻擋美軍布陣在沖繩海域一千多艘的艦艇，同時日以繼夜地不斷派出自殺炸彈進行攻擊。自殺特攻隊的編制以海軍為最優先，當陸軍組織名為「ばんだ（萬朵）」的自殺特攻隊時，海軍的自殺攻擊已經取得戰果。該自殺攻擊並非以戰鬥機來發動的攻擊，而是以艦艇撞擊艦艇的方式來進行攻擊，日軍甚至還投入了自殺特攻艇「かいてん（回天）」。

日本的攻擊一直持續進行，光是六月四日當天，就有一百九十六台特攻機撞擊美國艦艇而毀壞掉。至於神風特攻隊之中，因為飛行技術不夠純熟，未能成功撞擊美國艦艇而直接摔落大海的案例也為之不少。

被擊沉的戰艦雖少，但已經對美軍產生巨大損傷。美軍對接踵而來的攻擊已經達到疲勞的極限，疲於阻止日本纏人對抗的美國海軍之中，甚至有人希望日軍的自殺攻擊隊飛機能攻打自己所處艦艇，因為唯有船隻受損，才能暫時先返航夏威夷或其他地方，以躲避攻擊。

就在沖繩的天空與海上持續進行日本最後的死鬥時，陸地上也有軍民合一的攻擊隊發動抗戰。許多村民混入軍隊一同進行作戰。有女孩子剃掉頭髮，並戴上戰鬥帽，也有抱著炸彈衝進美軍基地自我引爆的男裝女性。不只如此，那些拿著竹槍一同進行戰鬥的村民中，也有許多是背上還背著未斷奶嬰兒的婦女，而學生們也沒有置身事外，幾乎人人皆參與戰鬥，因此沖繩的平民死傷者並非單純的犧牲者，他們可說是阻擋美軍登陸的便服民兵。

戰爭到了最後，日本則使出了集體自殺的手段。

登陸沖繩的美軍，第一個佔領的地方就是讀谷村，一百三十九名村民則躲進尻切鐘乳洞。當美軍將他們包圍起來時，十八歲少女居然懇求母親殺了自己，而曾是軍護士的少女母親則舉起廚房的菜刀往女兒脖子砍了下去。殺了自己女兒的母親，最後也使用裝有毒物的注射器，把剩下的家人一個一個都殺死，自己也同樣注射毒物自殺身亡。另外還有用鐮刀砍殺家人以後，自己再綁上點火棉被自焚的父親，更有先殺子女，然後兩人再同伴自殺的夫妻。不過幾個小時的時間，八十二條人命就這麼逝去。

為了守住沖繩的日本人浴血戰爭，甚至動員了幼小的女中高生。就在這樣的戰鬥開始兩個月後，於洞窟裡的野戰醫院幫忙照顧傷患的女學生們收到解散命令，然後換穿回學生制服，大夥兒抱在一起同聲高唱〈如果去海邊〉：如果去海邊，就成為落水的屍體，如果去山裡，就成為倒在野草地裡的屍體，只要能死在天皇身邊，就沒有任何遺憾。當女學生們試圖逃脫時，美軍的自動步槍開始進行掃射，三十七名學生之中，最後僅有五位活了下來。

還有一個叫做ひめゆり（姫百合）的學徒隊，是由沖繩師範學校女子部及第一高等女學校的教師、學生共二百四十名所組成的組織，負責看護的業務。姫百合，意思為百合少女的這個名字，源自おとひめ（乙姫）和しらゆり（白百合）這兩所學校的教育宗旨。投入看護業務的姬百合學徒隊一被美軍包圍時，就被沒有任何對策的軍部宣布解散，他們一樣唱了〈如果去海邊〉以後就去尋死。誓言要與沖繩的陷落與運命一同走到最後的島南峭壁荒崎海岸，也都發現有少女投海自盡。至於在洞穴裡躲到最後的三名少女則慘遭美軍傷害。

也有學校在這些戰役之中，整個消失無蹤。以年幼男學生組織而成，名為鐵血謹皇隊的學徒兵組織，共有一千七百八十名，其中有八百九十名戰死。沖繩師範學校失去了二百二十四名的學生，在經過三個月持續不停的戰鬥之後，甚至失去了所有學生、教師、設備，最後師範學校及第一高等女學校連廢校手續都沒有完成，就已經消失無蹤。

投入約五十萬名兵力的美軍，在日本人的徹底抗戰之下，耗損了不少兵力，最後才終於成功讓十八萬三千名的士兵登陸沖繩。這一役，美軍耗損了將近三十萬名的兵力，而日軍在血戰結束以後，奮戰到最後的女學生們也紛紛投海自盡，他們跳海的那片海岸峭壁，後來被人稱為「自殺絕壁」。

江上老人的兒子，幸一，就是死在這場沖繩島戰役之中。

沖繩的悲劇遠大於戰爭本身與戰爭帶來的死傷悲劇。這是因為沖繩的居民向來飽受日本本島的偏見與歧視所苦，然而日本政府更給沖繩胡亂注入一旦被美軍抓走，若不是被射殺，就是會被強姦的恐怖感，不斷地洗腦他們，使他們身陷於絕望當中，最後甚至走上集團自殺之絕路。這一切都是軍部為了防止情報透過成為戰俘的居民外洩，所策劃的陰謀。

可是，光是用洗腦二字，實在難以說明這場戰役的瘋狂。

根據沖繩居民被洗腦的內容來看，集團自殺並非只是百姓依照國體護持之精神，以肉身守護天皇的國家所造成之行為，部分的集團自殺案例出自於日軍隊居民們的命令。為了減少居民的食糧用量，以減少軍人作戰之障礙，軍部發給居民手榴彈及刀具，要求他們自決。集團自殺分明就是日軍連本國子民都予以傷害的加工罪行。

而這樣的沖繩慘劇之中，也有朝鮮人的存在。當初被強行帶到沖繩打掃飛機場或投入各種工程的一萬名朝鮮人軍夫及慰安婦少女，也在美軍的炮擊中犧牲亡命，有幸殘存下來的朝鮮人則在軍部無法判斷己方動態與情報是否已流露到美方手中，慘遭日軍軍部的虐殺。這些被人強行帶到沖繩，並魂斷沖繩的朝鮮人，是那麼的無辜，無論任何理論或因果性都無法說明他們的慘痛。夾在美日兩國之間沖繩與朝鮮人，就這麼無辜地慘遭扼殺。

有句話叫做瓦全，是在為了讓毫無意義且毫無價值的人生存續時，所使用的話語。瓦全的相反詞是玉碎，也就是玉塊碎裂的意思，和瓦全不同，玉碎是為了維護榮譽或忠節的純潔無瑕，而不惜貢獻自己生命的意思。

隨著美軍逐漸佔領日本的基地，日本人紛紛開始執行「玉碎」的指令。可是以玉碎來形容日本挑起太平洋戰爭以後，一路節節敗退時，又怎麼可能和慘敗或全滅不同呢？

花朵美麗的高山植物，以及茂密灌木林並存的太平洋阿留申山脈下的阿圖島，在一九四二年被日軍佔領竊據，可是隔年五月，美軍意圖奪回該島，與日軍展開了戰鬥，結果當時日軍守備隊二千五百人全滅，日本竟稱該慘敗為玉碎，將死亡但不投降的意味給美化了。

在塔拉瓦攻防戰中，把整座列島作為要塞的日本軍守備隊，展開強烈的四日對戰，結果共造成四千六百名人員全滅，成為戰俘的日本軍也僅一百四十六人。這場戰役，也被日本稱為玉碎。

日本所稱之皇軍，其實就是將天皇的軍隊賦予其神聖感，而皇軍的真相早在一九七三年中國的南京大屠殺表露無遺。在南京犯下虐殺三十萬名中國人罪行的日本軍，並非陷入自暴自棄的敗戰士兵，也非盜賊。當時日本陸軍最為自豪的十萬精銳正規軍，也就是所謂的皇軍，其指揮官為第十軍司令官的柳井平助中將，以及天皇叔父的上海派遣軍司令官朝香宮鳩彥。

日軍在一個月內，於南京犯下為數眾多的姦淫劫掠罪行，把整個南京變成一片血海，各地開始出現大字報宣揚反抗意識，並稱日本是東洋鬼子或三光。所謂的三光作戰，根本說不上是作戰，而是日軍在四處犯下的非人道罪行。三光指的是殺光、燒光，還有只要遇到中國人，就掠奪他的財物並姦淫女子的掠光，是一種對中國人斬盡殺絕的作戰。

天皇的軍隊在南京犯下這種沒有天理的罪行，終讓南京陷落，以戰勝坐收，讓所有日本人都感到十分開心，日本各地都有民眾提燈走上街頭慶賀，高聲合唱〈愛國行進曲〉，並揮舞旗幟，民眾甚至開心地行進到神社境內。對於日軍成功佔領南京，天皇也難得發出表示欣喜之意的慶賀敕語。

34

明國打開勞務係辦公室的大門，然後走了進去。門板上的滾輪發出吵雜的答答聲響。這該死的門板還是一樣，難道就不能幫它上點油嗎？辦公室的吵雜門板聲，把忘記許久的過往記憶再次叫醒。三植、泰福。因為他們而和這裡糾結不清的往事，有如昨日般清晰。

下班時間已過的辦公室空無一人，石川在後頭拉了把椅子，並向明國做了個手勢。篤篤篤篤，明國的枴杖聲音在空無一人的辦公室裡響起。石川走到明國跟前，遞給了他一杯茶。

「我有事要和你商量，所以才把你叫過來。」

一聽到有事商量，明國立刻坐正姿勢。這還是他第一是聽到勞務係使用商量這個字眼。

「又有朝鮮人要來了，也是徵召來的雇傭礦工。想到要管理那群人，說實話，我有點擔心。」

擔心？那些人都是被你們榨乾血汗帶過來的，你們擔心個鬼！明國蹙起眉頭來。

明國回想起最初剛學習這裡工作的事情。當時他可是一邊忍受被日本人用木刀抽打後背、用腳踹踢膝蓋，一邊學習工作。那時他連坑道內所使用的用語都聽不懂，搞不清楚到底收到的指令是要挖還是要填埋，所以無法做好工作。日本人就連指令也沒教，但只要一看到工人做錯，就會立刻打起人來。而且差別待遇也從未停止過，坑道內所有的困難又危險的事情，全部都是朝鮮人負責，因此站在坑道岔口最前端的人，永遠都是朝鮮礦工。

突然感到口渴的明國，拿起茶杯啜飲了一口。石川起身說道：「我跟醫院那裡打聽過了，聽說要製作你的義足有點困難，因為現在正逢戰亂時期，各種物資都很欠缺的關係，所以才會變成這樣的窘境。因為要等候義足的關係，一直讓你在醫院等候，如今就要回家鄉去了，你有什麼計畫嗎？」

我離開這裡返鄉而去，你究竟有什麼好擔心的？我離開朝鮮至今都已經不知道過了幾年，然後現在卻變成了一個瘸子。明國無言地望著石川。

「該回家的你，不也是個老百姓嗎？」

百姓。那在講農人們的話，怎麼是你石川來告訴我？

「話這麼說，雖然很對不起，但你現在少了一隻腳，是要怎麼下田工作？光是一般生活就夠你累的了。」

這個人現在到底想說什麼？說話一直不停地繞圈子，明國繼續忍耐著情緒，並且默默地看著對方。

「所以我是想，不如你就照我說的做，留在這裡吧！」

「您說的是什麼意思？」

「就留在這裡工作。」

我現在到底該笑還是該發火？明國只覺得莫名其妙，繼續盯著石川看。

「您到底在說什麼？要瘸子去挖礦？」

「不是礦工，是讓你當會社員。」

兩人對上眼神。

「你知道膺懲士吧？現在都管新來的雇傭礦工叫做膺懲士。你可以擔任端島礦區勞務係膺懲士的指導員。我已經拜託會社那裡，基本上現在已經取得內部許可了。管理那些朝鮮來的雇傭工人們的事情，沒有人比你更適合。而且這工作也是你拄著拐杖也可進行的工作，只要你好好地拄著拐杖站好……」

石川看著明國，並獨自微笑著。

「就像圖畫一樣，不是很好嗎？」

沒禮貌的傢伙！居然說瘸子站著的模樣就像圖畫一樣？明國的臉色僵硬起來，他想起勞務係沒有朝鮮人職員，所以反問他：「您現在是要我去擔任勞務指導員嗎？」

「不是勞務指導員。」

「您看錯人了。」

高層公寓裡，住有從朝鮮帶來家人同住的勞務指導員，那些人是由朝鮮的道知事任命，並協助從警察署長那裡取得身元保證書供出的中間人，也是以官斡旋形式前往朝鮮挑選礦工的人。

有個叫做安田的勞務指導員，本姓為安氏。不知道他從哪裡取得憲兵所穿的制服，他把制服稍微修改一下，便穿著那套衣服到處跑，衣服的胸口處還別有寫上やすだ（安田）的名牌。有個朝鮮礦工不懂漢字，所以並不叫他安田，只是問了他一句：「安氏，您要去哪兒？」聽到這話的安田，突地勃然大怒，並用長靴怒踹了他的下半身。以當時勞務指導員們所擁有的威勢來看，確實是有可能發生的事情。事情原本就可這樣落幕，但問題就發生在那名礦工的妻子。

礦工的妻子每天跑去安田家，要求他拿出醫治丈夫睪丸腫起的醫藥費。

「我知道是我丈夫不對。可是，縱有萬般不對，那也是我丈夫的嘴巴犯錯，你為什麼要踢他的下半身呢？如果你要打他，那就打他的嘴巴，為什麼要踹無辜的睪丸？那裡是多重要的部位，要是那裡被拿掉了，那可怎麼辦？」

就因為她天天到安田家吵著要錢，結果安田給了他們一大筆錢，還苦苦哀求對方饒了自己。從此這也成了勞務指導員所享有之威勢外的一大軼話。

石川生氣似的說：「總之是處理來到島上的膺懲士各種大大小小事的工作，你想想，這也是在幫助朝鮮人啊。」

明國走出來時，靠在牆上想著「後方基地由我負責」。一旁被撕裂的褪色字體壁報，正在狂風中飄揚。好樣的，你這沒出息的明國，居然獲派管理後方基地。明國反覆琢磨著自己對石川說的話：我先想想看，能不能做這份工作，我也不知道。

明國慢慢地走著。當他一走上通往醫院的坡道，突然閃過一個念頭：說不定自己注定得落腳在這座島上。雇傭礦工們一直補進，我就和他們在這裡度過歲月，故鄉恐怕也回不去了。這時，明國的腦海突然浮現出妻子的臉孔。

朝鮮女子，留在故鄉的妻子，是個能在頭上擺上頭圈，再放上罐子並裝入井水，也能夠輕鬆來回走動的女子。朝鮮女子是何許人也？就算沒看過也像是已經見過的女子、不管討厭或喜歡，都已產生感情而一起過活的女子。這個女子的臉孔正浮現在明國的心底，一絲一絲地刺痛著明國。

人活著就是這樣嗎？身體的疲倦，讓人一時忘了那時的生活，並感覺到遺憾。想到妻子那越來越粗的腰部，不也就代表了互相信任彼此而活的歲月年輪嗎？想起妻子與女兒的明國，表情越來越暗了。

在一無所有的生活中，孩子接連的出世，明國想起妻子為了餵養小孩，那一年比一年下垂的胸部。人生在世，不也就這麼一回事了嗎？記得每次拿起青辣椒沾辣椒醬吃，又或者把麥飯泡開水吃時，不知道為何就會放一堆屁，而那又豈止是夏日風景而已？

也記得自己就是因為老是不分時地的放屁，就算放屁在被子裡，也沒有害臊之意，每次老婆她總是會氣得把被子搶過去，然後在自己背後重重打下去：「你這王八蛋，要放屁就去外面放！在被子裡放屁，是想謀殺睡在你旁邊的人嗎？」

然後，自己就被趕出被子外頭。不過，老婆總還是會睡眼惺忪地關心一下：「你的肚子不舒服嗎？明明是每天都吃的麥飯，怎麼最近放屁放得這麼嚴重？」

人家都說懂得辦父母喪的女孩子，就算觸犯了七出之惡（譯註：七出之惡，意指可以休妻的七個理由），也絕對不能趕出家門。就在她把已經年老糊塗的老人家都侍奉完畢以後……以為能夠伸直雙腿過好日子時，她卻走了。雖然是個不懂溫情、像個罈子般的女人，但卻是盡了所有為人妻的責任後才離開的。明明是個無論何時都站在那裡等候我的女孩子，然而她走了。

我對那女人做了許多錯事。結婚後的好幾年內，我也曾懷疑難道真的要這樣過下去，憤而離家好幾次，甚至也曾剃了頭髮，跑到寺廟裡，誓願終生晨鐘暮鼓。大概是所謂的見微知著吧？最後過了幾個月以後，我再也忍受不了那樣的日子，再次返回家裡時，老婆她像是喃喃自語似的問我：「你到底是跑到哪裡了，現在才回來？你這個像風的男人。」

想當和尚，所以去廟裡了。老婆她見我如此嘮叨，便這麼說：「這話明明是我才該說的，怎麼被你搶先說？我才是一天大約想了十二次要剃頭出家的人。雖然你討厭寺廟，所以成不了和尚，但在這個家裡，你才是寺廟！我是和尚，而你則是供奉佛祖的寺廟。為什麼你就是不懂呢？」

她碎念了幾句，並轉過身不想看我。儘管如此，她還是跑去買了黃耆煮雞湯，一邊說著人在異鄉徘徊，多少都會傷身子，然後一邊盛了碗雞湯到房裡給我喝。可她走了，在家門旁留了座土墳給我，然後走了。

回到醫院的明國，連燈都沒開，就直接坐了下來。旁邊的空病床，讓空無一人的病房顯得更加淒涼。妻子就那樣走了，過不了多久，我也是會走的……我實在不曉得該不該就這麼活到人生盡頭。我知道誰是這世上活得舒服爽快的人。我們那日本話說得流利，又梳著油頭、穿西裝打領帶的兒子，雖然老愛上妓院的兒子，但也沒遭受過別人白眼對待。說到辛勞，沒見過世面的我們和其他人相比，只是五十步笑百步，所以只要我心裡舒坦，到哪兒都是極樂世界。可是為什麼今天我這麼無法控制我的心呢？已經斷了一條腿，這輩子都要拄著拐杖過活了，居然還得在這座島過我的下半生。

明國只覺得心裡也暗了下來，同時又有一股情緒油然湧到心頭。明國忍不住嗚咽了起來。

當天值晚班，正拿藥走了過來的護士石田，看到蜷縮著身子，在黑暗中哭泣的明國：「您怎麼了？」石田緊張地問。明國揮手阻止她開燈，並對著她喊「你走，我要一個人靜一靜」，然後一個人坐在床上哭了好久。石田遞給他手帕，在一旁徘徊了好一陣子以後，才離開房間。等她再度走進房裡時，明國雖然聲音已緩了下來，但仍是嗚咽不已。她搖了搖明國的肩膀，並拿了杯熱茶給他，不過明國依舊一言不語，朝她搖搖手，也不願看著她的眼睛。

明國這個人，雖然因長年勞動，使得雙手既粗糙，指節也粗大，但每次接下護士給他的藥品時，必定雙手拿取，並鄭重跟對方道謝。他和醫院裡常見到的粗魯無禮，且怒瞪怒吼院方人員，就好像醫院犯了過錯的其他病患大不相同。

石田看著他的樣子，心想「時候到了」。她想明國終於該面對自己截肢的現實了，之前的截肢患者也都是這樣，到了退院之際，就會大聲嘶吼、痛哭。

「這不是很好的事嗎？辦公室那裡可以給你工作。您一定要好好考慮，現在就是開始。」

石田拉了把椅子坐到床邊，開口說出那些話時，明國就像失了魂的人，呆呆地坐著不動。

「為什麼偏偏在退院這天下雨呢？」

護士石田的輕聲細語被埋沒在雨聲裡。原本看著窗外的石田轉過身來，走近將背包背在肩上的明國身邊。她抓著背帶。

「給我吧，我幫你裝。」

明國拄著拐杖站了起來。原本咬著雙唇的他，鬆了開嘴，然後環視了一下同房的病友們。

「那麼……大家保重，請一定要專心靜養。」

「謝謝您，感謝您這麼關照，我不會忘記您的大恩大德的。」

走在走廊上的明國，正好遇到巡診中的醫生伊藤。明國向伊藤深深地鞠躬致意。

伊藤和要退院的明國一起走在走廊上。伊藤告訴他因為戰爭中的關係，難以取得零件幫他製作義足，現在只剩膝蓋部分還沒完成，等以後製作完成，就可以不用拄拐杖過活了。伊藤醫生把昨天跟明國說過的話，又再說了一次。

明國在玄關拿起即將要撐的雨傘，石川已經在那裡等著他。伊藤站在後面揮手道別，明國慢慢走下階梯。

「您是要去單身者宿舍對吧？我送您到那裡。」

石田撐著傘與他同行。

明國昨天已先看過雇傭工人的宿舍，順便觀察日後該進行什麼業務。學哲下了坑道，睡到一半醒來的萬重，則一邊想辦法避開腫臉和明國正臉相對，一邊這麼說：「雖然不應該說這種話，可是死掉的傢伙何止一、兩個？請您想著活下來就好，放開心吧。」

「謝謝，謝謝大家。」

明國並未告訴他自己將以雇傭礦工指導員的身分留在這裡工作。結束晚班工作的人，紛紛累癱在自己的房裡，明國前去他們的房間露個臉，然後再次走出外面來。他想到說要一起逃走的幼小成植，既沒死也沒被抓回來，大大的鬆了一口氣。光是這樣就讓人覺得開心。志翔和禹錫，一定也還活著，正躲在其他地方才對。

他回想萬重所說的話，然後苦笑了一下。這傢伙，看到太陽升起，心裡想著原來已經是早上？也好，活著就是這個樣子，我都不清楚了，你又怎麼可能會知道？

走在身旁的石田說：「您一定很不方便吧？」

「哪兒的話，我現在只覺得很感激大家。」

「可以再更盡心照顧您的……真後悔。」

明國停下腳步，轉頭看著石田。

「我在醫院時，一邊看著大海一邊想，日本正在做一些不該做的事情，為什麼明明正在做不該做的事情，但日本人都不知道呢？我不是在說對朝鮮人的壓迫，我只覺得你們國家反而更可憐。」

石田低著頭說：「每個人的想法都不同。有參戰的人，也有逃離戰場的人，還有我們，大家的想法都有可能不同。看著朝鮮來到這裡的人，我也覺得很難過，明明他們也應該有別條路可以走的。」

綿綿細雨就像霧一樣，籠罩著遠方大海霧濛濛一片。石田看著下著雨的大海，說了句像是謊言的話：「總有一天會結束的。這戰爭。」

這是明國待在單身者宿舍的第一晚。從走廊盡頭公廁那裡走回來的明國，在通往上層樓層的階梯前，和一名男子撞到肩膀。他和低著頭快速爬上階梯的那名男子眼神交會，一眼就能認出對方是朝鮮人的明國說道：「走路小心點。」

「我是剛上完廁所回來，使勁跑的是大哥您吧？」

那個人沒好氣地說。

「睡到一半上什麼廁所，就乖乖睡吧。」

「什麼？你這個人越來越過分喔？」

「還沒醒嗎？嚇到人還挑釁，是想怎樣？」

「大哥您說話才更不客氣吧？」

明國清了清喉嚨，吐了一大口痰。他轉身要往宿舍裡走去，結果那個人抓住明國的手臂。

「怎樣？我又沒有做錯什麼，為什麼大清晨地就要聽你囉哩八唆的？」

男子用力地抓著明國的手臂。明國和他對看著。

「那就去做你的事，大家都忙，不是嗎？」

男子用力抓住轉回身的明國手臂以後，又放開了他，然後很粗暴地說：「白天好好聊一聊吧，我倒要看看是從哪裡來的這麼不懂上下關係的傢伙。」

男子一邊走上階梯，一邊大聲嚷嚷給明國聽。真倒楣！一隻腳都沒了，又不會到處跑，卻還遇到這種傢伙。

看來這裡也不是人待的地方。明國獨自站在走廊上，看著漆黑的這座島嶼，直到男子的腳步聲消失為止。

打從向新來的雇傭礦工們介紹礦區設施開始，都是明國的業務。不過，他被特別交代的是雇傭礦工們的管理，尤其是該把誰編在同一個小組這個要項。事情就和石川預測的越來越相近，明國很輕易地就完成各項業務，而明國也很勤跑雇傭礦工們的宿舍，觀察大家相處有沒有什麼困難。所以像木村等勞務係係員沒事就來雇傭礦工宿舍，並騷擾礦工們的事情已顯著減少。

疲累的人要是去了吵吵鬧鬧的單身者宿舍，就會弄得頭更痛，所以明國傍晚時不時地就會去雇傭礦工們的宿舍走一圈。

「那裡就跟高書生一樣，連拉屎都要找風水先生來看方位才要拉，不過有過之而不及，一點都不像是人會做的事情。所以我說，人還是要看得夠大，該放過的就放過。」

「哈，那麼你又怎樣呢？」

「我？早已經是十日之菊了，看得再大也沒用。」

菊花最美的時期是九月九日，但明國卻說自己是過了那個時期的十日菊花，指的是早已過了最佳時機。萬重不知道剛和誰說話，回來粗暴地說：「也不看看做了什麼好事。烤了耳朵的話，也要把腳給拔下來再吃吧？做人做事要是一旦開始，就要做到底啊！內衣褲全都脫了以後，然後又穿上褲子，這算什麼？」

萬重這人，不管是以前還是現在都一樣。那時志翔剛好也一起相處過同一段時間，只要和他們聊天耍嘴皮子，就能暫時忘記煩心事。

最近不知道怎麼一回事，雇傭礦工們的事故頻傳，先是有人被捲進脫軌的搬運車下，然後又發生爆破事故。事故原因並非不明，是因為隨著鼓勵增礦的要求越來越重，補進越來越多新手雇傭礦工，然而他們在還是很生疏的狀況下，就被丟入礦場工作，再加上挖礦位置越危險，礦工們就容易起紛爭，所以大大小小的事故不斷發生。

還好最近就算發生事故，朝鮮礦工的父母也不會跑來這裡。傳說這是因為會社那裡根本就沒聯絡礦工在朝鮮的家人們。七十三，只要把遺骨收到這個沒有名牌、只用數字標示的骨灰罈裡，然後放到薦福寺供俸就解決掉一切。薦福寺的和尚這下可要大積陰德了。明國來往這座在島中央的寺廟，心情鬱悶地嘟囔著。

幾天前實施了燈火管制，可是還是有許多宿舍房裡的電燈沒關，勞務係來回巡邏時，經常大聲吼叫，和礦工們起了不少衝突。其中，甚至還有朝鮮人雇傭礦工自己人的爭鬥，最後卻動到被派遣到島上的警察出面，才獲得收拾的事件。雇傭朝鮮人所獲得的待遇越來越差，也因此，已經有這樣下去是活不了幾天的可怕傳言傳出來。

不只如此，也有越來越多人只想離開這裡，選擇暗地裡自殘，好離開這座島。幾天之後是六月十一日，發生了美國潛水艇擊沉煤礦搬運船的事件。

美國潛水艇 Tirante 下水啟用迄今，已經差不多一年。Tinate 為西班牙語，指的是一種銀色、有厚重皮膚，看起來就像白帶魚的西班牙魚。由濟州島開始巡航至揚子江河口，並完成各種任務的 Tirante 號，於六月初抵達端島海域。入侵端島與野母半島海域的 Tirante 號，在端島東南方岩壁附近發現了載運二千二百二十噸煤礦的白壽丸，於是 Tirante 號接近白壽丸並發射三發魚雷，其中二發魚雷成功命中白壽丸，白壽丸因此翻覆沈船。

在端島的礦工與其家屬，無一不被這巨大的爆炸聲與高高噴出海面的水柱給嚇到，每個人都陷入恐怖與不安之中。雇傭礦工們之間，也紛紛傳出美軍誤把軍艦島當成真的軍艦，於是發射魚雷進行攻擊的傳言。

不過，其實這只是日本軍部用來操控輿論而散發出去的謠言。他們只是要向居民宣傳美軍的攻擊既可笑又生疏，所以才會把軍艦島誤認為是真正的軍艦，且發動攻擊還失準誤射到煤礦搬運船。這個謠言傳到朝鮮人雇傭礦工之後，接著一路散播到端島國民學校的學生耳裡。根據一九四一年的初等學校令，改名為高島村立端島國民學校的校童們，並未忘記老師們囑咐孩子要安心的話語，並將這個不實謠言口耳相傳出去，最後這個謠言傳遍了整座島嶼。

若說當初 Tirante 號是從外港西側那邊進行攻擊，那麼這個謠言可能還會有幾分真實性，可是 Tirante 號是從岩壁所在的東南方進入野母半島海域，所以他們根本不可能把軍艦島誤認為真的軍艦。

「名字偏偏就那麼剛好叫做軍艦島。要是他們來了這座衰島，真的把這裡當作軍艦一樣打的灰飛煙滅的，那我們不就都要死光光了？」

「那這樣我們就回故鄉了。掉到水裡淹死，飄回故鄉去。唉，真沒想到居然會遇到這種攻擊，我們怎麼就偏偏被帶到這裡來呢？」

一聊到這話題，雇傭礦工們就失魂落魄。

只要想到故鄉，大家就覺得心痛不已。如今要是說到回去朝鮮，心裡那股激動與澎湃，哪怕只是起身而行，雙腿雙膝也會顫抖不已。

春季花草樹木返綠時，要先忙著往麥田裡施肥，等到夏葛成熟時，就能進入田裡拔稗子，然後坐等秋季慶豐收。這麼自然而平凡不過的人生，究竟是哪個環節出了錯？

忙完一整天活，頂著腰酸背痛癱在房間裡時，又是怎樣的風景？念個幾句是因為天氣不好，所以才會腰酸背痛，然後又一如往常過日子；告訴自己天氣不好，就是會引人腰酸背痛，然後認命繼續努力過活；孩子發燒不舒服時，用手撫摸孩子的額頭，心裡焦急難眠，一路直到伴著雞啼迎接晨光。要是失去了國家，心裡會蒙上塵灰吧？要是失去了國家，哪怕吃著熟飯都會像生米吧？一直以來都是這樣過活的啊；辛苦疲累個一天就夠了，難不成會一直空忙餓肚子嗎？一直以來都是這樣相信的啊！可是到底是哪裡出了問題，為什麼我會被帶來這裡，落得被砲彈攻擊，死在大海裡呢？

大夥兒陷入哀愁，沉重又無語的宿舍被海浪聲團團包圍，黑夜也越來越深。

數日後，美軍投下炸彈攻擊高島，端島周圍海域因而出現往上竄起的水柱。為了查看新進雇傭礦工們的狀況，明國趕至坑道裡頭，沒想到電燈突然熄滅，他趕緊倚靠在牆邊，整個人癱坐了下來。

「我想哭，但我打了自己一巴掌。太好了，大家先歇著吧。」

前面也有幾個雇傭礦工正閃著頭帽帽燈，慢慢坐了下來。他把腿伸展開來，

心裡想著接下來真不知道該如何活下去，我們的未來就跟這可惡的坑道一樣黑暗不見光明。不過電燈為什麼突然會熄滅呢，真是可惡。明國嘟囔著。

「這樣下去，我們該不會都要變成煤礦馬了吧？」

煤礦事業在企業化很久之前，煤礦礦區都備有煤礦馬，在那個時候，礦工們所開挖出來的煤礦，都是利用馬車來載運的，而那個時候的馬匹一旦進入坑道裡，就會終生被關在裡頭載運煤礦，直到老死或病死，最後再被埋入廢棄坑道裡。為了感念這些馬匹，不管哪個坑道都設有祈求馬匹冥福的小佛像。

新來的雇傭礦工來到明國身邊，和明國說話。

「大叔，我們趴在這裡真的可以嗎？炸彈一直掉下來……活著都不像活著了。」

「能怎麼辦呢？只能等那些日本鬼子們滅亡了呀。只要把他們被打倒了，我們就能回家鄉，那個時候當爐工的人就繼續去燒爐，當木匠的人就繼續去砍柴。活著卻沒有辦法在自己本位盡自己本分的人，就是失去國家的人。我所知道的就只有這個了。」

35

「真是丟臉又不像話，居然在這裡拉屎。」

「啊，瞧你耍這嘴皮子，根本就是個娘兒們。」

「你說這什麼話？」

「那群傻蛋！」

也不管在講什麼，咸鏡道和平安道的人總是吵吵鬧鬧。又打群架了。洗完臉後走回房間的志翔，就站在走廊上斜眼瞄視他們。由於來自八道的人都聚集在一起，衝突自是不可避免。每次的爭吵必是結黨結派地互相打鬥，明明我們的國家也沒有那麼大，真不知怎麼會被帶來這裡，然後互相針對自己的家鄉而爭鬥。

宿舍外響起急促又凌亂的警報聲。接在警戒警報之後的是空襲警報。

「是空襲警報！全員快躲進第七防空壕裡！是空襲警報！」

大清早的，離上工還有好一段時間。警報一響起，防護團員就來回奔波走廊上，並大聲高喊：「全員快躲去避難所！快點走到外面去！」

志翔被席捲在人潮之中，只好糊裡糊塗地跟著快跑出外頭。雖然目前還沒有炸彈攻擊造船所過，但最近空襲警報幾乎無論何時何地都狂亂作響。志翔蜷坐在工廠裡的避難所內，連早餐都來不及吃的雇傭礦工們只想著一件事：飯。餓死了。

剛好到了早上沒吃，中午又只吃個飯糰的志翔開始午後搬運鐵管的工作時間時，空襲警報又再度響起，前往防空壕避難的同事們聊了起來。

「今天大概跑來跑去就會耗費掉一整天了吧？也好。」

「好什麼啊，你這小子。你以為空襲警報是什麼？這是飛機在天空盤旋，然後往下丟下炸彈的意思啊！就算有什麼超凡絕技也沒用，炸彈只要一丟下來，我們就會死。」

以前曾在晉州線所在之埠頭登船工作過的金氏，發生落海意外而死的消息，大夥兒是回到宿舍以後才得知的。晚上一到，就對宿舍下了熄燈命令，大家老早就爬上床躺著。

角落一隅傳來暴怒聲。

「什麼？西裝？是哪個無賴講這種話的？」

「根據九班的人說，有一個以前在朝鮮是在做西裝的人，他來了這裡以後，偷偷做西裝販售。」

那是很會吹牛的江氏說的。

「什麼西裝？是要去哪裡穿？」

「沒錢當然沒得穿，給了才有得看啊。可惡，好想穿著睡覺。」

之前才傳說過有拿到皮革，並偷偷做皮鞋拿去賣的雇傭工人，現在的故事發展，居然連西裝都出現了，本來不多話的韓福真，看不下去地丟了一句話：「媽的，電燈關了就只有一件事能做。」

「是什麼？」

「睡覺啊！不然還有什麼！」

「你這人還真無趣。我還以為你要講晚上跟女人上床的火辣故事呢！」

「看你是要被我過肩摔，還是要讓我往前扔？睡覺就是晚上的火辣故事，晚上的火辣故事就是睡覺！」

隔天午後，長崎首次被砲襲。

響起空襲警報時，造船所那裡給雇傭工人下的避難指令不是去防空壕避難，而是前往稻佐山避難，於是每個工人四處分散跑到山上，並蜷坐在各處。稻佐山上，可以看見長崎市內到處飄散煙霧與火舌。

「咦？埠頭被擊中了！」

距離造船所不遠的埠頭，正被火舌吞噬。這是志翔有生以來，第一次見到的光景，他的心中激動不已。

雖然這陣子以來已響過無數次空襲警報，但那天還是美軍砲擊機第一次朝長崎丟下炸彈。

「長崎絕對是安全的。相傳那邊的金毘羅山住有一隻白蛇，那就是山神。長崎一直受到白蛇山神的庇護，所以炸彈從未掉到長崎過。」

日本人曾經這麼說過。在大夥兒蜷縮著避難的稻佐山對面，就是金毘羅山，而長崎市中心與造船所就位在這兩座山之間。

「唉呀，那裡是車站！長崎車站也被擊中了！」

那天，長崎初次有埠頭和車站陷入火海。幾天之後，雇傭工人們曾待著避難的稻佐山，開始動員開發防空壕，而志翔所屬的水上游擊班也每天上山開挖防空壕。接踵而來的空襲，使得大夥兒每一天的工作都亂了套，而志翔的日本語講習也因此而不了了之，草草結束。

就在防空壕完工的幾天之後，那天晚上十二點以後又響起了空襲警報。大夥兒慌慌張張地跑到山上去避難，在防空壕內所看到的長崎，因為燈火管制的關係，看不到任何燈光。志翔蹲坐著，眼睛不停望向漆黑的市內，這時只聽得到旁邊人的呼吸聲。張著眼睛蹲坐在黑暗裡，讓志翔感到活著的所有生物是那麼的陌生。他想，喀噠的碗盤聲、家人們圍坐在一起的晚餐、疲憊身軀躺著的被褥、睡在身旁的妻子平穩呼吸聲，這樣的夜晚以前沒有，以後大概也不會有。

當空襲警報結束後，志翔以一種自暴自棄的心情步出防空壕，在走下山的路上，他一直想著廣在說過的話：美國怎不快點做動作？說要打就快打，總不能每天就只在那邊打嘴砲、說白話吧？

志翔搖搖頭：不是，這不是空口說白話，這樣下去只會死更多人。

特別防空團已經成立，志翔隸屬於口號班。雖然口號三班的十人並不用去造船所的作業場，而是在接受因應非常時期的訓練，但其實配給的裝備也就只有擔架而已。有時他們要撤退去宿舍的後山，有時則是爬去工廠裡的防空壕，就這樣過著每日與空襲警報作伴的日子，甚至還會好奇沒有警報聲響的日子裡，究竟發生了什麼事情。包括造船所附近在內，已經開始有炸彈掉落在市區內，如今就算沒有發生砲擊，只要空襲警報一響，大家就會跑進防空壕，並屏息等待空襲過去。每當這個時候，偌大的造船所就會像海水退潮一樣，變得空蕩蕩且一片死寂，呈現出寂寥而陌生的風景。

那天上午，志翔被分配到第二船隊，當他正在擦拭船身上的苔蘚時，空襲警報又再度響起。志翔和與他隸屬同一個班的韓福真一起跑到後山的防空壕，而廣在則不知是否躲到其他地方，他們並未見到廣在的身影。他們跑進去的地方，是有四個出入口的防空壕，就在進去不久之後，他們聽到了之前從未聽過這麼大聲的炸彈落地轟鳴聲。既然炸彈如此靠近，那麼此處不也十分危險嗎？志翔緊閉著雙眼，陰鬱地想著。這時，出外查看動靜回來的警務與職員的聲音傳來。

「敵機消失了！敵機雖然消失了，但造船所被砲擊了！辦公室正熊熊燃燒著。」

跑出防空壕的眾人，飛快地朝造船所跑去。那一刻，辦公室所在的建築已被火焰吞噬，且建物從一樓到三樓也呈現坍塌一側的狀態，勉強挺立下來的水泥外牆，被火舌灼了個焦黑，看似隨時都會傾倒。

工人們依照各個不同防空團四處跑了開來。雖然他們先前已接受過訓練，但卻未曾受過辦公室建物被砲擊時的演練，工人們也因此陷入莫大恐慌之中。就在救護車載運傷患的途中，這時則傳出了待在會社裡防空壕者被炸死的消息。

「警務和辦公室地下防空壕被炸了！」

一旁的建物坍塌，摔落的牆壁遮蔽了防空壕，同時也壓倒了躲在防空壕裡的人，結果導致他們因而死亡。

傍晚時分，回到宿舍以後，只見空襲以後不見蹤影的廣在正偃臥在房間一隅。

「你跑到哪裡去了？一直沒看到你，真讓人擔心！」

「就一直在這裡啊。」

為之氣結的志翔，低下頭緊盯著廣在的臉。

「你現在是想找死嗎？漫天砲擊之下，你卻一直待在這裡？」

「就是因為身體不舒服，動彈不得才只能一直躺在這裡啊。這肚子一直挺不舒服的，剛還拉了肚子。」

廣在緊閉著雙眼，然後就沒再繼續說下去了。坐在他身旁的志翔，立刻摸了摸他的額頭，發現廣在發了高燒，臉色也是死灰蒼白。

「如今死掉的人可不只一、兩個，現在這當下雖然要去醫院有點難，但明天我會想辦法跟班長說說。總之我們先去醫院吧。」

「醫院？什麼醫院？」

現在到處都是血流如注的傷患，恐怕也沒有哪間醫院有空閒收治軟趴趴倒在地上的病人。儘管如此，志翔還是想辦法安撫。

「真糟糕，在這種情況下，身體還這麼不舒服。不過妳不要太擔心，我會背你去醫院看病的。」

翌日，會社後面的空地上，舉行了前一天罹難工人的火葬儀式。那些屍體都是沒有家屬現身認領、被安置在第一辦公室二樓的屍體，由於市立火葬場的收納人數已經滿載，不得不只好在此就地處理。大火熊熊燃燒那被壓垮在防空壕裡的死者屍體，煙霧隨之蔓延開來，燃燒過後的遺骨只得被收入骨灰罈裡，在簡單地標示好名字以後，就送往三菱會館安置，等待著遺族出面認領的那一日。

僅容納朝鮮人雇傭工人的宿舍，氣氛猶如掉到谷底，志翔可是用自己全身上下的每一分每一毫所感覺到的：造船所擺明就是攻擊目標，我們待在這裡只是找死、我們全體雇傭工人都應該拒絕出勤、不管怎樣，我們都得想辦法逃出這座城市、就連日本工人無端缺勤者都越來越多，為什麼我們得在這裡等著被炸彈轟炸……

根據大夥兒的口耳相傳，他們早已進入戰爭的最後一個階段，而且滿天也飄舞著宣告日本軍敗北的傳單，按照眼前這狀況繼續下去，講好聽點就是玉碎，講直白點就是只等日本降伏。這些傳言在雇傭工人的宿舍裡也默默地傳了開來，沒人知道朝鮮接下來會面臨怎樣的命運，沒有人知道未來會是如何的走向。

在時局這麼不穩的期間，厚生省厚生會舉行了半島膺懲士雇傭期限延長的相關說明會，一些早已期滿的雇傭工人被迫延長雇傭期限。不只如此，在數日之後，日方又將一些以為即將可以返鄉的朝鮮工人們聚集在本工廠二樓講堂，舉行了雇傭延期宣誓儀式。

就像是去醫院時，轉眼即見不舒服的病患、去工地現場時，四周都是穿條兜襠布就賣力挖土的工人那樣，此處也是差不多的風景。這世上犯罪者那麼多，感覺全都擠進了刑務所來似的。吉男一邊嘆著，一邊來回踱步面會所。

吉男開口詢坐在一旁的朝鮮女子。

「大嬸，您是為什麼來到這裡的？」

「唉，做個好事也這麼難，又不是自私自利填飽自己肚子的事。我們帶了一批朝鮮人到筑豐礦區工作，然後在那裡經營了食堂。」

「所以呢？礦工們鬧事了嗎？」

「什麼礦工，是我們家那一口子。」

「是大叔惹禍了嗎？」

「都是為了做好事才惹禍上身的。」

吉男上下打量了一下那位女子，然後笑了出來。

「做好事怎麼會做到進刑務所呢？」

「那口子，看工人們吃都吃不飽，說自己就算沒飯吃，也要想辦法餵飽他們的肚子，手中有一百五十人力卻謊報申請了二百人的配給，不知道被誰打小報告，然後就被關進來了。」

吉男不置可否地笑著。

「是在帳簿上做假，想把拿到的東西拿去哪裡偷賣掉才被抓的吧？怎麼可能只是為了讓工人們多吃點就被抓來刑務所。」

「你這年輕人是在哪裡上當受騙長大的嗎？請你不要講這些沒根據的廢話，你不講這些話時，我也已經夠難受的了。」

「又不是在做什麼獨立運動，媽的。」

可真行！現在這時局，誰會相信那番話啊？也不想想現在這是怎樣的時刻，配給人數有那麼好唬弄過去嗎？吉男咋了一下嘴，再度往等候室外的走廊盡頭望去。

近來周遭人們老對吉男說「你錢癮發作了」，可是吉男卻不這麼想，他很清楚在某方面而言，戰爭時期比太平盛世還好賺錢。除了幫六指做事以外，吉男也會利用一些空檔時間做幾種物品的走私買賣，就連六指都對此咋舌。

「你這傢伙！年紀輕輕的，怎麼這麼財迷心竅？」

此時，裡頭傳出一陣凌亂的鞋子踩地聲，沒一會兒即見看守走了出來，向吉男做了個手勢並道：「喂，你，跟我來。」

吉男心想，六指居中幫忙想方設法，大概就是這個了，所以便跟在看守後頭走了進去。六指不曾經說過嗎？給了很大一筆錢。想見父親的話，怎能不這麼做？

「你在這裡稍等一會兒。」

這裡既不是一般辦公室，看起來也不像面會室，房間的一側還看得到書桌兩邊分別坐著身穿囚服的男子，與前來面會的人。吉男坐在椅子上，靜靜等候著。

「這裡是特別面會室，請保持肅靜，知道了嗎？」

「是。」

吉男點點頭。

「你等會兒吧。」

看守話一說完，又踩著那凌亂的腳步聲回到門口邊自己的位置去。嘎吱一聲地鐵門開起，過沒多久，雙手被綑綁在前的泰福走入房間內。他不停地張望這個房間，似乎對這裡很是陌生，甚至就連眼前的吉男也沒能認出來。看守解開泰福手上的繩索，並指示他：「三七一〇號，過去那邊。」

看守指向吉男所坐著的位置，此時吉男已心急地站起身來。泰福往吉男的方向上前走了一步，吉男哽咽地喊著：「爸爸。」

泰福像是失魂落魄般地，站著一動也不動，吉男則是繼續小小聲地叫喚著。

「爸爸！是我，吉男。」

看守他轉動粗黑眉毛下的眼球，緊盯著他倆的一舉一動。泰福看起來就像是晾曬的衣服般，無力地呆站在原地，過了好一陣子才終於開口。

「你，是吉男嗎？你是吉男嗎？」

「是的，爸爸。是我呀，吉男。」

吉男哭了出來。看守倏地從位置上站起身來，小小聲地警告一番。

「靜肅，靜肅！」

泰福一屁股地坐在椅子上。

「爸爸，爸爸……」

吉男抖動著下顎，不停地哽咽哭泣，滿眶的淚水流經他的雙頰，滑落濕透了衣襟。吉男嗚咽地向泰福說：

「爸爸，請您接受我的行禮。」

泰福不知所措，半起半坐在椅子上，時而轉過身去，又再轉了過來。吉男則是跪在地板上，向泰福行起大禮，泰福見狀隨即緊緊抱住兒子的肩頭。

看守在一旁不耐地拿著棍棒輕敲書桌。

「你這是在幹什麼？快起來，快起來坐在椅子上。」

看守面向兩人走了過來，然後抓住吉男的肩膀。他環視了一下面會所裡頭，然後很小聲地在吉男耳邊說道：「給我起來，快點！」

若非看守過來抓住吉男的肩膀，兩人才坐回書桌邊，否則這對父子可能只會一直緊緊相擁並哭泣。吉男擦了擦眼淚以後，向泰福說道：「您的身體還好嗎？是否健康安好？」

泰福默默不語。

「您一定受了很多苦吧？」

泰福看著兒子，嘴裡喃喃自語。

「這到底是怎麼一回事？就算是作夢也太不可思議了。」

「嗯？」

「我大概是瘋了吧？我覺得我現在不太對勁。昨天是朋友來，今天是兒子來，這一切到底是作夢還是現實？我搞不清楚了。」

「朋友？還有誰來看您嗎？」

「是以前一起在端島工作的同伴。前天那個朋友才冷不防地跑來，像個鬼似的，更別說他現在還少了一條腿。」

知道泰福被關在浦上刑務所的明國，在取得勞務係的許可之後，便動身前往長崎探視。搭上船離開端島時，眼前所見的海浪格外平靜，明國滿懷複雜的心思看著端島，想著如今終於在自己的意識下離開端島，但傍晚卻也要在自己的意識下回到端島。原來如此，原來不管是自己也好，還是志翔或禹錫也罷，那麼渴求的東西就是能隨心所欲前往各地的自由。

吉男開口問泰福。

「端島，就是那個被叫做軍艦島的地方嗎？請您不要再提那裡了，現在把軍艦島給忘了吧！」

「這哪是說要忘就忘得掉的。」

吉男又再度問了一次。

「您一定受了很多苦吧？」

「苦頭……都是我這個做爹的不好，我真沒臉見你。」

「您怎麼這麼說呢？現在都沒事了，我找到您了，一切都沒事了。」

「可是，你怎麼會來到這裡呢？」

泰福這時才注意起兒子的打扮來。他見吉男一身西裝打扮，帽子就放在書桌上，脖子上的領帶也打得整整齊齊，實在難以置信。吉男的這身打扮完全就像是跟在郡守後頭打轉的人，雖說他之前在日本人的店鋪工作過……但這些日子以來，究竟發生了什麼事，泰福怎樣也斟酌不出來。

「所以我是問你，難道我被關起來的事情傳回老家那裡了嗎？」

「不是的，爸爸。我來到日本已經好一陣子了。」

「是嗎？」

「爸，我現在待在長崎。」

「在長崎？」

吉男的每一句話都讓泰福感到驚訝。

「爸，那個，爸爸，我現在就在六指老爺底下做はいか。」

所謂的はいか，指的就是在別人手下當部下，但這又跟こぶん（子分）的級別不同。泰福對此又是一驚。

「六指？在經營食堂的那個六指老爺子？」

「是的。」

「真是造化弄人，沒想到你居然到了六指底下，還成了他的部下。」

話題繼續聊到家裡。

「媽媽她身體安好，我也有一直持續匯錢回去給她。」

「你匯錢給她嗎？我這個做爹的都辦不到的事情，居然都由你來完成了。」

看來這孩子確實有點出息。六指他好像經營不少食堂，做他部下，的確是有所發展，想想光是從朝鮮那裡帶過來的人力就有數十萬人，吉男卻能占得一席之地。泰福簡直無法相信兒子的成功。

吉男用力地告訴泰福：「爸，從現在開始，我們不要再分離了，我們要一起生活下去。」

「嗯，那是當然的。」

「我們一家子要在一起，媽媽和我，還有您，我們一家三口要在一起。」

「嗯嗯，當然。」

吉男摸了摸放在一旁的帽子。

「我學了很多事情，現在不管到哪裡，要我當房東也可以。」

心情稍微放鬆的吉男，小小地吹噓了一下自己。

「你這小子，長大了。我的孩子真的長大了。你一個人一定吃了不少苦頭吧？」

「年輕時，就是要多吃點苦頭呀。」

「嗯，你的想法是對的。」

「您怎麼會去到那裡呢？我是說軍艦島，大家都說那裡不是人待的地方。」

剛剛才要泰福忘掉端島，結果自己卻又提起了端島的事情。

「受騙了。聽說那裡錢給得多，我就去了，沒想到卻被あっせんや（斡旋屋，意指仲介）給騙了。我想一定是我瘋了，才會抱著炸藥跳火坑，自己跑去軍艦島。」

吉男頓時語塞，但過沒多久，他就把身體朝向泰福，並對他說悄悄話。

「我已經打點過看守了，以後您在這裡的日子會過得舒服點。還有，我會交託他一些私食和零用錢，您有需要就跟看守拿吧。」

吉男飛快地把話說完，然後又立刻坐正。

「現在外頭時勢動向不太尋常。」

「你是說空襲嗎？我有一次去造船所服勞役時，也遇到了空襲，真是嚇死我了。看來美國那些傢伙們，是真的下決心要打敗日本。」

「爸。」

吉男的聲音突然變得冷淡。

「爸，請您一定要保重身體，知道這一些就夠了，不要再去多言什麼。」

「關於現在時勢如何，我也有所耳聞。」

「請您裝作不知道。爸，您在這裡要裝傻。」

你這小鬼！居然叫自己的爸爸裝成笨蛋？泰福有點驚訝，不過吉男好卻好像下定決心似的繼續說下去：

「爸，我在日本這裡，打算做點什麼。這裡是比朝鮮還要大的池子，您以前不也常說，就算要玩也要在大池子裡玩嗎？我已經決定了，寧為雞首，不為牛後，您知道了嗎？」

廣在到醫院看完醫生，得到的診斷結果是可能罹患急性肺炎，需要觀察幾天。由於空襲接連湧入的傷患太多，早就不堪負荷的醫生，面無表情地告知這個結果。

「既然是急性肺炎，那就去領取工傷解除證明，然後回家吧。」

志翔突然想起從長谷係長那裡聽過的話。當身體健康發生異常時，就會從雇傭身分被排除，同時並發給一張證明書，就是工傷解除證明，這時拿到工傷解除證明書者，就會被送回家去。把廣在送去住院，結果醫院又要他返回造船所這點，讓志翔感到很無奈。那裡說既然是急性肺炎，就要讓廣在回家，雖然沒有人告訴過廣在急性肺炎是怎麼一回事，但就志翔所知，罹患急性肺炎幾乎等同罹患死亡疾病。這真是越過一山還有一嶺，踏破一江猶有一河，究竟我們還能退到哪裡去？滿懷憂鬱的志翔，不由得踩著沉重的步伐從醫院返回宿舍。

在走下神社前坡道時，冷不防地冒出空襲警報，志翔趕緊轉頭環視了一下陌生的街道，立刻跟著人群跑動的方向快跑起來，躲進一般民家的防空壕裡。

那些接到強制集團疏散命令而前往鄉下的房子，為了避免在空襲過後造成火災，所以都一一被拆卸過，並同時在原址開挖防空壕以供躲避，這也就是那些觸目所及的白布條上所標示之戰時住宅協力作業。而志翔所躲避的防空壕就是這些戰時住宅協力作業下的產物。

不知不覺之間，已經有六、七個人躲了進來。好不容易等眼睛適應了防空壕的一片漆黑，這時志翔身邊一個不停上下打量他衣著的日本人問道：「你是造船所的人嗎？」

「是。」

過了一會兒，那人才沒好氣地說：「原來是朝鮮人。」

志翔什麼話也沒說，那名男子倒是繼續碎念。

「朝鮮人跑來別人的防空壕幹嘛！喂，你，怎麼這麼髒兮兮的？」

在防空壕裡時，志翔雖低著頭，忍住情緒不說話，但是在走回宿舍的途中，在防空壕裡聽到的那些話卻一直在他的腦子裡揮之不去。

「你很髒」的那句話，きたない。志翔一直反覆念著きたない，心裡想著難道對方是說自己很髒嗎？還是自己太過襤褸不堪？衣不蔽體？也對，自己身上這副襤褸樣，看起來應該是挺不好看的，這可真是抱歉了，我的衣服和身體沾滿了一堆汙垢，給大家帶來不悅感。你說我髒，這話沒說錯，但把我變成這副德性的人卻是你們啊！

你們說的髒，那句きたない裡頭含有そりゃく（疎略）的意思，那是在很粗暴而且也沒有誠意地對待人事物時所使用的話語。可是我對你們粗暴又沒誠意了嗎？我們朝鮮才不是那種粗暴的民族呢！你們也會稱下流粗俗的事情很髒，那麼對你們來說，朝鮮是下流粗俗的嗎？我說，反而是強行竊占我們朝鮮的你們才下流粗俗呢！

還有，執念深、貪欲強的時侯，你們也說那很髒、不光明磊落，行事卑鄙醜惡，你們也說那很髒。什麼你們都說髒，那你們看看朝鮮總督府做的好事，哪裡光明磊落了？他們的所作所為全都卑鄙無恥，又充斥了欺瞞與欺騙，不僅醜惡難以入目，還動不動就施加暴力。所謂的髒，這句話我要還給你們！骯髒的大和民族，讓人無法忍受的きたない傢伙，就是你們自己！

站在朝向造船所的岔路口，志翔獨自望著夜空，此刻他只感到既鬱憤又委屈，而且無奈萬分：心中的憤慨委屈，我們稱之為冤痛。為什麼我們會感到冤痛？不就是我們每一個人還無法覺醒過來，所以只能受這種高壓統治的侮辱嗎？所以我們才會如此冤痛難忍。

回到造船所後，只見宿舍一片漆黑，看來很快就下令熄燈了。

幾天之後，又到了發薪日。國債三十四円、國民年金四十八円三十二錢，名目上雖獲得薪資八十二円十二錢，但實際上扣除衣服費用、鞋子費用與宿舍費用以後，不僅拿不到半毛錢，反而還得返回二十錢，這筆金額則會在下次的薪資裡扣除。更可笑的是，之前才剛通知大家，下次的發薪日因目前戰時特殊與會社狀況的關係，將不予支付。日本啊，你們這些作為才叫骯髒！無法忘卻在防空壕裡受辱的志翔。嘴巴裡吐了這句話來。

半島膺懲士的外出被全面禁止，上頭下令半島膺懲士的活動僅限工地與宿舍之間的來回。這時，也出現了幾個不尋常的徵兆。原本擔任班長助理、日文名字叫做加藤的崔秉淵，收到入營令狀，於是幾天之後就立刻收拾好行李，離開造船所。可是又過了幾天以後，被診斷為不是肺炎並好不容易才回來的廣在，居然也收到了徵兵令狀。

「我實在不曉得現在把人帶走，有什麼意義？這場戰爭都快打輸了呀。」

「看來你命中註定要回到家裡去了。」

志翔雖然邊說邊笑，但這不是什麼好笑的事情，他自己也是說著說著都覺得悶。廣在好不容易才躲過急性肺炎而退院，現在卻又要被徵兵，光是在這裡忙著爬進爬出防空壕，躲避從遠方投擲下來的炸彈就已經夠要人命了，如今這豈不是要把人抓到戰線前方去嗎？聽說第七班和第十二班的雇傭工人中，共有五人收到了入營通知，已返回故鄉。

韓福真在清算償還跟廣在借的十円與炒豆錢七錢時，語末還不禁哽咽起來。

「謝謝你。這一段時間也依靠了你不少……」

房裡每一個人都掏出一円作為廣在的入營餞別金，廣在無奈地說著被抓來這裡做工和被抓到戰線前方到底有什麼不同，然後默默地收下大家用皺巴巴紙條包好的餞別金。

「唉，大家也不是多有錢。我也是個人，這錢叫我怎麼好意思收下來。」

廣在返鄉的那天，一整天都沒有空襲，是個平靜的一天。由於船隻不太方便往下關方向行駛，所以他只能前往北邊的博多港搭船回家，同班的成員們在取得勞務係的許可之後，大家一路送行廣在到車站為止。這五位收到入營令狀者身邊則跟有一名引率者。

不知是否空襲常接連而來之故，街上一片蕭索。志翔想起自己初次來到這裡時，天空正降下滂沱大雨，心裡只覺隱隱作痛，難過著不知何時才能回到家鄉、擔憂著明日會有什麼在等待著自己，對於戰爭的走向與自己的未來也一無所悉……我對自己的事情都不明瞭。禹錫不知道現在人在何方？聽說炸彈丟到了端島海岸邊，不知道他人有沒有事。

志翔低下頭來看著自己的衣袖，只見衣袖上早已遍布陳年污漬。看著滿是污漬的衣袖，就想起故鄉、看見變長的指甲，就知道自己離開家裡已久，志翔滿懷心思地走著。

長崎車站的一側已傾圮，在昏暗的燈光中更顯陰沉。廣在一走入車站大廳，就很羞赧地說：「雖然很感謝大家，可是你們一路送我到這裡來，這又是什麼嘛！我現在是要被抓去軍隊了，怎麼搞得好像送我去當大官。」

大夥兒圍繞著廣在你一言我一語的。

「祝你健康，戰場上無往不利。」

「就算是這樣，至少你老婆可以開心一下了，還能看到你回去。聽說有人是從這裡直接出發到戰場呢。」

志翔緊抓著廣在的手說：「會者定離，相會即相離。你一定要小心保重身體，我要說的就只有這句了。」

「比起我，留在這裡的你們才更讓人擔心呢。」

「往後如果天下太平了，我們有緣再見吧！」

「你也要小心保重身體呀！」

昏暗的車站大廳對面，正是有二十五名天主教徒殉教的山丘，廣在望著那座山丘說道：「唉呀，眼淚都要流下來了。」

廣在的雙頰淚光閃閃。他，正哭泣著。

志翔返回造船所以後，陷入了思考。究竟那眼淚代表了什麼呢？終於要離開陌生又疏離的這個地方、這塊令人生厭的日本土地，為什麼眼裡會噙著淚水呢？難道廣在真如他說擔心我們的那句話一樣，心裡惦掛著大家的安危嗎？或許那淚水是因為難過自己又不知道要被帶到何處從軍去？不知他是不是想到了我們這些四肢健全的青年們，只能紅著眼任憑一張紙就被帶往各處去的無奈，還有那失去國家的青春歲月？

我們都不是孑然一身。如同沙粒般的我們，每一個都被巨大的集團或制度壓抑與支配，無法抗拒。集團的貪慾及偏見巨大地交織在一起，而制度與制度間的輕蔑、憎惡與腐敗，則是根深蒂固地盤踞著，結合而成只屬於他們的巨大罪惡。我們每一個人都身處在那個巨大之惡中，有名為戰爭的巨大罪惡，也有以國家為名而犯下的巨大罪惡，那些都是除非自滅，否則無法獲得控制的不可抗力之惡。若說我的祖國朝鮮無能是個巨大之惡，那麼以父親為首的我的老家，則是依附在那巨大之惡中的微小惡蟲。

僅僅只能流著淚水，並在嘆息之中難過著無法好好活下去的我們每一個人……無力地返回宿舍的自己，頂上盤旋著一隻巨大罪惡之鷹，而那隻罪惡之鷹就像是在張開他的羽翼，那個由集團與制度變化而成的巨惡之翼。

志翔是第一次這麼想，不管是經歷過屈從之辱的朝鮮也好，還是熱狂於戰爭的日本也罷，不也都是名為國家的巨惡之一嗎？他一邊想著，一邊望向宿舍。

不光是拖著病體來當雇傭工人還不夠，如今還得被徵召入伍，不知道又要被拉到哪個戰場去的廣在，以及做為雇傭礦工、造船所工人而毀壞掉的我的人生而已，瓦解掉眾人家族並把大夥兒安穩的睡眠奪走，把我們的人生摧毀到不成樣的巨惡之輪，露出你的真面目吧！滿臉淚水的志翔，仰望著矗立在暗處的宿舍，發出「呃啊啊」的嘶吼聲。我們，我們全都是人啊！一股無力感向志翔襲去，讓志翔無聲地哭泣，癱坐在地上不能自己。

36

中田望向窗外，看著 B-29 閃亮著銀色機體，悠悠地翺翔天空之中。他一點也沒有要躲進防空壕的意思，只是攏著手憂鬱地站著，這時飛機經過長崎的上空，並往福岡的方向飛離身影。

空襲警報正造船所裡瘋狂地響起，原本四散在各處的工人們，有如潮水退潮般快速躲進防空壕裡。中田看著平靜下來且不見人影的偌大造船所，想著：這下我也習慣了這份寂寥嗎？

就在幾天前的波狀攻擊當中，中田跑到了五號防空壕，當他一進入防空壕，就發現裡面已經塞滿了人，就連可以趴下來的空隙都沒有。防空壕裡頭太暗，什麼都看不見，當他在入口附近弓起身子時，卻看見前方女子把頭趴在地上，並高高抬起臀部。

每當炸彈掉下來時，強風就會伴隨著鏗鏗的土地晃動聲湧入防空壕裡，不停地往中田的屁股踢，被強風推擠入內的中田因此跌倒在女子身上，維持著壓在她臀部上的姿勢好長一段時間。

當砲擊結束，外頭也變得安靜下來之後，防空壕的入口又是一陣雜沓，裡頭的人蜂擁而出。中田方才壓著的女子是上層辦公室的羽田夫人，他搔著頭、紅著臉，滿臉不好意思。

「對不起，剛剛也是不得已。」

羽田夫人說：「沒關係，託您的福，我才不那麼害怕。」

夏日已至，蟬隻也已開始鳴叫。然而黑暗籠罩的初晨開始退去黑暗，開始鳴叫起來的蟬聲就好像信號機似的，把發射機召集到長崎的天空上頭來。對持續響叫的空襲警報感到不耐的人們，跑到工地外頭來，沒有躲進防空壕，而是隨便找了個地方躲避，等到警報解除聲響起，大夥兒才又悠悠地晃回工地去。

勞務係長長谷那天早上刮鬍子刮到一半，也因此不小心刮傷了臉。近來這種時刻，那怕是掉了一顆鈕扣都讓人覺得是不祥的徵兆，鎮日都得繃緊神經、小心翼翼的，長谷只好努力告訴自己這是破相消災，既然一早就見血，那麼一整天必將無事平安。

最近長谷很討厭上班，處理業務也常表現出煩躁不耐。眼見半島膺懲士們的徵召期限就要期滿，厚生省又每日催促快給他們延期的文件，這數量足足有二千五百名，光是處理這項業務就佔據掉所有時間，根本沒辦法再進行其他業務事項。

在不振的戰況與每日持續不斷的炮擊之下，雇傭工人們的眼裡，也明顯露出動搖。用高壓的方法去強迫他們蓋印延期同意書，根本就是行不通的方法，而且不管再怎麼跟他們強調對天皇的忠誠，以及身為半島膺懲士該有的名譽，他們也聽不進去，於是他心想，倒不如對他們進行泣訴與喊話，會更有效果。因此，昨日他把雇傭工人們集合在一起，對他們進行精神喊話：「關於各位膺懲士們的需求，以及包括供餐在內的厚生福祉等基本問題點等，我們並不是不曉得，造船所這邊都相當清楚。可是我們如今正處在國家宣言一億玉碎的戰備非常體制下，在如此嚴肅的決戰之際，各位怎麼會不懂我們急需朝鮮人們的協助呢？」

數天前，福田寮的雇傭工人們，終於爆發拒絕上工的抗議事態。福田寮全員既沒吃早餐，也集體不出宿舍，開始展開沉默的示威抗議，長谷係長心中暗叫「終於這一天還是來了」，便沮喪地趕往宿舍，一直安哄他們到下午，才終於讓工人回到焊金工廠去。還好事情沒有演變成更大的示威抗議，長谷忍不住摸了摸自己心口喘大氣。

期限延長文件的提交日期已剩下沒幾天，長谷決定口頭勸說就到今日為止，然後就帶著文件與兩名部下走出勞務係辦公室。正當長谷前往宿舍時，空襲警報正響徹造船所內。首先映入長谷眼簾的，是造船所核心之本部工廠第二船隊裡所竄出的火舌。被眼前景象為之一驚的長谷，立刻回過身去，沿著來時路跑回勞務係，結果收到起重機被炸彈擊中，原本正在修理中的軍艦也起火燃燒的回報。他來回穿梭辦公室前寬廣小區，結果聽說炸彈最後擊中運送資材與工人們的搬運車線路終點處。

長谷又跑到離辦公室不遠的工地查看，結果一到現場就看到被炸得支離破碎的道路與建築，正在漫天煙霧之中熊熊燃燒。

不知道該怎麼幫忙，只知道一直四處奔波的長谷，停下腳步看著腳底凹陷下去的地方，嚇得嘴巴都合不起來。原來腳邊這個因為砲擊而凹陷的地塊夾層之中，竟然有從人體上掉落下來的人頭與手臂。不只如此，在煙霧繚繞之中，還能隱隱看出那些被炸斷的人腿和軀幹也血肉紛飛，散落在四周。

就在長谷被眼前景象嚇得動彈不得時，前方六十噸的起重機正與支柱塔一起發出怪異聲響並傾倒下來，那一瞬間，長谷的身體被高高彈起到空中，斷了腿的他的身體，重重摔進起重機裡。

在接連而來的砲擊之下，由造船所第一辦公室與焊金工廠開始到其他數座工廠，全都被炸彈擊中並陷入火海之中。這就是所謂的波狀攻擊。

外面不時有人吼叫著：「勤勞課的辦公室著火啦！」

「全都被集中啦！」

中田往外頭跑了出去，只見辦公室所在的建築裡，左邊勤勞課窗邊正冒出火舌，火勢一路延燒到三樓，中田啞然地站在原處無法動彈。第一鑄造、第一機械工廠已經被炸得精光，只留幾根鐵柱挺立在廢墟之中，放眼望去，地上盡是凹洞，真不知究竟有多少炸彈被丟了下來。而坑坑巴巴的地上，還散落了許多歪七扭八的鐵棒。

這時警報器瘋狂響起，然而卻沒地方可以躲避，中田只能爬到倒塌的樓梯旁，並躺在樓梯側邊，以藏起自己的身體。這次的攻擊看起來是一波編隊攻擊，刺叻叻作響的機槍聲音不停飄進耳裡，此時中田聽到了奇怪聲響，像是有什麼在敲擊自己所戴著的防護鋼盔。

中田就這樣維持趴臥的姿勢好一陣子，然後才看到有三三兩兩的人爬出外頭。中田抖了抖自己的身體，然後往旁邊一看，發現營繕課所在的那座建築已經消失無蹤，原本的位置已被炸出一個大洞來，至於監督官辦公室前的一根鐵柱，則是與超過一噸重水泥基座一起被拔離了開來。

中田繼續趕往設計部辦公室，那裡的玻璃窗已經全部碎裂，到處都是飛濺出來的碎玻璃。三樓左邊的藍圖倉庫也正遭受火舌啃噬。

大夥兒聚集過來，想幫忙滅火卻苦於無水可用，中田看著熊熊燃燒中的藍圖倉庫，不停大喊著：「水、水！」

在一陣煙霧中趕來的軍艦課村上，舉起他手上的防護鋼盔。

「辦公室左邊有井水，請大家站成一列。」

隊伍就這樣從三樓一路延伸到井水邊，每個人都把鋼盔脫下並站成一列，然後手把手地開始傳起井水。也把自己的鋼盔脫下，並排在隊伍中的中田，低頭看著鋼盔，發現鋼盔上有一個指甲般大小的凹痕，想來大概是被射到牆上的子彈反彈波及所致。啊，原來這頂鋼盔救了我一命。茫然站著的中田，被刺眼的煙霧薰得直揉眼。

中田接著又拎著鋼盔，往辦公室職員們就近躲避的五號防空壕去。該防空壕是由圓形鋼筋水泥構成，深度為十五公尺深，直徑則為二公尺長，這裡也是中田作為辦公室防護團員所監工的地方，上頭還建有一座監視塔。不過，監視塔已往旁邊坍塌，所以中田並未見到防空壕所在，他上前一看，發現防空壕的水泥屋頂已經崩壞，那裡堆滿了建物殘骸與不知道從那裡飛來的沙土，只剩水泥牆面留在這堆泥沙之中。

中田見狀後，無力地癱軟下來。既然已成眼前這副景象，那麼原本滿滿在這裡的職員們究竟都到哪兒去了？「如果當初警報一響，我也快步跑到這個防空壕裡……」想到這裡，中田忍不住緊揪著自己的胸口，任憑鋼盔從他手上滑落並在地上來回滾動。

他喃喃自語。

「にっぽん（日本），にっぽん。」

他看著人們穿梭在捲起的煙霧與四周竄起的火舌之間，啊，我的祖國日本啊，你究竟去哪兒了呢？

就在癱坐在原地的中田眼前，正是一具受到砲擊而飛過來的屍體，那具屍體就像是被折壞的人偶，手腳都呈現十分詭異的彎曲姿態。

就在中田稍微收拾一下屍體，並重新返回辦公室時，為了消滅火勢而引水噴灑的濕漉漉辦公室天花板中，突然傳出微弱的聲音。

「有人在嗎？救救我啊！」

中田嚇了一跳，抬頭望向天花板。坍塌的天花板空隙中，傳來一道不知從哪裡鑽出來的聲音，正在向人求救，而那聲音竟是來自自己的助理近藤。於是中田趕快爬上書桌，並高喊：「你還不下來，在那邊做什麼？快下來啊！」

那道聲音又鑽了出來。

「我的腿受傷了，現在根本動不了。」

中田一聽，趕緊把大夥兒叫來，好不容易才把近藤的身體給抱了下來。中田把骨頭外露的近藤腿部給綁好，然後把地板上的軌道打斷做成擔架，並把近藤抬到擔架上躺好。此時，醫院那裡出動的救護人員正四處奔波著。

「你打起精神來！等等要把你送去醫院，你再稍等一下。」

「不要緊的，這點程度，我不要緊。」

雖然近藤嘴巴上這麼說，但臉上的神情卻是痛苦不已。

中田把近藤送到醫院以後，在辦公室內來回踱步，煩惱著不知該從何著手整理起，結果一直到了很晚才離開會社。當中田去醫院探視近藤時，近藤人並不在那裡。他已經死亡，屍體也被清理到醫院外頭。

中田返回家中，感嘆著一天是如此漫長，自己也奔波不已。此時的他，仍不知自己的好友長谷已死去的消息。

這天調查受損狀態的長崎造船所總務課職員，在數日後的工作日誌上簡短寫下：「受災面積十萬九百九十四平方公尺。殉職者合計一百二十四名。」

隨著會社那裡做出工地內建設之防空壕並無助益的判斷以後，造船所隔天就立刻下了指示，一旦空襲警報響起，除了緊急要員必須留守之外，其他所有工人都要往遠方山頭避難。

這一天，不只造船所，就連長崎港外也響起了大規模的空襲警報。意圖砲擊端島礦區的發射機丟了好幾顆炸彈，不過沒丟到島上，卻丟入了海裡，使得端島外海激起好幾道水柱。不久之後，發射機丟下了二顆炸彈在火葬場所在的無人島中之島，然後才又繼續往長崎南方飛去。

翌日，造船所將辦公室做了個遷移。中田所屬的設計部，與工務課、軍艦課一起搬到組合工廠二樓的海岸邊辦公室，由於那裡在空襲警報響起時，就只能停止電氣爐，所以上頭下令即日起，白天有空襲時，該日業務則換成夜間進行。

在這個時候，造船所改為海軍管理，因此許多工地都有海軍進駐。另外，為了監視那些投入勞役的俘虜們，陸軍哨兵也進駐此地站哨，兩軍派系在造船所內也產生了不少衝突。不管是戰鬥的勝敗，還是從武器開發到特攻隊的編制為止，日本的陸軍與海軍在戰爭期間總是不停地競爭，也不斷地對立。

不只如此，這裡還有一些沒有被發配到制服，照常穿著朝鮮衣服上工的半島雇傭工人，以及學徒動員隊、夫人奉仕隊、俘虜，最後甚至還有長崎刑務所浦上留置所的罪犯也被叫來造船所進行勞役，使得造船所就像是被外人部隊給占領的區域。

不知究竟是誰先到一步，中田敏夫與秋子兩人進入孩子房間後，背靠著牆壁，坐在一片漆黑之中。因為燈火管制之故，他們並不能開燈。

「不知道孩子究竟是怎麼過的。」

中田一邊看著天花板，一邊自言自語。他很是擔心已經送去鄉下的孩子。

「您也看到了吧？孩子們怎麼會那麼瘦？難道那裡這麼欠缺食物嗎？」

秋子一邊聽著丈夫的話，一邊想起前去鄉下找孩子時，孩子們臉頰凹陷的瘦骨嶙峋樣。還記得孩子們的臉蛋曬得黝黑、嘴唇乾裂，儘管她努力安慰自己那是因為春寒乍暖的關係，但看到孩子們消瘦的樣子，還是讓她忍不住哽咽起來。那些為了躲避空襲，而被送到鄉下去的孩子們，又分為幾種不同的方式。有把孩子送到親戚家的親緣疏散，以及只有把小孩子送去的學童疏散，至於那些無處可去的孩子們，就只能留在學校，胸口上還貼有殘留組的名條。

跟那些被編入為學童疏散，且在下鄉之前就能獲得特別配給米的孩子們意氣揚揚的模樣不同，胸口前貼上手掌般大小殘留組布條的孩子們，在參加完送別儀式後，全部都陷入消沉沮喪之中。體質虛弱的孩子們，會被率先編入殘留組內，這些孩子們多半都是跑步速度慢，總是落後人家一截的孩子，或是體型瘦小，常被人嘲笑是小不點的孩子們。不過，那些被送下鄉的孩子們，如今狀況也一遽突變，面臨了沒有東西吃的窘境。

「這戰爭，究竟會變成什麼樣？繼續這樣下去，將不會有人能活得下去的。」

跪坐在地上的秋子，靜靜地叫喚中田。

「老公，阿菊他上次給我們寄來了兩個圈圈，他們一定會沒事的。」

「那不過是他們不想讓我們擔心，才給我們寄的圓圈圈吧？」

圓圈圈，是孩子們寄來的消息。孩子們經由集團疏散而送下鄉之際，秋子給女兒阿菊準備了二十個信封組，每個信封上頭都寫上了家裡的地址。她和還不會寫字的阿菊約好用圓圈圈和叉叉（○╳）來回報消息。如果信紙上畫了兩個○，就表示阿菊和妹妹阿螢兩人一切安好，但若是自己或阿螢發生了什麼事情，就畫上一個╳，兩人都發生事情，就畫兩個╳。

「如果想媽媽呢？」女兒這麼問。

「想媽媽時要怎麼辦？」

秋子答不上話，只能緊緊抱住女兒，哽咽地反問她：「那時要怎麼辦好呢？」

阿菊答道：「啊，那麼，畫星星好了。如果想爸爸時，就畫一顆星星，想媽媽時就畫兩顆星星。如果阿螢她也想爸爸媽媽，那我在星星外面加圓圈圈。」

女兒她寄來兩個圓圈圈也已經是兩個多禮拜前的事情了，在上次的來信中，阿菊用心地畫了兩個圓圈圈。

「不如把孩子們帶回來還比較好，他們在那邊可是在受苦，都營養失調了。」

「過不久所有孩子也會強制疏散的，不要再想那些沒用的想法，打起精神來吧。」

秋子努力地安慰丈夫，然後轉換話題。

「我看隧道工程好像都完工了，您的辦公室還沒遷移嗎？」

為了躲避美軍的空襲而開挖的地下隧道已經完工，工地設施們也一個一個都遷走了。

「當然要搬啊，新設計也已經開始在著手進行了。」

「聽說工廠名稱也全改了？」

「聽說是機密。」

時序進入一九四五年以後，為了躲避空襲而把年幼學生們遷徙到鄉下的行動，也隨之大規模進行起來，因此長崎也有越來越多學校都唱起空城計。包括造船所在內的軍工廠們，很快地就利用這些空蕩蕩的校園建物，把工廠都移轉到校園去，造船所因此分散成「ハ工廠」、「モ工廠」、「ト工廠」等。這些乍看猶如密碼般的工廠名稱，是取自新遷建物或學校名稱的首位字母，其中「ハ工廠」是遷移到濱口工業青年高校的工廠，而「モ工廠」是遷移到盲啞學校的工廠，因為「盲啞」的日語發音是「もうあ」。至於「ト工廠」，則是遷移到友町的地下隧道。

那時造船所周邊也集結了許多為了躲避空襲，而遷移過來的相關會社，不過秋子所屬的三菱長崎兵器製造所，則是早已完成遷移。製造軍艦或艦艇所使用之魚雷的地方，就是兵器製造所，在那裡所製作的魚雷，隨後被使用於珍珠港偷襲，不只如此，太平洋戰爭中所使用的魚雷約有百分之八十也都是出自這座兵器製造所。

「軍部到底在想些什麼？三分之二的國民都死掉也好的意思嗎？我真不知道他們到底在想什麼！」

中田的聲音壓得更低了。

「你知道我最近都在做些什麼嗎？」

秋子在黑暗中望著丈夫的臉龐。

「我在設計一種能飄在海中，但又能爬到陸地上的奇怪船隻。這種船叫做G船，光用想的……就讓人無語。」

日本國內的物資輸送幾乎已經被全面封鎖，鐵路受到美軍的機槍掃射，海路方面也不停被施以艦砲射擊，導致船隻在各地紛紛被潛水艇的魚雷擊中，目前無法出航，就連海上船隻想緊急返回港口避難，也苦於港口被美軍日以繼夜地攻擊，而慘遭封鎖。

至此，日本國土的兩端，九州及北海道所產的煤礦，已無法運送到國土中心——本州的工業地帶。不只如此，糧食主產地的西北方面，從新潟一路到日本中部關東地方這段區塊，米糧的運送也全部都被切斷。

「所以我現在正在設計的新型船隻就是G型船隻。這種船是高速上陸船，可以載運白米，然後在陸地沿岸附近航海，只要被敵人發現，可以馬上爬上沙灘著陸，如此就能運送白米。」

「那麼，不就會使用在軍隊裡了？」

「當然會使用在軍隊囉。現在雖然用來運送白米，但只要戰況變好，就會用來做戰鬥上陸用的器材。」

秋子難過地說：「原來是軍民共用船。」

「目前計畫先中斷其他船隻的製造，要從這種新型船隻先開始製作起。」

這是極機密計畫。為了防止機密外流，所有數字全都加密：一是水蜜桃、二是栗子、三是柿子、四是蜜柑、五是蘋果、六是葡萄、七是梨子、八是香蕉、九是西瓜，而零是枇杷。所有設計船隻的數值都按照這個密碼來進行傳送，當船隻速度為三十八點五二節時，這個數值就會以「柿子、香蕉、蘋果、栗子」的方式來傳送。

秋子爬到中田身邊，低頭埋入中田懷裡，中田只是輕輕地撫摸她的秀髮。

「不要緊的。越是這種時候，我們就越要懷抱希望。一定會有希望的！」

「您覺得還會有什麼希望？」

「多得是啊！等戰爭結束後，我們買四輛腳踏車吧。」

「突然講什麼腳踏車？」

「我有一個夢想，就是等孩子長大以後，我們全家一起騎腳踏車去旅行，我們四輛腳踏車騎成一列，然後周遊九州。像是那座噴出煙霧的阿蘇火山，還有雄偉的大自然景觀，我都希望能讓孩子們見識到。天草的群島如夢似幻，有個小村莊裡，還有一座滿布青苔的天主堂。在熊本縣晃晃以後，我們就下鹿兒島去，到了那裡，我們就去住可以看到一整天都在噴火的櫻島火山群的旅館。」

「要是真能等到那天到來就好了。可是，我怎麼覺得那天永遠不會到來呢？我好害怕。」

美軍的空襲擴及日本全境始於一九四二年四月十八日，同時也是從當時的主力機 B-25 發射機在大平洋海上的航空母艦出發之後所開始。最初的空襲範圍，包含東京在內的五個都市，當時投擲下來的燃燒彈就像是在火花傾注中噴灑燃油，對以木造房屋為主體的日本帶來致命的威脅。

從一九四四年十一月一日起，一直到隔年八月為止，搭載炸彈並對日本發動空襲的 B-29 戰機，一共有一萬七千五百台，而把日本燒成一片焦土的炸彈投擲數量也高達十六萬噸。美國對於拒絕投降的日本，一直是窮追猛打不放。就在對敵國首度進行大空襲之前，美軍甚至進行了長達一個月的偵察飛行，每當戰機在上空盤旋時，東京全域就會發布空襲警報。B-29 所發動的大空襲，不僅驚愕了所有東京市民，更如美軍所言，讓東京變成一座阿鼻地獄。這個空襲造成了全市街區有一半都陷入火海，同時也讓逃往鄉下的人急遽增加，使得居住人數原為六百八十七萬名的東京人口頓時減為二百三十五萬名。

一九四五年一月二十七日的東京空襲目標，主要是包括銀座在內的繁華市中心。製作銀貨的鑄造所所在之銀座，很早就有百貨公司與高級商店的進駐，是日本的流行中心，與之為鄰的後巷則是酒吧與風俗場所林立的歡樂街，如此熱鬧的銀座，居然就這麼陷入火海之中。空襲當時，銀座三越百貨被火舌與煙霧薰得一片焦黑，掉落在其建物前方的炸彈更使得地下鐵中斷無法通行，噴出的煙氣更是瀰漫滿天。而且原本銀色鈴鐺模樣的漂亮路燈，也被震落地上四處滾動。

直至空襲前一日的銀座繁華光景，在空襲過後已不復見。安田銀行被直擊彈擊中，整座銀行被夷為平地，原址被炸出一個大洞來。而旁邊的朝日新聞社大樓窗戶也全都震碎，沒一面能夠倖存，那些玻璃碎片掉落在街道上之後，就隨著滾滾泥水被沖走。

數寄屋橋交叉口也成了一片火海，變成廢墟的水田大樓周圍，有眾多消防隊員拉來水管對著著火的建築物噴水滅火。而道路上滿是凹陷的坑洞，在建物殘骸到處滾動的街道上所展開的救護活動，也只不過是裝上馬車車輪的手推車前後運送傷患而已。

那天，積雲沉重的秋日天空特別陰暗，下午二點半，有樂町站上頭那片天空雖然一直發出砰砰聲響，但不知為何，發出的警報卻更換成危險層級較空襲警報低的警戒警報。大夥兒在聽到是警戒警報以後，方才趴在建築屋簷下，或蜷縮躲在無屋頂防空壕裡的人們，這時都走到街上來。沒想到炸彈突然從人們頭上如大雨傾盆而下般掉落下來，街道上在霎那之間就變成悽慘的模樣。

新橋站附近掉落了炸彈，電線杆因此全部倒下，商店也接連坍塌，只剩招牌滾落一旁。較往常更加激烈，造成傷害也更大的一九四五年三月十日東京空襲之中，一個晚上就讓十一萬五千人喪命，且造成一百萬人無家可歸。那天晚上從十二點八分開始，就持續了長達二小時四十分鐘的空襲，期間發射了十九萬發的燃燒彈，對東京全域展開地毯式攻擊。許多具燒得焦黑、無法認出其面貌的屍體，都是被困在坍塌建築物與斷裂的道路之間，然後散落在籠罩住東京的灰燼與煙霧之中。東京警視廳在十三日的正午發布的消息指出，臨時移靈到寺廟庭院或空地的屍體數目超越七萬具。

在死傷者載運貨車所奔馳的街道上，放眼望去盡是背著燒傷親屬的人們、豎起頭髮並無奈癱坐著痛哭的人們，還有獨自在念佛的人們。水田大樓躲過了砲擊，依舊孤挺著，旁邊則有一對母女正趴在被火燒過的少女屍體上，在為她清洗臉部與化妝。

當夜色以降，四周如鬼火般亮起不熄的火焰之中，裊裊升起的煙霧與屍體被燃燒的氣味正撲向整個東京。試圖逃離東京的群眾大批湧入品川車站，讓車站周圍頓時成了一片人海。

美軍機所丟下的炸彈之中，也有定時炸彈。由於炸彈掉落之後，在一定時間內並不會爆發，不少人誤以為是未爆彈，就在人群聚集之際，炸彈才爆發開來。就像看著青蛙吐舌張揚，而伺機不動的蟒蛇一樣，定時炸彈帶給日本人莫大的侮辱，讓他們看清自己是如何被美國人把玩在手中。

那一段時間以來，各種訓練與練習一直沒有中斷，跟著信號指示跑入防空壕的人們必須站成一列，指導員叫號確認這些出席者後，就要一一檢查有誰動作較慢、誰家的老弱婦孺沒有出席等等，並詳加記錄。他們甚至將齜牙咧嘴的美國總統相片貼在建物牆上，進行潑水練習，先劃分出幾個小組，每個小組再列隊站好傳遞水桶，站在隊伍最後面者，則爬上梯子並把水桶中的水潑向美國總統的相片。不只如此，就連列車裡也實施躲避訓練，一旦發生狀況時，就算火車正在行進中，人員也要躲到椅子底下爬行。

就在人民餓著肚子時，這樣的訓練仍舊天天進行，然而等到大空襲的地毯式攻擊發動以後，日本人才醒悟到這樣的訓練根本沒有任何助益，這才方感突然惆悵。

那天結束兵器工廠的夜勤工作並趕著回家的秋子，最後未能回到家中，這是因為間歇性的空襲徹夜持續發動之故。

當空襲警報一發布，警防團員便開始奔波，不停高喊著已經沒有地方可以躲避，請大家盡快躲入學校教室內，群眾也放棄跑回家中，趕快跑到沒有燈光燭火的漆黑教室內，並就地倒臥，暫時求得一眠。

秋子站在教室窗邊，望著因燈火管制而漆黑一片的街道。她想起居住在神戶的妹妹——玲子的來信，那封寄出已久的信件，在她今日結束工廠的作業指導，並返回辦公室的下午才終於送到她的辦公桌來。玲子在信中表示神戶因為受到空襲之故，整座城市幾乎已經燒成灰燼。

玲子的丈夫，阿章，是中田的朋友，兩人結婚以後，玲子就隨著阿章移居神戶。

「神戶很安全，姊姊。由於後山有一座高射砲基地，所以敵機無法隨意出沒在這裡。」猶記得玲子曾這樣說過。沒想到儘管那座城市有一座高射砲基地，仍舊難逃被轟炸成一片廢墟之命運。玲子表示就連自己的住家也被炸毀，所幸孩子和丈夫皆平安無事，不過她提到的和服故事，依舊讓秋子流下了淚水。過世的祖母傳下來一套鳶尾花圖案的和服，說是要送給親愛的孫女當禮物，原本這件和服理應由作為姐姐的秋子收下，但因為妹妹玲子實在太喜歡那件和服，所以秋子就以那套和服和妹妹的首飾盒做交換。

妹妹的來信中提到，她重回受襲著火的家裡，東翻西找才找出被燒壞的那件和服，當她在灰燼中看到手掌大小的鳶尾花圖案碎布時，不禁悲從中來，覺得祖母也像是被火焚身一樣，只留下那朵鳶尾花。

不只住在神戶的妹妹，這樣的事情就發生在每一個人身上，在長崎此處也一樣。

翌日，天色一亮，秋子便走出教室，只見走廊上到處都是昨夜人們摸黑走出來所留下的排泄物，根本沒有乾淨之地可供人行走。秋子沿著擔架運送屍體的通道而行，好不容易才返回家中。在秋子住家附近，有一具屍體並無擔架移運，只能就地以厚木板進行搬送，那是在巷口賣菜的大嬸，在她屍體外露的雙腳部分，可清晰看見被火燒得焦黑的痕跡。

秋子心想著自己家裡肯定也受到災害，便加快腳步飛奔回家，只見對面那戶人家已經傾圮，所幸自己的住家則是平安無事。秋子並沒有走進家中的念頭，只是將肩膀靠著門板，靜靜地站著不動。

長崎只要一到夏日，每天都會吹起西南海風，把書桌上的文件吹到空中，等到傍晚一到，風向開始轉變以後，風就會慢慢止息，最後連樹葉都紋風不動。傍晚這段風平浪靜的時間，就叫做ゆうなぎ（夕なぎ，平靜無風的日暮）。

哪怕是紫光燦爛的長崎水菊，一遇到平靜無風的日暮，也顯得遜色萬分。秋子熱愛水菊，當女兒出生時，甚至給女兒的名字取了菊字。不過今夏卻到處也看不到水菊蹤影。

夏日將至，眼見過不久大家就要感嘆夏日吃雞肉正當時。夏日吃雞進補，是長崎的一個風俗，還有活跳跳的魷魚也是一品，那小小如女子手掌般大的魷魚肉滋味絕佳，只可惜戰爭吞噬了這所有一切。

看來今天也會是個大熱天吧？就在疑惑著暑氣何時才會消散時，秋天的腳步又悄悄降臨。這，就是長崎的夏日日常。讓人驚嘆「不知不覺！」的同時，又滿開波斯菊的長崎夏日，如今也被戰爭給摧毀。

因為虎牙而經常抿嘴的秋子，臉上緩緩流下兩道淚水來。

37

哄睡完明照以後，瑞螢來到後院。滿開的黃澄澄花朵已然凋謝，薹花梗則是成熟飽滿，頂頭上揮灑下來的陽光如此清閒舒心。

瑞螢環顧四周，想找出是否有蝴蝶飛舞徘徊，然而卻未見其蹤跡。她想起早春時期，第一次在這裡看見黃色蝴蝶飛舞的樣子，心中悸動不已，她私以為這是好事來臨的徵兆，也許即將就會收到丈夫的來信。可是，黃色蝴蝶就只是隻蝴蝶，微不足道，只不過是人們強加賦予美好的意義罷了。

最近光是這麼站著，瑞螢也很小心翼翼，因為當她望著流經昭陽江堤堰的江水，也總是聽到人們在她背後指指點點「那家的媳婦快得失心瘋了」。

在昭陽江水轟然凍裂的寒冬之中，瑞螢總認為只要江水解凍，必然捎來什麼消息。當江水開始解凍時，她便一邊告訴自己，等到春天到來，花草皆生，就會有好消息，並一邊翹首盼望。可是，春天過了，她卻沒有收到志翔的任何消息，難過的心聲只能說給孩子聽，於是向寶寶傾訴一些他聽不懂的話語，就變成了瑞螢的習慣。

「等到青草長出來時，爸爸就會回來了。在那之前，他一定會寫信回來的吧！」

不過春草也長了，不知不覺間連蒲公英的孢子也已經隨風飄揚了，瑞螢仍未收到丈夫的消息。是啊，離去的人若沒消息，那也要他到了哪裡被人認出，才會有消息傳回，可是我卻連這樣的依靠也沒有。

「說是身體健康，在北邊遇到貴人，所以生活安好。」

婆婆不光是擔心媳婦的狀態，還擔心媳婦這副樣在孩子面前不好看，特別去找了一趟算命先生。當她回來這麼告訴瑞螢時，瑞螢只是低著頭不說話。如今對瑞螢來說，明國的話還比算命先生所言讓她更感依靠。「我不是要說好聽話，我要說的是，志翔他，也就是孩子的爸，已經離開這座島了。那麼，他現在一定活了下來，正身處在某個地方。」明國說這話時，雙脣還顫抖著。

站在迎風搖曳的薹花旁，瑞螢緊揪著的心情緩解不少。春日漸過，薹花花朵也隨之凋落，果實飽滿欲滴。

近來公公莫名地忙碌，婆婆的臉色也不待見，家中籠罩在一股沉重的低氣壓中。大伯賀翔新管理的礦區事業也是個麻煩，大家都說受騙買下老礦山也就算了，誰知道地下又埋了些什麼東西，不要拖著不放手，早點出脫廢礦比較好。

夏日漸至。

「廚房就是這個時候最忙了，鍋裡該煮點什麼才行。」瑞螢一邊想著，一邊完成當天的晚餐。雖說如今是青菜盛產期，但現在仍卡在供應的青黃不接期，玉米和馬鈴薯也還沒到採割的時期。不管再怎麼富足的人家，難免還是會遇到這種窘困的時候。

晚上洗好碗筷以後，抬頭仰望夜空中的星星格外明亮。天上的銀河水流過棗樹上頭，每隔一年才發果實的棗子在今年也長得飽滿結實，棗樹還開出美麗的花朵。「他是那麼喜歡吃鮮棗子的男人。」瑞螢想起志翔，越想心中就越像春雨日寒般淒冷。志翔這人很奇妙，不管是水果還是小菜，就是喜歡青綠綠的，就拿青蘋果來說，他一點也不待切，馬上就會拿起來啃，不只如此，只要飯桌上有青辣椒和小黃瓜，他飛快地就能扒光一碗飯。希望他現在不缺吃、不受苦，那就好了。

瑞螢低著頭回過身去，她不知道多想這些能有什麼用，難道去找他能幫他煮一餐熱飯吃嗎？能幫他洗件衣服穿嗎？「我的男人究竟在哪裡呢？」

回到家中的瑞螢，在進屋內前先往狗糧盆中看了一眼。

「唉唷，你可真會吃！」

小黃跑來她的身邊猛搖尾巴。

「回去睡吧，你這傢伙。不要又看著月亮呆呆地叫了。」

瑞螢一邊念念有詞，一邊走入屋內，心裡的惆悵就像半生熟的棗子「咚」的一聲掉落下來。究竟他現在人在哪裡？

望江的時候，他一直都在，看山的時候，他也長伴身邊，他還曾說要一起看星星的，現在他是否在某處仰望著同一顆星星呢？蒲公英靠著孢子就能獨自落地生根，可是我們人類不是孢子，我和您要相遇並成雙結對，才能落地生根，這不就是所謂的夫妻嗎？瑞螢心中滑過一絲痛楚，握著門把的手微微顫著。

小黃一路跟著走入內屋的瑞螢直到石階，傻傻地凝望著她，尾巴不停搖動。

「會做出這事的根本不是人嘛」漢東念念有詞地往牆內探頭探腦。

您就當作是無知的傢伙冒冒失失，像條聽到雷聲就到處亂竄的小狗吧！這都是我不好，我也跟訓長您說過好幾次了，奶奶她身體不好，是不是該叫姊姊回來一趟？可是每次只要我一開口，您就會拿那個黃銅菸斗敲我的額頭。我知道是我越矩了，可是不管怎樣，我都不能看著夫人這樣不管啊。

你在說些什麼？漢東把在朴氏夫人面前說過的話反覆再說個幾次後，就轉身離去了。這對他自己來說，是拚死拚活都要辦成的事情。

奶奶臥病在床都多久了，現在就連咳嗽都很困難，漢東心裡不是不明白長輩們說出嫁外人不能再隨意進出娘家的道理，但他始終覺得至少也該讓明照的媽回娘家探視一趟，所以才越過江水前來請求。

感覺有人走出來的樣子，但漢東站在院子前往屋內張望，卻沒見到瑞螢。漢東喀哧喀哧地搔著後腦杓，心想就算事情不成，了不起只是再被訓長大人拿菸斗在額頭上敲出兩、三個包來，也不會再更慘，於是他挺起胸膛，壯起膽子來。這時一隻頂著紅黑雞冠的公雞從他身邊晃悠過去，漢東盯著那隻公雞瞧，感嘆有錢人家果然不一樣，就連家裡養的公雞都這麼肥美。不一會兒，漢東就緊張地立正站好，瑞螢正從那頭向自己走來。

瑞螢一句話也沒說，靜靜看著不敢和自己打招呼，只是彎著腰站在眼前的漢東。

「你從哪裡學來這些的？該你出頭的時候再出頭就好！」

「不管您怎麼說都好，都是我的不對。」

「瞧你這張嘴！這件事是你該出頭的嗎？你以為爸爸他什麼都沒想過，才會靜靜的什麼也沒說嗎？」

這時朴氏從裡頭走了出來。

「孩子，沒什麼好念這個小伙子的。先不管他的行為對不對，也得先填飽人家肚子吧？快到那邊房裡，我已經準備好飯菜了，快進去吃吧。」

朴氏夫人走進屋內後，漢東依舊彎著腰，仔細查看瑞螢的臉色。瑞螢小小聲地跟他說：「你看看你搞的這些事該怎麼辦！你先給我進屋內吃飯，等等看我怎麼教訓你，你這傢伙！」

漢東心裡默默拍手叫好。

漢東進入廂房，就在把飯菜幾乎都一掃而光之際，他暫時溜出大街來透氣。沒有開門的那幾個店鋪，門板依序寫上了甲乙丙丁，往旁邊看去，則是頭頂物品的女行商。「每次看到這些人，我就覺得自己過得也算不錯，至少我還沒餓過肚子呢！所以說，只要來到邑裡，我多少都覺得心裡得到安慰。」

再次回到瑞螢家中的漢東，向朴氏夫人打過招呼後，就沿著昭陽洞大路走了出來。等在岔路口的漢東，看見瑞螢背著孩子朝他走來，小心翼翼地詢問：「姊姊，還好嗎？」

瑞螢掃射出「要是不好呢？你搞出這事情來，現在卻問我還好嗎？」的眼神，漢東的聲音不禁也畏縮起來。

「對不起啦。我也不是服侍夫人一天兩天，難道不知道夫人看到姊姊您一定會好轉起來嗎？這我都知道啊。」

漢東哭喪著臉，看著瑞螢的臉色，本想說句「孩子我來背吧？」，最後還是忍住沒說出口。瑞螢這時突然站放出笑容。

「好樣的，你的用心還真是對到點了。」

「我就說了嘛。」

漢東的表情也放鬆了開來。

「本來我也以為要是給老人家知道，肯定吃不完兜著走，但是想想越是期盼的事情越是不成該怎麼辦好，就決定親自跑一趟來請託了。

總算能讓姊姊您回娘家探視一趟，這不也挺好嗎？」

「你可真是幹得好，漢東青年！」

漢東開始往前邁步，想著瑞螢姊的臉蒼老了不少，不知道是不是因為忙著帶孩子，吃了不少苦？儘管如此，瑞螢姊的姿態仍舊美麗。就這樣，漢東慢步走著，時而走在瑞螢前方，時而走在她的後頭。

瑞螢的聲音變得開朗。

「這麼一想，把你押到棗樹上鬧著玩的事情還記憶猶新呢。唉呀，你長大不少了。」

「姊姊你也真是的。剛罵我是故意罵給夫人聽的吧？我都知道。」

漢東咯咯笑著。

昭陽江流過的鳳儀山腳綠蔭，不知曾幾何時，看起來比往常更加蓊鬱，美得讓人不禁想要高聲吶喊出來。大豆田之間種植的玉米隨風搖曳，甚至已長出黑穗來。瑞螢加緊腳步走在田間小路上，剛採完春蠶的桑葉也已長出，並在風中搖曳。原本瘦弱不已，感覺舌頭一舔都能把葉子舔掉的桑樹，如今已長得如此結實，而桑葚果實雖小，卻也烏黑亮麗。

瑞螢繞過橡樹茂盛的小山坡底下，只見山頭連結如浪，等到夏日一過，山頭景色將會變得更加翠綠。

「爸他最近如何？」

「老樣子。總是在感嘆這世間事。」

昭陽江水流湍急，往江水對面山中而行的瑞螢，這時眼神一轉，只見散發出沙參味道的葛藤樹林越見青綠。

她望向松林圍繞的山腰處，想起了父親。

父親總是這麼說：「成為一棵常綠樹吧。」她站在哥哥的背後，看著說這話的父親，心裡奇怪著父親為何總要人當一棵常綠樹，隨著季節染紅而落的楓樹不也是一樣美麗嗎？

我喜歡那些樹葉會依季節產生變化，但本質卻一直沒變的樹木。想想，那秋天的楓紅，在初霜時開始陣陣落葉，等到冬天來臨之後，孤傲地以一身勁骨對抗降雪，絕對不因此屈服而亡。待春季翩然降臨時，楓樹又是青蔥蓊鬱。

率先抵達江邊的漢東，正在前頭等著瑞螢。孩子在走來的這段路上，大概是睡著了，漢東把自己脫下來的衣服充當墊子，並把背上的明照抱下來，讓他躺臥在上頭。他的內衣上，還有背著明照的痕跡。這時瑞螢走了過來，漢東看著瑞螢說：「休息一下再走吧，您先吃點什麼解一下飢，然後我們再上路。」

瑞螢噗哧一笑。

「家裡就近在咫尺，還解什麼飢？要不，跳到江裡抓條魚來吃？」

漢東窸窸窣窣地掏出飯糰來，瑞螢瞪著圓圓杏眼。

「我剛剛吃飯時，是把飯桌上的飯菜一掃而空才出來的，可是姐姐您肯定是沒吃東西就出門的，所以我剛剛拜託湯飯店幫我準備了這個飯糰。」

要說冒失，漢東若稱第二，沒人敢稱第一，沒想到這樣的漢東居然心思這麼細膩。瑞螢一邊想著「要是別人都像你一樣」，一邊接過飯糰，然後先用江水洗了把手，就朝向遠山的方向坐下，開始吃起飯糰。瑞螢眼前有兩座山，一座是層巒疊嶂，景色壯觀，另一座則是倒映在水裡的山巒秀色。

漢東突然說道：「雖然我愚昧無知，可是漢東我一直覺得泰衡哥讓我感到很自豪。」

「你這又是在說什麼？」

「大家都知道大哥他去了中國以後，在滿州加入了獨立軍。」

「你說他成了那個神出鬼沒的獨立軍？算了吧，拿沒做事的人說笑。你就當作哥哥他在間島做鴉片生意，別人問起也那樣說。」

「我待在訓長家都幾年了？難道連這點眼色也不會看嗎？」

瑞螢笑了。

「你也真是不得了，還得抱著訓長家小狗躲棍子。瞧你這張嘴變這麼利。」

當初父親把漢東這無路可去的孩子領回家中，當作家裡一口子撫養長大，眼見他已經懂事成人，不管到哪工作也都能獨當一面，於是父親告訴他，井底之蛙又有何用，是該出去見見廣闊世界，並找出自己想做的事情而活，然後便把漢東送了出去。

漢東留下一句「訓長並不是趕我走，長輩說的就該聽從」，便離開家裡，沒想到不到半年時間，漢東還是回來了。「現在就算用力推我後背，我也不走。」問他究竟去哪裡做了什麼，漢東邊放下三角形的豬皮包，邊說他在村子晃了一圈，最後當了幫孩子們理髮的江湖理髮師，然後隔天又如常背著背架出門，彷彿沒發生過什麼事般。

瑞螢很快地吃完一個飯糰，然後洗了洗手之後，又打算把孩子背起來。

「明照由我來背著，姊姊您就走吧。孩子睡著以後很沉的。」

瑞螢把同船共渡的漢東當作旅伴，兩人在後山陰影遮蓋上的小路邊走邊聊了起來。

「去年春天，我把那個巡查打個半死，然後被關入獄，實在是我不好。」

「這又是什麼事情！」

「大家都說漢東現在死定了，就只有姊姊您不知道嗎？」

「像你這麼老實的孩子，到底幹了什麼事情？」

「因為灌溉吵起來的。不是有個很愛買酒賄請日本巡查的朴先生嗎？我和那傢伙同用一個蓄水池裡的水，可是不管我再怎麼要他不要搶水，他就是不讓水流到我的田裡來，早春的時候，天候還正乾旱著，這怎能叫人不心急啊？所以我心想，只要讓我抓到這傢伙，我絕對要拿圓鍬把他打得稀巴爛，然後就徹夜守著，才發現只要到了凌晨，他就一定會去把水引開。」

「所以你就傷了那個人？」

「明顯看得見的外傷倒是沒有。雖然每次遇到總是互相氣得狂踩對方的田埂，不過是那個傢伙有錯在先，他當然也不敢多說什麼。後來是那個叫做田口還是什麼的，總之是名字奇奇怪怪的日本巡查，憑空捏造出殺人罪還是什麼罪名，把我拖到駐在所去。」

瑞螢不發一語，停下腳步來。田口是她認識的巡查，當她去警察署領取渡航證，打算前去日本時，那個長得小頭銳面，告訴她必須接受教養講習並讓她前後跑了警察署三趟的人就是田口。去聽教養講習時，口口聲聲：「太太，是這裡。太太，我送您到樓上去。」並一直黏著她糾纏不清，讓她感到困擾又尷尬的就是田口。

「所以結果怎麼樣了？」

「我心裡氣啊，想著你這傢伙到底在亂講什麼話，然後就把他的鼻骨給撞斷了。」

瑞螢忍俊著不笑，臉都扭曲了起來。既然頂撞了日本巡查，那是不可能沒事的，何況漢東這傢伙從小力氣就大，村子裡沒人打得過他。

「你可真行，人家都說就算再會爬樹的人，也可能會摔死，原來就是說你的處境。記得你小時候就很會用頭頂撞，還想說總有人治得了你，誰知怎會是巡查！」

瑞螢望著遠山。

「所以我吃了點苦頭，好不容易被放出來，也懂事了點。也被訓長老人家狠狠罵了一頓。」

瑞螢咋了個嘴。

「大家說我看起來很恐怖。我啊，因為太生氣了，惡狠狠地瞪著眼睛坐在裡頭，駐在所的人都只敢斜眼偷偷看我。」

「沒想到你現在也很會吹牛嘛！男人啊，就得穩重才行，要不然沒用。」

沉睡中的明照一醒來，漢東就開始大步走著，忙著給孩子當木馬。

一踏入中村中小路，窘迫的草屋上盡是發黑發爛的茅草，看在瑞螢眼中，這些房子就像是沒有人在居住的樣子。

瑞螢的眼神最後停留在自己家中。「媽，我回來了，您再等等。」這些話就像冷風穿過她的心裡，讓她瑟瑟發抖。她默默地走著，離家門口僅一步之遙，漢東把明照抱到胸口前，並拍拍他的背，喃喃說著：「我們到了，少爺。等等要向爺爺行禮招呼喔！你知道怎麼行禮吧？」

一踏進娘家，這兩歲大的小傢伙就開始奔跑叫喊起來。漢東先進入院子並放聲高聲說道：「訓長大人，我是漢東。我帶姊姊回來了。」

這時廂房大門慢慢開起，治圭探頭往外看，只見漢東把明照抱進屋裡地板，瑞螢則是嗚咽著踏進屋內。

「爸……」

治圭如影子晃動般立刻起身來。瑞螢走進房內，父女兩人彼此相望，用眼神告訴彼此「什麼話都不用說，我都知道」。治圭點了點頭，然後坐回原來的位置，瑞螢則是彎下腰來，給父親行了個禮。然而瑞螢額頭就像是貼在草蓆地板上，久久無法起身來，治圭見狀說道：「你來得正好，進去看看吧。你媽很想你呢。」

治圭看著瑞螢穿過大廳，走進內屋裡的背影，摸了摸坐在自己膝蓋上的寶貝外孫的小腦袋。瑞螢走進內屋後，並未關上門，就直奔洪氏身邊。聽見女兒聲音而醒來的洪氏，瞇起細細雙眼，仔細看著瑞螢。

「媽，是我。」

瑞螢伸手向前，把洪氏伸出棉被外的雙手緊緊握牢。

「媽，我來了。」

「你怎麼來了……」
瑞螢默默不語，只是一直搖著頭。
「現在您放心吧，我回來了，您放心吧。」
瑞螢回到家裡以後才知道，原來母親身體不舒服是從聽見哥哥泰衡消息以後開始的。
「媽，您也真是的，那不是好消息嗎？聽了好消息以後，怎麼反而生病了呢？」
「你跟你爸說的話一模一樣。說再多都沒用，我只要那個每天站在庭院裡打掃的兒子。」
根據漢東所言，在聽到哥哥消息的幾天之後，喜鵲一大早就開始叫個不停，一時氣上心頭的洪氏於是跑到院子裡，站在樹下拿著石頭猛往喜鵲丟，結果後腦杓突然感覺一緊，忍不住就蹲了下來，那天之後，病情不見好轉，便開始臥病在床。瑞螢聽到漢東這麼說，忍不住笑得耳鼻口都揪在一起。
「媽，爸不也那麼說了嗎？難道孩子就只能抱在懷裡嗎？媽，您也要看開點。」
「我可不希望我的兒子去加入什麼獨立軍。我只要我的兒子每天站在院子裡打掃就好。」
大家都說洪氏給下泉田的針灸醫生看過，也熬了幾帖湯藥來吃，但病情始終未見好轉，所以才把正好獨自一人趕回娘家的女兒留在家裡幫忙。
就在邑內的先生來家裡出診的兩天後，瑞螢原本想拜託大伯開車載母親去醫院看病，但後來又放棄了這個念頭。
「不如讓我來打聽看看吧？」
察覺到瑞螢心思的漢東，小心翼翼地跟瑞螢提出去市場問問能否借輛卡車的想法，但瑞螢只是冷眼地說：
「這太小題大作了，又不是什麼重病，要是因此傳出什麼奇怪流言可就不好。」
瑞螢讓漢東坐下，然後輕輕地交託他：「漢東你得幫我跑一趟田坪里。碾米廠裡有一位孫氏，你去找他並告訴他是我派你過去的。」

「您請說吧。」

「仔細聽好，別搞砸了。」

曾和志翔一起工作的碾米廠孫氏，是只要瑞螢有所交託，必定優先處理的熟人，之前瑞螢從端島回來以後，他也因為聽到孩子父親的消息而熱淚盈眶。

「只要把姊姊您的話轉告給那個人，他就會帶醫生來，對吧？我知道了，這有什麼難的呢？」

「你得小心、仔細地告訴他才行。那位性子較急，看著人家抓豬尾巴都能想成是要吃血腸，你不也知道嗎？」

「這倒是，還真如您所說的一樣呢。」

隔天傍晚左右，孫氏很快地就帶著醫生前來找瑞螢。醫生用聽診器幫洪氏看了好一會兒診，然後告訴瑞螢他會開幾帖應急處方，要她派人去拿藥。

「夫人年事已高，原本身體狀況也不很好才會這樣子。這倒不是說她身體的某個部位有問題，只不過是她氣力衰弱所致，只要好好療養，身體狀況就會好起來的。要是她稍有好轉，就帶她來醫院檢查看看吧。」

沒有什麼大病？都是那該死的喜鵲，就是他們亂啼叫，才會嚇到夫人的，瞧我不把你們給抓起來烤了吃！漢東一點也不怕羞地背起明照手舞足蹈，滿臉笑開懷。

幾天之後，洪氏終於坐起身，雖然她的後腦杓還是覺得很緊，額頭上也還是綁著布條，不過直嚷著繼續這樣躺下去，恐怕永遠都爬不起來，最終還是在女兒面前展現出氣力恢復的樣子。

耀眼夕陽斜射入屋之際，瑞螢和額頭上還綁著布條的洪氏閒話家常過後，獨自跑到了後院來。都是哥哥的關係，就是因為掛念著哥哥，媽媽的心病才會壓垮身子。瑞螢站在放有醬缸台的後院裡，輕輕地抓起衣帶拭淚，只見圍牆底下的小草，因為淚眼而模糊。人家都說沒人住的房子只會長滿一堆雜草，我們家裡如今也成了這副樣啊。從醬缸台邊長出的雞冠花旁晃悠過去的公雞，大概正要回雞架裡，正繞著後院打轉。看來明天得叫漢東清理一下蜂箱旁邊的雜草了。

瑞螢突然想到，好像是時候該幫漢東物色個好媳婦了，有個人照顧漢東，自己也才能放下心來。可是瑞螢這時又歪著頭想，這樣當然是最好，只不過要討老婆也得備好家計來養家，而且又有哪個女孩子願意嫁過來照顧不是血親的老人家呢？瑞螢很清楚，這些盼望都太貪心了。

明照的週歲宴還是別辦比較好吧？女兒表示隔天就得回婆家去，說著還是別辦週歲宴好。她說得沒錯，丈夫的行蹤不明，哪有幫兒子辦宴會的道理呢？

治圭抓著明照的手，一起走到河堤邊。他望著遠方的昭陽江分流，一路流到家門口前，隨著兩旁的白沙灘延伸開展，河道寬度也漸縮小的昭陽江，每到夏天就是孩子們洗澡和大人們捕獵的好地方，站在渡口和對岸的人們高聲嘻笑也能聽得一清二楚。

治圭突然想起和書堂學童們一起到江邊野遊時。沒想到教了孩子這麼多，孩子不知不覺間竟然也能寫出好詩來，記得有孩子寫出「千年水流，故土依舊」這樣的詩句，原來這就是教授孩子們有成的喜悅。

最近特別對江水感到上心的治圭，終於能舒口氣。他從未想過自己竟會被江水水流吸引住，想來大概是因為自己已上了年紀。身體衰老，智慧也漸漸褪色，真不知歲月竟是如此。安重根義士在旅順監獄被宣告死刑時，是一九一〇年二月，那年國家變得支離破碎，義士則在異國黯然結束一生，而後的三十年間悲慘歲月，我們的民族正氣年年慘遭蹂躪，悲苦困境籠罩在這片國土之上。

江水潺流如昔，晨光也依舊穿越那圍繞山腰的煙霧，燦爛照耀這片江土，然而親日分子依然飽食終日，對那些餓著肚子又日益貧苦的老百姓視而不見。

一個個被抓走、失去生活意義與夢想，只能任人踐踏而無法逃離的朝鮮子女正在衰亡，要不是被徵召上戰場擋子彈，就是像條家畜般地辛苦勞役，甚至還有人被抓去那些自豪為皇軍的日本兵身邊當作性奴隸。一些有志之士帶著悔恨的心情，遠渡重洋而去，約定日後重回祖國懷抱。在這片貧脊的土地上，時而也有白鷺擺動著一雙長腳漫步水邊，難道飛來這片土地上的鳥兒們不知道老百姓們身心都已經虛疲萬分嗎？

治圭結束講讀。不知道是不是因為感到江水流動聲音太可怕，明照的小手緊緊抓住治圭不放，他細緻的小手傳來的溫度，讓治圭心頭一熱。「沒想到這把年紀，眼裡還有淚水。」治圭紅著雙眼望向江水。

治圭搖著頭，努力告訴自己不是因為難過才流淚。我們處在這艱難的歲月裡，正所謂滄海桑田，活著就像抬棺人的念喪般，過的是有如鍋中煮雞不停掙扎痛苦的歲月。治圭夫妻之前有過一雙兒女，一個剛出世就夭折，另一個則是以為能夠養大時又不幸死去，所以泰衡出生以後，一直等到過了三歲才為他取名。那時給他取的名字叫做巍然，所以他從小就被人取笑，大家都笑訓長家的兒子名字好像小狗名字，之後又等到泰衡五歲時，治圭才去給他進行出生申報與報戶口。兩夫妻這麼晚才生下泰衡和瑞螢，也不知遇得什麼造化，原以為自己沒有子孫福的治圭，好不容易得到的兩個孩子都能好好長大成人，也從未被徵召抓到異地去，正各自在自己的世界裡努力生活著。

想起曾經感嘆活在失去國家的土地上，一點也沒有任何意義，成天就只會在外打轉，活像個小混混的兒子，如今傳言說去了中國，活得挺人模人樣，這樣不就夠了嗎？看著老婆接過湯藥，病懨懨躺在床上好一段時間，這不就像是人生一遭的風景嗎？不過，我們早已丟失這樣的人生奢侈景色已久。唉。

我活得也夠久了，就像睡久遲早也會醒那樣，總有一天我還是會走的。儘管如此，孩子們還是會像落地的草籽般成長，想到這裡，治圭不禁淒然地看著外孫，用力感受他手掌裡傳來的溫暖體溫。

治圭一把把外孫抱起，再次走到河堤上。

「明照啊，你看。你看得到吧？」

治圭說著小外孫聽不懂的話。

看看那座鳳儀山吧！不管何時，它都站在那裡。不知道究竟有什麼力量，讓它如此巍然，哪怕我們像條全身得乾癟的小狗般淒涼，或是被梅雨打濕而畏縮，它總是寬厚地擁抱我們入懷。

昭陽江又是如何呢？水往低處流。那麼水的低處又是指什麼呢？那就是順理，同時也是人世間的道理。降水過多時，就會溢出，遇到天乾時，地上又會乾燥成沙，用手都抓得起來，可是江水卻恆常不變，不會停滯不流動，也不會貪往高處爬，而且靜靜地面對乾旱與洪水，面對寒冬也不會躲避其寒冷，任其結冰結凍。儘管如此，江水仍舊會在結冰的表面下流動，最終流入大海，尋得自己的出路。

就像那條昭陽江一樣、就像蓊鬱層巒的加里山一樣，默默地盡完我人生的本分，這就是我活著該做的事情，如今爺爺已經明白這個道理。儘管我們國家的歷史已經滿身瘡痍三十幾載，然而孕育出這個民族的土地卻依舊巍峨。

「真是的，就說日本鬼子幹的事情越來越誇張！現在事情非得弄到這地步才行嗎？最近真是讓人看不下去了。」

「發生什麼事了？」

先過來等船的兩人，看起來很不滿似的在交談。瑞螢不認識他們，也未見漢東跟他們打招呼，想來大概是外地來此的旅人。

「上次上市場一看，發現巡查暴打那些攤商有如家常茶飯事，還任意當街調戲別人家的夫人，真是不要臉。」

「你該攔阻的，要不就使勁地丟他石頭。」

「有人這樣說過，那些傢伙要是被帶去軍隊好好挑揀一番，就知道都是些朽木糞土才會跑來朝鮮大肆囂張。」

瑞螢覺得這都是些不聽也罷的事情，便悄悄轉過身去面對著遠方，迴避與那兩人正面相對。不知不覺，只見船行青山翠綠之中。

船隻渡江而回，漢東和船夫聊了起來。

「最近你可覺得有趣了吧？」

「什麼有趣？」

「我看弟妹她肚子已經挺大了，肚子裡是男是女呀？」

「也得生下來才知道啊！是男是女，現在只有三神婆婆才知道。倒是你這傢伙，講話怎麼這麼沒大沒小？要叫嫂子，不是弟妹！」

背著孩子上船的瑞螢，抓著船舷坐在角落。也不知道明照這小傢伙到底想看些什麼，一直不停轉動身體、搖晃雙腳，漢東這時走到瑞螢身邊，把明照一把抱起。隨著船行至水中央，瑞螢心中的那塊陰影也跟著江水流動而起起伏伏。

「爸爸，這次回家探視媽媽，才知道心病是什麼樣子。雖然媽她已經有所好轉，但我想趁著這個機會，乾脆回到家裡照顧媽媽。等我回去，和長輩們商量看看，我一定會想辦法取得他們同意，讓我回來照顧媽一陣子。」瑞螢跟父親行過禮，並留下這些話後，便踏上返回婆家的歸途，只是她也不曉得心情為何如此沉重。為了打起精神，一掃心中的鬱悶，瑞螢靜靜地看著江水，只見船槳划過的水波是如此的清澈。

渡過江後，瑞螢率先下船，和她同行的漢東舉起明照並說道：「明照少爺，以後你要好好長大，成為像你父親一樣的大韓男兒。啊，不對，要像你的母親才行。」

「你這張嘴還真的是沒什麼不敢講的。孩子會掉下來的，快給我。」

從船舷邊接住孩子，然後將孩子背在背上的瑞螢看著漢東：「你辛苦了，謝謝你。」

「好了，您快走吧。」

「我就相信你了，拜託你好好照顧媽媽她。」

「那麼姊姊，下次去醫院拿藥時，我再去看你。」

提著一只包袱的瑞螢轉身而去，等到穿過沙地後回過頭一看，只見船隻正調頭而走，漢東一手叉腰，另一隻手大力揮動著。

原本瑞螢想爬到堤堰上，卻見麥田間的小路上，有個背著空背架的男人走在其間。瑞螢瞇起雙眼望向麥田溝去，見得麥浪隨風搖曳，相信只要地上的積雪化開，重新回到新綠的那畝麥子，必能戰勝寒冬、挺過夏日熱浪侵襲，然後在秋季早早成熟結穗，成為貧苦百姓們的糧食。穀物已經如此，更何況我們人類的生命又何嘗不是如此？就像那好不容易挺過青黃不接的時期，終於等到寒冰融化的江水，怒聲吶喊流去的江水，只希望浮腫的朝鮮百姓臉龐也能像那麥田一樣，恢復生氣。

就在那時，背著背架而行的農夫消失之後，路上突然出現一輛腳踏車。

「嘿，真高興見到你。」

從叮鈴鈴響的腳踏車上下來的人，正越過堤堰，牽著腳踏車而來。是田口，那個因為領取渡航證明而見過面的巡查，也是被漢東用額頭頂撞的個人。瑞螢停下腳步。

穿著正裝的田口把腳踏車停好後，對瑞螢打招呼。

「您好。」

瑞螢往後退一步，然後點頭致意。這時田口沒個正經地邊笑邊說起日本話。

「我正在找太太您呢。嗯，也不是別的事啦，就是太太您不是曾經去過長崎端島嗎？長崎的警察那裡來了聯絡，是份公文，要調查金志翔人是否就在本籍貫地與其動向。」

原來如此，那些傢伙們要調查丈夫游泳逃離軍艦島後，是不是跑回家鄉。瑞螢深深吸了一口氣後，便挺直身子。

「所以，去了那裡一趟的太太也得進行一下偵訊。」

「本來應該請您到警察署一趟，不過這太麻煩您了，所以我就直接過來了。」

瑞螢指著江水對面。

「您是正要去那裡找我嗎？是這樣嗎？」

「是的，沒錯。因為太太您去過端島一趟。啊，還有一件事，崔泰衡，是太太您的哥哥沒錯吧？」

這又是在說什麼？瑞螢無言地看著田口。

「崔泰衡還好嗎？經常捎消息回來嗎？」

「那個我們也不知道。」

「啊，您不知道嗎？真是遺憾，我們都知道的事情，家人居然不知道。那件事可不是普通小事呢。您應該知道我們已經掌握他到了滿州的事情吧？雖然最近我們不能掌握他的所在，不過送到我們這裡的動向報告顯示他人已經去了上海。我們也該請您到署裡來聊聊這件事的，到時候我會再跟您仔細說明。」

這些傢伙們到底想要怎樣？居然連不在家裡的人也偷偷做了調查！瑞螢忍不住心頭湧上的熊熊怒火，截斷田口的話。

「所以呢？」

「明天請您來我家裡一趟吧。」

田口沒有回答，只是微笑地說：「太太，您不管何時都那麼美麗。」

「啊？」

田口抓著腳踏車把手呵呵笑著。

「請您上車吧，您背著孩子，吹著這麼大風可不好。請上車吧。」

「請您先走吧，我走著就可以。」

「太太您上車，我會慢慢牽著車走的。請上車吧。」

你這傢伙！現在到底想做什麼！瑞螢轉過頭去。這時，田口伸手抓住背著包袱的瑞螢。這傢伙竟敢碰我！瑞螢眼裡已噴出怒火。為了甩開田口的手，瑞螢的包袱滾落到江邊沙地上。

瑞螢跺腳怒吼：「你這傢伙！」

「難道您不知道我的心意嗎？我只是想護送美麗的太太您回家啊。」

就在這時。

「你這王八蛋！」

突然響起一陣勃然大怒聲，瑞螢的背後有塊衣角般的東西往前飛來，被一腳踹踢的田口往後頭一栽，就這麼滾到江邊去。和田口一起滾到江邊去的那個人，這時爬到他的身上。是下半身濕到腰際間的漢東。

漢東爬到田口的胸口上，朝他的臉揍了兩、三拳，然後又抓起他的衣領，用自己的額頭用力朝他的臉上一撞。

「漢東啊，你怎麼打他呢！」

漢東一點也不理會喊叫著的瑞螢，把停在堤堰底下的田口的腳踏車高高舉過肩膀，然後穿越沙地，把腳踏車丟入江裡。

臉上滿是鼻血的田口大聲叫著：「腳踏車！啊，我的腳踏車！」

漢東回過頭走向田口。田口用手掌擦拭被鼻血弄花的臉頰，原本還想騎腳踏車逃走的他，這時一步也不敢動。

「你這可惡的傢伙！」

認出漢東的田口揮舞著雙臂。

「你！怎麼又是你！」

搖搖晃晃後退幾步的田口，抖著屁股往堤堰上爬了上去，然後轉過頭來用他滿是血跡的那一張臉朝向江

邊，沒頭沒腦地大吼：「你！我的腳踏車！我的腳踏車！你這個ばかやろ！（王八蛋）」

漢東回過頭看著半沉在江裡的腳踏車，然後抬起一塊枕頭般大小的石頭，朝田口衝過去並大聲怒吼：「你找死嗎！」

田口被漢東那抬著石頭往沙地衝來、看起來就像是要把自己打死的氣勢給震懾住，開始往後拔腿就跑。

「ばかやろ！你這傢伙，站在那邊別動！你要是敢亂跑，你就死定了！」

田口每跑一步就回頭罵一句的模樣，就這樣消失在橡樹後方的小路上。

38

秋子停下記錄家計簿的手，然後抬起頭來。

「我們打輸這場戰爭了吧？看到美軍撒的傳單，實在很難不這麼想。」

「傳單你也相信？你到底都看到什麼了？」

「我不是看到傳單上的內容，而是看傳單紙質就知道。他們的傳單紙質跟我們使用的紙質截然不同。」

「你們女人家就是這樣，那到底是什麼動物般的感覺？」

秋子回他：「那不是動物般的感覺。站在槍後的女人都知道這事。」

戰爭打到現在，日本的女性已經打破固有的賢妻良母美德觀念，把「為了國家」當作最優先義務，因此誕生了許多婦女會，其中最耍威風的就是「大日本國防婦人會」。

由於擔心性病會使將兵們的戰鬥能力下降，所以日本政府實施了從軍慰安婦的制度，只要日本軍所到之處，除了娼女以外，都會安排被叫做朝鮮雞、滿州雞的女性供軍人們享樂，那些都是朝鮮與滿州出身之女性，被當成了軍人們的性奴。將那些女性納入組織底下的國防婦人會，除了讓那些女孩子們日夜被日軍蹂躪，只要他們一有空閒時間，還得幫日軍洗衣服，或是幫傷兵進行醫護治療。日本的女性團體在國內要求獨自留在家中的婦女要堅守婦德與貞操，然而卻又讓戰線前方的軍人進行如此荒淫之事，其所作所為自相矛盾。在所謂的壯烈戰士與一億玉碎等被美化的死亡之後，隱藏了像南京大屠殺這種姦淫無數女子，並用刀切下他們乳房、刺穿他們肚子的殘忍酷行。

秋子認為，隨著中日戰爭的開打，女孩子們的生活只會越來越艱難，痛苦只會一直持續下去。光是每個月就會遇到的生理問題就是一大難題，一經洗滌就會變硬的衛生巾，約莫使用個三次就會破損，這樣的衛生巾布料問題就得想辦法解決。而這些問題，都是槍後的女性、日本的女性所必經之路。

秋子繼續趴在桌上看著家計簿，想到去年正月準備的年菜，就不由得嘆起氣來。長崎在過年時，必備的年菜有海膽或鹽醃蝦、水煮章魚，不過這幾道菜在今年不見蹤影，勉強能端上桌的只有白蘿蔔和比目鹹魚罷了。

秋子的視線停在家計簿上一角，然後忍不住熱淚盈眶。家計簿上是這麼寫的：「疏散紀念一百円儲金」。那是秋子在把孩子送到鄉下去時，擔心要是兩夫妻在長崎這裡被空襲擊中，很有可能再也見不到孩子一面，到時無論如何也得留下一筆錢給兩個孤苦無依的孩子，所以才咬著牙存起來的一百円。

她噙著淚水並抬起頭來，想著該怎樣再多節省一些錢過活。最近每天都能聽到滿滿的替代品訊息，像是把青草撕碎後，混著白飯一起食用，或是利用橘子皮來代替肥皂等。不只如此，就連以川燙蒲公英葉包起碎魚骨一起食用，就能補充鈣質、油炸碎蛋殼搭配白飯食用或和麵包一起蒸煮食用，也能補充鈣質的訊息也口耳相傳著。

現在事情到底會變成什麼樣呢？「前進！讓我們變成一億個火球！」這樣的標語在街上到處都是。要是我們打輸這場戰爭，日本男子們全員要割下睪丸當奴隸，女孩子們則會被送去當公娼的說法似乎不是空穴來風。根據上次居民會的說法，每個人圍坐在一起誦念著那種「公告」，若天皇陛下到時候下令全國國民一起自殺，又有誰敢抗拒？要大家一起死，也就是所謂的一億玉碎。

秋子蓋上家計簿，跪坐在佛壇前。她輕敲一下佛壇上的小銅鐘，然後雙手合十並閉上眼睛。前一天收到女兒來信了，女兒在信上畫了兩個圓圈，表示自己過得很好，要我們不要擔心。秋子想起那兩個圓圈，肩膀便顫抖了起來。「我能跟著天皇陛下一起死，但我們的孩子該怎麼辦？為什麼孩子得因為我們所犯下的罪過而死，不能活著多看看這個世界呢？」

「那個人，那個叫做春道還是什麼的房東，難道就不能抓到洞窟裡好好打一頓嗎？」

「你現在說的這像話嗎？」

曹承道打斷了二八的話。隧道工地裡，除了六指經營的宿舍以外，還有一個朝鮮人出身，名叫做春道的下游業者。這時日周插嘴：「要動手的傢伙何止一、兩個？那個協和會的間諜，我看他最不順眼了。」

想起從端島逃出來以後，在佐世保礦區徘徊時所遭受到的事情，日周只要一提到協和會就咬牙切齒。

「白山！真要說最要不得的，就是那個監督了。」

「這麼一說，那個現場監督金城勇，那傢伙才真的是一定要好好教訓呢。」

「爆破係的野村怎樣呢？」

承道露出一副不可理喻的表情。

「你們現在是看到水的候鳥、看到花的蝴蝶嗎？要不，還是乾脆做本殺生簿算了？我們現在可還不是穿著草鞋搔腳底的快活時候。」

日周伸出拳頭。

「炸藥確保以後，不能拖太久，要是被他們發現炸藥不見，我們就要功虧一簣了。」

聽曹承道這麼一說，大夥兒互相看了彼此一眼，並點了點頭。

「我們這麼做吧，懂炸藥的承道和良虎進去以後，達秀在後頭跟著，在他們兩個安裝炸藥時幫忙把風。我們四個則是守住入口這邊，兩個人要在樹林那裡做後備。至於爆破的日期，因為竹槍和鶴嘴鋤的準備工作都得躲在洞窟後山那裡完成，等到準備工作完畢後再來討論。」

二八長長嘆了一口氣後，說道：「我最近這幾天才覺得自己活得像人。國家雖然變成這副德性，但我們百姓還是得瞪大眼睛活下去，活下去總有希望，有了希望就能找到出路。」

一九四二年末完工的大橋工廠裡，由鑽石模樣所組成的三角形三菱商標底下，曾有一個刻有兵器字樣的水泥紀念碑。而大橋工廠的設備，則是在一九四五年四月初搬入全新完工的地下隧道內，禹錫每天一直想著有什麼方法能夠炸掉那些設備，並找機會仔細觀察完工的隧道。

每隔一定間距就會懸掛一盞安全燈的隧道內，是由海軍所管轄，具說那裡負責製造裝載魚雷的戰艦。在完工的隧道內，由日夜兩個小組互相輪流進行作業，據說那是在用車床切割魚雷零件的作業，以白鐵削成的車床排成兩列，工人們在工作時，是相視而站。機械工作部裡沒有朝鮮人，三菱長崎兵器製造所的工人也全部都是日本人。

那個地方是必須要摧毀掉的地方，禹錫一直到最後都沒放棄這個念頭。只是那裡原本就戒備森嚴，加上一天兩班的輪值時間，根本就沒有空下來的時間過，再加上一同共謀此事的朝鮮人，全都不在那座工廠裡，所以只好忍痛放棄破壞工廠，將優先目標變為自己所在的工地洞窟，禹錫也一直沒有放棄破壞隧道內工廠的計畫。

透過很早就到日本，並擔任起炸藥負責技術人員，曾在好幾個工地工作過的曹承道，禹錫了解不少東西。

「我在北海道時，在那裡見過太多血淚了，朝鮮人在那裡根本就得不到是人該有的待遇。」

據說那裡遇到大洪水，結果有一百多名朝鮮人礦工在那裡喪命，但此事卻未獲得公表。由於洪水引起坍方，日本人監視員為了阻止朝鮮礦工趁機逃離，把他們所居住的屋子給上鎖，造成他們因而罹難。礦工們所居住的合宿所，看起來就像厚厚的章魚腳，所以又被稱為たこべや，章魚棚。

因瓦斯爆發而造成一百零九名礦工死亡的慘事，就發生在三菱旗下所屬的美唄礦區，當時死亡的朝鮮礦工共有八十一名，其中又包括了被抓到庫頁島然後又回到日本的雇傭礦工。隨著庫頁島的礦區完全廢除關閉，派往當地的礦工中，只有朝鮮人又被移送到九州一帶的礦區工作。

「樺太那裡是多麼的冷，他們把人移送到九州去時，還以為自己是大發善心，把人從極寒之地送到溫暖土地上呢。」

做為最高司令部的大本營，在去年十一月開始進行隧道工程，為的是將日本政府主要機關都遷移到地下隧道。

「朋友就在那裡工作，所以我很清楚。那是滿浩大的工程。」

當禹錫聽到這話時，他就確信日本即將打敗戰。戰況並不尋常，日本已經被打得無路可退。

最讓禹錫揪心的莫過於古川礦區朝鮮礦工們的奮力對抗了。「交出拖延沒給的薪水！保障我們的最低薪資！」是古川礦區朝鮮礦工們的訴求，他們集結在礦坑入口，並坐入礦坑進行罷工抗議，因此會社承諾解決拖延未給的薪資，並同意加發每人五十錢的獎金，不過他們並未被此而眩惑。

「哪怕一個人也別想進礦坑來！」、「大家別害怕會社，都站出來吧！」

礦工組織爭議團本部用韓文寫了呼籲書，送到礦業所各處，礦區方面則出動了名為保安要員的鎮壓部隊，欲進入礦坑內進行鎮壓，結果礦工們走出礦坑，並集結到神社裡。

「不過，那裡倒是有個讓人哭笑不得的小插曲。礦工們之所以離開礦坑，並不是因為保安要員的關係，據說真正讓他們離開礦坑的原因是無法忍受裡面的糞便味道。你想想，在那裡靜坐示威時，有多少人得就地解決？一切都是因為裡頭的屎尿臭氣熏天啦！」

會社後來出動了鎮壓警察包圍住神社，特別高等警察認為礦工們的集結，是對神聖的神社不敬之舉，絕對無法原諒，下令要礦工退散，於是持刀欲進入神社進行鎮壓的警察和礦工們初次產生了衝突。每個食堂的首領則動員了名為相愛會的礦工組織，在晚上偷襲睡在神社的礦工們，使衝突加劇。在外頭的爭議團幹部們，為了傳送謄寫物給關在神社裡的礦工們，和警察展開亂鬥，而礦工決死隊們則是在送米進入神社的過程中，與警察發生衝突，使得重傷者不斷續出。不過據說事態發展也就僅止於此。

「禹錫你聽過水平社嗎？據說在日本也有像朝鮮屠夫一樣被人歧視的人，他們叫做部落民。展開部落民平權運動的團體就是水平社，他們也幫助朝鮮礦工。」

爭議初期雖然有獲得日本勞動聯盟與展開部落民解放運動的人權團體協助，但隨著事態逐漸被定調為朝鮮人的暴動之後，抗議活動在三週之後便嘎然停止。不過禹錫仍從承道所講述的這些內容中，看到了一點出路，那就是具有相同意志的人與人之間、團體與團體之間，是能夠合而為一的。所謂的團結合力，就像是一根樹枝能夠輕易折斷，但一綑樹枝就算用火也無法輕易燒斷那樣堅強。

雖然承道告訴禹錫的故事內容一樣難過沉重，但卻讓禹錫感覺看到一絲光芒，彷彿看到了自己總有一天也能走出世界，去做自己想做的事。

禹錫心想：我也有夢想中的明日，我期望能有一天啟發農民和勞工，並和他們肩並肩，一同往前行。

他深深地吸了一口氣，覺得心中有什麼正在奮起。為了加強抗爭的深度與廣度，我得更加鍛鍊自己才行。所謂的切齒腐心，就是用在這種時候。沒有思想為基礎的行動就像是沒有梁柱的房子，我的人生目標就在不遠處等著我。

到了行動的那天晚上，承道和良虎帶著炸藥進入隧道內，在裡頭待了約十來分鐘。二八他心裡焦急，忍不住探頭往隧道裡張望。

「怎麼這麼慢？該不會是哪裡出問題了吧？」

日周說：「差不多該出來了。」

遮住身子並走到隧道入口的七人，全都用毛巾遮住臉。他們先抓住兩名看守在剛完工隧道入口處的日本警備員，把他拖往後面黑暗處並綁了起來。力道大的達秀則持著棍棒看管他們。

「比想像中晚吶，要不要進去看看呢？」

日周聽了禹錫的話後，小聲答道：「我們就算進去了也幫不上忙，還是在這裡看守比較好。」

他們並不知道，就在他們焦急等候著曹承道設置好炸藥的這個時候，在隧道後面掙扎解開繩索的柳警備員，取出綁在腿間的刀子，往達秀身上刺去。

就在緊張地雙手直冒汗，經過好長一段沉默的時候，漆黑的隧道裡終於亮起燈光，與此同時，懸掛在燈泡內外的燈泡也亮了起來。禹錫嚇了一跳，日周和晚烈與二八也一樣愣在原地不知所措。當燈光緩緩亮起，警備員與勞務指導員們也列隊排開。失敗了啊。禹錫心中一沉，感覺就像是梁柱倒塌般無力。

此時，承道和良虎踩著凌亂腳步跑了出來，承道凜然站在入口處的燈光旁，高舉雙臂並大聲高喊：「我是炸藥專家！你們要是敢靠近一步就全死定了！」

他的手裡拿著一捆炸藥。警備員們面對高舉炸藥的承道及良虎，列隊站在閃亮燈光之中，並與手舉鶴嘴鋤及竹槍的禹錫一行人相對峙。就在良虎丟出腰際間的炸藥時，承道把所持炸藥用繩子輕輕綑綁在自己身上，然後再次高喊：「大家都趴下！往後退並趴下！」

兩邊僵持不下之際，吉男突然穿過擋在入口處的警備員，並往前靠近。唉呀，那傢伙！禹錫急忙衝到承道身邊，此時他仍用毛巾遮住臉孔。

吉男雙手叉腰並放聲大喊：「到此結束了，雖然我不知道你們有幾個人，但是你們束手就擒吧！」

「結束的不是我們，是你們！你最好快點讓路！」

沉默持續中，吉男往承道與良虎、禹錫所站的一側往前靠近一步。

「這裡是朝鮮人工作的工地。」

「工地是日本人的！」

「我們留著相同的血液。難道這是朝鮮人該有的作為嗎！」

禹錫也往前站一步。

「我們！可無法為了讓這些日本鬼子把工廠都搬進隧道裡而挖洞穴。」

「那是你想錯了。你們不要這樣，快出來。」

「你們讓開，不要阻擋我們。」

「我們都是同胞，一起活下去吧。」

「唯有你們撤退，我們才能一起活下去。我們是抱著必死的覺悟來到這裡的！」

吉男放低聲音。

「你不要以為用毛巾遮著臉，我就不知道你是誰了。你是崔禹錫，我很清楚。」

「所以呢？那又怎樣！」

禹錫把遮住臉孔的毛巾解開，並插在腰後。吉男把聲音放得更低了。

「你別這樣。我可沒有小看你，我們談談吧！」

吉男最後一句話特意加重力道，勃然大吼。這時拿著炸藥的承道往前站了一步。

「你們敢過來就試試看！只要你們一過來，我就引爆這些炸藥。看到了這些炸藥了沒！大家一起同歸於盡啊！」

承道揮舞拿著炸藥的手臂，然而吉男卻也不退縮地大喊：「繼續拖下去，等等警察就會來了。這裡是海軍所屬的軍事設施，要是在這裡闖出事情，也會被送交到軍隊去的！」

就在這個時候，黑暗之中突然飛出石頭砸在警備員陣營。就在石頭繼續咻咻地飛過來之際，有一群人朝隧道這裡衝來，而石頭正是那群人所投擲。這時數十名的雇傭工人已衝上前來。

他們的喊叫聲充滿殺氣，響徹了整個山腳。

「殺了他們！把那些日本鬼子都抓起來，一個也不要放過！」

「那個監督也不要放過！就先殺了金城那個傢伙！」

「白山那傢伙跑到哪裡去了？」

早已魂飛魄散的監督與警備員們已往兩邊跑走，雇傭工人們則完全堵住了隧道入口。黑暗之中，只見成群往前挺進的警備員們把雇傭工人們團團包圍。

令人緊張窒息的一刻已過，時而可聽到雇傭工人們朝警備員丟石落下的聲音傳來。在夜間作業期間所開啟的電燈之下，雇傭工人們開始像微風吹過麥田般波動，每個人搭著肩膀唱起歌來——

朝鮮王末年　倭亂四起
兩千萬同胞就此了無生路
阿里阿里郎　絲利絲利郎　阿拉里喲
翻過阿里郎山嶺

山腰間的歌聲，於黑暗中悲傷地傳揚出去。

起身對抗吧　背起刀槍來
打敗日本鬼子　奪回祖國
阿里阿里郎　絲利絲利郎　阿拉里喲
翻過阿里郎山嶺

這就是希望。每個人肩並肩、手把手，當我們起身之際，這就是希望！禹錫是這麼認為的。像這個搭起肩膀，團結起力量，我們就能前進、就能像齒輪般不停轉動。朝鮮的青青子女們，讓我們成為齒輪新血，奮力前行。

就在此刻，隧道內傳出炸藥爆炸的聲音，穿透歌聲直達眾人耳裡。接著又是一聲再一聲，連環的炸藥爆炸聲音從洞窟裡傳出來，那一瞬間，隧道內外都燒起大火來，大夥兒倉皇在黑暗中拔腿就跑。

「我走了，後面的事就拜託你了。」

承道在黑暗中跑了出去，認為不能再拖延下去的禹錫也轉身離去。承道往山裡跑去，就在禹錫想要跟在他後面而去時，他卻被某人的腳步絆倒在地。禹錫試著爬起身子，卻有人纏在他的腰間，並張嘴咬住他的腿，是吉男。

夜漸深，兩人在吉男的房裡酩酊大醉，倚牆而坐並互相對視。

吉男歪七扭八地站起身，然後朝禹錫的方向跪坐了下來。

「禹錫啊。」

禹錫醉眼朦朧望著吉男。

「你幫幫我吧。」

吉男幾近哭喊似的說著。

「幫幫我。我只知道抓了你就可以，只要抓住你就等於抓住其他人了。禹錫啊，你幫幫我吧。」

「放開，你這傢伙。」

禹錫話中還帶有醉意。

「都結束了。都已經結束了，還要幫你什麼？」

吉男重新調整坐姿，但因為醉意而前後搖晃。禹錫說道：「早上一到，警察就會來了吧？」

「沒這回事，你這傢伙。」

吉男繼續搖著身子說，禹錫笑出聲來。

「警備員們都已經認出我了，警察怎麼可能不來？乾脆你親手把我交給警察吧，我們之間還是這樣做比較好。啊，不對，你說這是海軍管轄，是吧？那麼應該是憲兵會來了。就讓他們把我抓走吧，我絕對不會逃走。」

這時禹錫往前坐，並用手掌拍打了酒桌。

「你給我聽好了！朝鮮人不能出賣朝鮮，朝鮮人不能背叛朝鮮，朝鮮人不能爬到別的朝鮮人頭上欺壓他們，只為了求榮求利。這是不可以的！」

禹錫挺直背脊，張開雙臂抓住酒桌邊角。吉男只是爛醉地不停搖晃身體，什麼話也沒說。

「看吧，你眼裡也是這樣看我的，覺得我是趴在總督府底下的走狗。我這個親日派有時候還比日本鬼子更討人厭。」

「了不起啊，你！你這種人就該去參加獨立軍啊，趴在這些人底下做什麼？」

「在親日派大頭底下隨之起舞的你這種小人，還真是可憐啊。」

「你儘管罵吧。」

「你還年輕啊，別這麼活了！哪怕只能活一天，也不要活得那麼沒出息。」

「唉唷，瞧你一副已經活完這輩子人生額度的樣子。」

「別那樣，所以你以為能有幾代活得快活？就算家門墓前不能刻上宰相與判事，刻個總督府任員也能成為家門榮耀。不管有國家或沒國家，只要能留名於村內的功德碑上，也就無憾了。可憐的我的人生……喂，你多喝點呀！怎麼不喝了？」

「是，先生。今天您教導我真多，我這輩子都會好好學習的。我倒酒給您吧。哼，你這瘋子。」

「你這傢伙，離懂事成人還早得很呢！你知道為什麼這個國家沒有高大的人嗎？就是有你這種傢伙在後頭打小報告，亂捅人家刀的關係。那都已經幾十年了，像你這種人現在就給我出頭看看，剛直的人已經都死光了，現在也沒人可耗命了。我們可憐的吉男！」

語畢，禹錫醉趴在酒桌上，頭還重重地敲在桌上。

39

一九一六年，大正五年，三月。十四歲以上、十六歲未滿的少年與婦女的礦坑作業試驗獲得良好的結果。日本建造國內第一座水泥建築（三十號公寓）。

一九一九年，大正八年，七月六日。發生朝鮮礦工與日本礦工間的集團亂鬥。十一月五日，發生自發性靜坐示威抗議（結果：解雇十三名）。十五日，上午九點四十分發生坍塌事件，被活埋之礦工為梅田靜（二十三歲，廣島出身）。

一九二五年，大正十四年。颱風造成端島南部受災嚴重。礦坑內開始使用頭燈。

一九三二年，昭和七年。一直沿用至今的馬匹運煤方式，更改成使用輸送帶。

一九三三年，昭和八年。禁止女性在礦坑內工作。

一九三四年，昭和九年。端島尋常高等小學校新校舍落成（木造二層樓建築）

一九三九年，昭和十四年。朝鮮人勞動坑內夫集團遷居開始。

闔上翻開的筆記本，封面上頭還有自己以毛筆寫下的「朝鮮人礦工引入史」這幾個大字。石川下定決心一定要把這些都帶回家，所以包包裡每天都放著好幾本筆記本，那是他負責勞務管理業務以來所做成的紀錄。石川已經辭了工作，正準備回去打包行李。他心酸地問自己，究竟這麼努力做下記錄的筆記本是為了什麼而寫？這也是一種耐性吧？母親她每年在燕子開始飛來築巢時，總是會寫日記，名字就叫做「燕子日記」。今年不知道燕子又是何時飛來、何時產出小燕子、產出幾隻小燕子、何時飛走呢？母親她做這樣的紀錄已經有十六年之久，每次只要打開筆記本一看，自己也不免笑了出來，這真是有其母必有其子。

最後一項，石川認為應該是一九三九年。沒錯，就是不久之前的昭和十四年，那年開始，朝鮮人勞動者的集團遷居開始正式大規模進行，遷居活動十分興盛。

石川進入礦業所，並開始負責勞務管理也是在集中引入朝鮮礦工之際，當時雇用朝鮮礦工的理由在福岡縣職業介紹所頒布的「管內在住朝鮮人勞動事情」的報告書中是這麼說的——

・朝鮮人礦工較內地單身礦工溫和，且礦坑內勞動率及效能更佳。
・朝鮮人礦工多單身，無須提供帶住者住宅，較內地人經濟實惠。
・朝鮮人的體力較旺盛，無關寒暑，對工作的適應力極強且熱情，特別適合露天礦區的工作，能發揮較多能力。
・薪資較內地人低廉。

三菱礦業的組織表經過大幅改組，原本的總務部勞務係獲得升格，初代勞務部長身兼常務一職，部內業務也分為勞務係、福祉係、事務係。隨著會社組織變得更現代化，勞務管理的重要性也變得更大，這時所完成的《勞務係外勤勞務者必備》書籍中，寫有「從事勞務係業務者，要能振奮純厚人心與堅實的會社特色，對待勞工須親切並有教養。儀表也要需要如泰山般端正。」這樣的內容。

是啊，說不定引領礦區發展的支柱就是勞務係員們。石川掏出香菸抽了起來。勞務係員就是現場的潤滑劑，這話不過是好聽話罷了，理想雖高，然而現實卻遠不如眾人踩踏的地板，地下坑道就是那樣的存在。

當石川把一些丟掉也無妨的文件用繩子仔細綁好時，明國走進辦公室問道：「今天也來打包行李嗎？」

「行李都打包好了，不過我忘了一些東西在這裡，所以過來一趟。」

石川看著行囊中的幾本筆記本，裡頭也有封面寫著「被煤礦粉沾黏，被浪濤打溼」的筆記本。

「這是我的日記，也是工作日誌。」

「您每天都寫嗎？太厲害了。」

「你的故事說不定也寫進去了。」

兩人苦笑著。

石川撐起厚厚的背包並掛在腰際，然後對明國說：「一起走走吧？我想看看這座島。」

兩人慢慢走上防波堤。

想到要離開對這裡有著二十多年感情的地方，儘管這把年紀仍只是個末端職員，但對那些和礦工們一起來往互動的日子，卻沒有任何後悔。有付出就有所得，那是這段和礦工們一起相處的歲月所教會他的事情。

端島在一九二二年廢止了納屋制度。當時在九州一帶有「納屋」，北海道則有叫做「飯場」的礦工住所，石川以前的工作就是負責將這些礦工住所改建成宿舍或私宅，並發放特別補貼給攜家帶眷來的礦工們。石川堅持只要讓孩子們去上學，粗暴的礦工們也會變得不同，因此在這座狹小的島嶼上，很快就建立了學校。

石川一邊回憶輾轉來到勞務係的這二十幾年心路歷程，一邊看著高聳林立的公寓。端島的歷史就是人工與自然的對抗，而石川對這段歷史記憶猶新，雖然現在放眼望去盡是高聳的公寓，但過去那裡曾是被颱風襲擊而崩塌的三十幾座納屋。

當時也發生了一口氣解雇二百三十名礦工的事情，因為沒有宿舍足以容納下那麼多的礦工。

石川的眼神轉到劇場後方：我最討厭的就是那直屬會社的遊廓開業。會社雇用賣身女子，開始了買春事業，一九三九年時，我們還因為根據健檢結果，顯示一整年都沒傳染到性病而被表揚，還記得當初拿到的表揚狀上畫滿了櫻花花紋，上頭寫著「國民體位向上就從撲滅花柳病開始」。

石川突然想起錦禾。花子，明明是個堅強的孩子啊。這時，他的眼神望向大海。服藥而死的女子、溺水而死的女子。由於遊廓是直屬會社底下，所以石川也曾有過要處理遊廓事務的時期，不過後來他的業務轉為朝鮮礦工的集中管理，漸漸地連雇傭礦工們的事情都得負責，讓他感到疲累不堪。

朝鮮人勞務者因違約解決、待遇、改善、暴力性勞務管理與民族歧視等問題，在各處群起抗議，結果從一九三九年開始到一九四四年為止，日本全境發生了約二千五百件的示威抗議事件，參與示威、罷工等勞動紛爭的人員也達到十五萬名之多。每當遇到這種狀況，日方就會出動警察，有時甚至還會出動軍隊來鎮壓，結果包括災害與抗爭等因素而死亡的勞動者推估達到六萬多名之譜。

想到這些事情，石川就深深感覺到朝鮮雇傭礦工們除了在危險的環境中工作，還要面臨歧視，每日都處在痛苦的情緒中。所謂的慣行，就是以前做到現在的事情，我們接著繼續做，可是暴力、榨取、偏見也能是慣行嗎？不，那是罪惡。石川自己都嘲笑起自己。日本走錯路了，不該這樣的，那些人沒有受罰的任何理由，而我們又有什麼權力可以虐待他們呢？只是國家和軍部在戰況緊急中要我們這麼做，我也只能照做而已。不，我根本沒有站在前頭。

走在一旁的明國問道：「您的下一個計劃是什麼？」

「沒有計畫，我想先休息一陣子。」

石川在心裡喃喃自語：我都受不了我自己，我想，要不乾脆去大陸晃個一圈……可是聽說新型炸藥一發打向了廣島，看來現在也不是什麼好時機。

「我應該也不會在這裡待太久。」

「為什麼？」

「這工作不適合我，而且我也要回我的家鄉。我也知道落葉歸根這句話。」

石川伸出手來，本想告訴他有空一起吃個晚餐，但話又忍住沒說出口。他抓著明國的手，再次揮動了一下。

兩人調頭走回去，明國看著石川走下防波堤的樣子，然後轉過身去。他看到一走出來坐在防波堤的雇傭工人們，明國拄著拐杖朝他們走去。

過了幾天以後，美軍瞄準端島，連日投下好幾顆炸彈，使得海面上噴出許多水柱，同時也破壞了中之島的變電所，讓端島陷入黑暗之中，挖礦作業也因而中斷，每晚就只能點著石油燈盞做照明。不用下礦坑工作的礦工們，只要太陽一升起，就會坐在防波堤四周，望著大海度過一天的時間。

和雇傭礦工們一起來到防波堤的明國，轉頭問身旁畫著地上的青年：「你怎麼會來這裡的？」

「我是代替哥哥來的。他是長孫，而且新婚還不到半年，結果就來了這麼個徵召令，所以只好由我代替他過來了。」

「我不是說這個，你之前不是說被帶到樺太嗎？那麼不是就會待在那裡嗎？怎麼會跑來這裡了呢？」

青年用一副很不爽快的眼神盯著明國的拐杖打量了一會兒，然後說：「您那樣說就不對了，有誰希望過來這裡的？」

在旁邊聽著的學哲呵呵笑著。

「聽說他是優秀礦工，因為很會做事才被選來這裡的。」

「那又是什麼？」

「他們說那裡太冷，辛苦我們了，看我會做事，特別把我送到一個溫暖的地方，所以我就來到這裡了。」

從庫頁島來到這裡的青年把手高舉過頭，然後說：「像這樣，冬天一到就會積出跟人一樣高的積雪來，然後要等到四月過後才會融化。那裡有個土呂礦坑，真他媽的冷。」

去年有將近一百人從庫頁島那裡轉送過來端島，明國還是第一次聽說他們是優秀礦工。

他心想，日本還真的是有的沒的招數一堆，把這麼多人都騙來這裡受苦受難。明國反問青年，難道不覺得說要把人送到溫暖之地這話太荒唐。

「那麼這裡溫暖點，日子好過點嗎？」

「唔，您這話倒是沒有錯。庫頁島那裡冷到連卵蛋都要啪嗟啪嗟地撞在一起了，來了這裡倒是挺自在伸展。」

看來溫暖點的地方還是好一些。」

大夥兒都被青年的話給逗笑了，沒想到這時候卻來了一隻海鷗搖搖晃晃地亂走著，結果走到青年腳前，一屁股就坐下拉了把屎才飛走。

「有話是說，賣膏藥的盡是找些長癬的人，但是賣棺材的卻成天期盼人死。」

壯圭一邊看著防波堤，一邊喃喃自語。

「你一個人在那邊念念有詞些什麼？」

「活在這世間的樣子呀。俗話說活久了，婆婆也會死，快活的一天總會來臨，如今挖礦已經要死要活的了，還要整天聽著炸彈聲音擔心受怕，睡個覺都不敢放心大睡，只能縮著手腳驚嚇入眠。可現在連晚上都沒有燈火，真的讓人很苦悶，還要不要人活啊？我這條命看來是條生不如死的爛命。」

「瞧你說的。這跟鄉巴子評論漢城有什麼兩樣？趴在那邊喊著我要死了，大概還能得到些什麼吧。」

「你現在在說什麼鬼？」

一旁的學哲低聲說道：「一個人架的橋會有十人過，但是十個人架的橋卻不會有人過。得有人出面做點什麼，這可不是對著炸彈隨便喊喊打我啊，然後趴在一邊裝死就好的事。」

「所以要怎樣？現在就是看不出有什麼辦法，不是嗎？」

「難道瞎子掉到水裡，就該怪罪他的眼睛嗎？無力的百姓們，就像五六月打鼓場的麥子那樣死去就活該嗎？」

「我現在可不是不走錯路，是無路可走。」

學哲慢慢地點頭。

「所以，小狗不好的地方就是跑到田野裡去吠叫？你要說我就是那副樣嗎？才不是，聽了以後要有所行動，像是衝出這座島還是什麼的，難道不是嗎？」

一直站在後面聽他們說話的男子，這時沒好氣地說：「會說話的人都去當律師，不會說話的傢伙講話都像在放屁，可是這事本來就不是嘴巴說說就能解決的事情。學哲你要是有什麼想法，你講出來聽聽啊。」

明國招手呼喚坐在遠方的萬重過來。

「學哲大概是下了什麼重大決心，你在旁邊多盯著。」

萬重緩緩地說：「你又知道些什麼？太陽升起就代表時間已經是早上了，海鷗在叫就隨牠叫。現在我打算做個傻瓜，就一直這樣過日子了。」

就在這時，彷彿又來了一波空襲。天空中雖然傳來飛機的引擎聲，但卻聽不出來是從哪個方向傳來的聲音。飛機聲音聽起來像是從公寓對面的天空傳來，但在高樓遮蔽之下，沒有人看得到是否有飛機飛過。就在雇傭礦工們慌忙起身之際，站在後面的明國手指著長崎的方向。

「那是什麼？」

雇傭礦工們往長崎的方向看去，只見遠方長崎的天空冒出一朵像是巨大香菇的烏雲。

最後發表的數字是一千九百六十一人。中田也想不通為什麼會毫無來由地想起這個數字，只是心情憂鬱地迎來這天的早晨。滿州事變以來，戰爭已經足足打了十五年，雖然新的一年也和過去沒有什麼不同，然而一年之始卻是篇殘酷序幕。中田想起一月十三日因為東海道大地震而完全毀損的故鄉老家，雖然自己的家人全都被幸運救出，但那場地震卻奪走了一千九百六十一人的性命。對已經疲於戰爭之苦的故鄉人民來說，那場地震無疑是雪上加霜的一大災殃。

過了一個多月，母親仍因為地震時傷到腰部而臥病在床，於是中田在二月下旬將母親送入東京的醫院治療。在返鄉的路途中，中田先去了會社本社一趟，然後又到九段下拜訪舅舅，從舅舅家出來時，他想起了一段塵封已久的記憶。

九年前的二月二十六日，降下四十年來最大一場暴雪的那一天，當時因就讀大學借住在東京舅舅家的中田，正從老家前往東京。在穿越皚皚白雪覆蓋的街道之後，好不容易抵達舅舅家，結果聽到了包括兩位大臣在內的許多政府要員被殺的消息。

當時軍部分成皇道派與統制派兩大軍閥，彼此間的鬥爭十分激烈。二二六事件是皇道派二十名青年將官為了推舉裕仁天皇的親戚與革新腐敗政治，率領一千四百多名士兵所引起的叛亂。據說在官邸被襲擊的岡田首相當時躲在女僕房間的壁櫥裡，所以才逃過一劫。據曾任新聞記者的舅舅所言，當時朝日新聞社也受到襲擊。

後來軍部因那次事件而被肅清，東條英機隨之登場，並掌握住新體制軍閥。曾是陸軍大將的東條各兼任過一次陸軍大臣、內務大臣、首相，因而漸成戰爭執行主導者。那天，中田到舅舅家拜訪，行經九段下的軍人會館，看見屋頂上飄著一個寫有「士兵們，重返部隊吧」字句的廣告氣球。

一早出勤的中田像是為了擺脫心中的憂鬱，站在通往設計部辦公室的階梯上凝望天空。進入八月以後，炙熱難耐的暑氣每一日都在持續著。「看來今天也一樣熱」中田一邊想著所幸辦公大樓是磚石建築，室內溫度較為清涼，一邊走進辦公室，並一如往常地打開報紙。

他盯著「新型炸彈，證實為原子彈　受災狀況極度嚴重」斗大的標題，仍不知那指的是丟在廣島的炸彈，只覺得今天的新聞標題不太一樣，每天都會看到的「燃燒彈攻擊」變成了「新型炸彈」，而「新型」這個模糊不清的字眼，讓他覺得事況似有不吉。不只如此，平常總報導哪裡又受到什麼樣的攻擊，但一切並無大礙的新聞標題也變成「受災狀況極度嚴重」。

一天就這麼開始了。就好像早就說好似的，又響起了空襲警報，中田按捺住因警報而不耐的心情，前往地下避難所，直到十一點，才終於返回辦公室。不知是否因為空襲警報而進進出出辦公室，手上的事情都沒有辦法好好處理之故，坐在旁邊的加藤這時向中田搭話。

「我見了去過廣島的人，他好像大受衝擊的樣子。那個人，除了『なんだ、これ！（這是什麼）』、『な

んだ、これ！』，就再也說不出其他話來了。他還說那裡什麼都沒有了，土地上的建物都沒了，整個城市全滅了。」

中田無力地回他：「有那麼嚴重嗎？」

加藤邊拿紙捲香菸邊說：「那個原子彈到底是什麼呀？」

咬著香菸的加藤，劃了劃火柴，卻點不著火。也不知道是不是因為點不著火的關係，他大聲地把火柴桶放在書桌上，接著又說：「什麼原子衝突、原子分裂的，我實在不懂那到底是在說什麼。」

「好像是透過核分裂來產生能量。」

加藤看了一下辦公室，開玩笑似的說：「這裡沒有以前主修物理學的人嗎？」

就在這時，頓時消失所有光線與聲音，中田就連飛機的聲音都沒聽到，只見玻璃牆變成片片碎片，朝辦公室裡傾瀉而來。工廠已經毀圮，天花板倒了下來，辦公室地板也產生傾斜。中田連著書桌一起撞上牆壁，然後跌落地上，他心想一定是炸彈掉落在工廠正上方，不久便失去意識。

當他恢復意識以後，發現腋下的傷口正慢慢滲出血來，可以想見建物從上倒塌下來的樣子。中田光著腳，遍尋不著他原本穿著的木屐。被玻璃碎片嚴重所傷的人們正流血哭喊，木頭隔板與天花板倒榻下來後四處滾落，不管是牆壁或地板，到處都可看到斑斑血跡。兩塊巨大的木板成V字形壓在中田的身上，讓他看起來就像是被筷子夾起來的肉片。

外頭從起重機上掉落下來的雇傭工人，就像條蟲子般不停蠕動他的身體，並爬行在地上大聲求援。中田想說些什麼，卻像小雞喝水般，嘴巴張合著說不出話來，然後眼前慢慢變黑，什麼也看不見。

「我看不到。什麼也……什麼也看不到。」

他在最後喃喃說出這些話後，便斷了氣。此時，他的嘴巴還是張著的。

「花斗伊茲悠阿內姆？」

到底在說些什麼啊？泰北呆呆地看著前方。和他一起從刑務所來到軍工廠搬運鐵板碎片的起鎬，正在向旁邊的美軍俘虜搭話。那是和刑務所受監者們一起被送來這裡服勞役的美軍俘虜。「What is your name?」雖然只是這麼簡單一句話，但美軍俘虜並聽不懂這奇怪的發音。

起鎬比劃著手腳，重新再問一次。

「內姆。我是問你叫什麼名字？悠阿內姆？」

「Robert. Robert Carpenter.」

「Carpenter？啊！卡魯本特。這朋友的祖先大概是木匠。OK，OK です。」

起鎬他伸長雙臂，然後聳了聳肩。

「可是你為什麼會被抓來這裡啊？威阿魯阿悠扣姆普龍（Where are you come from）？」

起鎬詢問呆呆看著自己的美軍俘虜是從哪來，然後指指天空又指指地上，並打了一下自己的額頭，問他為什麼聽不懂自己的話，還搖晃了一下手臂。手中正拿著鐵板的泰北呿呿笑著：這瘋子。人家洋人在那邊安安靜靜的，倒是你這個朝鮮人在發什麼瘋？

「威阿魯阿悠扣姆普龍？你的國家是哪裡？內雄（Nation）？」

美軍俘虜回答：「USA。」

「悠欸斯欸。原來是從美國來的啊。講什麼悠欸斯欸，該講亞美利加呀！」

「阿悠阿掰依肉豆（Are you a pilot）？悠豆賴以不逼吐恩踢賴恩（You drive B-29）？」

起鎬突然舉起手，做一個往下衝的姿勢。那個叫做 Robert 的俘虜一副不想回答的樣子，把頭別了過去。

「你這傢伙，人家在問你話呢，居然不回答！看你滿頭大汗，是在認真什麼？你不用那麼認真啦！你這小子就是不懂，所以你才會變成俘虜。」

泰福轉頭看看周邊，不曉得林組長是不是已經走下船，並未看到林組長的身影。

泰福踢了下起鎬的腿，起鎬則向泰福翻了個白眼。

「你這小子，從哪裡學來這些美國話的？」

「你這大叔，越看真的越過分耶。」

「又不是酒店那些狗崽子，為什麼那麼輕浮？你那樣子看了就討厭。沒種的傢伙，是打算以後美國得勢，想撈點什麼利益，所以現在就趕快學美國話的嗎？」

「為什麼每次只要一看到我就對我這麼兇？」

「你這傢伙不是因為竊盜才進來的嗎？」

泰福的口氣粗暴，讓起鎬感到喪氣。

「唉唷，就您最了不起了。」

「你這該死的傢伙。既然都已經入獄了，那就做點好事、表現好點再出去。」

約莫在那個時候，名為刑政報國隊的組織成立了，泰福被帶去工廠的防空壕進行勞役，在那裡服勞役的日子與之前並無不同。從浦上刑務所出來，然後被帶去三菱大橋工廠的泰福，被分配到半成品室，那裡是將機械工廠送來的零件進行最後加工，並加以保管一定時間，直到成品送回工廠時的倉庫。

由於在刑務所待了很長一段時間，能夠被放出來服勞役，本應感到快活點，不過，早晚步出刑務所並進出軍工廠這件事，對泰福來說卻是痛苦不已。他們的雙手雙腳被綁著，然後必須配合騎著腳踏車的看守的口令跑入工廠內，這時經過他們身邊的人都會停下腳步，用像是看著禽獸的眼神看著他們，有時甚至還會有人朝他們丟石頭。

從工廠正門進入以後，即可看到一座較矮建物，那裡是勤勞課所在，旁邊矗立著的建築物則是電氣室，再繼續往前走，則可以看到看板工廠、鑄造工廠。雖然他們每幾天就會更換一次勞役差使的工廠，但是泰福所屬的刑政報國隊已經好幾天都連續到大橋工廠了。

那天長崎市立商業學校二年級學生們作為勤勞動員學徒來到大橋工廠，囚犯們和學生們一起把半成品室的零件搬到工廠前師範學校的教室。

分兩次搬運完沉重鐵塊之後，這些囚犯們在工廠前空地排成一列坐在地上休息。幾隻烏鴉盤旋工廠屋頂上頭，嘴裡還不停啼叫著，泰福茫然地看著那群烏鴉，沒想到有隻烏鴉拉屎掉在泰福的雙腳前方。「你這是要朝鮮人吃屎的意思嗎？」趕緊移動位置以躲避鳥屎的泰福，無可奈何地苦笑著。這時他想起以前在軍艦島時，被海鷗拉屎掉在頭上的回憶。

「這世上絕對不要遭遇到的事情就是被海鷗拉屎了，這種事既找不到地方出氣，也找不到人抱怨。」

那時大家都嗤嗤笑著。泰福仔細一想，腦裡浮現了幾張臉孔。明國的臉孔短暫閃過他的腦海，而三植據說被打死了。

大夥兒聽著樹上蟬鳴。要是等等響起空襲警報，今天就得餓肚子了。

「唉，我這八字。枉費我這麼一表人才。」

起鎬邊咋嘴邊看著走到旁邊去的俘虜背影，嘴裡念念有詞。前一晚他才跑到泰福身邊，對著泰福嘮叨「要是美軍攻打刑務所，到時大叔你要逃還是不逃？」

「那你呢？」泰福反問他，起鎬搖搖頭。

「人在監獄裡，又有什麼方法？就算要逃，又能逃到哪裡去？雖說窮則變，變則通，但這事根本就是拿草鞋畫菊花，想得美。」

低頭看著地板的泰福自言自語：「螞蟻成群排隊，那就表示要下雨了。」

泰福眼前正有一群螞蟻排成一列，在炎熱的大太陽底下爬行。我們老家說小狗咬生草，老天就會下雨。嗯，這可是好消息呢，下雨就不用來這裡上工了。泰福仰望高高在上的太陽，想著首爾人都認為下雨天就會遇到豐年的，可是現在這樣子別說下雨，熱都熱死人了。

泰福意味深長地慢慢說道：「這該死的戰爭到底什麼時候才能結束，我可要出獄啊。」

「你出去有什麼事情要做嗎？」

「我也想回去和我兒子當老闆享福啊。我兒子現在在長崎的隧道工地當配下。」

「原來是在炫耀自己的兒子。」

起鎬說著又咯咯笑了起來。

「有什麼好笑的？」

「大叔您說的這些話就像是荷包裡的錢和口袋裡的錢，兩個有什麼不一樣？我還以為今早您又要開釋什麼了，我一直在等著呢。」

「等？」

「張大叔您啊，每天一早出來就一定會講個什麼話。像他們叫我們去挖防空壕，我就覺得挖出來的土不管是放在這裡還是學校教室裡都一樣，既然都是要搬開，一開始就直接放到那裡去就好，何必要我們先搬來這裡又搬去那裡？這不就跟荷包裡的錢和口袋裡的錢都一樣嗎？還有叫我們搬鐵板也是，這東西總有一天要埋到土裡的，又何必大費周章。每次這個時候，我看大叔您也是那樣子想的表情啊。」

泰福聽了，聳了聳肩說：「你別看我這樣，我可是因為殺人未遂進來的。我跟你這種小偷素質可不一樣。」

這時工作又繼續開始。由於俘虜和囚犯一起工作之故，警備員們的組成也是由看守和憲兵混合在一起。然而，在搬運零件的途中，又響起了空襲警報。倉亂的警笛聲中，憲兵雖大聲呼喊大家快避難，但對於爬進防空壕感到不耐的俘虜們，卻是悠悠哉哉地走向避難所。這時旁邊工廠尖銳的機械聲停止，四周也突然安靜下來，陽光照射下的工廠頂上那片藍天，卻依舊蔚藍。

從防空壕爬出來的泰福，和其他囚犯一起走著時，他往周圍看了幾眼，卻沒見到起鎬的身影，不知起鎬是否躲進了其他防空壕。遠方從防空壕爬出來的學生們正往工廠陰影底下走去，隊伍散亂不齊，旁邊還有美軍俘虜悠哉走著。因為天氣炎熱之故，脫掉上衣比穿著上衣的人還多，儘管如此，一旁的美軍俘虜卻依舊穿著短褲搭配長外套，頭上還戴著帽子，腳上則穿上繡有紅十字圖樣的長靴。這幾個傢伙，大熱天的穿成這樣，難道不怕熱死嗎？你們那些衣服到底是什麼做的？穿成那樣居然連滴汗也沒流。

兩個日本女孩子交頭接耳地從一旁經過。

「為什麼會響警報？」

「對呀，我連飛機聲音都沒聽到耶。」

這時突然有人大喊一聲：「是降落傘。」泰福抬起頭仰望天空，什麼也沒看見，只聽到飛機的聲音。炎熱的太陽、暑氣、汗如雨下……那一瞬間，泰福眼前只感到一陣黃色光芒閃耀，然後耳裡傳入巨大聲響。是聽錯了嗎？難道又得爬進防空壕了嗎？他這麼想著，同時又往前走了幾步，結果這時身體卻飛了起來。

飛撞到牆上並失去意識的泰福，在睜開眼睛以後，迷迷糊糊地於煙霧中看到一些人。在泰福飛上去的屋頂底下，有幾個蜷著身子的人，可是他看到的卻不是那些人，那些都是被風捲起並落下糾纏在一起的屍體。煙霧開始往前籠罩，方才穿著長外套的美軍俘虜，被夾在碎掉的屋柱下，倒臥著的光溜溜身上流滿鮮血，外套已不知飛往何處。泰福的身上插滿木頭碎片與鐵片，流著鮮血的身體上正燃燒著火焰。

背後燒著的泰福，其中一側的肩膀與脖子、後腦杓都有鮮血凝結成黑紅一片，他搖搖晃晃地爬起身來，但馬上又往前栽倒。原本還抖著雙腿並蠕動身軀的泰福，這時身體已無法動彈，在漫天煙霧之中，他的身體已被傾瀉而下的灰燼蓋住。距離原爆地一點五公里的大橋工廠裡，所有站立在地面上的東西都被摧毀，現場已成一片廢墟。

不知怎麼一回事，志翔記得很清楚，那天沒有警戒警報就響起了空襲警報。那天打從一早開始，白旗就變成紅色的警戒警報旗，同時也響起了警報聲，可是大家仍一如往常步出宿舍並前往工作的船台，與其他日子並無不同。當早上的警戒警報解除以後，工廠各處掛上了白旗。

志翔前往船台接收作業指示，得到的指示是和其他六人一起到食糧營團配給所。志翔一邊忖度著今天大概又要搬運各種食品，一邊走入食糧營團所在的地下避難所。當他們走入營團裡頭，兩位穿著便褲的女職員一邊咯咯笑著看他們的背影，一邊說：「時田先生，膺懲士們來了。」

一位坐在後頭，像是等待已久似的憲兵走了過來，他的腋下還夾了一把槍。奇怪了，為什麼還帶槍？今天是什麼特別的日子嗎？志翔感覺詫異。這時，那位憲兵開口：「你們都是膺懲士嗎？」

「是的！」

「等等貨車就會抵達這裡了，待會兒就在那裡卸下物品。因為是容易毀損的貴重物品，等等你們搬運時要特別小心。全體立正！」

七人穿著破舊衣服，神情又疲累不已，站得歪七扭八，一名憲兵看了以後勃然怒吼：「給我站好！朝鮮人連站都不會站嗎！」

是用盡吃奶力氣吼嗎？真不曉得為什麼又在早上被刁難。

大家稍微站正一點。

「你們都先給我出來預備，知道了嗎？來，站成一列，往前站好！」

避難所裡很狹窄，站成一列以後，往前也沒地方站。雖然不管往前往後，只要爬上階梯就能出來，但他們還是列隊走出外頭。志翔對想要蹲下來的明洙說：「你還是站好吧，要不等等又要被責難了。」

「反正也沒人在看啊。」

明洙念念有詞以後，像是迫不及待似的說：「那個新型炸彈呀，聽說把廣島的房子和居民都炸光了，現在那裡什麼都沒有。」

「房子說是炸光也就算了，人死就是死了，什麼炸光！」
「仔細聽他們說的內容啊，說就像是晴天霹靂呢！」
「那你從頭開始就要仔細講好啊，是人死了，然後建築物都炸毀了。」
「別人看我們這樣說話，大概會以為你在幫我上國語課吧！怎麼我的話你就這麼沒反應呢？我怎麼會跟你這種人在同一個班啊。」

不只宿舍，就連工廠也籠罩在一股奇怪的氛圍裡。幾天前炸在廣島的新型炸彈已經不是秘密，昨晚宿舍裡大夥兒也一直在講不如趁這機會快逃。

就在這時，空襲警報響起，如今空襲警報已經像是宣告一天早晨開始的存在。七人慢慢地進入防空壕，眾人大眼瞪小眼地蹲坐著，等到警報解除後，一起走出防空壕。

雖然大夥兒又站回食糧營團前，但不知道卡車是否受空襲警報影響，一直遲遲未出現。

「我們不需要下去找那個看起來像是大頭的人問問嗎？就是剛地底下那個憲兵。」

明洙說。

「算了吧，俗話都說覺得可惜的傢伙，自己就會去挖井了。要是他受不了，自然就會上來的。」
「我們到底還要挺直站僵這雙腿站到什麼時候啊？」

志翔說。

「那我下去看看吧。解除警報聲都響了，車子卻一直沒來，確實有些奇怪。」

就在這時，突如其來地又響起空襲警報。警報聲震天響，像是努力傳透每座建物裡，志翔聽到這警報聲之後，立刻轉身站到地下階梯前，打算要進入食糧營團避難所。這時，志翔隱約感覺到身後閃起一道非常耀眼的光芒，與此同時，一道像是穿破天際的刺耳聲音正在撕裂他的耳膜。在那之後，他什麼也聽不到，身體就這麼彈飛到空中。

當他睜開眼睛，周圍已是一片火海，熊熊火焰在陽光照耀之下，呈現亮眼的金黃色，四周也不見人影。他以為周圍都是閃耀的光芒，但轉眼就變成烈焰燃燒，而籠罩在黑色煙霧裡的所有一切都瘋狂晃動著。志翔在煙霧間看到火光搖晃，並聽到某處傳來像是土地上的響鳴聲。

由於周圍盡是熊熊烈焰，志翔只覺炙熱不已，整個人都快吐了出來。沒一會兒，他又失去了意識。

不曉得過了多久，他以為自己已死。「我難道死了嗎？」志翔以為自己已死的意識莫名地鮮明。「我已經死了呀，原來死亡一點也不會痛嘛。」這想法很奇妙地一直說服志翔，讓志翔一直認為自己已死，甚至讓他覺得舒心。於是，他就這麼一直躺著。

又過了不知道多久的時間，他開始覺得有什麼正重重地壓在他的手臂上，他轉頭一看，發現不知道是哪裡飛來的石柱壓在他的手臂上。

原來我還沒死。

志翔開始蠕動著身軀，然後將手臂從石柱底下抽了出來。

我沒死。

他試圖站起身來，可是他的腰和雙腿一點也使不上力。就在這時，他才知道自己被夾在牆壁之間。志翔的臉上流滿鮮血，上衣也不曉得是否被弄破而飛到別處去，只剩一條手臂的衣袖還勉強掛在身上。他的眼前看不見任何一棟建築，整座工廠看起來就像是被槌子敲碎掉，處處都噴出火舌。

志翔眨了眨眼，然後環視著四周，只見不知從哪兒飛來的巨大石柱，倒下來把碉堡給壓得扁爛。不知道過了多久，志翔才意識到那根石柱倒下來的同時，弄出了個三角形的裂縫，而自己就被夾在裡頭，他努力抖動著身體，並爬出這個裂縫，這才看到其他人散落各處。有的人就呈現趴著的姿勢，死在他流著血的雙手前，他的背後有一隻被截斷的人腿，那隻腿上還穿著軍靴。他怎樣也找不到和他一起來的雇傭工人們，急得他嘴裡不停念著：「我們有七個人。」並扭動著身體站起身來。

那天，三菱兵器住吉隧道工地的碎石機依舊震天響。洞窟中不停傳來爆破聲音，五個隧道都在趕工中。禹錫和住吉隧道六指那邊的下游廠商工人們，一起開始七號隧道的工程。六號到八號隧道工地這三處一共投入八百名的朝鮮工人，不過這天因為一早就響起的警戒警報，所有工程都較晚開始。

朝鮮人勞工先被派到隧道工地裡把挖出來的土石搬運成堆，接著再用手推動曾經運用在國立鐵道長崎本線所經之處的搬運車，並把土石都放在車上運送出去。禹錫從幾天前開始就在隧道外頭工作，他拐著那隻被吉男咬傷的腿，並用力把推積在隧道前方的石頭抱起，然後把石頭裝入搬運車上。雖然時間還是早上，但禹錫早已揮汗如雨。

這時旁邊光著上身的人念念有詞：「欸，可惡的蟬，到底是吃了什麼，那麼賣力地吼叫！」

他邊擦著汗，邊對著土堆旁在樹上鳴叫的蟬隻發脾氣。

「那幾隻蟬是對你說什麼了嗎？瞧你就像隻老虎，結果看到刺蝟也只敢在旁邊打哈欠而已的那副樣子。」

「誰叫那該死的東西一直叫、一直叫的，本來就已經夠熱了，被牠這麼一叫更熱了。」

「喂，我倒不是因為那幾隻蟬，而是被你的性子搞得更熱了。」

「禹錫你要出世了，連車子都會開。」

背著東西從洞窟裡走出來的二八叫住把石頭裝入搬運車的禹錫，禹錫回過頭去。

「別看我這樣，我可是岩石搬運工啊。」

「唉唷，是這樣喲。現在是在炫耀自己嗎？」

倒完土後，悠哉悠哉地走過來的二八，把繫在自己腰間的毛巾遞給禹錫。

「你拿這擦汗吧。」

禹錫燦笑著。他接過二八遞給他的毛巾，邊擦拭臉上的汗水，邊問二八：「這又是從哪裡來的？」

「整天下都是我的。早上我去洗衣服，順手把日本鬼子的東西拿來了。」

「瞧你做的好事。都這把年紀了，也得有個樣子啊。我看你到還甲（意指滿六十歲）之前都不會懂事。」

「這麼緊張的事情還不都是因為想到朋友你才做的，連句謝謝都沒有，什麼嘛！」

兩人笑出聲來。這時二八靠近禹錫小聲地說：「監督們沒啥反應，這是怎麼一回事？」

禹錫認為，那天氛圍如此，加上我們的氣勢也驚人，而且六指可能也下了什麼決心。如今雇傭工人們已不可能像以前一樣乖乖順從，在這種局面下，要是互相起了衝突，說不定會鬧出什麼事情來，搞不好監督們甚至會暫時離開工作現場。

那天晚上想要炸掉隧道工地的事，最後表面上快速地和解了。之所以能輕易收拾事態，主要也是因為那天曹承道在黑暗中安裝的炸彈只引爆了兩枚，造成的傷害較為輕微之故。由於傷害小，加上六指也不想讓這事傳到想要縮短工期的海軍那邊，所以他包庇掩護了這件事情。不只如此，吉男那邊也積極地遊說六指，要他別把事情鬧大。對於六指來說，那天幾乎沒有脫逃的雇傭工人可算是幸運。

儘管如此，軍部那邊仍然得到有不尋常事情發生的情報，於是派了情報要員來了解狀況，那時六指生氣地對他們說：「朝鮮人之間，平常不就有所爭吵嗎？咸鏡道的傢伙們，和平安道的傢伙們一直都不合，那天就是這樣吵起來的，這不是常有的事情嗎？」

「咸鏡道和平安道是什麼？」

「那要怎麼說呢，嗯，就像是大阪人和東京人之間的爭吵那樣。那樣想就對了。」

當事情發展最後以加強工地現場的警備來息事寧人時，六指氣得咬牙切齒：這些朝鮮人傢伙們，不管是誰都該打斷腿教訓一下才對。

二八邊用毛巾擦拭汗水，邊對禹錫說：「六指頭家是個想法很深的人，你看他之後都沒說什麼。」

兩人暫時沉默了下來，並想起當晚的事情。二八稍微放低聲音說：「曹承道跑到哪裡去了？」

「他是個聰明人，不管跑到哪裡，應該都已經成功逃走，我們就相信他吧。」

禹錫短短地嘆了口氣。承道在那天晚上以後，就躲了起來，完全沒有消息。

「山羊也不是長了年紀才長鬍子的，但你怎麼這麼快就死心了？曹承道那傢伙也不知道是不是發生了什麼事，六指頭家沒有去找他這點也夠奇怪的，想到那傢伙，我昨晚都流淚了，睡也睡不著。」

「什麼睡不著？你打呼最大聲了好嗎？」

「我不是睡著，我就算打呼也能聽到旁邊的人說話呢。真的！」

搬運車旁的同班班員呼叫禹錫。

「那個，你們別聊了，我們再下去一趟吧。」

禹錫看見對方揮手，便走到搬運車旁。他邊走邊回頭說：「二八呀！」

「幹嘛？」

「我們應該還會有什麼事情做的。俗話不是說大車以載嗎？越大的車子就能載越多東西，越大的樹木就能蓋越大的房子。」

「那是我要說的話。比起個頭，你還比不上我呢。」

「禹錫啊，我們悠著點活吧。別煩惱一堆，安靜低調點活吧。」

「我記得之前叫你不要再唱什麼人生打令了，要唱就到墳前唱吧。」

「世上萬事哪能盡如所願啊。晚上見啦！」

禹錫舉起二八拿給他的毛巾，跟他表示謝意。這時二八朝著禹錫喊：「我可是你當作是異鄉遇到的故鄉至交呢。」

禹錫抓著搬運車的一角，並緊靠著線路行走，然後慢慢地依照軌道推動搬運車，同時小心翼翼地看著腳底下來行動。就在這個時候，他的眼前突然一陣亮白，看起來就像是一道燈光。不只如此，他還聽到刺耳的奇怪聲音，就在他聽到那聲音的瞬間，禹錫的身體被彈了起來，然後掉落在樹木底下。

當禹錫回復意識時，首先映入眼簾的是和他一起被彈飛，然後摔凹的搬運車。他和鐵塊一起被埋進樹木底下，但是和他一起推著搬運車的人卻不知道飛到哪裡去，禹錫怎樣都沒看到他們。

禹錫掙扎抖動著爬起身，耳朵聽不到任何聲音。他搖搖晃地移動腳步，腰背上的衣服因為熱射線的關係，和皮膚緊緊沾黏著，一時燒紅的皮膚上正流著火紅的鮮血。

禹錫不知道發生了什麼事，所以他並沒有往山裡或隧道裡的方向走，而是雙腿發顫地往長崎市區方向移動腳步。他身上的衣服已經變得破破爛爛，只剩一隻腿的褲管和腰際布料勉強掛在他的身上，小腿上則冒出陣陣煙氣來。他想把火滅掉，並舉起手臂時，他才知道和衣袖一起被燒到，同時還冒出汩汩鮮血來的手臂，已經燒得跟一條黑紅棍棒沒什麼兩樣。

禹錫搖晃著身體走著，結果看到擔任監督的日本人身體呈現彎曲的狀態，倒在列車線路底下土堆附近的軌道上，身上不停流出血來。定睛一看，他已經死去，死時眼睛還瞪得大大的。就像在濃霧中徘徊似的，禹錫在眼前籠罩的煙氣中看到四周都有搖曳的人影，他們全都高舉著雙手。

工廠大樓附近的樹木已經全部傾倒，青綠樹葉上全是熊熊烈焰在燃燒著。志翔往自己工作的那座工廠大樓看去，工廠的屋頂與牆壁已經全部飛走，煙霧中只見幾根柱影幢幢。就在他茫然地站在原地時，「快救人啊！快救人啊！」

突如其來的朝鮮話，讓志翔為之一驚，他立刻轉頭往聲音傳出的地方看去。

「快救人啊！」

煙霧之中，有三個人一邊扭動著身體，一邊走了過來。他們的傷勢嚴重，已經無法看出究竟是怎麼受傷的。他們已不是人，只不過是黑色的木炭。這三個朝鮮人發出哇哇的怪聲，一下蹦蹦跳跳，一下又開始轉圈圈，身體搖搖晃晃、踉踉蹌蹌，沒一會兒就倒在地上，然後死去。

志翔一走出煙霧外，就看到手腳異常扭曲，已死在路邊的婦女，她的孩子正在吸著她的奶。一旁則是背上插滿無數玻璃碎片的媽媽牽著臉上被火灼傷的孩子，正徘徊在路中，不知該往哪裡去。「啊，這是怎麼了……」志翔仰望著天空，然後膝蓋一彎，整個人跌坐在原地。

這時工廠大樓火勢變大，煙霧已開始瀰漫到路上，志翔再次起身走著，茫然不知該往何處。四周盡是傾圮的建物，被夾在坍塌建物中的人們不停高喊救命，可是其他滿身瘡痍的人也只是默默走著而已，他們就像是被人施了咒語般，排成一列朝同一個方向前進，雙手還高舉著。

「水，水。」

經過的人念念有詞。

「水，水。」

其他人也同樣反覆念著相同的話。

那些人正朝河邊前進。空中降下的白色塵霧逐漸散去，但燃燒的工廠煙氣則開始聚集。到處都可見被坍方工廠的鋼筋刺穿而死的人。

就在志翔茫然地看著四周景象時，「啊啊啊啊……」後頭一名發出怪聲的日本女工正走過來，她的頭髮朝天豎起，身上的衣服已碎裂襤褸，同時發出一種不是啊啊叫的呻吟聲，也不是悲鳴聲的低沉聲音，把想要躲開的志翔抱得緊緊。她用力地圍住志翔的脖子，同時也發出如同貓鳴的啊啊叫聲。

究竟是發生了什麼事？志翔為了鬆開被抓緊的脖子，他用力拉開那女子的手，並看著她的臉孔，那名抓住自己脖子的女子，正看著遠方火舌。他好不容易才擺脫那名女子，只見她繼續發出同樣聲音，並搖搖晃晃地往前走。

他轉過身來，看到身上衣服全部碎裂，且皮膚被燒成黑紅色的人，流著滿身鮮血走了過來。這時一名背著孩子，不知正瘋狂跑往何處的女子經過志翔的身邊，志翔呆呆地看著那人的背影，發現她背上的孩子已沒有腦袋。

看到滿臉鮮血的人揮舞著手臂走來，志翔便往左側閃躲，而看見手腳血肉模糊，並一瘸一拐地走著的人們時，他就往右邊閃去，志翔努力移動著腳步，一心只想著不管哪裡都好，得趕快離開這裡。志翔的肩膀開始感到痠痛，方才被彈飛撞到牆壁後，落下的時候，似乎傷了肩膀。這時，在巷口對面、籠罩在煙霧之中，有一塊黑黑的東西走了過來。

一個全身就像條木炭的人正慢慢地、慢慢地往志翔走來，那個人看不見前方，只是往前踏步而已，對此為之一驚的志翔回過頭去，開始往後面大馬路方向拔腿就跑。那條大馬路通往河水所在的浦上。

「現在只要聽到空襲警報就覺得煩人。」

圭子望著天空。「我也是一樣，只是沒辦法說出口而已」秋子在心中喃喃自語。兩人正在一起前往女學生們工作的軍工廠路上。圭子接到白紙召集令之後，被分配到秋子工作的軍工廠已經是一個月前的事情。所謂的白紙召集令就是徵召無職者的命令。

兩人正前往工廠給勤勞挺身隊的女學生們進行作業指導。秋子在前一天晚上已經進出防空壕好幾次，也許是因為度過了恐怖的一整晚，她現在全身就像是被全身痛打過般的沉重。

秋子說：「看到傳單就該去申告的，可是女學生們老是在聊傳單上的內容，還把寫了要大家快降伏的傳單給帶了過來。」

「可見傳單撒的數量之多。」

由於女學生們工作的工廠就位在地底深處，所以只要一開始工作，他們就無法得知外頭發生了什麼事情。前一天，全體女學生都綁上了頭帶，那是會社在軍部的要求之下，所準備的頭帶，頭帶上寫有「神風（かみかぜ）」兩字，這兩字中央則是象徵日本的旭日旗圖案。會社讓女學生們綁上頭帶，並訓示他們要為了大義而活。

這天的天空十分蔚藍，路旁的行道樹上也不時傳來蟬鳴聲。秋子一邊用手擋著陽光，一邊走在路上。

「那個班裡也有許多從朝鮮來的勤勞挺身隊女學生嗎？」

「對啊，不久之前，從朝鮮那裡來了不少少女。」

秋子問道：「新從朝鮮來的女孩子們怎樣？」

「大家都很認真，也不多話。」

「我看不是不多話，是不會說日本話吧？」

「是嗎？」

圭子笑了，秋子也跟著笑了出來。

從朝鮮來的女學生們都住在宿舍，幾乎每個女學生都沒帶什麼行李來。秋子繞了宿舍一圈，隨口跟一位女學生說：「大家都要認真工作，要是我們打敗戰了，大家就不能再回到宿舍來了。」

那時，一名女學生用很清晰明確的聲音告訴她：「我們再也不想回到這宿舍，我們只想早點離開這裡，回去我們的故鄉。」

圭子想起女學生突如其然的那番話，讓她頓時語塞，無法回答。圭子告訴秋子：「我老公說過，蘇聯對日本宣戰了。」

「我也聽我老公這麼說過。」

圭子的丈夫是長崎新聞社的記者。秋子看著從樹葉間流瀉下來的陽光。

「我們家那口子的會社工作大概很辛苦，最近他每天都鬱鬱寡歡的。」

「都一樣，我們家也差不多。」

圭子的丈夫不知是否因為昨夜空襲警報的關係，半夜跑去新聞社後，到今早都還沒回來。就在兩人過橋時，突然聽見很清晰的飛機聲音。明明剛剛才解除警報的呀？這時只見 B-29 戰機從天空中飛過，這已經是十分熟悉的光景，兩人不以為意地繼續泰然走著。

在陽光照射之下，飛機就像裝上閃亮銀翼般翱翔天空之中。秋子一邊看著飛機，一邊說道：「很帥氣呀，載著炸彈的天使。」

圭子聽見這話，笑了出來。

「哇，中田太太您真像詩人，這時候還說得出這種話來。」

就在這時。

裝上銀翼的飛機馳騁萬里無雲的天空之中，此刻正一邊發出巨大聲響，一邊緩緩地從東邊往西邊飛去。

「啊！是降落傘！有降落傘降落下來了！」

圭子一邊大喊，一邊手指著天空。其實她看到的正是在原子彈投下之前，先用降落傘綁定好的計測機。秋子也往圭子所指的方向看去，只見那一側天空發出耀眼的光芒，然後不知什麼力量把自己的身體往上抬舉，才剛這麼想著，人就已經跌在地上翻滾了。她失去知覺，就這麼在地上滾動著，然後漸漸失去意識。

不知道過了多久，秋子終於爬起身並恢復意識，就在這時，她才知道自己被夾在倒塌的房屋之中。「究竟是我的身體飛到瓦礫之中？還是瓦礫覆蓋住我的身體？一定是其中之一。」她在朦朧的意識中，只想著這個問題。

她把蓋住臉上的木片撥開，發現房屋都已坍塌，四周也都燃燒著火苗。她舉起手臂，把蓋在身上的木片一片一片甩開，並試圖站起身來，可是她卻站不起來。秋子心想自己的腿大概斷了，並茫然地看著四周的烈焰，接著最先進入她視線的是面對天空仰躺，且雙臂張開而死去的屍體。

這時，有一些身上衣服已經碎裂的人們，以及身上著火且血流不止的人們正搖晃著身影走動，甚至還有一些頭髮全被燒光，衣服和身體也因燒灼而沾黏在一起，根本無法分辨是男是女的人。另外，秋子還看到一些滿臉鮮血，而且也看不出臉部輪廓的人光著腳從她身邊經過，他們全都張開手臂行走著，看起來像是因為身上的肌膚都已燒傷，手臂一和身體碰觸到，肌肉就會彼此相黏的關係，所以他們才下意識地伸直手臂行走著。

秋子好不容易才坐起身來，便看到有一位全身衣服已經破裂不堪的婦人，正用踩著自己手的怪異姿勢行走著，那個婦人感到自己手上潮濕，忙著用手甩開水氣，秋子仔細一看，那個婦人正一邊行走一邊灑尿，她彷彿不知道自己尿出來的樣子。不管怎樣，得離開這裡才行，不管怎樣也一定要走離這個地方才行。這時，在漫天煙霧之中，四周都傳來了人聲。

「水，水……」

那聽起來既不是呻吟，也不是悲鳴的聲音正喊著找水喝。

不知道老公那裡如何了？整個城市都變成這個模樣，造船所那裡不可能安然無事。啊，不能死啊，我們還有孩子們呢！

秋子也不知道自己究竟是怎麼行走的，她撕開衣角把血流如注的雙腳包紮起來，然後奮力從瓦礫中爬了出來，並找到一根棍子充當拐杖，用一隻腳掙扎前行。她一瘸一拐，踉踉蹌蹌的，反覆跌坐幾次又努力爬起，終於走到火車軌道邊。

那裡到處橫躺著屍體，他們的眼鼻口都已經燒得不成樣，有些臉孔甚至還被輾碎。倒塌的建物之中，依稀聽得到人聲。

「救救我！」

「沒有人嗎？」

正前方的房屋一角正開始噴出火舌，火焰旁則有一個全身都燒傷的女人倒臥著。秋子現在光用單腳的力氣也已走不動，她坐在原地一會兒，仍舊奮力拿起棍子，一瘸一拐地跟在人群後頭，走到浦上江邊。

江邊有許多看似為了喝水而把臉孔湊近江水而死的人，還有更多揮著手喊救命的人，幾乎布滿了整個江邊。這時江邊有一艘船正被拉了過來，秋子往船邊一看，嚇得跌坐在地上。只見船裡盡是身上沒有衣服，且受到嚴重燒傷的屍體，原來那些死者是要把船推到江裡時的那一瞬間被燒死，所以屍體還維持著抓住船舷或是推著船的姿勢。

秋子茫然地看著浮在江面上的屍體，她感覺喉嚨灼熱口渴，好不容易才爬來江邊，卻無法用手捧起水喝，只好直接把臉放入江水裡，如此一來，她整個人都坐進了水裡，只剩一截脖子露出外頭。岸邊小丘上有許多人仰臥著，他們先是嘔吐，然後蠕動著身體，最後死去。

搖搖晃晃走到江邊來喝水的人們，一直感覺噁心並嘔吐，也有許多人只是不斷空吐，不到一會兒，那些身上看起來沒有外傷的人也突然倒地而死。

不知道是否因為整座城市陷入火海，因而產生對流現象之故，遠方甚至起了一陣龍捲風，不少巨大的樹木都因此傾倒，一些招牌看板或門板也被捲到空中，然後又重重摔落在地上滾動。一位被龍捲風捲起的婦人先是掉到岸邊丘陵底下，而後滿臉鮮血地往上攀爬。

秋子抬起頭來。那個人，那個人。這時有人朝她的身邊走來。

「秋子小姐！」

秋子張大嘴巴卻說不出話來。志翔放聲呼喊她，並走入江中。

「您受傷了嗎？」

秋子用手指了指自己的腿，然後好不容易才說得出話。

「腿。」

「您的腿受傷了嗎？不能走嗎？」

秋子點點她那濕漉漉的頭。志翔說：「總之，我們得從這裡出去才行。請您抓著我吧。」

究竟是發生了什麼事呢？一定發生了什麼事情才對。推著搬運車走出來，並把土石丟掉以後，就能一眼看到長崎的。而左邊是老舊的天主堂，那裡時而會傳出鐘聲。遠方港口隱約能看到船隻的地方，還有火車離開長崎車站的模樣，這所有一切都不見了。以前拿著掃帚打掃的地方，還有遠方的建築物也全都消失無蹤，只剩廢墟上飄揚的塵土與煙霧籠罩著一切。

禹錫找到一把好握的棍子，就這麼緊握在手中。一陣未知的恐怖感包圍著他，他拿著棍子不曉得該往何處去，只是慢慢地走著，一隻腿露出皮肉，另一隻腿則掛著殘存的褲管。

這時一個男子走了過來。禹錫握緊手中的棍子，他滿面瘡痍，一隻眼睛因燒傷而凹陷下去。他走到大馬路上，看到在那被炸碎的房屋之間，片片瓦片刺穿斜傾而倒的屋頂，一眼望去就好像魚鱗被刮起一般。

他一路往浦上方向前進，看到街區上的建築和房屋全都已經被炸毀，實在難以置信在短瞬間居然會變成如此景象，更想不通究竟是什麼造成這副光景。眼前的電車只剩一副骨架猶存，軌道則像飴糖條一樣彎曲豎起，至於電線杆則是從上開始往下燃燒。啊，日本打敗戰了啊！這樣的想法率先佔領禹錫的腦海，在他心中激起一股悸動。

他的腳底邊有手腳都已斷掉的屍體在滾動著，那被撕離身體的手臂上，手腕正飄動著，幾隻斷掉的人腿正散落各地。看起來像是人類的屍體已經燒得一片焦黑，身軀也蜷縮著。

一定是發生了什麼，一定是發生了很強力的什麼事件。禹錫在走到江邊的這一路，嘴巴不停喃喃念著。這究竟是什麼呢？禹錫撥開那些死因不可解的屍體，四處走著。

街道上沒有陰影處可供遮蔽，就這麼癱坐在陽光底下的禹錫，把疲憊不已的身子靠在手中的棍子上，努力站起身來。他心想，無論如何都得先上山去才行，於是他拖著癱軟無力的身體，踉蹌地走著。當他走上斜坡，眼前出現一座巨大的蓮花池，他茫然地看著那座蓮花池，看到了翻白的死魚正浮在水面上，他心想這條魚應該是熟魚，考慮著要不要撈起來吃。

不過他搖搖頭，又繼續往斜坡上爬。突然之間，他聽到不知從何處傾瀉出來的朝鮮話，是女孩子的聲音。

「聽說去工廠的那些人都死了。」

「不是聽說本工廠也倒了嗎？」

禹錫這時往自己工作的工地及丘陵間相反方向的山路前去，那裡正好是三棟朝鮮女子勤勞挺身隊宿舍的所在之處，只不過宿舍樓層已經毀壞，坍塌的屋舍裡隱約還能看到被暴風捲落到這裡的受傷女孩面容，想來他們應該是結束夜班工作，並返回宿舍裡睡覺的工人們。他們身上穿著的便褲都已破損，滿臉鮮血的他們聚集在陰影遮蔽之下，看起來就像是一團破布。

他們應該就是作為勤勞挺身隊而來的女孩子們吧？失魂的禹錫拄著手中的棍子，茫然地看著他們。「你們這幾個孩子啊，快逃跑吧，至少你們得活下來呀！」

40

一九四五年八月九日，長崎迎來了盛夏中的清晨。由蟬鳴拉開一天序幕的早上起，長崎市內就響起了好幾次的空襲警報與警戒警報。

空襲警報就像時間一到就要叫的鐘聲，每天都要反覆發布與解除好幾次，要是哪天沒有響起警報，大夥兒反而還會覺得奇怪。躲在防空壕裡的眾人，在警報解除時，就像仰望夏日驟雨過後的天空那般，彷若沒事似的繼續回到工作崗位上。

這一天早上就和平常一樣，街上排隊領取配給物資的人龍長長綿延著，醫院裡的診療也開始進行。一天的工作開始，有不少人談論著廣島原爆，沒有人知道那顆把日本人推向廣島空襲恐怖之中，又摧毀掉市中心的原子彈究竟是什麼。日本人在這顆有如災殃的原子彈投炸下來以後，都說那是「新型炸彈落入廣島」，他們甚至不知道名稱，只能稱呼它為「新型炸彈」，然而這樣的稱呼雖然無誤，卻無改他們對於戰爭的狂妄氣息。

將這顆被暱稱為「小男孩（Little Boy）」的原子彈投擲到廣島的 B-29 艾諾拉・蓋號轟炸機機長是保羅・蒂貝茨，他在看到直衝廣島天際的菇狀雲以後，便一直將副機師羅伯特路易斯的話記在心裡。

「我的老天，我們到底幹了什麼？（Oh my god, what have we done）」

在人類史上首次的原子彈投擲於廣島之後，成功完成任務而返回的大藝術家偵測機機長查爾斯・斯維尼，接到命令要於四天之後在小倉市投下第二顆原子彈。八月九日，決定投擲第二顆原子彈的，是第二十航空軍司令部的「野戰命令第十七號」。

那天，攻擊的第一目標為小倉市的兵工廠與市中心，長崎市中心的中島川則是作為候補的第二目標。這條流經市中心的狹長河川上，有無數座橋梁，其中又包含擁有兩個拱型，且倒映在水上時，看起來就像眼鏡的眼鏡橋。其準確投擲點則是從中島川下游的常盤橋到賑橋為止。

八月九日，要對小倉發動攻擊的 B-29 戰機完成編隊，並已從天寧島基地出發。由阿諾大將所指揮的美國戰略空軍司令部天寧島基地，是日軍敗退的馬里亞納群島之一，為面積九十萬平方公里的小島。

「大藝術家」偵測機上載有當初在廣島投擲原子彈時所使用的觀測用器材，為了減少將這些器材搬運到其他砲擊機的麻煩，斯維尼機長將砲擊機更換為博克斯卡號轟炸機。若按照原本預定計畫，斯維尼機長需駕駛搭載原子彈之大藝術家偵測機，結果卻改成駕駛搭載原子彈的博克斯卡號，而大藝術家則作為偵測機同行。

長崎原爆的混亂即是由此開始的。投入作戰的機體上，並沒有畫上一般飛機頭部上頭會畫的圖案與暱稱。唯一採訪過投擲原子彈作戰的《紐約時報》記者威廉·勞倫斯，在不知道機體交換的情況之下寫出「原子彈空投機體是斯維尼少校所駕駛的『大藝術家號』」一稿（註：儘管原子彈空投機的報導有誤，但該名記者勞倫斯仍於一九四六年獲得普立茲獎），投入戰爭的出擊機編隊總共有六台機體，分別為搭載原子彈「胖子（Fat Man）」的博克斯卡號、搭載偵測器的的大藝術家、寫真攝影機「惡臭（Big Stink）」，以及待在硫磺島作備用機的「葫蘆（Full House）」與二台氣象偵察機，也就是負責長崎上空氣象偵察的喧龍號（Laggin' Dragon），以及負責小倉上空氣象偵察的飛機——四天前才在廣島投擲過原子彈的艾諾拉·蓋號。

由於原爆目標地點被嚴格規定為須用肉眼即可確認並完成投擲的地方，因此視線資訊比任何情報都來得重要。不過儘管如此，長崎原爆作戰中所使用的氣象偵測機仍比廣島作戰時減少一台。

當天的作戰原本是由氣象偵測機先確認目標都市小倉的氣象狀態，然後再於無護衛機的狀態下出動三台 B-29 戰機進入小倉上空。之前在廣島投擲過原子彈的艾諾拉·蓋號先行抵達小倉並完成氣象偵測，回報結果是小倉上空雖有雲霧，但預期很快就會轉晴。

然而異常徵兆在此產生。上午七點四十五分，原子彈搭載機博克斯卡號依照預定抵達屋久島上空的會合點時，計量機大藝術家雖已前來會合，但寫真攝影機惡臭卻不知為何沒有出現。另外，當二台飛機於九點四十四分進入小倉的目標地點時，高空轟炸人員迦米特．毗漢卻表示無法用肉眼確認目標地點。其實那並非雲層太厚，而是因為煙霧的關係所致。

此時阻止時間轉動的，是距離小倉約七公里處的八幡製鐵所從業員們正在燃燒煤焦油，所以才造成大量煙霧。原來是得知砲擊機北上消息的製鐵所從業員們，內心十分警戒當初投擲在廣島的那顆新型炸彈，刻意在小倉一帶的上空製造大量煙霧。

搭載原子彈的博克斯卡號，為了確保投擲的射程距離，曾試圖三次飛進目標地點上空，但全部都以失敗坐收，且此一過程就耗費掉了四十五分鐘，更使得飛機的剩餘燃料吃緊，再加上博克斯卡號的燃料系統發現異常，於是美軍便立刻以替代燃料更替。就在戰機盤旋小倉上空時，日軍開始發動高射炮攻擊，隨著高射炮攻擊逐漸加強，氣象狀況也漸趨惡化。

最後在上午十點三十分左右，博克斯卡號離開小倉，改向飛往第二投擲目標，長崎。

在博克斯卡號航向長崎途中，又發生了其他突發事件。領航員詹姆斯．霍普金斯為了詢問大藝術家偵測機的飛行地點，在選按對講機按鈕時，不慎誤按成無線通訊按鈕，引起一陣混亂。在這場混亂之中，博克斯卡號與大藝術家引發跡近錯失（near miss）（註：跡近錯失，意指美國聯邦航空局規定在半徑一百五十公尺、高低差為六十公尺以內，兩架飛機互相接近的危急狀況），差點造成兩機空中衝突。

在博克斯卡號進入長崎上空的上午十點五十分左右，氣象觀測機喧龍號回報長崎上空氣象狀況良好，但雲霧慢慢增加中。當日發布的作戰命令中，若無法以肉眼辨識出投擲目標地點時，就改將原子彈投放到太平洋裡。

約莫在相同時刻，日軍第十六方面軍司令部透過廣播回報美軍戰機已入侵長崎上空的消息。

在缺少燃料的狀況中進入長崎上空的博克斯卡號，在進行唯一一次盤旋飛行時，大約飛在高度為六千公尺左右的高空，由於雲霧變厚，使得肉眼無法辨識目標地點，於是同行負責原子彈方面的弗雷德里克．阿什沃思向斯維尼提出改採雷達砲擊的建議。

就在斯維尼打算違反命令，改以雷達進行原子彈投放時，原定投放地點的北邊雲霧漸散，已可於雲隙間窺探到長崎市區，負責砲擊的迦米特．毗漢於是叫喊：「發現目標！（Tally ho）」

最後美軍在第二目標長崎約九千公尺的上空中，投放了MK-3型原子彈「胖子」。「胖子」沿著拋物線落下，在大約一分鐘後的十一點二分時，於距離長崎市中心約三公里處的松山一七一番地網球場上空五百零三公尺正負誤差十公尺處爆炸。

原子彈投放之後，博克斯卡號便即刻往東北方向飛走，並以一百五十五度的角度俯衝降落，以避免衝擊波的影響。從原子彈投放到爆炸之間的這段時間，於後方盤旋的偵測機將三個無線電探空儀（radiosonde）連著降落傘投放下來，以測量爆炸的壓力與氣溫等。

於長崎上空噴發出來的煙霧高達一萬五千公尺，並呈現巨大的菇狀雲模樣。

博克斯卡號盤旋在長崎上空，並確認長崎的受害狀況之後，因原子彈投放後所產生的機內故障與燃料不足，並未直接返回天寧島基地。當博克斯卡號成功離開長崎時，機內剩餘燃料只剩一千公升左右。確認燃料足以飛行到沖繩為止的博克斯卡號因此放棄返回天寧島基地，改回嘗試緊急降落沖繩。下午二點，機長斯維尼在調降引擎迴轉率以節省燃料耗損之後，成功降落沖繩讀谷機場，那時殘留燃料僅剩二十六公升。

當博克斯卡號與大藝術家完成燃料補充與整備，返回天寧島基地的時間已是晚上十一點六分。

41

長崎縣防空本部在市區內的神社下方山麓處設置了地下防空壕，那座神社入口處的巨大鳥居，則是在二年前隨著金屬回收處置法被撤離。那天，防空本部依舊在開會討論空襲對策。

根據防空本部的紀錄，當天長崎在上午七點四十八分發布了第一次警戒警報，該警報隨後在七點五十分便轉為空襲警報，直到八點三十分才解除，因此在美軍的原子彈投放戰機進入長崎上空時，市內是處在警報層級較低的警戒警報狀態之中。等到原子彈投放之後的十一點零九分，這時才又再次發布空襲警報，直到十二點零五分才解除。

原子彈投放以後，長崎縣支社對有關機關發布了防空情報第一報：「十一點零二分左右，二個綁在降落傘上的新型炸彈被投擲下來。

落在廣島的炸彈被認定為小型炸彈，雖然造成不少死傷者，但受害情況極為輕微。」這個錯誤滿載的報告內容，一直到了第十一報發布時才獲得修正與補充，得到與事實接近的內容。

在原爆發生同時所正式展開的救援活動，以及救援對策都陷入了極度的混亂之中。原子彈落下之後，救援小組一直在經過了三小時後，才接近停留在附近長與站、起火燃燒的下行列車，並把傷患移送市內，而且三輛列車的傷者一直到深夜才分別被送往大村與諫早的醫院接受診治，所幸這些傷患是能夠自行走的輕傷患者。也是到了這個時候，長崎縣警察才向周邊區域警察署提出救護隊派遣之要求。

雖然美軍是經過各種障礙與混亂才在長崎投放原子彈，不過其實他們事前的原子彈投放準備卻是非常具體與縝密，這點可在被稱為「南瓜炸彈（pumpkin bomb）」的投擲練習中一窺究竟。

一九四五年七月二十日之後，美軍製作一種與投放在長崎之「胖子」原子彈大小相似的一般炸彈，名為南瓜炸彈，並利用這種炸彈反覆進行原子彈的投彈練習。從天寧島基地出發，並飛往原爆預定地的美軍，在進行完觀測並確認是否可以肉眼辨識投放地點之後，便在其周邊的都市投放南瓜炸彈來進行預習。美軍進行投彈預習的次數總共達四十九次，投放城市則達三十個之多。

與美軍不同，日本的對策則幾乎皆為原始性對策。一九四五年八月十一日的《朝日新聞》特報中，就曾以陸海軍及防空總本部的專家所做之調查為基礎，報導了「新型炸彈注意事項」。該報導內容顯示出當時日本國民在戰爭之中是有多麼的無防備。

該報導中的第一個注意事項就是「因炸彈是與降落傘一起降落，看到時一定要確實躲避」。鋼筋建築因為安全度較高，請有效利用。小心玻璃窗破碎容易致傷，請多加利用牆壁、柱子、窗戶底下等來避難。坍塌的建築易發生火災，請注意初期防火。因負傷成因多為暴風，且受傷時多為燒傷，請備妥少量油品或食鹽水濕布。白衣雖能有效防止燒傷，但容易成為小型砲擊機的目標，請務必注意。平行貫通的防空壕更為堅固，同時在一經避難之後，防空壕入口處會盡可能增加遮蔽物。

日本不知道是什麼，只能一直稱呼「新型炸彈」的那顆炸彈，同時也是被投放到長崎的那顆「胖子」原子彈，是長為三點五公尺、直徑為一點五公尺的圓形炸彈，重量為四點五噸。這個「胖子」原子彈是鈽239（239Pu）炸彈，美國一共投入了四億美金來研發這顆原子彈。

原子彈是透過原子核在中子的轟擊後，所產生之核分裂來產生極具破壞力的能量，而原爆能量的百分之五十會造成衝擊波並轉變為暴風，可使二點五公里內的所有木造建築瓦解成片片碎片，也能讓二層樓高的磚石建築坍塌並起火燃燒，還能吹走鋼筋水泥建築的屋頂，並扭曲鐵橋板塊，就連距離原爆中心地十五公里以外的建築玻璃窗都可震毀。

原爆時所產生的能量，有百分之三十五左右會變成火球並放射出熱射線，並在原爆地的半徑十五公里內產生出攝氏三十萬度的火球。長崎就在這種恐怖的熱射線與火球影響之下，地表溫度頓時從攝氏三千度上升到四千度，這樣的高溫能讓原爆地方圓四公里範圍內的所有人都被灼傷。另外，核分裂所產生之能量中，有百分之十五是會造成後遺症既長久又深遠的輻射能。

雖然投放在長崎的原子彈威力遠大於廣島，但其受害規模卻小於廣島，造成這種現象的原因就在於兩者間的氣象條件與地形之差異。

投放在長崎的「胖子」原子彈之威力，相當於二十二千噸ＴＮＴ炸藥的威力，其破壞力約為投放在廣島、使用鈾 -235（235U）的「小男孩」原子彈一點五倍。如果該原子彈按照預定計畫投放於土地既平坦又寬廣的小倉市，那麼死傷人數將有可能超越廣島，並造成莫大的傷害。

然而長崎這個港口城市的地形是由許多陡斜山坡所包圍而成，平地範圍狹小，而且境內許多面海的斜坡又各有無數階梯及坡道，加上當天長崎天氣晴朗，在氣候條件與背靠金毘羅山的地形條件加乘下，減緩了原爆的威力，同時也導引了受害範圍往海邊延展，促使輻射能加速於大氣中散去。

充滿長崎往日情懷的舊市街就在這座城市的南邊，那裡很早就對外開通港口，透過與外國的交易，外國文物因而在此佔有一席之地。包括公墓在內，這裡聚集了許多舊外國居留建設，如鮮紅絢爛的中華街、作為歌劇《蝴蝶夫人》背景的哥羅巴園等，以及一些具有荷蘭風情的和洋調和式建築，全在這場原爆中倖存。

由於原子彈投放地點並非沿著中島川綿延的市街地，而是浦上溪谷，所以受害狀態也有所不同。當時浦上天主堂正在準備聖母升天大祝日的活動，為了聆聽信徒的告解，主祭司西田神父正在前往天主堂的途中，另一位玉屋神父則已經坐在告解室裡。短短的一瞬間裡，突然一陣暴風把天主堂吹倒，天主堂裡的兩位神父與等著進行告解的數十名信徒立刻即死，坍塌的天主堂也著火燃燒起來。

在教區中的聖方濟各醫院裡，一棟一間二十坪大，用來作為修道士食堂的房間因構造為鐵窗與鋼筋水泥外牆，好不容易勉強留存，後來便充當臨時聖堂，安置了被喻為耶穌身體與鮮血的麵包及葡萄酒。

長崎刑務所浦上支所就位於離原爆地僅二百公尺外的丘陵上，那裡的建物全倒且被暴風捲走，曾做為死刑場並位處偏僻的房間只殘存下牆壁，前往工廠服勞役的囚犯也僅少數幾人獲救，至於留在刑務所裡的囚犯及看守，甚至看守的家屬們則全員罹難，共有一百三十四人在原爆瞬間便失去性命。至於當時所收容的朝鮮人及中國人未決囚犯則共有四十五名。

原爆地半徑五百公尺內的所有民家都已粉碎，完全不見原形，水泥路處處也產生龜裂或斷裂，直徑六十公尺外的校園內樹木更被連根拔起，並散落各處。在原爆地半徑一公里以內的所有房子則是形體毀滅，屋瓦碎片飛落各地，勉強只留下一些骨架，隱約顯露出該地曾為住宅區的模樣。至於附近的農作物，露出在土地上頭的莖葉，也全被燃燒殆盡。

距離原爆地一公里左右的花崗岩，在原爆的影響之下，岩石內的石英成分受高熱而膨脹，致使石頭表面產生氣泡。幾乎所有動物及人類也受到原爆的影響，但是以魚類來說，雖然大部分池子裡的魚隻都因原爆而致死，但深池塘裡的鯉魚卻挺過高熱及暴風的襲擊，而存活下來，此外，蜥蜴與青蛙也是這場災難中的倖存者。就連離地二公里高空中的飛鳥也難逃死劫。神社的鳥居坍塌、校舍的窗戶扭曲與碎裂，附近民宅也少見磚瓦殘存者。

山林的受害狀況則更為廣大，離原爆地半徑十公里範圍內的山林在熊熊山火燃燒之下，彎曲的樹木急速間枯死，還有其他許多樹木也難逃其難，樹葉紛紛掉落，就好像迎冬的光禿樹林般。生命力較弱的松樹及杉樹，則是受害狀況最嚴重者，幾乎全部當場枯死，而其他未直接受到高熱與暴風襲擊的樹木，則是產生斑點與奇怪的彎曲畸形模樣。

原爆暴風之下，不管是沙塵暴也好，還是一條條的碎紙片，甚至是煤礦粉，全都被捲到空中，可說是真正的しのはい（死の灰），死亡之灰燼。在西南風吹之下，灰燼越過山嶺，從西山開始一路往東北各處灑落。在市中心陷入火海沒多久之後，天空就下起了黑い雨（黑雨），粗大的雨滴就像煤礦粉一樣漆黑。而死亡灰燼與黑雨裡，都夾帶了高強度的輻射物質。

那些並未馬上死亡的被爆者，全都出現了口渴的現象，他們雖然掙扎爬行找水喝，但河水上盡是浮現著油一般的物質，被爆者們並未多想，急著就口飲用，然後便一個接著一個死去。至於建築物方面，全毀的建物共有一萬三千棟糾纏成一堆廢墟，二百零三萬坪的土地變成燒毀地，長崎在一瞬間就灰飛煙滅，變成一片恐怖火海。

美國政府對於原爆的立場定調為登陸日本並阻止本土決戰可能產生之莫大傷害，同時快速終止太平洋戰爭，不過外界也有分析指出，瞄準第二次世界大戰後霸權的美國，是藉由投放原子彈來誇示國力。這是因蘇聯在對日本宣戰之前開始，一直在試圖掌握並分析相關訊息的美國，認為打倒日本的蘇聯將會是新竄出的威脅勢力，為了間接控制蘇聯，同時也將蘇聯從亞洲主導勢力之中排除出去，就需要展現強大力量作為警示。

另外，也有一說是美國為了測試輻射對人體之傷害，所以才決定於日本引爆原子彈。

《麥克阿瑟回憶錄》中，曾提到第二次原爆目標地點為大型兵器倉庫所在之小倉市，但杜魯門總統則是回憶當初經過政府閣僚會議、各軍司令官的討論結果，以及與英國首相的意見溝通之後，最早便已決定原子彈投放地點為廣島與長崎。

支持杜魯門總統說法的便是原子彈投放的前一天，也就是八月八日，美軍於長崎一帶灑放傳單，傳單上內容就是勸告日本民眾必須即刻躲避 B-29 戰機之攻擊。如同明信片般大的傳單，在預告了原子彈投放的同時，也勸告長崎市民必須避難。傳單是存在的，然而日本主張傳單是在原爆結束當晚才進行投放的，兩國之間的說詞不一。

在美國研發原子彈的過程中擔任要角，同時也負責帶領「曼哈頓計畫」的科學家羅伯特・奧本海默，一直對核武器可怕的破壞力感到難過與自責，他在與杜魯門總統會面時，便毫不隱瞞地將自己的心聲都吐露出來。

「閣下，我的雙手沾滿了鮮血。」

奧本海默日後在痛苦中回想起當初投放原子彈的決定。

「我相信當初我們應該要再更深思熟慮才對的。可是，當時我認為若使用核彈就能有效給予對方警告，說不定能減少更多的人命傷害，所以當初才決定投放原子彈的。」

針對最後成為被爆地的長崎命運，有許多爭議點逐漸被發現，其中關於戰爭悲劇的原點，就有不少更加深刻的省思之處。其中一點就是美國投放原子彈的選定過程。以作為最有力投放地點而被多次討論的京都而言，長崎恰好是在完全相反的情況下被選擇為原子彈投放標的。京都在經過反覆數次的揀選與排除之後，從原子彈投放候補地點中被排除掉，最後才在升為候補地點的長崎上空引爆原子彈。

一九四五年四月二十七日，美國的第一次於原子彈投放目標選定委員會挑選了包括京都、名古屋、橫濱、長崎等一共八個城市作為投放標的，以及其他十七個城市作為研究對象，不過到了五月十日，洛斯阿拉莫斯的奧本海默博士在辦公室舉行了第二次委員會會議，將二發原子彈投放候補地點縮減為四個城市，其中AA級目標城市為京都與廣島，A級目標城市則為橫濱與小倉。這時的揀選基準有三個，首先須為直徑範圍超過三英里的大都市，第二個基準為原爆暴風能夠有效造成破壞的地點，最後則是限定為直到八月為止都未曾被空襲過的都市。

五月二十八日，委員會將標的城市限定為工業地帶，並重新檢視在都市中心投彈以後，必須能坐收極大破壞效果的標準。委員會依照該基準選出京都、廣島、新潟，然後將橫濱與小倉排除掉，從這個時候開始，美軍便下令禁止針對選擇出來的候補城市進行砲擊，這是為了準確掌握投彈之後的傷害效果。

京都在所有選定過程中，一直都是第一候補城市，不過當時的陸軍長官亨利史汀森則從頭到尾一直反對將京都納入候補。亨利史汀森過去曾造訪京都三次，他對具有悠久歷史與保有傳統文化，同時坐擁無數文化財的京都有很深刻的了解，加上他的新婚蜜月地點就是在京都，讓他對京都擁有感性的回憶，因此促使京都在六月十四日的會議中，被排除在投彈候補城市外，會議中同時下令禁止空襲京都。

在這些即將遭遇更大死亡洗禮的候補城市中，禁止發動空襲的理由就在於美方希望這樣的決定能於日本人間傳開，並賦予「某些城市沒被空襲」的印象，以產生各種流言蜚語來誤導日方。也就是在這樣的操作之下，那些原居投彈候補都市，但被疏散到鄉下的日本孩子們，一個一個返回家鄉，甚至還有其他被空襲過的城市居民移居到這些投彈候補都市來。

由於長崎被選定為投彈候補城市，境內被禁止發動空襲，甚至因此造成了「金毘羅山的白蛇山神，阻擋了空襲攻擊，保佑長崎的安全」流言廣傳。其實長崎的金毘羅山根本沒有白蛇山神，這樣的傳言完全都是美軍戰略戰術下的結果而已。

有眾多情況顯示，長崎本可避免掉原爆悲劇，然而這樣的悲劇還是執拗地找上長崎。搭載原子彈的博克斯卡號發生過數度異常，而且最後投彈時，也與原先預定投彈在市中心的計畫不同，原子彈被投放到三公里外山腳下的浦上天主堂附近，可說是連番的不幸。

當天，僅僅一顆原子彈的爆發，就造成長崎二十四萬居民中有七萬四千名活不過當年年底。日本稱他們的死為死歿，這是因為他們的屍體無法被尋得，無數死者不是被埋沒在倒塌的市街廢墟之中，就是在短短一瞬間被燒成灰。在這個悲劇的羞恥中，包含了二萬名朝鮮被爆者，這二萬人是一萬名死者加上因投入傷者救助，而受到第二次輻射影響的雇傭工人們（註：おかまさはる（岡正治）「原爆と朝鮮人」一至六集（長崎朝鮮人的人權守護會《長崎在日朝鮮人の人権を守る会》一九八四至一九九四年））。

死於長崎原爆的雇傭工人們，便是在這種偶然與必然交叉的狀況下，迎來自己的死亡。當時位處當地之偶然，以及被徵召到三菱旗下無數軍工廠，而被強行帶到長崎之必然，在命運的浪頭上交織在一起，使得長崎朝鮮被害者的死亡格外虛無與無辜。

42

秋子無法站起身來，志翔只好將全身濕淋淋的秋子背起來以後再開始走動，只見秋子的斷腿在志翔的手臂下不停晃動。街上盡是斷垣殘壁，到處都燃起焰火，志翔默默地走在其中。

遮蓋住整條街道的，並不只坍塌的屋瓦殘骸與陣陣火舌燃燒出的煙霧，那些斷裂倒下的電線杆及電線也在馬路上糾纏不清。

「救救我！救命啊！」

在散落四周的斷垣殘壁之中，不時傳來呼喊救命的聲音。志翔轉過頭問秋子：「秋子小姐，您聽得到我說話嗎？」

「聽得到。」

「道路都毀壞了，看不出哪裡有路可走。您知道醫院是在哪一個方向嗎？」

「往山的方向走吧，這裡好恐怖，往山那裡走吧。」

秋子一直喃喃自語著往山裡走、往山裡走。這時路上各處早已堆滿屍體，火舌也未見消停，就在兩人經過燃燒中的建物時，志翔背上的秋子突然說道：「太危險了，太危險了。」

「什麼？」

「那是瓦斯會社，太危險了。」

「那麼我們得轉到另一邊走才行。」

志翔咯噔地跑到旁邊小路，只見一個頭髮已經全部燒光的人往他們的方向走來，旁邊還有顏面和雙手都血肉模糊的幾個人。那些皮膚全部都燒爛掉的人們一邊走著，一邊嘔吐。

有一些衣服已毀損掉光的人們正奔跑著，也有身上勉強掛著幾塊布條的人無力地走著。那些光溜溜的人們，身上無一不被火焚身，燒爛的皮膚上有好幾條被火吞噬的痕跡。除了那些人以外，還有一些人身上還留有衣服穿著過的痕跡，更有內衣帶子在原本樣子之下，直接於身上起火燃燒的人。白色雖然能反射炸彈所噴射出來的熱度，但黑色由於易吸熱特性，會使得皮膚受燒灼傷害更重，因此才會產生那些痕跡。除了身上被火紋身的痕跡之外，他們身上更是流血不止，其模樣看起來相當恐怖，志翔只要一看到這些被爆者，就會趕緊低下頭，並盡量往路旁靠去。

從坍方建築中踹開門板而出的人，反而回頭在原處抓著那些被卡住的人的腿，試圖要把他們拉出來，然而他們奮力一抓，卻只能抓出與軀體分離的大腿來。

放眼望去，每一個人都朝著某個地方前去，但卻沒有人前往救助那些哭喊救命者的身旁，身上負傷的人們在聽到悲鳴聲時，也小心地躲躲閃閃。

志翔這時起了個念頭，認為與其往山裡走去，不如先找個防空壕躲起來，於是他暫時先把秋子放下，並看了一下自己的身體，確認雖然身上小傷無數，但所幸並無重傷。

一旁的秋子仍不停地喃喃自語。

「謝謝，對不起。謝謝，對不起。」

志翔撕開衣角包裹住秋子的腳踝，卻仍然無法止血。他們雖然找到了防空壕，但防空壕裡滿是死傷者，兩人根本無法進入。

他們再次回到大街上，看見一個原本倒在地上的傷患在陽光底下發出不是呻吟，也不是悲鳴的怪聲，正茫然地找水喝。志翔仔細環顧周圍一看，發現旁邊有一座學校運動場，他先在運動場邊坍方建物的陰影處放下秋子，然後再回到倒在路邊的傷患身旁，攙扶著他的肩膀，把他移到秋子旁邊休息。

「水，水……」

志翔一邊聽著那個人的呻吟聲，一邊背起秋子繼續前進。他問秋子走到山區的捷徑在哪裡，秋子卻只是一直反覆念著走吧這兩個字。這時志翔也覺得自己口渴不已，只好邊走邊注意周圍是否有水，好不容易找到水井，他便將秋子放下，並將塞滿垃圾的吊桶清空，趕緊舀起水來喝。秋子也是非常口渴的樣子，緊抓著吊桶很久很久，一直不停地喝著水。

等到秋子喝完水，志翔再次將吊桶裝滿水，並拿著吊桶返回學校運動場邊。方才那個被志翔帶到陰影下的傷者正倒在那裡，志翔連忙將他扶起，並餵他喝水。

「謝謝，謝謝。」

他頻頻點頭道謝。

走出運動場的志翔，重新背起秋子行經大橋工廠前方，再穿過三原大街直往山邊前進。一路上他看到許多人用擔架搬運著血流如注且倒地不起的傷患，然後把他們全丟入現場挖出的洞穴裡，就連還活著但身體無法動彈的重傷者也被比照辦理。

山腳下有一些菜園，裡頭種植的番茄和小黃瓜等，都因為炸彈爆發後的高熱而被烤得一片焦黃。志翔把背上的秋子放下，然後走到菜園裡摘取那些蔬菜，等他摘好蔬菜並再次回來以後，他立即背上秋子，並把摘下的蔬菜夾放在自己的後背與秋子胸口之間。

「吃吧，現在總得先吃點什麼才行。」

「謝謝。」

背上的秋子小小聲地說：「不知道老公他現在怎麼樣了。」

「我人就在造船所那裡，那裡受害相對較輕，我想他應該會沒事的。」

「希望如此。」

「受害最嚴重的應該是軍工廠，那裡已經全滅了。」

「我那時正好是在走去軍工廠的路上。」

秋子突然開始哭了起來。

爬上山的志翔找到一片陰影以後，暫時放下秋子，讓秋子躺在陰影下休息。這時已經有很多人都往山上走來，志翔往市中心的方向看下去，一直無法相信眼前的光景怎會毀損得這麼嚴重。市中心的上方旋捲著大團大團的煙霧，看起來較近的天主堂已經毀圮，只剩鐘塔歪歪斜斜地站著，而坍塌的天主堂前方也依稀可看到被燻黑的聖母瑪麗亞像已經倒塌。

就在他們坐著休息之際，突然湧入的人群之中，有個女孩子叫了出來。

「那是朝鮮人，朝鮮人！」

叫出聲的是秋子鄰居家的夫人。

「我看得很清楚，這傢伙曾經進出秋子家。那個傢伙是朝鮮人！」

其他人也開始叫喊。

「出ていけ！（給我滾）」

「殺すぞ！（我要殺了你）」

有石頭飛了過來。志翔把臉貼在地面，整個人趴在地上，飛過來的石頭打在他的腋下。這時志翔突地站了起來，滿臉怒火地環視周圍，結果這時大夥兒停止丟擲石頭，接著一個男子站出來大喊：「骯髒的朝鮮人，我要殺了你。」

志翔一言不語，往那個男子前方走了三、四步，然後直盯著他的眼睛看。就在那一瞬間，志翔甚至覺得自己搞不好會殺了那個男子。「日本啊，看看你這副模樣吧！你的國家都已經變成這個樣子，你們的人民卻還一樣想要殺了朝鮮人？一點醒悟都沒有！」

「這個人到底在看什麼？」那個男子眼皮底下跳了起來，臉部也變得歪斜扭曲，搖搖晃晃地往後退了幾步。

志翔走回秋子身旁，並低頭看了一下秋子，然後又折返了回來。就在志翔往前走了一步時：「金田先生。」秋子叫喚志翔。

「把我也帶走吧。不要把我丟在這裡。」

志翔回過頭並低頭看了一下秋子，咬著牙忍耐住激動的情緒。秋子汗濕了一頭亂髮，焦急地看著志翔。

「帶我離開這裡吧。」

秋子的聲音越來越小。

志翔趕緊背起秋子，並往更高的地方找尋其他陰影處，最後在傍晚時來到防空壕入口。志翔的皮膚暴露在光線之下由黃變得又紅又腫，裡頭的肌肉因化膿而開始發出惡臭。

那天晚上，美軍的砲擊機在黑暗之中來回飛行數次，日軍雖發射了幾次高射砲，但卻完全沒有命中過。志翔坐在黑暗之中，看著高射砲發射出來的火光，在空中幻化成花火，心想著那花火原來也可以這麼美，更覺得自己不像是坐在山腳下防空壕邊的避難者，而像是坐在遠處欣賞花火的人。

在什麼也不能做的黑夜裡，時而傳來那些看起來猶如死者、倒臥在四周之傷患的呻吟聲音。他們為什麼會倒臥在那裡？失去了自己的住屋、用心養護之花草，還有努力打拼所有一切的人們，如今又該在哪裡面對明日以後的未來呢？

不只他們，我也是一樣。被火燃燒的我，只不過沒有倒下而已，但我也失去了一切。我，就是那麼活著的。

在我心裡，有著自己絕對不能失去也不能放棄、一路懷抱著的生存意義，還有咬緊牙關也想要奮發完成的理想和夢想，更有支撐如此抱負的氣節與熱情。同樣的，伴隨而來的義務與責任感也在那裡，還有獲得成就時的喜悅。然而這一切都灰飛煙滅了，人與人來往交流而構成的社會結構，也不知消散到哪裡去了。

消滅的東西不是房屋，不是自己愛穿的衣服，也不是晚餐時間那一桌用心準備的餐食，更不是自己全力以赴的職場，而是我們想要一直守護到最後的家人與朋友。俗話說，因為有家人才能成就自己，那麼這樣的人生裡，究竟有什麼要素呢？啊，沒錯，是愛。不正是因為有愛，才會有喜悅與幸福嗎？然而這一切如今也隨著熊熊火焰而消滅了。

志翔回過頭看他剛剛一時忘掉的秋子，見她沒什麼動靜，不知她是否已經入睡。志翔突然想起，就在方才的傍晚時分，一個躺在秋子身旁的孩子吐出某些東西出來以後，就這麼撒手人寰。

志翔看著秋子的動態，一度懷疑她可能也已死去，不過他並沒有靠近秋子身邊查看，只是無奈地低頭埋入雙膝之間。「不知道中田先生現在如何？」這一路上，志翔心中一直想著，無論如何都一定要把無法自行行走的秋子帶回中田先生的身邊，所以背著她走了一整天。然而此刻志翔卻反問自己，為什麼他要這麼做。

這並非因為他們是自己從端島逃離出來以後所遇到的救命恩人，也不是因為他們是自己來到日本以後，第一次也是最後一次招待自己到家中作客的人，而是因為他們對待自己就如同對待其他所有人，彼此之前沒有愛憎情仇，單純是人與人之間的相遇與來往。同理而平等地待人，不正是我們生活下去的價值嗎？

究竟是什麼把我和那些日本人們、把我們大家都變成如此悲慘的境地？是戰爭、是日本這個國家、是駕著B-29戰機來回轟炸的美國，可是這不正是人類所為嗎？是我們創造出來的東西取走我們的生命，並燃燒火海把所有一切都消滅掉，這就跟大頭咬著尾巴、自己砍殺自己的身體一樣愚蠢，這樣的混沌是我怎樣也無法理解的。

究竟是什麼把我們逼到如此絕境？我無法忘記那些明明是自己的同胞，卻要我們報答天皇陛下恩惠，還裝出一副憂國憂民樣，成群來往各處，把青年們送往戰線，或強行徵召青年勞役的人，他們說話的那張嘴、寫字的那雙手，我這輩子都忘不掉。親日，那不是為了其他任何人而做的行為，就只是為了讓自己享受榮華富貴，而出賣民族、背棄鄰里，就連自己都出賣給日本的行為罷了。所以他們根本不曉得自己所嘗到的甜頭，是毀掉多少同胞的人生才換取而來的。他們只會認為：「沒出息的你們，就繼續跪在地上爬、繼續跪在地上叫吧！我要踐踏你們，然後快活地享受肉湯飯菜、舒服地睡在綢緞羅被之中。」那些人，今天依舊徹夜安眠、活得有滋有味，除此之外，沒嘗到一絲痛苦。可是，那些人裡，也有我的父親啊。

為人的價值與尊嚴，最終須由自己來守護，而那就像禹錫曾說過的：該憤怒時，就該維持心中的那股憤怒。

小時候，我以身著白襯衫、性格嫻靜的中村老師那個形象來理解日本。在那之後也一樣，作為殖民地青年來往日本的大哥，告訴過我的日本故事，以及他買回來的留聲機或經過翻譯的西洋書籍，是我理解到的日本形象。當然，那些也都是日本的模樣。但是，儘管透過常綠會的聚會與學長們，我開始思考民族的主體為何，我仍舊無法脫離對日本的既定印象。把「基督山伯爵」用日語讀成「モンテ・クリスト伯」的我，以中村老師的白襯衫和留聲機來認識日本，這樣的認知根深蒂固地萌芽在我心裡，直到我離開春川為止。

這無異於瞎了一隻眼，根本不知道自己看到的只是冰山一角。我所看到的冰山一角就是中村老師的白襯衫和哥哥買回來的留聲機，然而我看不見的那隱藏在水面下之日本，是軍艦島、是端島礦坑、是三菱造船所裡的每一日。不只如此，水面下還有戰爭，以及面對戰爭之狂妄的這塊巨大之惡，都是我之前未曾窺視到的。

人們看到我，就會咬牙切齒地說我是親日派走狗之子。那樣的我，只看到日本的一小部分，卻眼盲地未曾發現它隱藏起來的其他模樣。接著還會發生什麼呢？還有什麼沒有發生呢？志翔對於日後的遭遇感到害怕。會是死亡嗎？隨便被棄置在大街上的死亡，是近在身旁的死亡，與我之間僅有一步之遙。

然而，志翔的心中認為不會再有什麼事情發生了。事到如今，不管看到誰，也只會不在意地招呼著：「啊，是你啊。原來是你呀。」然後默默地等待人生盡頭的來臨。現在活著已經不像是活著，生與死之間要如何區分，讓人費解。究竟什麼是生、什麼是死？在日本活著的每一天都不像是活著，要是現在就這麼死去，其實也只不過是那不像活著的生活走到終點而已。

志翔心想，我現在一無所有，沒有所求，也沒有需要孤注一擲的東西，可我一定也有珍重之物才對。他在心中不停叫喚著媽媽、瑞螢、兒子。我把他們都留在家鄉，孑然一身來到這裡。

生活、和所愛之人常伴身旁、和有感情的人一同分享喜悅、陽光斜射進來的房間，和長有雞冠花的庭院，再加上一隻狗狗陪伴，不就是活著該有的樣子嗎？

那才是活著的樣子。我還沒失去活著該有的樣子，我的家人們都還在故鄉。雖然我失去了活著的意義、信任與價值，但我還有留著的生活的基本，愛。因為還有愛，我必須重新振作我的人生。如今我已了解愛的重要性，我終於知道人與人之間的關係就建築在愛上頭。

人與愛。現在我了解能夠相互倚賴與依偎的是人，而連結起人與人之間的是愛。

志翔從雙膝之間抬起頭來，並在黑暗之中望向金毘羅山，突然想起大家說那裡住了山神。志翔之前從廣在那裡聽過盤旋在造船所宿舍外的金毘羅山裡，住了白蛇山神的故事，據說是白蛇山神阻擋了盤旋在長崎上空的美國軍機之攻擊，雖然當時志翔對這個荒唐的故事嗤之以鼻，但心中卻也不是沒希望過這個故事是真的。畢竟，被夾在戰爭這個巨大齒輪的百姓們，心中懇切的希望不正是寄託在那個故事裡嗎？那時候，志翔是這麼想的：平民如我們，難道只能將心靈寄託在這個愚昧的希望上嗎？

志翔突然想起造船所裡的同伴們，不知道他們現在狀況又是如何。造船所都已經變成那個樣子，宿舍自然不可能殘存下來，那麼是否該到稻佐山的防空壕去尋找他們呢？

志翔靠近身上無一處不感到痛楚的秋子。不知道秋子是否已經死去的志翔，不好意思地挨著秋子身邊坐了下來。

「秋子小姐。」

秋子沒有回應，但志翔感受到她的呼吸聲，同時也聽到一股微弱的呻吟聲。志翔低聲地說：「明天回家吧，我們也一起去造船所看看，還得要找中田先生呢。」

志翔暗暗決定，如果造船所和秋子的家都已經被毀滅，到處也找不到中田先生，那麼至少也要把秋子護送到醫院，在前往防空壕尋找夥伴們之前，一定要完成這件事。

在距離原爆地點三公里外的聖約瑟夫醫院裡，護士冬子就感覺到原子彈落地那瞬間的強大光線與聲響，可是她以為那是X光室裡的變壓器產生較大火花之故。這是因為那時醫院剛好停電，加上醫院設施老舊，之前就曾發生過好幾次類似現象，所以直到傷患湧入醫院以後，她才知道事態的嚴重性。

一個光著腳、身上衣服碎裂而赤身裸體，並瘋狂哭吼著跑來醫院的男子是第一個傷患，而在那名男子後頭，又有另一個像是跟著男子跑來的人。過沒多久，便陸續有許多渾身是血的人進來排隊就診，他們身上的衣服幾乎都被燒毀，全都是光著身子。

有位背上插滿玻璃碎片並滿身鮮血的女子，臉上被燒灼成歪七扭八的樣子，她心急地抱著孩子走進醫院，此時醫院外牆倒塌下來，加上患者們哭天搶地的淚泣聲，讓醫院轉瞬間就成了人間煉獄。眾多傷勢恐怖的患者就像波浪般持續湧入醫院，這些能夠自行前來醫院的傷患多是受到燒傷，他們在幾乎失去意識的狀態下不停喊著：「水、水、水，給我水！」

「救救我！」

他們抓著每一個看似醫院工作人員的人，並哀切地求著對方，不過醫院表示燒燙傷有危險之虞，於是禁止患者喝水。究竟是誰下令禁止給水？冬子眼看所有傷患是那麼哀求要水喝，心中認為只要是能滿足這些快死去傷患的事情，就該盡量滿足他們，同時忙進忙出地照顧這些患者。冬子懷抱著身為護士的驕傲，穿上這身白衣至今已經一年半。

當醫生一下令可給水讓傷患飲用時，冬子就立刻跑到走廊上大喊：「請喝水！醫生說患者可喝水了。」

就在這時，有人叫住冬子。

「冬子。」

她轉身一看，是自己的父親。冬子父親的額頭上血流如注，冬子看著父親，一時說不出話來。

「媽媽她和澄夫也來了，他們傷得很重，現在就在醫院的院子那裡，你快去救救他們。」

冬子的父親就像失魂的人一樣，對自己的女兒說話竟是敬語半語參半，說話語無倫次。父親告訴她長崎市區已經全毀，並變成一片火海，急得冬子立刻飛奔到院子去找母親。

「姊姊！」

冬子聽到這一句呼喚，便立刻跑了過去。叫住她的是家中老么。母親就在他的身邊，正躺在一堆傷患之中，母親的臉因為燒傷而腫脹，身上的衣服也幾乎都燒得精光，整個人就跟裸體沒什麼兩樣，如果老么沒叫喚她，她恐怕也無法在人潮中認出自己的母親來。冬子弟弟的臉頰上也被火燒傷，全身更是被燒得一片焦黑，上衣呈現脫掉的狀態。冬子看母親和弟弟似乎對外面狀況感到害怕，於是她就先把他們倆帶到醫院的防空壕裡躺下休息。冬子母親的身體顫抖不已，跑回醫院拿藥過來的冬子趕忙在母親臉上擦上一層油，然後開始用繃帶進行包紮。

隨著時間的經過，醫院的走廊與實驗室都已經充滿患者，甚至就連車庫也是滿滿的傷患。不只如此，在階梯與院子、醫院大門前一樣持續湧入排隊等待診治的傷患，使得在醫院裡走動變得極為困難。這時可見受傷較輕的人主動攙扶著重傷患，到處都有傷患在嘔吐。

被派到醫院附近消防通道打掃的女學生們，搖搖晃晃地成群走入醫院。傷者持續增加，此時走廊也好，防空壕也罷，甚至院子樹蔭底下與草地旁的圍牆陰影……不管哪裡都有患者橫躺豎臥著。冬子走向他們，並詢問他們的名字及住址，然後為他們一個一個掛上名牌。許多傷患的臉極度腫脹，不只被燒傷，還血汗斑駁，根本無法光從臉蛋判斷他們是男是女。

因為這些患者多是單獨前來，並未與保護者同行，所以冬子只能一個一個詢問他們的姓名和住址。

「你的住址？住址。」

「赤尾町……」

冬子的下巴流下滴滴汗水。

「那麼，是西浦上那裡囉？」

「老奶奶！」

「……」

眼前的婦人已經死亡。冬子正在詢問姓名與地址的途中，只好先將這名死去的婦人推往一旁，然後再轉身繼續詢問後面的傷患。

「大叔，您的名字呢？」

可是這名男子卻是抬頭望向站在秋子後方的女子。男子說道：「原來你沒事。」

看來前往醫院求診的這名男子，應該是見到自己的妻子了。男子茫然地看著妻子，然後也說了相同的話。

「你也沒事。」

男子好像沒有任何情緒能表達自己自己的感情。他的衣服碎裂並露出胸膛，身上還流著鮮血，他的妻子看著他，臉上的表情像是在說「什麼沒事？這個人現在到底在說些什麼？」然而妻子只是張著嘴巴凝視丈夫而已。

這時，冬子大聲對他們說道：「兩位請到那邊去！」

男子又開口：「原來你沒事。」

醫院這時能準備的藥也就只有硫酸鋅和鋅類的油品藥。最早的時候，醫院還能正常調配藥劑，使用含鋅藥品進行醫療，但隨著患者大量湧入，醫院的備藥立刻告罄，最後只好從倉庫裡拿出橄欖油、花生油、冬柏花油、煉乳，並把這些油品倒入白鐵罐內，然後以手掌為傷患進行擦拭。剩餘的藥品就只有紅藥水與繃帶而已。

擦完藥並綁上繃帶的患者逐漸增加，醫院內也變成一副怪異的模樣。塗抹上白色鋅類藥品的患者，看起來就像一個雪人，而那些全身擦上紅藥水的患者，則像是童話書裡的山鬼。這些全身雪白或全身火紅的患者混雜在一起，讓醫院裡頭熙熙攘攘、人聲沸騰。冬子只給燒傷嚴重的患者撒上食鹽水，然後無意識地拿著繃帶和紅藥水，穿梭在惡臭難聞的步道上。

夜漸漸變深，冬子穿越長長的步道，並站在往樓下的階梯前時，突然想起作為海軍特攻隊員駕駛戰機出擊的幸一。幸一，那個冬子努力想要忘記的名字、一次又一次下定決心要忘記的名字。秋子姊姊帶著你的遺書來找我，她讓我讀你的遺書。難過地靠牆而立的冬子，這時心中反覆問著：幸一，你怎麼就死了呢？

翌日。

午後，在八月炎熱天氣之中，屍體腐爛後所產生的惡臭，著實讓人聞了以後，感到頭痛不已。於是院方做出了決定，首先把醫院內的所有屍體都移到戶外，然後再於醫院旁的空地進行火葬。

警防團雖負責搬運屍體，但由於他們原本人數就少，所以包括冬子在內的所有護士，也都必須一同搬運屍體。當警察官將死者的姓名、衣著樣貌、年紀、服裝等各種訊息記錄下來以後，屍體就立刻一具接著一具被抬出去。冬子方才給患者們掛上的名牌，對於這項業務起了很大助益。

這些半裸的屍體，因顏面和身軀都受到嚴重燒灼，儘管熟人也很難辨認出其身分。雖然冬子忙得汗如雨下，為所有傷患掛上名條，但仍有一些名條掉落的死者，更有一些還來不及掛上名條就離開人世的死者。為了確認這些死者的身分，就只能摸索他們的口袋或內衣，試圖找出可供辨別的東西，然後簡單地記錄下他們的年齡、性別與服裝等。

那些因房屋倒塌而陷落的木材，在這個時候也臨時被移運到醫院旁的臨時火葬場來，警防團將這些木材堆積起來以後，把屍體放在木材上頭，然後再蓋上一層木材，最後撒上石油並點火燃燒。燃燒時所產生的煙霧往上冒出，屍體燃燒的味道則陣陣飄入醫院裡。

趕來醫院探視家屬的人越來越多。抓著屍體痛苦的人、看到孩子慘死模樣而暈厥過去的母親、雖然很晚才來醫院，但早就知道家屬死訊並抱著屍體痛哭的人……死別的痛苦瀰漫著整個醫院，一直未見消停。

有個女子在冬子的攙扶之下，從醫院二樓走了下來，那位女子的胸前還抱了一個小孩。女子見醫院玄關前有人丟棄的染血防寒服，便把衣服撿起，並裹在孩子身上，然後走出醫院。走到臨時火葬場的那位女子，環視了看守在那裡的軍人及警察，當她發現一位軍人將校之後，隨即走上前去，把自己的孩子交給他，拜託他燒了自己的孩子。那位女子並沒有哭。

「請您到那邊去報到，告訴他們您的住址與姓名。」

將校這麼對女子說。一旁的警察拿來紙張，記錄了女子的孩子姓名與住址。這時，那位將校把部下叫了過來。

「把這孩子燒了！是個小孩。」

軍人們隨意取來一個油桶，並在裡頭裝入石油，然後把用染血防寒服包裹住的孩子丟進油桶。兩個孩子的手腳緊緊相握，就這麼被扔進熊熊火焰之中，那高聳竄起的火舌，相當於人的三倍身高。女子就站在那裡，茫然地看著火焰吞噬掉自己的孩子。女子見孩子的頭部率先著起火來，不一會兒，她便踏著凌亂的腳步，踉蹌離開在昏暗夜色之中。

夜色低垂，因為停電的關係，整座醫院籠罩在黑暗之中。這時稀稀落落的燭火亮起，醫生們則是靠著手電筒和煤油燈來繼續進行診療。

冬子走過漆黑的走廊，並向淺野醫生說道：「您的公子，龍泰他怪怪的。」

淺野醫生的兒子是在全身燒傷的狀態下被送來醫院的。一聽這話，雙手低垂且快要累倒的淺野醫生，連忙飛奔到兒子的病房去。

院長站在他的身邊，告訴他已經幫他的兒子投入強心劑，但不管怎麼叫喚他的兒子都沒有反應。冬子檢查龍泰的脈搏，這才發現龍泰已經死亡。淺野醫生聽著和躺在兒子邊的妻子痛哭失聲，低頭不語望向破碎的玻璃窗外。他抱著兒子走出病房，穿過黑暗夜色，將兒子投入熊熊烈焰之中，跟在他身後一同前來的護士們都不捨地哭了出來。淺野醫生看著高聳火舌，終於情緒潰堤，把額頭靠在冬子的肩膀上，放聲痛哭。

那天的診療一直到深夜才結束，所有職員聚集在休息室裡，每個人都累得癱軟在地，看起來就像軟趴趴的抹布一樣。雖然大夥兒忙了一天都沒吃東西，可是卻沒有人有食慾。

冬子拿著燭火巡邏醫院，到處都聽的到傷患們的呻吟聲。

「水，水。」

黑暗之中，沉重難熬的時間就像石油滑過般快速地流逝。

隔天早上，在醫院二樓的冬子醒來之後，往外頭望去。冬子透過晨光，看到前一天拜託軍人燒掉自己孩子的那名女子來到醫院前，在自己孩子火葬的位置徘徊了好一會兒，然後低身在灰燼中撿拾了幾塊骨頭。就像是在凝望大清早快步出門買豆腐的家庭主婦那樣，冬子也一直靜靜地看著那位失去孩子的女子。

43

長崎車站前已沒有東西殘存下來，有的只是那些被燒光樹葉的樹木們、歪七扭八倒在路旁的腳踏車、一片焦黑的電車與腳踏車骨架、仍然散落在大街上的屍體，整座已成廢墟的市街地就籠罩在煙霧與瓦斯之中。車站旁有一個少女大汗淋漓，不停地唱著〈君之代〉。

就在車站對面的山坡地，有兩人被捲入坍塌的二層樓照相館屋瓦碎片之中，他們掙扎著從斷垣殘壁中爬出，並搖搖晃晃地站起身來。那是幸運照相館的老闆青森與他的兒子。他們的住家著了火，從掉落下來的門板縫隙間鑽出身來的兒子叫喚著父親。

「爸。」

「我在這裡，三郎。」

「我們不是誓言過要為祖國奉獻生命嗎？」

青森掙扎著要推開壓在胸口上的柱子，他的臉上滿是鮮血。

「為了國家。爸，我們不是喊過天皇陛下萬歲嗎？」

接著換兒子高喊。

「てんのうへいかばんざい、ばんざい！（天皇陛下萬歲）」

兒子撥開這些毀損的家具，並站起身來。

「爸，你也喊呀。てんのうへいかばんざい！」

青森也跟著喊起萬歲來，可是他的喉嚨卻發不出任何聲音。青森只能舉起手臂揮舞，好不容易從碎屋瓦中爬出來的兒子，趕忙叫人來幫忙，把父親從柱子底下拉出來。被拉出到大街上的照相館老闆青森，這時雙腳一癱，整個人倒在地上，他的兒子在一旁喊著萬歲。

「てんのうへいかばんざい、てんのうへいかばんざい。」

幫忙抬起柱子的男子，把頭上的毛巾解了下來，一邊擦拭汗水，一邊問道：「你兒子，精神有問題嗎？」

「不是的，他救了我。我也是喊了幾聲萬歲，心裡才稍微鎮靜下來的。是天皇陛下救了我們。」

青森喃喃說著。

「沒想到生為日本人是這麼的幸運。想到為了天皇陛下而死的那一瞬間，心裡就覺得很平靜。てんのうへいかばんざい！」

那天一直到深夜以後，岡野才返回長崎的下宿房。

岡野是憲兵隊軍曹（中士），他所配戴的昭和刀是一種做工很粗劣的刀，不管用來砍殺什麼，刀刃都會變歪，所以岡野有時候會把刀尖抵著地上，並著長靴踩壓刀刃，使刀刃變回平穩狀態。

由於他的臉色看起來不好，而且神情有些不安，下宿房東松田便問他：「發生了什麼事嗎？」

他嘰哩咕嚕地說：「今天可有得睡了。我今天去砍了兩個朝鮮人，可是刀子也要刺得進去才行啊，光是抽打哪能砍人？」

黑暗之中，松田想著那把刀根本砍不了人，搞不好他是揪著人家脖子，把對方給掐死的。松田一邊揮著手驅趕在耳邊嗡嗡作響的蚊子，一邊念念有詞：可是他為什麼要去砍朝鮮人？

前一天才在大火燃燒的街道上四處巡邏，等到早上才拖著疲憊的身軀返回司令部的岡野，又從上頭那裡收到了提交受害狀況報告書的命令。本想隨便寫寫就好的岡野，這時又收到指令，前往市中心清除未爆彈並進行巡守，以防止有人進行搶劫。等到下午返回部隊的時候，岡野聽到了人在福岡軍司令部的專家們被斬殺的消息。

據說在廣島原爆的二天後，被關在九州北端福岡軍司令部俘虜收容所裡的 B-29 搭乘員戰俘全員被斬殺死亡。所謂的斬殺，是指用刀子由頸部砍殺死亡，而這也是日方對於空襲與原爆的報復。知道戰爭即將結束的航空司令部參謀們，決定隱蔽將這些戰俘處刑的事實，並銷毀了許多相關文件。最後他們以搭乘 B-29 戰機的專家們因空襲之罪關入俘虜收容所後，全體在裡頭猝死為由，隱蔽處刑之事實。

根據岡野所打聽到的結果，航空司令部從各部門挑選出力道大的武術有級者，其中有一位叫做橋本的成員，剛好是岡野以前的同窗，大學時曾活躍於劍道社。據說在這次的斬殺行動中，那些放火燃燒特攻隊要搭乘之飛機的朝鮮學徒兵囚犯們，也一併進行處刑，而之所以會讓岡野如此狂氣大發的原因，正是朝鮮囚犯們的罪行。「沒錯，就是那群朝鮮人！那些傢伙們在關東大地震時，也曾經在井水裡下毒。這次剛好可以拿他們來試我這把刀！」

「松田，你知道嗎？我一定要讓你瞧瞧我這把刀利不利。」

「啊，是這樣嗎？」

「只要刀一出鞘，就得砍幾個人才行。難道不是嗎？」

「那，那個……可是，岡野先生，您那把刀也算刀嗎？您得弄把好刀來才行呀。您也該弄把備前名劍帶在身邊了吧？」

岡山縣的備前自古以來就以出產好刀聞名，同樣以礦產豐富與高品質陶瓷器聞名的備前刀劍，就等於名劍的代名詞。

當時被稱為皇軍的日本軍隊，和依據身分與貧富而產生格差的日本社會不同，身分不構成任何問題，為一君萬民（譯註：君萬民論指的是僅認可君主一人與生俱來的權威及權限，至於其他臣子與人民之間則不問身分差別。這個主張為幕末時期的吉田松陰所倡導，並多受討幕派的志士支持）之組織。任何人在軍隊裡，只要忠實地服從命令與完成勤務，哪怕是貧農人家的第三子等末子身分，也能獲得穩定的生活，同時也能至少升官至下級將校的階級。在這種主張之下，皇軍就成了在傳統社會中受挫之日本民眾立身成名之路，因此皇軍一直擁有獨特的高人氣。

無法保有強大大眾組織的右翼分子，就利用這點來做為戰爭的原動力，並在士兵之間造成一股輕視人命的風潮蔓延開來。

岡野突然一喊：「到底是不是這樣？」

「您，您在說什麼……」

「你給我好好回答。拔刀出鞘以後，就該砍幾個人才對。Yes か？No か？」

「是，是。是 Yes。」

這段期間，日本很流行「Yes か？No か？」這句話。這句話起源於當初日軍將軍在登陸菲律賓之後，為了確認英軍是否投降，所大聲高喊的「Yes か？No か？」，話中帶有極輕薄之意。隨著這句話廣為流傳開來，一般人和朋友聊天之際，為了詢問對方的意思時，也會半開玩笑地使用這句「Yes か？No か？」。

被岡田的氣勢所壓，反覆說了好幾次 Yes 的松田，這時結結巴巴地問：「現在都這麼晚了，還要出去砍人？明天再去吧。」

「不行！今天我已經拔刀了！」

「這個人分明就不正常。」松田張著嘴目送岡野搖搖晃晃地走出門外。

聽說那些受了輕傷到醫院接受治療以後，再返回家中的人都活了下來，真是讓人感到高興，而且家裡雖然著了火，但所幸並未坍塌毀壞，也值得再次感謝老天爺。不過，開心只是短暫的，一進到屋裡以後，馬上就發現屋裡已經沒有任何可以使用的用品，一些值錢的東西也全被小偷一掃而空。

變成廢墟的車站旁廣場前，有許多人相繼走到尋人的告示板前。告示板上貼有紙張，那些紙張就像是一句句無言的吶喊。

「我們都沒事，幸子。」

霞。

「姊，你在哪裡？阿清在找你。」

「阿武，我們都沒事。你看到了一定要跟我們聯絡。橘。」

一天又快要過了，八月的太陽就像是不甘落日似的，在這片幾乎成了廢墟的長崎土地上，照射下火熱的晚霞。

那天和禹錫分開並走入隧道裡的二八，被狂風推進洞穴裡，整個人撞上岩壁後掉了下來。外頭的工人們因為感覺炎熱，都脫掉了上衣，原子彈爆炸以後，他們的背上全都被燒傷。至於其他人，身上的工作服全都被撕裂開來，同時被兩側入口的暴風捲進隧道，並造成鼓膜破裂。

受傷者接連爬進隧道內躺下休息，沒一會兒，正在進行工程中的洞穴就成了防空壕與避難所。二八帶領著人們前往丘陵下方的田地，並在那裡挖出已經熟透的馬鈴薯。不只如此，他們還帶回了熟南瓜，全體朝鮮人們就聚集在洞穴裡吃著那些蔬菜止飢。

二八失魂似的喃喃自語：「食堂大嬸一直大喊救命，好不容易把他拉出來，結果肩膀不知道是碎掉了還是怎麼的，她的手臂根本只是掛在上頭的樣子。」

「外面的人，那些搬運工都飛到哪裡去了？」

「應該都死了吧……」

禹錫沒有回來。二八猜想禹錫大概也是被暴風捲到別的地方去了，但想要去找他也不知道該去哪裡找，這讓想著禹錫的二八更覺心情沉重。這個時候如果禹錫在，不知道該有多大的幫助。

翌日。二八把傷勢輕微的幾個人召集起來，並編成幾個小組。

「我們朝鮮人們先團結起來吧。現在我們先把受傷的人帶回洞穴來，屍體就清理掉。」

他們把那些屍體堆放在那些從毀壞的房屋中飛過來的木頭、木塊上。大約過了一個上午，二八心想屍體的清理工作差不多該告一段落，於是便在屍體堆上點火燃燒，雇傭工人們圍在火堆旁，臉上因火焰炎熱而流出汗水。

沒有人開口說話。混著汗水而潸然落下的淚水正在他們的臉龐上閃耀著，而他們只是靜靜地用充滿血絲的眼睛望著火焰燃燒。他們並未移開視線，一直看著那些屍體被燒得一片焦黑。就算是客死他鄉，我也從沒想過竟會是這種死法。沒人抬喪輿，就這麼淒涼地走了、沒人幫忙在下葬時填灰，然後就這麼隨便就地埋起。二八連淚水都沒擦，便把從坍塌宿舍那裡撿到的紙張分發給圍在火堆旁的雇傭工人們。

「就算沒能幫忙奏喪曲，至少也得燒紙送他們一程吧？如果能夠寫下他們的名字就好了，只是也要看得出來誰是誰才能寫啊。」

每個朝鮮人們只是默默地將手上紙張捲成一個圓，然後走到燃燒屍體的火堆旁，把手上的紙圓圈丟入火堆中。眾人淚目看著灰燼往天空飛去，一直到紙圓圈完全燒光為止。灰燼時而下墜，時而團團往天空飛去，大夥兒就這樣靜靜地送走了死去的同伴。

雇傭工人們進入宿舍附近已經倒塌的倉庫裡，才得以找到食物食用。倉庫裡有麥子與豆子，他們把這些食物拿來烹煮以後，先分發給傷患食用，然後其他人則結伴一起往山上去，二八利用木片建了一個有屋頂、能夠遮風避雨的臨時居所，並將傷患移到陰影下。

這時，不知道從哪裡飛來一群蒼蠅，蒼蠅盤旋聚集在一起，一直延伸到山麓邊。雇傭工人雖然有時也會跑到電車終點站附近的食堂過夜，但隔天只要一被老闆趕出來，他們就會回到山裡，也因此山裡的臨時居所越來越擠。

「就只有死人最委屈了。」

「無處可去也無處可待，真是孤苦伶仃。我們現在就是那副慘樣呀。」

「話說回來，現在我們也該回朝鮮了吧？」

「日本還沒完全戰敗，要是我們跑了，結果被抓回來該怎辦？」

「抓就抓，總之我想走了。」

「走去哪兒？你知道東西南北哪裡可去嗎？」

眾人聽了以後，都說不出話來，每個人的表情都不相信有機會回家。說要回朝鮮什麼的，可是就像那個人說的，日本還沒完全戰敗，就算真要走，也不知道到底哪裡能去、哪裡不能去……二八只覺得腦袋一片空白。

在工人們領取食糧配給的地下室裡遭受原爆攻擊的吉男，為了找尋父親，好不容易才爬上來刑務所的小丘上，然而原爆地旁刑務所的空地上，所有東西都被炸光，只剩下焦黑碎裂的牆土散落一地，連個人影都沒有。

「爸爸……」

吉男哭了出來。他身上隨風飄搖的破衣服，沾黏著汗水與鮮血，凝結在纏有綁腿的雙腿上。原本存在的刑務所就這麼消失得無蹤無影，這麼看來，父親他應該也不在這人世了。失魂癱坐在地上的吉男突然想起父親曾說過經常到刑務所外頭服勞役，那麼父親說不定還活著，於是他不管腿上仍然血流如注，開始往造船所的方向趕去。

吉男前往造船所的途中，看到一片斷垣殘壁上有幾顆不知道從哪裡飛來的熟南瓜，藤蔓部分已經乾枯，他爬到那堆碎裂的屋瓦上頭，順著南瓜莖藤把南瓜抓了下來，然後緊緊抱著南瓜就地吃起。

已成廢墟的大街上，有個女子抱著孩子走來走去，仔細一看，發現那個孩子已經死亡，蒼蠅正盤旋在他的雙眼與鼻孔處。

「我的老天。」

吉男開始發嘔。看來那名女子應該已經抱著死去的孩子走了一整天。

那天晚上，吉男坐在防空壕裡。到了深夜時分，坐在他對面的三、四個人之中，突然有一人大聲怒吼：「那個傢伙是朝鮮人！」

那個人指向吉男。

「什麼？是哪個人？」

「坐在那邊尾端的人。他是隧道工地那裡的朝鮮人。」

突然有兩名男子起身並拎著棍棒往吉男走來，吉男連忙大聲叫著：「不是！你們搞錯了！我不是朝鮮人。」

「你這傢伙，你的口音分明就不一樣，是朝鮮人的口音！」

「饒了我，拜託饒了我。」

吉男搓著雙手，用哀求的眼光看著他們。

「不想死，就給我滾出去！」

「饒了我！」

「叫你滾出去，沒聽到嗎？你這傢伙！」

「拜託饒了我！」

吉男跪著大喊，並環視防空壕裡的人。

就在這時，他看到自己經常光顧的那間民家改造酒店老闆熊本，他的頭髮已被燒光，正坐在邊上。吉男心想窮則變、變則通，眼前已有一條生路，於是他低三下似的懇求：「熊本先生，您好。我是吉男，福田吉男。」

熊本轉過頭來。他的一隻眼睛已被火燒傷，半張臉綁著繃帶。

「是我啊，在住吉隧道工地的福田吉男。」

然而熊本卻一言不語。

「你認識這個人嗎？」

拿著棍棒的男子詢問熊本。也不知熊本的脖子是否無法轉動，他挺直著脖子，然後搖了搖手。男子見狀便拿著棍棒往吉男的肩膀大力抽打，吉男痛得發出悲鳴聲，並在地上打滾。

「媽的，你這朝鮮傢伙滿口謊話。在我打死你之前，你最好給我滾出去！還不快滾？」

吉男大聲吼了一句：「熊本！你也不想想跟我借了多少錢！」

吉男夾著雙腿慌忙爬出防空壕外，又氣又急地哽咽著。

「媽的，你們這些狗娘養的！狗崽子！狗崽子！」

一瘸一拐地走在昏暗巷弄中的吉男，突然被什麼東西給絆住腳。這時一個躺在地上的人對著吉男說：「你小心點，踩到我的手臂了。」

唉，我怎麼沒想到呢？從防空壕出來以後，獨自走在黑暗之中的吉男突然靈光一現，便停下一拐一瘸的腳步，回想起六指的櫃子。

吉男知道六指的櫃子裡並沒有放錢，但他卻把賺來的錢都換成金塊，然後放在那個櫃子裡。只是那個櫃子到底放在哪裡呢？六指不可能將櫃子放在日本夫人那裡，也許是放在自己房間的壁櫥裡了。那個櫃子被鎖的十分嚴實，被一個拳頭般大小的德國製鎖頭牢牢鎖著。「你們想回朝鮮的就回去看看啊！那時我擁有的土地大概足夠我走上大半天了。哈哈哈哈！」六指當初說這話時，是在他生日那天早上喝過祝酒，人正醉醺醺的時候。吉男心想：我怎麼會忘記那個可以買下足以走上大半天的土地的寶櫃呢？

吉男前去六指的飯場，那裡也是一片精光，食堂與宿舍全部坍塌在地，所有建物都在暴風吹襲下灰飛煙滅，就連個骨架形體都不留。這裡真的是大夥兒們一起吃住的地方嗎？看著眼前令人難以置信的光景，看到失神的吉男轉往六指的日本夫人居住之思案橋山丘地，然而那裡已經被燒成一片灰燼，除了煙氣盤繞之外，什麼也沒有。

得找出六指的櫃子才行。現在正是好時機，白天在現場翻找櫃子，要是有人看到，也不能肯定對方是不是趁亂打劫的盜賊，會發生什麼事情可難說，所以要趁晚上把櫃子找出來，然後再找個地方藏起來。「這就是所謂的一箭雙雕，要是六指還活著，兩人遇見時，把櫃子找出來的我就成了他的恩人，是他打拼天下的開國功臣。如果他永遠都不出現？」吉男想到這裡就不禁笑了出來。這還用說嗎？當然是把他的金塊給吞下來啊！那可是辛苦過後的報酬呢！

吉男把棍子當成拐杖，並拄著它爬上山路。他穿過小溪與竹林，一瘸一拐地來到宿舍所在之處，這時他已經汗流浹背。就在吉男開始在這些倒塌房屋中的木材堆裡東翻西找時，突然有人從黑暗裡嘎噔嘎噔地走了過來。

「喂，朝鮮人，我就知道你會過來這裡。」

受到驚嚇的吉男往後踩空一步，咚地一聲摔坐在地上。

「什、什麼！你是誰？」

「我知道你一定會過來這裡，早就在這裡等著了。朝鮮人。」

「我不是朝鮮人，我是福田吉男，這裡隧道工地的負責人。」

那個從黑暗中走來的男子突然大吼。

「Yesか？Noか？」

「什麼？什麼Yesか？Noか？」

「この野郎！（你這傢伙！）」

大聲長吼的男子突然以刀尾抵著吉男的下巴，然後提高聲音：「Yesか？Noか？」

岡野的刀在黑暗中亮出刀光，並往吉男的肩膀砍了下來。

吉男也不知道是如何爬到那裡的，只知當他睜開眼時，已經是早上了。他聽到救護隊帶著飯糰上來的聲音，才睜開眼來，被刀子砍傷的肩膀血流不止，沾血的上衣緊緊黏在身體上。兩個在肩膀上背著裝有飯糰，看起來有如糖板般包裹的日本人行經此地，並且發現吉男。在他們查看吉男傷勢時，吉男聽到他們的講話聲。

「啊！他還活著。」

吉男懇求：「水，給我水。」

「什麼？」

「みず、おみず。（水，水）だすけでくれ。（幫幫我）」

兩個日本人努力聽著他細微的聲音，突然像是發現什麼重大事情般的說：「他是朝鮮人啦。」

日本人用腳尖碰了碰他的身體，然後邊盯著他看邊說：「是朝鮮人沒錯。這傢伙是朝鮮人。」

水，給我水。啊，不對，給我みず。おみずください。吉男心裡雖不停叫喚著，但他發現自己講不出聲，就連眼睛都睜不開來。

「看這朝鮮人大概活不久了。」

「既然是朝鮮人，那就別給他了，我們日本人現在都不夠吃喝了。」

「唉唷，好噁心。你看這堆蒼蠅啦！」

吉男聽到其中一個男子不耐煩的聲音，隨後兩人的腳步聲越來越遠，他再也看不到任何一個人。在他意識模糊之中，彷彿聽到消失的腳步聲再度走了回來。不一會兒，窸窸窣窣的腳步聲在他身邊停了下來。

「就當作是在供養佛祖吧。」

那個人在吉男的頭頂邊放了個飯糰，然後就馬上離去。啊，是飯。吉男伸出手，想要抓住那個飯糰，可是他的手指卻動彈不得，不管怎麼用力伸手，手臂就是不聽使喚，就像是掛在身體上頭這樣而已。他趴在地上，一直瞪大著眼看著那顆飯糰，直到沒了氣息。

44

一名男子像是要衝向禹錫似的跑了過來，禹錫趕緊把手中的棍子高舉起來，只見那名男子像個瘋子一樣大聲吼叫。

「是新型炸彈，啊啊啊啊！新型炸彈！啊啊啊啊！是新型炸彈，新型炸彈！」

禹錫呆呆地看著那個人一邊叫著，一邊從他身邊掠過的背影。一直到那一刻，禹錫從未想過是新型炸彈或是其他什麼炸彈被丟了下來，他只知道這座城市被什麼東西給引爆了，但從沒想過是被炸彈炸掉。

禹錫爬到山上，然後蜷著身子躲在草叢裡，只見有許多被嚴重燒傷的人也爬進草叢來。像是從天上傾瀉下來的夕陽與暑氣，牢牢地包圍著他們，這時不知從哪裡飛來的蒼蠅正群集在山腳下，無數的蒼蠅發出嗡嗡聲響並不斷盤旋，看起來相當驚人。那些蒼蠅往無法動彈的傷者身上貼了過去，一邊嗡嗡作聲，一邊盡情吸取傷者身上的鮮血與膿液。由於那些蒼蠅是牢牢貼緊傷口，所以已經重傷到連手都舉不起來的傷者，根本就無力驅趕那些蒼蠅。

禹錫那奇怪變黃又浮腫起來的後背，露出了鮮紅肌肉，一到傍晚時分就又開始流膿，並發出陣陣惡臭。這時，他身旁一個縮著身體的女子突然對他說：「那個，我可以拜託你一件事情嗎？」

「什麼事情？」

「你可以幫我把我的手臂綁起來嗎？」

衣袖都已經裂開的女子，失去了一邊的手腕。不知道是誰幫她把手腕綁起來，只見一塊血布粗略地把她的手腕綁在手臂尾端。女子拜託禹錫幫她撕下衣袖並綁好手臂，然後秀出她另一邊還沒裂開的衣袖。

禹錫點點頭，然後撕下自己已經破裂並飄來飄去的褲管。當禹錫用力將她的手臂往上綁好，女子還沒來得及道謝就暈厥倒在一旁。這時，救護隊剛好帶著水上山來。

就在禹錫拿到水喝，並返回原位置坐下時，在他後方草叢裡突然傳來一陣聲音。

「您可以給我一點水嗎？」

原來我後面還有人！驚訝的禹錫往草叢後方走去，沒想到一直未聞聲響的草叢後方，竟有十來個人倒臥在那裡。那些人看起來都森然可怖，把禹錫嚇得忍不住直抖著身體。躺在那裡的人之中，甚至有人的臉已經完全燒毀，只剩凹陷的眼窩而已，在他們已經融化光的眼睛裡，還流著膿水。想來那些人應該是在炸彈爆炸時，抬頭望向天空並被光線掃射到。

雖然禹錫把水拿給他們，可是臉上被燒毀的那些人卻因嘴巴腫脹，無法靠著水壺壺嘴喝水，於是禹錫折下看起來像似竹管的青草，並把草結給截斷，做成吸管給他們使用。

「我看不到前面。」

一個男子邊搖著手想要抓住吸管，邊喃喃地說著。禹錫見狀後，便幫他抓著吸管。此時，有一個後背已經燒得皮開肉綻的人，無言地用手指指著禹錫的肩膀與脖子，禹錫看了以後，點了一下頭。原來那個人用手指在跟禹錫對話：你自己的脖子和肩膀也被燒傷了。

禹錫鬱悶地說：「我知道。」

然而禹錫卻不知道自己究竟是背上的哪裡受傷，也不知道受了多嚴重的傷。他不知道自己一瘸一拐地撐著那衣服連著後背一起燒起來的身體，每天都在浮腫與發熱中痛苦掙扎著，就連反覆呻吟似的喃喃自語，邊說著不能回到飯場和工地，邊爬到小丘上坐著，然後再走回市區的這件事也渾然不覺。

約三、四個人的對面，躺著一個被火燒傷的少女，她突然嚴重地顫抖起來。那名少女一邊抖動著下巴，一邊說著：「好冷，好冷。」

一個身體能夠活動的男子，雖然趕快跟身旁的人借了條毛毯給少女披上，但她仍抖個不停，一直反覆說著同樣的話。

「我好冷。好冷，我好冷。」

不久之後，那名少女停止了顫抖，然後就像沉沉睡去般地斷了氣息。一位救護隊女子上了山，並拿著茶葉到處分發給傷患。

「口渴的話，請先咀嚼茶葉吧，這能夠稍微減緩口渴。」

夜晚時分，周圍變得更加安靜。下降的夜晚氣溫，即使是這些傷患們也能挺住，身旁的呻吟聲終於消停了下來。禹錫蜷坐著，心裡想著呻吟聲減少的原因不知是不是那些傷患們都死了。

美軍的砲擊機盤旋了一整晚，還有一些綁在降落傘上的照明彈被丟了下來。「也許是為了照相吧？看起來就像是要做記錄似的。」禹錫忖度著。此時，山頭下市中心的方向傳來了匡噹匡噹的爆炸聲，禹錫聽到這聲音以後，猜想可能是美軍為了給日本人增加恐怖感，又丟了什麼東西下來，畢竟現在這城市已是被炸得精光的狀態，根本就沒有什麼東西好摧毀的，美軍不可能不知道這點。

可是這聲音是從長崎車站附近的貨場傳來的聲音，那是油桶接連的爆炸聲。那個爆炸聲一整晚響個不停，給被黑暗與恐怖籠罩的這個城市帶來更深的恐怖感。

雖然到處都有堆積如山的屍體，但夜間火葬卻被禁止，原因是因為燃燒時的火光可能會被美軍給發覺。不過，事到如今，當然不會有人徹底遵守那樣的處置。約莫從傍晚開始，一直到深夜為止，市區內不停進行著火葬，到處都能見到煙霧繚繞與熊熊火花。不只如此，焚燒屍體的味道也隨著黑暗一起蔓延開來，籠罩了整個長崎。

禹錫用手慢慢地提起褲頭，褲子上的其中一條褲管已經不知道飛到哪裡，就只剩另一側的褲管勉強懸在褲子上隨風飄揚。他抖著手摸摸腰間，然後停了下來。「還好還在。還好你還在，錦禾。」他緊抓著縫在褲頭上的錦禾遺骨。

汗水、塵土與鮮血交雜橫流的禹錫臉上，流下了清亮的淚水。他難過著自己無法履行和錦禾的約定。可是我來到這裡以後，學會了該憤怒時就要憤怒的道理，這樣就夠了，現在開始，我要那樣活著、我要那樣奮戰著。禹錫努力睜開眼睛，然後聽到不知從何處傳來一陣有如回音般的喊聲。他看到自己和無數的夥伴們一起並肩往前而行，他的額頭上綁著頭帶，頭帶上的太極旗正發出閃耀光芒，而他正賣力地高喊自由大韓獨立萬歲。看到這景象以後，他猛然睜開眼睛。

「打起精神來啊！你可不能這樣死去。」禹錫這樣對自己喊話。禹錫啊，你可不能閉上眼睛，禹錫啊。黑暗之中再度傳來飛機的聲音，夜間照明彈在天空中劃出一條圓弧線後，就往下掉了下去。

夜，越來越深。

到底是哪裡受傷？受傷狀況到底又是如何？禹錫只覺得自己的身體越來越無法動彈，脖子到肩膀這段被燒傷的部位也不停流膿，不管他怎麼轉動身體，腰部就是使不上勁。他似夢非夢地看著山腳下，想著自己大概是腰部受傷，人也快要失去意識。

焚燒屍體的火光就像螢火蟲般，可見於各地。若不是這些火光，整座如廢墟般的城市將會更加黑暗。天空上的星星稀稀寥寥，這時微風吹來，把膿水溢流的聲音帶到禹錫的耳邊。沒想到黑暗也有這麼好的時候，能夠把所有痛苦都遮蔽起來。在那黑暗之中的某處，人類的慘淡潦倒正在上演呢。

港口在哪裡呢？那裡應該有一片寬廣大海，海草在水裡頭自由搖曳，魚群們則來回遨遊海中。我什麼時候也能像那樣自由呢？

被帶來這裡，把自己的一切都拋了出去以後，好不容易才看到自己該走的路……難道我的人生就要在這裡結束了嗎？

要做的事還那麼多，回頭看這一路，每個關卡要做的事情也那麼多，可不管何時何地，總是會遇到這些傷心事。然而活著也有很多美好的事情，活著也有許多心裡感到悸動的時刻，更有許多殷切期盼的事情。這樣就夠了。啊，這樣應該就夠了吧？

黎明時分。禹錫感到無法鎮定脖子的痛楚，極度的痛苦沿著脊椎貫通他的身體，受傷的皮膚與肌肉產生潰爛，那苦痛彷彿已經鑽到肚子裡頭。啊，媽媽、爸爸、媽媽。咬牙苦撐的禹錫正不斷反覆呻吟著。

這時，後方草叢裡冒出聲音來。

「那傢伙，那傢伙是朝鮮人！」

禹錫全身起了雞皮疙瘩，說那話的人正是昨天他幫忙遞水過去的傷患。「對，我是朝鮮人。」禹錫也不知從哪裡冒來的力量，驅使他離開藤蔓底下並走出樹林。

到了早上，氣絕般地倒臥在地上的禹錫被吱吱喳喳的講話聲給吵醒。

這時太陽已經升起，他隱約間聽到救護隊正到處發放飯糰的聲音。救護隊員大聲交談著：「今天醫院的救護班會上來這裡。」

發放飯糰的男子說道：「救助隊的軍人們也會來，請你們再等一下，馬上就能去醫院看醫生了。」

發放飯糰的男子走到躺在角落的禹錫身旁，然後小小地吐出一句話：「這，是朝鮮人！」

那名男子聽到了禹錫抖著下巴不停喊著母親的呻吟聲，認出他是朝鮮人來。禹錫一直閉著眼睛，這時拿著飯糰的幾個人正互相問著對方：「也要給這個人嗎？」

「什麼？」

「他是朝鮮人。」

一個男子勃然怒吼：「沒有朝鮮人的份！飯糰都要沒了，我們日本人都不夠吃了，幹嘛分給朝鮮人！」

禹錫心想著一定要去醫院看診，但他走到市中心以後，徘徊了好一會兒就不支倒地。大街上那些抬著擔架的人們，還在到處奔波尋找傷患。

這時有一個綁著綁腿的人走向禹錫。這個日本人低頭看了一下禹錫，嘴中念念有詞。

「喂，這人有點奇怪，你們快過來看看。」

幾個人跑來圍繞在禹錫身邊。

「他現在在說什麼？」

「他一直在說什麼『唉咕、唉咕』。」

「原來是朝鮮人。」

「這是朝鮮話嗎？我還以為是他在喃喃自語些什麼呢。」

「他現在不是在說『唉咕，唉咕』嗎？」

「沒錯，這傢伙是朝鮮人。」

「骯髒的傢伙。」

「他是怎麼來這裡的？朝鮮人為什麼會跑來長崎，然後在這裡死掉？」

「這些傢伙們，就該快點倒下死去才對。他們不管有什麼事，動不動就是要在井裡下毒害大家。」

「不過這個朝鮮人到底是發生了什麼事？看他前面好好地都沒事，背後卻燒成那樣。從脖子到整個後背都燒毀了嘛。」

那些抬著擔架的人，嘎噔嘎噔地踩著腳步離開。

傍晚時，天空開始下起雨來，禹錫就這麼縮著身子，坐在大雨滂沱的地上。此時，雨中有一名身上掛著被撕成一縷一縷的衣服的女子走來，她看了淋著雨的禹錫一眼，然後說道：「防空壕在那邊。」

禹錫就像是槁死般地坐著不動，他不管怎樣就是無法動起身子來。

「防空壕在那邊。」

女子反覆說了幾次同樣的話以後，便一瘸一拐地消失在雨中。

不久以後，方才走離的那個女子和一名男子帶了一片門板過來，他們合力把歪著身體靠著牆壁而坐的禹錫拖到裡頭。不知道又坐了多久，禹錫聽到嘟囔聲，仔細一看，不知何時有兩個女子像是幽靈般地突然出沒在門板底下躲雨。

一到了隔天，天空開始放晴，炎熱的日子又開始持續下去。這時有一股腐肉的爛臭味在蜷身坐在門板縫隙的三人之間傳開，其中一個女子用布纏繞著胸部，另一名女子的臉蛋則是嚴重受損，蒼蠅成群地向他們飛來，可是卻沒有任何一個人有力氣趕走蒼蠅。

隔天早上，用布綁著胸部的女生倒地死亡，另一個女子則不知去了何處，已不見身影。

禹錫慢慢從門板底下爬了出來，撿了一根棍子當作拐杖，然後走到旁邊的橋下躲避烈日。倚著橋下柱子而坐的禹錫，不停翻來覆去，把身上的褲子拉了下來。脫下褲子的他，使盡吃奶的力量拆除褲頭裡的縫線，於是當初想要永誌紀念而縫進褲頭的錦禾遺骨掉了出來。那是他咬牙按捺著悲痛，決意要收在身邊，直到返回故鄉為止而留著的錦禾小指骨。

後來禹錫就在這種模模糊糊的意識之下，在橋下待了四天。當那天早上來臨時，他感覺有什麼重要的東西從自己的體內脫離，在他緊閉雙眼的意識之中，那個地方的深處是如此寂靜。

原來如此。我以朝鮮為名而活著，那個是我出生且孕育我的地方，我的祖國。

我以朝鮮為名出生，並在它的庇護下成長，所以我才會受到這種痛苦、受到這種懲罰，還得過著飢寒交迫的生活。這一切就只不過是因為名為朝鮮、只不過是因為作為朝鮮之子兒出生、只不過是因為在失去國土的土地上出生罷了。

如今，作為朝鮮之子，我將在這裡喪命，就只是因為身為朝鮮人的關係，就連死亡都要受盡歧視與輕蔑……然後被遺棄。

什麼時候才會來呢？春天也會來到祖國嗎？那天來臨的話，我想起舞喝采、我想唱歌盡興。祖國的山河啊，那天到來的話，我要緊緊地擁抱著你。

禹錫用盡最後力量抓著錦禾的遺骨。我要帶著千秋萬世也不可解的恨離開人世了，後代的子子孫孫們，你們一定要記得我們、記得失去國家的我們，所遭逢到的痛苦。

橋下河水潺流聲中，禹錫就這樣斷了氣。

他緊閉著雙眼與雙唇，最後的遺容看起來是那麼祥和、沒有痛苦的樣子。

晨露輕起，迎來清晨。

志翔看著自己的身體，發現昨晚的傷口化膿潰爛更加嚴重，燒得焦黑的皮膚也長出水泡來。

吃過救護隊分發的飯糰以後，志翔背著秋子下山去。志翔告訴秋子要到醫院去，她什麼也沒說，只是點了點頭。就在反覆幾次背起與放下秋子，然後再繼續背起前行之後，兩人終於抵達聖約瑟夫醫院，這一路走來的時間已花掉大半天。志翔滿身大汗地走進醫院，突然想起完全沒聽到蟬鳴聲，看來那些蟬隻也都被燒死了吧？拿著紅藥水和繃帶走來走去的護士冬子，出來迎接他倆。醫院走廊傳來陣陣惡臭，志翔只覺噁心想吐。冬子讓秋子躺在病床上以後，便拿著食鹽水來幫志翔清洗傷口。

淺野醫生在查看秋子腿部傷勢時，秋子突然暈了過去。過了一會兒，恢復意識的秋子聽到志翔與醫生的談話聲。

「她的腿上長了壞疽，因此體內的營養供給與血液循環被壞疽截斷，傷口那裡也已腐爛。」

「您這麼說，那麼一定要把腿……有沒有不須截肢的方法？」

「不截肢，那麼病人就會死。」

淺野暫時收起嘴來。他看到一旁雙手掩面哭著的秋子，過了一會兒才繼續說下去。

「現在這裡也沒什麼能夠進行手術的設備，而且也沒有藥品了……我很遺憾，但總之得盡快進行截肢越好。」

喃喃念著的淺野醫生，像是做了什麼決斷地說：「醫大那邊雖然也遭到砲擊，但那裡的狀況還是比這裡好。我會幫你們轉過去那裡，現在車子剛好也在外頭了。」

「謝謝您這麼幫我們費心。」

聽到志翔這麼說以後，秋子再度暈厥過去。等她恢復意識時，人已經躺在擔架上，正被搖搖晃晃地送上車子裡。秋子查覺到自己被送上車時，連忙環顧四周尋找志翔。

志翔的臉湊了過來。秋子心中一股激動，她有話想跟志翔說，「謝謝、對不起、請你要保重」，她知道她一定得這麼和志翔說。可是秋子的嘴裡卻發不出聲音來，她只能緩慢地抖動雙唇。

「秋子小姐。請等等。」

志翔往秋子的臉龐伸出手來，他把秋子臉頰上纏亂的頭髮抓了起來。

秋子的頭髮看起來有些奇怪，在她躺著的擔架上，掉落了許多頭髮，而且她的額頭上也發生同樣的狀況。

志翔告訴邱子：「您的頭髮……」

秋子舉起手來，用力拉扯了一下自己的頭髮，沒想到竟扯下了一把頭髮來。淺野看了也大吃一驚，不停看著秋子手上抓著的那把頭髮。他不解地喃喃念著：「這到底是什麼現象……」

秋子手上抓著頭髮，然後別過頭去，不想讓人看到她流淚。她的頭頂有半邊頭髮掉光，並顯露出白色頭皮。不！不！志翔對這無法抗拒，又緊緊壓迫自己的巨大壓力不停搖頭，眼淚也不自覺地流了出來。

過了一會兒，志翔開口說道：「那麼，再見了。既然是要去長崎醫大附屬醫院，那麼您可以安心了。如果我遇到中田先生，我會轉告他秋子小姐您到長崎醫大附屬醫院去進行治療了。」

就這樣，車子慢慢駛離醫院，志翔慢慢地消失在秋子的視線之中。

再次走進醫院的志翔，爬上二樓昏暗的走廊後，張望了一下子，結果突然間嚇得身子一震。那裡站著彷彿幽靈的某種物體，志翔被那個物體嚇得直起雞皮疙瘩，他眨著眼睛抬起頭一看，才看出那是一個全身都被燒傷的女子。那名女子全身上下都塗滿了白色藥膏，整個人就像個雕像般硬直地站在那裡不動。這時，走廊的一端傳來「唉咕、唉咕」的哭聲，志翔心想原來這裡也有同胞在，便順著哭聲走了過去，原來哭聲傳自走廊左側房間裡。那是一個青年的哭聲。

「你怎麼了？」

傷勢較輕的青年聽到志翔的話，高興地站起身來。

「我們是軍工廠的工人，在浦上那裡進行土木工程時，遭遇到這次的攻擊。」

「那麼你為什麼在這裡哭呢？」

「言語不通啊。他們不肯收治我們。」

醫院不願意接收他們，他們因此無法獲得治療，也就是說，他們正被人拋棄。志翔立刻跑去找冬子，把事情的來龍去脈都講給冬子聽，才終於拿到冬子遞給他的就診單。他詢問青年那些同胞們的名字後，幫忙把名字一一填寫上去，同時也幫他們在胸口掛上名條。受傷的工人們，一共有十七名。

就在他們等候看診時，傷勢較輕的那名青年這麼告訴志翔：「八月五日時，我們正在奮起抗議，並沒有去工作。」

「軍工廠也這樣嗎？造船所在一號時也罷工抗議呢。原來朝鮮人們全部都罷工了呀。我們宿舍也是一樣，沒有人出去工作。」

躺在一旁的工人，抓住那位說話青年的手臂。

「甲龍，你怎麼會這樣？」

志翔看著那名叫做甲龍的青年。這時，坐在床邊的他正奇怪地抖動著肩膀。這個人到底是怎麼了？志翔起身往他走去，就在此時，青年突然站起身來，開始跳著奇怪的舞。

「這個人在發什麼瘋？」

有人叫了出來。甲龍唱起歌來，唱到一半又開始大聲怒罵髒話。半張臉扭曲歪斜，且腰際受了嚴重燒燙傷的甲龍，一邊像在跳舞般揮舞著雙手，一邊不停罵著髒話，突然之間，他停止了怒罵，卻咯咯地笑了起來，不久之後，他就像個空袋子軟趴趴地倒在地上，就此沒了性命。

志翔踽踽蹣行走出醫院。他朝天空嘆了口氣。真是討厭！真是討厭！啊啊啊！我真希望我也瘋了算了。他難過地想著這時要是身邊有誰或是禹錫陪著就好了。禹錫還在端島嗎？也好，在那裡也好，你就在那裡活著吧，那天晚上一定是老天爺可憐你，所以才把你留在那裡的。

45

幾天前才剛回去一趟的娘家院子，已經長出青草來。一定是因為沒人走動，所以才長草的。父親腳步走出來的小徑上頭，正長出桔梗，旁邊則是長滿了狗尾草。就是家裡沒人才會是如此風景，只是沒想到漢東不在，景象轉變竟是這麼大。

以往在下雪的日子裡，漢東總會從舍廊房開始掃雪，一路掃到大門為止，然後又再跑回來把剛剛下的雪再掃一遍。

「漢東啊，等雪停了以後再掃吧，你怎麼會在下雪途中掃雪呢？」

「我高興啊。」

「唉，你在固執些什麼？」

「我也不知道，姊姊。」

漢東到底跑到哪裡去了？現在冬天到了，院子也沒人掃雪，看來要積上厚厚一層雪了。

和田口巡查打起來以後，漢東就越過昭陽江，離開了村子。

那天，漢東在船上一直望著瑞螢的背影，他突然覺得不太對勁，便要船夫調頭回來，然後一個心急，就跳下江水，努力朝瑞螢的方向飛奔過去。「我只有輕輕地踩了一下他的腳，我想他現在可能站不起來了吧。不過，我就只有踩他的腳啦。還有，他的人中被我撞了一下，雖然我沒用力撞他，但我想他的鼻骨大概也斷了。」漢東泰然地說著。但瑞螢認為田口這人會在後頭使手段，絕對不可能善罷甘休，所以便催促漢東快點離開村子。

送走漢東的那天晚上，她帶著來田坪里找自己的漢東走出門，然後站在江邊望著漆黑的江水。「田口這傢伙說不定已經安排人在車站等著抓人了。春川站的下一站是山城站，再過去就是新南了，你跑遠一點，到了新南站後再搭火車離開。」她如此告訴漢東。此時，昭陽江上浮著殘月月影，漢東喃喃自語：「既然要走，乾脆去中國找泰衡哥算了……不過，找了又有什麼用？做人也得要有用才行，像我這種目不識丁的小人物，懂得的事情也就只有拿著柺子邊敲邊走罷了。所以，我怕姊姊您擔心，就先跟您說一聲，我之前去過束草，看到那裡有不少人做生意，我在想著要不要越過彌矢嶺，然後做個蝦醬生意還是什麼的。」

「男人就算漂泊他鄉，睡覺的地方也一定要弄得乾淨舒適。還有，你三餐可得好好的吃，可別餓著了，要是年輕時候就搞壞身體，以後疾病可是要跟著一輩子。話說回來，這算什麼嘛！我們竟然要這樣分離了。」

「姊姊。」

漢東叫了一聲以後，就又暫時靜默下來。

「訓長老人家要我獨立出去，我就出去了。是因為姊姊的關係，所以我才出去的，回來的時候，也是因為姊姊的關係，所以我才回來的。本來只要一出去，就在外頭過活了，怎麼還會跑回來呢？都是因為姊姊您的關係，所以我才回來的呀。我現在沒有什麼餘恨了，一切都夠了。」

「什麼夠了。」

「我說夠了就是夠了。我不要緊的，倒是姊姊您要一直平安健康，然後好好撫養明照長大……我走了。」

漢東轉身離去。瑞螢叫住想要跑走的漢東：「漢東啊！你的心意我懂，我都知道。要是我不在，你怎麼可能會待在我們家呢？」

「姊姊。」

瑞螢伸出手抓住漢東的手，漢東則把臉埋進瑞螢的胸口哽咽著。你在哭嗎？瑞螢輕輕拍著漢東顫動的肩膀。

「漢東啊，不管你去了哪裡，只要安頓下來以後，一定要捎個消息給我，知道了嗎？」

轉過身的漢東，踩著嘎噔嘎噔的腳步，往黑暗中狂奔而去。此時，徒有水鳥邊啼叫著，邊從上空飛了過去。

瑞螢想起那天的事情，忍不住嘆了一口氣，然後背著明照走出家門。她從幢竿支柱旁繞過，來到昭陽江邊，只見江水上頭閃耀一片藍色光芒，四周則是一陣輕霧圍繞。瑞螢凝望著鳳儀山，不知是否因為剛結束漫長的梅雨季之故，眼前的鳳儀山看起來似乎更顯青蔥。籠罩著江邊的水霧，寬廣地蔓延到河堤上，這時正好有位背著背架的農人牽著牛緩步走著，他的身影就這麼模糊地穿梭在夜霧之中，唯一清晰可明的就是那噹啷噹啷響的牛鈴聲。

夜霧悄悄滲透到瑞螢的心中，在那裡佈下了悲傷惆悵的天羅地網，想和志翔說的話則交織其中。我們沒幫明照舉行週歲宴，這是因為長輩們相信孩子不會想要沒有您不在身邊的週歲宴。媽她這麼問我：

「你感到遺憾嗎？」

「媽，是我提議不要舉辦週歲宴的。」

「嗯，你想得很對。孩子的爸現在正不知生死，如果我們在這裡舉辦宴會，那根本就不應該，這不是做人該有的道理。」

不過大嫂她又說了一些不著邊際的話，所以又惹得媽不高興。

「我們準備一下那個啦。就是那個叫做高排床的東西啊！那桌子挺大的，可以在上面放那些寫著福字、壽字的食物，然後堆得高高的。」

「大嫂，那些食物是花甲宴時才會準備的東西。」

「是嗎？可是就算這樣，週歲可是一輩子才一次的事情啊，應該要辦才對。辦了，該有多好。」

雖然孩子沒辦週歲宴，不過我們還是準備了一些紅豆沙高粱丸子分送給鄰居。收到丸子的人家，也很好意地給我們白色線團當作回禮，在現在這麼艱難的時刻，他們居然這麼回給我們這麼線團！他們幫明照祈禱要活得長壽平安的心意，讓我感動到在走回家的岔路上，不由自主地流出眼淚來。

梅雨結束後的江風強勁，把瑞螢的裙襬揚了起來。明天開始，又將要繼續過著炎熱的日子。

媽說我得相信才行。她說唯有堅決相信您會回來，這樣您才能真的歸返。可是，我其實是在等待。我們不用刻意等待，白雪自然會降落、我們不用執著等待，天空自然會降下甘霖。可是，人，是得等待的，而且要懇切地等待，所以我在等待著，等待您回來的那一天。親愛的，我正苦苦等待著您，請您快回來吧。

幢竿支柱就在遙遠的身後，瑞螢只是靜靜地凝望江水流過。在晚霞早已消逝的江水上頭，泛起了閃著耀眼銀光的水波。

我不求您要像夢中那樣，穿著錦衣華服，從堤道那裡昂首歸來，我只希望您那怕是踏破千山萬里，衣衫襤褸地回到家中就好。那時，我們不要再去想分離的那段時間，您只要像閃亮的昭陽江水波，靜靜地抱著我就好。我希望您能一手抱著您的兒子，一手懷抱著我，然後解開過去那段辛酸歲月的束縛，因為我們生活過的那些點點滴滴、那段歲月……那些都已經是過去的事了，我們該做的是不要忘記那段歲月曾經存在，我們要把痛徹心扉的那段痛苦時光牢記在心裡，並告訴我們的孩子，勉勵他們不要再重蹈覆轍。

「背背，明照，媽媽背背。」

瑞螢轉過後背面向明照，然後蹲了下來，可是孩子他好像不想被媽媽背起來似的，搖了好幾次頭，然後搖搖擺擺地開始走了起來。雖然孩子搖晃著步伐，看起來就像是隨時會跌倒那樣，但明照他卻走得很好，並沒跌倒。

「會跌倒啦，你慢慢走呀！」

搖晃走著的孩子突然跌倒摔在地上，瑞螢無聲地笑著。你這小傢伙，就是這樣，你就是得經過跌倒、膝蓋破皮，然後再重新站起來的過程來學會長大。這時瑞螢走到孩子身邊，牽起他的手開始走著。

孩子已經長這麼大了呢！我倆分離兩地的這段時間，不知不覺間也已經兩年了，仔細想想，這段時間其實很短，但痛苦忍耐的每一天卻是那麼漫長。我們不能忘記，那每一天的窮困及痛苦為我們帶來教訓，所以我們一定要把這教訓流傳給孩子們。

您快點回來吧，我在等著您回來。因為我在等候著您，所以您一定要回來。

原爆被爆的朝鮮人們，用自己的母語哭喊、用自己的母語呻吟著。

覺得痛時，用日本話來說就叫做「いたい（痛い）」。那些日本人們紛紛痛苦喊著：「いたい！いたい！」，但朝鮮人們則是呻吟著：「唉咕……唉咕……」，並聲聲哭喊著：「媽媽……媽媽……」。然而，在痛苦的呻吟之後，他們仍一個一個斷了氣，難逃死亡的命運。

日本人的發音不太準確，老是把朝鮮人說的「媽媽」聽成「馬麻」，也因此在他們的記憶中，朝鮮人死去之前，一直叫喚著「馬麻、馬麻」。

不管是怎樣的壓制、痛苦與桎梏的歲月，唯獨那在極度苦痛之中用母語自然叫喊出來的「唉咕」，以及用盡全身力量叫喚的「媽媽」，是任誰都無法強奪走的。還有，日本救護隊看到哭喊著「唉咕，媽媽、唉咕，媽媽」的朝鮮人時，個個見死不救，完全不會把朝鮮人送去醫院救治，他們甚至也不會給朝鮮人水和食物，還把朝鮮人趕出防空壕。

八月那像是會把人蒸熟的毒辣太陽底下，就連烏鴉都聚集在被人拋棄、慢慢腐爛掉的朝鮮人屍體上。那些成群飛來的烏鴉們，就坐在屍體臉部，然後用長喙叼出屍體上的眼珠子、啃咬著他們的肉。可憐的朝鮮人們，就連屍體都要受到差別待遇。

烏鴉成群飛來的地方，必有朝鮮人逐漸腐爛的屍體。

志翔沿著被炸成廢墟的街道，往秋子家前進。在他前往的途中，他看到有孩子正趴在倒地而亡的媽媽身上，哭著吸吮奶水，他暫時停步望了一下那孩子，最後還是離去。

秋子家已經倒塌掉一半，他看到已經嚴重扭曲的大門門柱上貼有一張紙條，看來應該是江上老人家來過這裡一趟。那個熟悉的筆跡，代老人家詢問女兒和女婿是否安好。這時，志翔注意到那張紙旁邊有根鉛筆被線綁著，他心想這應該是要女兒女婿看到紙條以後，在紙條上給予回覆的意思。

江上老人家……志翔喃喃念著，然後在紙條上寫下「秋子，人在長崎醫大附屬醫院」。這時，他猶豫著要不要寫上自己的名字。

最後未留下自己名字的志翔，沿著火車鐵軌離開了該地。鐵軌沿線也有許多屍體堆積如山，他們的死狀悽慘，完全無法辨識出眼鼻口。此時，救助班聚集了過來，他們並未搬運傷患，而是將屍體抬到空地上，然後就地把那些隨著房屋坍塌而掉落的木頭點火燃燒，以即刻火葬掉那些屍體。

大街上的屍體已開始腐爛，空中蔓延著陣陣惡臭，讓志翔覺得快要暈了過去。一些負責燃燒屍體的人也受不了這種惡臭，只好一邊喝著用地瓜做成的高酒精濃度燒酒，一邊繼續工作。而那些用看起來像是畚箕般的物品所搬運之屍體，現在也得盡快放入白鐵桶等大型桶子裡，因為屍肉已經開始腐爛掉落，屍皮也在剝落之中。

那天，夜晚漸深，原本要去稻佐山會社所屬防空壕的志翔，最後進了路邊的防空壕，可是裡頭到處都是臉被燒毀、身體被嚴重燒傷的傷患，他們身上散發出來的惡臭讓志翔怎樣也無法待下去。

志翔走到大街上，想要找水喝，於是他摸黑找尋附近的水井。黑暗之中，他見到水井旁掛了好幾條髒布，但仔細一看，才赫然發現那不是髒布，全都是屍體。那些屍體的臉與身軀已經是無法辨識的程度，真不曉得他們生前到底是如何來到這裡的。不過，這幾天志翔已經看過太多這種屍體，如今他也變得見怪不怪了。

從稻佐山上的防空壕往下看，能夠看到屋頂都被吹走，只剩幾根鋼筋鐵柱的造船所，許多朝鮮青年們都聚集在這個防空壕前。

「那些日本人死了，為什麼我們得出頭做那些事情？」

「唉呀，我不知道啦！叫那些愛管閒事的傢伙去吧！」

「都恨不得要那些日本人快點死了，為什麼要去救他們？這話連路邊小狗聽了都會笑！」

最頑強反對的是大聲講話的亨甲，他的身體健壯，但個子很小。一直在造船所板金部工作的善浩更大聲地接著說：「你一定要這樣說話嗎？」

「我只不過是要那些願意出頭的人自己去幫忙，為什麼你現在要我們全員出動呢？」

本來一生氣時，下巴看起來就有稜有角的善浩，這時下巴的角度變得更加明顯了。他勃然怒吼：「像你這種人就別去了。」

善浩氣得往亨甲的胸口一推，然後轉過頭去看志翔，他的眼神像是在說「該輪到你講話了」。我們朝鮮人原本就是仇人家裡失火，也會提著水桶趕去幫忙的個性，長崎現在變成這個樣子，許多人已經喪生在火海之中，偏偏軍隊還沒辦法過來，火車鐵軌也都斷掉了，我們應該下山去幫他們忙。志翔上前看著所有人，然後說道：

「沒錯，這是我們的自發行動，所以願意來幫忙的人一起去就可以。」

這時有人往後退，也有人站往志翔身旁，大夥兒就此分成兩派。

「我再說一次。」

善浩揮動著手臂，並大聲地說：「來，有這意願的人，請往前來。」

約有二十多人願意加入救助隊幫忙。志翔正趕緊和他們進行相關準備。

「我會想辦法拿到綁腿，到時候大家就綁上綁腿，畢竟到時候會遇到太多礙手礙腳的東西。」

「我們需要組成四人一組的小隊來抬擔架，我們乾脆在這裡先做好擔架再下山吧。」

這裡不只有鐵鍬和鶴嘴鋤，防空壕裡有許多竹子和繩子可以運用，所以問題就只剩下水與飯。

「飯是一定要吃的，那麼水呢？這些要從哪裡取得？」

「我聽去過兵器製造所工作的人說，那裡可以領取到飯糰和水。」

志翔走在這些從山裡防空壕出來、看起來沒有秩序的人之間，引領他們排好隊伍後，便趕下山投入救助。

造船所資材二部部長的屍體，一直到很晚才被發現。他的屍體是被戴著防護團臂章的職員們從天花板坍塌下來的辦公室地板上找到，跟著職員們一起用擔架把他屍體抬到火葬場的人是係長平田。可是到了火葬場以後，才發現那裡已經是滿員狀態，光是要處理掉已經先堆積在那裡的屍體，就要花上幾天的時間，平田擔心時間拖越久，屍體就會更加腐爛，於是他和勤勞部的課長一起在市內另外尋覓可以焚燒屍體的地方。最後，他們在海軍醫院所長的斡旋之下，終於得以更換焚燒順序，把部長的屍體盡快送去火葬。然而，那裡職員的態度非常奇怪。

「我今天身體不舒服，沒辦法工作，請你們自己直接動手焚燒吧。」

「我們？」

「對，我會告訴你們要怎麼焚燒。」

在他話還沒講完之前，他就先狂奔到外頭嘔吐，而平田也覺得暈眩。後來平田和職員們一起坐在那裡等候，他們在途中開了幾次高爐的爐門，好確認屍體的焚燒狀態。這樣就花了他們一下午。

為了處理湧入火葬場旁的屍體，他們正在空地上興建臨時野外火葬場，職員們忙著給火葬場打地基，又要忙著收集周圍的木材、把氣息尚存的傷者們，以擔架抬到醫院去，在烈陽底下不停忙進忙出。

平田失魂落魄地坐著，並看向外頭工作的人們。他對著站在高爐邊擦拭汗水的職員叫了幾聲。

「你，有聽到我的聲音嗎？」

「您在說什麼？」

職員們往火葬場外頭看去。

「在外面工作的人……他們不是朝鮮人嗎？他們現在說的是朝鮮話吧？」

「是的，沒錯。他們是朝鮮雇傭工人。我不久之前去領水時，問了一下他們，才知道他們是從稻佐山防空壕走下山的造船所工人。他們自己組了一支救護班，自發性的。」

原來是從朝鮮來的雇傭工人。那麼，他們就是造船所的膺懲士了。平田慢慢地點了下頭。

「木頭放到這樣就差不多了，不要堆得太高。」

善浩接著志翔的話說：「沒錯，堆太高就很難把屍體丟進去了。」

汗水流進志翔的眼角，他低下頭並閉上眼睛。這時志翔想著：又不是在挑魚，這可是人吶，我居然在對待他們就像是在挑魚。

他們先從斷垣敗瓦之中分別出傷患與死者，分類完畢以後，他們繼續把傷患分成雙腿受傷、已經不能自行行走的患者，以及全身都有燒傷的患者，並且將他們分開搬運。屍體也分成兩種來分開搬運：已經看不出形體的屍體、不管是衣服或其他物件，可供辨識並得以聯絡關係者的屍體。他們把這些屍體搬到房屋倒塌的空地上，然後再把他們以井字型放到木頭上方，以進行火葬。

賣力推著木頭的善浩，這時轉過頭來：「這應該就是所謂的鍋裡煮熟的小狗也會汪汪叫吧？有誰會想到活到現在居然會看到這種景象？他們要是知道我們在這裡做這些事，在故鄉時，應該也會好好對待我吧？」

搬運屍體的人，紛紛以毛巾包住嘴巴與鼻子。這時一個拿著水壺走過來的年輕雇傭工人嘟囔地說：「剛我去領水時，那些日本人說他們自己同胞吃都吃不夠，還對我擺臉色。」

「所以呢？」

「我罵了聲『你找死嗎！』結果他們很快地就把水交出來了。」

「俗話都說風塵女子最愛到處扭屁股，那些日本鬼子們的行為就是那副樣！有夠小心眼的。」

「大家別說了，在胖子面前待久，也會變得跟他們一樣胖，我們可別變成日本人那個樣子。」

時不時就傳來朝鮮話，平田聽到那些聽也聽不懂的話，忍不住一直探頭看他們。這時平田又反覆念了幾句同樣的話：原來是從朝鮮來的雇傭工人。那麼，他們就是造船所的膺懲士了。

平田抱著部長的骨灰罈返回，他在寫好要提交給會社那裡的報告書以後，最後加了幾句自己的感想：「根據所有職員所親眼看到的狀況顯示，造船所那裡有多名年輕的朝鮮膺懲士自發性組織救護隊，協助皇軍進行救援活動，表現相當耀眼。」

最後他還用素晴らしい（非常棒）的用詞來形容他們的行動。

那天傍晚開始，天空就下起雨來，等到晚上時，雨勢也變得更大，最後轉變成暴雨。這場傾盆大雨，一時熄滅了火葬場的火焰。

狂風暴雨籠蓋了長崎這座廢墟，坡道多的長崎因此隨處可見巷弄中不停流著雨水。雨勢集中在城市南端，就像是從於原爆中倖存、同時可以眺望港口的哥羅巴園宅邸上的屋頂傾洩下來般，覆蓋住整個長崎。這場雨打在日本最古老的拱形石橋——眼鏡橋的橋墩上，造成一片波濤滾滾。而遊廓與花柳街所在的思案橋坡道處，也被這場暴雨給籠罩住，造成雨水就像河堤潰堤一樣傾洩而出。山坡路旁那被燒得焦黑的地藏菩薩石像上，原本綁著的紅布隨著雨水被沖走，而荷蘭坂上的石梯雨水湍流，則當場變成了一條往下流的水溝。

浦上天主堂草地上的聖母瑪麗亞像，已斷了手臂，並掉在地上，其白色身軀則被地上的泥水弄得斑駁不已。整個長崎的巷弄可說是被水道給填滿，溢出的雨水則轉集結為一條強力水流，並朝河川流去。

隨著積水一直高漲，倒在橋下的禹錫屍體也被流水沖了出來。他的屍體在水面上轉了兩圈之後，就漂到水道中央處，然後一路在湍急的水勢中碰碰撞撞地流到大橋江邊。原本大街上散落各處的腐爛朝鮮人屍體，這時也順著水流漂向江水裡，最後禹錫的屍體在河口邊與其他朝鮮人的屍體一同流入大海。

等到清晨一到，這場雨才得以停歇。焚燒屍體處的木材被大雨澆熄，變成一座小圓丘。志翔望著北方的天空，然後站起身來。「走吧，回去故鄉吧！」他喃喃念著。

我要回去故鄉了，滿身瘡痍的長崎啊，再見。志翔望著已成廢墟的街道。

在這裡度過的歲月啊，是長崎教會我什麼是祖國，我絕不會忘記。是長崎教會我什麼是失去國家，若沒有待在長崎的那些日子，我想我可能永遠都無法切實地感受到祖國的重要性。現在，回去吧，回去教導那些年輕的孩子們吧。我必須回去教會他們我們國家的文字、我們國家所說的話、我們國家的風俗與歷史，並告訴他們，我們失去了國家，而且我們必須找回祖國。最重要的是，我得告訴他我們經歷過的苦難，並要他們牢牢記得這段歷史。忘記昨天的人，是不會有明日的，唯有記得昨日經過的苦難與傷口，並經過淬煉，才能成為對抗明日的盾牌與長槍。也唯有記得昨日的人，才能擁有明日的希望。

雨後的長崎迎來晨光，志翔一瘸一拐地走在廢墟大街上。這一天，是志翔重生的一天，也是新的一天的開始。當他穿過滿街泥濘，看到一位少女背著孩子，濕漉漉地站在原處看著那堆頹垣敗瓦，不知那裡是否原本就是少女的家。

志翔又看到一些隨著屋瓦坍塌而飛過來的石頭與木頭之間，夾了一個看起來是淡青色的物品，於是他拿著棍棒走了過去。

小草穿過被雨淋濕的土地，並從斷垣殘壁中長了出來。那是葉緣長得就像圓弧形鋸齒的紅心藜，故鄉稱這種植物叫作赤藜。感到驚訝而轉過身的志翔，立刻環視了一下周圍。大雨過後的早晨在陽光照耀之下，可以看到四周都有雜草從屋瓦殘骸中冒出來。那麼，那些黃枯掉的小草及地底下熟透的馬鈴薯呢？蓮花池裡浮著的死魚魚白呢？他開始瘋狂地撥開那些交纏在一起的木塊與石頭。只見濕淋淋的土地上浮現出滿滿紫色光芒，是紫羅蘭。他哽咽著凝視那片小小的紫羅蘭，正緊挨著往上努力生長，耳邊彷佛能聽到葉子蹭著葉子的聲音。

是大地又開始一個生命週期的輪迴嗎？不是的，那是原子彈的放射線所引起之大地異變，就連植物的生態系也都被原爆改變了。

志翔挺起胸膛，並仰望天空。瑞螢，我要回去了。我的妻子、我的兒子……等候著我的你們所在之處，何處不是故鄉？又有誰不是鄰居呢？

「你是朝鮮人嗎？一起走吧。」

有一群人背對著陽光走過來，是二八帶領的三、四個人。他們說要一起走，這話不知道多久沒聽到過了。

「啊，現在要離開的人，除了朝鮮人還有別人嗎？聽說進入長崎的路口那裡，有朝鮮人組了自警團，他們背著竹槍在維持秩序。去那邊的話，一定會有很多同胞的，我們一起過去，然後再到港口吧。」

「朝鮮人已經開始行動了嗎？自警團？他們也組織了這樣的團體嗎？」

「欸，我們是誰啊？我們可是只要開口說要做，就算牛角也能一口氣拔掉的朝鮮人啊！要回故鄉的朝鮮人很多，說不定會受日本鬼子的暗算與阻撓，所以我們最好一起走，不管怎麼說，能信任的不就只有我們同胞了嗎？」

志翔滿心感激地說：「不過大哥您包袱還真多。」

「啊？這個嗎？和我在同一個隧道工地工作的朋友沒出現，我跑回全毀的飯場去找我的行李，結果我的行李不知道飛哪兒去了，反倒是看到那位朋友的包袱，那包袱好像在對我說『我在這裡，你看看我啊』，我看了一會兒，就帶上它了。嗯，可以說是個造化啦。」

二八拎著裝有禹錫衣物和筆記本的包袱說：「那個朋友每天都寫日記，我想總有一天會在哪裡跟他再相遇。到時候，如果碰上個好時節，我們就可以一起讀他寫的日記，好好回憶當年的事情。他真的是個好朋友，對我們來說就是希望啊。」

志翔腳邊被水沾濕的紫羅蘭，正低著頭。他背著陽光，隨著那群人一起離開。さよなら、長崎。小草和小花綻放出來的這片廢墟，帶給長崎一絲慰藉，而志翔也終於能夠踏出腳步，走上返鄉之路。

作者的話

二〇一五年八月，長崎原爆平和公園裡刻有原爆死歿者十六萬八千七百六十八名的字樣。這個數字每年都在增加，等到哪一天死歿者的數字停止時，長崎原爆犧牲者將開始被忘卻在歷史的洪流裡。

這本小說描述的是日據時期被日方以徵召為名，強行帶去日本進行勞動工作，且最後死於原爆下的悲慘朝鮮人生活。在長崎朝鮮雇傭工人被爆者絕不能被歷史所遺忘的想法下，我拜訪了被爆倖存者，和他們一同回到當初被強制勞動的海底礦坑現場，並從他們嘴裡親耳拜聞：「我在這裡被救活了」、「在那裡痛哭」、「我曾經想在這座海岸峭壁上跳海自殺」等一句又一句的證言。過去二十七年來，我以他們述說的過去作為基礎，來還原這段歷史。作為一個作家，我認為我有義務將這段歷史以文學作為呈現，讓世人記得這些真實的過往。

說到啟發我撰寫這本小說的契機，時光就要倒回我在於東京某間舊書店裡翻閱了《原爆與朝鮮人（原爆と朝鮮人）》這本書的一九八九年。

閱讀過那本書後，我對於自己竟不知悉雇傭工人和原爆被害者間那段剪不斷理還亂的歷史感到相當自責，於是決心開始進行取材。一九九〇年的夏天，我開始拜訪當時的原爆倖存者，旅程一路從長崎開始，再上陸至廣島。在那之後，我又陸續拜會了出版《原爆與朝鮮人》的おか まさはる（岡正治）牧師，以及「長崎朝鮮人的人權守護會（長崎朝鮮人の人権を守る会）」的成員們，並獲得原爆被害生存者徐正雨氏之陪同，一同走訪軍艦島現場，得以完整取材之勘查。

一九八六年，軍艦島死亡者詳細資料「死亡診斷書」、「火葬認許証下附申請書」，在偶然的途徑下被發現，並得以公諸於世，託岡牧師之福，我才能取得該資料之複寫本作為史料佐證來進行寫作。在那份資料中，一九二五至一九四五年共二十年期間，軍艦島上的死亡與完成火葬處理之朝鮮人，皆有本籍、年齡、病名與死亡原因等詳盡紀載。本書中的女主角，錦禾之原型人物，就是來自資料中被強行帶到端島成為「企業慰安婦」，而後於島上自殺了結性命的年輕女子。

初次嘗試發表本作時，是先從一九九三年一月起，於《中央日報》發表〈日昇日落〉這套連載長篇小說開始，然而經過三年的連載，最後卻是慘澹失敗收場。於是我向在職的大學申請停職，然後保留該失敗作的第一個場景，全力進行重新編寫，結果最後完成了以五千三百張的二百字稿紙所撰寫而成的小說，《烏鴉》。該小說一共為五本，出版年度為二〇〇三年。

在那之後，我又深切感受到作品的完成度不足，於是將作品名稱更改為《軍艦島》，同時將內容濃縮為原本的三分之一，並進行內容改寫。二〇〇七年時，曾計畫將該作品與已經在翻譯中的日文版小說同步發行，但後來雖然在二〇〇九年十二月發行了日文版《軍艦島》，卻因個人事情與出版日程起了衝突，最後只好取消韓日同時出刊計畫，延後韓語版的發行。在諸多事情的衝突之下，韓語版《軍艦島》才得以於今日面世。

決定好戰略轟炸（Strategic bombing）的定點後，隨即進行的原子彈投放，會從整個制度開始，到投擲完畢為止，於諸多方面產生各種不同問題，時至今日亦然。這問題不只影響是否該包括與戰爭無關之婦幼，一律對所有平民進行無差別屠殺，也造成長崎成為日本侵略戰爭中的犧牲羊。

在所有的混亂之中，連朝鮮人雇傭礦工也被牽扯其中。那座懸浮在隱蔽大海上頭的廢墟島，軍艦島，在二〇一五年被聯合國教科文組織以「端島煤礦之遺構」為名，被登錄為「明治產業革命遺產」，列入世界文化遺產之中。

人類的歷史不全然只有光榮之部分，也有黑暗羞恥的一面。在世界遺產「懂得直視人類的悲劇，才能從歷史中學到教訓，並促進和平」的選定精神下，即使是羞恥的歷史，也會被登載到世界文化遺產裡，成為人類歷史上的反省與教訓例材。像過去為非洲奴隸買賣中心地的塞內加爾格雷島、囚禁過包括尼爾森曼德拉在內等無數黑人政治犯的南非羅本島，就是本著相同精神而獲選列入世界文化遺產。

那些地方並未隱藏那段難堪的過往，然而軍艦島卻不同。

日本必須承認他們加諸在軍艦島上那些被強制徵召過去的朝鮮人「殘酷勞役」的事實，他們所謂支撐起明治時代日本產業的「端島礦業之光榮」，實際上是由朝鮮人雇傭礦工們的眼淚、憤怒與犧牲所構築而成。銘記這件史實，並追悼端島的朝鮮人犧牲者，就如同天主教祈禱文中所言「這是理所當然的（Dignum et justum est）」，日本不應視而不見，世人都該詰問日本的良知何在。

這部小說只不過是浮在水面上的「冰山一角」。若這部小說能成為讀者們意識到潛藏在那黑暗海面下的罪惡與真實之「瞬間」，那麼我相信作為《軍艦島》的執筆者，我已完成我的使命。

回到故鄉的韓國人被爆者，除了得活在悲慘的真實之中，還要面對隨著歲月流逝而冒出來的被爆二世、三世的問題。那些沉潛在水面下的各種問題，就像亂麻一樣糾纏不清，偏偏在造成這種局面的背景中，有國際秩序與強國間的爭論黑影存在，卻也是不爭的事實。

在這些因素的影響之下，朝鮮人雇傭礦工們與原爆被害者們的自主意思決定權，完全被剝奪走，被迫活在野蠻時代中。儘管在光復七十年後的今日，他們就像是被丟上岸的魚隻，只能不斷地開合著嘴，仍然在努力掙扎活下去。

年輕的讀者們，若能睜開眼睛正視「過去的真實」並牢記在心，然後朝向「明日的人生與歷史」踏出第一步，同時也在讀過這本小說後，覺醒並有所反思，告誡自己絕不可走回頭路，那麼就是這本小說的最大榮耀。

在歷經長久以來創作與改編的歲月裡，許多人都曾幫助過我、鼓勵過我，賜給我莫大的恩惠，如今想來，都是感動入心的喜悅。相反地，這段歲月裡，也是我最對不起在我身旁守護著我的家人的時候。另外，我也絕不會忘記一直全力支援我到最後的出版社相關者們。為了進行「歷史復原」，我的作業還有很長的一段路要走。為了後代子孫們的記憶、為了不重蹈覆轍，並且為了讓那些無法被原諒的歷史回到正確的定位，這個以記錄與真實為基礎，並輔以想像力建立而成的敘事建築工程，就必須持續下去。

謹以此作品獻給那些作為失去祖國朝鮮之兒女而生、以祖國之名而活、以祖國之名而死，就連屍骨都以祖國之名在各種輕蔑與歧視中掙扎的朝鮮人長崎被爆者之靈魂。

二〇一六年　春

韓水山

凱特文化 讀者回函

敬愛的讀者您好：
感謝您購買本書，只要填妥此卡寄回凱特文化，我們將會不定期提供您最新的出版訊息與特惠活動資訊！

您所購買的書名：軍艦島

姓　　名＿＿＿＿＿＿＿＿＿＿　性別 □男　□女
出生日期＿＿＿年＿＿月＿＿日　年齡＿＿＿＿
電　　話＿＿＿＿＿＿＿＿＿＿
地　　址＿＿＿＿＿＿＿＿＿＿
E-mail＿＿＿＿＿＿＿＿＿＿

＿＿＿ 學歷：1. 高中及高中以下　2. 專科與大學　3. 研究所以上

＿＿＿ 職業：1. 學生　2. 軍警公教　3. 商　4. 服務業　5. 資訊業　6. 傳播業　7. 自由業　8. 其他

＿＿＿ 您從何處獲知本書：1. 書店　2. 報紙廣告　3. 電視廣告　4. 雜誌廣告　5. 新聞報導　6. 親友介紹　7. 公車廣告　8. 廣播節目　9. 書訊　10. 廣告回函　11. 其他

＿＿＿ 您從何處購買本書：1. 金石堂　2. 誠品　3. 博客來　4. 其他

＿＿＿ 閱讀興趣：1. 財經企管　2. 心理勵志　3. 教育學習　4. 社會人文　5. 自然科學　6. 文學小說　7. 音樂藝術　8. 傳記歷史　9. 養身保健　10. 學術評論　11. 文化研究　12. 漫畫娛樂

請寫下你對本書的建議：

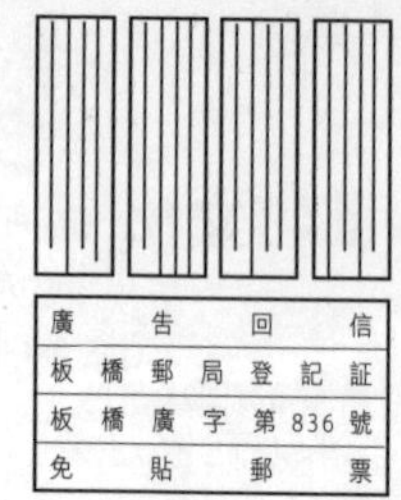

to 新北市23660土城區明德路二段149號2樓

凱特文化創意股份有限公司 收

姓名：

地址：

電話：

愛小說 77

軍艦島
군함도

作　者　韓水山
譯　者　馬毓玲

發行人　陳韋竹
總編輯　嚴玉鳳
主　編　董秉哲
企畫選書　嚴玉鳳
責任編輯　董秉哲
封面設計　萬亞雰
版面構成　萬亞雰
校　對　張晴宜
行銷企畫　黃伊蘭

製　版　軒承彩色製版有限公司
印　刷　通南彩色印刷事業有限公司
裝　訂　智盛裝訂股份有限公司

法律顧問　志律法律事務所・吳志勇律師
出　版　凱特文化創意股份有限公司
地　址　新北市236土城區明德路二段149號2樓
電　話　02-2263-3878
傳　真　02-2236-3845
讀者信箱　katebook2007@gmail.com
部落格　blog.pixnet.net/katebook

經　銷　大和書報圖書股份有限公司
地　址　新北市248新莊區五工五路2號
電　話　02-8990-2588
傳　真　02-2299-1658

初　版　2018年2月
ＩＳＢＮ　978-986-95043-5-5
定　價　新台幣460元

國家圖書館出版品預行編目資料｜軍艦島／韓水山　著.
──初版.──新北市：凱特文化，2018.2 704面；14.8 × 21公分.（愛小說；77）
ISBN　978-986-95043-5-5（平裝）　862.57　106022711

軍艦島

HASHIMA ISLAND

군함도

韓水山——著

馬毓玲——譯